FELIX KUCHER

SIE HABEN MICH NICHT GEKRIEGT

Gefördert von der Stadt Wien Kultur und gedruckt mit freundlicher Unterstützung des Landes Kärnten.

LAND KÄRNTEN
Kultur

MIX
Papier aus verantwortungsvollen Quellen
FSC® C004378

Grafische Gestaltung: Dorothea Löcker, Wien
Umschlagabbildung: © Mark Owen/Trevillion Images
Druck und Verarbeitung:
EuroPB, s.r.o., Tschechische Republik
ISBN 978-3-7117-2104-4

Informationen über das aktuelle Programm
des Picus Verlags und Veranstaltungen unter
www.picus.at

FELIX KUCHER

SIE HABEN MICH NICHT GEKRIEGT

ROMAN

PICUS VERLAG WIEN

PROLOG
MÁLAGA, 1937

Ein Pfeifen, dann die Detonation, es kracht ohrenbetäubend. Erde spritzt, Körper fliegen durch die Luft, überall ist Rauch, Blut und Dreck. Verletzte schreien, aber es schreien auch die Wütenden, die Ohnmächtigen. Die Küstenstraße verläuft im Steilhang, es gibt keine Wiese, in die man laufen, keinen Wald, in dem man sich verstecken, keine Grube, in der man sich bergen könnte. Das Ziel der Bomben sind nicht Gebäude oder Brücken, nicht Soldaten oder Panzer. Das Ziel sind die Menschen auf der Flucht. Hundertfünfzigtausend Einwohner von Málaga, das seit Tagen bombardiert wird, mit Ziel Almería. Ein Treck aus Alten, Kindern, Ziegen, Schafen und Hühnern, Pferdefuhrwerken, Eselskarren, die meisten Menschen aber zu Fuß mit Bollerwagen voller Hausrat. Die meisten Kinder haben keine Schuhe, kaum jemand hat Kleidung zum Wechseln. Sechs Tage sind es zu Fuß, die Februarnächte werden eiskalt. Schon in der ersten Nacht sind so viele erfroren, niemand hat sie begraben, keine Zeit.

Als die Bomber jetzt, am zweiten Tag, auftauchten, glaubten alle, dass diese nach Almería weiterfliegen würden. Aber die Flugzeuge formierten sich in einer Linie und gingen tiefer. Als die Menge merkte: Das Ziel sind wir, brach Panik aus. Sie dauerte nur kurz, bis zur Explosion der ersten Bombe.

Tina legt sich auf den Boden und schließt die Augen. Ich will nicht sterben. Propellergeräusche, Pfeifen, Explosionen. Völlig schutzlos liege ich da. Bilder tauchen vor ihr auf, die Partys in

Los Angeles und Mexiko, ihre Mutter, ihre Schwester Yole, die Bücher, die Robo ihr zu lesen gegeben hat. Marx, Freud, Nietzsche. Wieder eine Explosion, weiter weg. Um sie herum Wimmern.

Bücher, wer braucht in solchen Zeiten Bücher? Das ist die Praxis. Die Revolution muss durchgesetzt werden. Der Bombenhagel wird sie nicht aufhalten. Sie wird für die neue Gesellschaft kämpfen bis zu ihrem Tod.

1902

Sie sitzt auf den Schultern des Vaters. Viele Menschen stehen um sie herum, sie betrachtet sie verwundert von ihrem Hochsitz. Sonst sieht sie nackte Knie oder abgewetzte Hosen, Schürzensäume, Wälder aus Beinen, alles um sie ragt hoch auf. Und jetzt ist sie über ihnen, sieht auf sie hinunter. Sie reden laut, rufen etwas, dann singen sie gemeinsam und rufen wieder. Sie schwenken kleine Fahnen. Die lauten Stimmen machen ihr Angst. Auch ihr Vater singt, sie spürt die Vibrationen. Aber bedrohlich ist es dann doch nicht, die Menschen sind fröhlich.

Dann sind alle ruhig. Jemand redet, weit weg. Die Stimme klingt seltsam. Die Leute rufen Worte im Chor, singen wieder laut. Sie versteht die Worte nicht, es ist eine andere Sprache, wird ihr Vater später sagen, du wirst sie später in der Schule lernen. Vater, lass mich runter.

Baracken, dazwischen schlammige Erde, es hat geregnet. Offene Feuer brennen, darüber sind riesige Pfannen. Frauen rühren in den Pfannen Polenta, da, koste, sagt die Mutter und reicht ihr mit dem riesigen Holzlöffel einen Brocken. Sie schreckt zurück, heiß dampft es weg von dem gelben Kloß. Die Mutter bricht ein Stück ab, bläst darauf und reicht es ihr. Der noch immer heiße Kloß schmeckt süßlich, heute ist Sonntag, es gibt genug zu essen, da tut der Bauch am Abend nicht so weh.

Viel später weiß sie, dass das Bauchweh Hunger heißt.

Der Vater isst am Abend nie mit. Ich habe schon in der Fabrik gegessen, sagt er, als die Mutter ihm eine Kartoffel oder einen Polentakloß anbietet.

Sie spürt, dass etwas nicht stimmt. Jahre später wird ihr die

Mutter erzählen, dass der Vater gelogen und zugunsten der Kinder auf das Abendessen verzichtet hat.

Einzelne Bilder, Worte, kurze Szenen.

»Mama, warum hat uns der Junge Polentafresser genannt? Ein anderer hat Katzelmacher gesagt.«

»Warum schauen die Menschen uns so an, wenn wir einkaufen gehen?«

Wieder auf den Schultern des Vaters. Erster Mai heißt der Tag. Ein neues Jahrhundert.

»Schau, Tina, so viele verschiedene Menschen. Deutsche, Italiener und Slowenen. Aber wir sind alle Arbeiter. Wir sind alle Brüder, wie gefällt dir das? Ist das nicht herrlich?«

Sie freut sich für ihren Vater, er vibriert unter ihr, ruft immer wieder Worte in die Menge. Rot-schwarze Fahnen überall. Und wieder lauter Gesang. Immer wieder dieselbe Melodie. Sie versteht nicht, was die Menschen singen. Die Menschen haben Zettel in ihren Händen. *Die Internationaa-le er-kä-mpft das Mee-nschenrecht.* Dann wird die Melodie noch einmal gesungen, sie versteht wieder nichts, obwohl es diesmal die Sprache ist, die ihre Eltern zu Hause mit ihr sprechen.

Dann wieder: Polentafresser! Katzelmacher!

»Mama, warum rufen uns die Buben das nach?«

»Wir essen eben Polenta, sie meinen das nicht böse.«

»Warum wohnen wir nicht in einem richtigen Haus wie die anderen?«

»Wir werden bald in eine richtige Wohnung ziehen. Die Holzbaracken sind nur für die, die noch nicht so lange hier sind.«

Polenta gibt es jetzt öfter, am Sonntag mit Zucker und Zichorienkaffee. Die Tage mit Brot heißen Montag, Mittwoch und Freitag.

Der Vater bekommt die Polenta in der Firma. Er macht Fahrräder aus Bambus. Der Chef ist Herr Kollitsch.

»Kollitsch Kollitsch Kollitsch«, sagt Tina. Was für eine lustige Sprache. Die Menschen in den Baracken reden alle verständlich, die Menschen in der Stadt versteht Tina nicht.

»Du wirst die Sprache noch lernen«, sagt Mama, »das ist Deutsch. Vielleicht können wir hierbleiben. In Österreich gibt es Arbeit.«

Einmal ist ein Gast da. Papa hat ihn mitgebracht, von der Arbeiterversammlung im Hotel Grömmer in Klagenfurt, Herr Pittoni aus Triest.

»Onkel Demetrio ist auch da, du kennst doch noch deinen Onkel? Er ist dein Taufpate, obwohl er Kommunist ist, aber das verstehst du ja noch nicht. Wenn die Kommunisten gewinnen, müssen wir nicht mehr hungern. Jetzt nehmen uns die Reichen noch alles weg. Wo ist denn Trina?«

Trina. Ihre Puppe.

Onkel Demetrio lacht und gibt ihr ein Geldstück.

»Giosuè, der Nachbar, hat sie geschnitzt«, sagt ihre Mutter, »ich habe ihr dann ein Kleid aus einem Stoffrest gemacht.«

Mit sieben dann die erste Klasse. In der Volksschule St. Ruprecht bei Klagenfurt sind die Hälfte der Kinder Italiener, sie verstehen fast kein Wort des Lehrers. Katzelmacher!, hört sie noch vor Beginn der ersten Stunde. Slowenenkinder sind auch da, sie sind ganz still.

Aber sie ist vorbereitet. »Ich bin seit meinem ersten Lebensjahr in Österreich«, sagt sie auf die Frage des Lehrers, warum sie so gut Deutsch spricht. »Und mein Vater hat viele deutsche Freunde.«

Sie denkt an die Männer, die Vater manchmal besuchen und mit denen er diskutiert. »Papa, was heißt: Arbeiter? Was ist ein Proletarier? Wann gehen wir wieder zurück?«

Wenigstens gibt es in der Schule ein Essen, Schulspeisung, endlich für kurze Zeit satt sein, die Wurst ist köstlich, manchmal gibt es sogar Kekse.

Und wieder ist Erster Mai. Die Straßen sind geschmückt, Leute marschieren, singen. Sie horcht hin, die Redner sprechen Deutsch, dann auch Italienisch und Slowenisch. Revolution. Rivoluzione. Revolucija.

Eines Abends kommt der Vater spät nach Hause, er ist verärgert.

»Papa, was ist denn, wir waren doch ganz brav?«

»Es ist nicht wegen euch, es ist wegen der Arbeit.« Er trinkt zwei Becher Wein, sie haben noch immer keine Gläser, nur die Becher aus glasiertem Ton. Er geht früh schlafen.

»Mama, was ist denn?«

Dreimal am Tag bekommen sie zweihundert Gramm Polenta und Käse, von sechs in der Früh bis vier Uhr am Nachmittag, das wird ihnen noch vom Lohn abgezogen. »Ach Tina, das verstehst du doch nicht. Papa findet das nicht gerecht, wie die Arbeiter behandelt werden und er möchte das ändern.«

»So wie Onkel Demetrio?«

»Genau, Tina. Alles wird sich ändern. Es kann nicht mehr so weitergehen. Wenn du groß bist, wird es keine Ungerechtigkeiten mehr geben. Alle werden gleich viel haben. Die Revolution wird kommen, das verstehst du noch nicht.

Vielleicht gehen wir auch nach Amerika. Alle zusammen. Mercedes, Tina, Valentina, Gioconda, Yole und der kleine Benvenuto.« Die Mutter streichelt den Kopf des Jüngsten, den sie gerade stillt. Die anderen sitzen auf dem großen Diwan um sie herum, Mercedes ist elf, Tina acht, beide helfen der Mutter und wickeln ihre jüngeren Geschwister, helfen bei der Wäsche und in der Küche.

»In Kalifornien scheint immer die Sonne. Dort ist es nie so

feucht wie hier in der Baracke, alles ist trocken. Dort können auch die Armen etwas werden. Jeder hat eine Chance. Dort gibt es keine Grafen und Großgrundbesitzer.«

Mercedes sagt: »Tina, dort werden wir auf Pferden reiten. Vater wird als Erster gehen, das wird schon nicht so schlimm. Wir sind ja noch zu klein. Aber dann kommen wir nach und werden in einem schönen Haus wohnen, ganz aus weißen Brettern.«

Tina schaut auf die Holzbohlen, die die Wand der Baracke bilden. Sie sind sägerau, immer wieder zieht sich ein Kind einen Speil ein. Ein Haus aus weißen Brettern kann sie sich nicht vorstellen.

***

Es ist ihr zweiter Geburtstag. Sie sitzt auf einem Stuhl, der mit einem Tuch verhüllt ist.

In Wirklichkeit sitzt sie auf dem Schoß ihrer Mutter. Der Fotograf hat eine große Decke mit Blumenmuster über sie geworfen, Marie sitzt auf dem Schoß ihrer unsichtbaren Mutter. Sie kann sich nicht mehr erinnern, aber ihre Mutter hat es ihr oft erzählt. Ich bin bei dir, hab keine Angst, hat sie gesagt. Der Fotograf hat das Bild dann so zugeschnitten, dass die Zweijährige vor einem endlosen Blumenstoff erscheint. »Hidden mother photography« nennt man das, wird sie viel später lernen, in einem anderen Land, in einer anderen Sprache.

Nein, Erinnerungen hat sie nicht mehr viele an diese Zeit. Der Großvater hat noch gelebt, er hatte einen nach allen Richtungen abstehenden weißen Bart und immer etwas Süßes für sie in der Tasche seines Bratenrocks. Die Möbel sind immer dieselben gewesen, sie kann sich nicht erinnern, dass es einmal andere Stühle oder eine andere Anrichte gegeben hätte. Der

Vater geht jeden Tag zur Arbeit in die Buchhandlung. »Wenn du groß bist, wirst du auch arbeiten«, sagt die Mutter.

1909

»Annunziata hat mich empfohlen. Bitte, Herr Raiser. Herr Direktor.«

Die Stimme der Mutter im Ohr. Immer Herr Direktor sagen, er ist dein zukünftiger Chef, vergiss das nicht, die Fabrik gehört ihm.

»Du bist erst dreizehn.«

»Aber ich kann arbeiten wie eine, die zwanzig ist. Ich kann einen Webstuhl bedienen. Wir haben in der Schule gewebt.«

»Welche Schule soll das gewesen sein?«

»Drüben, in Österreich. Sie wissen ja, dass mein Vater dort Arbeit hatte.«

»Beim Erbfeind bist du in die Schule gegangen? Und warum besuchst du die Schule hier nicht mehr?«

Wir hungern, Herr Direktor, will sie sagen, wissen Sie, wie das ist im Winter, wenn man hungrig ist? Es ist einem kalt trotz der zwei Decken, Hunger und Kälte sind Schwestern, Herr Raiser, aber das wissen Sie nicht, Sie wohnen in der gut geheizten Villa und essen jeden Tag Fleisch. Wir brauchen etwas zu essen und Holz zum Heizen und dafür braucht man Geld, Geld, Geld. In der Schule verdient man nichts. Es wird einem nichts geschenkt, Herr Raiser. Herr Direktor.

Sie sagt aber nichts, Raiser hat sicher längst verstanden. Die Frage war eine Farce, nur gestellt, um die Demütigung zu vergrößern. Er weiß, dass sie die Schule abbrechen musste, um zu arbeiten, vielleicht spürt er auch, als er das Zeugnis mustert und dann das Mädchen, das vor ihm steht, vielleicht spürt er, wie weh es ihr tut, wie gerne sie weiter gelernt hätte. Ihre Noten sind gut gewesen bis auf Italienisch, ihre Muttersprache, aber wie soll man denn schön sprechen, nachdem das erste Schuljahr auf Deutsch war, drüben bei den Erbfeinden. Sie kennt viele Ausdrücke hier nur im Dialekt, und diesen Makel ist sie erst in der Mittelschule losgeworden. Der Patron atmet tief ein und aus.

Sicher stellen sich hier jeden Tag Kinder vor, jeden Tag schaut Herr Raiser ihre Zeugnisse an, atmet tief und sagt »leider nein«.

»Na gut«, sagt er diesmal, »Annunziata hat sich ja auch geschickt angestellt und wenn du weißt, wie ein Webstuhl funktioniert, umso besser. Nur die hier sind etwas größer als die in der Schule.«

Dann geht alles sehr schnell. Er geht mit ihr in die Werkhalle, in der ein Lärm herrscht, der kein Krachen oder Dröhnen ist, sondern ein beständiges Klappern, das Schlagen von Holz auf Holz, hölzerne Peitschenhiebe für die Ohren der Arbeiterinnen in der Halle.

Keine über zwanzig, aussehen tun sie zehn, fünfzehn Jahre älter. Sie kann Annunziata nicht ausmachen, ihre ein Jahr ältere Nachbarin, aber sie muss an einem der Geräte sein, Sklavin der Maschine, Teil der proletarischen Masse, wie ihr Vater einmal gesagt hat. Keine der Arbeiterinnen blickt auf, ihre Gespräche sterben ab, als sie vorübergehen.

Raiser übergibt sie einem mausartigen Mann, der sich als Togliatti vorstellt und sie zu einem Webstuhl bringt, an dem ein hageres Mädchen mit tief liegenden Augen sitzt.

»Das ist Cinzia. Sie wird dir zeigen, was du zu tun hast. Schau ihr genau zu, dann geh ihr zur Hand. Bis zum Abend wirst du es schon heraußen haben.«

Cinzia legt gleich los, sie ist kurzatmig, ihre Anweisungen kommen hektisch gehaucht, als wäre sie gerade verprügelt worden.

Den Kamm nach vorne drücken, Kettfäden auf Spannung halten.

Pass auf, wo das Schiffchen ist, komm nicht durcheinander. Nein, nicht so. So, ja. Wenn der Kamm oben ist, dann lass das Schiffchen rechts. Wenn er unten ist, soll es links sein. Arbeite immer gleich, dann kann nichts passieren.

Kamm nach oben, Schiffchen mit Schussfaden durchziehen. Mit der Hand den Faden festziehen.

Und weiter: Kamm runter, Schiffchen durchziehen, Schuss festziehen, Kamm hoch, Kettbaum entriegeln. Halt die Schnur fest. Warenbaum entriegeln. Dann hier drehen, Gewebe auf Spannung halten, unten wieder verriegeln, dann … Tina kann nicht mehr folgen.

Sie versucht es immer wieder, die Fäden schneiden in die Fingerkuppen, Cinzia schimpft.

Nach einer Stunde schmerzen die Fingerkuppen, aber die Bewegungen gehen automatisch. Cinzia nickt anerkennend und beginnt zu reden.

Dass die dünnen Seidenfäden händisch gewebt werden müssen, das geht nicht mit einem automatischen Webstuhl. Dass die Fingerkuppen zuerst rissig und dann hart wie Horn werden. Dass Herr Raiser jeden Kommunisten sofort entlasse. Dass alle hoffen, dass einmal ein automatischer Webstuhl dafür erfunden wird. Andererseits, sagt Cinzia, hätten wir dann keine Arbeit mehr.

»Pass auf, jetzt ist der Faden fast gerissen. Das darf nicht passieren. Das hier ist Chiffon, damit beginnst du. Crêpe Georgette und Organza kommen später.«

Die Finger schmerzen, Cinzia erzählt von Maulbeerbäumen und Seidenraupen. Und von ihrem Verehrer, der Kohlen ausführt. Tina kann nicht mehr sprechen. Nach vier Stunden ist sie ganz Maschine – Kamm hinauf – Schiffchen – Kamm hinunter – Schiffchen, immer festziehen, immer – sie stellt sich Bilder zu Cinzias Worten vor, Maulbeerbäume voll von Seidenraupen, die in einem fort fressen und auf der anderen Seite einen Faden produzieren, mit dem sie den Kokon wickeln.

Zwanzig Minuten Mittagspause, die Arbeiterinnen packen Doppelbrote aus mit Käse, einige essen Polenta, die sie in zugeklammerten Emailtöpfen mitgebracht haben. Sie teilen mit Tina, die nichts dabeihat. Was auch.

Sie fragt Cinzia, ob die Menschen dann den Faden, mit dem der Schmetterling die Larve eingewickelt hat, wieder aufwickeln und so den Seidenfaden gewinnen. Stirbt dann das Schmetterlingskind, so ohne Schutz?

Cinzia sieht sie an, ihre Augen noch müder als vorher.

»Du stellst Fragen. Ich frage mich eher, wann Raiser zahlt. Er ist schon wieder im Verzug.«

Später erzählt ihr ein anderes Mädchen die ganze Geschichte noch mal von vorne, mit kleinen Änderungen. Die Raupe scheißt den Faden nicht, sondern spuckt ihn durch ein Loch vorne aus. Dann lässt sie den Kopf kreisen und hüllt sich selbst mit dem Faden ein. Nach einer Woche würde ein Schmetterling aus dem Kokon schlüpfen, aber die Menschen kommen vorher und haspeln den Faden ab.

»Es stimmt also«, sagt Tina. »Jeder Meter Faden ein totes Schmetterlingskind.«

Die Arbeiterinnen lachen.

Dir gehen Sachen im Kopf herum.

Den ganzen Nachmittag denkt sie an tote Schmetterlinge, um sie der peitschende Lärm und die Körperausdünstungen der Frauen.

***

Nur schnell weg! Weg von den Fabriken und den rußigen Fassaden der Arbeiterhäuser, weg von den Kohlgerüchen, die aus jedem Hauseingang wabern, von dem Mief nasser Erde, der aus den Kellerschächten kalt emporsteigt. Sie weiß, dass viele dieser Fabriken Spiegel herstellen, über achtzig Spiegelfabriken, haben sie in der Schule im Sachkundeunterricht gelernt, viele Familien leben davon. Aber wie die Arbeiter leben, das hat sie jetzt, mit neun Jahren, zum ersten Mal gesehen.

Sie zieht die Mutter an der Hand weiter. Endlich kommen die Geleise in Sicht. Erst jetzt wird ihr bewusst, welche Grenze die Gleisanlage bildet, die die Stadt in zwei Hälften teilt. Sie ist froh, auf der anderen Seite zu wohnen, wo die neuen Häuser stehen und die Altstadt mit ihren Fachwerkhäusern. Hinter dem Bahnhof, wo sie jetzt sind, sieht die Stadt völlig anders aus.

In der Bahnhofspassage ist es kalt. Marie hat immer ein wenig Angst in der Unterführung. Sie hält Mutters Hand fest, bis sie auf der anderen Seite wieder auftauchen. Das nächste Mal, wenn die Mutter einen Weg in dieses Viertel hat, was selten vorkommt, wird sie nicht mehr betteln, mitkommen zu dürfen. Lieber will sie das nächste Mal bei Helene bleiben. Sie und Jakob dürfen ja bereits alleine zu Hause bleiben, wenn die Mutter einen Weg hat. Gut, sie ist neugierig gewesen und wollte sehen, wohin die Mutter geht, wollte endlich in diesen unbekannten und so nahen Teil der Stadt, in dem sich so viele Schlote in den Himmel recken.

Als sie den Bahnhofsvorplatz überqueren, am Zentaurenbrunnen vorbei, schreit jemand hinter ihnen. »Haltet den Dieb!«

Marie und ihre Mutter drehen den Kopf. Marie sieht gerade noch, wie zwei rußige Gassenjungen im Bahnhof verschwinden, weiter vorne steht eine Dreiergruppe vornehm gekleideter Männer, von denen einer die Faust zum Himmel reckt.

»Komm weiter«, sagt die Mutter und zieht an Maries Hand.

Marie muss an die Jungen denken, die auf die andere Seite entwischt sind, durch denselben Tunnel, durch den sie gerade gegangen ist. Vielleicht hat sie schon jemand eingefangen. Arbeiterkinder. Angeblich arbeiten in manchen Fabriken Elfjährige. Die werden nie mehr eine Schule besuchen. Marie spürt die Tränen aufsteigen, schluckt den Kloß im Hals hinunter.

Die Einmündung zur Gabelsberger Straße kommt in Sicht. Ihre Straße, die sie auswendig kennt bis in den letzten Winkel. Sie wischt sich über die Augen. Keine Tränen. Das ist ihre Seite. Auf die andere möchte sie nie wieder.

***

Als sie nach zehn Stunden aus der Fabrik torkelt, sind ihre Finger rissig, der Hunger schlägt ihr in die Magengrube. Vor der Fabrik lungern Burschen, die einigen Frauen nachpfeifen und ihnen derbe Sachen zurufen. Tina geht schneller.

Zu Hause hat Mutter ein Stück Polenta zurückbehalten.

Onkel Demetrio hat sich auf der Küchenbank breitgemacht. Ein vierschrötiger, fleischiger Mann mit aufgequollenem Gesicht. Seit drei Tagen ist er wieder zu Besuch, er schläft nachts auf der Küchenbank.

»Du bist jetzt auch eine Arbeiterin«, sagt er. »Deswegen musst du auch zur Gewerkschaft kommen. Wir haben da eine Abteilung für die Jungen. Euch gehört die Zukunft. Die Revolution ist nicht aufzuhalten. Du wirst sie noch erleben, die Diktatur des Proletariats.«

Tina versteht nichts, sie ist hungrig, sie denkt noch immer an die toten Schmetterlingskinder. Als sie ihre Tasse mit dem Zichorienkaffee nimmt, merkt sie erst, dass sie ihre Finger nicht ganz krümmen kann.

Die Mutter zieht ein Foto aus einem Briefumschlag. Vater

hat geschrieben. Er hat jetzt eine eigene Werkstatt aufgemacht, drüben in San Francisco. Er repariert alles, was man reparieren kann, vom Motorrad bis zur Wäschepresse, vom gerissenen Lederriemen bis zum stumpfen Drillbohrer. Die Mutter lacht. So einen bräuchten wir hier.

Dann sagt sie: »Der neue Laden hat viel gekostet. Er kann noch kein Geld schicken.«

Noch immer nicht, denkt Tina. Erst dann dämmert ihr, was ihre Mutter damit sagen will. Es wird nichts mit den Geldsendungen aus Amerika. Noch immer nicht. Von deinem Einkommen sind wir jetzt abhängig. Du bist die Älteste, die die Familie erhalten muss. Du bist schuld, wenn wir hungern müssen. Du hast mit zwölf Jahren die Schule abbrechen müssen, um uns sechs zu erhalten: mich, dich Valentina, Yolanda, Gioconda und den kleinen Benvenuto.

In diesem Moment fühlt sie einen stechenden Schmerz, ihr wird übel. Aber es gibt keinen anderen Weg. Mit zwölf kann man eben schon arbeiten, Yolanda, die kleine Yole, hat noch ein Jahr Schonzeit.

Mit dem Geld, mit ihrem Geld, für das sie sich in der Fabrik jeden Tag geschwollene Finger holen wird, wird die Mutter Brot und Maisgrieß kaufen, um die Polenta zu kochen, jeden Tag Polenta und Milch und Brot.

Wenigstens bekommen ihre kleinen Geschwister in der Schule zu essen, jeden Tag hundert Gramm Weißbrot, fünfundzwanzig Gramm Käse und fünfzehn Gramm Rohschinken, abgewogen und rationiert, das haben wir Roten eingeführt, hat Onkel Demetrio einmal gesagt. Satt werden sie davon trotzdem nicht.

Da Tina nichts sagt, spricht ihre Mutter.

»Vielleicht erlaubt Herr Ciampi ja, dass wir im Hinterhof ein paar Hühner halten, da kann er nichts dagegen haben«, sagt sie wie nebenbei.

Tina presst die Lippen aufeinander und nimmt die Fotografie in die Hand. Ihr Vater vor einem Bretterhaus. Das Gesicht ist unscharf. Wie er jetzt wohl aussehen mag? Seit vier Jahren ist er weg. Vier Jahre warten, dass er Geld von drüben schickt. Vier Jahre Briefe und Karten mit begeisterten Beschreibungen von San Francisco und kleinlauten Eingeständnissen, dass er das Geld noch brauche, um sich eine Existenz aufzubauen. Sie legt das Foto beiseite. Sie war acht Jahre alt, als sie ihn zuletzt gesehen hat. Wie sie ihn wohl heute sehen würde? Sie blickt sich um. Ja, seine Gewohnheiten nisten noch in der Stube. Wie er sonntags am Tisch sitzt und in der Parteizeitung liest, die müde Geste, wenn er den Bleistift vom Regal herunterholt, seinen Bleistift in der Bleistifthalterung, den niemand sonst anrühren darf, und er sich Zeilen unterstreicht, in denen es um die Rechte der Arbeiter geht. Die träge Fahrigkeit, dieses ständige Aufgescheuchtsein. Sie betrachtet das Foto noch einmal. Schmäler sieht er aus auf dem Foto, schmäler und vielleicht zufriedener hinter dem Schleier des Verschwommenen. Ob er weiß, dass hier alle hungern? Dass Tina mit zwölf die ganze Familie erhalten muss? Sicher hat es ihm die Mutter verschwiegen, sicher ahnt er es.

Vier Jahre. Dabei hat es so schön angefangen. Wir gehen wieder nach Hause, nach Udine. Weg von St. Ruprecht und Ferlach, weg von den Baracken. Wir werden wieder in einem Haus aus Stein wohnen, du wirst in eine italienische Schule gehen, dort spricht man unsere Sprache, alle sprechen sie dort, dort werden wir in einem richtigen Haus wohnen, Via Caiselli, im Zentrum der Stadt.

Die Via Caiselli, sie muss bitter lachen, wenn sie daran denkt, sie stellte sich als engste und feuchteste Gasse der Stadt heraus, die Häuser hatten zahlreiche winzige Zimmer, in denen zu viele Menschen wohnten, sodass sie ständig das Gefühl hatte, alles sei zu eng, zu klein, zu feucht.

Sie siedelten im September, als die Stadt in Regenfällen versank. In der Schule wurde sie gehänselt, weil sie nicht wusste, was Eisenbahn auf Italienisch heißt. Zu Allerheiligen verkündete Vater, dass die Familie auswandern würde. Mitten in die Freude hinein dann der Stich: Er würde als Erster gehen, ein Nest bauen, und er könne nur eine mitnehmen, Mercedes, die Älteste, sie war immerhin zwölf und hatte in den letzten zwei Monaten bewiesen, dass sie arbeiten konnte, zwei Monate in der Fabrik von Domenico Raiser. In San Francisco gebe es viele Webereien, sie könnte dort gleich eine Arbeit finden und er als Mechaniker sowieso. Jeden Monat, wenn es hart ginge jeden zweiten, würde er Geld schicken, damit sie nicht hungern müssten.

Tina erinnert sich an den Abschied, der Vater hat die Kinder einzeln hochgehoben, Valentina, Yolanda, Gioconda, sie selbst und als Letzten den kleinen Benvenuto. Tina weinte die ganze Nacht, noch heute hat sie den Geruch des feuchten Polsters in der Nase, der nach fauligem Werg stank. Nun war sie die Älteste, mit neun.

Nach zwei Monaten kam eine Postkarte, ich hole euch nach, es geht nur nicht gleich. Ich wohne in Turtle Creek, bei meinem Bruder, Mercedes arbeitet in San Francisco, dort hat es ein großes Erdbeben gegeben und dadurch haben jetzt alle Arbeit.

Vier Jahre. Vier Jahre jeden Tag Hunger und Polenta, im Winter manchmal Kohl, jede Woche anschreiben beim Kaufmann und hoffen, dass es diesmal noch geht, jeden Tag hoffen auf einen weiteren Brief, der eine von ihnen, wenigstens eine, ins goldene Kalifornien riefe. Goldenes Kalifornien, so nennen die anderen Frauen, die die Mutter manchmal besuchen, das Land. Ihre Männer haben es entweder nicht geschafft und schwärmen davon oder schicken Geld von drüben. Die Mutter verschweigt, dass von Giuseppe noch kein Geld gekommen ist.

Prächtige Häuser schössen drüben aus dem Boden, erzählen die Frauen, wie Paläste sähen sie aus, Arbeit gebe es für alle.

Seit vier Jahren schläft Tina mit Yolanda und Gioconda in einem Bett, mit einer Decke, jedes Mal vor dem Einschlafen bittet Gioconda sie, ein Stühlchen zu machen. Sie winkelt die Knie an und die kleine Schwester kuschelt sich mit dem Rücken an ihre Vorderseite. »Du bist jetzt unser Papa«, sagt Yole, und es stimmt ja, sie verdient wirklich das Geld wie ein Vater.

Vier Jahre. Sie dreht die Fotografie um. Auf der Rückseite die Handschrift des Vaters: *7. März 1909, meine Werkstatt.* Sie betrachtet wieder die Vorderseite, erst jetzt entziffert sie das Schild im Hintergrund, »Precision Engineering«.

Seit vier Jahren wartet sie auf den Brief, der das Ticket für sie enthält. Stattdessen lacht der Vater vor seiner neuen Werkstatt.

Dann kommt ihr auf einmal ein böser Gedanke, zuerst ganz klein, dann ergießt er sich über sie wie ein Topf schwarzer Farbe. Was, wenn der Vater inzwischen dort eine andere Frau gefunden hat? Vielleicht kommt nächste Woche schon ein anderer Brief, in dem er schreibt, ich hole niemanden mehr nach. Sie versucht, den giftigen Gedanken zu verscheuchen.

Dann wäre all das Warten umsonst gewesen.

***

Warum müssen Kinder immer warten?

Marie horcht an der Tür. Noch immer bereden die Eltern mit Großvater Ephraim etwas Geheimes, das die Kinder nicht hören dürfen. Walter und Helene ist es egal, sie klatschen die Spielkarten auf den Tisch und spielen Rommé, wie sie es sich von den Erwachsenen abgeschaut haben und es sich zusammenreimen. Pah. Marie weiß, dass sie in Wirklichkeit keine Ahnung haben. Hauptsache, ihre Geschwister haben sich wieder gegen sie verbündet. Walter geht mit seinen dreizehn Jahren schon in die Quarta, Helene mit elf in die Sexta, nur sie ist noch bei den Kleinen in der Grundschule. Die Geschwister denken, sie bekomme nicht mit, was läuft. Aber sie sieht genau hin, hört zwischen den Worten der Erwachsenen das Ungesagte, registriert, wie die Großen auf freudige und traurige Ereignisse reagieren und merkt sich jede Reaktion, wie andere sich Zahlen merken oder Worte.

Als sie Schritte hört, die sich der Tür nähern, setzt sie sich schnell wieder in den Sessel neben der Tür und nimmt ihr Buch zur Hand.

Ein Türflügel öffnet sich.

»Kommt rein!«, sagt die Mutter. »Gleich gibt es Abendessen.«

Während Marie sofort ihr Buch zur Seite legt und aufspringt, scheinen ihre Geschwister die Worte der Mutter gar nicht gehört zu haben.

Marie läuft hinein. Sie will neben Großvater sitzen, der zwar etwas eigenartig riecht, ein wenig nach altem Brot, der aber stets einen Scherz auf Lager hat, den die Leute nicht immer verstehen. Er kneift dann die Augen zusammen und wartet, bis der Witz gesickert ist. Sie liebt ihn gerade deswegen und weil er ihren Vater manchmal wie ein kleines Kind erscheinen lässt. Ihr Vater, der sonst so herrisch ist, wird immer zum Buben, zum Kind seines Vaters, das Maßregelungen und Lob über sich ergehen lässt.

»Worüber habt ihr geredet?«, fragt Marie.

Die Mutter wirft ihr einen strengen Blick zu. Man platzt nicht einfach so heraus.

»Ach, Politik«, sagt der Großvater. »Und über fremde Länder.«

»Was denn? Über welche?«, fragt Marie.

Der Vater zieht die Stirn in Falten, doch der Großvater winkt sie zu sich, sie setzt sich auf seinen Schoß. Sie hat das früher gerne gemacht, jetzt ist sie sich nicht sicher, ob sie nicht schon zu alt dafür ist.

»Du fragst so viel. Interessieren dich andere Länder?«

»Oh ja! Amerika! Und der Südpol.«

»Der Südpol?«

»Ja, da wo die Forscher dauernd hinfahren.«

»Woher weißt du denn das schon wieder?«, sagt der Großvater.

Walter und Helene trotten ins Zimmer, Marie rutscht vom Knie des Großvaters und setzt sich auf ihren Platz.

»Sie haben in Sachkunde einen jungen Lehrer«, sagt die Mutter. »Der hat ihnen von der Expedition von diesem Shackleton erzählt.«

»Stell dir vor, Großvater, die Männer sind tagelang durch das Eis marschiert. Sie hatten nur noch ein paar Kekse und das Wasser vom Schnee. Sie wären fast gestorben.«

Die Geschwister ziehen Grimassen. Nicht schon wieder die neunmalkluge kleine Schwester.

»Nun lass gut sein«, sagt der Vater. »Wir essen jetzt.«

Die Mutter beginnt die Suppe zu verteilen.

»Später kann ich dir von Amerika erzählen«, sagt der Großvater. »Ein Freund von mir ist vor langer Zeit ausgewandert. Ein Fürther, Julius Ochs. Aber jetzt essen wir.«

Doch Marie kann nicht lange stillhalten.

Sie löchert den Großvater.

»Wenn du groß bist, kannst du ja nach Amerika fahren. Du musst einen reichen Mann heiraten, mit dem fährst du dann.«

Heiraten? Niemals.

»Ich fahre allein. Nein, dich nehme ich mit.«

1911

»Ich mache da nicht mit. Das ist zu gefährlich!«

»Tina, wir müssen etwas tun. Nur weil wir Frauen sind, kann uns Raiser nicht so behandeln.«

Sie sitzen mit zwanzig anderen Frauen in einer Ecke der Halle, einen eigenen Raum für ihre Mittagspause gibt es nicht. Wer hier miteinander spricht, flüstert, raunt, damit die anderen nicht mithören. Die paar Stücke Salsiccia und das ölige Brot sind schnell aufgegessen, nun sitzen sie beieinander und schauen immer wieder zu den anderen.

»Lies doch lieber ein Buch, um dich abzulenken. Ich kann dir aus der Leihbücherei etwas mitbringen.«

»Du mit deinen Büchern. Es nützt dir ja doch nichts. Glaubst du wirklich noch, dass du wieder in die Schule einsteigen kannst?«

Cinzia legt den Kopf schief. Zarter Spott.

»Ich bin ja noch jung. Wenn ich genug Geld habe, gehe ich nach Amerika. Dort besuche ich dann eine englische Schule. Ich muss noch so viel lernen!«

Sie sagt nicht, dass es ihr kaum gelingt, etwas zu sparen, die paar Lire, die sie für die Fabrikarbeit bekommt, reichen gerade dafür, dass die sechsköpfige Familie über die Runden kommt. Und dass Vater noch immer kein Geld geschickt hat.

»Sei nicht dumm. Du bist fünfzehn. Du wirst in keine Schule mehr gehen. Was willst du denn noch lernen. In zwei, drei Jahren wirst du heiraten, Kinder kriegen und das war's dann. Wir sind Arbeiter, schon vergessen? Die Arbeiterklasse. Die bleibt unter sich, genauso wie die anderen Klassen.«

Sie will noch erwidern, dass das Unsinn ist, dass es immer

eine Möglichkeit gibt, aber die Klingel schrillt, Ende der Mittagspause.

Es ist vier Uhr nachmittags, noch drei Stunden bis zum Ende des Arbeitstags, als der Vorarbeiter zum Webstuhl tritt. In seiner Begleitung ist eine Frau, die Tina nur vom Sehen kennt, die Falten in ihrem hageren Gesicht wirken wie mit Kohle nachgezogen.

Der Vorarbeiter deutet wortlos: Du, komm mit. Du, übernimm ihre Arbeit. Tina ist verwirrt. Was ist los? Der Mann verschwindet mit Cinzia, die namenlose Frau stellt sich an den Webstuhl. Sicher ist es wegen des Streiks, der noch gar nicht stattgefunden hat. Sie muss sie fragen, wenn sie zurückkommt. Aber Cinzia kommt bis zum Ende der Schicht nicht zurück.

Sie trifft sie am Tor, mit roten Augen.

Tina ahnt es, trotzdem fragt sie. »Was ist los?«

Cinzias Blick ist glasig. »Gefeuert. Gleich fünf auf einmal. Dabei haben wir ja noch gar nicht gestreikt. Aber irgendwer hat Raiser das gesteckt.«

»Aber in der Produktion brauchen sie doch jede Einzelne.«

»Kindchen, für die fünf Posten warten schon fünfzig Mädchen. Und du hast es ja auch schnell gelernt, schon vergessen?«

Drei Jahre ist es her, dass Cinzia ihr den Webstuhl erklärt hat. Drei Jahre haben sie mit kleineren Unterbrechungen zusammengearbeitet.

»Ich werde auch gehen«, murmelt Tina, und sicher weiß auch Cinzia, dass es eine Lüge ist.

***

»Ich bin Betty.«

»Marie. Marie Rosenberg. Von der Buchhandlung in der Schwabacher Straße.«

Natürlich hätte sie es einer Gleichaltrigen gegenüber nicht

dazusagen brauchen, aus welcher Familie sie stammt, aber es ist ihr herausgerutscht. Sie hat es gelernt, sich so vorzustellen. Jeder Erwachsene in Fürth ordnet ein Kind sofort einer Familie zu, was oft gleichbedeutend mit einem Betrieb oder einem Amt ist. Luise, ihre beste Freundin in der Grundschule, ist nicht mehr in der Klasse. Sie hat sich immer mit »die Tochter des Postvorstehers« vorgestellt. Alice und Fanny kennt sie noch, die sitzen auch wieder nebeneinander in der ersten Reihe, wie schon in der Grundschule. Blöde Gören. Die dicke Josefine ist auch da und schaut erwartungsvoll Richtung Tür. Alle sind sie neugierig, welcher Lehrer wohl als Erster hereinkommen wird. Bis auf die drei gibt es für Marie in dieser Klasse nur neue Gesichter. Sie ist verzweifelt gewesen, als sie den Klassenraum betreten, sich gesetzt und bemerkt hat, dass keine Freundin da ist. Dafür blickten sie dreißig Augenpaare misstrauisch und neugierig an. Zumindest kam ihr das so vor. Aber jetzt hat sie eine Banknachbarin, die nett aussieht. Betty.

»Mein Vater arbeitet am Gericht, aber er ist kein Richter.«

Ein ebenso eingelernter Satz. Es kommt Marie seltsam vor, dass sich zwei Gleichaltrige so vorstellen, wie sie es sonst immer Erwachsenen gegenüber tun. Das passt nicht für Kinder. Es ist ein Reflex.

Marie weiß nicht, was sie erwidern soll.

»Ich habe dich schon einmal gesehen«, sagt Betty. »Und deine Familie. Beim letzten Jom Kippur.«

Sie ist also auch Jüdin, und zwar eine von den frommen. Sonst würde sie nicht so reden.

»Wir gehen nicht so oft, nur zu den Feiertagen.«

Sie muss daran denken, wie ihr Vater immer freundlich, aber bestimmt die Einladungen ablehnt, die Bekannte zu jüdischen Festen aussprechen. Manchmal spricht er beim Essen den Kiddusch, wobei sie immer das Gefühl hat, dass es ihm peinlich ist. Über die Arbeitsverbote am Schabbat macht er sich immer wieder lustig. »Nur zu den Feiertagen« war nicht ganz richtig. Nicht öfter als zehnmal ist sie mit ihren dreizehn Jahren in der Synagoge gewesen, meistens zu Jom Kippur. Außer im Religionsunterricht in der Volksschule hat sie mit der Religion nie etwas zu tun gehabt.

An der Tür ertönt ein Geräusch, die Gespräche in der Klasse ersterben sofort, als ob jeder schon neben dem Reden halb hingehört und nur darauf gewartet hätte, bis der Lehrer käme. Ein Mann mit streng zurückgekämmtem schwarzem Haar, Schnurr- und Spitzbart tritt ein und schließt die Tür hinter sich. Mit einem kollektiven *Rums!* stehen alle auf, während der Lehrer zum Pult schreitet.

Es ist totenstill.

»Setzen! Ich bin euer neuer Klassenlehrer und werde euch in Geografie, das ist Erdkunde, unterrichten. Ihr seid jetzt im Lyzeum und hier gibt es viele Fächer, die ihr bisher nicht hattet. Mein Name ist Heinrich Zink. Ihr werdet mich mit Herr Professor Zink ansprechen. Wir werden viel lernen.«

Er nickt langsam, als würde er sich selbst bestätigen, und schaut von Schülerin zu Schülerin. »Viel lernen, und ich erwarte mir, dass ihr euch durch Fleiß und Wohlbetragen auszeichnet.«

Viel lernen. Ich will viel lernen, denkt Marie, lernen, lernen, lernen. Ich werde Vater keine Schande machen. Ich werde das Abitur machen, auch wenn er mich lieber in der Buchhandlung sehen will. Es reicht doch, wenn Walter dort arbeitet.

»Wer von euch ist auf Sommerfrische gewesen?« Die Stimme des Lehrers. Was er zuvor gesagt hat, hat Marie nicht gehört. Aber ja, ihre Familie war im Sommer eine Woche im Salzkammergut, im Österreichischen. Sie zeigt auf.

***

»Ja, das stimmt, drüben im Österreichischen, bei den Erbfeinden«, – Demetrio lacht auf – »die haben keinen Zwölfstundentag mehr für Mädchen in deinem Alter. Die sind schon weiter. Aber wir kämpfen auch dafür, da kannst du dir sicher sein. Ist es wegen der Hände?«

Tina schüttelt den Kopf.

Sie ist mit Onkel Demetrio am Tisch sitzen geblieben, die Mutter macht sich mit dem Geschirr im Spülstein zu schaffen, die Geschwister sind im Hof und spielen wahrscheinlich mit Holzreif und Ball.

»Schau, meine Finger haben schon so viel Hornhaut, da spüre ich nichts mehr. Es sind die Aufseher, die so ...«

Sie vollendet den Satz nicht. Demetrio weiß ohnehin, wie es zugeht. Die Schikanen, wenn sie etwas auf den Boden werfen, das ein Mädchen aufheben muss. Wie sie ihnen an die Hinterbacken greifen und sie zusammendrücken wie eine Zitrone, ein Zeichen, dass der Aufseher einen mag. Die Lohnabzüge, wenn eine sich eine halbe Stunde hinlegen muss, weil sie Krämpfe hat oder Fieber.

»Hat es sich nicht gebessert?«

Tina schüttelt den Kopf.

»Die Burschen drüben in der Papierfabrik verdienen viel mehr als wir und die Arbeit ist nicht schwerer und außerdem ist dort nicht so ein Lärm. Warum tut deine Partei nichts für die Frauen?«

»Sie tut etwas, sie tut etwas«, brummt Demetrio. Er holt seine Pfeife hervor und klopft sie aus. Er stopft sie und zündet sie an. Tina mag den süßlichen Geruch.

»Aber es geht nur langsam. Du weißt, dass Frauen in unserer Partei gleichberechtigt sind. Du solltest auch mitmachen. Zumindest Mitglied des Syndikats könntest du werden.«

»Bei uns hat Raiser zwei sofort entlassen, die Werbung für das Syndikat gemacht haben. Es ist so ungerecht.«

»Ich weiß. Aber hab Geduld. Es bessert sich überall etwas. Langsam. Wenigstens seid ihr nicht eingesperrt in der Halle.«

»Eingesperrt? Das wäre ja noch schöner!«

Demetrio Canal zieht dreimal kurz an der Pfeife, jedes Mal schmatzt er dabei.

»Hast du nicht gehört, was im März in New York passiert ist?«

»Nein. Ich lese keine Zeitung.«

Dafür Bücher, zumindest versuche ich es abends, aber ich schaffe nur drei Zeilen, bis mir die Augen zufallen, will sie sagen, aber sie schweigt.

»Eine Hemdenfabrik hat gebrannt. Wahrscheinlich hat jemand eine Zigarette auf einem Stoffballen vergessen. Die zweihundert Mädchen, die in der Halle dicht aneinander an den Nähmaschinen saßen, gerieten in Panik.«

»Warum haben sie das Feuer nicht gelöscht?«

»Ich weiß es nicht, aber ich glaube, es gab kein Wasser. Jedenfalls waren die Türen geschlossen, als das Feuer um sich griff. Hundertfünfzig von ihnen sind verbrannt.«

Rauch kringelt aus seiner Pfeife. Tina spürt Übelkeit aufsteigen.

»Aber … warum hat niemand die Türen aufgemacht? Und warum sind sie nicht aus dem Fenster gesprungen?«

»Kind, in New York sind die Häuser höher als hier. Die Halle war im achten oder neunten Stock. Zwanzig oder dreißig sind tatsächlich gesprungen. Sie waren sofort tot. Warum die Türen nicht aufgingen, weiß ich nicht. Vielleicht haben sie geklemmt.«

Tina würgt. Gleich muss sie sich übergeben. Demetrio pafft eine beißend-süßliche Wolke. Seine Stimme klingt trocken.

»Man fand die verkohlten Leichen an ihren Nähmaschinen sitzend. Die Mädchen hatten Angst vor Strafe, wenn sie ihren Arbeitsplatz verließen. Die Feuerwehr kam zu spät.«

Tina denkt an die Seidenweberei, an die vertraute Fabrikhalle, um die Übelkeit zu vertreiben. Bei Raiser arbeiten alle Frauen im Erdgeschoß. Wenn im ersten Stock Feuer ausbräche, würden eher Raiser und die Leute in den Büros verbrennen, nicht die Arbeiterinnen.

Sie würgt die Übelkeit hinunter, im Magen ist immer noch ein flaues Gefühl. Sie sieht die Mädchen, die weinen und schreien, die sich im Sitzen an ihre Nähmaschinen klammern, die durch das Gas ohnmächtig werden, vornüberkippen und dann wie Puppen von den Flammen erfasst werden. Alle sind betäubt, keine schreit mehr.

Sie mag Onkel Demetrio nicht ansehen, sie blickt an die Wand neben sich zum Kalender, es ist ein Jahreskalender auf einem Blatt, an die Wand geheftet mit einer Reißzwecke, für jeden Tag steht klein gedruckt ein Heiliger im Kalender. Tina kann die Namen nicht lesen, die Buchstaben verschwimmen vor ihren Augen. Warum helfen diese Heiligen nicht, wenn man sie braucht?

***

Die Buchstaben verschwimmen vor ihren Augen. Wer soll sich all die Vokabel merken?

Sie lässt das Buch sinken und blickt aus dem Fenster.

Noch kein Schnee Anfang Dezember, aber draußen ist es so kalt, dass sich jede Nacht Eisblumen an den äußeren Fenstern bilden.

Kirchenglocken läuten, Sophie und die anderen christlichen Mitschülerinnen sind sicher schon auf dem Weg in die Kirche.

Marie blickt sich im Zimmer um. Sie hat ihr Bett gemacht, das von Helene ist noch so, wie sie es beim Aufstehen hinterlassen hat. Aber trotzdem ist Helene immer die brave große Schwester. Sie ist ja auch mit den Eltern spazieren gegangen und sammelt wieder Gutpunkte, während Marie nichts von den langweiligen Spaziergängen im Stadtpark hält, vor allem jetzt im Winter. Den Park kennt sie in- und auswendig. Sie wird es wohl nie schaffen, ihre Schwester von ihrem Favoritenplatz zu verdrängen. »Mein kleiner Widerborst«, hat der Vater sie neulich genannt. Marie hat das als Lob gesehen.

Sie versteht nicht, dass man mit elf Jahren so viel lernen muss. Turmrechnungen, dreistellig, vierstellig, fünfstellig, wer ist als Erster fertig, hat der Lehrer gerufen. Lateinische Vokabel, jeden Tag eine neue Lektion. So viele Fachausdrücke in Erdkunde und in Geschichte. Wer soll sich das alles merken?

Das Schulgebäude ist ja schön und neu und liegt gleich um die Ecke, aber am ersten Tag hat sie sich trotzdem fast verlaufen. »Mädchenlyzeum«, steht in großen Buchstaben über dem Eingang, »Höhere Töchterschule Oststadt« klein darunter.

Sie fragt sich, ob sie fehl am Platz ist. Sie ist doch keine höhere Tochter. Und die Klassen heißen so komisch. Sie war jetzt in der Sexta, obwohl es die fünfte Klasse ist. Der Bruder war in der Untertertia, die die achte ist, Helene in der Quinta, die die sechste ist, obwohl sie gerade gelernt hat, dass quinta fünfte heißt!

Sie gleitet von ihrem Sessel, gleitet aus dem Mädchenzimmer und klopft an Walters Tür. Er will das seit Neuestem, die kleine Schwester muss seine Privatsphäre respektieren, hat er gesagt.

»Was willst du denn schon wieder«, sagt er, als er die Tür öffnet. Er wirkt verschwitzt, als ob er gelaufen wäre.

»Kannst du mich Vokabel abprüfen?«

»Ach, Marie. Später. Oder vielleicht hat ja Vater dann Zeit oder Helene, wenn sie zurück sind.«

Sie wirft einen Blick in sein Zimmer. Zwei Hanteln liegen auf dem Boden. Offenbar hat der Bruder gerade trainiert. Er hat die Hanteln zum Geburtstag bekommen, alle seine Freunde haben so etwas, sie wollen Muskeln haben, die sie beim Turnen vorzeigen können.

Sie zieht eine Schnute.

»Hör mal«, sagt er, »du musst jetzt selbständig sein, du wolltest ja unbedingt auf diese Schule. Mir hat auch niemand geholfen.«

Sie versucht, Tränen hinauszudrücken, es kommen keine.

»Später, einverstanden?«, sagt der Bruder. Sie trottet zurück in ihr Zimmer. Die Spaziergänger würden sicher erst in einer Stunde kommen.

Mit ihrer Schwester war sie bis vor zwei Jahren unzertrennlich gewesen. Sie spielten gemeinsam, seit sich Marie erinnern kann. Sie hatten keine Geheimnisse voreinander, Marie trug ihre Kleider nach, sie war ihre beste Freundin. Aber das Lyzeum hat Helene vor zwei Jahren mit einem Mal verwandelt. Keine Zeit mehr für Kindereien. Die große Schwester hat Freundinnen, bei denen sie sich unterhakt und mit denen sie in der Altstadt zwischen den Fachwerkhäusern, wo sich Geschäft an Gasthaus reiht, herumspaziert, herumkichert und Geheimnisse hat, die sie mit Marie nicht mehr teilt. Vielleicht wird es ja jetzt besser, wenn Marie auch im Lyzeum ist.

Sie setzt sich wieder an ihr Tischchen und nimmt ihr Vokabelheft.

Walter wird sicher wieder vergessen, dass er zugesagt hat. Nach dem Mittagessen wird Vater Zeit haben. Genau das, was sie vermeiden wollte. Bei jeder nicht gewussten Vokabel wird der Vorwurf im Raum stehen: Du hast es nicht notwendig.

Lass es sein. Geh an eine andere Schule, in drei Jahren trittst du sowieso die Lehre in der Buchhandlung an. Aber sie wird sich anstrengen, und der Vater wird nachgeben müssen. Sie wird ab jetzt auch ganz brav sein, nicht mehr frech zurückreden und ihr Kleid nicht mehr so oft schmutzig machen.

***

Nur das Kleid nicht schmutzig machen. Nicht aufsehen. Zumindest bis die Delegation vorbei ist. Langsamer arbeiten, es soll ja niemand den Eindruck bekommen, dass ihr schuften müsst, hat der Aufseher gesagt. Die drei Kleinen haben heute frei, nur Mädchen über zwölf sind in der Halle.

Auch die Maschinen rattern heute leiser, Tina hat keine Ahnung, wie die Mechaniker das geschafft haben. Trotzdem versteht man schon die Arbeiter, die fünf Meter entfernt stehen, nicht mehr. Und so kann sie auch nicht hören, ob die Herren schon da sind. Auf den Eingang der Halle sieht sie von ihrem Platz aus auch nicht. Nach einer Viertelstunde Arbeit spürt sie die Unruhe, die sich wie eine Welle unter den Arbeiterinnen ausbreitet, auch wenn sie nichts sieht oder hört. Die Delegation ist da. Direktoren von Spinnereien aus Österreich, dem Kronland Vorarlberg, wo angeblich die Hälfte der Einwohner an Webstühlen arbeitet, hat ihnen der Aufseher letzte Woche erzählt.

Die sechs dicken Männer bewegen sich durch die Halle, Raiser erklärt hin und wieder etwas, man sieht ihm an, dass er sich anstrengen muss, den Lärm zu übertönen. Die Herren nicken, sie sehen übernächtig aus. Am Webstuhl vor Tinas Arbeitsplatz bleiben sie stehen, Raiser spricht. Als sie an ihr – Gott sei Dank – vorüberziehen, läuft es ihr kalt über den Rücken. Nur nicht aufblicken, bedächtig die Arbeit tun.

Ein Geräusch lässt sie dennoch aufsehen. Etwas Silbernes liegt auf dem Boden, eine Taschenuhr, ein Mann, der sich von der weiterziehenden Gruppe abgewandt hat, steht davor und macht Anstalten, sich zu bücken. Tina gibt das Schiffchen in die Endposition, dreht sich um, bückt sich, gibt dem Mann die Uhr.

»Danke«, sagt er auf Deutsch.

»Bitte sehr, der Herr«, antwortet sie ebenfalls auf Deutsch.

Der Mann zieht die Brauen hoch.

»Du sprichst Deutsch?«

Tina senkt den Kopf, nickt Richtung Boden.

»Wo hast du denn das gelernt?«

»In der Schule. Ich bin in Österreich zur Schule gegangen.«

»Eine Arbeiterin, die Deutsch kann. So eine könnte ich brauchen.«

Er zuckt die Achseln, als wollte er sagen: Es ist ohnehin nicht möglich.

Sie sieht ihm noch ein wenig nach, wie er aufschließt zu den anderen, dann wendet sie sich wieder ihrem Webstuhl zu.

Wieder in die Schule gehen. Bücher lesen. Neue Worte lernen, Buchstabe für Buchstabe. Sie denkt an die Formen der Buchstaben auf dem Fabriksgebäude, den Bogen des »R« von »Raiser«. Warum gibt es überhaupt Buchstaben? Wie sie wohl entstanden sind? So viel dumme Gedanken, während das Schiffchen hin und her saust.

***

Mittwochnachmittag darf sie das erste Mal allein zu Betty. Als sie mit ihr vor dem Spiegel steht und beide Grimassen schneiden, wird ihr während des Lachanfalls klar, wie verschieden sie sind: Betty ist mager und hat eine Haut wie aus rosa Papier.

Ihr dünnes blondes Haar, das ständig von einem perlmuttfarbenen Haarreif zusammengehalten wird, trägt sie offen. Neben ihr kommt sich Marie pummelig vor. Ihre Haut ist dagegen fast ledrig, ihr drahtiges dunkelbraunes Haar nur mühsam gebändigt. Während Betty schnell das Interesse an einer Sache verliert und gleich zur nächsten geht, bleibt Marie länger bei einem Spiel und hat größere Mühe, sich umzustellen. Dafür ist sie schnippischer, Betty drückt sich oft umständlich aus.

Auch die Wohnung von Bettys Familie ist so anders als ihr Zuhause in der Gabelsberger Straße. Nicht, dass es zu Hause hässlich wäre. Aber die elterliche Wohnung ist nichts Besonderes, und die meisten Wohnungen, die Marie bisher gesehen hat, sehen ähnlich aus: Möbel aus blank poliertem Eichenholz, gepolsterte Stühle, eine Vitrine für das gute Geschirr, eine Anrichte für das gewöhnliche; Kunstdrucke und echte Bilder an den Wänden.

In Bettys Wohnung sind die Räume höher, im Wohnzimmer stehen pechschwarz lackierte glänzende Möbel mit Messingbeschlägen, die zu groß für den Raum scheinen und Marie an Afrika denken lassen.

Betty ist heute wie eine Puppe gekleidet, ein Kleidchen mit Tülleinsatz und falscher Spitze am Saum. In ihrem engen Zimmer ist kaum Platz für ihr weiß lackiertes Eisenbett. In den Regalen stehen Spielsachen und Kinderbücher. Sie hat auch einen vier Jahre älteren Bruder, Isaak, der das Kabinett neben ihr bewohnt, er besucht das jüdische Gymnasium. Auch Isaak ist dünn wie eine Bohnenstange, hat ein spitzes Kinn und dunkelbraune, immer unfrisiert aussehende Haare – das Gegenteil von seiner blondschimmernden Schwester. In seinem Zimmer hängen Zeichnungen von Flugzeugen. Er erzählt den Mädchen von den neuen Wasserflugzeugen, die es jetzt gibt, und dass die *Berliner Morgenpost* jeden Tag frisch von der Druckerei nach Frankfurt an der Oder geflogen wird. Dann schwärmt er von seiner Schule und dass er dort neben Latein auch Hebräisch lernt. Angeber.

»Ich will das auch lernen«, sagt Marie.

»Das ist nichts für Mädchen. Die müssen kochen und nähen lernen, wenn sie einen Mann finden wollen. Aber nicht Hebräisch.«

»Ich werde nie kochen«, sagt Marie laut. »Ich werde eine Köchin haben so wie die reichen Leute, oder einen Mann, der kocht. Die modernen Frauen sind jetzt anders. Du wirst schon sehen.«

Isaak lacht.

Marie beginnt: »Aleph, Bet, Gimel, …«

»Schon gut«, sagt er, »ich glaub's dir ja. Das kann aber jeder.«

Isaak atmet tief durch.

»Geht jetzt wieder spielen. Ich muss lernen.«

Marie schmollt, sie will kein kleines Kind mehr sein, das sich so einfach abspeisen lässt. So viel wartet darauf, entdeckt zu werden. Isaak ist um nichts besser als die Erwachsenen, die ihr nichts zutrauen. Sie wird diese Sprache auch lernen. Das Alphabet, das Aleph-Bet kann sie schon. Ist sie nicht auch Jüdin, auch wenn sie nur einmal im Jahr ins Bethaus gehen? Sie wird es ihm schon zeigen.

***

»Da war ich noch nie drin.«

»Obwohl du so nahe wohnst?«

Tina zuckt mit den Achseln.

»Bist du jetzt fromm geworden?«

»Meine Mutter hat mich immer mitgenommen, als ich klein war. Natürlich mussten wir hinten stehen, aber ich habe schöne Erinnerungen.«

»Was ist dann passiert?«

»Das, was auch in deiner Familie passiert ist, Dummerchen. Alle sind Kommunisten geworden.«

Cinzia schiebt die schwere Holztür auf. Tina ist froh, dass sie vorbeigekommen ist und sie abgeholt hat. Seitdem Cinzia nicht mehr bei Raiser arbeitet, vermisst Tina die Gespräche, den Klatsch und Tratsch, die Vertrautheit. Vor zwei Wochen hat sie an die Tür in der Via Caiselli geklopft und nach Tina gefragt. Sie fiel ihr um den Hals. Sie erzählte ihr, dass sie als Näherin arbeitete und sich manchmal mit einem Burschen treffe, der in einer Druckerei arbeite und immer schwarze Finger habe. Sie verabredeten sich für Sonntag zum Herumspazieren.

Sie betreten den düsteren Raum, nur durch die Obergaden fällt Schlaglicht wie von Scheinwerfern auf die Säulenkapitelle. Es riecht nach Weihrauch und Putzmitteln. Vor ihnen ein Schachbrettboden aus Marmor.

»Nur auf die Schwarzen!«, flüstert Cinzia und hopst los. Tina blickt sich um. Das ist sicher verboten. Sie tapst von Feld zu Feld, dann bleibt sie stehen und blickt nach oben. Eine riesige Kuppel wölbt sich über dem Hauptschiff, übervoll bemalt: Auf einen goldenen Hintergrund hat der Maler Wolken gesetzt, die unterhalb, in der Kirche, zu schweben scheinen, daneben schwerelose Engel und vermutlich Heilige. In der Mitte der Kuppel ist eine elliptische Öffnung gemalt, durch die der Himmel sichtbar wird, auch vor dem Blau schweben Engel und in der Mitte ein Mann, wahrscheinlich Jesus. Alles schwebt, ist leicht, golden, funkelnd.

Noch nie war sie hier, und es erscheint ihr wie eine Märchenwelt, so stellt sie sich den Palast eines Königs vor.

»Komm schon, was schaust du?«

»Ich komme!«

»Ich muss dir was Grausiges zeigen, die Reliquien.«

Zu Hause vor der dünnen Milchsuppe fragt sie Onkel Demetrio, warum Kommunisten nicht in die Kirche gehen. Die zehn Gebote sind doch nichts Schlechtes und Liebe auch nicht.

»Die zehn Gebote«, sagt Demetrio und leckt den Löffel ab, »die zehn Gebote sind ein Zeichen der Unterdrückung.«

Tina versteht überhaupt nichts. Sicher, es gibt andere Fünfzehnjährige, die in der Gewerkschaft sind und mehr wissen. Aber wie können Regeln wie »Du sollst nicht töten!« ein Zeichen der Unterdrückung sein?

»Schau nicht so verdattert, es ist wirklich so.«

Die Mutter trägt das Geschirr zur Spüle, jetzt kommt sicher wieder die Belehrung durch Onkel Demetrio.

»Ich finde es schade, dass wir da nicht hingehen. Der Raum ist so schön und die Messen sind es sicher auch: Es wird gesungen und die Orgel spielt.«

»Ja, und damit vernebeln sie den Menschen das Gehirn«, sagt Demetrio. »Marx hat geschrieben, dass Religion das Opium des Volkes ist. Das heißt, die armen Leute, die sich kein Opium leisten können, nehmen stattdessen die Religion als Beruhigungsdroge. Die Kirche hilft den Arbeitern nicht. Sie sagt: Im Himmel wird alles besser. Die halten zu den Reichen, nicht zu uns. Und außerdem stellen sie jede Menge Gebote und Regeln auf, die sie selbst nicht einhalten.«

»Die Sozialistenfrauen bei uns in der Fabrik reden die ganze Zeit von Syndikat und Revolution«, sagt Tina. »Alles muss zerstört werden. Das kann doch auch nicht gut sein. Wenn man den Reichen alles wegnimmt, sind eben andere dann reich.«

Demetrio lacht.

»Nein, das ist anders. Im Sozialismus wird alles anders. Wir Proletarier werden eine neue Welt schaffen, du wirst es noch erleben. Eine Gesellschaft, in der alle gleich sind. Wo es keine Großgrundbesitzer und Fabrikdirektoren gibt. Wo alles allen gehört. Die Syndikate sind der Anfang der neuen Gesellschaft. Alles wird von den Arbeitern selbst verwaltet, wir werden dann keine Direktoren mehr brauchen.«

Er nimmt die Zeitung, die neben ihm auf der Bank liegt, und legt sie vor Tina.

»Schau, da: In Pordenone gibt es ein neues Syndikat. Und da: Streik in der Schuhfabrik. Du solltest mehr Zeitungen lesen in deinem Alter, nicht diese lächerlichen Romane.«

Er blickt auf die Taschenuhr, steht auf, setzt seinen Hut auf, fasst Tinas Mutter von hinten an den Hüften und küsst sie auf den Nacken.

»Ich treffe mich noch mit Giovanni. Danke für die Suppe. Kann später werden.«

Er tippt mit der Hand auf die Hutkante. »Tina. Wir reden morgen weiter.«

Vaterersatz. Nein, Vater hat sich nie am Abend herumgetrieben.

***

Eine Woche später, beim nächsten Besuch, fragt Marie Isaak Löcher in den Bauch. Sie hat die ganze Woche Fragen gesammelt, die sie dem Vater nicht stellen will, weil sie weiß, dass er nichts davon hält. Hat Moses die Torah geschrieben? Ist das Aleph wirklich das Symbol eines Rinderkopfs gewesen? Sind das die ältesten Buchstaben der Welt? Isaak weiß auf viele Fragen keine Antwort.

»Warum fragst du nicht den Religionslehrer? Der ist doch dafür da!«

»Der nimmt uns Mädchen doch nicht ernst.«

»Unseren kann man alles fragen. Tja.«

Isaak erzählt von Professor Kissinger, der viel lebendiger unterrichtet und ganz andere Sachen durchnimmt als der Lehrer an der Mädchenschule.

»Er weiß immer eine Antwort«, sagt Isaak. »Aber wir müssen auch viel lernen.«

Marie kann niemanden fragen. Religion ist ihren Eltern egal. Und Herr Löw sagt immer »Später!« und behandelt die Fragen doch nie.

»Haltet ihr diese Schabbatgebote eigentlich ein? Stimmt es, dass sogar Spazierengehen am Schabbat als Arbeit gilt?«

»Hängt davon ab«, sagt Isaak.

Isaak doziert, die beiden Mädchen hören zu, Marie interessiert, Betty gelangweilt. So hat sie sich den Freundinnenbesuch nicht vorgestellt. Sie sieht zum Fenster hinaus und zur Decke und schnaubt immer wieder kräftig.

Aber Isaak hat Geduld, er redet sich warm. Marie spürt, dass er sich bemüht, gut zu erklären. Ein kleiner Rabbi.

Als er vom Schabbesgoi erzählt, der jeden Samstag kommt, glaubt sie es zunächst nicht.

Marie kennt das alles nicht. Was ihr Vater dazu sagen würde?

»Das meiste macht man ohnehin vorher. Wenn die Glut im Ofen ausgeht über Nacht, das passiert nicht so oft, dann kommt Herr Noack und macht das Feuer wieder an, weil uns Feuer machen am Schabbes verboten ist, zum Beispiel. Oder wenn etwas kaputtgeht, dürfen wir das nicht reparieren. Dann kommt Herr Noack.«

Marie weiß nicht, was sie davon halten soll. Oder binden sie ihr einen Bären auf und werden gleich loslachen?

»Komm jetzt«, sagt Betty. »Wir wollten doch noch die Hausübung machen.«

Später gibt es Quarkbrote mit Schnittlauch, der Vater ist inzwischen zu Hause. Marie nimmt sich ein Herz und fragt ihn nach dem Schabbesgoi. Er sieht Marie etwas länger an, bevor er spricht. Sie weiß, was er denkt: Eine jüdische Familie, die die Bräuche nicht einhält und an Religion völlig uninteressiert ist.

»Wir beten am Schabbes für alle mit, die nicht in der Synagoge sind«, sagt er, und es klingt nicht streng, eher heiter.

»Weißt du, meine Frau kocht am Freitag vor, wir bringen das Essen dann zum Bäcker nebenan, der hält es in seinem Backrohr oder neben dem Ofen warm, und Herr Noack bringt uns das dann am Schabbes, denn für uns wäre das Arbeit.«

Marie nickt und beißt in ihr Quarkbrot. Sie würde am liebsten weiter fragen, aber sie traut sich nicht. Es gibt so viel, das sie nicht weiß. Aber was bedeutet »jüdisch«, wenn man sich nicht an die Gebote hält? Ist sie dann überhaupt Jüdin? Vielleicht wird sie das nächste Mal fragen. Jetzt will sie Betty nicht verärgern.

Als sie sich später verabschiedet, steht sie mit Betty noch vor der Tür am Flur.

»Bis nächste Woche.«

»Du redest ja nur mit meinem Vater und meinem Bruder. Kommst du überhaupt noch wegen mir?«

Ein Stich ins Herz.

»Aber natürlich! So ein Unsinn. Entschuldige, bitte, Betty.«

Die Freundin presst die Lippen zusammen.

»Was hast du nur auf einmal mit der Religion? Ich habe gedacht, du wirst mich ein bisschen ablenken von diesen Sachen.«

Marie treten die Tränen in die Augen.

Betty schiebt die Unterlippe vor.

»Und überhaupt. Tust auf fromm und hast doch gar keine Ahnung von Religion. Willst du dich einschmeicheln bei meinem Vater?«

»Aber nein, Betty, nie im Leben. Mich interessiert das wirklich. Ich verspreche dir, das nächste Mal spielen wir nur.«

Betty nickt langsam.

»Das Leiterspiel?«

»Ja, und Quartett!«

Betty nickt wieder, auch in ihrem Auge sieht Marie eine Träne. Sie umarmen einander. Marie fröstelt, noch ehe sie auf der Straße ist.

Sie beschließt, Betty nächstes Mal ein Geschenk mitzubringen. Eine Kleinigkeit. Ein Tuch oder einen Schal oder Handschuhe, irgendetwas, das man im Winter gut brauchen kann. Sie wird sich bestimmt freuen und der Zwist wird vergessen sein.

***

»Zwanzig ist viel zu wenig.«

»Fünfundzwanzig, mehr ist der nicht wert.«

»Na kommt schon«, sagt Tina.

Sie sitzen im Speiseraum, die Blechbüchsen, aus denen die Frauen zu Boden blickend ihr Mittagessen verzehrt haben, sind leer. In den meisten Büchsen findet sich jeden Tag dasselbe: eine Schnitte Polenta, ein Stück Käse, bei manchen rohe Zwiebeln. Noch fünf Minuten, bis der Klingelton die Mittagspause beendet.

»Dreißig. Mehr wirst du für den nicht kriegen.«

»Zum Ersten … zum Zweiten … und zum Dritten!«, sagt Tina theatralisch und gibt Delia den Schal, die ihn gierig entgegennimmt.

Sie kramt nach den Münzen und gibt Tina das Geld. Die Aufmerksamkeit flaut ab, die Frauen reden wieder leise in Grüppchen.

Ihr blauer Schal. Dreißig Lire. Das reicht für drei Wochen Brot und Käse, vielleicht einen Monat. Im Frühling wird es dann schon wieder leichter.

Der blaue Schal war vor zwei Jahren ein Geschenk von Tante Veronica. Sie hat die Tante, die in Turin wohnt, seitdem nicht mehr gesehen. Ein Schal, drei Wochen Essen für sieben.

Drei Wochen kein Weinen der kleinen Geschwister, wenn sie sich abends hungrig zu dritt in ihrem Bett zusammenkauern. Drei Wochen kein Blick der Mutter, unter deren Augen die Tränensäcke immer größer werden, während sie selbst immer schmächtiger wird. Yole hätte so gerne eine richtige Puppe, Benvenuto ein Schaukelpferd. Ein paar alte Lappen, mit Spagat zu einem Körper gebunden und ein Baumstumpf vor ihrem Haus müssen genügen.

Die Frauen gehen wieder an die Arbeit. Noch sechs Stunden.

Daheim wird Demetrio sicher wieder diskutieren wollen. Zuletzt hat er immer wieder gegen die Kirche und die verlogenen Pfaffen gewettert. Die Religion hat keine Zukunft. Sie wird aussterben. Die Kirchen werden abgeschafft.

Die Mutter wird sie fragen, wo der schöne blaue Schal geblieben ist.

Ach, er hat mir nie gefallen, wird sie antworten, und beide werden sich an den Moment erinnern, als sie ihn geschenkt bekommen und die Tante umarmt hat.

***

Beim nächsten Besuch vermeidet Marie es, über Religion zu reden. Das Spielen ist ohnehin lustiger. Und Betty hat sich so über den Schal gefreut, dass sie sie lange an sich gedrückt hat.

Sie haben Bettys Ausschneidepuppen entdeckt. Die richtigen Puppen sind ja längst Kinderkram. Sie gehen schließlich ins Mädchenlyzeum und sind schon elf. Aber da gibt es die farbigen Kartonbögen mit den Puppenfiguren und Kleidern zum Ausschneiden. Betty hat sogar eine Serie von Bögen mit kleinen Kindern und Kleidern zum Selbstausmalen. Sie malen und spielen Modeschau, die neueste Kollektion. Nur kein Wort über Religion.

Aber beim nächsten Besuch ist das Thema wieder da. Als sie sich verabschiedet, lädt Bettys Vater sie zum Leil Schabbat am Freitagabend ein. Als Marie sagt, dass sie allein sicher nicht kommen darf, sagt Herr Blum: »Na, dann laden wir deine Eltern auch ein.« Er greift zum Telefon und wählt die Nummer der Buchhandlung. Marie würde sich am liebsten unter dem Tisch verstecken. Sie hört Herrn Blum sprechen, er lacht, brummt, legt auf. Maries Vater hat die Einladung angenommen.

So sitzen sie am Freitagabend zu acht um den großen Tisch im Salon der Blums. Sie beobachtet ihre Eltern genau, als Frau Blum die Schabbatkerzen anzündet und Herr Blum den Bracha spricht. Walter und Helene werfen einander bedauernde Blicke zu. Aber sie staunen genauso wie Marie, als sie sehen, wie die Eltern alle Rituale mitmachen: Sie werfen Münzen in die kleine Schachtel in der Mitte, Tzedakah heißt das, flüstert Betty, sie sprechen die Gebete mit und murmeln die Antworten an den richtigen Stellen. Sie haben es als Kinder gelernt, es ist ihnen in Fleisch und Blut übergegangen, aber sie haben es nicht weitergegeben, die Tradition ist abgerissen.

Den ganzen Abend sind die Blums wie immer herzlich, Marie kommen ihre Eltern zurückhaltend vor, peinlich darauf bedacht, nirgendwo anzuecken, kein politisches oder religiöses Thema anzusprechen. Auch die Gastgeber scheinen jedes Thema zu vermeiden, das mit dem Judentum zu tun hat. Sie reden über Fürth, die neuesten Fabriken und Geschäfte.

»Wir schätzen Ihre Buchhandlung sehr«, sagt Bettys Vater. »Zu Oerter gehe ich nicht so gerne.«

»Ja, Oerter, der alte Anarchist. Aber seine Leihbücherei geht gut. Er macht etwas für die, die sich keine Bücher leisten können. Die sind aber nicht meine Kundschaft.«

»Natürlich nicht. Ich stehe diesen politischen Strömungen auch skeptisch gegenüber. Er soll sich ja selbst als Schriftsteller betätigen.«

»Ja. Wie gesagt, nicht meine Welt. Ich habe zwar große Sympathien für die Rechte der Arbeiter, aber Anarchismus, nein.«

Marie versteht wenig von der Unterhaltung. Herr Oerter soll ein Anarchist sein, fast nur noch anarchistische Bücher haben, außerhalb der Buchhandlung ist er immer nur mit seinem Leiterwagen zu sehen, auf dem er Lithografieplatten für irgendwelche Drucke nach Muggenhof bringt. Manchmal zieht auch die Frau den Leiterwagen, immer hat es den Anschein, als würde etwas Geheimes transportiert werden.

Als sie später ihren Vater fragt, was Anarchist und Lithografie bedeuten, sagt er: »Das ist einer, der keine Ordnung anerkennt. Keinen Kaiser, keinen Bürgermeister, keinen Polizisten, keine Gesetze, keinen Staat. Das sind so Menschen, die wollen eine Welt, wo jeder macht, was er will. Aber so kann man nicht leben. Das sind einfach Spinner, Marie. Die nimmt niemand ernst. Und das mit der Lithografie erkläre ich dir morgen. Ich habe ein Buch darüber in der Buchhandlung.«

Aber am nächsten Tag macht Marie lieber einen Abstecher in die Altstadt – sie liebt die putzigen Fachwerkhäuschen mit den Schieferschindeln – und schleicht durchs enge Pfarrgässchen, um an dem schmalen Haus von Herrn Oerter, das wie ein Schiffsbug aussieht, vorbeizugehen. An der Tür, die sich an der Schmalseite befindet, hängt eine große Glocke. Sonst nichts Auffälliges.

Eine Welt ohne Gesetze, wo jeder macht, was er will. Nein, das kann nicht gut gehen. Sie denkt an ihre Klasse. Wenn da jede machen würde, was ihr in den Sinn kommt, gäbe es wohl keinen Unterricht.

Am Abend liegt sie wach im Bett und verscheucht die Gedanken, die hochsteigen. Eine Welt, in der alles erlaubt ist. Keine Regeln. Alle sind frei, das zu tun, was sie wollen. Irgendwie klingt es ja schön. Dass es sogar Erwachsene gibt, die davon träumen! Aber es ist wohl Zeitverschwendung. Sie muss lernen, lernen, lernen, wenn sie mehr werden will als bloß die Nachfolgerin des Vaters, auf ewig gefangen in der kleinen Buchhandlung in der Industriestadt mit den Tausenden Spiegeln. Marie fragt sich, warum die Leute auf die Spiegelfabriken stolz sind. Fürth, die Spiegelstadt. Fürth, die Stinkestadt müsste es heißen. Sie weiß sogar, wie der Stinkestoff heißt: Ammoniak. Das riecht wie die verweste Maus, die Marie einmal am Dachboden gefunden hatte. Der Vater hat erzählt, dass die Leute, die dort arbeiten, bald zu husten beginnen und früh sterben wegen dieses Ammoniaks. Aber noch immer besser als das Quecksilber früher, hat der Vater gesagt.

Nein, hier in der Stinkestadt will sie nicht bleiben. Sie will Ärztin werden, weit weg gehen, am besten als Urwaldärztin nach Afrika. Mit dem Gedanken an den Dschungel und an exotische Blumen schläft sie ein.

***

Der Geruch des Flieders wirft sie fast um.

Über Nacht ist es Frühling geworden, nach einer Woche Regen sind die Blüten explodiert. An diesem strahlenden Samstagnachmittag sieht sie erst die vielen Farben, riecht den Jasmin und den Flieder, überall Flieder. Unter der Woche ist sie zwölf Stunden in der Fabrik, am Samstag acht. In der Morgendämmerung bei Regen außer Haus, in der Abenddämmerung der Heimweg.

Und jetzt diese Explosion. Sie geht den Wassergraben entlang, überall Farben, schreiend gelbe Forsythien, es tut ihren Augen fast weh. Sie könnte tanzen, was für ein lächerlicher Gedanke, sie ist viel zu müde, kommt sich vor wie ein Höhlenmensch, dessen ganze Armseligkeit im grellen Licht allen, die ihr entgegenkommen, offenbar wird.

Schon wieder ist in der Fabrik von Streik die Rede gewesen, in ganz Friaul wollen sie nächste Woche die Arbeit niederlegen, haben die Frauen gesagt, die heimlich zu den Treffen der Gewerkschaft laufen. Den Zehnstundentag wollen sie erkämpfen. Was macht das für einen Unterschied, hat sie zu Delia gesagt. Die Finger sind so oder so geschwollen, die jungen Frauen bekommen ohnehin bald Kinder, bei den älteren Frauen gehen die aufgedunsenen Beine auch nie mehr weg.

Sie muss lächeln, als sie Yole und Benvenuto in der Tür stehen sieht. Als sie die große Schwester erblicken, laufen sie ihr entgegen, umarmen sie, sie ist ihre Heldin, die sie am Leben erhält, zu der sie in der Nacht ins Bett kriechen können, wenn ihnen kalt ist. Sie ziehen sie ins Haus hinein, wollen, dass sie mit ihnen spielt.

Aber nicht jetzt. Erst ausruhen. Mutter hat ihr ein Stück Polenta aufbewahrt, sie isst es mit Milch und Gerstenkaffee und legt sich dann hin.

Das Geld des Schals wird demnächst aufgebraucht sein, aber bald ist Sommer, dann ist es leichter, die ersten Frühäpfel auf den Streuobstwiesen im Süden der Stadt werden für gutes Apfelkompott sorgen.

Sie isst und denkt an gar nichts, da ist nur Leere. Nach ein paar Minuten steht sie wieder auf, doch ihre Geschwister sind verschwunden, spielen draußen. Sie nimmt die Zeitung, die auf dem Tisch liegt. Die gestrige Ausgabe von *Il Lavoratore*. Die politischen Sachen interessieren sie nicht, Streik, Karl Marx über

Triest, Abdruck eines Artikels, den der Mann mit dem weißen Rauschebart schon 1856 geschrieben hat. Sie blättert weiter, da: der Roman in Fortsetzungen. Der Onkel bringt die Zeitung nicht jeden Tag mit, aber der Roman ist wohl mit Vorsatz so geschrieben, dass man der Handlung jederzeit folgen kann. Dass der halbseitige Text immer im spannendsten Moment aufhört, lässt sie jeden Tag der Fortsetzung entgegenfiebern.

Wenn sie diesen Roman liest, so hat sie vor ein paar Tagen zu Delia in der Fabrik gesagt, vergesse sie alles um sich her. Während der Akkordarbeit klammert sie sich an Sätzen fest, die ihr im Gedächtnis geblieben sind, hängt an einzelnen Wörtern, und so übersteht sie den Tag. Wie die Alten mit ihren Heiligen, hat Delia gesagt und davon erzählt, dass einige ältere Frauen in der Fabrik zwischendurch in ihre Schürzentasche greifen und ein Heiligenbildchen umklammern, das ihnen Hoffnung gibt.

Sie blättert weiter. Eine Annonce für einen Englischkurs. Es wäre nicht schlecht, vielleicht könnte sie Geld dafür zusammensparen. In Amerika würde sie Englisch brauchen.

Amerika.

Als sie an ihren Vater denkt, steigen ihr die Tränen in die Augen. Warum hatte er verdammt noch mal immer noch nicht genug Geld, um sie nachzuholen? Spart er nicht? Kann er nicht rechnen?

Sie schlägt die Zeitung zu.

Sie muss weg!

***

Beim nächsten Besuch machen sie nur die Hausübung. Immer noch Turmrechnungen, diesmal mit Multiplikation und Division. Ihr schwirrt der Kopf. Auch Betty ist müde.

»Von mir aus kannst du heute ruhig noch mit Papa über Religion reden. Ich setze mich dazu und mache am Webrahmen weiter.«

»Wenn du meinst«, sagt Marie. »Aber ich werde nicht mehr so lange bleiben.«

»Dann schauen wir, ob wir Papa wieder stören können«, sagt Betty und nimmt den Webrahmen und die Wolle.

Marie folgt ihr. Gott sei Dank hat sie die Hausübung aus Handarbeiten schon erledigt.

Im Wohnzimmer fragt Marie Herrn Blum, ob ein Buch wirklich heilig sein kann. Es besteht doch nur aus Papier, Druckerschwärze und Leder. Sie hat gestern den halben Tag darüber gegrübelt.

»Du stellst gute Fragen. Aber darüber könnte man lange reden«, sagt Bettys Vater. »Ich weiß nicht, ob ich das kurz erklären kann. Du weißt ja, dass unsere Religion eine Religion des Buches ist. Die Torah ist das Kostbarste im Judentum. Es ist das Wort von Gott, gepriesen sei sein Name. Die Torah ist heilig. Wir haben noch andere heilige Bücher, aber keines reicht an die Torah heran. Weder die Propheten noch die anderen Schriften. Es sind einfach Gottes Worte. Jeder Satz, jedes Wort, jeder Buchstabe darin ist heilig. So heilig, dass wir den hebräischen Urtext lesen und nicht irgendeine Übersetzung. Wie du weißt, fassen wir die Torah auch nicht mit bloßen Händen an. Und deswegen schätzen wir Bücher generell vielleicht mehr als Angehörige anderer Religionen.«

»Auch die Bücher, die nicht zur Religion gehören?«

»Ja, auch die. Jedes gedruckte Wort ist Ausdruck von Kultur, auch wenn sie oft nicht mehr so sichtbar ist. Wo es keine Bücher gibt, herrscht Barbarei.«

Marie versteht nicht ganz, was Herr Blum meint. Aber es klingt gut. Als sie zu Hause dem Vater diese Worte wiederholt, wiegt er den Kopf.

»Mit der Barbarei hat Herr Blum schon recht. Aber jedes Buch würde ich nicht für kostbar halten. Herr Blum hat wahrscheinlich keine Ahnung, wie viel Schund es gibt. Es gibt leider immer mehr davon. Nein, nein, in unserem Laden gibt es das nicht. Weißt du, Marie, ich achte darauf, dass die Bücher ein gewisses Niveau haben. Du verstehst vielleicht noch nicht, was ich meine, aber du musst früh genug lernen, das Wertvolle von dem Wertlosen zu unterscheiden. Die Kunden werden es dir danken.«

Die letzten Worte sind wieder wie Stiche auf der Haut. Sicher hat Vater sie aufmunternd gemeint. Aber für Marie bedeuten sie schon wieder eine Einengung. Der Vater merkt es gar nicht mehr. Er rechnet damit, dass sie ihm nachfolgt. Aber sie weiß, was sie werden will. Keine Buchhändlerin. Sondern Ärztin. Sie wird Medizin studieren, Englisch lernen und weit weg gehen.

***

Noch immer muss sie lachen.

Die anderen haben nichts verstanden.

Dabei hat sie mit Delia nur geblödelt, banale Sachen gesagt, nur die ersten Worte des Kurses wiederholt. How do you do? Thank you, I'm fine.

Die anderen Frauen haben misstrauisch geschaut und sich an die Stirn getippt. Ihr mit eurer Geheimsprache. Mehr Aufmerksamkeit bekamen sie nicht.

Schließlich beginnt jede hier einmal durchzudrehen, ob sie vor sich hin summt, Selbstgespräche führt oder sinnlose Silben von sich gibt. Es gibt auch immer wieder Frauen, die zu trinken beginnen, billigen Fusel. Sie lassen bald in der Leistung nach und werden schnell gekündigt.

Aber Delia und sie machten sich einen Spaß! Sie haben die englischen Worte bedeutungsvoll ausgesprochen und immer wieder lachen müssen, als die anderen Frauen müde böse Blicke auf sie warfen.

Mutter sagt kein Wort, als Tina beim Abendessen davon erzählt und immer wieder lacht. Auch Yole und Benvenuto bleiben ernst. Die Polenta will ihr nicht schmecken. Was hat sie schon wieder falsch gemacht? Darf man nicht einmal ein bisschen Spaß haben?

Später, als sie mit ihren Geschwistern auf der Bank vor dem Haus sitzt, kuschelt sich Yole an sie.

»Sei nicht traurig. Mutter hat nichts gesagt, weil sie dir nicht wehtun wollte«, sagt Yole.

»Sie hat wieder kein Geld.«

»Aber ich habe …«, beginnt Tina und rechnet nach. Drei Wochen ist es her, dass sie der Mutter ihren Lohn abgeliefert hat. Und den Englischkurs hat sie sich vom Mund abgespart. Sie hat alles genau berechnet.

Kein Geld mehr? Vermutlich diese Inflation, von der in der Fabrik alle redeten. Die Sachen werden immer teurer.

Sie löst sich aus der Umklammerung ihrer kleinen Schwester und geht ins Haus. Stimmt das wirklich? Muss sie auf ihren Englischkurs verzichten, den ein arbeitsloser, alkoholkranker Lehrer jede Woche in einem Kellerlokal ein paar Arbeiterkindern gibt, die vom Auswandern träumen? Sie muss Mutter sofort fragen. Als sie die Schwelle überschreitet, hält sie inne. Nein. Es wäre zwecklos. Mutter würde es nicht zugeben, würde sie beschwichtigen, sie anlügen. Sie stampft mit dem Fuß auf den Lehmboden des Laubengangs. Wann hört diese Armut endlich auf? Ist die Familie dazu verdammt, immer arm zu sein und zu hungern? Gibt es wirklich keinen anderen Weg als Streik und Revolution, um aus diesem Jammer herauszukommen?

Sie dreht um und nimmt Yole wieder in den Arm. Sie streicht ihrer Schwester übers Haar.

»Ich werde den Kurs nicht mehr besuchen, dann haben wir wieder zu essen. Delia kann mir ja bei der Arbeit beibringen, was sie in der letzten Stunde gelernt hat. Es ist so lustig, in der Fabrik in der Geheimsprache zu reden!«

Der Kloß im Hals geht nur langsam weg.

***

Anfang Dezember beginnt sie Hebräisch zu lernen, aus einem Buch, das ihr Bettys Bruder geborgt hat. Auch Betty lernt mit, obwohl sie zunächst weniger interessiert war. In der Schule schicken sie einander Briefchen mit hebräischen Buchstaben, die deutsche Wörter wiedergeben sollen. Es ist ihre Geheimschrift, die die Buben, die solche Briefchen oft abfangen, nicht entziffern können.

Als sie das nach zwei Wochen ihrem Vater erzählt, ist er weniger überrascht, als sie erwartet hat.

»Ist ja gar nicht schlecht, dass du das lernst«, sagt er. »Vielleicht haben wir auch einmal Judaica, die sollen immer besser gehen. Da ist es ganz gut, wenn eine Buchhändlerin weiß, was sie verkauft. Vernachlässige nur die Schule nicht.«

Marie nickt. Sie weiß nicht genau, was der Vater meint, aber eines ist ihr klar: Wieder denkt er nur ans Geschäft und an ihre Zukunft als Buchhändlerin.

Er erklärt ihr, dass es immer mehr Bücher auf Hebräisch gibt, auch in Deutschland werden welche gedruckt. Es gebe wieder viele Juden, die die Sprache ernsthaft lernen, sicher eine Mode, die vorübergehen werde.

Als sie ihm von den Briefen erzählt, die sie Betty schreibt, lacht der Vater.

»Ihr habt da etwas erfunden, das es so ähnlich schon gibt. Ihr schreibt deutsche Worte mit hebräischen Buchstaben, habe ich das richtig verstanden?«

Marie nickt. Und sie dachte, sie wären die Ersten!

»Du kennst doch die Familie Moskowitz, die die Milchhandlung hinterm alten Ludwigsbahnhof betreibt. Die stammen aus Polen. Du weißt ja, wie die reden.«

Marie erinnert sich, dass sie einmal dort Milch holen war, als der Milchladen um die Ecke geschlossen hatte. Die Moskowitz redeten ein seltsames Deutsch.

»Das ist Jiddisch oder Mameloschen, wie sie sagen, das reden sie im Osten. Es gibt immer mehr Autoren aus Polen und Russland, die Bücher in diesem Dialekt schreiben, also auf Jiddisch. Mit hebräischen Buchstaben, so wie ihr. Es gibt sogar Zeitungen, die so gedruckt sind.«

Marie ist ein wenig enttäuscht. In ihrem Zimmer steht sie dann lieber am Fenster und schaut durch die kohlenrußige Scheibe auf die Bahnhofsanlagen und die dahinterliegenden qualmenden Fabrikschlote. Eines Tages möchte sie weg von hier.

***

Das Fuhrwerk des Kohlenhändlers hat einen Berg Kohle auf die Straße gekippt, ein Arbeiter schaufelt die schwarzen Brocken durch ein Fenster in den Keller des Nachbarhauses. Aus seinem Mund dampft der Atem. Er legt die Schaufel beiseite, nimmt eine Harke und verschwindet in der Tür.

Jetzt!

Die Kinder laufen los. Eine Minute haben sie, mehr nicht, während der Arbeiter innen unter dem Fenster den Kohleberg mit der Harke abflacht, damit Platz für die nächsten Schaufelvoll ist. Die drei Kinder laufen zum schwarzen Haufen, Tina hat einen Eimer, Yole und Benvenuto alte Milchkannen. In Windeseile stopfen sie die Kohlebrocken in ihre Gefäße, die Hände sind sofort schwarz, Tina will lachen, aber sie müssen schnell machen, keine Zeit zu blödeln. Jedes Stück bedeutet ein bisschen mehr Wärme, ein bisschen weniger frieren. Tina weiß, dass es nicht recht ist, was sie tun, aber der Nachbar hat genug Kohle für zwei Winter! Sie hören den Mann im Keller mit dem Rechen hantieren, fluchen und ausspucken. Der Kohlenstaub. Als es still wird, macht Tina ein Zeichen, die Kinder laufen zurück, Benvenuto stolpert, Tina hilft ihm auf, hinein ins Haus. Hoffentlich hat sie niemand gesehen. Tina lugt aus der Tür hervor. Der Mann hat ein schwarzes Gesicht, er spuckt mehrmals aus und macht sich wieder ans Schaufeln.

Sie begutachtet die Beute. Alles zusammen eineinhalb Eimer. Benvenuto hat schwarze Streifen im Gesicht, Yole lacht. Tina versucht ein Lächeln.

»Wir gehen noch mal«, sagt sie zu den beiden. »Dann haben wir es schön warm.«

Sie werden sparen mit der Kohle, immer nur ein kleines Stück dazu zum Holz, dann werden sie länger auskommen. Zu Weihnachten werden sie etwas mehr in den Ofen tun. Der Winter hat gerade erst angefangen.

***

In den Weihnachtsferien ist sie wieder bei Betty. Die Blums haben Besuch, Familie Feistmann, Vater, Mutter und der kleine Rudi. Marie stellt sich vor, gibt den Erwachsenen die Hand. In der Wohnung der Blums ist es heiß, Bettys Vater heizt, was das Zeug hält. Erst seitdem sie zu Betty geht, fällt ihr auf, dass ihre Eltern nie Besuch bekommen, sie sind auch nie wo eingeladen. Ein paarmal sind sie bei Verwandten in Halle gewesen, wo sich Marie nur gelangweilt hat. Im Vorjahr hat der Vater seinen Bruder in Turin besucht, Onkel Hugo, aber allein. Haben ihre Eltern Freunde? Es gibt den Lesekreis der Buchhandlung einmal im Monat, aber sind das Freunde? Und die Mutter geht zwar einkaufen, redet mit der Bäckerin und der Gemüsefrau, aber sonst bleibt sie zu Hause, kümmert sich um den Haushalt und macht die Buchhaltung. Dass sie Besuch von einer Freundin bekommen hätte, daran kann sich Marie nicht erinnern. Nein, jemanden einladen und eingeladen werden, das gibt es im Hause Rosenberg einfach nicht.

Die Erwachsenen trinken Kaffee, Betty und Marie müssen sich um den kleinen Rudi kümmern. Betty kann den Kleinen nicht leiden, er ist für seine fünf Jahre völlig ungezogen. Was immer ihm die Mädchen sagen oder verbieten, er gehorcht nicht. Seelenruhig räumt er Bettys alte Spielzeugtruhe aus und wirft die Puppen auf einen Haufen. Auf Bettys Mahnung hin schaut er sie nur frech an und macht weiter.

»Sein Opa ist neulich gestorben, er konnte sich nicht einmal am Grab ordentlich benehmen«, sagt Betty.

Erst als er einen alten Baukasten mit Holzklötzen ausgrabt, beginnt er zu bauen und ist für eine Weile still. Marie freut sich, dass sie mit Betty wenigstens eine Partie Pachisi spielen kann.

Später wird zum Abendessen gerufen, die Mädchen sitzen mit Rudi an einem eigenen Kindertisch, den der Vater aus einem kleinen Tisch und einer darübergelegten Platte improvisiert hat.

Später, als Mutter Feistmann mit dem quengelnden Rudi ins Nebenzimmer geht und die beiden Mädchen allein am Tisch sitzen, sagt Betty: »Sie gehen nach Berlin. Gott sei Dank, ich kann diesen Frechdachs nicht ausstehen.«

»Nach Berlin?«

»Ja, in die Hauptstadt. Papa hat gesagt, die Leute dort trinken mehr Kaffee.«

Marie versteht überhaupt nichts. Betty erklärt ihr, dass Rudis Vater eine kleine Fabrik betreibt. Aus getrockneten Wurzeln von Blumen und Salatpflanzen stellt er Kaffee-Ersatz her. »Den dürfen die Kinder auch trinken und er ist auch nicht so bitter. Und nicht so teuer, deswegen kaufen ihn die ärmeren Leute.«

Marie mag keinen Kaffee, aber davon hat sie schon gehört. Kaffee-Ersatz.

»Manche sagen Muckefuck dazu«, sagt Betty.

»Muckefuck, Muckefuck«, sagt Marie so lange, bis Betty einstimmt und sich beide vor Lachen krümmen. Die Väter, die am Tisch verblieben sind, drehen sich zum Kindertisch, lächeln.

»Jetzt werden die Berliner den Muckefuck trinken«, flüstert Betty und wieder müssen sie beide lachen.

***

Sie schreit, auch Yolanda vor ihr kreischt, Benvenuto, ganz vorne, hält sich mit der rechten Hand an der hohen Kufe fest, mit der linken bedeckt er seine Augen und lacht. Die Rodel saust die Arkaden entlang, hinter ihnen folgt die nächste, drei Burschen.

Sie haben sich den Schlitten ausgeborgt, gleich müssen sie ihn wieder zurückgeben, die Buben warten schon, als sie unten an der Piazza ankommen.

Da stehen auf einmal zwei Männer neben ihnen. Sie halten die Buben an den Köpfen fest, Tina sieht zuerst nicht genau, was sie tun. Als Tina von der Rodel steigt, erkennt sie den einen: Es ist der Kastellan vom Schloss oben, dort, wo ihre

Rodelpartie begonnen hat. Sie weiß, dass es verboten ist, am Aufgang zum Castello zu rodeln, aber sonntags ist der Kastellan für gewöhnlich nicht da. Haben die Buben gesagt. Seit das Castello ein Museum ist, seit vier Jahren, ist am Wochenende niemand mehr da.

Die Männer ziehen die Buben an den Ohren, die Armen stehen schon auf den Zehenspitzen, sie beginnen zu stöhnen. Zack, eine Ohrfeige, zugleich lässt der Kastellan den einen Buben los, der fällt in den Schnee.

Als er Tina und die beiden Kleinen sieht, funkelt er sie an.

»Lumpenpack, schert euch weg. Dreckskinder!«

Der zweite Bub bekommt zwei Ohrfeigen, er taumelt, bleibt aber stehen.

»Weg mit euch!«, sagt der Kastellan. »Arbeiterkinder haben hier nichts verloren.«

Yole und Benvenuto drücken sich an Tina, die zusammenzuckt, sich duckt, sich wegschleicht, die Buben, den Kastellan und seinen Helfer zurücklassend, schnell in die Seitengasse, die dunkle, kalte. Sie wohnen Gott sei Dank gleich ums Eck, am Fuß des Burgbergs, im immerfeuchten, immerkalten Haus. Yole ist neun, Benvenuto zehn, was wird aus ihnen werden, was wird aus ihr werden, was ist das für ein schlimmes Leben, warum sind wir nicht reich, wann wird das endlich ein Ende haben, die Kälte, das Hungern, das Verzichten, das Beschimpftwerden.

Sie beuteln den Schnee von der Kleidung und öffnen die Tür zum Laubengang. In der Wohnung ist es warm, Mutter hat den Kohleofen eingeheizt, vormittags heizt ja nur der Herd.

Tina hält die Hände über den Ofen. Morgen ist sie wieder in der Fabrik, die drei Weihnachtsfeiertage sind vorüber.

Wie lange wird sie das noch aushalten? Hoffentlich holt sie der Vater bald nach. Sicher kommt bald der Brief, er muss kommen, der Vater hat schließlich versprochen, dass sie die Nächste ist.

Yole stellt sich neben sie und streckt die Hände aus. Alles macht sie nach, die kleine Schwester.

***

Hand in Hand gehen sie auf den Gänsberg, es ist der Silvestertag. In dieses Stadtviertel geht sie sonst nie.

In der Oststadt, wo sie wohnt, stehen neue hohe Mietshäuser, die alle gleich aussehen, die Straßen sind gerade und kreuzen sich im rechten Winkel.

Im schönen Teil der Altstadt stehen kleine, schmucke Fachwerkhäuser, manche von ihnen haben Fassaden aus Schieferschindeln und sehen aus wie ein Fisch mit Schuppen. Marie kennt die Gegend um die Gustavstraße, die Gasthöfe und Kaffeehäuser. An manchen Sonntagen geht sie mit den Eltern und Geschwistern hierher essen, im Sommer sitzen sie auch öfter draußen und spazieren dann zum Park und zum Fluss hinunter. Aber hinein in die Gänsbergsiedlung, die links von der abfallenden Königstraße liegt, sind sie nie gegangen.

Sie hat sich immer ein wenig vor diesem Viertel gefürchtet, aber mit Betty hat sie keine Angst. Was ist es, das ihr hier Angst macht? Die Häuser sind aus denselben Sandsteinquadern gebaut wie die übrige Stadt. Doch sie stehen so eng zusammen, als ob ihnen kalt wäre, und wirken dunkler und bedrohlicher. Sie bemerkt auch, dass die Fassaden keinen Schmuck tragen und die Dächer steiler aufragen als in der übrigen Stadt. Von der einzigen Straße des Viertels, der Bergstraße, die sie jetzt bergan steigen, zweigen enge und engste Gassen ab, die völlig im Dunkeln liegen. Trotz der Kälte riecht es hier nach Exkrementen, Schmierseife, Rauch und Salmiakgeist. Auch so steil ist es sonst nirgendwo in der Stadt. Sie bleibt stehen. Nein, hier war sie wirklich noch nie.

»Da rodeln die Kinder, wenn genug Schnee ist«, sagt Betty. »Komm!«

Am Eingang zu einer Gasse stehen ein paar Männer mit schwarzen Hüten zusammen. Am Eingang zur nächsten schmalen Gasse biegen zwei junge Männer in schwarzen Anzügen um die Ecke. Sie reden leise miteinander und gestikulieren umso deutlicher. Als Marie ein paar Worte aufschnappt, versteht sie auf einmal: Hier wohnen fast nur Juden. Nun weiß sie auch, warum Betty herwollte. Sie halten vor einem dreiteiligen Tor, dessen Haupteingang vergittert ist, dahinter verliert sich eine Gasse im Dunkeln. »So ein Tor kenne ich!«, sagt sie. »Da bin ich schon durchgegangen. Aber das steht doch woanders.«

»Rate mal: Es gibt zwei davon. Wahrscheinlich bist du von der anderen Seite gekommen.«

Sie zieht Marie durch die enge Gasse auf einen kleinen Platz. Ja, hier war sie schon. Sie kennt den Platz nur von der anderen Seite her. Das Gebäude da ist die Altschul, die Synagoge, gegenüber die Neuschul.

»Dort drüben habe ich dich zum ersten Mal gesehen«, sagt Betty.

»Ja, wir waren ein paarmal da zu Jom Kippur. Gibt es da nicht einen alten und einen jungen Rabbi?«

Betty lacht. »Du kennst dich wirklich nicht aus. In der eigenen Stadt! Pass auf!«

Und sie beginnt eine Führung. Sie zeigt ihr noch die Mikwa, die jüdische Schule und das Waisenhaus, das auch eine Synagoge hat, und Marie merkt zum ersten Mal, dass es so etwas wie ein jüdisches Dorf gibt, mitten in der Stadt. Die Gasse hinter der Mikwa ist noch enger, fast ein Spalt, auch Betty traut sich nicht hinein. Sie flüstert etwas von einem Schlachthaus, das es hier gibt, und der Lehrstube, wo die Buben aus dem jüdischen Waisenhaus den Talmud studieren.

Betty schubst sie weiter, mit einem Mal sind sie wieder draußen, vor ihnen der Fluss.

»Warum hast du nie erzählt, dass es in Fürth ein jüdisches Dorf gibt?«, fragt sie ihren Vater beim Abendessen.

Ihre Geschwister sehen sich an: Nicht wieder dieses Thema. Judentum hier, Torah da. Jetzt muss einmal Schluss sein, sagt Walters Blick. Helene schaut mitleidig. Marie hält den Blicken stand.

Der Vater schluckt den Bissen hinunter und räuspert sich. »Du sollst dich dort nicht herumtreiben. Das ist keine gute Gegend.«

»Aber wir sind doch auch Juden.«

Ihr Vater nickt. Walter und Helene sehen sich an und rollen mit den Augen. Die Mutter sammelt die Suppenteller ab und verschwindet in der Küche.

Der Vater tupft sich den Mund mit der Serviette ab.

»Ja, wir sind Juden. Und Walter und Helene, hört mit dem Gefeixe auf. Wir sind Juden, aber mit denen am Gänsberg haben wir nichts mehr gemeinsam. Die Großeltern, du hast ja nur noch Großvater gekannt, die haben noch so gelebt. Jetzt ist eine andere Zeit. Wir sind inzwischen Deutsche, wir haben eine andere Kultur. Wir lesen Goethe und Schiller und glauben nicht mehr, dass Moses die Torah geschrieben hat. Was nicht heißt, dass wir unsere Wurzeln vergessen haben.«

Marie glaubt zu verstehen. Mit den ärmlichen Gestalten am Gänsberg hat sie ja wirklich nichts gemein. Die sind auch keine Kunden in der Buchhandlung. Trotzdem ist da noch etwas, das sie nicht zufriedenstellt, aber sie kann es nicht in Worte fassen.

Die Mutter kommt mit einem dampfenden Topf zurück, den sie in die Mitte des Tisches stellt. Der Vater will etwas sagen, Walter und Helene tuscheln schon wieder. Er räuspert sich und bedenkt sie mit einem strengen Blick. Wenn er redet, haben alle zuzuhören.

»Ich sage ja nicht, dass Religionen schlecht sind. Die Religionen haben die Menschen jahrhundertelang getröstet und ihnen Halt gegeben.«

Die Mutter teilt das Essen aus, Saucenfleisch, es duftet herrlich, der Vater spricht einfach weiter.

»Wir haben aber jetzt ein neues Zeitalter. Die Technik entwickelt sich so schnell. Die Menschen fahren in Automobilen, fliegen in Flugzeugen und Luftschiffen und telefonieren in fremde Länder. Wenn das jemand vor zwanzig Jahren gesagt hätte, hätte man ihn für verrückt erklärt. Der Fortschritt ist jetzt die neue Religion. Es wird nicht mehr lange dauern und der Rest, der von den alten Religionen übrig ist, wird sich auflösen. Diese abergläubischen Reste haben in der modernen Zeit nichts mehr verloren. In zehn, zwanzig Jahren wird man darüber lachen. So, und nun essen wir.«

Marie versteht überhaupt nichts. Sie isst schweigend. Walter erzählt von einem Freund, der seit neuestem Boxunterricht nimmt.

Marie hört nicht zu. Ihre Schulfreundinnen werden nicht mehr in die Kirche und in die Synagoge gehen, wenn sie erwachsen sind? Vielleicht hat der Vater recht. Die Buben, die sie kennt, reden von nichts anderem mehr als von Automobilen und Flugzeugen. Bei Flugzeugen muss sie an Bettys Bruder Isaak denken.

»Darf ich noch etwas fragen?«

»Du kannst es ohnehin nicht lassen«, sagt der Vater grinsend und schöpft sich einen Nachschlag in den Teller.

»Isaak hat erzählt, dass sich zurzeit so viele junge Leute für den Glauben interessieren. Und es gibt sogar einige, die nach Palästina gehen, um dort ein neues Land aufzubauen.«

Der Vater schluckt den Bissen hinunter.

»So eine Schnapsidee. Man nennt sie Zionisten. Die glauben, sie können in der Wüste zurück zum alten Israel. Das sind Spinner, Marie. Wir sind Deutsche, reden Deutsch, lesen Deutsch, verkaufen deutsche Bücher. So wird es immer bleiben. In zwanzig Jahren wird keiner mehr wissen, dass wir Juden sind, es wird auch keine Rolle mehr spielen. Wir leben in einer Zeit der Toleranz, auch wenn es noch einige radikale Verrückte gibt. Die Welt entwickelt sich weiter. Wie schon gesagt, der Fortschritt ist die neue Religion.«

Marie nickt und blickt zu ihrem Bruder, der sie mitleidig ansieht. Ihre Geschwister halten nichts von dem Gerede über Religionen.

Die Mutter bringt den Nachtisch, Kirschkompott in einer Glaskugelschüssel. Marie löffelt, spuckt die Kerne aus und legt sie auf den breiten Rand der Kompottschale. Sie wird weiter Hebräisch lernen. Das Abitur machen. Und dann Ärztin werden, jüdische Ärztin. Nicht Buchhändlerin. Nicht Hausfrau. Nicht Sekretärin.

Plötzlich prustet ihr Bruder los, die Schwester lacht mit. Sie hat nicht gehört, was sie gesprochen haben.

Sie blickt zu ihnen, dann löffelt sie weiter.

Und sie will auch nicht so werden wie ihre Geschwister.

1913

Das Mädchen gegenüber macht ihr Angst. Sie fasst den Arm ihres Vaters, der neben ihr sitzt und drückt sich an ihn. Das Mädchen blickt auf, ein wilder, verlorener Blick, doch sie sieht die beiden nicht an, sondern fixiert einen Punkt hinter ihnen. Marie dreht ihren Kopf zur Wand hinter sich, aber da ist nichts. Was starrt das fremde Mädchen an?

»Eine halbe Stunde noch, nicht mehr lange«, sagt der Vater zu Marie. Es ist drückend heiß in dem Warteraum.

Sie war schon einmal auf diesem Bahnhof. Verona ist angeblich eine schöne Stadt mit alten Palästen und einem römischen Theater. Damals sind sie in den Zug nach Turin umgestiegen und haben Onkel Hugo besucht. Marie erinnert sich nur dunkel, sie war noch klein und Walter ist mit gewesen. Sie hat mit ihrem Bruder viel gestritten, daran kann sie sich noch erinnern. Aber diesmal fährt sie allein mit dem Vater, der unterwegs meistens Zeitung liest. Und sieht wieder nichts von dieser Stadt, in der angeblich Romeo und Julia gelebt haben.

Eine halbe Stunde noch.

Dann kommt ihr Zug nach Venedig. Eine Woche Urlaub am Meer. Zum ersten Mal wird sie das Meer sehen und die Zauberstadt mit den Palästen, die sie von Bildern kennt und die den Städten aus Märchen ähneln, Geschichten, die sie noch vor wenigen Jahren gelesen hat.

Aber sie kann nicht ans Meer denken, nicht an die Paläste. Unablässig wandert ihr Blick zu dem Mädchen gegenüber und wendet sich schnell ab, sobald dieses aufzublicken droht.

Das Häufchen Elend ist sicher nicht älter als siebzehn, ein billiges Leinenkleid umschlottert die dünnen Beine. Obwohl sie mager ist, hat sie volle Lippen und einen wachen Blick, wie eine lauernde Katze. Und dennoch ist da eine Zartheit und Verzagtheit, die in Marie Mitleid aufkommen lässt. Sie hält einen Strohkoffer auf ihrem Schoß, hat ihn ganz zu sich gezogen, als würde sie von Räubern umlauert und müsste ihn beschützen. Ihr Hut ist zerknautscht und erinnert Marie an einen Landstreicher, den sie daheim in Fürth gesehen hat, oder nein, an eine Fabriksarbeiterin, auch zu Hause stehen schon Vierzehnjährige am Fließband in den neuen Fabriken, fällt ihr ein, schrecklich muss das sein.

Das Mädchen ist offenbar allein unterwegs. Sie wird alleine in den Zug steigen, keine Eltern werden sie verabschieden, keine Geschwister werden ihr winken.

Marie schaudert, sie drückt sich an ihren Vater, der es kaum merkt, er ist in die Zeitung vertieft, wahrscheinlich die Wirtschaftsnachrichten. Vorher hat er halblaut Zahlen mitgelesen, wahrscheinlich rechnet er nach, wie viel er gewonnen hätte, wenn er diese oder jene Aktie besäße. Es ist ein Tick, von dem er denkt, die anderen bekämen ihn nicht mit. Aber Marie ist nicht dumm. Sie hat längst gemerkt, dass die Buchhandlung zurzeit nicht so gut läuft. Sie hat gelernt, die Halbsätze, die ihre Eltern beim Abendessen wechseln, zu deuten. Die Erwachsenen begeben sich alle in Gefängnisse, die sie sich selbst errichten. Das Gefängnis ihres Vaters ist die Buchhandlung, in der er glücklich ist. Aber sie wird ausbrechen aus dieser Fretterei, wird nicht Buchhändlerin werden. Sie wird Abitur machen, das weiß sie schon jetzt, und dann Medizin studieren. Ein Jahr noch, dann wird sie die Oberschule beginnen. Aber zuerst geht es einmal ans Meer. Doktor Löwi hat es schon vor einem Jahr empfohlen, es würde ihrer Lunge guttun. Sie ist ihrem Vater dankbar, dass er mit ihr eine Woche nach Venedig fährt. Natürlich hat er dort auch geschäftlich zu tun, aber er hätte sie ja nicht mitnehmen müssen.

Dafür wird sie ihm im August umso eifriger in der Buchhandlung helfen, wie schon im letzten Jahr. Auch wenn sie nicht Buchhändlerin werden will, liebt sie das Halbdunkel der Geschäftsräume, den Geruch der Ledereinbände und des frisch bedruckten Papiers. In jedes Buch riecht sie hinein, riecht den Leim und die Fäden, das Leder und die Druckerschwärze. Manchmal lässt sie der Vater ein Buch aufschneiden, das Messer, das er dazu benutzt, ist ein spezielles Buchaufschneidemesser, das imponiert ihr.

Das Mädchen steht auf, Marie erschrickt. Wie eine Wildkatze sieht sie sich im Warteraum um, aber da ist niemand außer Marie und ihr Vater, keine Gefahr. Sie klemmt sich etwas linkisch das Strohköfferchen unter den rechten Arm und geht in Richtung Schwingtür. Ein letzter wilder Blick, dann schlüpft sie durch die Tür.

Die Türflügel pendeln nach. Die Spannung ist weg.

Sie muss diesem Mädchen nach.

»Können wir nicht auch hinaus und auf dem Bahnsteig warten? Es ist so heiß hier.«

Der Vater brummt Zustimmung, er fasst die Koffer, sie treten ins Freie, gehen die Bahnsteige entlang. Marie wendet den Blick nach links und nach rechts. Wohin ist das Mädchen verschwunden? Sie schreiten die Bahnsteige des Kopfbahnhofs entlang. Dort draußen geht sie, Perron Nummer 14, traumverloren, als wäre sie unsicher, den richtigen Bahnsteig erwischt zu haben. Marie bleibt stehen. Auf der Tafel steht »Genova«.

»Papa, wo ist Genova?«

Ihr Vater sieht im Gehen zu ihr.

»Ach, der Zug da. Der fährt nach Genua, so heißt die Stadt auf Deutsch. Das ist eine Hafenstadt, weit weg von hier. Der Zug fährt sicher die Nacht durch und ist morgen in der Früh erst da. Komm, wir müssen zu Bahnsteig vier.«

Marie folgt ihrem Vater, ihr Kopf rast. Das Mädchen, die junge Frau, das zerzauste Ding fährt die ganze Nacht alleine im Zug nach Genua. Sicher fährt sie dritte Klasse und schläft auf den Holzlattensitzen, so ärmlich, wie sie gekleidet ist. Marie malt sich aus, wie es sein muss, im Waggon zu schlafen, in den Schlaf gewiegt zu werden von den rhythmischen Stößen der Gleisfugen. Sicher wartet in Genua jemand auf das Mädchen. Und wenn nicht? Wenn sie dort ganz allein auf ein Schiff steigt und weit weg fährt? Marie schaudert, obwohl es heiß ist.

Sie schwenken auf den Bahnsteig vier ein. Der Zug ist noch nicht da, sie setzen sich auf eine Bank. Ein Straßenjunge mit einem Bauchladen bietet ihnen Nüsse an, Marie schüttelt den Kopf. Ihr Blick sucht den anderen Bahnsteig, auf dem sie das Mädchen weiß. Eine fauchende Lokomotive fährt ein, dunkle Waggons hinter sich, es quietscht Metall auf Metall, die Sicht auf die anderen Bahnsteige verschwindet.

Der Vater fragt, ob sie nun zufrieden ist. Sie weiß nicht, was er meint, bejaht aber zur Sicherheit. Er sagt, der Zug wird bald kommen. Marie nickt. Sie hat das Gefühl für die Zeit verloren. Sie sollte an Venedig denken, die Meeresluft, die ihr guttun wird, die Bauten, die ihr der Vater zeigen wird, doch das Arbeitermädchen geht ihr nicht aus dem Kopf. Endlich rollen die Waggons herein, weit vorne schnauft die Lokomotive im Rückwärtsgang. Noch einmal schaudert es Marie. Was das Mädchen wohl schon alles erlebt hat? Und was erwartet es? Ob sie allein zurechtkommen wird? Sie wird sie wohl nie wiedersehen, um sie zu fragen.

***

Wieder der Lärm, das Poltern, die stampfenden Schritte treppab, wieder das Schimpfen und Fluchen, wieder die Gleichgültigkeit der anderen Passagiere, die auf ihren Koffern und Bündeln sitzen und kaum aufblicken. Wieder ist einer heruntergestoßen worden in das Zwielicht des Zwischendecks, dessen schwache Notbeleuchtung Tag und Nacht für die Elenden gleichgemacht hat. Kein Tag, an dem nicht jemand versucht, den stinkenden Gedärmen des Schiffs zu entkommen, sich an die Oberfläche zu schwindeln, sich mit seinem Proviant in einem Winkel des Dampfers zu verstecken. Nur nicht hier sein, in diesem Grab der Lebenden.

Jemand fasst sie an der Schulter.

»Willst du immer noch nicht auf der Pritsche schlafen?«

Sie schüttelt den Kopf. Die Pritschen sind am Rand des großen Raumes angeordnet, jeder sieht jeden, die Leute schlafen Kopf an Fuß, die meisten in ihrem einzigen Gewand. Auch sie hat seit drei Wochen ihre Wäsche nicht gewechselt, die zweite Bluse und die zweite Garnitur Unterwäsche, die im Koffer vor sich hin muffeln, spart sie eisern für drüben. Auch ein Tischtuch hat die Mutter eingepackt, Handarbeit, das kannst du dort verkaufen. Ein paar Fotografien und ein zerschlissenes Kissen komplettieren den Inhalt des Koffers, auf dem sie sich jeden Abend zusammenkauert.

Gleich nach der ersten Nacht hat sie sich entschlossen, nicht auf der Pritsche zu schlafen, die aus Brettern und einer dünnen Rosshaarmatratze besteht. Die ganze Wand ist mit dreistöckigen Betten verbaut, sie kam zuunterst zu liegen. Der Mann ober ihr furzte, die Füße der Frau zu ihrem Haupt, die in verfilzten Wollsocken steckten, stanken erbärmlich, ständig knarrte das Gebälk, während sich die Menschen ächzend umdrehten. Die meisten waren Italiener, es waren auch einige Deutschsprachige darunter.

In der zweiten Nacht hat sie die Pritsche verlassen, sich auf ihrem Koffer zusammengekauert und sich mit ihrem Mantel zugedeckt. Sie hatte zunächst Angst, dass der halb leere Kartonkoffer zusammenbrechen könnte, aber beruhigte sich schnell, sie wog ja kaum vierzig Kilo.

An den Gestank hat sie sich nach zwei Tagen gewöhnt. In den ersten Tagen stank es intensiv nach Erbrochenem, auch sie musste sich übergeben. Von irgendwoher weht jeden Vormittag abgestandener Küchengeruch, am Abend riecht es nach Misthaufen. Schiffsjauche heißt das, hat jemand erzählt, ganz unten im Kiel, Schmutzwasser, das nie verdunstet.

Eine Nacht noch durchhalten, dann sind sie da.

Es muss Morgen sein, doch hier unten glost immer dasselbe Licht. Die dritte Klasse ist unter dem Meeresspiegel, hinter dem narbigen Blech ist das Meer, denkt sie und bekommt wieder Angst.

Sie setzt sich auf, der Junge von vorhin, Rodolfo heißt er, sitzt neben ihr.

»Ich zeig dir was«, sagt er nur, und: »Nimm deinen Mantel mit!« Sie folgt ihm und nimmt auch gleich den Koffer, wer weiß, was sonst mit ihm passiert. Er hat sie schon öfters angesprochen, zwei Tage vorher wird keiner mehr kontrollieren, hat er gestern gesagt, und so stolpert sie mit ihm die Treppe hinauf. So zufrieden sie in den ersten Tagen gewesen ist, unbehelligt in einem Winkel dahinzuvegetieren, so stark ist in den letzten Stunden die Sehnsucht nach Licht und frischer Luft geworden.

Sie sind oben angelangt, schon das ist verboten. Hinter der ersten Tür ist niemand. Die beiden stehen in einem kurzen Gang, von dem zwei Türen abgehen. Tina will zur Tür vor ihnen, Rodolfo schüttelt den Kopf, öffnet die rechte Tür und bugsiert sie in eine Abstellkammer. Sie verbergen sich hinter einer Kiste, sie umarmt ihren Koffer fest.

»Die andere Tür ist noch zugesperrt. In einer halben Stunde

tragen sie unser Wasser hinunter. Dann ist sie ein paar Minuten offen. In diesem Moment schlüpfen wir hinaus.«

Und es klappt. Rodolfo führt sie durch Gänge, endlich wird es hell, sie sind an Deck.

»Ich mache das schon seit einer Woche«, sagt er. »So kann ich immer raus. Du hättest schon früher mitkommen können.«

Tina hält sich die Hand vor die Augen, so hell, sie stützt sich auf ihn, zehn Tage ist sie nicht mehr gegangen, ist nur herumgehockt im Halbdunkel. Die scharfe Meeresluft tut fast weh. Sie atmet tief durch und muss husten.

»Warte dort, hinter den Rettungsbooten«, sagt Rodolfo und fügt hinzu, ob sie wisse, dass es diese Boote nur für die erste und die zweite Klasse gebe. »Wenn das Schiff sinkt, müssen wir ersaufen.«

Tina ist unsicher. Stimmt das oder bindet ihr Rodolfo einen Bären auf?

»Wir dürfen hier nicht sein«, sagt sie, aber Rodolfo verschwindet und kehrt wenig später mit einem großen Stück Käse zurück. Sie kann sich nicht erinnern, wann sie das letzte Mal Käse gegessen hat, vor Monaten hat sie die salzigen Rindenstücke eines Hartkäselaibs mit den Schneidezähnen abgeschabt, links und rechts ist ihr damals der Speichel hinuntergelaufen. Sie denkt an die Mutter, Yole, Benvenuto, Gioconda, Valentina. Hoffentlich können sie bald nachkommen.

Sie sitzen zwischen den Booten, niemand kommt zu diesem Ort herauf, versichert ihr Rodolfo. Er lehnt sich an die Wand und verschränkt die Hände hinter dem Kopf. »Ich übernachte auch hier draußen. Zumindest gestern habe ich es gemacht. Unter der Plane der Boote ist es nicht so kalt. Wenn du magst, bleib auch hier. Da unten ist es ja nicht auszuhalten.«

Tina setzt sich neben ihn und blinzelt in das Streulicht, das die Morgensonne hinter Wolkenbänken ausschickt.

»Ich habe gar nicht mehr gewusst, wie gut frische Luft ist. Schau mal, ist da drüben schon Land?«

»Was glaubst du, kleines Mädchen?«

***

»Ich will nicht so werden wie das Mädchen am Bahnhof.«

»Welches Mädchen?«

»Das Mädchen im Warteraum. Das mit dem Koffer.«

Der Vater brummt, dann hebt er die Augenbrauen.

»Ach ja, ich erinnere mich. Wie kommst du auf die Idee?«

»Hast du nicht gesehen? Sie war sicher arm. Wie die Mädchen, die bei uns in den Fabriken arbeiten. In der Südstadt.«

»Das wird dir nicht passieren, Marie. Du wirst eine gute Arbeit haben und deine eigene Chefin sein.«

Marie nickt langsam.

»Früher war das noch viel schlimmer«, sagt der Vater. »Jetzt müssen sie wenigstens dreizehn sein. Schau doch.«

Sie sitzen auf einer Steinbank an der Riva degli Schiavoni, der Vater deutet hinüber nach San Giorgio Maggiore auf Palladios Kirche, die Marie wie ein verwunschenes Inselschloss erscheint. Dahinter, hat der Vater erklärt, liegt die Insel San Servolo, die ganz von einem Krankenhaus eingenommen wird.

Marie muss an die Kranken denken, an die Schwestern und Ärzte, die auf dieser Insel Dienst tun. So eine Ärztin will sie auch werden. So viele Frauen studieren jetzt, sogar in Fürth gibt es schon eine Ärztin.

Möwen fliegen vorbei und kreischen. Der Vater sieht zur Kirche hinüber, kneift die Augen zusammen.

»Du wirst in einer sauberen Buchhandlung arbeiten. Menschen werden immer Bücher lesen. Du wirst nicht werden wie dieses Mädchen. Und studieren … es reicht, wenn Walter und Helene studieren.«

»Aber Menschen werden auch immer krank. Wenn ich Ärztin bin, kann ich Menschen das Leben retten. Ich kann sie gesund machen.«

Der Vater lächelt. »Das kannst du mit Büchern manchmal auch, glaub mir. Aber das verstehst du noch nicht, auch wenn du für deine dreizehn Jahre schon viel liest.«

»Papa! Ich verstehe schon viel! Ich weiß mehr, als du denkst!«

Wieder kreischt eine Möwe. Von den neben der Anlegestelle vertäuten Booten tönen dumpfe Schläge, wenn die Rümpfe zusammenstoßen.

»Ach so, und woher?«

»Du weißt es nicht, aber ich lese nicht nur *Gerlachs Jugendbücherei* und die Sachen, die du mir gibst. Und Mama erzählt mir auch immer von ihrer Lektüre.«

»Die liest doch gerade Tolstoi, soviel ich weiß.«

»Ja, glaubst du, ich weiß nicht, wie Anna Karenina leidet? Mama erzählt mir jedes Mal davon, wenn sie wieder ein Kapitel gelesen hat.«

»Das war aber nicht so vorgesehen. Ich werde mit deiner Mutter reden müssen. Eigentlich war ja ausgemacht, dass du ihr erzählen sollst, was du gelesen hast und nicht umgekehrt.«

Der Vater steht auf und deutet auf ein großes Boot, aus dessen Schornstein schwarzer Rauch quillt.

»Schau, da kommt das Vaporetto. Zagolin wird schon warten. Es ist wirklich ein schönes Antiquariat, du wirst sehen. Alte Ledereinbände, Bücher mit eisernen Verschlüssen und Goldschnitt, das magst du doch gerne?«

Marie nickt und denkt an das Antiquariat in Wien, das sie mit dem Vater vor einem Jahr besucht hat. Sie hatten Urlaub in der Wachau gemacht und an einem trüben Tag die Kaiserstadt besucht. Marie wäre zwar lieber in den Zoo oder mit Mutter zum Einkaufen gegangen, aber der Vater hatte darauf bestanden, dass sie mit ihm ins Antiquariat ging. Der Laden sah von außen unscheinbar aus, und auch wenn man die Tür öffnete und den Verkaufsraum betrat, glaubte man, es sei nur ein kleines Geschäft. Aber der Geschäftsinhaber, ein hagerer Mann mit Glatze und einem breiten Lächeln, führte sie in einen Raum dahinter, hinter dem es einen weiteren und noch einen gab. Die Regale waren bis zur Decke voll mit Büchern, Stichen und Landkarten. Schließlich führte auch eine enge Wendeltreppe in den Keller. Und der Geruch nach Leder, modrigem Papier und holzwurmzerfressenen Regalen! Marie fühlte sich sofort wohl. Ein verzauberter Ort, ein Ort, an dem viele Geheimnisse schlummerten.

Das Boot legt mit einem dumpfen Schlag an, es stinkt nach Kohle. Blitzschnell legen die Matrosen die Planke aus, binden das Boot an, Leute steigen aus, die Wartenden steigen ein. Marie wundert sich, wie schnell die Matrosen die Taue von den Pollern lösen, als ob sie für jede Sekunde zu viel eine Strafe bekämen.

***

»Natürlich ist das Land. Wir haben ja gestern in Boston angelegt und fahren jetzt die Küste entlang. Hast du das nicht mitbekommen?«

Tina erinnert sich an das Knarzen und Zittern unten im Bauch des Schiffes, Metall hat auf Metall geschlagen. Danach hat sie Stunden geschlafen. Wahrscheinlich war es genau während dieser Stille, als das Schiff im Hafen lag.

Rodolfo lacht. »Ja, morgen sind wir da.«

Tina nutzt den Moment, um ihn zu mustern. Im Halbdunkel hat er älter gewirkt, aber viel älter als sie kann er nicht sein.

Halb Kind, halb Mann, ein zartes Gesicht, abstehende Ohren, schlaksig, aber sicher aus keiner Arbeiterfamilie. Von der Aussprache her eher aus dem Süden.

»Woher kommst du?«

Er öffnet die Augen, als hätte er gewusst, dass Tina gleich etwas fragen würde.

»Aus einem Dorf in der Nähe von Tarent, aber wir sind oft umgezogen. Mein Vater war Arzt, Militärarzt, da wurde er oft versetzt.«

Sie merkt, dass er sich schwertut weiterzusprechen, er hält inne, als wollte er noch etwas sagen.«

»Und du hast deine Eltern verlassen?«

»Mein Vater ist gestorben, als ich elf war. Meiner Mutter ging es dann nicht gut. Ich kam ins Waisenhaus. Die Schule, was soll ich sagen. Nichts für mich. Wollte dann zur Marine, aber denen war ich zu schwach. Kein Wunder, wenn man nie was zum Beißen hat. Hast du Verwandte drüben?«

»Ja, meinen Vater und meine Schwester.«

»Siehst du, ich habe niemanden. Vielleicht den Onkel, wenn er nachkommt. Aber ich schlage mich durch, das weiß ich jetzt schon.«

Sie reden den ganzen Tag, essen Käse und lachen.

Als es dämmert, schleichen zwei Jungen vom Unterdeck herbei, erschrecken kurz, als sie sie sehen, und legen sich in das Boot daneben.

»Hat sich schon herumgesprochen, wie man raufkommt«, sagt Rodolfo. Sie kriechen in das Boot. Rodolfo rollt sich zusammen und schläft sofort ein. Er atmet lautlos, liegt ganz starr. Tina liegt wach. Was, wenn sie erwischt werden? Schlafend wirkt er wie ein Mädchen. Schließlich dämmert sie auch weg.

Sie erwacht, als jemand sie am Ärmel zupft. Rodolfo steht schon außerhalb des Bootes, streckt die Hand zu ihr hinein und hilft ihr heraus. Es ist kalt. Dichter Nebel ist aufgekommen, doch dahinter ahnt Tina den Tageshimmel.

»Was ist denn los? Wie spät ist es? Wo sind wir?«

»Es ist gegen sechs Uhr. In einer halben Stunde legen wir an. Hinter dem Nebel liegt New York, vielleicht sehen wir die Freiheitsstatue.«

Vergeblich versuchen sie etwas zu erkennen. Eine Unruhe liegt über dem Schiff, obwohl niemand zu sehen ist. Tina hört Rufe und Gesprächsfetzen, Türen und Luken werden geöffnet und geschlossen, man hört Stimmen an Deck.

Als die Neugier zu groß wird, wagen sie sich aus der Deckung der Rettungsboote und sehen auf das Deck hinunter, aber niemand nimmt Notiz von ihnen. Die Passagiere, die schöner gekleidet sind als die Armutsgestalten im Zwischendeck, stehen an der Reling und schauen in den Nebel. Sie mustert die Hüte der Frauen, die weißen Anzüge der Männer. Sie muss an Onkel Demetrio denken und seine Rede von der klassenlosen Gesellschaft. Eines Tages würden alle gleich gekleidet sein, es würde keine Unterschiede mehr geben. Das würde dann sicher auf den Schiffen auch so sein.

Als sich Tina umdreht, ist Rodolfo verschwunden.

***

Das Vaporetto ist fast leer, Marie zieht ihren Vater durch den Passagierraum, vorbei an Menschen mit Koffern, auf die Plattform ganz vorne, wo es am wenigsten Kohlenrauch gibt. Sie fahren an San Giorgio Maggiore vorüber. Dann, mitten in der Häuserfront, taucht noch eine weiße Tempelfassade auf.

»Das ist Il Redentore, die Erlöserkirche«, sagt der Vater.

So viele Kirchen, so viele Paläste, und alle am Wasser! Eine Stadt wie aus einem Märchen.

Das Vaporetto legt kurz nach der Kirche an. Einige Fischer sitzen am Ufer und entwirren oder flicken ihre Netze. Es stinkt nach verfaultem Fisch. Der Vater zieht sie weiter durch schmale Gassen, bis sie auf einen kleinen Platz gelangen, in dessen Mitte ein Brunnen steht. In einer Ecke spielen Kinder ein Hüpfspiel.

»Hier ist es«, sagt der Vater.

Über dem Schaufenster vor ihnen hängt das Schild »Libreria antiquaria – Libri vecchi e rari – Libri fuori catalogo«.

Der Laden sieht unordentlich aus, ganz anders als der in Wien, es riecht nach Mäusekot und toten Fischen. Der Mann hinter dem Tresen ist uralt. Er hat ein rötliches Gesicht und eine Halbglatze, die von wirrem weißem Haar eingerahmt wird, über seiner weinroten Weste blitzt eine silberne Uhrkette. Ihr Vater spricht mit ihm ein Kauderwelsch aus Deutsch, Italienisch und Französisch, beide nicken und lachen.

Marie ist enttäuscht, sie versteht nicht, worüber die Männer reden. Sie hat auch keine Lust sich umzusehen, wenn es an diesem Ort so stinkt. Sie zupft den Vater am Ärmel.

»Papa, mir ist nicht gut. Kann ich draußen warten? Ich kann den Kindern ja beim Spielen zusehen. Ich bleibe gleich vorm Geschäft.«

Der Vater sieht sie an, als wäre er gerade aus dem Mittagsschlaf aufgewacht. »Jaja«, murmelt er, »bleib aber vor dem Schaufenster stehen, damit ich dich sehe.«

Er wendet sich wieder dem Antiquar zu.

Vor der Tür sieht sie zu den Kindern hinüber. Die bemerken sie zuerst nicht und spielen ihr Hüpfspiel weiter, dann macht einer eine Bewegung, sie sehen zu ihr her, tuscheln, lachen, spielen weiter.

Es ist heiß.

Und wenn sie jetzt wegliefe? Einfach nur ein bisschen weg, damit der Vater Angst bekäme. Als Zeichen, dass sie sich nicht alles gefallen lässt. Sie hat von Kindern in ihrem Alter gelesen, die in großen Städten wie London oder Paris auf der Straße leben und sich durch Arbeit oder Stehlen selbst erhalten. Was, wenn sie jetzt wegliefe und nach zwei Monaten zum Vater zurückkehrte und sagte: »Wenn du mich nicht studieren lässt, laufe ich wieder weg!« Würde sie das wagen?

Sie könnte in Venedig bleiben, hier gibt es viele Touristen, man kann sicher besser auf der Straße leben als in Deutschland.

Sie verscheucht die Gedanken, was ist das für ein Unsinn!

Sie tritt einen, zwei Schritte beiseite und schaut durch das Fenster. Der Vater ist nicht mehr zu sehen. Er muss ihr erlauben, Ärztin zu werden. Sie muss ihn überlisten.

***

Müde und aufgewühlt zugleich beobachtet sie das Anlegemanöver. Und auf einmal steht Rodolfo wieder neben ihr.

Es dauert lange, bis sich die erste Tür öffnet. Die Passagiere zweiter Klasse steigen aus, weniger hell gekleidet als die Leute am Oberdeck. Sie gehen leichten Fußes ohne Koffer, klar, sie werden ihnen nachgebracht.

»Die sind bald durch.«

»Und dann sind wir dran?«

»Nein, die von der ersten Klasse, Dummchen. Wir kommen am Schluss dran und werden gleich aufs nächste Schiff gebracht. Wir müssen zuerst nach Ellis Island. Außer wir tricksen und schwindeln uns vorbei. Komm!«

»Rodolfo, ich trau mich nicht. Außerdem habe ich den Koffer, allein kannst du besser irgendwo durchschlüpfen. Ich warte.«

»Schade. Dann trennen wir uns hier. Mach's gut, Tina!«

Rodolfo umarmt sie, wünscht ihr Glück. Auch er will nach

Westen, hat er erzählt, Los Angeles, vielleicht sieht man sich. Sie sieht ihm nach, wie er die Schwingtür aufstößt und durchgeht, sie wartet, bis die Türflügel wieder stillstehen. Schade, dass Rodolfo nicht bei ihr geblieben ist.

Ein Matrose tippt sie an, fragt sie, wo sie hingehört, sie zeigt ihr Ticket. Er macht ein Zeichen, sie steigt mit ihm unter Deck. Sie riecht die Menschen, bevor sie sie sieht. Da ist sie wieder bei den Elenden aus dem Zwischendeck, dem Abschaum, mit dem sie fast drei Wochen ohne Tageslicht verbracht hat. Die letzten vierundzwanzig Stunden an Bord haben gereicht, um die Erinnerung an die Tage davor kurz zu verdrängen. Nie wieder will sie so reisen, nie.

Vier Stunden später setzt sie den Fuß auf Ellis Island. Endlich. Amerikanischer Boden. Noch immer ist es diesig, der Nebel hat sich nicht gelichtet. Morgen kann sie weiter, sagt man ihr, das Affidavit ihres Vaters ist in Ordnung.

Ob Rodolfo schon im Zug nach Los Angeles sitzt? Ob sie ihn jemals wiedersieht? Vielleicht sogar in Los Angeles?

Ja, doch: Acht Jahre später werden sie in der Kantine eines Filmstudios in Hollywood aneinander vorbeigehen, doch keiner wird den anderen erkennen. Tina wird mit ihrem dritten Film *I Can Explain* versuchen, als Schauspielerin Fuß zu fassen, Rodolfo im Studio daneben einen jugendlichen Liebhaber in *The Four Horsemen of the Apocalypse* geben. Für Tina wird es der letzte Film sein, für Rodolfo, der sich nicht mehr Guglielmi, sondern Valentino nennen wird, der Beginn des Weltruhms.

***

Jetzt. Weglaufen. Es wäre die Gelegenheit. In Venedig leben. Oder sich auf ein Schiff schleichen und ab nach Amerika. Könnte sie das mit dreizehn Jahren überhaupt schaffen?

Vorsichtig setzt sie einen Schritt vor den anderen. Die Kinder sehen nicht her. Sie hält sich an die Häuserfront, biegt um die Ecke. Der Platz läuft hier trichterförmig in eine Gasse aus, ganz hinten sieht sie blau-weiße Poller, das muss ein Kanal sein.

Schritt um Schritt setzt sie, schneller, bis sie am Rand des kleinen Kanals steht. Die Buchhandlung ist längst nicht mehr zu sehen. Und nun? Sie fühlt sich leicht, befreit. Sie ist außerhalb des Gesichtskreises ihres Vaters, und das in einer fremden Stadt. Aber sie hat auch Angst. Langsam kriecht sie vom Bauch Richtung Kehle.

Weglaufen. Ein fremdes Land, ein neues Leben. In Büchern tun Kinder solche Dinge. Sie wendet sich um. Wenn sie schnell zurückginge, würde der Vater vielleicht nichts bemerken.

»Marie!«

Auf dem Platz ruft ihr Vater, es klingt wie das drohende Muhen eines Rindes. Sie zuckt zusammen und läuft zurück. Ihr Vater steht in der Mitte des Platzes, die Kinder stehen um ihn herum und glotzen ihn an, als ob er ein Zauberer wäre und sie auf ein Kunststück warteten.

»Hier, Vater!«

Marie winkt. Der Vater stutzt, ganz rot ist er angelaufen. Er stemmt die Hände in die Hüften. Sie steht vor ihm, senkt den Kopf, erst zweimal in ihrem Leben hat sie eine Ohrfeige bekommen. Sie denkt an das Mädchen am Bahnhof, als der Vater zuschlägt. Das Brennen ihrer Backe macht ihr nichts aus. Sie hört die italienischen Kinder hinter sich, sie haben zugesehen.

Was machst du für Sachen. Was fällt dir ein. Dafür gibt's kein Zuckerwerk mehr heute. Die Worte perlen an ihr ab wie Regentropfen von einem Fliederblatt.

Der Vater schnaubt, aber sein Zorn ist schon verraucht, auch das kennt Marie. Es ist, als ob er die Wut nur spielte.

»Komm jetzt, wir gehen.«

Er macht ein paar Schritte, Marie rührt sich nicht. Hier angenagelt bleiben für immer.

Der Vater dreht sich um. »Was ist los? Komm schon. Ich warte!«

»Ich will Abitur machen.«

»Was hat das damit zu tun?«

Alles, will sie sagen. Ich kann auch neben der Schule in der Buchhandlung arbeiten. Aber bitte, lass mich weiter zur Schule gehen! Sie antwortet nicht.

Der Vater kommt zurück, reicht ihr die Hand, sieht sie an, holt Luft.

»Marie, genug davon. Du wirst Buchhändlerin.« Er versucht, ruhig zu klingen. »Das haben wir doch so ausgemacht, an deinem elften Geburtstag, erinnerst du dich? Ein weiteres Studium können wir uns nicht leisten.

Sie will es nicht verstehen. Obwohl der Vater diese Worte so oft gesagt hat, dass sie sie manchmal im Schlaf hört. Bei ihren Geschwistern gibt es keine Diskussion. Dass Walter nächstes Jahr die Schule abschließen und nach Berlin gehen wird, gilt als sicher. Helene wird in zwei Jahren das Abitur machen, sie hält still, will es sich mit dem Vater nicht verscherzen. Jedenfalls wird sie nicht Buchhändlerin werden müssen.

Betty will auch einmal studieren, aber ihr Vater ermuntert sie dazu. Sie wird auf das jüdische Gymnasium wechseln. Marie will gar keine besondere Schule, nur am Lyzeum bleiben und in fünf Jahren das Abitur machen.

»Komm!«, sagt der Vater. Seine Stimme klingt wie Sand, ein bisschen rau, aber harmlos. Er nimmt sie an der Hand wie ein kleines Kind. Sie laufen die Riva entlang, der Ponton, an dem das Boot anlegt, kommt in Sicht. Sie merkt, dass sie hungrig geworden ist, sagt aber nichts.

Sie setzen sich nebeneinander auf die Wartebank, das Kreischen der Möwen zerschneidet die Stille. Ein Ausflugsschiff dampft vorbei, eine Kette bunter Fahnen ist um die Reling gespannt, das Deck ist leer. Marie ist erleichtert, als sich andere Wartende einfinden.

Maries Blick verfängt sich zwischen den blau-weiß geringelten Pollern im Wasser vor den Pontons, zwischen denen einige Boote vertäut liegen. »Ich kann dann ja mit Abitur noch Buchhändlerin werden«, sagt sie in Richtung der Poller. »Dann weiß ich viel mehr und kann die Leute besser bedienen.«

Der Vater atmet durch, sein Bart bebt. »Marie, das hatten wir doch auch schon. Wenn du das Abitur hast, wirst du damit nicht zufrieden sein, du wirst studieren wollen und dann setzt du das auch noch durch und kommst nie zurück. Einer muss das Geschäft übernehmen.«

Sie weiß, dass der Vater recht hat mit dem Nicht-mehr-Zurückkehren. Am liebsten würde sie es ihm laut ins Gesicht sagen, dass sie Ärztin werden würde in einem Krankenhaus weit weg, wo es viele arme Leute gab, irgendwo im Urwald.

Sie schweigt.

Der Vater steht auf und studiert den Anschlag an der Wand, blickt auf die Uhr. »Das Vaporetto kommt erst in sechs Minuten, wahrscheinlich ist das aber nur ein Anhaltspunkt«, sagt er. »Schau, da vorne gibt es Eiscreme. Oder magst du etwas anderes?«

1915

Der Mann im Federschmuck hört auf zu rühren. Aber anstatt mit dem Holzlöffel, mit dem er gerade umgerührt hat, zu essen, greift er mit den Fingern in die Schüssel und stopft sich das Fleisch und die Bohnen in den Mund. Aus den Augenwinkeln sieht er auf die Menschen, die ihn beobachten.

Wie Tiere im Zoo, denkt sich Tina. Alles Mögliche hat sie in dieser Ausstellung schon gesehen, die größten Wunder der Gegenwart, aber Menschen, die wie Zootiere in eigenen Arealen in Zelten leben und von Zuschauern bei ihrem Alltag beobachtet werden – so etwas hat sie noch nie gesehen. Oder ist alles nur Show? In Amerika weiß man das nie. Aber das Tipi ist zweifellos echt, die Indianerfamilie auch.

Sie gähnt unwillkürlich. Sie hat so viel gesehen in dieser wundersamen Stadt.

Die Panama-Pacific International Exposition ist wirklich eine eigene Stadt. Auf dem riesigen Gelände gibt es so viele Gebäude, Pavillons, Türme, Freilichtbühnen und Läden, dass es den Anschein einer Siedlung macht. Aber alles hier ist Schein, dazu bestimmt, nach acht Monaten wieder abgebaut zu werden.

Schon der Torbogen mit dem riesigen Turm darüber hat sie fasziniert. Hunderttausend Glaskristalle funkelten in der Sonne, dass man die Augen zusammenkneifen musste, wenn man hinsah. Am Abend beleuchten den Turm angeblich fünfzig Scheinwerfer. Den erhellten Himmel sieht sie am anderen Ende der Stadt, seitdem die Ausstellung vor einem Monat geöffnet hat.

Auf dem großen Platz war sie wie erschlagen von den Menschenmassen, die in alle Richtungen hin und her liefen. Alle hatten es eilig, wahrscheinlich um möglichst viel in der Zeit zu sehen, die sie sich für die Ausstellung vorgenommen hatten. Aber bei der Größe würden sie es nie schaffen, auch nur die Hälfte an einem Tag zu sehen.

Tina fuhr zuerst mit einem Minizug durch den riesigen Nachbau des Panamakanals. Der Zug hielt an verschiedenen Stellen, wo eine Stimme aus einem Phonographen die Besonderheiten des jeweiligen Abschnitts erklärte.

Den Grand Canyon sparte sie sich, dafür schaute sie sich die Länderpavillons und die Technikausstellungen an. Sie sah gewaltige Dampfmaschinen, die Pflüge über Felder ziehen konnten, einen Rosengarten, dessen Blumen aus geschliffenem Glas bestanden, und schließlich einen indischen Tempel, der aus Seifeziegeln errichtet worden war und intensiv nach Butter und Patschuli duftete.

Sie besichtigte die berühmte Liberty Bell mit ihrem Riss und fragte sich, warum die Amerikaner so viel Aufhebens um eine Glocke machten. Dann zog eine Street Parade vorüber und sie betrachtete die bunten Uniformen und lauschte der Marschmusik. Sie wunderte sich, dass sich erwachsene Leute so etwas ansahen.

Mittlerweile ist sie bei den Miniaturwelten angelangt. Wie auf kleinen Inseln sind Dörfer verschiedener Indianerstämme aufgebaut, in denen echte Ureinwohner leben. Die Besucher beobachten sie, wie sie Holzschnitzereien anfertigen, mit Pfeil und Bogen auf Scheiben schießen und am Lagerfeuer Essen zubereiten.

Der Indianer greift wieder mit den Fingern in die Schüssel. Einige Kinder lachen und zeigen mit dem Finger auf ihn.

Tina weiß nicht, was sie darüber denken soll.

»Am Abend isst er mit Messer und Gabel«, sagt eine Stimme neben ihr.

Sie dreht sich zur Seite.

Ein junger Mann, vielleicht ein paar Jahre älter als sie. Dünn, feine Gesichtszüge, spitzes Kinn, gezwirbelter Schnurrbart. Er trägt ein Samtjackett, das aus der Barockzeit zu stammen scheint, und eine viel zu große Schleife um den Hals. Ein leichter Akzent, vielleicht französisch oder portugiesisch. Sie dreht sich wieder der Szenerie zu. Was will dieser lackierte Affe von ihr? Sicher verwechselt er sie mit jemandem.

***

Seit zwei Wochen regnet es. Was für Ferien! Aber Marie liest, die Polarforscher hat sie links liegen gelassen, holt dafür alle paar Tage einen goldgeprägten Band von Karl Mays Gesamtausgabe und blättert vorsichtig darin um, es sind die Ansichtsexemplare, die auf dem Büchertisch liegen. Den ganzen Juli hindurch verkriecht sie sich in ihrem Zimmer, Helene ist meistens bei einer Freundin, da hat sie Ruhe. Während es draußen nass ist, reitet sie mit Kara Ben Nemsi von Tunesien nach Mekka, durchs wilde Kurdistan und die Schluchten des Balkan, immer den Bösen hinterher, dem Schut und seinen Spießgesellen, der im sechsten Band endlich seine gerechte Strafe findet.

Sie ist begeistert, dass dieser Kara Ben Nemsi ein Deutscher ist, ebenso wie in Buch sieben dann der deutsche Einwanderer in Amerika, der Old Shatterhand genannt wird. May zeigt, dass es jeder in einem fremden Land schaffen kann, wenn er mutig und schlau genug ist.

Das Wetter wechselt und Marie liest trotzdem weiter. Während draußen die Sonne schein, reitet sie mit den Apachen gegen die bösen Kiowas und vergießt Tränen, als die Indianerprinzessin Ribanna stirbt.

Jedes Mal, wenn sie dem Vater ein Buch zurückbringt, fragt sie ihn, ob sie nicht einmal an diese Orte auf Urlaub fahren können, nicht immer nach Karlsbad oder in die Wachau. Warum nicht nach Bagdad und Istanbul, oder nach St. Louis und zum Silbersee. Natürlich weiß sie, dass das zu weit weg und zu teuer ist, aber fragen kann sie ja.

»Das kannst du machen, wenn du groß bist«, sagt der Vater dann immer lachend.

Sie malt sich aus, wie das sein wird. Sie wird Medizin studieren und dann Ärztin werden und den armen Völkern in anderen Ländern helfen. Den Indianern zum Beispiel, die ohne fließendes Wasser in Zelten oder Pueblos wohnen und ohne Teller und Besteck essen.

***

»Am Abend isst er mit Messer und Gabel.«

»Ach so? Woher weißt du das?«, fragt Tina in Richtung Tipi.

»Um neun schminkt er sich ab, zieht Hose und Hemd an und isst mit den anderen Indianern sein Chili bei Fontaneda's. Habe ihn gestern gesehen.«

»Heißt das, das sind keine Wilden aus einem Reservat?«

»Die meisten leben in der Stadt, glaube ich. Einige gehen sogar aufs College. Ist ein netter Nebenverdienst in den Ferien.«

Tina sieht zu ihm und lacht.

»Wenn es nicht stimmt, ist es wenigstens gut erfunden, sagt man das so?«

»Es ist, wie du's sagst. Deine Worte erschaffen die Welt.«

Sie dreht sich mit dem ganzen Körper zu ihm, mustert ihn eingehend.

»Stimmt etwas nicht mit mir oder siehst du jeden so an?«

»Passt dir das nicht? Ich bin eine Arbeiterin. Da macht man keine großen Komplimente und Umstände.«

»Ich würde dir aber ein Kompliment machen.«

Jetzt sollte ich ihn abschütteln, denkt Tina, ein reicher Dandy, der sich einen Spaß macht. Und noch immer scheint ihr seltsam, dass es in dieser Sprache kein »Sie« gibt.

»Gestatten: Tina Modotti. Da du dich nicht vorstellst, tu ich es.«

»Unverzeihlich, Madame, dass ich das unterlassen habe. Roubaix de l'Abrie Richey.«

Ein französischer Adeliger also. Wenn's stimmt.

»Hast du keinen Vornamen?«

»Roubaix ist mein Vorname. Aber nenn mich Robo, so wie alle anderen.«

»Robo? So wie Robot, die Zwangsarbeit?«

»Ja, nur dass ich beides verweigere.«

»Beides?«

»Zwang und Arbeit.«

Sie hat es gewusst. Ein reicher Geck, der sich einen Spaß mit ihr macht.

»Aber da du das nicht so siehst, kann man bei dir Zwang anwenden«, sagt er, als ob es das Selbstverständlichste auf der Welt wäre.

Er zupft an seinem Halstuch. Sein Hinterkopf ist phänomenal, eine Spitzhaube aus Haaren, die hinten absteht.

»Ach so? Und wozu willst du mich zwingen?«, fragt Tina.

»Da vorne ist ein Automatenrestaurant. Der letzte Schrei. Ich zwinge dich, mir zu erlauben, dich auf einen Imbiss einzuladen.«

Tina lacht. Ein verdrehter, aber unterhaltsamer Kauz.

»Gerne. Aber ich mache es freiwillig, nicht gezwungen. Was sagst du jetzt?«

Sie essen einen mit Schinken belegten Teigfladen, der aus einem Ofenförderband auf den Teller klatscht und nach Handtuch schmeckt, zumindest stellt sich Tina vor, dass ein Handtuch so schmeckt.

Robo erzählt ihr von seiner Familie, verarmter französischer Adel, ausgewandert nach Kanada, dann Louisiana, immer mit Anschluss an die Franzosenkolonie. Er arbeitet tatsächlich nichts im klassischen Sinn, sondern bekommt von seiner Mutter monatlich einen Betrag überwiesen. Er bezeichnet sich als Künstler, aber als Tina fragt, was er genau mache, weicht er aus. Er sei kein Schriftsteller, schreibe aber hin und wieder Gedichte, er sei kein Maler, zeichne aber hin und wieder Karikaturen für linke mexikanische Magazine, er sei kein Theatermensch, veranstalte aber hin und wieder Schattenspiele mit improvisierten Geschichten, er sei kein Kunsthandwerker, fertige aber große Mengen gebatikter Tücher an.

»Ich nähe auch«, sagt Tina. »Hemden. Bei First Magnin. Lach nicht! Und daneben mache ich in einer Theatergruppe mit, bei Bruno Seragnoli.«

»Ich habe das Missvergnügen, beide Unternehmen nicht zu kennen.«

»Sind auch alles Italiener. Das erste ist ein Modehaus. Sie haben mich da schon einmal mit der neuen Mode fotografiert.«

Robo lacht.

»Eine Näherin und Probiermamsell in Personalunion? Parbleu!«

»Par was? Wenigstens rede ich normal und nicht so gestelzt. Na dann. Danke für das … das, was so tut, als wäre es Essen.«

Robo lacht, Tina steht auf und will sich wegdrehen. Den kräftigen Griff hat sie nicht erwartet. Sein Blick ist hilfesuchend.

»Bitte bleib.«

Sie kneift die Augen zusammen.

»Nur wenn du mit mir zum Aeroscope gehst und damit fährst. Und mich loslässt.«

Er gibt sie frei, sein Blick ist glasig.

»Alles, was du willst. Gehen wir. Wir fahren mit dem Aeroscope. Klingt luftig. Was ist dieses Aeroscope eigentlich?«

Er steht auf und putzt sich imaginären Staub von den Unterarmen.

»Das Haus, das durch die Luft fliegt. Da drüben. Komm.«

»Das Haus, das an diesem Kranarm baumelt? Oh mein Gott. Meine letzte Stunde hat geschlagen! Aber wenigstens nicht mir allein.«

1916

»Rosenberg … leider nicht ausreichend.«

Das Klassenarbeitsheft klatscht auf ihr Pult, der Lehrer ist schon bei der nächsten Schülerin, ebenfalls nicht ausreichend, die Hälfte der Klasse ist negativ. Einige Mädchen kichern, hinter sich hört sie leises Schluchzen. Sie beißt sich auf die Lippe und blickt auf die Tafel, die Zahlen, weiß auf grün, verschwimmen, eine Träne tropft auf das Heft. Sie will es gar nicht öffnen.

Es ist Anfang Juni und sie fragt sich, wann sie die »Ungenügend« noch ausbessern soll. Bei ihr ist es nicht nur Mathematik. Auch in Französisch steht sie schon seit einigen Monaten auf der Kippe. Aber wann hat es angefangen?

Vielleicht hätte sie schon im Sommer durchgehend lernen sollen. Sie hat sich ja ein paarmal hingesetzt, auf die Zahlen gestarrt und das Buch dann wieder zugeklappt. Lieber ging sie mit Betty baden oder verkroch sich in der kühlen Buchhandlung. Gerlachs Jugendbücher haben in diesem Sommer Platz gemacht für Lagerlöf und Hesse, oh, wie sie Hesse liebt! Sein Indienbuch hat sie gleich zweimal gelesen. Nun ist sie fest entschlossen, später als Ärztin nach Indien zu gehen, es gibt gar keine Alternative. Bei der Lektüre von *Gertrud* und *Roßhalde* konnte sie die Tränen nicht zurückhalten. Sie war ganz aufgewühlt, eine Regung, die ihr neu ist. Die bedingungslose Hingabe, das Opfer der Liebenden in den beiden Büchern, haben in ihr eine bisher unbekannte Saite angeschlagen.

Endlich ist sie in der Untersekunda, drei Jahre noch bis zum Abitur!

Es ist das erste Jahr völlig ohne Geschwister, allein sitzt sie mit den Eltern jeden Abend am Tisch und lässt sich die Worte darüber, wie es heute in der Schule war, aus dem Mund ziehen.

Helene hat sich im Herbst verabschiedet, wie Walter studiert sie nun Jura in Berlin. Nie hat sie darum betteln müssen, immer brav alle Aufgaben gemacht, still, angepasst, so anders als Marie. Nie stand zur Debatte, dass sie die Buchhandlung übernehmen sollte. Auch sie ist in den Sommerferien immer fremder geworden. Anfangs spielte sie sogar noch mit Marie, sie gaben einander Rätsel auf wie früher, aber Helene redete jetzt über Jungen und übers Küssen, wovor Marie ekelte. Sie erzählte ihr immer weniger. Marie wusste bis zu Helenes Abreise nicht, ob sie einen Verehrer hatte oder nicht.

Das Thema Buben bestimmte auch den Schulanfang. Die Jungen, mit denen sie früher zwanglos gespielt hatte, gebärdeten sich nach den Ferien widersprüchlich. Mal taten sie wie junge Männer, versuchten, höflich zu den Mädchen zu sein, und machten ihnen Komplimente, aber auf der Straße standen sie lässig in Gruppen zusammen und riefen einem freche Worte nach. Einige pfiffen, wenn die Mädchen vorübergingen, als ob sie Gassenjungen aus den Arbeiterbaracken wären. Sie war froh, im Mädchenlyzeum und von dieser seltsamen Spezies getrennt zu sein.

Zwei Wochen nach Schulanfang war die Michaelis-Kirchweih gewesen, die Kärwa. Weil Krieg war, feierten die Fürther, als gäbe es kein Morgen, als gälte es, die Tausenden Soldaten zu vergessen, die an Marne und Somme starben. Die Erwachsenen betranken sich und grölten lauter als sonst, die Marktschreier kreischten sich die Seele aus dem Leib. Die Mädchen jauchzten am Drliczek-Riesenrad, die Burschen ließen an den Schießbuden die Büchsen knallen. Marie sah ihren Freundinnen zu, die in der Schiffschaukel am Zenit stehen blieben. Ihre Kleider flogen hoch, begleitet von den Blicken der Burschen.

Als sie sah, wie Betty sich von Emil, einem Jungen, der zwei Jahre älter war, auf die Wange küssen ließ, wandte sie sich ab und lief hinunter zur Pegnitz, wo über Grillrosten Heringe brutzelten. Sie blickte über den braunen Fluss auf die sumpfige Aulandschaft. Von allen Seiten war die Stadt von Hindernissen umgeben, dachte sie. Zwei Flüsse, ein Sumpf, im Süden die Eisenbahnschienen und Fabriken. Immer mehr Fabriken wurden es, die die Flüsse verschmutzten und Rauch in allen Farben in die Luft bliesen. Sie ging durch den Park und stieg die Treppe zum Stadttheater hinauf. Sie stapfte die Königstraße hinunter, ihre Traurigkeit ein Bollwerk gegen den Kirmestrubel. Je weiter sie die betrunkenen und aufgekratzten Menschen hinter sich ließ, desto sicherer war sie, dass sie wegwollte von hier, weg von dieser rußigen Stadt, wo die Menschen in den Fabriken wie Maschinen funktionierten, deren Lebenswille sich einmal im Jahr in dieser Kirmes entlud.

Der Lehrer hat inzwischen begonnen, die Verbesserung an die Tafel zu schreiben. Eine kleine Genugtuung, dass sie auch die sehr guten Schülerinnen abschreiben müssen. Marie ist sich sicher, dass sie Mathematik im Leben nie wieder brauchen wird.

Die Schule, die ihr am Anfang so hell und freundlich erschienen ist, erinnert sie mittlerweile nur noch an ein Gefängnis. Die Fenster im Erdgeschoß sind vergittert, die Mauern einen halben Meter dick, die Insassinnen von Jahr zu Jahr freudloser.

Auch die Lehrer sind anders geworden in diesem Schuljahr. Sie fordern mehr, sind mürrischer und gereizter. Vielleicht liegt es am Krieg, der schon eineinhalb Jahre dauert, obwohl alle gesagt haben, dass er bald aus sein würde.

Verbesserung. Zweites Beispiel. Während des Schreibens ärgert sie sich, so dumme Fehler gemacht zu haben. Was ein falsches Vorzeichen ausrichten kann!

Das Quietschen der Kreide verstummt. Der Lehrer hält inne, nimmt seine Brille ab und studiert seine Zettel.

Die Mädchen tuscheln.

Alice legt ihre Hand auf Maries Linke.

Marie versucht ein Lächeln.

»Schon in Ordnung«, sagt sie. »Kann mich eh noch ausbessern. Das Schuljahr ist ja noch nicht aus.«

»Und so viele sind ungenügend. Das wird sicher noch. Er muss euch eine Prüfung geben.«

»Sicher«, sagt Marie. Alice hat leicht reden, sie hat immer sehr gute Noten.

Marie drückt lange herum, ehe sie dem Vater die Note gesteht. Sie weiß, was nun kommt.

»Du weißt, was das heißt. Wenn du reprobiert wirst, dann ist es vorbei mit der Schule. Vielleicht siehst du es dann endlich ein. Ich brauche dich in der Buchhandlung, es ist wichtig, dass jemand von der Familie drinsteht.«

Das ist das Schlimme: Dass er weder schimpft noch sie anspornt, die Note auszubessern. Es passt ihm in den Kram, dass sie scheitert. Aber das wird sie nicht!

***

»Ich gehe da hin!«

»Und wofür oder wogegen wirst du demonstrieren?«

Tina schnaubt.

»Da fragst du noch? Für seine Freilassung natürlich!«

»Damit er dann wirklich eine Bombe legen kann?«

»Was … was fällt dir ein!«

»Tom Mooney, meine Liebe, hat schon öfter in Reden von Bomben und Gewehren geredet. Wer sagt dir, dass er nicht wirklich eine zündet, falls er freigelassen wird?«

»Na und! Die Revolution muss mit Gewalt erfolgen.«

»Ach so? Aber soviel ich weiß, sind da nicht einmal alle Sozialisten dieser Meinung. Du solltest nicht nur Marx lesen, sondern auch Liebknecht, der den Militarismus richtig verabscheut. Gewalt ist stumpfsinnig, oder so ähnlich schreibt er.«

Tina sagt nichts. Wie auch? Wieder hat Robo ihr in seiner überheblich dozierenden Art gezeigt, wie wenig sie weiß. Seit über einem Jahr leben sie zusammen, jede Woche hat er ihr ein anderes Buch zu lesen gegeben: Nietzsche. Kropotkin. Marx. Proudhon. Tagore. Freud. Zwischendurch stundenlange Erklärungen. Dazwischen lieben sie sich. Auch hierin ist sie eine Nichtwissende, beflissen, alles zu lernen, was er ihr anbietet.

Die Sätze in den Büchern hat sie zuerst überhaupt nicht verstanden. Alles, was sie nach ihrem vierzehnten Geburtstag noch gelernt hat, sind die Handgriffe in der Fabrik, alles, was sie gelesen hat, die Arbeiterzeitungen und ein paar Fortsetzungsromane. Geduldig erklärten ihr Robo oder einer seiner Freunde, die ihn in seinem Atelier besuchten, die fremden Ausdrücke, oft saßen sie stundenlang zu dritt oder zu viert und debattierten.

Wie wenig sie weiß! Sie kennt die Parolen der Arbeiterbewegung, die Pamphlete in den Parteizeitungen. Erst jetzt sieht sie, wie viele komplizierte Gedanken hinter all dem stecken, was Onkel Demetrio immer wieder erwähnt hat, wie tiefgreifend Marx die wirtschaftlichen Verhältnisse analysiert hat, wie viele Denker sich mit der sozialen Frage beschäftigt haben. Sie verschlingt die in klarer Sprache abgefassten Schriften Engels' zu Privateigentum, Familie und Staat, weint über den erschütternden Romanen Upton Sinclairs und träumt sich nach Indien, als sie die Gedichte von Rabindranath Tagore liest.

Und immer, wenn sie glaubt, über eine Sache Bescheid zu wissen, stößt sie Robo auf etwas Neues, immer weiß er noch mehr als sie, auch wenn er nicht alles selbst gelesen hat.

Und nun will er ihr verbieten, zur Demonstration für die Freilassung von Tom Mooney zu gehen, der zu Unrecht verurteilt worden ist und für den schon wochenlang Demonstrationen veranstaltet werden.

»Tina, ich wollte eigentlich mit dir reden.«

»Wegen der Tücher?« Sie zuckt mit den Achseln. »Kein einziges diese Woche.«

»Nein, es ist nicht wegen der Tücher. Obwohl sie sich dort sicher besser verkaufen.«

»Dort?«

»Du weißt, dass ich Freunde in Los Angeles habe. Ich wollte dich fragen, ob du nicht Lust hast, mit mir eine Zeit lang dorthin zu ziehen. Du wohnst ohnehin schon mehr bei mir als bei deinem Vater. Und Hemdenfabriken gibt es dort sicher auch. Und italienische Theatergruppen.«

»Du meinst … du willst einfach so übersiedeln?«

»Nur einmal versuchsweise. Wenn es mir, wenn es uns dort gefällt, können wir ja bleiben.«

Sie überlegt.

»Und wenn ich keine Arbeit finde? Beide können wir nicht vom Batiken leben und vom Geld deiner Mutter.«

Robo richtet sich auf und reckt die Nase in die Höhe.

»Madame Modotti, Sie können sich sicher sein, dort einen Arbeitsplatz zu finden, der Ihren Fähigkeiten entspricht. Außerdem werde ich persönlich dafür sorgen, dass Ihr Vorrat an Lektüre sich niemals erschöpft.«

Tina lacht. Ihr Adeliger. Aber sie muss sich eingestehen, dass ihr die Bücher inzwischen sehr wichtig geworden sind. Die Welt der Buchstaben erschließt ihr die Welt außerhalb der Bücher völlig neu.

Sie küsst ihn und wirft ihn dabei fast um.

»Jetzt muss ich aber zur Kundgebung.«

***

Sie sitzt in ihrem Zimmer und überträgt die Verbesserung aus dem Heft. Noch einmal dasselbe, noch einmal über diesen dummen Fehlern sitzen. Sie nimmt ein Blatt und schreibt einige hebräische Wörter. Sie hat das Studium dieser Sprache vor einem Jahr aufgegeben, es war zu anstrengend geworden. In den letzten Monaten war sie oft mit Bettys Eltern in der Synagoge, der Vater hat sich abgefunden. Aber dann ist ihr der Gottesdienst von Mal zu Mal leerer vorgekommen. Die alten Männer, die ständig hin und her wippten, lächerlich. In der Altschul war es noch skurriler. Die paar Greise, die sich hier noch zum Gebet einfanden, wippten beim Lesen in alle Richtungen. Es kam ihr vor wie im Mittelalter oder einer Komödie. Die Buchstaben malt sie hingegen noch gerne, ihre Geheimschrift mit Betty.

Sie ist fertig mit der Verbesserung. Heft zu. Jetzt noch Französisch. Sie atmet durch. Kein Bruder mehr da, den sie nach der richtigen Aussprache fragen kann. Walter hat zwar viel gemault, aber ihr doch immer wieder aus der Patsche geholfen. Daneben wartet noch das Erdkundebuch. Sie malt das hebräische Alphabet fertig und schlägt dann Erdkunde auf. Zahlen und Buchstaben.

Bettys Vater hat ihr vor einigen Wochen vom Buch *Sefer Jetzira* erzählt.

»Das ist nicht so heilig wie die Torah«, hat er gesagt und gelacht. »Es ist auch viel später entstanden. Aber vielleicht interessiert dich als Leseratte ja, was in diesem Buch berichtet wird.« Und er erzählte ihr von der seltsamen Geschichte, dass Gott die Welt aus Buchstaben erschaffen hat. Die zweiundzwanzig hebräischen Buchstaben und die zehn Ziffern, die Sefiroth heißen, sind die Bausteine des Kosmos.

»Die Welt, sie ist aus nichts anderem als Buchstaben gebaut. Die Welt besteht aus dem Alphabet.«

Marie verstand gar nichts.

Bettys Vater strich seinen Bart und lächelte.

»Das kann man auch nicht so verstehen wie Mathematik oder Erdkunde. Es ist Mystik. Vielleicht wirst du es lesen, wenn du älter bist. Es hat nur ein paar Seiten. Und es gibt leider keine Übersetzung.«

Daran denkt sie, als sie auf die Zahlen und Buchstaben im Mathematikbuch starrt. Buchstaben und Zahlen bilden die Welt. Die Welt der Bücher, Bibliotheken, ja die väterliche Buchhandlung – jedes eine Welt für sich und jedes zugleich Teil des großen Buchstabenuniversums.

Also los, Kubikwurzel.

Es klopft.

»Marie, kannst du mir noch etwas helfen? Die Lieferung von heute Nachmittag ist noch einzusortieren.« Der Vater spricht durch die geschlossene Tür.

Sie klappt das Buch zu.

»Ich komme.«

Während sie die Treppe hinuntersteigt, überlegt sie, ob sie ihm sagen soll: »Dafür bekomme ich noch eine Chance.«

Aber sie weiß, dass es vergeblich ist.

Das Sortieren ist schnell erledigt, viel ist nicht eingetroffen. Der Vater hätte es leicht allein erledigen können. Sie weiß: Er will einfach, dass sie sich schon als Buchhändlerin sieht. Nicht als Schülerin, als Studentin oder gar als Ärztin.

Er dreht den letzten Karton um, als ob er zeigen wollte, dass die Schachtel leer ist.

»Das war alles. Mein Gott, es erscheint so viel Mist«, sagt der Vater.

Marie ist erstaunt, dass der Vater ihr gegenüber so einen Kraftausdruck verwendet.

»Wieso Mist?«

»Weil es Kriegsliteratur ist. Hetze, mit der noch mehr Leute in den Tod getrieben werden. Ich sollte das nicht verkaufen, aber die Leute lesen es gerne. Da, die Österreicher sind besonders arg. Der neue Rosegger, der neue Kernstock: nur Kriegspropaganda. Das wird massenhaft gedruckt. Die wirklichen Dichter, Marie, die, denen der Krieg ein Gräuel ist, die erscheinen zurzeit nicht. Für deren Bücher gibt es kein Papier.«

Sie nickt. Wenn nur dieser Krieg bald aus wäre. Vielleicht wäre der Vater dann anders gestimmt. Die Lehrer wären nachsichtiger. Das Leben fröhlicher.

Einen Monat später hält sie das Zeugnis in der Hand: Sie muss im Herbst eine Nachprüfung machen oder das Schuljahr wiederholen. Sie versucht noch mit dem Vater zu verhandeln, vergeblich.

In der ersten Ferienwoche liegt sie jede Nacht lange wach. Wahnwitzige Vorstellungen schießen ihr durch den Kopf. Davonlaufen, wie vor drei Jahren in Venedig. Sie müsste es nur besser planen. Oder: Im Herbst trotzdem hingehen und gegen den Willen des Vaters zur Prüfung antreten. Zu einem Verwandten flüchten, aber die Tante in Rosenheim kennt sie kaum, die anderen Onkel und Tanten in Turin und Halle sind zu weit weg. Oder zu den Geschwistern nach Berlin. Aber die würden sie nur zurückschicken, vielleicht sogar persönlich nach Hause geleiten. Die Niederlage wäre vollkommen.

Es dauert den ganzen August, bis sie den Vater herumgekriegt hat, aber sie schafft es. Zweimal hat er ihr schon das Papier gezeigt, auf dem er bereits unterschrieben hat. Lehrvertrag. Buchhändlerlehre in der Buchhandlung Rosenberg.

Schließlich gibt er klein bei: »Wir warten die Prüfung noch ab. Ich habe dich ja auch noch nicht abgemeldet.«

Sie will nicht Bücher verkaufen. Bücher aus Buchstaben, den Bausteinen des Universums, das ist eine schöne Vorstellung. Aber sie will Ärztin werden und aus dieser Stadt weggehen. Sie hat noch eine Chance. Sie muss diese Prüfung bestehen. Sie muss.

1918

Der Zug ruckelt und wird langsamer. Sie blickt aus dem Fenster. Wenigstens der Fürther Bahnhof sieht aus wie immer, die fahlen Steinblöcke, aus denen die halbe Stadt erbaut ist, schimmern in der Abendsonne. Kein anderer Zug steht auf einem Gleis, die Bahnsteige sind leer. Die gesamte Fahrt von Halle an der Saale bis Nürnberg ist wie eine Fahrt in der Geisterbahn auf der Kirmes gewesen. Auf eintönig graue Felder und blätterlose Bäume folgten überfüllte Bahnhöfe, auf deren Perrons sich Soldaten drängten, zerlumpte Gestalten mit Kopfverbänden und Krücken, ausgemergelt, müde, verzweifelt. Der Krieg ist verloren, seit vier Tagen offiziell beendet. So viele Wochen und Monate haben alle das Ende herbeigesehnt, haben Unterhändler sich bemüht, aber der Kaiser wollte nicht einlenken. Und nun ist er abgesetzt, geflohen in die Niederlande.

Langsam rollt der Zug ein. Dort, wo der junge Mann ihr im Abteil gegenübergesessen ist, ist noch eine Vertiefung im Polster zu sehen. Vielleicht bildet sie sich das aber auch ein. Sie hat ihm zuerst zögernd, dann umso bereitwilliger über ihre Zeit in Halle erzählt: Ihre auswärtige Lehrzeit ist zu Ende, sie kehrt heim. Ein halbes Jahr bei Kompitz in Halle. Nach eineinhalb Jahren in der väterlichen Buchhandlung war es endlich ein Ortswechsel. Sie hatte sich so gefreut, aus Fürth hinauszukommen, und war in einer Stadt gelandet, die zwar auch nicht so groß, aber viel städtischer war als Fürth. Die Menschen waren hier etwas behäbig, aber aufgeschlossener, die Stadt hatte auch ihre Fabriken und sogar ein Salzbergwerk, war aber viel sauberer und aufgeräumter. Die Geschäfte waren eleganter und spezieller und es gab einen riesigen Wochenmarkt. Schließlich konnte sie bei Verwandten wohnen, der Cousin ihrer Mutter war hier verheiratet und kinderlos. Der Buchhändler Kompitz war ein Geschäftsfreund ihres Vaters, die Buchhandlung eine der ältesten in der Stadt. Kompitz hatte sich gefreut, ein wenig Esprit in seinen Laden zu bekommen, wie er sich ausdrückte. Doch sie war anfangs still gewesen, kaum außer Haus gegangen und lächelte immer nur verlegen, wenn Kompitz einen Scherz versuchte. Erst mit der Zeit erkundete sie die Umgebung und wurde gesprächiger. Der alte Mann war sicher zufrieden mit ihr, sonst hätte er ihr schließlich nicht dieses Zeugnis ausgestellt.

Das alles hat sie dem schweigsamen, freundlich nickenden jungen Mann gegenüber erzählt. Ob das zu viel gewesen ist?

Zum Schluss schwiegen sie.

Das Erzählen hat auch eine Erinnerung wieder wachgerufen, die sie dem Fremden nicht erzählt hat: die Erkenntnis, dass Halle letztendlich auch keine Großstadt ist. Auch dort verkaufte sie nur Bücher und, was ein wenig Abwechslung brachte, Musiknoten. Dreimal hat sie in den eineinhalb Monaten Leipzig besucht und ist traurig nach Halle zurückgekehrt: Warum war sie nicht in dieser wunderbaren Buchstadt gelandet, sondern in dem langweiligen Anhängsel? Leipzig wurde zu Recht die Buchstadt genannt: So viele Druckereien, Verlage, Buchbinder, Buchläden, Papierhandlungen und Antiquariate hatte sie noch nirgendwo gesehen. Es gab einen Stadtteil, der »Graphisches Viertel« genannt wurde, auch der Sitz des Börsenvereins der Deutschen Buchhändler war da und die Deutsche Bücherei, in der es von jedem Buch, das in Deutschland erschien, ein Exemplar gab. Es tat ihr jedes Mal leid, als sie am Abend nach Halle zurückkehren musste.

Der Zug hält mit einem Ruck. Fürth Hauptbahnhof, schnarrt eine Stimme. Nächster Anschluss nach Würzburg.

Sie nimmt ihren Koffer aus dem Netz, im Gang stehen einige Leute. Sie beschließt, noch nicht aufzustehen. Auf dem Bahnsteig gestikulieren zwei Menschen, irgendwer ruft einen Franz. Das Zugfenster kommt ihr einen Moment vor wie eine Kinoleinwand. Der Film, der draußen spielt, ist nicht wirklich.

***

Oh Gott, wie soll sie das jetzt noch hinkriegen. Um zehn Uhr ist das Vorsprechen im Studio. Sie wollte sich vorher noch hinlegen, aber daraus wird nichts mehr werden. Ihre Hand ruht auf dem ungeöffneten Brief, der vor ihr auf dem Tisch liegt.

Der Agent hat sie nach der Vorstellung angesprochen, ob sie nicht Interesse hätte, in einem Film mitzuspielen, keine Hauptrolle natürlich, aber auch nicht als Komparsin, davon hätten sie genug. Aber Typen wie sie brauche man, ausdrucksstarkes Gesicht, weibliche Formen, am Dienstag um elf also. Nie hätte sie gedacht, dass sich ein Mann von den Studios zu dieser Theatervorstellung verirren würde. Und ausgerechnet zu der experimentellen Truppe La Moderna, zu der sie vor ein paar Monaten gewechselt hat, nachdem sie genug von den italienischen Melodramen bekommen hatte. Die Vorstellung war eine Pantomime mit Musik, große Gesten, bizarres Mienenspiel.

Sie sitzt am Küchentisch und betrachtet ihre Hand und den Brief, der darunter liegt. Als wollte sie ihn davor bewahren, wegzufliegen. Aber in der Küche weht kein Wind.

Die Fenster sind beschlagen, sie sollte noch einmal lüften, noch immer stinkt es nach Rauch, die letzten Gäste sind erst um vier Uhr gegangen, Robo hat sich schlafen gelegt, sie hat noch zusammengeräumt und wollte sich gerade niederlegen, als sie den Postboten hörte. War es schon sechs? Sie hat die Schrift auf dem Umschlag gleich erkannt.

Nach so vielen Monaten des Schweigens endlich ein Brief von der Mutter. Nach so vielen Monaten ohne Antwort. Ab Mitte 1917 ist keine Antwort mehr auf ihre Schreiben gekommen.

Dabei hat sie ihr so viele wichtige Dinge geschrieben: Ich habe geheiratet! Einen Adeligen! Wir leben als Künstler in Los Angeles! Ich spiele Theater und nähe daneben noch ein bisschen! Es geht mir gut! Ich kann kaum erwarten, dass ihr nachkommt! Hier ist es nie so kalt wie in Udine!

Sie tastet den Umschlag ab. Es müssen mehrere Blätter sein. Sie nimmt das Messer, jetzt wird sie ihn öffnen, doch sie verharrt in dieser Stellung, Messer in der einen, Brief in der anderen Hand.

Nur durch Zeitungsberichte hat sie erfahren, wie es Italien in den letzten Monaten ergangen ist. Hunderttausende Gefallene in Caporetto, am Isonzo und an der Piave, fast eine Million Italiener gestorben im Kampf gegen die Österreicher für ein paar Landstriche in Friaul und Tirol. Dazu Zehntausende Tote durch die Spanische Grippe, die auch hier wütet. Alles Zahlen, unter denen sie sich nichts vorstellen kann. Wo sind die Gräber dieser Menschen? Ist ganz Friaul zum Friedhof geworden? Endlich ist der Krieg seit zwei Wochen vorbei. Nicht nur, dass das Schlachten ein Ende gefunden hat, in allen Ländern sind die Sozialisten und Kommunisten stark geworden. In Russland hat es die Revolution gegeben, von der alle träumten, bald werden andere Länder folgen. Endlich die Arbeiter an der Macht!

Sie streicht über das raue Papier. Ob Schlimmes drinsteht? Ob jemand gestorben ist? Hoffentlich kommen Mutter, Valentina, Yole und Benvenuto bald nach. Das Geld dafür hat ihr Vater inzwischen beisammen, aber während des Krieges war eine Überfahrt undenkbar.

Sie schneidet den Umschlag auf und liest.

Kein Wort von Helden, von Toten, von Sieg und Niederlage. Der Krieg ist zwar nicht nach Udine gekommen, dafür aber Tausende Soldaten, die durchzogen, plünderten, vergewaltigten. Dazu einheimische Banden, die Leute überfielen und Geschäfte ausräumten. Am schlimmsten die Faschisten, die schon während des Krieges immer wieder randalierten, die Parteilokale der Sozialisten verwüsteten und die Vereinshäuser der Nichtitaliener beschmierten.

Und dann, im letzten Absatz, wie beiläufig, schreibt die Mutter von Valentina. Neunzehn ist sie jetzt, rechnet Tina schnell nach. Es ist ein Soldat aus den Abruzzen, in den sie sich vor einem Jahr Hals über Kopf verliebt hat. Sie ist im Januar mit ihm nach Chieti gegangen, hat dort einen Sohn namens Tullio zur Welt gebracht. Der Kindsvater musste gleich wieder an die Front im Norden, er gilt als vermisst. Valentina ist wieder in Udine mit dem kleinen Tullio, es geht ihr nicht gut, sie hat keine Arbeit, die Leute sind böse.

Tina beißt die Zähne zusammen. Warum ist sie nicht hier, hier in diesem freien Land, in dem eine unverheiratete Mutter zwar nicht das größte Ansehen genießt, aber bei Weitem nicht so geächtet wird. Sie will sich nicht ausmalen, wie sie gemeinsam hausen in der Via Pracchiuso, im Schatten des Burgbergs.

Wir kommen bald nach, schreibt die Mutter dann am Schluss, danke für das Geld, das ihr geschickt habt. Sie sei inzwischen eine fleißige Arbeiterin geworden und würde sich in den USA leichttun.

Tina kämpft mit den Tränen, faltet den Brief zusammen. Sie sollte sich wenigstens für zwei Stunden niederlegen. Aber ihr ist es, als ob die Zeit stehen geblieben wäre, sie bleibt sitzen, bliebe am liebsten ewig so sitzen, bis sich alles zum Besseren wendet.

***

Nur noch ein wenig sitzen bleiben, nicht aussteigen müssen hinein ins alte Leben. Augen schließen, die Zeit anhalten. Viel zu früh ist sie jetzt wieder zurück, bis Weihnachten hätte sie in Halle bleiben sollen. Aber in den ersten Novembertagen ist das Chaos ausgebrochen. Der Matrosenaufstand in Kiel, dann Aufstände in allen Städten. In Bayern und Franken wurde eine Räterepublik ausgerufen, was immer das sein mochte, König Ludwig ist abgesetzt worden.

Zwei Tage später gab es in Berlin eine Revolution, überall wehten rote Fahnen, ein Wahnsinn, erzählte der Briefträger, der es in der Früh im Telegrafenamt aufgeschnappt hatte.

Sie hat die Entwicklung in den Zeitungen verfolgt, die alle paar Stunden in Sonderausgaben ausgetragen werden. Am Tag, an dem der Kaiser abdankte, wurde in Berlin zweimal ein neuer Staat ausgerufen, einmal durch Scheidemann eine deutsche, dann durch Liebknecht eine sozialistische Republik. Am nächsten Tag hieß es dann, dass ein Rat der Volksbeauftragten die Regierung übernehme.

An diesem Tag jagte eine Meldung die andere, die Kunden in der Buchhandlung erzählten sich die verrücktesten Dinge. In München sei die totale Anarchie ausgebrochen, dort hätten Dichter die Macht übernommen. Am 11. November war auch der Krieg offiziell zu Ende, obwohl die letzten Tage ohnehin nicht mehr gekämpft wurde. Alle Herzöge, Fürsten und Grafen wurden abgesetzt. Es gab keinen Adel mehr. Sie fragte sich, wie das gehen sollte: Ein Graf sollte plötzlich kein Graf mehr sein? Das blieb er doch auch ohne Titel!

Jeden Tag liefen Leute mit roten Fahnen durch die Straßen, in die Buchhandlung verirrten sich nur wenige.

Sie war nicht erstaunt, als ihr Kompitz schon am 13. November das Zeugnis ausstellte.

»Wer weiß, was jetzt kommt. Jeden Tag ein neuer Staat, der

morgen schon wieder weg sein kann. Wie es aussieht, werden die Kommunisten Revolution machen wie in Russland. Es ist besser, du bist daheim, wenn's losgeht. Denn das wird ohne Kampf nicht gehen.« Der Alte strich ihr übers Haar wie einem kleinen Kind, sie fühlte sich nicht wohl dabei. Und doch hatte sie in diesem Moment zum ersten Mal das Gefühl, dass die Entscheidung für den Buchhandel und gegen das Studium vielleicht nicht so schlecht gewesen war. Bücher würden immer gekauft werden. Als Ärztin bekäme sie jetzt jeden Tag Verstümmelte zu sehen, Menschen ohne Unterkiefer, ohne Beine, ohne Augen.

Die Leute auf dem Gang setzen sich in Bewegung, sie steht auf, nimmt ihren Pappkoffer und reiht sich ein. Ein Geruch von Kohle, Karbol und Eisenspänen dringt vom Bahnsteig herauf. Sie steigt die Stufen hinunter, stützt sich auf dem Koffer ab. Es ist der erste Waggon hinter der Lok, ein Schwall Wasserdampf zischt von rechts heran. Da links stehen ihre Eltern, sie wirken älter, kleiner, die Haare des Vaters sind grauer, die Falten der Mutter tiefer geworden. Sie umarmt beide, und obwohl sie froh ist, die vertrauten Gerüche zu riechen, die Stimme der Mutter zu hören, die ihr sagt, wie hübsch sie geworden ist, kommen sie ihr vor wie Menschen, die sich zurückentwickelt haben, während sie weitergeschritten ist.

»Gut siehst du aus«, sagt auch der Vater.

Die Mutter redet auf sie ein. Sie hört die Phrasen nicht, die sie umschwirren. Eine Unruhe liegt in der Luft, selbst hier in der Bahnhofshalle.

Sie treten auf den Vorplatz, der Zentaurenbrunnen ist noch da. Der Vater ruft einen Dienstmann. Sie wohnen ja so nahe, dass er sie bis vor die Haustür begleiten kann. Die Stadt ist in den Monaten ihrer Abwesenheit noch grauer geworden, die

Häuser wirken noch wuchtiger, die Dächer noch steiler. Und so klein und nah ist alles, ein paar Straßen, und man ist am Ende der Stadt.

Auch ihr Mädchenzimmer kommt ihr düsterer vor – war in Halle wirklich alles heller, freundlicher?

Mutter erzählt ihr, dass Walter und Helene erst zu Weihnachten kommen werden. Walter hat Probleme im Studium, er hat eine große Prüfung zum zweiten Mal nicht bestanden. Ein halbes Jahr hat er noch, dann ist er fertiger Jurist. Hoffentlich.

Am nächsten Tag steht sie wieder in der Buchhandlung, das Fräulein Marie ist wieder da, küss die Hand, das Fräulein Marie, wie schön. Wie war's bei den Hallensern, Halloren und Halunken?

Es sind wenige, die in diesen Tagen Bücher kaufen. Die Straßen sind voll von Menschen, auch in Fürth versammeln sich jeden Tag Leute zu Kundgebungen und Sitzungen. Keiner weiß genau, wie es politisch weitergeht, überall wird diskutiert, selbst in die Buchhandlung kommen viele Kunden nur, um über Politik zu disputieren. Marie kann das Wort »Revolution« nicht mehr hören. Ihr Vater sagt den Lesekreis ab, der sich jede Woche mittwochabends in der Buchhandlung trifft.

Als sie am Nachmittag allein in der Buchhandlung steht, fragt sie sich, wann sie Betty wiedersehen wird. Sie hat nicht geschrieben, obwohl ihr Marie die Adresse in Halle gegeben hat. Betty wird am Ende dieses Schuljahrs ihr Abiturzeugnis in Händen halten, ihre Eintrittskarte für die Universität. Und sie selbst, seit zwei Jahren Buchhändlerin, wird nächstes Jahr die Lehrzeit beenden.

»Wenn du jetzt nicht mitarbeitest, kann ich den Laden zusperren«, hat ihr der Vater vor zwei Jahren gesagt. Und obwohl sie das Schuljahr gut abgeschlossen hatte, musste sie die Lehre beginnen, es gab keine andere Möglichkeit.

Leute kommen ins Geschäft, bringen jede Stunde Neuigkeiten. Die Räte haben die Macht in Bayern übernommen. Sozialisten, Kommunisten, Anarchisten, man stelle sich das vor! Aber angeblich gibt es das Parlament auch noch. Eine Stunde später: Nein, die Kommunisten sind doch nicht dabei, nur die Sozis. Weil der neue Regierungschef Eisner vom Kommunistenführer Liebknecht in Berlin eine Abfuhr bekommen hat, machen die Kommunisten in Bayern nicht mit.

Am nächsten Tag heißt es, dass am nächsten Tag die kommunistische Revolution losgeht und der große Umsturz kommt. Dann doch nicht. Die Sozialisten wollen den Sozialismus nur ohne Revolution durchsetzen, die Kommunisten nur mit. Jeden Tag gibt es Abspaltungen, ein Kommunist namens Levien ruft den Spartakusbund ins Leben, ein anderer, Mühsam, gründet die Revolutionären Internationalisten. Marie wundert sich, dass so viele Schriftsteller an dieser seltsamen Revolution beteiligt sind: Kurt Eisner ist Theaterkritiker, Oskar Maria Graf hat eben ein Büchlein mit modernen Gedichten herausgebracht. Gustav Landauer kennt sie durch seine Übersetzungen von Oscar Wilde und Shakespeare, Erich Mühsam schreibt für den *Simplicissimus*. Was treibt diese Menschen der Literatur bloß an, sich in eine radikale Politik zu stürzen? Sie richten doch nur Chaos an! Dann besser Buchhändlerin sein in der sicheren Buchhöhle.

***

»Nicht schon wieder. Diese Demonstrationen bringen doch nichts.«

»Irgendwann kommt er frei. Er ist unschuldig.«

»Ich verstehe trotzdem nicht, dass du dich für diesen Bomber einsetzt.«

»Er hat keine Bombe gelegt!«

»Aber oft genug angekündigt. Auch wenn er es diesmal noch nicht selbst gemacht hat.«

»Na und. Marx sagt selbst, dass die Gewalt die Lokomotive der Geschichte ist. Manchmal geht es eben nicht anders.«

»Oho, hast du wieder im *Kapital* gelesen? Du solltest mehr Pazifisten lesen. Die gibt es schließlich auch unter den Linken.«

»Aber durch Nichtstun geht nichts weiter.«

»Wen hast du gelesen, sag schon!«

Tina beißt sich auf die Lippe. Nein, von den Anarchisten und Pazifisten hat sie wirklich kaum eine Ahnung. Alles, was sie weiß, hat sie von Robo, seinen Büchern und den Büchern seiner Freunde. Nach wie vor vergräbt sie sich stundenlang in den Seiten. Wenn bei den wöchentlichen Runden, die sich bei ihnen einfinden, ein Zitat fällt, muss sie es am nächsten Tag nachschlagen, wenn ein Autor genannt wird, sofort nachlesen, jede Woche ist sie in der Leihbibliothek und gräbt, will alles belegt wissen, den Grund, den Ursprung von all den vielen Theorien und Facetten der Ideologien, die herumgeistern. Sie weiß so wenig, sie weiß gar nichts.

»Marx war Theoretiker«, sagt Robo. »Oder hat er irgendeine Revolution gemacht? Es ist schon ein Unterschied, ob man nur darüber schreibt oder zur Tat schreitet. Schriftsteller oder gar Poeten waren in der Praxis nie gute Revolutionäre.«

»Aber die in Russland machen alles richtig. Und hier in Amerika kommt das auch noch, du wirst sehen. Die Arbeiter werden sich die Macht erkämpfen. Die Herrschaft des Kapitals muss gebrochen werden!«

»Ach Tina, du redest wie Marx persönlich.«

Sie ist schon in den Mantel geschlüpft, zieht sich die Schuhe an.

Robo wird sie von ihrer Meinung nicht abbringen, das wäre noch schöner. Sie liebt seine Belesenheit, seine Geistesschärfe, seine idealistische Weltfremdheit, seine vorsichtige Zärtlichkeit, seine kindlichen Gefühlswallungen. Aber nie hat er mit eigenen Händen entfremdete Arbeit verrichtet, nur gemalt und geschrieben, was ihm eingefallen ist.

»Ich bin am Abend zurück. Dann koche ich dir etwas Schönes. Einen Risotto nach Udineser Art, in Ordnung? Bis später«, sagt Tina, nimmt den Kopf des vor ihr Sitzenden in beide Hände, küsst ihn auf die hohe Stirn, öffnet die Tür und ist weg.

***

Essen! Alles Revolutionsgerede ändert nichts daran, dass die Mutter immer noch Lebensmittelmarken lösen muss und Fleisch noch immer selten auf den Tisch kommt. Als ob der Krieg noch nicht zu Ende wäre.

Am nächsten Tag liest Marie im *Abendblatt*, dass Bayern ab sofort ein sozialistischer Freistaat ist. Man schreibt es jetzt mit i, Baiern, weil es nichts mehr mit dem alten monarchistischen Bayern zu tun haben soll. Sie weiß nicht, ob sie das ernst nehmen soll oder ob es sich um eine Satire handelt.

Tags darauf steht in der Zeitung, dass die Räteregierung vorhat, den Achtstundentag einzuführen. Alle Fabrikdirektoren sollen abgesetzt werden, die Arbeiterräte sollen die Fabriken selbst verwalten. Gut für die Arbeiter, die in den Fabriken schuften, denkt Marie. Aber ob das wirklich klappt? Sie hofft, dass sie die Buchhandlungen in Ruhe lassen. Oder werden die jetzt auch verstaatlicht?

Sie freut sich, als sie liest, dass das Frauenwahlrecht kommt. Die Wahlen werden für 12. Januar angesetzt. Zum ersten Mal wählen! Das ist schon längst überfällig, die Diskussion lief ja schon Jahre.

Kunden erzählen ihr, dass es in einigen Städten keine Bürgermeister und Gemeinderäte mehr gibt – Arbeiterräte haben die Macht übernommen. Angeblich soll das auch in Fürth passieren. Sie fragt ihren Vater, ob er etwas weiß. Er zuckt nur mit den Schultern.

Nach einigen Tagen gibt sie es auf, den Ereignissen zu folgen, es ist zu mühsam. Alte Herren werden abgesetzt, neue kommen, das war immer so in der Geschichte. Sie glaubt nicht an eine neue Gesellschaft, das funktioniert vielleicht in Russland oder Amerika, aber sicher nicht in Bayern, schon gar nicht mit den rückständigen Leuten auf dem Land. Früher oder später werden die Grafen und Fürsten wieder in ihre Schlösser zurückkehren und alles wird beim Alten sein, da ist sie sich sicher.

Während dieser Tage, die in der Buchhandlung ruhig verlaufen, nimmt sie sich die Buchhaltung vor. Es gibt so viel, das in Ordnung gebracht werden muss. Der ganze Bestellvorgang, wie ihn ihr Vater abwickelt, ist umständlich, statt drei reicht ein Zettelkasten, außerdem kann man bei vielen Verlagen jetzt telefonisch bestellen, was das Buch viel schneller in die Buchhandlung bringt. Wenn sie in Halle etwas gelernt hat, dann wie man eine Buchhandlung modern organisiert.

Und warum nicht Noten anbieten wie Kompitz? Das brachte in Halle einige Kunden. In Fürth gab es zwar ein Musikgeschäft, das eine kleine Auswahl von Instrumenten hatte, die von Schülern der örtlichen Musikschule am häufigsten gespielt wurden: Flöten, Violinen, Gitarren, Zithern, zwei Klaviere. Daneben verkauften sie ein paar Lehrbücher und Noten für Anfänger. Aber um richtige Partituren zu kaufen, mussten die Leute nach Nürnberg oder gar München fahren. Und es gab so viele moderne Stücke, die leicht zu spielen waren und lustig klangen. In Fürth hat sich zwar noch niemand beschwert, die Leute hier nehmen alles einfach so hin, aber wenn sie etwas Neues geboten bekämen, würden sie sicher zugreifen.

Am nächsten Tag ruft Betty in der Buchhandlung an, sie verabreden sich für den Abend bei ihr. Fast ein halbes Jahr haben sie sich nicht gesehen. Das Gespräch kommt nur schleppend in Gang. So lange hat Marie darauf gewartet, in so vielen Briefen angekündigt, wie sehr sie sich freuen würde, sie wieder zu sehen, und jetzt ist da nur frostige Freundlichkeit. Betty lebt in einer anderen Welt. Sie hatte keine Zeit zu schreiben, keine Zeit, neue Bücher zu lesen, über die sie diskutieren könnten, da sie die ganze Zeit lernen muss. Angeblich.

Sie reden über Alltägliches, über Wetter und Lebensmittelmarken, über Mode und Steckrüben, über die neuesten Liaisonen in Fürth. Marie erzählt von den Buchhandlungen in Halle und Leipzig, merkt aber bald, dass das Dinge sind, die Betty nicht interessieren.

Betty erzählt von einem Verehrer, der sie mit Blumen und Gedichten bedrängt, sie hält ihn noch auf Distanz.

»Du musst die Männer ein bisschen zappeln lassen«, sagt sie und lacht.

Marie nickt und versucht zu lächeln.

Betty seufzt und zeigt auf ihren Schreibtisch. Bücher über Bücher.

Marie fragt, ob sie die Woche einmal Zeit fürs Kino hat.

Betty schüttelt den Kopf, sie hat so viel zu lernen.

»Ist ja das letzte Jahr.«

Natürlich. Betty wird in acht Monaten das Abiturzeugnis in der Hand halten und im Herbst auf die Universität gehen, nach München, sie möchte Journalistin werden oder Schriftstellerin.

»Schriftstellerin. Dann kann ich deine Bücher verkaufen«, sagt Marie und lacht, es klingt nicht echt.

Zu Hause wirft sie sich aufs Bett und schluchzt, bis der Polster an ihrer Wange klebt. Wenn sie nur ein wenig Hilfe gehabt hätte damals, wenn sie nicht diese dumme Lehre angefangen hätte, dann … Sie tupft sich die Wangen mit einem Taschentuch ab und setzt sich kerzengerade vor den Spiegel. Fräulein Rosenberg, Buchhändlerin. Ich kenne die Kataloge von Rowohlt und Reclam auswendig. Ein kurzes Auflachen unter den trockenen Tränen. Es hat auch gute Seiten, sie darf nicht ungerecht sein. Wie viele Bücher sie kennengelernt hat! Wie viele zu lesen sie die Gelegenheit und die Zeit hat, während andere klagen, gerne lesen zu wollen und die Zeit nicht zu finden. Und die sichere Arbeit jetzt, wo so viele Menschen arbeitslos sind. Aber trotzdem – ein ganzes Leben graue Maus hinterm Tresen sein, eintrocknen wie eine Pflanze, die man vergessen hat zu gießen – nein! Das würde sie nicht aushalten. Sie könnte nach Abschluss der Lehre wieder mit der Schule beginnen, in Nürnberg gibt es Abendkurse für Arbeiter, sie könnte dann das Abitur für Externisten machen. Ihr muss nur noch etwas einfallen, um den Vater günstig zu stimmen. Und um den Verkauf anzukurbeln. Sie muss zeigen, dass sie gut ist. Vielleicht verkaufen sich die Werke der Dichterrevolutionäre nun besser. Eine Revolutionsbuchhandlung einrichten? Aber die Revolutionäre von heute können morgen schon wieder gestürzt sein. Dann doch lieber Musik.

Am nächsten Tag schlägt sie dem Vater vor, eine Abteilung für Musikalien einzurichten. Bei Kompitz haben sich Noten gut verkauft und in Fürth gibt es eine Marktlücke. Der Vater ist zuerst erstaunt, freut sich dann aber fast zu schnell. Sie glaubt, seine Gedanken lesen zu können: Meine Tochter möchte etwas Neues ausprobieren, sie weiß, was nachgefragt wird, sie geht mit der Zeit, genau das habe ich mir gewünscht. Und wenn sie auch keinen Erfolg hat, so zeige ich doch meine Freude.

Vielleicht interpretiert sie auch zu viel in sein Verhalten hinein. Sie wird etwas Neues machen und er freut sich einfach.

Etwas, das sie noch fester in der Buchhandlung verwurzelt. Aber dafür steigt sie in der Wertung des Vaters.

Müsste sie sich nicht eher ungeschickt anstellen, um dem Vater zu zeigen, dass diese Arbeit nicht die richtige für sie ist? Nein, es gibt derweil kein Entkommen. Die Lehrzeit noch abschließen, die drei Monate, die noch bleiben, dann wird sie sehen, was sich machen lässt.

Vorerst bestellt sie Noten, sie weiß noch, welche sich in Halle gut verkauft haben: Klavier, Blockflöte, Violine, Gitarre.

Der Vater runzelt die Stirn, als sie ihm die Liste vorlegt.

»Mach nur. Wenn wir nur nicht darauf sitzen bleiben.«

***

»Wir werden noch darauf sitzen bleiben!«

»Nur ruhig, wir müssen ja nicht davon leben.«

»Ja, weil ich noch immer Hemden nähe.«

Tina faltet den Umhang vorsichtig zusammen. Dieses schöne Muster in Blau und Gold! Sie erinnert sich noch, mit welcher Mühe sie die Wachsornamente draufgepinselt hat. Sie nimmt den nächsten Kaftan, grün-gold, faltet ihn zusammen und legt ihn in die große Pappschachtel.

Robo steht noch am Tisch und strahlt die letzten Marktbesucher an, die geschäftig vorübereilen.

Ganze zwei Saris haben sie verkauft auf dem Künstlermarkt, der jedes Jahr in der Vorweihnachtszeit in dieser Halle stattfindet. Indische Sachen kaufen die Leute, aber Kaftans, Tuniken, Schals und Foulards in javanischer Batiktechnik, ausgeführt von einem verträumten Bohemien und seiner Arbeiterbraut, erregen zwar Aufmerksamkeit, werden aber nicht gekauft.

»Komm schon«, sagt Tina. »Die anderen packen auch schon zusammen.«

Robo zieht seine dünnen Augenbrauen hoch und fuchtelt schweigend mit den Händen herum, als dirigierte er den Schlussakkord für ein unsichtbares Orchester. Schließlich hilft er ihr, die Schachteln zu schließen und aufeinanderzustapeln. Jetzt müssen sie nur noch auf George warten, der ihnen die Sachen wieder nach Hause transportiert, Automobil haben sie keines.

Tina setzt sich auf eine Box und zündet sich eine Zigarette an. Robo holt sein Notizbuch und kritzelt herum, er hat die Augen zusammengekniffen und erinnert Tina an ein Nagetier.

Wie viel Arbeit sind diese Stoffe gewesen!

Die meisten Leute denken, batiken könne jedes Kind. Und viele machen es sich ja einfach: schnüren Stoffe mit Kreppbändern zusammen oder patzen primitive Muster mit Wachs darauf und tunken sie danach in Farbe.

Robo hat sich die aufwendige Technik von einem Künstler aus Java abgeschaut. Mit der Zeit hat sich auch eine Arbeitsteilung herausgebildet: Robo zeichnet das Muster auf Papier, Tina überträgt es mit Grafitstift auf den Stoff. Dann nimmt sie dieses seltsame Instrument, das aussieht wie eine Rauchpfeife mit einem kleinen Abflussrohr vorne, stopft Wachs hinein und hält es über eine Kerze. Stundenlang zeichnet sie dann die Muster mit Wachs nach. Das Färben übernimmt wieder Robo. Nach dem Trocknen dann die nächste Schicht, neue Muster, Färben, Trocknen. Diesen Vorgang wiederholen sie meistens zwei- oder dreimal, manchmal gibt es bis zu sechs Durchgänge – vierzehn Tage, bis ein Tuch fertig ist.

»George sollte schon längst da sein«, sagt Tina, drückt ihre Zigarette aus und schnippt sie weg. Rundherum lärmen die anderen Markthändler, die Jadeketten, Holzschnitzereien und Flechtgürtel in Schachteln verstauen.

Robo nickt, während er weiter im Stehen in seinen Notizblock kritzelt.

Tina steht auf, packt ihn an den Schultern, er dreht sich um und sieht sie entgeistert an.

»Das geht nicht so weiter, hörst du. Ich werde nächste Woche wieder zu Paramount gehen. Griffith produziert wieder wie am Fließband, sie brauchen ständig Komparsen.«

»Aber da hast du ja so lange Stehzeiten, hast du das letzte Mal gesagt.«

Tina legt den Kopf schief.

»Wenn ich die Stunden rechne, die ich für die Tücher aufwende, die wir nicht verkaufen … für die bekomme ich gar kein Geld.«

»Aber wir arbeiten zusammen. Du bist bei mir«, sagt Robo. Sein Blick wie der eines Hundes.

Sie fasst seine Hände, streckt sich und küsst ihn auf den Mund. »Du schaffst es schon allein«, sagt sie.

Ein gellender Pfiff reißt sie aus der Vertraulichkeit. Vom Ende der Halle nähert sich ein breitbeiniger Mann mit Schiebermütze und Knickerbocker, hinter ihm zwei bullige Männer.

»George«, sagt Robo. »Gott sei Dank hat er die Träger wieder mitgebracht.«

»Du könntest auch was anderes tun«, sagt Tina.

»Und was?«

»Du spielst doch ziemlich gut Klavier. Du könntest Barmusik machen.«

»Tina, ich bitte dich. Ich denke nicht, dass die Leute in der Bar Chopin hören wollen. Mit diesen Ragtime-Sachen kann ich nun wirklich nichts anfangen, das weißt du. Und außerdem bin ich völlig außer Übung. Hallo George, hierher!«

Er winkt, George winkt zurück.

»Mit Musik lässt sich schon Geld verdienen. Wenn man will«, murmelt Tina.

***

Drei Wochen später bringt der Schildermaler ein neues Schild an. Es ist schon Advent, viele Schaufenster sind dekoriert, aber Schnee liegt noch keiner auf dem grauen Pflaster. Marie ist überrascht, der Vater hat es geschafft, den Auftrag vor ihr geheimzuhalten.

»Es musste sowieso erneuert werden«, sagt er. Marie fällt ihm um den Hals.

Neben »Bücher – Rosenberg« steht in derselben modernen Schrift »– Musikalien«.

Binnen einer Woche sind die Noten ausverkauft, sie muss die Kunden auf die Zeit nach Weihnachten vertrösten. Obwohl nach dem beendeten Krieg viele hungern und jeden Pfennig umdrehen, geben sie doch Geld für Musik aus, vielleicht um zu vergessen, vielleicht weil so vieles in den letzten Jahren zu kurz gekommen ist.

In den Inventurtagen zwischen Weihnachten und Silvester spioniert sie in Musikalienhandlungen in Nürnberg und München. Wie viel wertloses Zeug es für Anfänger gibt! Sie beschließt, nur bei den besten Musikverlagen zu bestellen. »Wir bestellen ab sofort vor allem bei Edition Peters in Leipzig und bei Doblinger in Wien«, sagt sie nach ihren Besuchen, der Vater nickt anerkennend. Wieder beißt sie sich auf die Unterlippe: Es macht ihr Freude, besser zu sein als die Konkurrenz, Freude, gute Sachen zu verkaufen, zugleich weiß sie, dass sie diese Freude wieder einen Schritt weiter weg bringt von ihrem Traum, von dem sie immer weniger weiß, ob er es noch wert ist, geträumt zu werden.

Sie besucht Betty, sie gehen gemeinsam die Pegnitz entlang. Marie spricht über ihre Noten, über Musikverlage, Betty über einen Rudi, der ihr den Hof macht. Marie will nicht froh werden. Jede monologisiert für sich, die andere hört aus Höflichkeit zu. In den letzten Jahren haben sie sich immer zu Silvester getroffen und sind herumgebummelt. Nun sind sie zwei junge Frauen, die im frostigen Park spazieren und nur noch Floskeln austauschen.

1919

In den ersten Tagen des neuen Jahres kommen Leute sogar aus Nürnberg und fragen nach Noten. Die Sache mit den Musikalien hat sich schnell herumgesprochen. Als ein Musiklehrer nach Violinsaiten und Kolophonium fragt, bestellt sie auch das, schließlich liegen auch Rohrblätter, Metronome und Stimmgabeln im Laden.

In der Politik geht es inzwischen drunter und drüber.

In München stürzt der selbst ernannte Präsident Eisner bei den bayerischen Wahlen am 12. Januar völlig ab. Vielleicht hätte er doch Schriftsteller bleiben sollen, denkt sich Marie, als sie die Schlagzeile beim Frühstück liest. Sie ist nicht zur Wahl gegangen, obwohl Frauen zum ersten Mal wählen durften. Sie wird wählen, bei späteren Wahlen, aber nicht bei so einem Chaos, bei solchen Traumtänzern.

In Berlin gibt es einen Aufstand, kaiserliche Truppen – obwohl es keinen Kaiser mehr gibt – schießen auf kommunistische Arbeiter, die sich als Nachfolger des Spartakus sehen. Die Kommunistenführer Rosa Luxemburg und Karl Liebknecht werden erschossen. Das Chaos in Berlin ist so groß, dass die neue Nationalversammlung nach Weimar ausweicht. Ein Dichter namens Ret Marut veröffentlicht eine Rede, die er nie gehalten hat, mit dem Titel *Die Weltrevolution beginnt.*

In der Buchhandlung ist es nach dem Ansturm auf die Musikalien wieder gespenstisch ruhig. Wo immer Marie am Nachmittag hinkommt, zum Fleischer, zum Bäcker, überall reden die Leute von Aufständen, Streiks, Revolution, Putschen, Räten, aber keiner weiß etwas Genaues. Sie will das nicht hören, sie will Brötchen kaufen, verdammte Politik! Wenn die Leute mehr läsen, gäbe es weniger Konflikte und sicher weniger Tote.

Am 21. Februar erschießt ein rechtsradikaler junger Graf in München den Ministerpräsidenten Eisner, der auf dem Weg zur Landtagssitzung ist und gerade zurücktreten will. Zwei Stunden später ballert der Metzger Alois Lindner als eine Art Racheakt auf die SPD-Abgeordneten in dieser Sitzung, im Tumult ziehen andere Abgeordnete Pistolen und schießen um sich. In München bricht wieder Chaos aus.

In Fürth bleibt alles ruhig, hier wird nie eine Revolution stattfinden, sagt ein Kunde, dazu sind die Menschen viel zu behäbig.

Am 1. März kauft sie in der Früh die Mohnbrötchen beim Bäcker und frühstückt mit den schweigenden Eltern. Titelseite der Morgenzeitung: Die Kommunisten haben sich für eine Räterepublik ausgesprochen, die anderen Linken haben es abgelehnt, darauf haben die Kommunisten eine eigene Partei gegründet, nun regieren die Linken ohne Kommunisten durch den sogenannten Zentralrat. Niemand weiß genau, welche Staatsform herrscht. »Irgendetwas zwischen Kaiserreich und Kommunismus«, brummt der Vater.

Marie benutzt diese flauen Tage in der Buchhandlung, um umzuräumen. Sie braucht mehr Platz für die Musikalien. An einem späten Vormittag steht sie im Geschäft und versucht, einen Platz für die neuen Klavieretüden zu finden. Sie blickt zunächst nicht auf, als die Glocke bimmelt. Erst als sie ein Räuspern hört, wendet sie sich dem Kunden zu.

»Ich suche Klaviernoten, Chopin-Walzer, haben Sie etwas auf Lager?«

Ein junger Mann, Mitte zwanzig, schlank, Gehrock, gepflegter dünner Schnurrbart. Obwohl das Kinn etwas spitz ist, hat er ein hübsches Gesicht.

»Natürlich.«

Sie fühlt seine Blicke im Rücken, als sie in das Fach greift, um die Noten hervorzuholen. Von Chopin hat sie wirklich genug auf Lager, was denkt der denn. Sie hat sogar zwei Ausgaben der Walzer, Breitkopf und Härtel aus Leipzig und Hoesick aus Warschau.

»Ah, Breitkopf, das ist gut. Nehm ich.«

Marie packt ihm den Band ein, er zahlt, steht aber noch immer da, als wollte er etwas sagen. Schließlich hüstelt er in seine vorgehaltene Hand und verbeugt sich leicht. »Vielen Dank, auf Wiedersehen!« Er öffnet den Türflügel, sieht aber zur Seite und knallt mit dem Kopf gegen die Kante des geöffneten Flügels. Marie muss ein Lachen unterdrücken. Ein tollpatschiger Pianist. »Auf Wiedersehen!«

Am nächsten Tag ist er wieder da. Marie muss lächeln. Ob er sich wieder den Kopf anrennt? Er fragt nach Klavierwerken von Zemlinsky. Sie muss zugeben, dass sie diesen Komponisten nicht kennt, und wälzt einige Kataloge, bis sie schließlich fündig wird. Sie weiß, dass er sie beobachtet, während sie in den Verzeichnissen blättert.

»Hier. Ja. Die Fantasien über die Dehmel-Gedichte, Opus 9 und ein Menuett sind lieferbar.«

Sie sieht ihn fragend an, er wirkt ertappt. Er zögert, schluckt und bestellt schließlich das Menuett.

»Kann aber bis zu zwei Wochen dauern, wenn es gut geht, zehn Tage«, sagt Marie.

»Das macht nichts, ich habe genug zu tun.« Seine Stimme ist wieder fester.

Er stellt sich vor. Isidor Ebner, Pianist. Derzeit Klavierlehrer in Nürnberg.

»Dürfte ich mir erlauben, Sie zum Abschlusskonzert meiner

Klasse einzuladen? Ich selbst werde auch etwas spielen. Chopin.«

Seine Stimme klingt samtig, aber nicht tief, eher Tenorbariton, seine Lippen formen ein Lächeln, das einen Hauch Schmerz in sich trägt, die Augen sehen munter, fast unruhig aus. Er ist rot geworden, unsicher, als schämte er sich dafür, dass ihm die Einladung herausgerutscht ist. Marie unterdrückt wieder ein Lachen. Sie muss sich zwingen, ihn nicht anzusehen.

»Ich werde sehen, was sich machen lässt. Wenn mein Vater keinen Termin eingetragen hat, komme ich gerne.«

Warum nicht. Sie hat sonst ohnehin nichts zu tun. Und vielleicht ist er dann weniger verlegen.

Man muss Kunden entgegenkommen, sagt sie dem Vater später, als sie ihm den Termin nennt. Er hat nichts dagegen, dass sie an diesem Nachmittag ausbleibt, erstens weiß man nie, wen man noch als Kunden gewinnen kann, zweitens könne sie ohnehin öfter freihaben, nachdem er gesehen habe, wie geschäftstüchtig sie sei.

Sie putzt sich mehr auf als sonst und fährt zu dem Konzert, in dem fast nur Eltern der Schüler sitzen. Sie ist froh, dass nicht nur Anfänger spielen, sondern auch ältere Schüler. Es sind auch einige Talente darunter, die nicht nur gleichgültig die Tasten bearbeiten, sondern sich um ausdrucksvolle Interpretationen bemühen. Als am Schluss Herr Ebner spielt, merkt sie erst den himmelhohen Unterschied zwischen Lehrer und Schüler, so wenig sie sonst von Musik versteht. Ihr fällt auf, wie einige Elevinnen ihren Lehrer anstrahlen, als er mit geschlossenen Augen in die Tasten greift. Sie glotzen geradezu unverhohlen. Dass ihnen das nicht peinlich ist! Marie fühlt einen Stich in ihrer Brust.

Herr Ebner kommt gleich nach der Vorspielstunde zu ihr und entschuldigt sich für seine Fehler.

»Ich habe keine gehört«, sagt Marie.

Sie hat noch etwas Zeit, bis der Zug nach Fürth geht. Er bietet ihr an, durch die verschneite Stadt zu spazieren, die so anders ist als das nachbarliche Fürth, mehr von Geschäften als von Fabriken geprägt, viel mehr ältere Gebäude, aber auch freieres Gehabe der Menschen auf der Straße. Sie stapfen an der alten Stadtbefestigung am Frauentorgraben entlang, es dämmert bereits, die Laternen springen an, Droschken und Fuhrwerke rattern an ihnen vorbei. An einer Litfaßsäule klebt ein Plakat für ein Orchesterkonzert. Nachdem sie über das Konzert gesprochen haben, verebbt das Gespräch.

»Ich bin so froh, dass es noch Menschen gibt, die für die Kunst leben«, sagt sie, um die Stille zu brechen. »Heute reden alle nur noch von Politik.«

Ebner bleibt stehen.

»Hm, ich denke schon, dass beides wichtig ist. Es ist ja auch kein Gegensatz. Wir leben in aufregenden Zeiten. Endlich gibt es eine Revolution. In der Politik, in der Kunst. Auch in der Musik. Denken Sie an Mahler! An Tschaikowski!«

Er klingt wie ein Lehrer.

»In der Kunst ist das ja in Ordnung und normal, dass immer etwas Neues kommt. Aber muss man im Staat alles über den Haufen werfen, was sich so lange bewährt hat?«

***

»Alles muss über den Haufen geworfen werden!«

»Aber du bedienst ja selbst das kapitalistische System. Du arbeitest in Hollywood, schon vergessen? Ich denke, es gibt derzeit wohl kaum eine ärgere Ausprägung des Kapitalismus als die Studios mit ihren gierigen Bossen.«

Noch vor zehn Minuten haben sie miteinander gerungen,

jetzt liegen sie nebeneinander im Bett und rauchen. Robo hat sie wieder mit den Protesten für Tom Mooney geneckt. Der Weg zur prinzipiellen Diskussion war nicht weit.

»Ja, aber schau doch, was für Filme gemacht werden: Allein Griffith hat drei Weltkriegsfilme gemacht in diesem Jahr – und die sind nicht gerade eine Werbung für den Krieg. Der Kommunismus bringt den Frieden. Wenn alle Menschen gleich sind und gleich viel besitzen, gibt es keine Konflikte mehr.«

»So etwas Ähnliches haben die ersten Christen ja auch gepredigt. Und in Klöstern gibt es doch auch Gütergemeinschaft.«

»Ja, aber die Religion heute ist auf der Seite der Besitzer. Das war schon zu Hause in Udine so, und hier ist es dasselbe. Der nächste Film von Griffith wird übrigens genau das zeigen: Wie religiöser Wahn eine Familie ruiniert. Ich habe nächste Woche Termin. Sie brauchen die Komparsen nur kurz.«

»Ich finde eher interessant, was in Mexiko passiert ist und in diesen Tagen in Deutschland passiert. Du hast es doch gelesen.«

Tina muss zugeben, dass sie in den letzten Tagen nicht zum Zeitunglesen gekommen ist. Der letzte Artikel, den sie gelesen hat, war frustrierend. Alle hatten gehofft, dass von den deutschen Kommunisten die Revolution in Europa ausgehen werde. Aber die Sozialdemokraten haben sich gegenüber den Kommunisten durchgesetzt, indem sie versprachen, den Sozialismus mit demokratischen Mitteln, nicht durch Revolution durchzusetzen. Das ist besser angekommen bei den Leuten, war aber letztlich Betrug. Sie haben alle kaiserlichen Beamten im Dienst belassen, die Sozialisierung der Produktionsmittel verschoben und Liebknecht und Luxemburg ermorden lassen, diese Verräter. Seitdem hat sie keine Zeitung mehr gelesen, sondern die Tage mit Batiken und Herumsitzen an Filmsets verbracht.

»Es wird dich freuen zu hören, dass die Kommunisten sich das nicht gefallen lassen«, sagt Robo. »Du erinnerst dich, in Berlin ist vor drei Wochen der Aufstand in Lichtenberg niedergeschlagen worden, tausendzweihundert Tote. Das lassen die Kommunisten nicht auf sich sitzen. Es wird neue Aktionen geben. Und in Bayern haben Anarchisten vor ein paar Tagen eine Räterepublik ausgerufen. Die Kommunisten zögern noch. Aber Räte, Sowjets in Deutschland! Es wird sich sicher etwas tun.«

Tina ist während Robos Rede heiß geworden. In Europa geht es los! Und sie hat es versäumt. Sie muss sich besser informieren. Sie steht auf, zieht sich an. Sie blickt auf ihre Kleider, die vor ihr im Schrank hängen. Am liebsten würde sie ihre Sachen packen und nach Deutschland fahren. Einmal dabei sein bei einer Revolution! Und wenn man Rosa Luxemburgs Schriften beherzigt, wird diese Revolution den Frieden bringen, nicht Krieg.

***

»Und was ist mit dem Krieg«, sagt Ebner. Spott liegt in seiner Stimme. »Ich war nur Schreiber, aber ich habe genug gesehen. Der Staat, wie er war, die Monarchie, die hat versagt. So viele Tote. So viel Leid. Und jetzt die Reparationen! Die Demütigung für Deutschland! Aber lassen Sie uns doch von etwas anderem sprechen! Und es wäre mir sehr gelegen, wenn ich Ihnen das Du-Wort antragen dürfte … ich heiße Isidor.«

Sie reden über Fürth, die Enge der Kleinstadt, Marie erzählt ihm, dass sie das Abitur nachmachen und später studieren will, er spricht von der Wichtigkeit der Bildung. Dass niemand ausgeschlossen werden dürfe. Die neuen Politiker würden die Kunst fördern. Eine Revolution sei nicht aufzuhalten und sie würde auch vor der Kultur nicht haltmachen. Eisner sei zwar tot, aber die Bewegung gehe weiter. Die Kunst werde in Zukunft für alle Menschen da sein, nicht nur für die Reichen.

Sie sind am Ende des Parks angelangt und stehen am Rand des Bahnhofvorplatzes.

»Ich danke dir. Und bitte hol deine Noten ab, sie liegen seit vier Tagen bei uns.«

»Ich habe dir zu danken. Für … so viel.«

Wieder errötet er, die Honigstimme ist brüchig geworden.

Sie sehen einander an, er neigt sich zu ihr.

»Kann ich dich wiedersehen?«

»Wenn du die Noten abholst.«

»Nur wenn du mir einen Spaziergang versprichst.«

Er nähert sich, sie weicht zurück.

»Nicht doch. Ich muss jetzt wirklich zum Zug.«

»Darf ich dich noch auf den Bahnsteig begleiten?«

»Wenn es nicht anders geht.«

Im Zug atmet sie auf, aber sie ist alles andere als ruhig. Tausend Gedanken gehen ihr durch den Kopf.

Hätte sie sich nicht sträuben sollen? Er ist immer höflich. Er redet zu viel über Politik. Hat sie einen ernsthaften Verehrer? Unsinn, er wollte ihr nur einen Kuss stehlen, wahrscheinlich macht er das bei jeder. Ob er die Noten abholen wird?

Nach zwei Tagen steht er im Geschäft, sie hat ihn nicht hereinkommen gesehen und auch die Glocke hat nicht gebimmelt. Er ist gleich nach einem anderen Kunden hereingeschlüpft. Es ist fünfzehn Minuten vor Schluss, offenbar hat er es wirklich auf einen Abendspaziergang angelegt.

Sie ist heute allein im Geschäft, die Eltern sind bei Verwandten in Augsburg – hat er das gerochen? Oder hat er es irgendwie in Erfahrung gebracht? Sie muss nur abschließen, dann ist sie frei. Geld zählen kann sie später.

Noch brummt ihr ein wenig der Schädel von den politischen Diskussionen, die die Kunden in ihrem Laden geführt haben. Neben der Regierung in München, von der sich die Kommunisten abgespalten haben, um die Revolution vorzubereiten, gibt es noch die alten Abgeordneten, die sich nach Nürnberg geflüchtet und dort eine Exilregierung gebildet haben. Sie überlegen, wie sie die Münchner Räterepublik stürzen können. Und jeder, wirklich jeder Kunde redet über dieses verdammte Thema. Die Münchner Dichter bringen die Anarchie! Nein, die richten das reinste Chaos an. Die bringen die Revolution sicher nicht weiter. Die Kommunisten sollten endlich die Revolution machen! Nein, die alte Regierung soll zurückkehren! Es wird Bürgerkrieg geben, das garantiere ich Ihnen! Alle gehören enteignet! Die alten Herrscher sollen wieder her. Ein neues Zeitalter bricht an. Und so weiter.

Als sie Isidor erblickt, ist sie wie aufgeputscht, auch wenn das Kopfweh noch da ist. Nur raus aus dem Laden, ein Abendspaziergang, möglichst dort, wo sie die Fürther nicht sehen können.

Sie steigen zur Pegnitz hinab, schauen ins braune Schmelzwasser und gehen das Ufer entlang. Die letzten Tage waren unvermutet warm, ein Vorfrühling, aber am Abend kommt die Kälte schnell. Sie sprechen über die letzten Tage und über die neuen Zeiten, beide zunächst vorsichtig, alles Persönliche vermeidend.

Marie ist ein wenig enttäuscht. Wieder Politik. Aber sie hat sich vorbereitet, um ihm Konter zu geben.

Wie er sich das vorstelle mit der Revolution? Wie sich Bildung und Gewalt vertrügen? Hat nicht der Dichter Toller, der jetzt Parteivorsitzender der USPD ist, davon gesprochen, einen Kampf der Liebe statt einen Kampf des Hasses zu führen?

»Die Dichter werden nichts zustande bringen. Toller und die anderen Träumer schaffen das nicht. Da müssen wirklich die

Kommunisten ran. Die werden dann alle rauswerfen, Minister, Abgeordnete, den ganzen Landtag. Nur so kann sich die Gesellschaft erneuern.«

Isidor hat wieder seinen Dozententon, er hat den Wink mit der Liebe nicht erkannt.

»Warum begeisterst du dich als Musiker eigentlich so für diese politischen Sachen? Ich weiß nicht viel von Geschichte, aber jede Revolution, wirklich jede, ist noch gescheitert oder hat in einem Blutbad geendet. Das bringt doch alles nichts. Du bist so ein begnadeter Musiker! Ist die Kunst, die Musik, die Literatur, die Liebe nicht viel wichtiger als alle Revolutionen?«

»Wollen wir uns nicht auf diese Bank dort setzen?«

Er deutet auf eine Bank, auf die ein letzter Sonnenstrahl fällt. Sie würde lieber weitergehen, stimmt aber zu.

»Es wird eine neue Gesellschaft entstehen durch die Revolution. Und das bringen nur Kommunisten zusammen. Wenn sich die Anarchisten um Mühsam durchsetzen, wird es keinen Staat mehr geben, da bricht erst recht das Chaos aus. Lenin und seine Bolschewiki haben es als Einzige geschafft, die Revolution zu machen. In Russland entsteht eine Gesellschaft von Gleichberechtigten. Keine Adeligen mehr. Keine Großgrundbesitzer. Kein Staat. Alles wird aufgeteilt. Alle Fabriken werden von den Arbeitern selbst verwaltet.«

»Aber wie stellst du dir das vor? Den Privatbesitz verbieten? Müssen wir unsere Buchhandlung dann zusperren? Oder sind wir Staatsangestellte? Und ich weiß nicht, ob für gute Musik und Literatur dann noch viel Platz ist, wenn der Staat alles bestimmt. Und ob es die Freiheit der Kunst dann noch gibt.«

»Aber ganz im Gegenteil!«, sagt Isidor laut. Er ist jetzt völlig entflammt. »Die Musik, die Literatur und alle anderen Künste, die werden dann allen gehören, nicht nur den Gebildeten! Jeder wird Bücher kaufen, es wird keine Analphabeten mehr geben. Nach diesem irrsinnigen Krieg haben wir die Chance, die Gesellschaft zu verändern. Und auch ihr Frauen werdet gleichberechtigt sein. Das sieht man ja schon heute.«

»Das klingt gut. Dann kann ich auch Präsidentin werden.« Marie lacht, wird ernster. »Schau mal, ich verstehe nicht so viel von Politik. Ich weiß auch nicht, ob so eine Revolution bei uns hier möglich ist. Schau dir doch die Leute an: Die wollen etwas zu essen, egal wer an der Regierung ist. Sie wollen nicht mehr hungern und jeden zweiten Tag Rüben essen. Und schau dir die Leute in Fürth an: Die sind doch viel zu träge für einen Umsturz.«

Sie hält kurz inne. »Ich glaube an eine andere Revolution«, sagt sie leise. »Kann man nicht eine Revolution mit Büchern machen?«

»Wie meinst du das?«

»Jedes Mal, wenn ich ein Buch lese, werde ich ein anderer Mensch. Nicht ganz, sondern ein wenig. Ich weiß, das klingt banal für deine Ohren. Aber wenn ich lese, verändere ich mich. Nach jedem Buch habe ich etwas dazugewonnen. Und jeder, der liest, tut das. Wenn ich Literatur, gute Literatur, lese, werde ich ein besserer Mensch. Ich muss ein besserer Mensch werden, es geht ja gar nicht anders! Freilich müsste man dann die schlechte Literatur abschaffen. Wird die Revolution das machen?«

Er lacht. »So ähnlich ist das auch mit der Musik. Wenn man die schlechte abschaffte, könnten die Menschen durch die gute Musik bessere Menschen werden. Aber die schlechte verkauft sich viel zu gut. Ich denke, das ist wie bei den Büchern: Mit dem Schund lässt sich immer gut verdienen.«

Sie schweigen, Marie blickt aufs Wasser, der Strom ist gelb und träge wie immer im Frühling. Auf dem Rasenstück vor ihnen recken sich erste grüne Blätter in die Höhe, vielleicht die Vorboten von Krokussen.

»Es tut mir leid, dass ich so viel von Politik spreche«, sagt Isidor.

»Ein Gebiet, auf dem du dich auskennst und sicher bist.«

»Ja. So sicher ich dort bin, so unsicher bin ich in anderen Dingen.«

»Und die wären zum Beispiel?«

»Ich … mein Zug zurück geht in einer halben Stunde.«

»Ja, ich weiß, der letzte nach Nürnberg.«

»Ich bin wegen dir hergekommen, weißt du.«

»Ja.«

Mein Gott, ist der umständlich.

»Ich rede gerne mit dir. Und würde dich gerne wiedersehen. Wenn wir beide mehr Zeit haben.«

»Ja, gerne.«

Er neigt sich zu ihr, küsst sie langsam auf die Wange.

Na endlich. Sie fragt sich, wie er weitertun wird. Sie wird sich hüten, etwas vorzugeben. Wenn er keinen Mumm hat, dann soll er es bleiben lassen. Und Tolstoi lesen. Damit er etwas über Leidenschaften lernt. Bei diesem Gedanken fängt sie zu lachen an, sie schnaubt durch die Nase.

»Du bist mir nicht böse?«

»Nein, aber mir ist kalt. Lass uns Richtung Bahnhof gehen.«

Sie stehen am Bahnsteig. Er drückt herum, will etwas sagen.

»Wenn die Revolution jetzt nicht gelingt, dann nie. Wenn sie scheitert, weiß ich nicht, was ich mache. Vielleicht wandere ich aus. Hast du nicht gesagt, dass du auch fortgehen willst?«

Revolution schon wieder. Kann er an nichts anderes denken? An einen richtigen Kuss zum Beispiel? Oder etwas Schönes sagen? Aber weggehen, ja, das ist etwas Gemeinsames.

»Ja, das habe ich gesagt. Mir kommt es hier schon immer eng und beschränkt vor, egal wer regiert. Ich muss nicht in dieser

Stadt wohnen. Wenn ich Bücher um mich habe, bin ich zu Hause. Das kann überall sein.«

Isidor nickt schweigend.

Der Zug pfeift.

»Bis nächste Woche. Falls etwas dazwischenkommt, schreibe ich dir oder rufe an. Die Adresse und Nummer der Buchhandlung habe ich ja.«

Zum Abschied deutet er einen Handkuss an, ungelenk klettert er die kleine Treppenleiter zum Waggon hinauf.

Sie sieht dem Zug nach, bis er nicht mehr zu sehen ist. Sie weiß nicht, ob sie enttäuscht sein soll oder froh. Verliebt ist sie nicht. Oder doch? Sie eilt nach Hause. Am Abend liest sie Dostojewskis *Brüder Karamasow*. Was für leidenschaftliche Männer! Alle wirklichen Männer, die sie kennt, sind dagegen Feiglinge.

Isidor schreibt ihr tatsächlich: Er kann nächste Woche nicht, ob es eine Woche darauf gehe, er ist in München gewesen und hat den Reden der Revolutionäre gelauscht. Sie schreibt ihm am selben Tag eine Ansichtskarte mit dem Zentaurenbrunnen: »Ja, ich habe fast immer Zeit. Rufe mich doch in der Buchhandlung an.«

Am 7. April verlässt Marie das Geschäft zu Mittag. Ihr Vater hat versprochen, die Abrechnung zu machen. Es ist ein Montag, die ganze Stadt ist auf den Beinen. Am Vormittag wurde schon wieder ein neuer Staat ausgerufen. Wieder eine Räterepublik, aber nicht von einem einzelnen Mann verkündet wie im November, sondern offiziell durch den Zentralrat, die Proklamation steht in der Zeitung auf der Titelseite. Auch Baiern mit i ist jetzt amtlich. Toller, der Schriftsteller, ist Vorsitzender des Rates. Die neuen Minister wurden in der Nacht ernannt, wenige Stunden, bevor die Zeitung gedruckt wurde.

»Die Kommunisten sind wieder nicht dabei«, hat ihr Vater gesagt, als sie beim Frühstück die Zeitung las.

»Das habe ich mir gedacht«, sagte Marie, der Vater sah sie überrascht an.

Hatte sie sich verraten? Wusste der Vater von ihren Treffen mit Isidor und ihren Diskussionen?

»Ich lese die Zeitung sehr genau«, sagte sie schnell. »Ich weiß, dass die Sozis ihnen zu wenig radikal sind.«

»Wenn das nur nicht in einem Bürgerkrieg endet«, brummte der Vater.

Sie geht Richtung Bahnhof, Trauben von Menschen kommen ihr entgegen. Einige stammen offenbar aus dem Umland und sind gerade angekommen, Arbeiter dem Aussehen nach, andere tragen Schilder und zusammengewickelte Transparente. Eine Demonstration? Hier in Fürth?

Sie beachtet sie nicht, sie will am Bahnhof sein, bevor Isidors Zug einfährt. Auch der Bahnhof ist voller Menschen, was ist hier los? Geht die Revolution in Fürth los? Lächerlich.

Der Zug fährt ein.

Sie begrüßen einander mit einer schlaffen Umarmung und Wangenküssen. Isidor scheint unausgeschlafen, unzufrieden. Er möchte ein wenig durch die Innenstadt spazieren und ein Café aufsuchen.

»Es ist so ein schöner Tag. Zwar noch nicht so warm, aber Frühling. Gehen wir doch wieder zum Fluss!«

Der Park am Ufer der Pegnitz ist der einzige Ort in dieser Stadt, der keinen Blick auf Fabriken bietet. Auf der anderen Seite des Flusses erstreckt sich ein weitläufiges Moor, wo hin und wieder Entenjäger umherstreifen.

Doch sie kommen nur langsam voran, die Friedrichstraße ist voller Menschen. Immer mehr werden es, die Menge ist so dicht, dass sie immer wieder stehen bleiben müssen. Alle paar

Meter steht ein Polizist am Straßenrand. Isidor schüttelt den Kopf und lacht.

»So was. Nein so was.«

»Komm, dort um die Ecke ist ein Café, da haben wir sicher Ruhe.« Sie zieht ihn in eine Seitengasse, sie betreten das Café. Bis auf zwei ältere Herren, die an einem Ecktisch Karten spielen und rauchen, ist das Lokal leer. Sie bestellen Kaffee.

»Hier ist ja mehr los als in Nürnberg.«

»Ja, aber was wollen die Leute hier in Fürth? Demonstrieren? Gegen was?«

»Na, offenbar geht es hier nun auch los. Hast du es nicht gehört? Die neue Regierung hat an alle Städte in Bayern telegrafiert, dass die Bürgermeister und die Stadtregierungen abzusetzen und Arbeiterräte einzusetzen sind. Und wie es aussieht, gibt es auch in deinem Fürth gar nicht so wenige, die es nicht erwarten können, die Stadtregierung zu stürzen.«

»Du meinst, es gibt heute eine Revolution in Fürth?«

»Revolution auf Bayerisch«, sagt Isidor und lacht. »Ich glaube ja nicht, dass diese Räterepublik von Dauer ist. Die Sozialisten wollen ja alles belassen, den Staat, die Parteien und so weiter. Deswegen machen die Kommunisten da nicht mit. Aber Leviné wird es ihnen schon zeigen.«

Marie zuckt mit den Achseln. »Du weißt, Revolutionen interessieren mich eigentlich nicht. Ich frage mich nur, was die Arbeiter da draußen wollen. Den Bürgermeister absetzen? Oder sind das die Kommunisten, die gegen die falsche Räteregierung protestieren?«

»Ich denke, Ersteres stimmt. Die Kommunisten halten sich noch zurück. Aber wir werden schon noch losschlagen.«

Marie richtet sich auf dem Sessel kerzengerade auf. »Wir? Du bist also Kommunist?«

»Ich bin kein Parteimitglied. Aber ich denke, die Kommunisten haben in einem recht. Das Alte gehört zuerst ausradiert, dann kann man das Neue bauen.«

Er dreht sich von ihr weg und ruft »Zahlen bitte!«.

»Ich denke, der Kommunismus muss nicht so sein wie in Russland. Es gibt auch andere Wege.«

»Fürchterlich.«

»Was?«

»Fürchterlich, wie die Politik unsere Gespräche bestimmt. Wenn es nicht so drunter und drüber ginge, würden wir nicht so viel darüber reden. Dieser Aufruhr deckt alles andere zu. Auch die Kunden in der Buchhandlung reden über nichts anderes mehr.«

»Das stimmt. Lass uns in den Park gehen.«

Sie machen einen Bogen um die Altstadt und steigen zur Pegnitz hinunter. Der Rasen ist inzwischen hellgrün geworden, in Beeten blinken Hyazinthen, Krokusse und Stiefmütterchen. Im Teich schwimmt eine Entenfamilie, auch zwei Schwäne tauchen ihre Köpfe immer wieder sekundenlang unter Wasser. Von der Stadt oben tönen Stimmen herunter.

»Ich wollte dich fragen, ob du vielleicht nächstes Wochenende Zeit hättest für einen Ausflug. Ich würde ein Automobil ausleihen und wir könnten die Regnitz hinauf Richtung Erlangen fahren und am Fluss picknicken. Dort ist es sehr schön. Und dann reden wir nicht mehr über Politik, versprochen.«

Sie sagt zu. Die Flussauen sind idyllisch im Frühling, als Kind war sie mit den Eltern manchmal dort. Die Stimmen in der Stadt werden lauter. Jemand benutzt ein Megafon.

»Können wir sehen, was da los ist?«, fragt sie.

Sie steigen die Stufen zur Stadt hinauf, gehen vorbei am Theater und drängen sich durch zum Rathausvorplatz. Fast alle Menschen tragen rote Armbinden. Ein Mann, den Marie nicht kennt, redet gerade über Freiheit und ein neues Zeitalter, er schreit die Worte hinaus, ganz rot ist er schon im Gesicht. Die Menge applaudiert, ein Lied wird angestimmt. Wacht auf, Verdammte dieser Erde.

Isidor singt mit.

Die Menschen schauen zum Rathausturm, schließlich sieht es Marie auch: Die Fahne mit dem Fürther Wappen wird eingeholt, eine rote Fahne aufgezogen. Das Lied dauert ewig, wie viele Strophen gibt es da?

Die Veranstaltung scheint zu Ende zu sein, kein Redner tritt mehr auf die Bühne, die Menge zerstreut sich. Zerfetzte Flugblätter liegen auf dem Kopfsteinpflaster.

»Ich muss bald wieder Richtung Bahnhof«, sagt Isidor.

Marie nickt. Sie begleitet ihn schweigend, laut diskutierende Leute, die denselben Weg haben, überholen sie.

Das Treffen hat sie sich anders vorgestellt.

Der nächste Tag verläuft ruhig, aber am Tag darauf bekommt Marie beim Bäcker keine Brötchen mehr. Auf den Straßen schleppen Hausfrauen und Dienstmädchen pralle Einkaufskörbe. Fast alle Geschäfte sind leer gekauft, am Nachmittag ist auf den Straßen kein Mensch zu sehen, kein Kunde in der Buchhandlung. Am Abend gibt es eine Versammlung der Linksparteien im Geismannsaal. Ihr Vater geht hin, um sich die Sache anzuhören, und berichtet der Familie am nächsten Tag, dass es keinen Kampf geben werde. Sozialisten und Kommunisten hätten sich zwar angebrüllt, aber dann wieder gemeinsam Bier getrunken. Allerdings werde Fürth ab sofort nicht mehr von einem Bürgermeister regiert. Die Arbeiterräte haben die Macht übernommen.

»Die haben gestern so groß geredet«, sagt der Vater. »In Wirklichkeit fürchten sie sich. Weil sich nicht alle Städte der Revolution angeschlossen haben. In Nürnberg ist die Revolution gescheitert. Da gibt's noch einen Bürgermeister. Und in Würzburg haben Rechtsradikale die Linken über den Haufen geschossen, drei Tage hat dort die Räterepublik gedauert. Du wirst sehen, Marie, bei uns dauert das auch nicht lange.«

Sie hört das Getrappel vor der Buchhandlung nicht mehr. Das Geschrei der Zeitungsjungen, zwei Extrablätter am Tag. Sie versteckt sich hinter Buchdeckeln. Versinkt in Hesse und Kellermann, von dessen *Tunnel* schon wieder eine neue Auflage da ist.

Es kann doch nicht sein, dass man unbedingt politisch sein muss. Sich für eine Partei entscheiden muss. Dass eine Revolution stattfinden muss. Am Ende so wie in Russland, mit Tausenden Toten. Es muss doch eine Alternative geben, eine, die mit Kultur, mit Büchern zu tun hat. Mit Lesen.

Am 12. April, es ist der Samstag vor dem christlichen Palmsonntag, wartet Marie in der Früh vergeblich auf Isidor. Ein Zeitungsjunge ruft ein Extrablatt aus. Sie kauft und liest, dass am Vorabend der Fürther Arbeiter- und Soldatenrat bei einer Versammlung im Grünen Baum die Räterepublik der Sozialisten in Fürth für beendet erklärt hat. Die Fürther Arbeiter sind sauer, dass in den sechs Tagen keine einzige Ankündigung der Münchner Chaoten verwirklicht worden ist: Weder gibt es eine Rote Armee noch eine sozialisierte Industrie; von den kaiserlichen Beamten ist keiner entlassen worden. Revolution abgesagt in Fürth. Ihr Vater hat recht behalten.

Marie ist es egal. Was ist schlimm daran, dass alle Beamten an ihrer Stelle bleiben und die Fabriken in der Hand der Direktoren? Wie sollen denn der Betrieb und die Verwaltung sonst funktionieren? Wie stellen sich diese Linken das eigentlich vor? Die haben doch keine Ahnung von Wirtschaft! Nur einen Tag müsste einer von denen einmal eine Buchhandlung führen. Sie wird es Isidor sagen, wenn er kommt.

Aber er kommt nicht.

Sie löst den Vater um zehn Uhr in der Buchhandlung ab, setzt sich ans Fenster und nimmt Tolstois *Anna Karenina* zur Hand. Sie liest fast drei Stunden lang. Kein Kunde außer einem Musikschüler, der nach Akkordeonnoten fragt. Keine Spur von Isidor. Um ein Uhr sperrt sie das Geschäft zu.

Das Mittagessen mit den Eltern verläuft fast wortlos, das Klirren des Bestecks am Teller ist überlaut.

Am Palmsonntag kommen wieder Eilnachrichten aus München. Bewaffnete Truppen der Exilregierung sind in München eingefallen und haben in einer Überraschungsaktion fast alle Mitglieder der Räteregierung gefangen genommen. Die Kämpfe dauern an und sind noch nicht entschieden. Die Kommunisten, bisher Gegner dieser Pseudoräte, sind ihren linken Brüdern zu Hilfe gekommen. Der gemeinsame Feind hat die Differenzen vergessen lassen.

Marie kann es nicht fassen. In München wird in den Straßen gekämpft! Wenn nur Isidor nicht dabei ist. Sie verscheucht den Gedanken. Er ist doch keiner, der auf der Straße kämpft. Oder doch?

Am Montagmorgen verkünden die Zeitungsjungen, dass die Linken am Abend die Truppen der Exilregierung geschlagen haben. Und es gibt schon wieder einen neuen Staat, den dritten innerhalb von sechs Monaten. Diesmal eine rein kommunistische Räterepublik. Die Kommunisten werden ab sofort eine Rote Armee aufbauen, steht in der Zeitung. Die freie Presse ist ab sofort verboten, alle Lebensmittel sind beschlagnahmt und ab sofort verstaatlicht.

Verrückt, verrückt, verrückt, denkt Marie.

Von Isidor gibt es weiter kein Lebenszeichen.

Sie braucht Ablenkung.

Bettys Haus wirkt vertraut, so wenig hat sich hier verändert.

Marie redet und redet. Doch Betty blickt immer wieder aus dem Fenster.

»Was ist los mit dir? Was beschäftigt dich? Oh, entschuldige, ich überschütte dich mit meinem politischen Blabla.«

»Nein, es ist nichts. Fahr fort. Noch einen Tee?«

Schließlich gesteht Betty, dass sie sich in den letzten Tagen mit einem jungen Mann getroffen hat. Ein Gustav macht ihr den Hof, scharwenzelt um sie herum, wenn er sie auf der Straße trifft. Er hat im Krieg gekämpft und ist jetzt Zahlmeister in der Kaserne. Er redet ständig von großen Geschäften, die er verwirklichen will.

»Er will ein Kurzwarengeschäft eröffnen, obwohl er keine Ahnung von den Sachen hat als Soldat. Er glaubt, er kann damit reich werden.«

Sie kichert, Marie versucht es auch, lächelt schwach.

Auch aufs Heiraten habe er schon angespielt, wenn Betty die Zeichen richtig gedeutet hat. »Aber das wird nichts, glaub mir. Ich glaube, er ist Antisemit. Weißt du, wenn er nicht aufpasst und was getrunken hat, redet er abfällig über die Juden.«

»Das tun viele, sie reden eben nach, was sie so hören.«

»Nein, das wird wohl nichts. Er redet auch ständig nur von der Firma, die er gründen wird. Außerdem würde mein Vater die Verbindung zu so einem Menschen nie erlauben.«

Auch in den nächsten Tagen hört Marie nichts von Isidor, dafür von neuerlichen Kämpfen in München. Die Exilregierung will mit Truppen aus Berlin und Württemberg dem Münchner Kommunismusexperiment ein Ende setzen. München wird ab sofort von über dreißigtausend Soldaten belagert, bei Dachau gibt es erste Kämpfe. Schon wieder Krieg.

Sie versucht sich abzulenken, liest bis spät in die Nacht. Ob Isidor irgendwo kämpft? Schon vierzehn Tage hat sie nichts von ihm gehört, nach München zu fahren ist unmöglich und wäre wohl sinnlos.

Dann, am Ersten Mai, sonst der Tag der linken Aufmärsche, marschieren die Regierungstruppen und Freikorpskämpfer in München ein. Der Rätespuk hat ein Ende. In Fürth herrscht den ganzen Tag über gespenstische Stille, aber niemand trägt mehr eine rote Armbinde, keine rote Fahne ist mehr zu sehen. Ein paar Kunden schleichen ins Geschäft. In den nächsten Tagen berichten die Zeitungen von den Erschießungen in München, über dreihundert Zivilisten.

Marie liest zum zweiten Mal *Anna Karenina* fertig, erst um halb drei Uhr Früh löscht sie die Petroleumlampe. Sie weint, wie beim ersten Mal, als sie das Buch beendet hat.

Von Isidor hört sie nichts mehr.

1920

Sie dreht den Docht der Petroleumlampe herunter, es wird langsam dunkel. Tina, hör auf, mit der Lampe zu spielen. Die Stimme ihrer Mutter. Daran muss sie denken, als ihre Aufmerksamkeit nachlässt, ihr Wachsein wie der Docht im Petroleum verschwindet. Hier leuchten Kerzen in Papierlampions, die sie am Vormittag gebastelt hat. Und das ist Los Angeles, nicht Udine.

Robo spricht noch immer in leisem Singsang. Im Halbdunkel klingen seine mäandernden Sätze, mit denen er beweisen will, dass Tagore der größte lebende Dichter ist, wie eine Anleitung zu einer fernöstlichen Meditation. Sie blickt in die Runde. Neun sollten heute da sein, neun Menschen, die nicht zusammenpassen, aber das haben sie und Robo vorher gewusst. Der Reiz liegt im Diskontinuierlichen, wie Robo sagen würde, doch der kommt gerade zu keinem Ende.

Die heutige Runde. Da ist zum ersten Mal Roy Rosen aus New York. Eine Straßenkatze als proletarischer Aufputz für den Salon. Eigentlich heißt er Isidore Rosenzweig, will aber vermutlich mit der Kürzung des Namens sein Judentum verstecken. Hat als Gewerkschafter angefangen und ist nun Geldeintreiber. Angeblich arbeitet er für die Kosher Nostra. Immerhin hat er Robo einige Bilder für seine Villa abgekauft. Er spricht mit der Zigarre zwischen den Zähnen. Es ist ihm egal, ob ihn dabei jemand versteht.

Neben ihm Edward Weston, dieser kleine, drahtige Fotograf, der sie das letzte Mal den ganzen Abend angeglotzt hat, als hätte er noch nie eine Frau gesehen. Dass er verheiratet ist und zwei Kinder hat, hindert ihn anscheinend nicht daran, jede

Frau, die ihm gefällt, in Gedanken auszuziehen. Auch heute redet er wenig und schaut immer wieder zu ihr, aber wenigstens nicht mehr so penetrant. Er hat eine angenehme Stimme. Wieder hat er gesagt: »Tina, ich muss dich fotografieren.«

Sie hat noch nicht Nein gesagt.

Später soll Ramiel McGehee kommen, der auch schon einmal in diesem improvisierten Salon zu Gast war. Ramiel ist ein Bekannter von Weston und war früher Tänzer. Beim letzten Salon sprang er auf, als Tina eine Schallplatte mit japanischer Musik auf die Victrola legte. Er verrenkte seine Gliedmaßen zu einem bizarren Tanz, der alle zum Lachen brachte. Obwohl er nicht mehr der Jüngste ist, hat er noch immer ein Babygesicht und mittendrin ein Glasauge.

Auf dem Fauteuil in der Ecke im Halbschatten sitzt halb liegend mit vorgeschobenem Becken Carl Sadakichi Hartmann, genannt Kichi, der alte Lüstling. Halb Japaner, halb Deutscher, ganzer Amerikaner. War vor vermutlich hundert Jahren ein wichtiger Kunstkritiker. Er erinnert Tina an den alten Silenos aus der griechischen Sage, der, ständig betrunken, nach allem tastet, was nach weiblicher Rundung aussieht. Kichi hat sich selbst eingeladen, wie immer und überall, wo verrückte Leute in Los Angeles zusammenhocken.

Neben ihm, halb fasziniert, halb abgestoßen von dem geistreichen Lustgreis, Miriam Lerner. Sie kennen sich von Vernissagen, Miriam begrüßt Tina immer affektiert mit Küssen auf beide Wangen. Sie hat rotblonde ondulierte Haare und ist Chefsekretärin in einer Ölfirma. In diesem Kreis spielt sie die Feministin, die von der klassenlosen Gesellschaft und der sexuellen Emanzipation der Frau plappert. Vielleicht wird sie heute irgendjemand als Blenderin entlarven.

An der improvisierten Theke lehnt Anita Stewart, Schauspielerin. Sie hat Tina vor einem halben Jahr ein paar Nebenrollen bei Louis B. Mayer vermittelt, dreimal als Squaw, einmal als Kneipendirne, und im letzten Jahr dann eine Hauptrolle in dem Film *The Tiger's Coat*, der ein völliges Desaster war, da der Regisseur glaubte, kein Drehbuch zu brauchen. Der Film kam vor zwei Wochen heraus und wurde von der Kritik vernichtet.

Neben Anita lehnt ein junger Bildhauer, den Robo aufgegabelt und dessen Name sie gleich nach dem Vorstellen wieder vergessen hat. Angeblich hat er für Eleonora Duse eine Büste anfertigen dürfen. Er ist auch Italiener und bereits kräftig am Flirten mit Anita.

Siebtens Robo, der noch immer spricht. Ihr Lehrmeister und Mann. Ein ganzes Jahr ist es schon her, dass sie spontan den Standesbeamten aufgesucht haben, zwei schnell zusammentelefonierte Freunde Robos machten die Trauzeugen. Noch immer gibt er ihr jede Woche ein Buch und diskutiert mit ihr dann darüber. Vorher kannte sie weder Nietzsche noch Marx, weder Emerson noch Tagore, weder Goldman noch Zetkin. Auch Batiken hat sie von ihm gelernt und zärtlichen Sex. Ja, sie ist stolz auf ihn. Er hat Geld, dichtet, malt, gibt ihr zu lesen und macht Partys. Das schönste Jahr ihres Lebens.

Endlich ist Robo mit seinem Sermon über Tagore am Ende.

Roy Rosen hustet sich den Tabakschleim von den Bronchien. »Ich habe zwar keine Ahnung von Literatur, aber den Zeitungen nach ist dieser Tagore ein Schwindler. In Amerika unterwegs, um Geld für eine Schule in Indien zu sammeln – dass ich nicht lache. Da kann er hundertmal Nobelpreisträger sein. Das Geld sieht die Schule nie. Da lasse ich mir nichts erzählen.«

Roy zieht an seiner Zigarre, nimmt sie aus dem Mund, betrachtet sie und pafft eine große Wolke.

Robo ist zusammengezuckt, vielleicht tut ihm schon leid, dass er diesen Grobian eingeladen hat.

»Wir lenken doch nur ab«, sagt Kichi und räuspert Schleim herauf. Einer der Papierlampions, die Tina gebastelt hat und die das Zimmer spärlich erleuchten, malt ihm einen Lichtstreifen ins Gesicht, in dem seine Falten gespenstisch hervortreten.

Er grinst breit. »In Wirklichkeit ist jeder Mann hier scharf auf Tina und will mit ihr ins Bett. Zum Wohl, Robo!«

Er hebt seinen Sake-Becher und schielt zu Robo, während er daraus trinkt. Niemand sagt ein Wort, aus dem geschlossenen Kasten der Victrola klingt das Kratzen der Nadel.

Robo richtet sich auf. »Ich lese jetzt trotzdem ein Gedicht von ihm vor.

Ist auch die Farbe nicht tief und ihr
Duft nur schwach, nütze die Blume für
deinen Dienst und pflück sie, solange es
Zeit ist.«

***

Gather ye Rose-buds while ye may,
Old Time is still a-flying:
And this same flower that smiles to day,
To morrow will be dying.

Sie muss an diese Zeilen denken, die sie vor Kurzem in einer neuen Ausgabe der *Hesperides* von Robert Herrick gefunden hat, einem Dichter aus dem siebzehnten Jahrhundert. Die neue Linie mit den englischen Büchern läuft gut. Alle lernen jetzt Englisch, auch in den Schulen werden ganze Bücher gelesen, die sie sogar vorrätig hat. Reizen würde es sie schon, einen Kurs zu besuchen, aber vorläufig beschränkt sie sich darauf, Gedichtbände mit dem Wörterbuch zu entschlüsseln, wenn es morgens noch keine Kundschaft gibt.

Old Time is still a-flying.

Sie braucht Ablenkung, und sie ist ja noch jung! Deswegen hat sie gleich zugesagt, als Else sie eingeladen hat, bei der Damenhockeymannschaft mitzumachen, die sie gerade aufstellt. Sie hat Else fast nicht mehr erkannt, sie ist von der dicklichen Schülerin zur athletischen jungen Frau geworden, die auch auf der Straße in Hosen herumläuft und ihre Haare kurz trägt.

Und wie ihr das Spiel vom ersten Tag an gefallen hat! Wie viel sie gelacht haben! Das erste Spiel gegen die Nürnberger Damen auf dem zweckentfremdeten Fußballplatz!

Heute geht es gegen die Erlanger. In der Kabine ist es so eng, dass sie beim Umkleiden mit den Ellenbogen immer wieder an ihre schnatternden Mitspielerinnen stößt. Dieser blöde Rock! Die englische Tradition schreibt die Röcke für das Damenhockey fest, in allen anderen Sportarten bis auf Tennis gibt es das längst nicht mehr – sie ruft sich immer die Bilder der Kino-Wochenschau über die Olympischen Spiele in Antwerpen in Erinnerung, die Speer- und Diskuswerferinnen mit ärmellosen Leibchen und kurzen Hosen. Sie schiebt die Schienbeinschützer in die langen Stutzen, drängt sich mit den anderen vor dem Spiegel, nimmt einige der zahlreichen Spangen und Nadeln aus ihrem Haar und steckt sie neu an.

Dann stellen sie sich in die Reihe, die Gegenmannschaft ist auch schon fertig, die Spielerinnen stehen nebeneinander, die Schläger klappern. Endlich gibt der Spielleiter, Herr Thorn, das Zeichen und sie marschieren auf den Platz, nehmen Aufstellung. Zwanzig Mädchen, die es den Burschen, die am Spielfeldrand stehen, zeigen! Marie überschlägt kurz, sicher dreißig junge Männer, die sich die Augen aus dem Kopf schauen und sicher nicht nur aus sportlichen Gründen hier sind.

Anpfiff. Hektik, ihr Puls steigt, im Mittelfeld muss sie ständig bereit sein. Die ersten Pässe der Gegner, Pass, Doppelpass, sie muss ran, doch nicht. Der gelbe Ball flitzt umher, die Gegnerinnen spielen präzise Pässe, sie wird viel rennen müssen.

Die erste Strafecke. Die Fürtherinnen haben den Ball, passen, passen, Marie bekommt den Ball, schickt ihn sofort weiter an die Stürmerin und – Tor! Erster Treffer für Fürth! Vorne umarmen sich die Stürmerinnen.

Gerade dass es so wenig Körperkontakt gibt, gefällt mir an diesem Sport, denkt Marie, als der Ball wieder im Spiel ist. Mit dem Schläger hält man sich nicht nur den Ball, sondern auch die anderen vom Leib.

Nein, das ist der richtige Sport für sie.

Der Ball ist wieder da, sie gibt weiter nach vorne. Aufpassen. Es wogt hin und her. Klaudia, rechts vor ihr, nickt ihr zu. Zwei Sekunden später hat sie den Ball, sie gibt ihn an Veronika weiter, die spielt ab und – eine Gegnerin übernimmt.

Verdammt, sie hat versagt. Sie läuft, Klaudia ist neben ihr, klopft ihr auf die Schulter: Kann jedem passieren. Maries Scham fällt und wird aufgefangen von einem stechenden Glücksgefühl: Ja, hier ist sie zu Hause. Auf jeden Fall ist es eine richtig gute Abwechslung zu den Stunden zwischen den Büchern.

Der Dichter hat recht, denkt sie: Ich muss jeden Augenblick nützen, solange es Zeit ist.

***

Nütze die Blume für
deinen Dienst und pflück sie, solange es
Zeit ist.

Stille, Kratzen der Nadel, ein Räucherstäbchen verglimmt.

»Das ist doch großartig«, sagt Robo, seine Stimme unentschlossen.

Tina gleitet in der Dunkelheit zu dem Räucherstäbchenhalter und wechselt das abgebrannte gegen ein neues aus. Ein Streichholz flackert auf und erzeugt für kurze Zeit ein unangenehmes helles Licht.

Schweigen.

»Schwachsinn«, sagt Kichi endlich. Auch er setzt sich auf. In seinem orientalischen Kostüm mit den großen Ärmelöffnungen sieht er aus, als würde er in einem Theaterstück mitspielen.

»Der Gipfel der Banalität. Die Aufforderung, eine Blume zu pflücken, solange sie blüht, auch wenn sie nicht so schön ist. Es ist so offensichtlich, dass es um Frauen geht. Das ist doch naiv. Das haben chinesische Dichter vor Jahrhunderten tiefer gedacht und besser ausgedrückt. Da lobe ich mir Li Tai Po!«

Er greift nach der Flasche und schenkt sich noch Sake ein.

»Li Tai Po? Ist das nicht der mit den Trinkliedern?« Westons Stimme ist leise, Tina glaubt, einen ironischen Ton herauszuhören.

Kichi hebt das Glas. »Trinken wir lieber auf die Gastgeber. Hoch Robo, hoch Tina. Dass euch nie der Sake und der Sinn fürs Philosophieren ausgehen möge!«

Miriam dreht sich zu Tina. »Und diese Lampions hast du alle selbst gemacht? Die Tücher selbst gebatikt?«

Tina nickt, es ist ihr peinlich, dass alle diese dünne Stimme in der Stille nach dem Trinken gehört haben.

»Wenn ich mir erlauben darf zu sagen«, sagt Robo in seinem französischen Englisch, »Tina kann alles. Kochen, basteln, philosophieren, Sex sowieso, und sie weiß natürlich genau, wie ein Fest vorzubereiten ist. Ich wäre da völlig verloren.«

»Eine richtige Hausfrau«, sagt Weston mit überdeutlicher Ironie, was für allgemeines Gelächter sorgt.

»Aber nein, sie ist ja Feministin.« Robos Nase zuckt.

Ein Ylang-Ylang-Duft schiebt sich in den Vordergrund.

»Sie hat mich sogar letzte Woche dazu gebracht, den Protest zu unterschreiben, ihr wisst, wegen Goldman.«

»Was war da?«, fragt Weston, auf einmal ernst. »Hat sie Probleme bekommen?«

»Wer?«, fragt Kichi. »Emma Goldman? Mich wundert's nicht. Ein Skandal für Amerika. Ach, ich kann das nicht mehr hören. Unterdrückung der Frau. Die Frauen beherrschen uns doch alle! Tina ist das beste Beispiel dafür, dass Frauen nicht unterdrückt sind.«

Weston will etwas sagen, Tina kommt ihm zuvor.

»Bei der Unterschrift ging es um viel mehr. Goldman selbst hat immer wieder betont, dass die Unterdrückung der Frau nur ein Stellvertreterphänomen ist. Ein Anzeiger der allgemeinen Unterdrückung, die es in unserer Gesellschaft gibt. Es geht ja um Gleichberechtigung für alle! Dafür haben wir unterschrieben. Das Ziel bleibt eine klassenlose Gesellschaft ohne Herren und Diener. Und in einer solchen Gesellschaft ist die Frau dann auch sexuell selbstbestimmt, ob dir das passt oder nicht, Kichi.«

Kichi winkt ab.

»Alle haben das gleiche Recht auf Sex, das gefällt mir. Mir wird der Feminismus noch sympathisch«, sagt Roy Rosen, wie Kichis Stellvertreter. Tina hat gedacht, er schliefe schon.

Sie legt ihren Zigarettenspitz so auf den Tisch, dass die Zigarette in Balance ist und das Ende über dem Aschenbecher glost. Die Nebengespräche sind erstorben, sie merkt, dass sie die Aufmerksamkeit aller hat.

»Das würde euch so passen. Es geht nicht darum, dass wir wie eine Affenhorde zusammenleben, in der sich dann wieder die Rücksichtslosen durchsetzen. Emma Goldman ist für die Abschaffung der Ehe, weil sie Teil unseres repressiven Systems ist. Wir müssen die Repression abschaffen, und die Ehe ist ein

Teil davon. In Russland wird das so gemacht, die können uns ein Vorbild sein.«

»Aber du hast doch Robo geheiratet«, sagt Kichi und macht eine Pause. »Weil du vielleicht doch ein bisschen unterdrückt sein willst?«

Roy lacht auf. Öliger Straßenlacher als Solidaritätsbekundung. »Eine Frau ist ohnehin zu wenig für einen Mann«, sagt er. »Ich sehe das jeden Tag. Wer kommt schon mit einer Frau aus?«

»Genau«, sagt Kichi und spitzt die Lippen. »Ein Mann kann sich doch gar nicht mit einer Frau begnügen. Das ist wider die männliche Natur, gegen die Natur überhaupt. Die Tiere sind doch alle polygam, wenn man sie nicht einsperrt und dressiert. Das gilt, denke ich, auch für Menschen. Für Männer und Frauen wohlgemerkt.«

Tina merkt, wie die Stimmung das Spielerische verliert. Kichi erwärmt sich für das Thema, seine Wangen haben Farbe bekommen, soweit das im Halbdunkel überhaupt auszumachen ist. Glühende Backen in einem japanisch-deutschen Greisengesicht. Er hebt den Zeigefinger.

»Es ist daher nur konsequent, die Ehe als widernatürlich zu bezeichnen. Ein unnötiger Zwang, der der Natur des Menschen zuwiderläuft.«

»Ach Kichi, für dich würde sich sowieso nichts ändern, wenn man die Ehe abschafft«, sagt Tina.

Alle lachen, die Spannung ist ein wenig gelöst, alle trinken.

***

»Nicht schlecht für eine Frau.«

Es ist Anselm, früher sind sie Nachbarn gewesen. Mittlerweile arbeitet er in der Hosenträgerfabrik seines Vaters mit.

»Was heißt nicht schlecht«, sagt Marie. Sie ist geduscht, umgezogen, das Publikum hat sich bis auf ein paar junge Männer aufgelöst, die gegnerische, siegreiche Mannschaft ist schon unterwegs zu ihrer Feier.

»Wir Frauen schaffen noch viel mehr.«

Schick sieht dieser Anselm aus. Knickerbocker, Mütze etwas schief auf dem Kopf. Blonder Seitenscheitel, kantiges Gesicht.

»Bis ihr dann heiratet. Dann werdet ihr zahm.«

»Papperlapapp. Der Herr hat wahrscheinlich noch nie etwas von Emanzipation gehört. Das ist jetzt alles anders. Egal ob heiraten oder nicht.«

»Uh, das klingt nach demonstrierenden alten Jungfern.«

»So ein Unsinn. Frauen können alles, was Männer auch können. Sie fahren Automobile und fliegen Flugzeuge. In Russland machen sie auch alle Männerberufe.«

»Oh, bist du neuerdings Kommunistin geworden?«

»Idiot. Die Zeit hat sich einfach verändert. Mädchen spielen auch nicht mehr nur mit Puppen.«

»Dann darf ich die emanzipierte Frau Rosenberg vulgo ehemalige Nachbarin Marie auf einen Kaffee einladen?«

»Die selbständige Marie sagt ganz freiwillig zu.«

***

»Ich habe nichts gegen die Gleichberechtigung der Frau«, sagt Weston und sieht ertappt weg, als Tina ihn fixiert.

»Ich kenne Hunderte Frauen, die gar nicht gleichberechtigt sein wollen«, sagt Roy.

»Ich auch«, echot Anita.

»Ich versuche es noch mal«, sagt Tina, sie spürt, wie ihr das Blut in den Kopf schießt. »Die Ehe ist doch nur eine Abmachung, ein Tauschgeschäft. Der Mann hat eine Art Spielzeug, ein Ding zum Vorzeigen und zum Spielen, die Frau hat so etwas wie eine Lebensversicherung, falls sie nicht arbeitet.«

»Und erst die klassenlose Gesellschaft wird das beseitigen? Ich meine, glaubst du das wirklich?«

Der junge italienische Bildhauer hat zum ersten Mal etwas gesagt. Er wirkt mit einem Mal sehr verlegen.

Tina lächelt ihn an.

»Ja. Erst die klassenlose Gesellschaft wird wirkliche Liebesbeziehungen ermöglichen. Vorher werden alle Beziehungen von materiellen Dingen beeinflusst sein. Du kannst das Materielle nicht ausblenden. Aber wenn für alle gesorgt ist, ich meine, wenn für alle dieselbe materielle Sicherheit da ist, erst dann – dann gibt es freie Entscheidungen. Vorher ist alles von der Wirtschaft bestimmt. Erst dann kann sich auch der Mann sicher sein, dass die Frau ihn nicht wegen seines Geldbeutels liebt, sondern wegen seiner Eigenschaften.«

»Das klingt sehr romantisch«, sagt Weston.

Seine Stimme! Tina blickt in zwei stechende Augen, er wendet den Blick ab.

Miriam Lerner steht auf und geht zum Fenster.

»Darf ich mal lüften?«

Niemand antwortet, sie öffnet das Fenster. Kühle Abendluft. Auf die Straße muss sich jetzt ein Schwall von Ylang-Ylang- und Sandelholzduft ergießen.

»Ich habe sie ja auch gelesen«, sagt Miriam. »Ich finde vor allem den Gedanken der freien Mutterschaft sehr interessant.«

»Es kann doch nicht falsch sein zu heiraten«, sagt der junge Bildhauer, der noch dem vorigen Gedanken nachzuhängen scheint. »Und es kann doch nicht falsch sein, eine Familie zu gründen. Das wollen doch die meisten. Und gerade die jungen Leute träumen davon. Wenn ihr das im Kommunismus oder was immer verbieten wollt, dann ist das ja wieder ein Zwang.

Und weil vorher von den Tieren gesprochen wurde: Viele Tiere sind doch monogam, leben in Familien. Die Natur hat es so eingerichtet, wieso soll der Mensch dem nicht folgen?«

»Alle sind nicht monogam«, sagt Kichi. »Der Hahn auf dem Hühnerhof kommt ganz gut zurecht.«

Er und Roy lachen und prosten einander zu.

Tina schüttelt den Kopf. Diese Idioten verstehen nicht, dass eine neue Zeit anbricht. Sie wird Robo später sagen, dass er die beiden nicht mehr einladen soll. Aber Kichi würde auch ungeladen auftauchen. Sie holt einen kleinen Spiegel aus der Innentasche ihrer Tunika und betrachtet ihr Gesicht. Dicke schwarze Ränder um die Augen wie im Filmstudio, die kirschrote Farbe auf ihren Lippen ist ein wenig abgeblättert. Sie fischt den Lippenstift aus ihrer Tasche, wendet sich zur Seite und zieht die Farbstreifen nach.

»Ich möchte ja nicht unhöflich sein«, sagt Kichi, »aber werden sich die Frauen im Kommunismus noch schminken dürfen?«

Tina sagt nichts, steht auf, öffnet die Victrola und legt eine neue Platte auf. Sitarklänge. Sie setzt sich und nimmt ihren Zigarettenspitz, zieht an, bläst Rauch aus.

***

»Darf ich rauchen?«

»Aber bitte.«

Anselm zieht eine Packung Roth-Händle aus seiner Tasche und steckt sich eine an. Sie sitzen im Café Zentrum, Marie hat Hunger bekommen und einen Croque Madame bestellt.

»Ich wusste nicht, dass du so bekannt bist.«

»Na ja, unsere Buchhandlung geht gut. Und ich stehe ja jeden Tag hinterm Tresen.«

»Aber ich denke, das waren nicht alles Kunden, die dich gegrüßt haben.«

»Nein. Ich glaube, das kommt wirklich vom Hockey. Du warst ja heute das erste Mal dabei.«

»Ja, und ich habe mich gewundert, wie viele da zusehen.«

Der Kaffee und das Essen kommen. Während Marie isst, spricht keiner von beiden.

Was will dieser Anselm? Anbandeln? Die Leute werden reden, wenn sie beide da im Café sitzen. Mal abwarten. Er ist ja nett. Aber sollte man da nicht etwas spüren?

»Marie, darf ich dich etwas fragen?«

Das kommt ja schneller als gedacht.

»Sicher, warum fragst du vorher?«

»Sieh mal, wir kennen uns schon so lange, natürlich war das früher ganz anders, wir waren die dummen Buben mit der Steinschleuder und haben euch Mädchen geneckt. Du warst damals so schüchtern, hast dich immer im Hintergrund gehalten, warst nie auf der Straße, bist immer gleich nach Hause gegangen.«

Er macht eine Pause.

»Wir haben uns verändert und ich möchte dir sagen, …«

»Anselm«, unterbricht ihn Marie und legt ihre Hand auf seine.

»Ich fühle mich gerade sehr wohl so, wie ich lebe.«

***

»Die Welt verändert sich, ob ihr es wollt oder nicht. Seit August haben wir das Wahlrecht hier. Bald werden wir in allen Berufen vertreten sein. Wer hat sich denn früher eine Frau als Journalistin oder Ärztin vorstellen können? Und, weil Miriam das vorher erwähnt hat, bald werden wir auch das Recht auf freie Mutterschaft haben.«

Die Türglocke läutet. Tina steht auf und geht hinaus.

»Das wird Ramiel sein«, hört sie Weston im Wohnzimmer sagen.

Sie öffnet die Tür.

Als Erstes blitzt ihr Ramiels Monokel entgegen.

Als Zweites gewahrt sie den Mann neben ihm, einen indigenen Mexikaner, tadellos gekleidet, vielleicht Mitte dreißig, fleischige Lippen, Adlernase.

»Das ist Ricardo Gómez Robelo. Ich dachte, ich bringe ihn mit. Edward kennt ihn gut.«

Neugierige Augen sind auf die drei geheftet, als sie den Raum betreten. Edward begrüßt die beiden Gäste mit einer Umarmung, während Tina eine Stehlampe anknipst. Die Gäste kneifen die Augen zusammen, erst jetzt erscheinen die gewaltigen Rauchschwaden, die den Raum einnebeln.

Edward stellt sich neben den Neuen. »Mein Freund Ricardo. Eigentlich ist er Jurist, aber auch, und ich denke fast lieber, Revolutionär. Er kommt aus dem Land, in dem die Revolution schon stattgefunden hat und doch irgendwie kein Ende findet: Mexiko.«

Anita Stewart applaudiert als Einzige. Kurze Stille.

»Tina, schalte die Lampe aus, das ist fürchterlich«, sagt sie. »Ricardo wird alle unsere Falten sehen.«

Alle lachen, Ricardo in einem samtigen Bass.

»Ich will eure Gespräche nicht unterbrechen, bitte fahrt einfach fort. Ich kann ja später von mir erzählen.«

Er setzt sich, Tina schenkt ihm Sake ein und schaltet die Lampe aus.

»Wir waren gerade beim Thema Ehe – oder besser Abschaffung dieses bürgerlichen Zwanges. Ist die in Mexiko schon abgeschafft?«, sagt Miriam.

Ricardo konzentriert sich kurz, ehe er spricht. »Ein delikates

Thema. Und ein unglückliches noch dazu. Denn wie Shelley sagt, ihr müsst verzeihen, ich zitiere ihn oft, wie er also sagt, hätte sich wohl kein System ersinnen lassen, das dem menschlichen Glück mit raffinierterer Feindschaft entgegensteht als die Ehe.«

Einige lachen. Tina betrachtet ihn genau. Dieser bäurisch aussehende Mexikaner ist gebildeter, als sie dachte. Sie spürt auch etwas anderes: Unter den manierierten Worten brodelt es, hält eine eiserne Disziplin die Triebe im Zaum. Ein Feuer, das ihr Interesse schlagartig geweckt hat.

»In Mexiko sind wir noch nicht so weit, dass wir die Ehe abgeschafft hätten. Aber davon später vielleicht, ich will ja niemanden langweilen.«

»Aber nein«, sagt Edward, »sprich weiter. Von der Revolution kannst du ja später erzählen.«

»Ja, wie ist es in Mexiko?«, fragt Anita.

»Nun denn, wenn es wirklich jemanden interessiert. Um ehrlich zu sein, die Revolution hat noch einen weiten Weg vor sich. Sie geht weiter, aber langsam. Wir werden es schaffen. Es zeigt sich deutlich, dass der Sozialismus durch nichts aufzuhalten ist, ob in Europa oder in Amerika.«

»Du weichst aus«, sagt Weston. »Wie ist das mit der freien Liebe im Sozialismus?«

Ricardo bleckt die Zähne.

»Die haben wir natürlich nicht. Aber ganz grundsätzlich denke ich, dass die Trennung von Sex und Ehe durchaus möglich ist, wenn wir nur die traditionelle Moral endlich überwinden. Übrigens ist das ja auch keine neue Erfindung. Der Erste, der darüber schrieb, war meines Wissens Platon. In seinem Idealstaat haben die Männer alle Frauen gemeinsam, die Kinder werden vom Staat erzogen. Dasselbe, was man dieser Tage in Russland versucht, hat der erste große Philosoph schon vor über zweitausend Jahren vorgeschlagen.«

***

»Aber Marie, du weißt doch gar nicht, was ich sagen will.«

»Ich fürchte ja. Du willst fragen, wann wir uns wiedersehen. Mich noch einmal zu einem Kaffee einladen. Spazieren gehen. Auf einer Parkbank auf dumme Gedanken kommen.«

Anselm kneift die Augen zusammen, macht einen Schmollmund, als müsste er einen Geschmack prüfen.

»Wer sagt, dass diese Gedanken dumm sind?«

Beide lachen, sehen einander an, lachen noch mehr.

»Na dann nicht«, sagt er schließlich, seine Augen sind gerötet. »Aber vielleicht hast du Lust, auf eine Wanderung mitzugehen. Wir sind da eine kleine Runde. Anne Krautheimer ist auch dabei. Und Gerhard Lämmermann. Im Frühling gehen wir es wieder an.«

»Ich weiß nicht, ob ich Zeit habe. Die Hockeyspiele sind mir schon sehr wichtig.«

»Es würde mich, uns, sehr freuen. Aber jetzt« – er deutet dem Kellner mit der Hand – »trinken wir noch etwas.«

Er macht eine Kopfbewegung in Richtung der leeren Tassen.

»Also ich nehme ein Glas Wein. Und du verträgst nach dem Croque Madame sicher auch eines. Zwei Gläser Riesling, bitte.«

Marie muss leicht lachen ob der Unverfrorenheit ihres Gegenübers. »Willst du mich beschwipst machen?«

***

»Bei Platon denke ich nur an die Symposien«, sagt Kichi, »und die waren nichts anderes als Trinkgelage, wobei ich bezweifle, dass dort so gescheit geredet wurde.«

»Gibt es hier in den Staaten nicht auch solche Kommunen?«, fragt Roy.

Alle wenden sich zu ihm, niemand hat wohl gedacht, dass er noch dabei ist.

»Ja, auch bei uns in den Staaten, in Virginia, und sogar hier in Kalifornien gibt es solche Kommunen«, sagt Miriam Lerner. Auch von ihr hat Tina gedacht, dass sie nicht mehr zuhört.

»Aber was hier im Kleinen versucht wird, das passiert in Russland in einem ganzen Land«, sagt Tina.

»Ich finde es übrigens interessant, dass sich das in Russland auch auf den Wohnungsbau auswirkt«, sagt Edward. »Sie bauen dort diese Arbeiterwohnhäuser. Da gibt es riesige Wohnblöcke mit Zentralküchen, wo die Bewohner billig essen können, gemeinsame Bäder und Duschräume, Sporthallen, Bibliotheken und so weiter haben.«

»So eine Art Internat für Erwachsene. Na ja, wenn es jemand mag«, sagt der junge Bildhauer, der sich Mühe gibt, alt und kultiviert zu klingen. »Für mich wäre das nichts. Wieso soll ich mit Unbekannten zusammen duschen?«

Weston schüttelt den Kopf. »Ich habe gehört, dass die Gewerkschaften auch bei uns Interesse haben, solche Häuser zu bauen. Wer weiß.«

Stille. Die Energie ist irgendwohin verpufft.

Anita Stewart spricht schließlich, auch sie hält sich schon müde an der Theke fest. »Das passt ja gut zusammen. Wer hat vorher Platon erwähnt? In seinem Staat praktizieren alle die freie Liebe, die Kinder erzieht der Staat, habe ich das richtig verstanden? Und wenn es dann noch solche Wohnhäuser gibt, in denen jemand für mich kocht, na, dann kann ich mich den ganzen Tag der freien Liebe widmen. Also ich ziehe da sofort ein.«

Alle lachen.

Robo räuspert sich. »Das ist die Gesellschaft der Zukunft! Alles sind gleich! Und auch die Kunst gehört dann allen. Sie ist kein Privileg der Elite mehr. Jeder ist dann Poet. Jeder kann dann Poet sein, wenn er es will. Oder Maler. Tina, dann lehren wir das Volk batiken.«

Tina prostet ihm zu, wieder ist es kurz still, der Ragtime tönt aus dem Holzkasten.

»All das.« Das ist die samtige Stimme des Überraschungsgastes, Ricardo Gómez Robelo.

Robo sieht ihn fragend an.

»All das, mit der Kunst, das du so trefflich beschrieben hast, mein lieber Roubaix, all das ist in Mexiko schon wahr geworden. Die Kunst – und das haben wir geschafft – die Kunst gehört dem Volk. Und die Revolution hat nicht aufgehört, sie geht beständig weiter.«

Er sagt das mit ruhiger Bestimmtheit. Der Ragtime klimpert und kommt zu einem Ende. Dann ist es still und Tina wird klar, dass Ricardo der Einzige ist, der es ernst meint, der Einzige, der von der Praxis spricht. Ihre Runden sind Wortgefechte, von niemandem ganz ernst genommen, Partydiskussionen über die klassenlose Gesellschaft, nach denen jeder wieder in seine Villa zurückkehrt. Sie sind in Los Angeles, hier regiert das Geld und niemand in dieser Runde ist wirklicher Revolutionär. Sie alle sind wie Kinder, die sich über Erwachsenendinge unterhalten. Aber Ricardo spricht von der Wirklichkeit. Er kommt aus einem Land, in dem es die Revolution gibt. Tina merkt, dass alle etwas Ähnliches fühlen, die Runde wirkt betreten und zugleich aufgewacht, als hätte Robelo sie alle beim Schwindeln ertappt.

»Es tut mir leid, wenn ich etwas Falsches gesagt habe«, sagt Ricardo. »Aber es ist wirklich so. Wir haben die Revolution seit 1919. Natürlich hatten wir Rückschläge. Auch bei uns wurden ehemalige Revolutionäre, wenn sie an der Macht waren, zu Diktatoren. Deswegen haben wir auch fast jedes Jahr einen neuen Präsidenten. Weil jeder, der nicht bedingungslos die

Revolution vertritt, entweder zurücktreten muss oder ermordet wird – was ich selbstverständlich nicht gutheiße.«

»Und hier werden die Arbeiterführer ermordet«, sagte Edward. »Wir haben noch einen weiten Weg.«

»Die leben bei uns auch gefährlich. Die Großgrundbesitzer sind noch nicht ausgestorben. Auch die Kirche spielt noch immer ihr Spiel. Aber unser neuer Präsident gibt Anlass zur Hoffnung. Er hat sich zumindest noch nicht von den Bonzen kaufen lassen. De la Huerta lässt überall Schulen bauen. Zwei Drittel der Menschen bei uns können noch immer nicht lesen. Ja, es ist eine Schande. Und die Frauen, weil das hier gerade Thema ist, die Frauen sind vor dem Gesetz endlich gleichberechtigt.«

Wieder betroffenes Schweigen. Wir sind wie ein Kindergarten, denkt Tina, hundert Kilometer weiter ist alles Wirklichkeit. In Mexiko entsteht die neue Gesellschaft, während in den Staaten jeder Streik brutal niedergeschlagen wird, die Arbeiterführer eingesperrt und getötet werden. Mexiko ist das Land der Zukunft, nicht die Staaten.

»Erzähl uns mehr!«, sagt Weston. »Ich glaube, wir bekommen hier gar nicht mit, was bei euch passiert. Eine Zigarre?«

Robelo nimmt an und pafft ein paar Wolken. Jetzt scheinen alle aus der Trance erwacht zu sein, sogar Kichi sitzt aufrecht.

»Nichts liegt mir ferner, als eure Runde zu langweilen. Aber es passiert wirklich viel. Sie schicken Lehrer ins abgelegenste Dorf, damit die Bauern Lesen und Schreiben lernen. Es werden viele Bücher auf billigstem Papier gedruckt, was mir nicht so behagt, aber es geht darum, dass jedermann lesen können soll, nicht nur die Reichen. Und ähnliche Dinge passieren auf dem Gebiet der Kunst.«

»Also jeder kann dort Maler werden«, sagt Robo mit seiner Fistelstimme, »wie schön. Und was malt das Volk so?«

»Es geht hier nicht um naive Bauernmalerei«, erwidert Ricardo kühl. »Die Malerei, von der ich rede, ist Ausdruck der Revolution. Maler wie Siqueiros und Orozco malen keine Landschaftsbilder oder Porträts oder was sonst so in Museen hängt. Sie malen die Geschichte der einfachen Leute – der Sklaven, der Tagelöhner, der Analphabeten. Und sie malen nicht auf Leinwänden, sondern auf Hauswänden, in öffentlichen Gebäuden, die jeder sehen kann, ohne Eintritt zu bezahlen. Und das nicht nur in der Hauptstadt, nein, im ganzen Land werden die Häuser mit der Geschichte des Volkes bemalt. Jeder analphabetische Bauer merkt: Es geht um mich. In bin Teil des Volkes, wir sind alle eins. Ich denke, es ist ein wichtiger Schritt in Richtung klassenlose Gesellschaft, von der gerade geredet wurde.«

Mattes Schweigen.

»Genug politisiert. Gibt es noch Sake?«, fragt Kichi und gähnt.

»Wir könnten dorthin übersiedeln, Robo, was meinst du?«, sagt Tina.

»Ich habe mir das auch schon überlegt«, sagt Ramiel.

»Ich auch«, flüstert Weston.

»Gut, dann verlegen wir die Runde nach Süden«, sagt Kichi und rollt mit den Augen.

»Wir könnten wirklich nach Mexiko gehen, sagt Robo, als er die Haustür schließt.

»Ja. Wenn eine neue Gesellschaft auf diesem Kontinent entstehen kann, dann nur von Mexiko aus. Und wir könnten dabei sein.«

Sie gehen zurück in den Salon, Tina macht Licht.

Gläser, Geschirr, Asche, leere Flaschen. Die Lampions wirken lächerlich.

»Ich räume morgen auf«, sagt Tina.

»Ich gehe schlafen.«

»Ich habe noch etwas anderes vor«, sagt Tina. Sie lässt ihren Kimono von den Schultern fließen und fasst ihn an der Hand.

1921

Der Mann ist nackt so wie sie, er umschlingt sie, es ist so weit. Sie spürt Lust, aber sie wehrt sich. Lass mich los! Sie schreit. Schreit.

»Marie, was ist los?«

Annes Gesicht über ihr. Sie ist in der Berghütte. Schönau am Königssee. Bergtour. Nicht ihr Bett in Fürth.

»Ich habe geträumt«, sagt Marie.

»Du hättest noch einen Schnaps trinken sollen, der hätte dich betäubt. Einer allein macht böse Träume.«

Sie fühlt, wie ihr Nachthemd auf der Haut klebt.

»Ob die Burschen das gehört haben?«

Nebenan schlafen Gerhard, Anselm und Ernst.

»Ich glaube nicht«, sagt Anne. »Die haben genug intus.«

»Ich glaube, ich vertrage den Alkohol nicht«, sagt Marie.

»Das gehört zu den Touren dazu. Du wirst dich schon gewöhnen.«

»Ich weiß nicht«, sagt Marie.

»Schlaf gut!«

»Du auch!«

Aber an Schlaf ist nicht zu denken. So viel Neues ist am Vortag passiert. Es hat tatsächlich geklappt, dass fünf junge Menschen aus Fürth, alle Anfang zwanzig, gemeinsam in die Berge fuhren, ohne Eltern. Männer und Frauen gemischt, ja, das ist die neue Zeit. Die Gleichberechtigung ist nicht aufzuhalten. Erst im April ist eine französische Pilotin allein über die Anden geflogen, fällt Marie ein.

Keine Chance auf Schlaf.

Ob der Traum etwas zu bedeuten hat? Sicher, sie war noch mit keinem Mann zusammen, und ihre Freundinnen vom Hockeyclub redeten über nichts anderes mehr als über Sexualität. Darüber ganz offen zu sprechen, ist jetzt modern. Dabei kann sie nicht sagen, dass sie bei den Männern nicht gut ankommt. Sie ist keine Schönheitskönigin, aber sie ist frech und nie um eine Antwort verlegen, das gefällt ihnen. Und die jungen Männer kommen noch immer in Scharen, wenn die Damenhockeymannschaft in Fürth spielt. Wie gut, dass sie diesen Ausgleich gefunden hat. Im Mai ist sie sogar Spielführerin geworden. Und jetzt noch Bergsteigen! Anselm hatte nicht lockergelassen, dann hat ihr noch Anne zugeredet. Und jetzt sind sie da, wenigstens für zwei Übernachtungen auf zwei Hütten! Als gemischte Gruppe!

Sie dreht sich zum Fenster und lugt zwischen den Vorhängen durch. Das rot-weiße Karo besteht im Mondlicht nur aus Grautönen. Sie glaubt ein Stück vom Berg auszumachen. Morgen geht's den Königssee entlang auf eine Alm, sie hat den Namen vergessen, nahe an die österreichische Grenze.

Sie atmet durch. Ihre Glieder sind müde, nur der Kopf will nicht schlafen.

Es wird immer heller. Nebenan rumort es schon, als sie endlich einschläft.

»Aufstehen!«

Es ist Anne, die sie rüttelt. Jetzt schon aufstehen? Sie ist doch gerade erst eingeschlafen. Aber draußen ist es hell.

Das kalte Wasser in der Waschschüssel macht sie gleich munter, das Handtuch reibt auf ihrer Haut wie Sandpapier.

Beim Frühstück lachen sie viel, die Burschen verschlingen Unmengen an Eiern mit Speck, Marie bringt nur eine Scheibe Brot mit Butter hinunter.

Dann brechen sie auf. Anselm marschiert voran, den Wanderführer in der einen, den Stock in der anderen Hand. Dahinter gehen die zwei Frauen, dann die zwei Männer, dann wechseln sie, Anne geht mit Ernst, Marie mit Gerhard, dann wieder Wechsel. Sie singen *Die Gedanken sind frei* und *Im Frühtau zu Berge* und lachen schon wieder, weil ihnen bei der zweiten Strophe der Text ausgeht.

Sie gehen über dem Königssee den Bergrücken entlang, das Ufer direkt unter ihnen. Es ist ein prächtiger Tag, vor dem blauen Himmel, über den hellgrünen Almwiesen erscheint allmählich das graue Felsmassiv des Watzmann.

Marie hat sich schon lange nicht mehr so wohlgefühlt. Diese herrliche Landschaft!

»Da gehen wir dann nächstes Jahr hinauf!«, ruft Gerhard und zeigt auf einen Gipfel. Der Schweiß rinnt ihm die Wangen hinunter. Er ist klein und stämmig und strengt sich sichtlich an.

»Dieses Jahr reicht wirklich die Gotzenalm, nur schön langsam«, sagt Anselm.

»Hauptsache, wir haben's in diesem Jahr überhaupt geschafft, aus Fürth rauszukommen«, sagt Ernst, der lange Blonde, der in der Spiegelgroßhandlung seines Vaters arbeitet.

Jetzt geht auch Marie bald die Puste aus.

»Da oben ist die Grenze zu Österreich«, sagt Anselm.

Ein anderes Land. Da war sie schon öfter. Salzkammergut. Bad Gastein. Wien. Wachau. Dahinter ist irgendwann wieder eine Grenze. Und wieder ein anderes Land. Und noch ein Land und noch ein Land. Wie es wohl wäre, einfach weiterzugehen, immer weiter? Grenze um Grenze Richtung Süden. Irgendwo im Süden dann neu anfangen? Eine Buchhandlung am anderen Ende der Welt? Kinderträume.

Aber andererseits erzählt ihr Vater so oft von Fürthern, die weggegangen sind und es zu etwas gebracht haben. In Fürth wären sie nichts geworden, sagt er immer.

Als sie ihn eines Tages fragte, ob er Jakob Wassermann, den Schriftsteller, kenne, schüttelte er den Kopf.

»Nein, nein, von dem habe ich nur gehört. Seinen Vater ja, den alten Wassermann. Hat Holzspielsachen erzeugt, sogar eine kleine Fabrik gehabt. Aber hat mehrmals Pleite gemacht. Das war so ein Typ, weißt du, die Arbeit hat er nicht gerade erfunden. Andererseits hat er nicht und nicht aufgegeben. Wie ihm die Bank dann eines Tages keinen Kredit mehr gegeben hat, ist er fort. Na, und der Sohn ist jetzt berühmt. Schreibt jedes Jahr ein neues Buch. Kommt aber nie mehr nach Fürth.«

Marie hat daraufhin begonnen, die Werke Wassermanns zu lesen. Das Buch *Mein Weg als Deutscher und Jude* erschütterte sie. So viele Gedanken, die sie selbst schon gedacht und nicht auszusprechen gewagt hat. Wie klar und schonungslos dieser Autor von sich selbst spricht! Wie unbarmherzig sein Blick auf das eigene Judentum ist! Andererseits sind ihr viele Behauptungen in diesem Buch fremd. Wassermann bezeichnet die Juden als Zutat zum gesellschaftlichen Leben in Deutschland, als Gruppe, die ständig in Gefahr lebt. Aber in Fürth trifft das überhaupt nicht zu. Hier sind die Juden keine Zutat, sondern bestimmen das Leben, ob es Fabrikdirektoren, Künstler, Kunstmäzene, Lehrer, Händler oder Handwerker sind. Sogar die Hausierer sind mehrheitlich Juden. Und Fürth ist ein sicherer Ort.

Sie war betroffen, wie sehr Wassermann mit seinem Judentum rang. Wieder und wieder las sie die Kapitel, in denen er mit seinem Freund in Zürich diskutierte. Was ist ein Deutscher? Was ist ein Jude? Bleibt das Kainszeichen des Gettos und der Nichtzugehörigkeit zu einem Staatsvolk immer auf der Stirn?

Marie schüttelte die Gedanken ab. Die Wandergruppe war jedenfalls jüdisch, obwohl die Nachnamen ihrer Mitwanderer deutscher nicht sein konnten: Lämmermann, Schmidt, Krautheimer, Herrmann.

Anselms Stimme reißt sie aus dem Sinnieren. »Da vorne, der Gipfel!«

***

Da vorne muss es sein. Die Straße stimmt zumindest. Sie hat eine Zeit lang gebraucht, bis sie sich wieder orientiert hat. Über ein Jahr ist sie nicht mehr in dieser Stadt gewesen. Zuerst hat der Vater den Kontakt abgebrochen. Er hat es nicht verwunden, dass sie vor drei Jahren Robo geheiratet hat, ohne ihn zu fragen und ohne große Hochzeit in italienischem Stil. Er ist umgezogen, sie schreiben einander noch alle paar Monate, sachliche Mitteilungen über den Alltag und den Brotverdienst. Und auch Mercedes schreibt immer seltener. Seit sie geheiratet hat, lebt sie ihr eigenes Leben als Frau eines Immobilienmaklers in Berkeley.

Das Haus muss es sein, Tina schaut noch einmal auf den Zettel in ihrer Hand. Die Nummer stimmt. Pseudoviktorianische Fassade, typisch für San Francisco, das Holz könnte einen neuen Anstrich vertragen. Sie zögert. Sicher, sie verspürt Angst. Aber zugleich auch Freude und Schmerz über die lange Entbehrung. Trauer?

Hinter dieser Tür wartet ihre Familie. Ihre Mutter, Yolanda Gioconda und Benvenuto, die sie seit acht Jahren nicht mehr gesehen hat. Endlich hat es für sie geklappt. Yole und Benvenuto waren noch Kinder, als sie die beiden zurückgelassen hat, inzwischen sind sie zweiundzwanzig und zwanzig, mein Gott, unvorstellbar. Die letzte Fotografie haben sie vor über einem Jahr geschickt.

Sie klingelt.

Die Tür öffnet sich, ein junger Mann, athletisch, Schnurrbart, große schwarze Augen. Sie fallen einander in die Arme. Wie schön und schmerzhaft.

»So groß«, sagt Tina. »Ein richtiger Mann.«

Benvenuto stammelt immer wieder ihren Namen.

Da drängen sich schon die anderen herbei: Yolanda, eine junge, ernste Frau. Als sie ihre Mutter umarmt, bricht Tina in Tränen aus. Beide weinen umschlungen, ohne ein Wort zu sagen. Dem Vater, der überhaupt nicht gealtert ist, drückt sie fest die Hand. Er erscheint ihr weder zornig noch verzeihend, sondern eher gleichgültig.

Dann erzählen sie.

Die Überfahrt. Die Ankunft. Benvenuto kann als Drucker arbeiten, in dem Beruf, den er gelernt hat. Yole wird Hemden nähen, wie Tina im ersten Jahr.

Tina erzählt von den Filmen, die sie in den letzten Monaten gedreht hat: *The Tiger's Coat*, in dem sie ein falsches Waisenmädchen spielte. Dass der Film völlig durchgefallen ist, verschweigt sie ebenso wie dass bei *Riding with Death* die ganze Crew im Kokainrausch war. In ihrem nächsten Projekt, *I Can Explain*, werde sie nur eine Nebenrolle haben, aber das müsse man auch in Kauf nehmen.

Als die Rede auf Valentina kommt, ist die Stimmung wie weggeblasen. Vielleicht ist die Quote bald wieder aufgehoben. Es stehe zwar nicht in den Bestimmungen des Emergency Quota Acts, sagt der Vater, aber man gebe eben Familien vor Frauen mit unehelichen Kindern den Vorzug, da helfe alles nichts. Valentina versuche weiter, sich mit ihrem Sohn in Udine durchzuschlagen.

Als Tina von den Runden erzählt, die in ihrem Haus zusammenkommen und diskutieren, fällt ihr Benvenuto ins Wort.

»Ich dachte, du bist Kommunistin?«

Tina ist verwirrt. »Ja, wir diskutieren ständig über die Revolution.«

»Diskutieren. Tina, ich war in Italien Mitglied der KP und werde es hier auch sein. Es geht nicht ums Diskutieren.«

Yole und Mutter stehen vom Tisch auf, gehen in die Küche. Auch Vater ist schon verschwunden. Tina ist allein mit Benvenuto.

»Was weißt denn du, kleiner Bruder. Hast du Marx und Engels im Original gelesen? Ich schon. Und Sinclair.«

»Dann weißt du sicher, dass es nicht ums Reden geht. Warst du schon in den Fabriken dieser Stadt? Es genügt nicht, darüber zu lesen. Ich war gestern mit einem Freund in der Streichholzfabrik da unten. Weißt du, unter welchen Bedingungen die Frauen dort arbeiten? Zehn Stunden tauchen sie die Stäbchen in die Schwefelmischung, jede Woche verätzt sich eine die Hand oder wird krank, weil sie diese Dämpfe einatmen muss.«

»Aber Robo und ich, wir wollen jetzt vielleicht nach Mexiko, dort ist die Revolution schon im Gange. Wir wollen daran teilhaben. Die könnten wir dann vielleicht hierher verpflanzen.«

»Ach ja? Vielleicht, sagst du. Gleichzeitig erzählst du schon vom nächsten Film. Tina, du bist eine Salonrevolutionärin geworden. Reiche Freunde, Künstler, die nur reden und keine Ahnung haben von der Arbeiterklasse.«

»Schluss damit«, sagt der Vater, der in der Tür steht.

Yolanda drängt sich herein mit einem Stapel Teller. Abendessen, Familie nach so vielen Jahren, und sie streiten da herum!

»Ich helfe dir«, sagt Tina, steht auf und will in die Küche.

»Wir sind jetzt alle Amerikaner. Jeder kann es hier ganz nach oben schaffen. Wir gönnen dir alle deinen Erfolg, Tina. Jeder kann in diesem Land werden, was er will, ich habe das in den letzten Jahren so oft erlebt. Trotzdem darfst du deine Herkunft nicht vergessen.«

»Nun macht mal Pause mit den Diskussionen. Das Essen ist gleich fertig«, ruft die Mutter aus der Küche. Der Duft von gekochten Tomaten ist betörend.

***

»Pause! Wir machen Rast!«

Sie sind auf einer Wiese mit Krüppelkiefern angelangt, auf der einige Felsen aus dem Grün ragen. Sie setzen sich auf die Erhebungen, umgeben von schulterhohen Kiefern, wie auf Inseln oder Oasen: die Männer auf einer Insel, Marie mit Anne auf der anderen. Nach der Brotzeit geht Anne zu den Männern. Anselm setzt sich neben Marie.

Er beginnt von den Bergen zu schwärmen, aber Marie merkt gleich, dass er nicht dafür zu ihr gekommen ist. Er lenkt das Thema auf den Sport.

»Ich habe fast jedes Match eurer Mannschaft gesehen«, sagt er. »Du bist eine gute Spielführerin.«

Marie spürt, wie das Blut in ihre Wangen schießt.

»Tatsächlich hat mir das Frau Bayer, die Trainerin, auch schon gesagt. Aber ich weiß nicht.«

»Ich glaube, eine Frau wie du hat viele Talente. Steh doch dazu!«

»Ich mach es, weil es Spaß macht. Habe nicht so einen Ehrgeiz. Sonst gibt es ohnehin nicht viel zu lachen.«

Sie denkt an die Armenausspeisungen, die es noch immer gibt. So viele hungern, obwohl der Krieg seit drei Jahren vorbei ist.

»Du bist ein fröhlicher Mensch, Marie. Aber dann bist du oft plötzlich so ernst. So wie jetzt.«

»Ich denke halt viel nach.«

»Ich wollte dich schon längst fragen. Wenn wir in Fürth sind – darf ich dich einmal ins Kino ausführen?«

Sie seufzt. »Anselm, du bist ein netter Kerl. Du weißt viel, liest viel, hast dich auf diese Tour perfekt vorbereitet. Und du lässt nicht locker. Aber du kennst meine Antwort: Ich möchte mit dir nichts anfangen. Ich bin nicht verliebt in dich, ich kann es nicht ändern. Ich hoffe, du bist mir nicht gram deswegen.«

Marie kann seinen Gesichtsausdruck nicht deuten: Als ob die Kraft aus seinen sonst so markigen Zügen gewichen wäre.

Anne lacht drüben bei den anderen hell auf.

»Lass uns mitlachen«, ruft Marie und springt auf.

Später auf dem Pfad zur Alm gehen alle schweigend im Gänsemarsch, Ernst macht das Schlusslicht.

Das Panorama wird immer spektakulärer, der Himmel hat jetzt ein tiefes Blau, keine Wolke ist zu sehen, die Wand des Watzmann leuchtet noch heller gegen das Grün der Almwiesen und Kiefern. Tief unten schimmert zwischen den steilen Felswänden der Königssee, am Ufer erkennt Marie eine gedrungene Kapelle mit mehreren kleinen Kuppeln.

Freiheit. Ja, das ist Freiheit. Hier oben ist wirklich Freiheit. So oft wird das Wort in den Mund genommen, von Politikern, Philosophen, Schriftstellern, aber wer könnte das Gefühl beschreiben, das sie so nahe dem Himmel hat?

Freiheit, ja, dass sie es als junge Frau nicht eilig hat, den erstbesten Mann zu heiraten, auch das ist Freiheit. Es ist eine neue Zeit, sie ist eine emanzipierte, moderne Frau. Sie hat die Freiheit, so zu leben, wie sie will. Keine Revolution zu machen wie die Kommunisten. Nicht Leute abschlachten im Namen irgendwelcher Ideologien.

Eine Kuhherde kommt in Sicht.

»Der Stier dort hat's gut«, sagt Anselm. Alle lachen.

»Das ist sicher ein Almochse«, sagt Marie.

»Und da kommen noch welche – gleich drei«, sagt Anne. Wieder lachen alle.

Sie gehen schweigend weiter, die aufgekratzte Stimmung verebbt langsam wieder, aber es ist nicht unangenehm.

Ochs, denkt Marie. Ihr Vater erzählte ihr einmal von einem Herrn Ochs. Sie weiß noch, wie sie lachen musste, als sie den Namen hörte.

»Du kannst dich doch noch an Großvater Ephraim erinnern?«, hatte sie der Vater gefragt.

Sie sah einen Mann mit weißem Rauschebart vor sich, sie war sechs Jahre alt, als er starb.

»Opa Ephraim hatte einen guten Freund hier in Fürth, Julius Ochs. Ich kann mich nicht mehr an ihn erinnern, denn er ist ausgewandert, als ich selbst noch ganz klein war. Opa Ephraim hat oft von ihm erzählt, sie haben sich noch Briefe geschrieben. Opa Ephraim wäre ja damals fast selbst mitgegangen. Stell dir vor, dann wären wir alle Amerikaner. Dessen Sohn Adolph, der drüben geboren wurde, ist sehr erfolgreich als Zeitungsmann, er hat die größte Zeitung in New York gekauft. Du siehst, was Fürther alles zusammenbringen.«

Sie versteht bis heute nicht, warum ihr Vater ihr so gern von diesen ausgewanderten Fürthern erzählt und zugleich darauf beharrt, dass sie um jeden Preis in der Buchhandlung bleibt. Als ob man einem Tier im Käfig das Futter vor die Stäbe legte.

Freiheit. Vielleicht sollte sie sich aufraffen und endlich weggehen. Ohne Rücksicht auf die Familie. Wenn das nur so einfach wäre.

Die Hütte kommt in Sicht. Was für ein wundervoller Anblick. Man müsste eine Fotografie davon machen!

***

Edward Weston. Der unscheinbare Edward. Der beherrschte, geistreiche Fotograf. Nach der Party lädt er sie zu Fotoaufnahmen in sein Atelier ein und von Anfang an steht sie wie unter Strom. Die Sitzung endet in Edwards Bett. Er ist verheiratet, hat vier Söhne, seine Frau Flora hat sich mit seinen Affären abgefunden.

Von da an sehen sie sich fast jeden Tag, sie schlafen miteinander, sie sagt es Robo, sie sagt es laut in der Runde bei der nächsten Party: Ich gehe mit Edward ins Bett. Niemand ist empört, alle sind belustigt. Sie hat die Verstoßung befürchtet, wird stattdessen aber zu einer Art Studienobjekt. Was für eine verrückte Welt.

»Was kann ich für dich tun?« ist das Einzige, das Robo immer wieder fragt. Oh, wie liebt sie ihn wieder dafür! Die ganze Runde ist sich einig: Was sollte daran verwerflich sein, mit Männern ins Bett zu gehen, die einem jeweils andere Facetten von körperlicher Liebe und geistiger Anregung bieten? Das ist doch die freie Liebe, über die sie so oft diskutiert haben! Die Runde beäugt die Amour fou mit dem Interesse eines wissenschaftlichen Teams. Tina und Edward lesen ihre Briefe laut vor, die Runde diskutiert offen über die Ménage-à-trois: Was spielt sich in einer Frau ab, die zwei Männer zugleich liebt? Ist Eifersucht ein Kennzeichen der bourgeoisen Gesellschaft? Tina fragt sich immer wieder, ob die Runde über einen Mann, der dasselbe tut, ebenso viel diskutieren würde. Keinem der Männer in dem Gesprächskreis wäre es eingefallen, monogam zu leben.

Und dann ist Robo weg. In Mexiko. Von einem Tag auf den andern hat er sich entschlossen mitzugehen, als Ricardo wieder nach Mexiko aufbricht. Er macht Ernst. Die Kunst muss der Revolution dienen. Die Runde, die Tina noch einmal versammelt, spöttelt. Der fragile Maler und Dichter will unter erdigen Menschen leben und Bilder nicht mehr auf Tücher, sondern auf Hauswände malen. Ob das gut geht. Er schreibt Tina sogar, dass er in Mexiko eine freie Kunstakademie für jedermann einrichten wolle, ohne Aufnahmeprüfung, ohne Beschränkung auf die wohlhabende Klasse.

1924

»Großartig, die Bilder, großartig. Ein würdiger Nachfolger von Stieglitz. Der fotografiert ja angeblich nur noch Wolken.«

»Danke, Herr Minister. Schön, dass Sie gekommen sind.«

Es ist Oktober, nach über einem Jahr in Mexiko hat Edward endlich eine Ausstellung, und das gleich in der Galerie Aztec Land. Ein kleiner Saal, aber viel zu viele Menschen, sie stehen dicht gedrängt. Und Vasconcelos, der Mann, der die Kunst dem Volk geschenkt hat, ist gekommen.

Edward gibt sich Mühe, sich seine Überraschung nicht ansehen zu lassen. Dass der Minister tatsächlich Zeit gefunden hat für seine Fotografien. Solche ungeschönten Bilder waren in Mexiko noch nie zu sehen: Landschaften mit bizarren Kakteen und Felsen, Minenarbeiter mit geschwärzten Gesichtern, Porträts von verrunzelten Landarbeitern. Und immer wieder Tina, in mexikanischer Tracht, in römischer Toga, im amerikanischem Flapperkleid, dann nackt. Der Minister schüttelt ihm die Hand, geht aber gleich weiter, er scheint hier jeden zu kennen. Edward ist enttäuscht.

»Edward, schau, wer da ist!«, ruft Tina vom Eingang her über die Köpfe der Menschen hinweg und schubst sich den Weg frei. Bei ihr untergehakt ein bulliger, dicker Mann mit vorgerecktem Kopf, weißer Arbeitsmontur, die voll ist mit Gipsspritzern.

»Diego!«

Der Mann in der Montur streckt ihm seine Pranke entgegen.

»Direkt vom Gerüst. Du verzeihst die Aufmachung.« Er drückt Edwards Hand so fest, dass dieser das Gesicht verzieht. »Ist ja kolossal, was du da angehäuft hast. So in Massen gehängt sieht das gleich anders aus als die einzelnen Fotografien.«

Xavier Guerrero, der Diego erblickt hat, stößt dazu, sie begrüßen sich. Xavier und Diego beginnen sofort über Politik zu sprechen, Edward wird von einer Dame, die Tina nicht kennt, angesprochen, sie hängt sich wieder bei Diego ein und hört den Worten der beiden Maler zu. Wie oft haben sie in den letzten Monaten darüber geredet! Die neue Kunst, die nicht mehr elitär, sondern für alle da ist, allen verständlich ist. Sie fühlt die Wärme von Diegos Arm, während er von seinem aktuellen Fresko erzählt. Er malt in letzter Zeit nur noch Fresken, die öffentlich zugänglich sind, keine Bilder für die Salons reicher Leute.

Tina ist Diego so unendlich dankbar. Er war es, der sie nach Robos Tod aus der Depression geholt hat. Über zwei Jahre ist das jetzt her. Robo war damals vorausgereist. Er starb einen Tag vor ihrer Ankunft, während sie auf dem Schiff noch von der gemeinsamen Zukunft in einer Malerkommune träumte. Ricardo Gómez Robelo, mit dem Robo das Atelier geteilt hatte, holte sie ab und teilte ihr mit, dass sie Witwe geworden war. »Pocken«, hallte es ihr noch im Ohr, als sie ohnmächtig wurde.

Doch das neue Land duldete keine Trauer, es sprang sie an wie ein Tiger eine Gazelle. Draußen tönte und schrillte es von Händlern, Straßenweibern, Hausierern, Nichtsnutzen. Die Menschen drängten sich auf den Straßen, ein Konglomerat von Farben, Gerüchen und Lüsten. Robelo besuchte sie jeden Tag, erkundigte sich nach ihrem Befinden, hielt ihre Hand, sie sprachen über Robo, von draußen tönte der Straßenlärm. Nach einer Woche gab sie seinem stillen Drängen nach. Immer schlechter war es ihm gelungen, sein Begehren unter der Tünche des kultivierten Anstands zu verbergen. Drei Nächte verbissen sie sich ineinander, Lust gegen Trauer, dann riss sie sich los, ich bin eine Witwe, ich möchte dich nicht mehr sehen. Pepe Quintanilla, der auch Fotograf war wie Edward, war der Nächste, der sie jeden Tag besuchte, bis sie auch ihm nachgab.

Dann sprach sie dieser fette, schmierige Maler an, der gerade aus Paris zurückgekommen war, wo er siebzehn Jahre gelebt hatte. Ein Genie, sagten die Leute. Diego Rivera griff jeder Frau auf den Hintern – und jede ließ es zu. Und lachte dabei. Verdammt noch mal, warum waren die Frauen hier nicht emanzipiert? War das nicht das Land der Revolution? Hatte niemand Emma Goldman gelesen?

Tina sieht sich um. So viele Menschen. Diego redet noch immer mit Xavier über Politik. Es geht um die Zeitschrift, die sie vor Kurzem gegründet haben, *El Machete*. Die Kommunisten wollen, dass es ihre Parteizeitung wird, Xavier ist skeptisch. Links ja, aber keine Parteizeitung.

»Das wäre doch gut«, mischt sich Tina ein. »Die KP in Mexiko hat ohnehin noch keine.«

Die beiden schauen sie an. »Tina, ich bin zwar Parteimitglied, aber ich lasse mir sicher von keinem Zentralkomitee vorschreiben, was ich in meiner Zeitung zu schreiben habe«, sagt Xavier.

»Genug davon«, sagt Diego. »Schauen wir uns die Bilder an. Ich habe gehört, du bist auf mehreren zu sehen, Tina.«

Sie ist auf jedem zweiten Bild zu sehen und nur selten bekleidet, das weiß Diego. Wenn er lächelt, erinnert er Tina an ein Schwein, das Zucker gegessen hat.

Als er sie gebeten hat, ihm Modell zu sitzen, hat sie abgelehnt. Er würde sicher gleich bei der ersten Sitzung zudringlich werden. Und sie würde es erdulden. Was ist nur mit ihr passiert? Ist es wirklich dieses sinnliche Land, das sie so lasziv werden ließ? Das konnte nicht so weitergehen. Von einem Tag auf den anderen packte sie ihre Sachen und setzte sich drei Tage in den Zug, zurück nach San Francisco, zu den Eltern.

Benvenuto fing sie an der Haustür ab. »Du kommst zu spät«, waren seine Begrüßungsworte.

Die Nachricht vom Tod ihres Vaters hatte sich auf dem Weg nach Mexiko verloren, sie beteuerte, nichts gewusst zu haben. Benvenuto schwieg. Ihr Bruder war einsilbig geworden und endgültig Mitglied der Kommunistischen Partei.

Robos Wohnung in Los Angeles stand leer, Tina hatte noch die Schlüssel. Sie war nur zwei Monate in Mexiko gewesen, es kam ihr vor wie ein Jahr. Sie rief Edward an, der sofort die alte Partygesellschaft zusammentrommelte. Alle waren noch da, es war, als ob es Tinas Mexiko-Intermezzo nie gegeben hätte. Und dann, in der dritten Woche ihres Aufenthalts in Los Angeles, kam der Film heraus, den sie vor ihrer Abreise gedreht hatte. *I Can Explain.* Eine Komödie hätte es werden sollen, aber wie George Baker das alles zusammengeschnitten hatte, war es eine Katastrophe. Die Kritiken waren vernichtend. Sie schämte sich, hier konnte sie nicht bleiben.

Sie ging zu Edward ins Atelier, er umarmte und tröstete sie, sie verschmolzen.

Und dann sprach Edward von einer Übersiedlung nach Mexiko. Die Revolution müsse dokumentiert werden.

Sie überlegte keine Sekunde. »Ich gehe mit. Ich kenne dort schon ein paar Leute«, sagte sie. »Aber unter einer Bedingung. Ich will, dass du mich alles lehrst, was du weißt.« Er lachte nur und zog sie wieder auf die Liege im Studio. Eine Woche später fuhren sie.

Flora schien es egal zu sein, ihren Mann mit der Assistentin ein paar Monate ziehen zu lassen, aber Chandler wollte unbedingt mit.

»Take care of my boys«, rief Flora ihr zu, als sie an der Reling des Schiffes nach Mexiko stand. Sie war nicht so naiv, zu glauben, Edward und Tina würden wie Bruder und Schwester zusammenleben. Tina wurde nicht schlau aus ihr. Sicher hatte sie auch einen Liebhaber.

Chandler war dreizehn und wollte unbedingt mit seinem Vater gehen. Er gewöhnte sich am schnellsten an das Leben in Tacubaya, wo sie bald ein Haus gefunden hatten, und trieb sich den ganzen Tag draußen herum. Er lernte in einem Affentempo das derbste Spanisch von den Gassenjungen und brachte seinen Vater damit zum Lachen. Seine Abwesenheit bedeutete mehr Zeit für Tina und Edward untertags, sie liebten sich dann hastig im Studio oder in Tinas Zimmer.

Das Haus hatte eine Dachterrasse. Auf ihr lagen sie nackt zu dritt, wenn die Sonne vom Himmel brannte, und tanzten herum, wenn es regnete. Chandler, der ohnehin mit Freikörperkultur aufgewachsen war, jauchzte, als sie nackt im Gewitter Fangen spielten und dabei Revolutionsparolen brüllten.

An anderen Tagen kaufte Tina Maisgrieß und kochte Polenta. Als sie davon aß, wurde ihr schwer. Mit der eintönigen Nahrung der Kindheit kam die Erinnerung an die Armut wieder.

In wenigen Wochen lernte sie alles, was über Fotografie zu lernen war. Blende. Verschlusszeiten. Motive. Die Silberplatten. Die richtige Emulsion. Das Anfassen der Zelluloidstreifen. Vergrößern. Fixieren. Retuschieren. Und das Licht. Licht war am wichtigsten und am gefährlichsten zugleich. Das Licht konnte alles zerstören und alles veredeln. Trotzdem assistierte sie Edward nur und es dauerte fast ein Jahr, bis er sie die erste Fotografie machen ließ.

Es war der Kontakt mit Diego und seiner Frau Lupe, der sie ihre Partygewohnheiten wieder aufnehmen ließ. Der durch seine Dicklichkeit weibische und zugleich ständig zudringliche Maler und die energische Frauenrechtlerin gaben ein seltsames Paar ab. Meistens kochte Tina mit Lupe gemeinsam für die Partys, die nie vor zehn Uhr abends begannen und sich bis in den Morgen zogen. Während sie Teig für Fladen kneteten oder den Raum dekorierten, sprachen sie über alles Mögliche, vor allem aber über ihre Männer. Lupe könnte eine Freundin werden, dachte sie oft. Aber dann riss der Kontakt wieder ab. Bis Lupe sich an einem Abend bei den Braniffs, Oscar und Beatriz, völlig betrank, laut wurde, alle Gäste anpöbelte und schließlich Tina laut lallend an den Kopf warf, dass sie das Maul halten solle, schließlich lasse auch sie sich von Diego vögeln.

Alle lachten, aber Tina war noch nüchtern genug, um den Keil zu spüren, den Lupe zwischen sich und Tina trieb. Tina bestritt die Anschuldigung, obwohl beide wussten, dass Tina eine von vielen war, bei denen Diego sich nicht zurückhielt.

Sie sahen sich dann einige Wochen nicht mehr. Tina hatte Gewissensbisse. Aber beim nächsten Treffen schien Lupe alles vergessen zu haben, sie plauderten und kochten wie zuvor. Es wurde keine Freundschaft.

Tina ging in dieser Zeit ein paar Mal mit Xavier Guerrero ins Bett, nachdem er ihr Führungen durch die Favelas der Stadt gegeben hatte. Sie fragte sich, ob sie eifersüchtig war, da jeder ihrer Männer auch andere Frauen hatte. Doch sie spürte nichts. Edward tat immer offener mit dem Hausmädchen herum und sogar mit Guerreros kleiner Schwester Elisa, es interessierte sie nicht. Eifersucht gehörte einer anderen Zeit an.

»Was ist da draußen los?«

Edward deutet mit dem Kopf Richtung Eingang, wo Lärm aufgekommen ist.

»Ich seh nach«, sagt Tina. Sie schlängelt sich durch die Menschen, wehrt Griffe (sogar hier, in Gesellschaft!) ab, windet sich an halb nackten Rücken und gestärkten Hemdbrüsten vorbei, endlich ist sie wieder am Eingang, wo sie schon vorher die Empfangsdame gegeben hat.

Als sie hinaustritt, traut sie ihren Augen nicht: Peones, Tagelöhner und Kleinbauern stehen da, ihre Mützen und Hüte in den Händen, als würden sie um etwas bitten.

»Was ist mit denen?«, fragt sie Beatriz Braniff, die einen Zigarillo pafft.

»Die haben gehört, dass es hier Fotografien gibt, auf denen ihresgleichen zu sehen ist. Trauen sich aber, glaube ich, nicht hinein.«

Wahrscheinlich haben sie Angst vor dir, denkt sich Tina. Die Frau des größten Investors Mexikos steht vor der Tür und pafft demonstrativ Wölkchen in die Luft, kein Wunder, dass sich niemand an ihr vorbeitraut. Sicher, sie sympathisiert auch mit der Revolution, zumindest sagt sie das. In diesem Moment scheint sie aber eher ihren höheren Stand auszukosten.

»Ich wäre dir sehr verbunden, wenn du drinnen weiterrauchen könntest, Beatriz.« Tinas Ton ist bestimmt, Beatriz zuckt die Schultern, wirft den Kopf leicht nach hinten, rauscht ab.

Tina winkt den Gestalten.

»Kommt!«

Als sie vor drei Jahren mit Edward und Chandler herkam, fiel ihr an allen Ecken und Enden auf, wie ernst es der Regierung mit der Emanzipation der Rechtlosen war. Jeder Bauer wurde aufgefordert zu malen, zu musizieren oder zu dichten, so dürftig die Hervorbringungen auch waren. Die Maler wurden beauftragt, die Wände in der Stadt zu bemalen, und zwar nicht mit irgendwelchen abstrakten Motiven, die jetzt überall modern waren, nein, die Geschichte des Volkes sollte von den Wänden schreien, der Kampf der Peones gegen die Großgrundbesitzer, die Verteilung des Landes an die Bauern, die Solidarität von Bauern und Arbeitern gegen Kapital und Kirche, ja sogar die Abschlachtung der Indigenen durch die Konquistadoren als Erinnerung, die nicht totgeschwiegen werden sollte. Kunst soll das Leben jedes Menschen verändern, das ist das Programm von Vasconcelos, diesem unglaublichen Visionär. Vier Fünftel der Erwachsenen sind Analphabeten, jedes zweite Kind besucht keine Schule. Überall, ob auf Märkten oder auf den Dorfplätzen unter einem Baum, lehren Frauen oder ältere Kinder die Kleinen Lesen, Schreiben, Malen, Dichten, Klassenkampf.

Die Bürger, das merkte sie bald, lachten Vasconcelos dafür aus. Das ist keine Kultur, spotteten sie, sondern naiver Kitsch, statt Kunst werde Dilettantismus gefördert. Sie hielten ihre Salons in den Villen der Stadt und auf den Estancias auf dem Land und hatten für die Pseudorevolution, die sich draußen abspielte, nur Häme übrig. Ein neues Biedermeier, sagten sie, nur dass dieses Biedermeier nicht eine Reaktion auf Unterdrückung war, sondern als Revolution daherkam und doch nur vulgären Kitsch produzierte.

Es war aber diese Buntheit, diese Bewegung, diese Aufbruchstimmung, die Tina als Fotografin einfangen und festhalten wollte. Das war ihr Thema, sagte sie sich, als sie die Techniken beherrschte. Die Revolution, ohne Gewalt und Blutvergießen, sondern nur mit den Mitteln der Kultur. Edward kaufte ihr eine alte Korona, das wurde ihr Instrument für diese Mission. Wenn er den Auftrag hatte, mit seiner Graflex einen Zirkus zu fotografieren, lichtete sie mit ihrer Korona den abgehalfterten Clown ab, der müde auf einer Kiste saß, den in die Jahre gekommenen starken August, der seine falschen Gewichte in einer Ecke stapelte, und den Zirkusdirektor, dessen löchriger Zylinder nur schlecht durch Glitzerkram kaschiert war.

Es war kurz nach jenem Streit mit Lupe, als sie ihr erstes Foto schoss, das Edward auch wirklich entwickelte, vergrößerte und abzog. Bis dahin hatte er kein Negativ als würdig befunden, so viel sie auch abgelichtet hatte. Er brachte das Foto in die Zeitung. Am nächsten Tag sagte ihr Guerrero: »Du kannst für uns fotografieren.«

Als Tina fragte, wer »uns« sei, lächelte Guerrero.

»Natürlich für *El Machete*.

Erst nachdem sie zugesagt hatte, wurde ihr durch Guerreros Gerede klar, dass diese Verrückten ihr Blatt als eine Art kommunistisches Parteiblatt sahen. Tina gab dem Projekt keine große Chance und fand es aufregend. Wenigstens für ein paar Nummern würde sie Fotos beisteuern. Für Edward blieben sie Verrückte.

Die Bauern stinken. Als sie die Galerie betreten, weichen die Leute zurück, einige rümpfen die Nase. Sogar Diego, der von sich behauptet, Kommunist zu sein, schaut indigniert. Das Proletariat ist da. Tina ist von Genugtuung erfüllt. So ist das wahre Volk, neunundneunzig Prozent der Bewohner Mexikos, für sie ist diese Ausstellung gemacht, auf deren Bildern sie ihresgleichen sehen, unretuschiert, schonungslos.

Tina gesellt sich zu den Braniffs. Oscar ist unbeirrt von dem Aufmarsch, er diskutiert mit einem anderen Krawattenträger die Inflation in Europa.

»Nein, bei uns ist noch keine Gefahr. Die Wirtschaft floriert, die Äcker bringen mehr als zuvor, weil die Peones einen Eigenantrieb haben. Das einzig Gute an der Landreform. Und natürlich, dass die Kredite nachgefragt sind wie noch nie.«

Sagt der Hauptaktionär der Banco de Comercio e Industria, denkt sich Tina.

***

Ist es ein Zehntel oder ein Zwanzigstel?

Jeden Tag anders. Für das Geld, mit dem du am Morgen noch ein Automobil kaufen konntest, bekommst du am Abend nur noch ein Fahrrad. Marie blickt von dem karierten Schreibheft auf und sieht zum Schaufenster hinaus. Es ist schon fast dunkel, der Herbst kündigt sich an.

Sie richtet den Blick wieder auf die Zahlentabellen. Wenn die Talfahrt der Mark nicht bald ein Ende nimmt, können sie den Laden zusperren.

Sie muss die Buchhaltung endlich fertig machen. Sie steht auf, nimmt die Listen und geht aus dem kleinen Büro zum Tresen im Geschäftslokal, um eine fehlende Rechnung zu suchen. So spät wird kaum noch jemand kommen.

Wie zum Trotz bimmelt die Glocke. Rechtsanwalt Schneider. Der hat noch gefehlt. Im Grunde ein netter älterer Herr, aber seine Rede ist ohne Ende. Noch ehe er wie sonst pro forma die Regale mustert, platzt er gleich nach dem Gruß mit einer Neuigkeit heraus: Thomas Mann war heute in Fürth!

Er steht vor ihr und hat sicher nicht bemerkt, dass sie in die Rechnungen vertieft war. Er streicht über seinen weißen Schnurrbart und zwirbelt ihn an den spitzen Enden. Seine Backen glänzen. Er ist immer für Schnurren gut, erfindet gerne etwas dazu, aber Thomas Mann in der langweiligen Industriestadt? Sie mustert ihn. Sie fragt sich, ob er vor Gericht auch Sachen erfindet, dazudichtet, lügt.

»Er hat sich verfahren. Mit der Straßenbahn! Das müssen Sie sich vorstellen, Fräulein Marie!«

Marie nickt. Freundlich bleiben. Sie sollte mit der Buchhaltung weitermachen, aber das wird nichts. Sie wird in zehn Minuten zusperren, und wenn sie Schneider hinauswerfen muss. Aber dann hätte sie wenigstens Ruhe.

»Wirklich, der große Schriftsteller war in Fürth! Aber er war auch gleich wieder weg. Er ist in Nürnberg eingestiegen und wollte eigentlich nur bis zum Plärrer fahren. Und dann war diese fanatische Bewunderin, die ihn angesprochen hat und nicht aufgehört hat zu reden. Geduldig, wie er ist, hat er zugehört. Und auf einmal waren sie in der Flößaustraße. Endstation! Übrigens auch eine Buchhändlerin, diese Frau. Kennen Sie sie?«

»Wenn Sie mir verraten, wie sie heißt.«

»Frau Herz, glaube ich, aus Nürnberg.«

»Ah ja.«

Natürlich kennt Marie alle Buchhändler in Nürnberg. Die Herz hat sie nur einmal bei einer Sitzung in der Handelskammer in Nürnberg gesehen. Ihr war aufgefallen, dass sie ständig redete, auch während der Vorträge. Insofern ist sie Herrn Schneider gar nicht so unähnlich. Sie gehören beide zu der Spezies, die sich immer wieder neue Opfer suchen, die sie mit Worten überhäufen können. Marie malt sich aus, wie der große Schriftsteller die Elogen der Verehrerin wehrlos über sich ergehen ließ, und muss lächeln. Wenn die Geschichte stimmt.

»Ach, Herr Schneider, ist das wieder eine von Ihren Geschichten?«

»Hand aufs Herz, Fräulein Rosenberg, Sie würde ich doch nie belügen.«

Der alte Charmeur.

»Suchen Sie etwas Bestimmtes? *Der Deutsche Rechtspfleger* ist schon da.«

»Danke, ja. Hm.«

»Kann ich Ihnen sonst noch etwas anbieten?«

»Die *Richterzeitung* und das neue *Preußische Verwaltungsblatt* haben Sie nicht auch zufällig?«

»Um ehrlich zu sein, hat noch niemand danach gefragt. Aber ich kann es Ihnen bestellen.«

»Danke, nicht nötig.«

Nachdem er gegangen ist, beugt sich Marie wieder über die Buchhaltung. Morgen ist er in Nürnberg und dort bekommt er seine juristischen Zeitschriften. Buchhaltung. Sie sollte sich konzentrieren. Sie knallt den Stift hin. Sind die in Nürnberg so viel besser?

Sie verschiebt die Buchhaltung auf morgen, schließt ab und eilt nach Hause.

»Hast du früher nicht etwas mit juristischer Literatur zu tun gehabt?«, fragt sie ihren Vater.

»Du weißt ja, dass ich in Nürnberg an einer Buchhandlung beteiligt war. Aber das ist lange her. Willst du etwas anbieten?«

Sie erzählt ihrem Vater von Rechtsanwalt Schneider und seiner Nachfrage.

»Wenn du es machen willst, dann mach es! Nur ...«

»Ja?«

»Falls es schiefgeht und wir auf den Exemplaren sitzen bleiben, könnte es finanziell sehr eng werden.«

»Ich habe mit der Buchhaltung angefangen«, sagt Marie leise. »Ich fürchte, es ist schlimm.«

»Na dann los, versuche es«, erwidert ihr Vater. Sein Gesicht hellt sich ein wenig auf. »Heute ist ja alles leichter. Jeder Anwalt hat heute einen Fernsprecher und steht im Telefonbuch. Wenn du willst, kann ich sie dir herausschreiben. Wär doch gelacht.«

Der Vater klingt mit einem Mal euphorisch, der Gedanke an eine neue Chance, das Geschäft zu retten, hat ihn belebt.

***

Tina schlürft den Tee, stellt die Tasse auf die Kommode neben dem Bett. Seit gestern liegt sie da. Sie hat sich einfach überanstrengt in den letzten Tagen.

Die Vernissage. Wie viele Leute sie auf die Nacktfotos angesprochen haben. Schon während der Ausstellung ist ihr vorgekommen, dass einige Männer, die diese Bilder gesehen hatten, noch zudringlicher wurden als üblich, dass sie sie nicht mehr nur anstarrten, sondern sie immer wieder anfassten, als wäre sie ein Vieh. Wenn eine Frau sich so exponierte, dachten wohl alle, sie sei Freiwild.

Nein, das ist nicht die freie Liebe, die sie sich in Kalifornien erträumt haben, in endlosen Diskussionen. Es ist paradox: Gerade in diesem Land, das sich in permanenter Revolution befindet und sich bei jeder Gelegenheit damit brüstet, sind die Frauen alles andere als gleichberechtigt. Haben nicht alle Theoretikerinnen das Ende des Patriarchats als Voraussetzung für die freie Liebe postuliert?

Sie nimmt einen weiteren Schluck Tee, Edward wird hoffentlich bald zurück sein, wenn er nicht wieder einem Mädchen nachstellt. Auch er hat sich verändert, hat sich den Männern hier angeglichen. Nein, so ist keine freie Liebe möglich. Sie denkt an die amerikanischen Frauen, die hier leben und mit offenem Haar und kurzen Hosen herumgehen. Sie müssen den Mexikanern wie Huren erscheinen. Es müsste ein Gesetz für Frauen her, denkt sie, ein eigenes Gesetzbuch, in dem die Frauenrechte in allen Lebensbereichen niedergelegt sind. Sie wird es Vasconcelos vorschlagen, wenn sie ihn trifft.

Die Tür knarrt.

Edward.

***

Juristische Bücher! Gesetze! Ihr erster Gedanke, als sie am nächsten Tag aufwacht.

Sie frühstückt allein, in der Zeitung nichts Neues, Rotfrontkämpferbund in Thüringen gegründet, erste Autostraße in Mailand eröffnet, Inflation, Pleiten, Einbruch in München.

Als sie den Vater um elf Uhr in der Buchhandlung ablöst, gibt er ihr vier klein beschriebene Blätter in die Hand. Namen und Adressen von Juristen in Nürnberg und Fürth.

»Ich habe sie nach Stadtvierteln und Straßen geordnet. Alle wirst du ohnehin nicht besuchen.«

Zwei Tage später steht sie vor der Tür des Anwaltsbüros Ehlers in Nürnberg. Eine zu stark parfümierte Sekretärin mit Dutt sieht sie missbilligend an und geleitet sie ins eichengetäfelte Vorzimmer.

Als sie vor dem alten Herrn steht, Nadelstreifanzug, zerfurchtes Gesicht, holt sie tief Luft. Es riecht penetrant nach Kölnischwasser. Jetzt muss sie sich bewähren. Und ein bisschen übertreiben.

»Marie Rosenberg von der Buchhandlung Rosenberg in Fürth. Rosenberg Bücher – Musikalien – Juristische Literatur. Wir modernisieren gerade unsere Buchhandlung und bauen die größte juristische Abteilung im süddeutschen Raum auf. Wir bieten die Abonnements sämtlicher juristischer Zeitschriften und die neuesten Erscheinungen auf dem Gebiet des Rechts. Wenn Sie spezielle Wünsche haben, werden diese sofort erfüllt.«

Sie holt Luft.

Das Furchengesicht kneift die Augen zusammen. »Soso. Haben Sie den neuen Sydow-Busch schon? Der soll diese Woche herauskommen, aber hier in Nürnberg sagt mir jeder Buchhändler, dass er frühestens in vierzehn Tagen lieferbar ist.«

Verdammt. Sie hat den Namen dieser Autoren oder dieses Autors noch nie gehört.

»Sydow-Busch?«

»Ja, die neue Zivilprozessordnung.«

»Ach ja, die haben wir schon bestellt und müsste in den nächsten Tagen da sein. Wenn Sie wollen, kann ich gleich eine Bestellung aufnehmen.«

Fünfzehn Minuten später betritt sie eine Buchhandlung und fragt nach Sydow-Busch. Nein, ist noch nicht da. Nein, danke, nicht bestellen. Aber sie hat im aufgeschlagenen Katalog erspäht, was sie wissen wollte: Es sind zwei Autoren, Sydow und Busch, Verlag de Gruyter, Berlin.

Weitere fünfzehn Minuten später steht sie in einer Telefonzelle in der Hauptpost Nürnberg und versucht Alexander Elster, den Leiter der juristischen Abteilung im Verlag Walter de Gruyter, ans Telefon zu bekommen. Frechheit siegt.

Ja, sie müsse Herrn Elster sprechen, sie kenne ihn persönlich. Und nach einigen Knackgeräuschen in der Leitung meldet sich tatsächlich Alexander Elster, Herausgeber zahlreicher juristischer Handbücher und heimlicher Chef des Verlags. Als Walter de Gruyter vor einem Jahr gestorben ist, war das ein Schock für die Verlagswelt. Noch unerwarteter war, dass sein Schwiegersohn die Firma übernommen, aber als Assistent für Maschinenbau an der Technischen Hochschule Charlottenburg keine Ahnung hatte, wie man Bücher verlegt, und sich erst langsam einarbeitet. So führt Elster die juristische Abteilung und ein gewisser Lüdtke, den Marie nicht kennt, die andere Hälfte des Verlags, ohne dass ihnen ihr Chef in die Quere kommt.

»Marie Rosenberg. Ich war vor fünf Jahren in Halle, bei Kompitz. Herr Elster, erinnern Sie sich noch an mich? Ich war das Lehrmädchen aus Franken.«

Elster hat einen Hustenanfall, bevor er antwortet.

»Kompitz? Wie geht es Herrn Kompitz?«

Sie erklärt ihm, dass sie inzwischen in der Buchhandlung ihres Vaters arbeitet, dass sie Kompitz seitdem leider nie mehr gesehen hat. Ob er sich noch an sie erinnern könne? Er hatte sich abfällig über den neuen Lubitsch-Film *Ich möchte kein Mann sein* geäußert, sie hätte ihm ein paar flapsige Antworten zum Thema Emanzipation gegeben, die ihn zum Lachen gebracht hatten.

»Ach, Sie sind das. Jetzt weiß erst, wo ich Sie hintun soll. Aber Sie rufen sicher nicht an, um über Lubitsch zu reden.«

»Es sind schlimme Zeiten, Herr Elster. Buchhandlungen haben es nicht leicht, aber das wissen Sie ja.«

Ehrlich sein. Alles auf eine Karte setzen. Auf die Gefahr hin, dass es danebengeht. Sie erzählt ihm, dass sie dabei ist, eine juristische Abteilung aufzubauen, es sei der letzte Versuch, sonst müsse sie schließen. Sie redet davon, dass die Buchhandlungen sterben, weil die Leute nur noch in die Kinos rennen und nichts mehr lesen. Sie endet damit, dass die Existenz ihrer Buchhandlung davon abhänge, mindestens einen Karton mit zwanzig Sydow-Busch in den nächsten Tagen per Express geliefert zu bekommen.

Elster hustet, der Husten geht in ein rasselndes Lachen über. Marie hört, wie er den Schleim heraufräuspert und schluckt.

»Liebes Fräulein Rosenberg, Sie sind doch Fräulein, oder? Gut. Auch wenn es ein wenig respektlos ist, was Sie da machen, haben Sie doch einen alten Mann zum Lachen gebracht. Respekt.« Er hustet wieder, es klingt wie kleine Explosionen.

»Die Prozessordnung, Moment einmal.«

Sie hört Knacken in der Leitung, Elster ist nicht mehr zu hören, es rauscht nur noch. Dann wieder ein Knacks.

»Hallo, sind Sie noch da? Ja? Sydow-Busch wird erst nächste Woche allgemein ausgeliefert. Einige Fachbuchhandlungen bekommen die Bücher aber schon früher. Sie wissen ja, es geht alles über Koehler und Volckmar in Leipzig. Ich verbinde Sie mit dem Expedit. Leben Sie wohl!«

Eine lange Zeitspanne hindurch hört Marie nur Rauschen.

Natürlich weiß sie, dass die Verleger den Kommissionsbuchhandel nicht umgehen dürfen. Wenn Koehler und Volckmar, die größten unter ihnen, das Buch erste nächste Woche bekommen, dann wird es sicher eine weitere Woche dauern, bis es in den Buchläden ist. Andererseits hat er gesagt, er verbindet sie mit dem Expedit. Oder er hat sie rausgeworfen. Wäre verständlich. Endlich ein Knacken.

»Expedit de Gruyter, sagen Sie mir bitte Ihre Adresse.«

»Ich wollte etwas bestellen, kann ich bitte, ich meine, bin ich hier richtig … Herr de Gruyter hat mich doch durchgestellt … ich weiß nicht …«

»Is schon jeklärt. Anordnung vom Chef. Ick brooche nur Ihre Anschrift. Zwanzich Stuck, oder?«

Sie verlässt die Hauptpost mit einem Gefühl des Triumphs. Das Paket kann in drei Tagen da sein.

Bis zum Abend haben zwölf Anwälte und ein Richter den Sydow-Busch und noch einige andere Bücher bestellt.

Als sie am Abend dem Vater von ihrer Tour erzählt, glaubt er zunächst, sie nehme ihn auf den Arm. Schließlich lacht er, erhebt sich aus seinem Lesefauteuil und umarmt sie.

»Meine Tochter. Von wem hast du das gelernt?«

Seine Freude ist echt, nicht gespielt, zumindest hofft sie das. Klar könnte eine einzelne Aktion wie diese die Buchhandlung nicht retten. Schließlich ist die Inflation an der schlechten Lage schuld.

Sie versucht ein Lächeln. Wo habe ich das gelernt. Vielleicht in Halle, will sie sagen, aber sie schweigt.

Am nächsten Tag besucht sie zwei Anwälte in Fürth und macht sich mit deren Hilfe eine Liste der wichtigsten juristischen Fachzeitschriften. Ja, das wäre gut, wenn das in Fürth erhältlich wäre. Sie müssten oft nach München fahren, um gewisse Bücher zu bekommen. Den Sydow-Busch würden sie auch brauchen.

»Ist diese Woche noch da«, sagt sie. Sie genießt es, als beide Herren die Brauen hochziehen.

Ja, sie wird es denen in Nürnberg und München schon zeigen. Herein nach Fürth werden die Juristen fahren, um Bücher zu kaufen, nach Fürth in ihre Buchhandlung. Das Geschäft wird nicht schließen müssen. Es wird wieder Geld hereinkommen und die Inflation wird auch einmal aufhören. Und dann, wenn endlich bessere Zeiten anbrechen, wird sie einen Abiturkurs machen und studieren. Wäre doch gelacht, wenn eine Frau in heutigen Zeiten das nicht zusammenbrächte!

1925

»Sitz mir Modell!«

»Wieso das? Ich dachte, du wirst Lupe malen.«

»Sie bekommt den Platz über dem ehemaligen Altar. Mutter Erde. Oder auch Mutter Mexiko. Jedenfalls wird sie zentral sein. Aber dich brauche ich für eine andere Gestalt.«

»Und die wäre?«

Diego druckst herum.

Der Kellner bringt die zwei Gläser Limonade. Die Eiswürfel klimpern. Die Hitze ist drückend, sie sitzen unter dem Schatten eines Vordachs, auf dem Platz dösen einige Männer.

»Ich möchte die Mutter Erde noch einmal darstellen. Nicht so überbordend und dominant, sondern ganz still. Mit einer kleinen Pflanze, die aus der Erde dringt oder einem kleinen Tier. Könntest du mir dafür nicht Modell sitzen?«

»Ich weiß nicht. Wann soll es denn losgehen?«

»In zwei Wochen bin ich so weit.«

»Macht Xavier nicht mehr mit?«

»Hat er dir das nicht erzählt?«

»Nein.«

Diego blickt triumphierend.

Tina hat keine Ahnung, welche Aufträge Xavier im Moment hat. Seit Edward vor sechs Monaten entnervt abgereist ist, trifft sie sich mit ihm. Sie verbringen viel Zeit im Bett, dazwischen diskutieren sie über die Revolution. Sie weiß, dass er die letzten Jahre Diego in Chapingo unterstützt hat. Ein Prestigeprojekt von Minister Vasconcelos. Das ehemalige Jesuitenkolleg ist durch die Regierung beschlagnahmt worden, jetzt befindet sich eine Landwirtschaftsschule darin. Ein symbolischer Ort:

Ehemals Besitz der Kirche, die auf der Seite der herrschenden Klasse stand, nun ein Haus, in dem Menschen unterrichtet werden, die zuvor noch als Tagelöhner gearbeitet haben und jetzt eigenen Grund und Boden bebauen. Vor zwei Jahren haben Diego und Xavier mit dem Ausmalen begonnen und in einer Vorhalle auf drei riesigen Wandfeldern die hart arbeitenden Landarbeiter den fetten Politikern, Bankiers und Pfaffen gegenübergestellt.

Im Folgeauftrag soll es nun um die ehemalige Kirche gehen: Diego schwadroniert davon, die flatternden Engel und himmelfahrenden Heiligen mit Fresken zuzudecken, auf denen stöhnende Arbeiter und üppige Frauengestalten zu sehen sind, die die Fruchtbarkeit Mexikos ausdrücken sollen.

»Ich mache es allein. Mit Xavier dauert mir das zu lange. Vasconcelos hat schließlich mir den Auftrag gegeben. Und Xavier ist in letzter Zeit ja zu beschäftigt.«

Sie überhört die Anspielung.

»Also gut. Wenn es nur ein paar Sitzungen sind.«

Er fasst ihren Unterarm, Patschpfote auf Porzellan.

»Ich gehe dann besser«, sagt Tina, steht auf und winkt dem Kellner.

»Was ist jetzt mit Edward?«

»Der kommt wieder, das hab ich dir ja schon gesagt!«

»Na, da freue ich mich.«

Unterton: Was wird dann aus deinem aktuellen Verhältnis mit Xavier?

Tina winkt noch mal dem Kellner, der endlich reagiert.

Ja, Edward wird wiederkommen. Keine Ahnung, was wieder werden wird.

Ein halbes Jahr ist er jetzt weg. Nur ein paar Tage, nachdem sie seine Fotoausstellung abgehängt haben, ist er abgereist. Er hat Mexiko nicht mehr ausgehalten. Das primitive Leben. Das ständige Auf-der-Hut-Sein, so, als ob überall Gefahren drohten. Die Überreiztheit der Sinne. Die allgegenwärtige Lüsternheit der Männer Tina gegenüber. »Alles Tiere!«, rief er immer wieder aus.

Am Neujahrstag 1925 war er wieder in Los Angeles.

Tina stürzte sich sechs Monate lang ins Leben. Xavier war sofort zur Stelle. Gemeinsame Nächte, Diskussionen. Spaziergänge in den Favelas, bei den Ärmsten. Sie versuchte Geld zu verdienen, einmal schälte sie einen ganzen Tag Erbsen. Sinnlos. Sie lebte von Einladungen, Diego oder Xavier steckten ihr den einen oder anderen Schein zu. Der einzige Lichtblick in diesen Wochen war der Empfang in der russischen Botschaft. Als sie diesem wahnsinnigen Dichter begegnete. Majakowski. Sein breiter, fleischiger Unterkiefer passte nicht zu seinen tief liegenden, müden Augen. Wenn ihn jemand etwas fragte, antwortete er, als rezitierte er ein Gedicht. Man wusste nicht, wann die Antwort aufhörte und ein Gedicht begann und umgekehrt, wusste nie, ob er delirierte oder sein Geist gegenwärtig war. Ein Fressen für die Gesellschaft. Die Damen hofierten ihn, er sprach Russisch und Französisch. Tina konnte beide Sprachen nicht, sie wechselten schließlich ein paar Worte auf Deutsch. Noch tagelang beschäftigte sie dieser Mensch.

Und jetzt hat Edward geschrieben. Er kommt zurück. Sein Zorn ist verraucht. Er hält es nicht aus ohne sie.

Der Kellner kommt. Diego zuckt das Portemonnaie. Natürlich wird er zahlen, aber immerhin hat sie so getan, als könnte sie es. Sie steht auf, während Diego die Münzen auf den Tisch legt.

»Nächste Woche Dienstag ist er da.«

»Das trifft sich gut«, sagt Diego. »Am Freitag haben wir eine kleine Feier.«

1926

»Bleib so! Lass die Hand auf deinem Oberschenkel liegen!«

Diegos Blicke stechen hinter der Staffelei hervor, sie nageln sie fest, sie hat das Gefühl, dass sie sie ausziehen, obwohl sie doch schon nackt ist, er schaut in sie hinein.

Sie friert. Sie liegt auf einem Tisch in Seitenlage, den rechten Arm auf der Tischplatte abgewinkelt, in die Hand hat ihr Diego einen kleinen Topf mit einem Kaktus gegeben. Sie stellt sich vor, wie der Kaktus über ihren nackten Körper rollt und sie schreit. Doch sie ist still, schon fast eine Stunde. Der linke Arm schmiegt sich an ihren Körper wie Schnee auf einem Gebirgskamm, es kribbelt schon länger. Bald ist es vorbei. Der Tisch ist unbarmherzig hart. Diego hat ihn zuvor auf seine Art freigeräumt: Papiere, Stifte und Pinsel einfach vom Tisch gewischt.

Sie spürt die Gier der Blicke, die ihren nackten Körper abtasten. Obwohl sie Diego klargemacht hat, dass sie nichts mehr von ihm will, berührt er ständig wie zufällig ihren Arm oder ihr Knie, wenn er etwas zu korrigieren vorgibt. Sie atmet langsam ein und aus. Auch Edwards Blicke waren gierig, aber er kaschierte es geschickt. Edward mit seinen kleinen, stechenden Augen. Die Blicke schnell von einem Ort zum anderen huschend.

»Nicht bewegen! Wir sind gleich fertig! Zehn Minuten. Maximal.«

Er liebt es, wenn seine Modelle leiden. Und wenn sie sich ihm hingeben. Dreimal hat sie ihn gewähren lassen, jedes Mal dabei an Lupe gedacht, die nur noch von Scheidung spricht.

Einmal dachte sie auch an Robo. Wie anders ist die Liebe

mit ihm gewesen. Der sanfte Robo lag meistens unter ihr und schwelgte wie eine Frau, dann wieder gebärdete er sich wie ein Schlangenmensch und voller Liebkosungen. Edward ist berechnend, lässt nichts aus, nichts entgeht ihm. Diego hingegen hat etwas von einem Stier, der keine Rücksicht darauf nimmt, ob der Frau etwas wehtut oder nicht.

»Du kannst dich anziehen.«

Tina steht auf, sie bibbert. Sie fasst nach ihrem Unterkleid, das auf einem Stuhl liegt. Ein Schauder überkommt sie. Diego ist hinter ihr, er fasst sie um die Hüfte, drückt sie an sich. Sie spürt sein Gemächt, ohne Umschweife fasst er von hinten ihre Brüste und knetet sie, zugleich reibt er sich an ihr. Sie hasst ihn, zugleich erregt sie die tierische Art, sie dreht sich um und sieht ihm in die Augen, während sie seine Hose aufknöpft.

Später, auf der Straße ärgert sie sich, dass sie nachgegeben hat. Ist es ihre Eitelkeit, ihr Stolz, die Männer zu erregen? Oder wütet in ihr dasselbe Tier? Oder ist es das Land? Da sitzen drei Männer am Straßenrand, sie geht vorüber und wieder diese Blicke. Jeder Mann starrt schöne Frauen unverhohlen an. In den Trams streifen dauernd Männer wie zufällig an ihren Brüsten. Typen, die am Straßenrand hocken – und es gibt in diesem Land jede Menge Menschen, die den ganzen Tag nichts tun – diese Typen starren ihr nach, pfeifen und einige spucken aus, was sie offenbar als Anerkennung verstehen. Die Männer hier sind wie Dampfkessel unter Hochdruck. In jeder Frau, die selbstbewusst auftritt, sehen sie eine Hure, die sich ihnen anbietet und an der sie Dampf ablassen können. Aber, so muss sie sich eingestehen, als sie in die Straße zum Markt einbiegt, es ist genau diese Energie, die sie jeden Tag aufleben lässt, die sie hier völlig umgewandelt, das Innere nach außen gekehrt hat.

Der Markt mit seinen überbordenden Ständen und dem

bunten Treiben erinnert sie an Udine, nur reden die Leute hier Spanisch und sehen aus, als wären sie gerade aus einem schmutzigen Adobe-Pueblo herausgekrochen. Auch übers Ohr hauen wollen sie einen ständig, wie zu Hause. Aber was weiß sie eigentlich noch von dort, die Erinnerung ist undeutlich, überschrieben durch die Fabrikarbeit in San Francisco, die Partys in Los Angeles, die Überfülle von allem in Mexiko.

Am Bordstein hinter den Ständen sitzt eine Gruppe Kinder im Kreis, ein größerer Junge spricht zu ihnen. Kinderunterricht. Sogar die Kleinsten sind hier Teil der Revolution.

Wenn man doch die Farben des Marktes mit der Kamera festhalten könnte! Aber das Autochromverfahren ist einfach zu teuer und die Bilder werden nie so klar wie die in Schwarz-Weiß. Vielleicht entwickelt jemand einmal ein billigeres und besseres Verfahren. Aber was hätten die Maler dann noch zu tun?

Endlich ist sie am Stand des Fleischers, den sie gesucht hat. Sie wechselt ein paar Worte mit ihm, der lacht und mit der Zunge schnalzt, als er ihr die Stücke herunterschneidet. Dazwischen sieht er sie immer wieder an, sein Blick wandert von oben nach unten. Als ob er ein Stück Vieh taxierte. Sie nimmt die Pakete und zahlt, weg von hier.

Am Gemüsestand kauft sie noch eine Flasche mit Kokosnussmilch und ein paar Kochbananen. Sie wird ein Dessert machen. Der Korb ist schwer geworden. Sie sieht auf die Uhr. Gleich vier. Edward wartet sicher schon. Zweiundzwanzig Leute hat er eingeladen, Lupe wird in einer halben Stunde zum Kochen kommen. Sie wird das Baby mitbringen, hat keinen Babysitter gefunden.

Ihr Blick bleibt an einem Stapel geflochtener Kisten hängen, ein Mosaik aus hellen und dunklen Flächen. Sie kann nicht anders, als sich diese Fläche schwarz-weiß vorzustellen.

Sie ärgert sich, dass sie die Graflex nicht dabeihat, es wäre ein tolles Motiv.

In einer schattigen Gasse bleibt sie stehen. Der Korb ist schwer, sie stellt ihn ab. Der Schatten eines Masten – wieder ein Motiv. Ja, sie muss wieder fotografieren, nicht nur Edward assistieren. Und dann nie mehr ohne Kamera unterwegs sein. Sie nimmt den Korb und geht weiter.

Totenstille im Haus.

Sie findet Edward auf der Toilette, deren Tür offen steht, davor strahlen Scheinwerfer auf Stativen. Als er Tina bemerkt, knipst er das Licht aus und küsst sie. Tina fällt auf, dass er vergessen hat, die Stühle für die Party aufzustellen.

Sie blickt ihm in die Augen.

»Fotografierst du noch immer diese Kloschüssel? Hattest du das nicht schon gestern?«

Edward tritt zu einem Scheinwerfer und schaltet ihn wieder ein.

»Sieh doch hin! Diese Form – weiß, glänzend, perfekt. Keine Ecke, keine Kante. Die Ausbuchtung da vorne habe ich erst heute richtig ins Licht gerückt. Es ist ein Körper, es hat etwas Weibliches, aber zugleich ist es eben kein Körper. Es ist ambivalent.«

»Bin ich auch so ambivalent?«

Er fasst sie um die Taille, presst sie an sich, küsst sie. »Du bist noch immer die begehrenswerteste Frau in diesem Hexenkessel hier. Und das weißt du.«

Dann wendet er sich ab, als ob er etwas vergessen hätte.

»Wo war ich? Ja. Mir geht es um diese Sinnlichkeit, die kalt ist. Ist das nicht ein Symbol für die Moderne? Sinnlichkeit und Kälte? Es ist kein konkreter Körperteil und erinnert doch an einen. Es ist, wie soll ich sagen, erotisch aufgeladen, aber zugleich abweisend. Glatt. Makellos.«

Er nimmt sie an der Hand. »Komm, wir haben noch etwas Zeit.«

»Nein, Lupe ist in zwanzig Minuten da. Und ich habe noch nicht einmal den Einkauf in die Küche gebracht.«

»Es dauert nicht lang.«

Sie entwindet sich seinem Griff. »Lass mich. Kümmere dich lieber um die Bretter und die Böcke. Die Tischtücher sind oben im kleinen Schrank.«

Etwas taumelig geht sie in die Küche. Sogar Edward ist hier roher geworden, obwohl er bei jeder Gelegenheit das ungeschlachte Verhalten der mexikanischen Männer tadelt.

Sie verstaut das Gemüse und richtet Schneidbretter, Messer und Schüsseln her. Es gibt verdammt viel Arbeit. Und Edward fantasiert über Klomuscheln.

Edward und seine Träume! Mit ihm wird keine Revolution zu machen sein.

***

»Nimm *Die Träume* auch mit!«

»Schon eingepackt.«

Sie zeigt auf die Reisetasche, deren Seiten sich wölben.

Der Vater runzelt die Stirn und sieht Marie mit geneigtem Kopf an. »Ich glaube, du hast es zu gut gemeint. Das können wir doch nie tragen.«

Er seufzt, öffnet die Ledergurte und macht sich am Inhalt der Tasche zu schaffen. Er kramt herum, schließlich hebt er umständlich einen Schuber mit mehreren Bänden aus der Tiefe der Tasche und wuchtet ihn auf den Tresen. Die achtbändige Ausgabe der Werke von Rabindranath Tagore, 1921 bei Kurt Wolff herausgekommen. Hat sich gut verkauft damals, dieser Schuber ist ein Restexemplar.

»Das war nicht ausgemacht. Ich habe dir doch gesagt, den nicht. Wenn wir die Gedichtbände signieren lassen, reicht das. *Die Gabe des Liebenden, Die Träume, Der Gärtner*. Und die *Fruchtlese*. Das reicht.«

Der Vater zurrt die Ledergurte wieder fest und schließt die Schnallen. »Das schaffe ich schon alleine. Komm jetzt.«

Es war kurz vor der Mittagsschlusszeit, als ein Kunde erzählte, dass am Vormittag ein seltsames Grüppchen aus Nürnberg auf dem Hauptbahnhof in Fürth angekommen sei, einer davon ein Inder mit wallendem weißem Haar und Bart in einem langen Umhang. Angeblich ein Nobelpreisträger, wahrscheinlich aber ein Schwindler. Die Gruppe habe sich in das Haus von Fritz Oerter begeben, dem linken Buchhändler, wahrscheinlich eine Versammlung von Anarchisten oder vegetarischen Naturaposteln, von denen es in letzter Zeit immer mehr gab.

Dieser Oerter, das wusste Marie inzwischen, verfasste selbst seit einigen Jahren anarchistische Aufsätze und Gedichte – als ob das noch Sinn hätte nach dem Debakel im achtzehner Jahr. Die Fürther munkelten, dass er immer wieder dubiose Gestalten beherbergte, die sich vor der Polizei versteckten.

Maries Vater kombinierte gleich. »Es könnte sein, dass das wirklich ein Nobelpreisträger ist.«

»Was soll der in Fürth machen? In unserem Nest?«

»Du kannst dich doch noch an Toller erinnern. Den Dichter und Politiker, den sie hingerichtet haben.«

Bilder stiegen in Marie auf, Erinnerungen an Gespräche mit Isidor, an Schlagzeilen in den Zeitungen. Ernst Toller, einer der Träumer, die eine Räterepublik im achtzehner Jahr errichten wollten.

»Ja. Und?«

»Toller war ja manchmal bei Oerter zu Besuch. Und er hat

unter anderem Gedichte eines Nobelpreisträgers aus dem Englischen übersetzt. Rabindranath Tagore. Warte.«

Der Vater eilte zu einem Regal, schüttelte den Kopf, verschwand im Magazin. Mit Staubflusen auf der rechten Schulter kehrte er zurück und schwenkte ein dünnes Bändchen.

Wenig später bestätigte ein Kunde den Verdacht: Tagore war tatsächlich in Fürth, die Reporter hätten schon ihre Fotos geknipst, der Bürgermeister sei auch schon da gewesen. Angeblich bleibe der Schriftsteller bis zum Abend und würde mit dem letzten Zug wieder nach Nürnberg fahren.

Es dauerte keine Minute, bis Marie die Idee hatte, alle Tagore-Bücher der Buchhandlung zusammenzupacken und sie zum Signieren in Oerters Haus zu bringen. Die Bücher würde man um das Doppelte verkaufen können, auch wenn das Interesse an dem indischen Dichter inzwischen schon etwas abgeflaut war. Ihr Vater war zuerst skeptisch, und nun kann er es kaum erwarten, den berühmten Guru zu treffen.

***

Köstlich, alles köstlich, sagt Edward. Er steht auf und macht Anstalten, Tina und Lupe beim Abräumen zu helfen.

»Lass es«, sagt Tina, trotzdem folgt er ihnen in die Küche.

»Mach, dass du rauskommst«, sagt Lupe.

Tina merkt, dass sie mit ihr reden will. Während des Kochens haben sie über den neuen russischen Botschafter getratscht, der weder Auto noch Leibwächter hat, obwohl Tina nicht entgeht, dass Lupe ablenkt und in ihr wieder die Eifersucht gärt wie frisch angesetzte Maische. Sicher die Tennisspielerin.

Aber sie hat keine Lust, sich das anzuhören, vor allem, weil Lupe wieder getrunken hat.

»Komm doch, das können wir später machen.«

Sie schiebt die Teller zusammen, wäscht sich die Hände und geht wieder ins Speisezimmer, ohne zu schauen, ob Lupe ihr folgt.

Alle sitzen sie da mit gefüllten Bäuchen: Rivera, Guerrero, Orozco, Siqueiros, sogar Robelo ist gekommen, Sergej und Magnus aus der russischen Botschaft, die amerikanische Tennisspielerin, die Diego Modell sitzen wird, zwei Bekannte von Edward und drei junge Frauen, die Orozco mitgebracht hat.

Die Frauen sitzen inzwischen auf Sofa und Sessel, die Männer um den Esstisch. Diego ist gerade am Wort, bei den Damen redet die Tennisspielerin. Hier sprechen sie Spanisch, dort Englisch. Tina setzt sich zur Männerrunde.

»Das haben nur die Anarchisten wirklich vertreten!«, poltert Diego. »Kropotkin und wie die alle hießen. Aber die sind ja jetzt unten durch in Moskau.«

Sie spricht, bevor jemand Diego antworten kann. »Robo hat mir damals ein Buch von Kropotkin gegeben. Sagt er nicht, dass es Freiheit nur ohne Furcht geben kann? Wenn niemand mehr Angst hat vor Gewalt, ob staatlicher oder privater Gewalt? Wenn sich niemand mehr fürchtet, vor der Kirche, dem Gewissen und so weiter. Pah! Da sind wir noch weit davon entfernt. Vor allem hier in Mexiko.«

Diego schaut irritiert zu Tina. »Deswegen haben ja die Russen recht. Ohne staatlichen Zwang wird es nicht gehen, auch hier in Mexiko. Man muss die Leute zur Revolution zwingen!«

Edward setzt sich auf. »Aber das, was dort passiert, die Enteignungen, ist das Freiheit? Wenn die Bauern ihre Ernte dem Staat abliefern müssen und nicht mehr verkaufen können? Wenn sie nach Sibirien in Arbeitslager geschickt werden, wenn sie sich weigern, ihren Grund und Boden herzugeben? Das ist doch Versklavung, kein Kommunismus. Da ist mir die Anarchie lieber.«

Orozco meldet sich zu Wort: »Ich glaube auch nicht, dass sich die Gleichheit von selbst herstellt. Ohne einen Chef geht es nicht. Wenn ich zusammen mit Diego male, ist er immer wie von selbst der Chef.«

Gelächter, Diego hebt das Whiskyglas, alle trinken.

»Soviel ich weiß, schreibt Kropotkin davon, dass eine Gemeinschaft entweder anarchisch oder hierarchisch sein kann«, sagt Tina. »Und beides kann funktionieren. Mit einer Ausnahme.«

Diego hebt die Brauen. »Ah, und welche wäre das? Und woher weißt du das so genau?«

»Ich lese eben auch, im Gegensatz zu dir, mein Dicker. Kropotkin sagt, der Staat ist die Ausnahme. Der ist immer autoritär. Immer. Deswegen kann es Freiheit nur ohne Staat geben, nur unter völliger Abwesenheit von jeder Kontrolle. Aber ich glaube ja auch nicht daran.«

Sie muss lachen.

Diego grunzt. »In Russland haben sie den besten Kompromiss zwischen der Utopie von Marx und der Realität gefunden. Die Freiheit kann derweil eben nicht größer sein. Immerhin haben die Menschen dort geregelte Arbeitszeiten und eine garantierte Freizeit. Davon ist man bei uns noch weit entfernt.«

Siqueiros beugt sich vor und blickt nach oben in die Runde. »Deswegen haben wir ja *El Machete* gegründet, oder? Weil wir da hinwollen. Sonst könnten wir es gleich vergessen.«

Er richtet sich wieder auf, schüttelt den Kopf. »Stellt euch das mal hier vor, kein Staat, keine Gesetze in Mexiko. Das Land würde in Blut und Sex versinken. Wenn die Leute nicht gerade jemanden umbringen oder kopulieren, würden sie ständig in Beratungen sitzen. Wenn alles im Konsens beschlossen werden soll, kommt man nie weiter.«

Robelo spitzt die Lippen. »Meine Herren, Widerspruch: Anarchismus kann vielleicht doch funktionieren. Kennt ihr nicht diesen Metallbetrieb, Chapulte, die dort haben keinen Chef mehr. Die Firma wird von den Leuten selbst verwaltet.«

»Das ist in Russland ja auch der Fall«, sagt Diego. »Ist alles Volkseigentum dort. Es gibt auch fast nur noch Kaufläden, die dieselben Sachen für alle anbieten. Die Luxusgeschäfte sind weg. Der ehemalige Großgrundbesitzer ist nicht anders gekleidet als sein ehemaliger Knecht. Das ist doch eine Errungenschaft des Kommunismus! Für alle wird dasselbe produziert. Das ist die klassenlose Gesellschaft. Das geht nur unter straffer Leitung, solange die Menschen noch so sind.«

Ein »Ding« ertönt. Edward hat mit einem Löffel gegen sein Glas geschlagen.

»Aus jetzt. Bitte keine Politik mehr.«

Er dreht sich zu Diego. »Wie läuft es bei dir in Chapingo? Wir haben noch gar nicht geredet darüber. Wird Tina über allem thronen?«

»Nein, Lupe natürlich.«

Lupe wirft ihm einen giftigen Blick zu, so: Sag jetzt nichts Falsches!

»Lupe ist die Urmutter, ich male sie als Schwangere, so wie sie es noch vor zwei Monaten war. Die Urmutter Mexiko.«

Die Tennisspielerin, die plötzlich hinter Diego steht, plärrt dazwischen: »Und ich werde Kalifornien darstellen.« Helen heißt sie, fällt Tina ein.

Niemand geht auf sie ein.

»Schade, dass du nicht mehr kubistisch malst wie in Frankreich«, sagt Edward. »Diese Naivität, das ist einfach ein Rückfall, ich kann es nicht anders sagen.«

»Wir malen fürs Volk.« Siqueiros' Stimme hat einen drohenden Unterton. »Der Kubismus ist eine überreife Frucht der Bourgeoisie. Sie ist vom Baum gefallen und verfault nur noch. Wir haben einen gesellschaftlichen Auftrag. Das ist etwas Neues!«

Diego holt Luft. »Ihr wisst ja, dass Chapingo früher ein Kloster war, San Jacinto. Schau, Edward: Und jetzt male ich in der profanierten Kapelle die Revolution! Ist das nicht ein Zeichen? In staatlichem Auftrag male ich Bauern und Arbeiter dorthin, wo die Pfaffen jahrhundertelang dem Volk das Opium gegeben haben, um wieder mal Marx zu zitieren. Das Beruhigungsmittel, das die Revolution so lange verhindert hat. Zapata werde ich übrigens auch noch malen, der kommt ganz groß auf eine eigene Wand.«

»Und wofür hat Tina jetzt Modell gesessen?«, fragt Edward.

»Jetzt lach nicht: Es gibt die Mutter Erde zweimal. Lupe in der Apsis als die Urmutter, die Fülle. Gegenüber, über dem Eingang, Tina als jungfräuliche Mutter Erde. Der noch nicht befruchtete Acker sozusagen.«

Alle sehen sich an, Diego und Alfaro Siqueiros lachen dröhnend, Edward meckernd.

Tina zieht eine Grimasse, schüttelt den Kopf.

»Sei mir nicht böse, aber Tina ... jungfräulich?«, sagt Edward.

»Zwei Aspekte Mexikos, ich male ja noch andere Frauen, die andere Aspekte verkörpern. Concha Michel ist das Wasser und Graciela Garbalosa sitzt mir Modell für eine Frauengestalt, die im Erdinneren bei den Metallen wohnt und so weiter.«

»Und keine dieser Frauen ist vor dir sicher«, sagt Lupe, die in der Tür zur Küche steht. Ihre Stimme zerschneidet den Raum, die Stimmung fällt zusammen wie ein aufgeblähter Packen Papier im Lagerfeuer.

»Ach Lupe, lass das«, sagt Diego.

»Ist doch wahr. Erzähl ihnen doch von der jungen Malerin. Das geht jetzt schon seit Wochen. Frida ist erst achtzehn. Du schreckst wirklich vor nichts zurück.«

»Sie ist talentiert. Man muss sie fördern.«

»Ich weiß nicht, was sie an dir findet. Die ganze Stadt redet davon.«

Also die junge Frida, die Tina Diego vorgestellt hat. Aber warum regt sich Lupe so auf? Sie weiß doch, wie Diego ist. Alles Inszenierung vor den Gästen. Sie braucht ihre Bühne.

Stille. Niemand erwidert Lupe etwas.

Die Tennisspielerin geht zu Tina und verabschiedet sich. Sie tritt eine Verabschiedungswelle los. Lupe hat es wieder geschafft. Einer nach dem anderen erhebt sich, verabschiedet sich eine Spur zu höflich.

Diego und Lupe sind die Letzten, Tina begleitet sie noch bis vor die Haustür. Diego zu umarmen traut sie sich nicht mehr.

***

Zwei Männer stehen vor Oerters Haustür, sie kennt sie flüchtig, einer sitzt im Stadtrat, wenn sie sich nicht täuscht. Alle begrüßen einander etwas umständlich.

Der größere der beiden Männer, er trägt eine rot-gold gestreifte Weste unter der schwarzen Jacke und eine Soldaten-Nickelbrille, wendet sich an den Vater.

»Ja, wir warten auch, bis wir vorgelassen werden. Ist ja ein ziemlicher Betrieb hier. Viele wollen den Meister sehen. Nicht dass Sie mich falsch verstehen, Herr Rosenberg, aber manchmal muss man froh sein, dass es in Fürth so viele Leute gibt, die keine Ahnung von Literatur haben und gar nicht wissen, wer Tagore ist. Morgen werden sie es dann in der Zeitung lesen und sagen: Aha.«

Er lacht, bleibt aber der Einzige. Sein Nachbar, etwas kleiner und nachlässiger gekleidet, die Ärmelränder der Jacke schon etwas zerschlissen, zieht die Uhr aus der Tasche, steckt sie wieder ein.

»Das wird sicher noch dauern«, sagt der Elegante zu Maries Vater. »Der Schulmeister Krusler ist auch drin, der wird den Tagore sicher über seine Reformschulen ausfragen. Angeblich bettelt der große Dichter ja jeden um Spenden für seine Schulen an. Na ja. Von mir bekommt er nichts. Ich brauch nur ein Autogramm in ein Buch.«

Der Vater nickt.

Eine Weile herrscht Schweigen. Marie fröstelt. Es wird schnell kalt am Abend. 19. September, die Zeit verfliegt so schnell. Sie zieht ihr Schultertuch enger.

Nach einer Viertelstunde öffnet sich die Tür, Fritz Oerter selbst steht da, er ist massiger, als Marie ihn in Erinnerung hat. Hochfrisierter weißer Schopf, buschige Augenbrauen, ebenso buschiger, links und rechts herabhängender Schnurrbart. Ist sein Blick spöttisch oder verschmitzt? Marie kann es nicht deuten. Er hebt die Brauen übertrieben hoch.

»Nanu, meine Herren, kommen Sie doch herein. Ich wusste nicht, dass Sie warten. Die anderen sind gerade im Gehen. Ah, die Konkurrenz. Willkommen, verehrter Herr Rosenberg! Und das Fräulein Tochter! Sie sprechen doch Englisch?«

Eine Stunde später geht Marie wieder hinter ihrem Vater. Sie spürt die Kälte nicht, ihr Schritt ist unsicher, als ob sie ein Glas Wein getrunken hätte.

Was für eine Begegnung! Sicher, die salbungsvollen Worte, die der Mann von sich gegeben hat, eignen sich maximal für Kalendersprüche. Wenn nicht diese Kraft von ihm ausgegangen wäre, die alle, die in dieser kurzen Stunde mit ihm um den Tisch in Oerters Stube saßen, in ihren Bann schlug. Der gebräunte Mann mit weißem Bart und durchdringendem Blick strahlte eine Art wache Ruhe aus, die auch seine schnarrende Stimme nicht stören konnte. Er roch nach Zimt und anderen Dingen, die Marie nicht zuordnen konnte. Er sprach langsam, zwischen die englischen Worte mischte sich hin und wieder auch ein deutsches. Jeder der Gäste war auf seine Art nervös, aber die Stimme des Mannes beruhigte alle Anwesenden auf eigentümliche Weise. Tagore sprach in einem monologischen Singsang. Die Zuhörer lauschten seinen rhythmischen Sätzen, von der anfänglichen Skepsis, die wohl auch die anderen Tischgenossen gehegt hatten, blieb nicht viel übrig. Die Bücher signierte er aufmerksam, er nahm sie entgegen, als wäre jedes einzelne ein Ding, das er noch nie zuvor gesehen hatte.

In der Buchhandlung hilft sie dem Vater, die signierten Bücher auf einen Sondertisch zu legen und schnappt sich ein Exemplar von *Der zunehmende Mond.*

Später in ihrem Bett liest sie darin. Die kurzen Texte machen sie ratlos. Sind das nun Gedichte oder kurze Geschichten? Oder kennen die Inder solche Gattungen nicht? Als Buchhändlerin sollte sie das wissen, sie muss morgen den Vater fragen.

Sie liest weiter. Eine schön klingende, rhythmische Sprache, egal ob das Lyrik oder Prosa ist. Sie blättert nach vorne. Übersetzt aus dem Englischen von Hans Effenberger. Hinter zwei Schleiern, dem Deutschen und dem Englischen, liegt das indische Original. Wie dieses wohl klingt? Und was für eigenartige Metaphern Tagore verwendet!

Manche Verse liest sie mehrmals laut.

Am Meerufer endloser Welten treffen sich Kinder mit Jubeln und Tanzen.

Fast ein Hexameter.

Dann, weiter unten:

Der Regenschatten hat den ganzen langen Tag zugedeckt.

Sie murmelt den Satz mehrmals, liest dann weiter. Sie sollte aufhören, es ist schon fast Mitternacht und die Augen fallen ihr zu. Aber sie liest weiter. Und wieder ertappt sie sich dabei, wie sie eine Zeile wiederholt:

Der wilde Blitz zerkratzt den Himmel mit seinen Nägeln.

Sie grübelt über den letzten Vers und schafft es gerade noch, das Buch wegzulegen und das Licht zu löschen. Als ihr Kopf das Kissen berührt, schläft sie ein.

***

Der Telegrammbote, der Tina am nächsten Tag gegen zehn Uhr aus dem Bett klingelt, starrt sie an, als sie ihm im Nachthemd öffnet. Telegramm von der kleinen Schwester. Mutter schwer krank. Komm. Mercedes.

Ihr wird kurz schwarz vor Augen, sie muss sich setzen, fast wäre sie umgekippt. Schwer krank. Was heißt das? Was, wenn sie wieder zu spät käme, beim Vater waren es nur wenige Tage gewesen! Sie zieht sich an, weckt Edward, packt ihre Sachen und eilt zum Bahnhof. Zwei Tage und zwei Nächte sitzt sie wieder in Zügen und Wartehallen. Nur nicht wieder zu spät kommen. Endlich ist sie da, San Francisco Third and Townsend Depot, sie stürzt ins erstbeste Taxi. Benvenuto öffnet ihr, sie erkennt ihn fast nicht. Als sie hört, dass es Mutter schon besser geht, ist sie fast enttäuscht, als hätte man ihre Gefühle betrogen. Später sagt ihr Mercedes, dass eine Frau schon öfter angerufen habe, wann Tina ihre Kisten holen komme. Die Kisten!

Eine Woche später steht sie vor einem Holzverschlag und wartet auf den Wagen der Müllabfuhr, den sie bestellt hat. Fünfundzwanzig Kisten Vergangenheit. Gebatikte Kleider, französische Bücher, indische Götterstatuen und mexikanisches Tongeschirr. Fünfundzwanzig Kisten Robo. Ein Brummen kündigt den Lastwagen an. Sie zeigt den Männern den

Verschlag, sie nicken, schultern die Kisten und schleppen sie an ihr vorbei. Es dauert nur wenige Minuten, dann sind sieben Jahre Robo vorbei. Sie drückt den Männern Geldscheine in die Hand und schließt den Verschlag. Sie weiß, dass nur wenig auf dem Müll landen wird, die Männer werden so viel wie möglich zu Geld machen.

Eine Woche sitzt sie am Bett der Mutter, in der übrigen Zeit diskutiert sie mit Benvenuto und Mercedes. Beide Geschwister sind inzwischen glühende Kommunisten geworden. Jeden Tag reden sie auf Tina ein, sie solle bei ihnen bleiben. Was wolle sie denn in Mexiko? Ihre Familie sei hier.

Eine Woche später ist ihre Mutter wieder auf den Beinen und sitzt stundenlang an ihrem Fenster, von dem aus sie das Leben auf der Straße beobachtet.

Nach den Tagen in der Wohnung treibt es Tina hinaus. Sie braucht Luft, andere Menschen. Aber der Gang durch die alten Viertel von San Francisco ist ernüchternd. Bis auf eine Eckkneipe sind alle Läden und Kneipen, die sie kannte, verschwunden, nirgendwo blickt sie in ein bekanntes Gesicht. Dafür hängen überall riesige Werbeplakate, abends ist alles hell beleuchtet. Die Menschen sind hier so anders als in Mexiko: In den Warenhäusern kaufen sie wie verrückt alle möglichen Dinge. Tina hat den Eindruck, dass die Menschen hier alles zur Schau stellen: Seht her, welchen Mantel ich mir leisten kann. Seht her, ich habe das neueste Automobil.

Schließlich geht sie in ein Fotogeschäft, verkauft ihre altertümliche Korona und erwirbt eine Graflex, ein neueres Modell als das von Edward.

Nach vierzehn Tagen packt sie wieder ihre Reisetasche. Viel mehr als die vier Kleider in dieser Tasche und noch mal so viele in Mexiko besitzt sie nicht mehr. Sie schließt die Schnallen der Tasche.

Die neue Gesellschaft braucht keine Besitztümer, die nur die Eitelkeit des Menschen befördern. Ihr Besitz wird die Fotografie sein, materiell und immateriell zugleich. Nein, sie wird nicht bei ihren Geschwistern bleiben in dieser Stadt des Geldes und der Statussymbole. Sie wird zurückgehen in das primitive und bunte Mexiko und die Bauern und Arbeiter fotografieren, die wahren Helden der Geschichte, das weiß sie jetzt. Sie wird die Murales von Diego, Orozco und Siqueiros fotografieren, alle Welt soll sehen, wie die Kunst der neuen Zeit aussieht. Kunst für das Volk, nicht für die Eliten. Und sie wird sich dieser klassenlosen Kunst der Fotografie bedienen, die jedem offensteht, der ins Geschäft geht und sich eine Kamera kauft. Fotografieren kann jeder, ohne teure Ölfarben zu kaufen und eine Akademie zu besuchen. Ja, sie wird diese Kunst ausüben, und dadurch wird sie ein Teil der Revolution sein, nicht indem sie Parolen von sich gibt oder gar eine Waffe in die Hand nimmt. Und sie wird sich, das wird ihr blitzartig bewusst, von Edward trennen müssen, wenn er den Weg der Revolution nicht mitgeht.

Als sie auf den Zug wartet, ist sie sich auf einmal sehr sicher: Wenn sie wieder in Mexiko ist, wird sie keine Partys mehr feiern, sich weniger schminken, keine dekadenten Bücher lesen, die nur für die herrschende Klasse geschrieben wurden. Sie wird mitbauen an der neuen Gesellschaft, in der alle Menschen gleich sein werden und die von Mexiko aus in Amerika erstehen wird, wie sie in Europa von Russland ausgehen wird. Auch wenn es gegenwärtig noch ein Traum ist. Er wird Wirklichkeit werden.

1927

Die Tür fällt zu. Das dritte Haus, an dem sie abgewiesen wird. Wieder sieht sie Raúls Gesicht vor sich, Raúl, der in die Slums gegangen ist und zu den Elenden, die vor ihren Wellblechhütten sitzen, von der Revolution gesprochen hat. Diese Häuser haben keine Türen, manchmal nur einen Vorhang, keinen gekachelten Boden, nur gestampften Lehm, keine Fenster, sondern mit Lumpen verhangene Löcher.

Eine Villa noch, Familie Braniff, sie kennt sie von Ausstellungen, auf denen sie mit Edward und Diego gewesen ist. Wie die anderen Herrschaftshäuser liegt sie hinter einer Mauer, die von Glasscherben gekrönt ist.

Sie drückt den Klingelknopf am Gittertor, das oben spitze Pfeile trägt. Eine Hausangestellte erscheint, schwarzer Rock, weiße Schürze und Häubchen.

»Ah, Señora Modotti. Eigenartig … Señora Braniff hat nicht gesagt, dass Sie heute kommen.«

Ihre Stimme klingt indigniert, als ob sie selber die Herrin dieses Hauses wäre.

»Es ist eine dringende Angelegenheit.«

»Zweifellos. Sie entschuldigen mich.«

Sie verschwindet, eine Minute vergeht.

Wie von Geisterhand springt die Tür auf, dahinter erscheint die Bedienstete.

»Die Señora empfängt Sie. Bitte sehr.«

Die Schuhe knirschen auf dem Kies. Tina ist überwältigt von den blühenden Sträuchern links und rechts des Weges, in ihren grellen Farben verhöhnen sie die Armen auf der anderen Seite der Mauer. Das Blut auf Raúls Gesicht war dunkel, sein

Unterkiefer nach links gewendet, um die Augen blaue Schwellungen. Sie hat ihn nicht mehr erkannt.

Sie folgt der Hausangestellte durch den Flur aus Carrara-Marmor. Tita Braniff ist da, und ihre Freundin, deren Namen Tina vergessen hat. Sie sitzen im Wintergarten, wo es ein wenig kühler ist, wie die Hausherrin gleich nach der Begrüßung anmerkt. Oscar ist nicht zu Hause. Und, stell dir vor, morgen brechen wir nach Europa auf.

»Ich bin hier, weil ich Geld brauche«, sagt Tina, weiter kommt sie nicht, Tita legt ihre Hand auf Tinas Unterarm, geht zu einem Tischchen, auf dem eine Handtasche liegt, und holt einen Hundert-Peso-Schein heraus.

Der Schein auf dem Silbertablett. Hundert Pesos. Sie nimmt ihn nicht.

»Lass mich zuerst erzählen, Tita.«

Und sie erzählt von den Tausenden Menschen, die um die Stadt herum in Verschlägen aus Wellblech und Papier leben, erzählt von der neuen Weltordnung, die sich nicht aufhalten lässt, erzählt vom Genossen Raúl Alvarez. Er hat getan, was Marx und Engels gefordert haben. Den Arbeitern gesagt, dass sie sich wehren sollen. Nehmt wenigstens die Steine von der Straße, schnitzt euch Stöcke und fordert, was euch gehört. Kackt nicht vor die Hütte, das fördert die Krankheiten, ich werde euch Pickel und Schaufeln bringen, damit ihr Gruben grabt. Ihr müsst die Revolution selbst in die Hand nehmen, der Staat hat euch vergessen.

Die Polizisten, Beamte des Staates, der sich revolutionär nennt, haben Raúl festgenommen und gefoltert. Ihm die Fingernägel einzeln abgezogen. Ihm in die Hoden getreten, bis er bewusstlos wurde. Zum Schluss zertrümmerten sie ihm das Gesicht mit einem Holzstock. Er starb nach drei Tagen unsäglicher Schmerzen. Es muss eine neue Revolution geben, und die erfordert Geld.

Tita bleibt freundlich, sie versteht das alles, fürchterlich, nicht wahr, aber sie halte sich von jeder Ideologie fern. »Du weißt, wir waren immer für die Revolution. Aber sie muss im demokratischen Rahmen erfolgen. Wir unterstützen auch die Kirche nicht, falls dich das beruhigt. Als Freundin helfe ich dir immer, nimm die hundert Pesos, oder brauchst du mehr?«

Eine Pause entsteht, es ist, als ob etwas zerbräche.

»Deine Freundin bittet um nichts«, sagt Tina, dankt und steht auf. »Auf Wiedersehen.«

Beim Hinausgehen ekelt sie davor, über diesen Boden zu gehen, über diesen makellosen weißen Marmor. Sie denkt an die Arbeiter, die die Platten in den Steinbrüchen herausgesägt haben und auch die in den Bergwerken fallen ihr wieder ein. Vor einem Jahr, kurz bevor Edward sie und Mexiko zum zweiten Mal und endgültig verlassen hat, hat sie die Minenarbeiter fotografiert, rissige, verätzte Hände, rußgeschwärzte Gesichter. Mit fünfzehn beginnen sie als halbe Kinder die Arbeit, mit dreißig sterben die meisten an Silikose.

Die Haustür schließt sich hinter ihr. Während sie über den Kies schreitet, weiß sie es sicher: Sie wird mit der sogenannten Elite keinen Kontakt mehr pflegen. Es ist vorbei mit diesem Leben, es war eine Illusion, ein Trugbild, ein Rausch. Es gibt kein Zurück in diese Welt des Irrtums. Wie viele Jahre hat sie verschwendet mit Partys, mit Diskussionen über Marx und Trotzki, über Freud und Nietzsche, mit lächerlichen Batiken und Papierfaltarbeiten, mit erfolglosen Hollywoodfilmchen, während Tausende Menschen hungerten, während Arbeiter unterdrückt und hingerichtet wurden. Jedes Foto, das sie von rissigen Händen und ausgezehrten Gesichtern gemacht hat, hat ihr die Ungerechtigkeit gezeigt, die es noch immer in diesem Land gibt.

Sie betritt die Straße, das gewöhnliche Leben hat sie wieder.

Sie passiert einen Kiosk mit Zeitschriften. Gerade gestern haben sie in der Redaktion von *El Machete* wieder über Sacco und Vanzetti diskutiert, deren Todesurteil vor ein paar Tagen verkündet wurde. Sieben Jahre haben sie im Gefängnis geschmort, sieben Jahre haben Menschen auf der ganzen Welt vergeblich protestiert. Xavier hat sie gefragt, warum sie noch immer kein Mitglied der Partei ist, das Formular sei schon vorausgefüllt. »Es ist noch zu früh«, hat sie geantwortet.

Ein Fehler. Morgen wird sie unterschreiben.

***

»Bitte hier unterschreiben!«

Marie setzt ihren Namen unter das Formular.

Der Briefträger ist noch nicht draußen, als sie das Messer in der Hand hat und das Paket aufschneidet. Es ist alles da, Gott sei Dank: Die *Deutsche Richterzeitung*, das *Preußische Verwaltungsblatt*, oha, das wird ab der nächsten Nummer umbenannt in *Reichsverwaltungsblatt*, die *Juristische Wochenschrift* und die *Neue Zeitschrift für Arbeitsrecht*, nur zwei Exemplare, die kaufen nur die zwei kommunistenfreundlichen Anwälte der Stadt. Die Kommunisten. Verrückt, wie sich das in den letzten Monaten aufgeschaukelt hat. In Berlin und München hat es Straßenschlachten zwischen den Roten und diesen Nationalsozialisten gegeben, Gott sei Dank ist in Fürth alles ruhig.

Die Türglocke bimmelt, der Vater kommt herein. Zufrieden mustert er die Zeitschriftenstapel, die Marie vor sich ausgebreitet hat, sein Blick bleibt bei den zwei Exemplaren hängen.

»Die kannst du verkaufen«, sagt Marie.

»Das mache ich, darauf kannst du dich verlassen.«

»Ich kann nicht verstehen, dass du mit diesen Ideen sympathisierst«, sagt Marie.

»Nur mit den Sozialisten. Nicht mit den Kommunisten. Das darfst du nicht verwechseln.«

»Wieso, die wollen doch dasselbe?«

»Aber die Sozialisten eben nicht durch die Revolution. Du weißt ja noch, wie das in die Hose gegangen ist im neunzehner Jahr.«

»Aber auf demokratischem Weg werden sie das nicht schaffen.«

»Ach, reden wir nicht von Politik.«

Der Vater wendet sich dem Regal mit den Neuerscheinungen zu.

»Ich verstehe nicht«, sagt Marie, »ich verstehe nicht, warum die ideale Gesellschaft nicht anders verwirklicht werden kann. Ob klassenlos oder nicht.«

»Und wie?«

Marie macht eine große Geste.

»Durch Bücher. Durch Lesen. Durch Kultur. Musik. Was weiß ich. Könnte nicht so eine bessere Welt entstehen? Eine Welt, in der es keine Unterdrückung und keine Ausbeutung mehr gibt? Wenn die Leute nur mehr läsen und Musik hörten, wären sie dann nicht besser und edler?«

Der Vater hat sich zu Marie gedreht und sieht seine Tochter mit großen Augen an. »Wo hast du denn diese Gedanken wieder her? Proudhon?«

»Das sind meine Gedanken!«

»Ja, aber das sind eher Hirngespinste.«

»Aber warum?«

»Weil die Leute immer weniger lesen«, sagt der Vater und seufzt. »Sie rennen ins Kino und lesen die Illustrierten. Hast du in der Zeitung über den Tonfilm gelesen? Wenn sich das durchsetzt, und das nehme ich mal an, dann werden noch weniger Leute lesen. Und wer wird dann noch ins Theater gehen?«

»Du siehst alles so schwarz. Hast du übrigens die Neuerscheinungen gesehen? Dieser Dos Passos ist gestern gekommen, der in den USA vor zwei Jahren so ein Erfolg war. Sehr verwirrend geschrieben, aber sehr interessant. Ein völlig neuer Stil. Vielleicht bringt der neue Leser.«

»Dos Passos«, murmelt der Vater und fischt das Buch aus dem Regal.

***

Die Morgenluft ist frisch, sie atmet tief durch, als sie aus dem Haus tritt. Auf ins Parteibüro.

Sie muss an diesen Amerikaner mit dem mexikanischen Namen denken, der neulich hier war, Dos Passos, er hat ihre Fotos gesehen und gesagt, so ähnlich habe er seinen Roman geschrieben, so, wie diese Fotografien hier liegen, Stück um Stück, Fragment um Fragment. Sie hat nur gelacht. Wenigstens kaufte er einige Bilder von Orozco und Guerrero, damit etwas von dieser Kunst in die Staaten gelangte. Und zwei ihrer Fotos.

Nein, sie wird keine feinen Damen mehr fotografieren, keine Minister, auch keine dekorativen Felsformationen für Villen von Ärzten und Bankiers, nur noch das Elend wird sie abbilden, so wie sie das bei den Minenarbeitern gemacht hat. Hungernde Kinder, verkrüppelte Arbeiter, abgemagerte Alte, ausgezehrte Bergleute. Das Land muss endlich erwachen und die Revolution fortführen.

In der Redaktion von *El Machete*, die zugleich als Parteizentrale fungiert, reden alle auf sie ein. Wir sind nicht das Rote Kreuz. Hör auf, Leute um Geld anzubetteln. Samaritertum ist fehl am Platz. Pass auf, dass du nicht auch noch verprügelt wirst. Unsere Aufgabe als Kommunistische Partei ist es, anzuprangern, nicht zu helfen. Wir leisten ideologische Arbeit, keine humanitäre. Und außerdem bist du gar kein Mitglied. Nein, so wird sie nicht beitreten.

Zurück in ihrer Einraumwohnung im Edificio Zamora läuft sie im Kreis. Xavier ist noch immer nicht da. Auch in der Redaktion war er nicht. Ein Jahr lebt sie jetzt mit ihm zusammen und er hat noch immer nicht aufgehört, sich mit irgendwelchen anderen Frauen herumzutreiben. Ihr Fuß stößt an ein Stück Holz. Der Rest eines Keilrahmens. Dass er ihre Wohnung ständig vollräumt, macht sie noch wütender. Dass er keinen Centavo zur Miete beiträgt, dass er beim Sex keine Rücksicht auf sie nimmt, macht sie noch wütender. Und zugleich steigert es ihre Lust. Wut und Lust. Sie fragt sich, ob Sexualität nur eine andere Form der Aggression ist, ein anderes Ventil für dieselbe Energie. Sie greift nach einer Flasche Tequila, trinkt und starrt die Wand an. Als er um Mitternacht nach Zigarrenrauch duftend zur Tür hereinkommt, stürzt sie sich mit einem Schrei auf ihn, trommelt ihm auf die Brust, schreit ihn an, er schiebt ihr das Kleid hoch und lässt seine Hose hinunter. Sie stürzen aufs Bett.

Wut und Lust.

Am nächsten Tag ist sie Kommunistin. Orozco reicht ihr feierlich den Ausweis. Sie wünscht sich dieselbe Uniform wie die anderen. Sie versuchen es ihr auszureden. Tina, du, die Femme fatale, in der Parteikluft. Du musst das wirklich nicht. Sie besteht darauf.

Das graubraune Filzgewebe juckt auf der bloßen Haut. Sie weiß, dass es für die meisten Genossen das einzige Kleidungsstück ist, das sie besitzen. Zu Hause macht sie aus ihren Kleidern, viele sind es ohnehin nicht mehr, einen Ballen und trägt ihn zur Armensammlung. Auf dem Rückweg von der Sammelstelle zu ihrer Wohnung ist es ihr leicht. Sie hat das

Richtige getan. Weg mit dem letzten Besitz. Von nun an wird sie nur noch Grau tragen, wie die anderen. Der klassenlosen Gesellschaft gehört die Zukunft. Gleiche Kleidung, gleiche Privilegien, gleiches Recht für alle.

***

»Gleiches Recht für alle! Aber Sie halten sich nicht daran!«

Herr Schweitzer ist rot angelaufen und wackelt mit seiner Faust Richtung Marie, es wirkt lächerlich.

»Mein lieber Herr Schweitzer. Es ehrt mich ja sehr, dass sie den weiten Weg von München auf sich genommen haben, um mir auszurichten, dass ich Ihnen ins Geschäft pfusche. Aber mit Verlaub: Das ist der freie Markt.«

»Der freie Markt, Fräulein Marie! Unlauterer Wettbewerb ist das, was Sie betreiben!«

»Ich kann nichts dafür, dass wir immer auf dem aktuellen Stand sind, was die Neuerscheinungen betrifft. Oder natürlich kann ich was dafür. Ich schreibe und telefoniere mit den Verlegern. Machen Sie das auch?«

»Natürlich nicht! Die haben zu liefern! Die juristische Buchhandlung Schweitzer gibt es immerhin schon länger als Sie und wir waren immer die erste Anlaufstelle für die Juristen in ganz Bayern. Und jetzt kommen Sie und locken meine Kunden aus München weg! Was erdreisten Sie sich! Ich werde mich an die Handelskammer wenden.«

»Wenn Sie meinen. Aber haben Sie sich schon einmal überlegt, warum die Juristen aus München sich zu mir verirren? Ich versuche einfach, immer aktuell zu sein. Und ich schreie zumindest niemanden an.«

Marie unterdrückt ein Kichern, und Herr Schweitzer spult sein Aufregerprogramm von vorne ab, er verwendet fast dieselben Sätze. Marie versucht den mitleidigsten Blick, den sie auf Lager hat.

»Lieber Herr Kollege Schweitzer, darf ich Sie jetzt bitten, das Geschäft zu verlassen? Sie verscheuchen meine Kunden.«

Marie ist nicht entgangen, dass bereits der zweite Kunde vor der Glastür stehen geblieben ist, den zeternden Herrn entdeckt und wieder umgedreht hat.

»Unlauterer Wettbewerb!«, zischt er. »Sie werden schon sehen.«

»Natürlich. Auf Wiedersehen.«

Schweitzer setzt sich seine Melone auf und verlässt schnaubend die Buchhandlung. Der Geruch seines Schweißes hängt noch in der Luft. Faulende Blätter und Kölnischwasser.

Marie schüttelt den Kopf. Kein bisschen hat sie dieser zugegeben prominente Buchhändler einschüchtern können. Der große Schweitzer, so viele juristische Fachbuchhandlungen gibt es ja nicht in Deutschland. Nun ist die Buchhandlung Rosenberg in der verrußten Spiegelstadt Fürth wohl auch eine davon.

Mein Gott, das ist eben Konkurrenz. Das gehört zum Kapitalismus, und Kommunismus herrscht ja keiner, oder hat sie da etwas verschlafen? In Russland gibt es nur noch staatliche Buchhandlungen, die alle dieselben Bücher anbieten. Die Welt wird immer verrückter.

Marie setzt sich an den kleinen Schreibtisch im Hinterzimmer, einen eintretenden Kunden würde sie sofort hören.

Ein Brief von Anwalt Held in Nürnberg! Eine Einladung zu einem Souper in seinem Haus anlässlich des Firmenjubiläums. Eine ganze Gesellschaft von Rechtsanwälten! Sie zweifelt einen Moment: Was soll sie bei den Anwälten, sie, die kleine Buchhändlerin aus Fürth. Andererseits, warum nicht? Robert Held und Compagnon sind es gewesen, die sie bis nach München weiterempfohlen haben, sicher auch seinetwegen bestellen so viele Anwälte aus München und Würzburg, aus Nürnberg und Regensburg die Zeitschriften und Standardwerke über ihre Buchhandlung. Sicher wird er sie nicht vorführen an diesem Abend, er hat sie bisher immer mit Respekt behandelt. Vielleicht fehlt es der Gesellschaft aber auch einfach an Damen. Aber dass er an sie als Aufputz denkt?

Sie seufzt und schaut die weitere Post durch. So wird keine Revolution zu machen sein, mit den Juristen. Weder eine kommunistische noch eine belletristische. Sie muss über die Formulierung lachen. Die werden jede Revolution verhindern.

1929

Mit ihm werde ich die Revolution machen und niemand wird uns aufhalten können. An seiner Seite werde ich kämpfen. Wir werden die klassenlose Gesellschaft durchsetzen. Wir werden Kuba von dem Diktator befreien. Jeden Tag werden wir uns lieben. Lust und Revolution sind eins mit diesem Mann.

»Was ist, Tina?«

Julio sieht sie an, ihre Blicke begegnen sich. Sie hat ihn wieder angestarrt, den nackten Körper, den sie schon so oft fotografiert hat, kein Gramm Fett, das kantige Gesicht, die Locken.

Sie muss sich zusammennehmen. Sie ist süchtig nach diesem Mann. Seit vier Monaten teilen sie sich nun das Bett und sie hat noch nicht genug. Julio Antonio Mella hat sie aus ihrer Höhle gelockt, in die sie sich verkrochen hatte, seitdem Edward vor zwei Jahren endgültig in die Staaten zurückgekehrt war. Monatelang ging sie nicht aus, steckte sich keine Blume mehr ins Haar und schminkte sich nicht mehr. Sie verschenkte ihre bunten Kleider und trug die graue Kommunistenkluft, meistens Hosen. Den Lebensunterhalt bestritt sie sich mit Porträtfotografie, was mit ihrer Graflex ganz gut ging. Dann kam der erste Dämpfer: Xavier, mit dem sie mehr oder weniger zusammenlebte, teilte ihr im November 1927 mit, dass er für zwei Jahre nach Moskau ging. Lenin-Schule. Eine Woche später war er weg. Dann lief in einer Retrospektive *A Tiger's Coat in Mexiko*, der Film, der in den USA so miese Kritiken bekommen hatte. Am liebsten hätte sie ihren Namen geändert, so schämte sie sich.

Sie warf sich diesem neuen Kommunisten an den Hals, Enea Sormenti, der wie sie aus Italien stammte und in den USA steckbrieflich gesucht wurde. Ein kleiner unscheinbarer Dicker, aber wenn er sprach, lauschten ihm alle mit offenem Mund. Enea war ein Weiberheld, sie nahm sich vor, sich nicht in ihn zu verlieben. Dann traf sie Mella. Sieben Jahre jünger als sie. Der schönste Mann Kubas. Von der Insel geflohen, da ihn die Schergen des Diktators Machado ermorden wollten. Er sammelte in Mexiko Leute, Exilkubaner, mit denen er die Insel stürmen und die kommunistische Revolution durchführen wollte.

»Was ist, Tina?«

Sie kann ihm nicht schon wieder sagen, wie schön er ist, wie würde das auf ihn wirken? Außerdem, wie klänge das? Ist sie ihm wirklich so verfallen?

»Ich denke daran, wie du Machado vertreiben wirst. Wie die Arbeiter auf den Zuckerrohrplantagen zu den Waffen greifen. Alle werden hinter dir stehen. Von Kuba aus wird Amerika kommunistisch werden.«

»Ach Tina, komm her.«

Er rollt sich zu ihr und umarmt sie, küsst ihren Mund, ihren Hals, wandert tiefer. Und wieder geht es los.

Sie denkt an Frida. Vorgestern hat ihr die kleine Frida gesagt, wie sehr sie sie beneide. So einen schönen Mann hast du. Und selber bist du eine Hundertzwanzig-Prozent-Frau. Jeder will dich haben. Schau mich an, ich bin einundzwanzig und brauche ein Stützgerüst, damit ich gehen kann. Du hast den schönsten Mann weit und breit, ich habe einen fetten Affen, der doppelt so alt ist wie ich. Und von dem ich nicht loskomme. Ihr liebt euch jeden Tag, mir tut es nach einmal zwei Wochen lang weh. Ich weiß, du verstehst das nicht. Aber ich brauche ihn, ohne ihn bin ich nichts. Wir werden vielleicht sogar heiraten. Jetzt, da er von Lupe geschieden ist, kann er sich das sogar vorstellen.

Tina wusste in dem Moment, dass sie beide dasselbe dachten: Diego würde auch Frida betrügen, wie er es vorher mit Lupe getan hatte. Dieses naive und arme Mädchen. Tina mag sie so sehr. Sie hat Talent, vielleicht wird sie eines Tages Diego überflügeln.

In einem kann ich dich aber übertreffen, hat Frida dann gesagt. Ich kann eine bessere Kommunistin werden als du, was nicht einfach sein wird. Dann lachten sie beide.

Julio wälzt sich von ihr herunter. »O Gott, Tina, du bist großartig.«

Sie hat ein schlechtes Gewissen, sie ist völlig abwesend gewesen, die Liebe ist mechanisch passiert.

Julio steht auf.

»Ich muss noch zur Post. Es ist schon sieben Uhr, sie macht um acht zu.«

Tina weiß, was das heißt: Nicht Briefmarken kaufen oder ein Paket abholen. Sondern Briefe aufgeben, die in dreifache Umschläge gewickelt sind und drei Adressaten durchlaufen werden, bis sie an die richtige Adresse gelangen. Zum Schluss werden sie in Kuba händisch weitergegeben, geöffnet und dechiffriert werden. Post von Julio Antonio Mella, Führer der kubanischen Revolution.

Tina hält ihn an der Hüfte zurück, er lacht, dreht sich zu ihr.

»Mein Mann. Du bist mein Mann, Julio, auch wenn wir nicht verheiratet sind.«

»Wir werden nie heiraten, Tina. Nein, nicht weil ich um einiges jünger bin oder weil die Scheidung noch nicht durch ist. Ich möchte immer mit dir zusammen sein. Aber nicht lange, und es wird keine Familien mehr geben.«

»Du meinst im neuen Kuba?«

»Ja. Die Familien werden überflüssig. Darüber haben wir ja schon gesprochen.«

Tina denkt an ihre alten Diskussionsrunden in Los Angeles, wo das auch schon Thema gewesen ist, aber das will sie ihm nicht sagen.

»Daran denkst du, wenn du mit mir schläfst?«

»Aber nein.«

Er gibt ihr einen Klaps, schlüpft in Hose und Hemd.

Tina bleibt liegen, legt die Hände hinter den Kopf. Es reizt sie, ihm zu zeigen, was sie noch weiß.

»Lass mich raten, schreibt das nicht Engels in seinem Buch über die Familie, dass es in der klassenlosen Gesellschaft kein Vererben von Besitz mehr geben wird, weil alles allen gehört? Und dadurch wird auch der Zwang zur ehelichen Treue wegfallen, weil es für die Frau ja wirtschaftlich nicht mehr notwendig ist, einen Mann zu heiraten. Familien sind wirtschaftlich einfach nicht mehr notwendig.«

»Keine Ahnung. Du kennst Marx und Engels besser als ich. Ich muss jetzt wirklich zur Post, solange es noch hell ist. Wer weiß, wer dann unterwegs ist, wenn es dunkel ist.«

Er knöpft sich das Hemd zu, Tina springt aus dem Bett.

»Du siehst wirklich schon überall Gespenster. Machado und Kuba sind weit weg. Glaubst du wirklich, dass er einen Killer schickt, um dich zu beseitigen? Das klingt wie in einem Kinofilm.«

»Ich habe Grund zur Vorsicht. Dieser Magriñat hat mir gedroht. Und ich habe gehört, dass gestern zwei Leute aus Kuba in der Stadt angekommen sind. Keine angenehmen Typen. Komm!«

»Briefe aufgegeben, Telegramm gesendet.«

Julio schwenkt seinen Hut, als er aus dem Postamt kommt.

»Gott sei Dank bist du wieder da. Ich hatte solche Angst.«

»Deswegen habe ich dich ja gebeten, draußen zu bleiben. Auf

der Straße sind mehr Menschen, da ist es ungefährlicher. Lass uns trotzdem schnell nach Hause gehen!«

Aber entgegen Julios Worten ist fast niemand auf der Straße. Wie leer gefegt. Seltsam. Jeder Schatten ist auf einmal unheimlich, beim Miauen jeder Katze zuckt Tina zusammen.

Sie nehmen die Calle Morelos, die breiter und heller als die kleine Gasse ist, aber auch hier ist kein Mensch auf der Straße. Sitzt um acht ganz Mexico City bei Bohnen, Speck und Tortilla? Nicht einmal ein Automobil oder eine Kutsche rattert vorüber.

Als sie untergehakt in die Calle Abraham einbiegen, knallt es. Einmal, zweimal, jemand läuft hinter ihnen, Julio macht noch drei Schritte, dann bricht er an ihrem Arm zusammen, sie fängt ihn auf und legt ihn nieder.

Stille.

»Mein Hut«, sagt er, Tina greift danach und legt ihn neben seinen Kopf. Dann erst sieht sie das Blut.

Und dann erfasst sie, was passiert ist.

Sie schreit, wie sie noch nie geschrien hat.

»Hilfe, er stirbt, Julio, Hilfe, Julio, er stirbt!«

Wieder und wieder dieselben Worte.

Aber niemand ist da.

Sie horcht.

Niemand zu sehen, niemand zu hören. Wo sind die Menschen?

Sie schreit ins Leere.

Endlich hält ein Automobil. Der Fahrer versteht, verspricht, Hilfe zu holen.

Die Blutlache wird immer größer, sie kniet im Blut, die Wunde ist hinten, denkt sie, dreht ihn um, der Mantel ein einziger Blutfleck, man muss draufdrücken, dass es aufhört, aber wo? Sie drückt, er stöhnt.

»Julio, gleich kommt Hilfe, halt durch.«

Er will etwas sagen, sie dreht ihr Ohr zu seinem Mund.

»Magriñat. Er hat mich gewarnt … Die Revolution … muss ohne mich stattfinden. Ich sterbe für ein freies Kuba.«

Sie schluckt.

»Nein, du wirst leben. Du musst leben. Wir werden Kuba befreien. Hilfe, so helfe doch jemand!«

Endlich sind da Menschen, immer mehr. Als ob sie sich bisher versteckt hätten und nun aus ihren Schlupflöchern hervorsprängen. Sie umstehen Tina, sehen zu, wie sie weint, Julio liebkost, die Wunde abdrückt, auf Knien in der Blutlache. Wie hinter Glas hört sie noch das Bimmeln des Ambulanzwagens. Dann wird ihr schwarz vor Augen.

***

Marie schließt die Augen und schluckt. Dann öffnet sie sie, der Brief ist noch immer da. Mädchenlyzeum Fürth. Ihre alte Schule.

… kündigen unsere Zusammenarbeit und werden hinfort keine Schulbücher mehr über Ihre Buchhandlung beziehen …

Sie will glauben, dass es aus wirtschaftlichen Gründen ist, vielleicht schlägt eine Nürnberger Buchhandlung weniger auf. Aber sie weiß, dass dies nicht der Fall ist. Das Offensichtliche steht nicht da, man muss es zwischen den Zeilen lesen: Weil wir nicht mehr bei Juden kaufen.

Sie hat die Gerüchte anfangs nicht geglaubt. Die neue Direktorin und die meisten Lehrer Nationalsozialisten? Das kann doch nicht sein! Was haben diese Geistesmenschen mit den braun gekleideten Schlägertrupps zu tun, die immer wieder randalieren und sich mit den Kommunisten prügeln? Gut, Antisemiten gibt es in allen Lagern. Aber deswegen gleich den

Vertrag kündigen? Ist sie überhaupt noch Jüdin? Sie ist schon lange nicht mehr in der Synagoge gewesen, der Vater sagt bei jeder Gelegenheit: »Wir sind Deutsche.«

Aber was soll's. Politische Spinner gibt es genug. Deutschnationale, Antisemiten, Kommunisten, ja sogar noch Monarchisten. Alle auf ihre Weise verrückt und Gott sei Dank weit weg davon, die Macht im Staat zu erlangen.

Sie widmet sich wieder den Bestellungen. Remarque sollte heute erscheinen, aber die erste Auflage ist noch vor Auslieferung ausverkauft und für den kleinen Laden in Fürth ist nichts mehr übrig geblieben. Hoffentlich kommt die zweite bald. Sie wird später bei Koehler und Volckmar anrufen. Und der neue Roman von Döblin, ganz modern geschrieben, dürfte sich auch zum Bestseller entwickeln. So viele Vorbestellungen. Auch hier lieber fünfzig statt vierzig Stück auf Kommission.

Ihr Blick fällt auf die Zeitung. Noch zwanzig Minuten, bis der Vater kommt. Zeppeline in Amerika, wieder Opiumtote in München, neuer Film mit Harry Liedtke und Marlene Dietrich, Zwangskollektivierung in Russland.

Sie legt die Zeitung weg, da ist wieder dieser Brief.

Und wenn noch weitere solche Briefe kommen?

Sie legt ihn auf den Tisch, ihre Hand darauf. Es fröstelt sie, sie bibbert, obwohl der Bullerofen die Buchhandlung auf angenehme Zimmertemperatur aufgeheizt hat.

***

Tinas Hände zittern, als sie die Kamera hält. Ihr ist kalt, ihre Augen sind geschwollen. Sie hat die Nacht im Krankenhaus verbracht. Zweimal hat sie auf den Auslöser gedrückt und die Platten gewechselt. Noch im Tod hat Julio ein schönes Gesicht. Ebenmäßig. Sinnlich.

»Eine fotografische Totenmaske«, sagt Diego, der neben ihr steht. Er ist sofort gekommen, als er von dem Attentat gehört hat. Sie legt die Kamera auf ein Seitentischchen und tritt zu Diego. Er nimmt sie in den Arm. Unter anderen Umständen hätte sie ihn weggestoßen, aber im Moment ist sie froh über jede Nähe.

Draußen geht irgendwo hinter dem Dunst eine blassorange Sonne auf.

Zwei Männer treten ins Krankenzimmer. »Wir müssen Sie bitten, mitzukommen.«

Tina nickt. »Sie haben sicher Fragen. Ich habe niemanden gesehen. Aber es wissen wohl alle, wer dahintersteckt.«

»Das werden wir ja sehen.«

»Erlauben Sie, dass ich mich zu Hause frisch mache. Wir könnten vorbeifahren. Ich habe die Nacht hier verbracht und …« Sie zeigt auf das eingetrocknete Blut auf ihrem Rock und ihren Ärmeln.

»Es tut mir leid, Señora, die Sache duldet keinen Aufschub.«

Der Mann packt sie am Oberarm, Diego richtet sich auf, die Männer liefern sich ein Duell der Blicke. Er zuckt mit den Achseln, Widerstand gegen die Polizei ist sinnlos.

»Ich hole dich raus, Tina«, sagt er.

»Es ist ja nur eine Einvernahme«, sagt sie.

Aber erst nach drei Tagen Kreuzverhör lässt man sie gehen. Sie haben sie zu beliebigen Zeiten aus der Zelle geholt, auch mitten in der Nacht wurde sie in den Vernehmungsraum mehr geschleift, als sie selbst gehen konnte. Als sie nach drei Tagen mit ihrem noch immer blutverschmierten Rock nach Hause kommt, wartet dort ein Polizist auf sie. Sie wird rund um die Uhr bewacht. Die Männer wechseln einander in drei Schichten ab, sie kommen in die Wohnung, sitzen ungeniert am Küchentisch, dann knirschen ihre Sohlen im Treppenhaus. Nach einer

Woche öffnet Tina einen Brief vom Gericht: Anklage wegen Mordes, der Prozess beginnt nächste Woche.

Erst da telefoniert sie nach einem Anwalt. Er kommt zu ihr in die Wohnung. Sie versucht ihm klarzumachen, dass sie unschuldig ist. Nie würde sie ihren Geliebten töten! Der Mann zuckt mit den Schultern, tätschelt ihr die Hand. Gott sei Dank ist Diego stundenweise da.

Doch die erste Verhandlung wird vertagt. Zeugen, die sie entlasten könnten, sind plötzlich krank oder unauffindbar. Dasselbe wiederholt sich beim nächsten und übernächsten Verhandlungstermin.

Aber Reporter sind immer da. Sie stürzen sich auf den Fall wie ausgehungerte Hyänen. Jeden Tag liest Tina ihren Namen in der Zeitung. Die kommunistische Italienerin zu allem fähig. Sie hat sich in den schlimmsten Lokalen herumgetrieben. Sie hat obszön getanzt. Sie hat allen Männern den Kopf verdreht. Sie hat keine feste Arbeit. Sie lebte mit Mella in einer Bruchbude von Mansarde und verführte ihn jeden Tag zum Liebesspiel. Nachbarn berichten über die unsittlichen Laute zu jeder Tages- und Nachtzeit. Das lüsterne Weib hat Mella beseitigt, da sie Appetit auf neue Männer hatte und seiner schon überdrüssig war.

Jeden Tag eine neue Schlagzeile, eine neue Verleumdung, ein Hieb in die Magengrube. Jeden Tag knickt Tina mehr ein.

Nach mehr als zehn Tagen wird Julios Leiche endlich freigegeben. Doch Tina darf am Begräbnis nicht teilnehmen. Sie weint den ganzen Nachmittag in ihrem Bett, der Wachmann sitzt im Vorzimmer und raucht.

Drei Tage nach dem Begräbnis der nächste Verhandlungstermin, Diego platzt hinein und besteht darauf, gehört zu werden. Er ist in seiner Arbeitsmontur erschienen, mit allen Farben bekleckert, stinkend, er brüllt die Richter an, gestikuliert, redet dann als Einziger bisher klar und deutlich über die Faktenlage und stellt Richter und Kläger mit ihrem fadenscheinigen Konstrukt bloß. Tina muss lächeln unter den Tränen, er erinnert sie an einen Zirkusclown. Wieder wird die Verhandlung vertagt.

Nach vier Wochen ist der Polizist vor ihrer Wohnung verschwunden. Tina ist dünn geworden. Sie schleppt sich durch das Treppenhaus hinunter auf die Straße, niemand sitzt da, niemand folgt ihr, sie ist frei. Am Kiosk kauft sie eine Zeitung. Auf der ersten Seite liest sie, dass die Anklage gegen sie fallen gelassen wurde und dass endlich der angesehene Bürger Pepe Magriñat angeklagt ist. Sie torkelt weiter ins Parteibüro. Die Genossen sehen sie erschrocken an und bieten ihr einen Sessel an, was sie sonst nie tun. Die Männer beratschlagen, wie ihr zu helfen sei. Ohne Widerstand akzeptiert sie den Vorschlag, nach Salina Cruz zu fahren. Es gibt dort ein Haus für Parteimitglieder zur Erholung am Meer.

Sie wird sich eine Woche gönnen. Nicht mehr.

Sie weiß, dass sie weitermachen muss. Die Partei braucht sie. Als Fotografin. Sie muss wieder zu den Grubenarbeitern gehen wie schon vor zwei Jahren, aber auch zu den Bettlern auf dem Marktplatz, den Sterbenden in den Siechenhäusern, zu den Betrunkenen, die sich am Sonntagmorgen in den Hauseingängen einnässen und deren Urin auf die Straße rinnt. Das muss sie fotografieren, es wird die Leute aufrütteln, die erlahmte Revolution in Mexiko wieder in Gang bringen. Sie hat wieder zwei Jahre vertan, mit Xavier, mit Enea und Julio. Nun wird jemand anders den Kommunismus auf Kuba verwirklichen müssen. Ohne Julio wird es schwierig sein.

Aber schwierig ist es ja auch in Mexiko. Die Parteikollegen hier haben in den letzten Monaten nichts weitergebracht, keinen Millimeter. Alles Quatschköpfe! Sie gründen Ausschüsse und Unterausschüsse und palavern. So wird die klassenlose Gesellschaft nie verwirklicht. Aber sie wird nicht aufgeben. Eine Woche Urlaub, dann geht der Kampf weiter. Mit der Kamera.

***

Fotografien, immer mehr Fotografien immer weniger Text. Wo führt das hin?

Sie legt die Zeitung weg. Egal ob es die *Berliner Illustrierte Zeitung* war oder die *Arbeiter-Illustrierte-Zeitung*, die ihr Vater manchmal las: Sie mag diese Zeitungen nicht, die fast nur aus Bildern bestehen. Von Jahr zu Jahr gab es mehr davon. Wird das bei Bilderbüchern für Erwachsene enden?

Sie genießt die Viertelstunde vor dem Aufsperren, die sie für das Studium der Zeitung nutzt. Der Vater hat sich zur Angewohnheit gemacht, erst gegen elf Uhr aufzutauchen. Letzte Woche hat er angekündigt, dass sich Marie langsam darauf einstellen müsse, die Geschäftsführung zu übernehmen, die sie faktisch schon ausübt, da der Vater ihr inzwischen auch die Buchhaltung überlassen hat.

Ihr Blick fällt auf das Plakat, das sie vor ein paar Tagen aufgehängt hat. Tag des Buches! An Goethes Geburtstag! Eine Schnapsidee des Börsenvereins der Deutschen Buchhändler. Als ob deswegen ein Kinogeher wieder zum Buchleser würde. Im Begleitschreiben zum Plakat und den Prospekten, die sie zum Auslegen in der Buchhandlung bekommen hat, ist ein Festakt in Berlin angekündigt, Werner Mahrholz wird einen Vortrag halten mit dem Titel *Der moderne Leser* – der Titel sollte wohl eher lauten *Der moderne Bildbetrachter!* Und außerdem Mahrholz, was ist das für ein Typ! Sie hat ihn im Vorjahr auf der Buchmesse in Leipzig gehört. Nennt sich Literaturwissenschaftler, ist aber nur Journalist und geriert sich als Obervolksbildner. Ihr fällt ein, dass das einzige Buch, das er wirklich geschrieben hat, eine Biografie Karl Mays ist, des Autors, der eine ganze Generation an der Nase herumgeführt hat, auch sie selbst ist ihm aufgesessen. May, der keinen literarischen Wert hat und sich trotzdem noch immer glänzend verkauft.

Stimmen ertönen draußen, ein paar Jungen, die Sachen durcheinanderrufen. Sie blickt durch das Schaufenster. Senfgelbe Hemden. Die Burschen halten einander an den Hemden, als würden sie raufen, aber sie torkeln vorüber. Nationalsozialisten. Immer mehr gibt es von diesen Idioten, immer öfter raufen sie mit den Kommunisten. Dass Männern immer nur so ein Unsinn einfallen muss. Radikale Ansichten und Kräfte messen, raufen, kämpfen, Krieg führen. Alles wäre anders, wenn Frauen an der Macht wären. Aber das gibt es vielleicht in anderen Ländern wie England, in Deutschland sicher nie.

***

»Ich gehe mit nach Nicaragua!«

Augusto schüttelt den Kopf. »Viel zu gefährlich.«

Sie sitzen um den Tisch in ihrer Zweizimmerwohnung. Die Brüder haben auf dem Diwan Platz genommen, Augusto und Sócrates Sandino, Kommunistenführer in Nicaragua. Tina und Concha Michel sitzen auf den einzigen zwei Stühlen der Wohnung, Adelina Zendejas hockt auf einem Schemel.

»Hör mal, wir leben dort wie die Tiere.«

Augusto zieht seinen Rotz hoch, als ob er die verrohten Manieren demonstrieren wollte.

»Ich suche hier in Mexiko Männer, die kämpfen können, keine Frauen. Wir brauchen so viel mehr Leute, als wir zurzeit haben. Du weißt, ich gebe nicht auf, bis der letzte Amerikaner das Land verlassen hat.«

»Ich kann auch kämpfen«, sagt Tina. »Ich kann es lernen. Und ich kann fotografieren. Du hast vorher von den Armen erzählt. Ich könnte das Unrecht in Nicaragua mit der Kamera festhalten.«

Sie schlürft einen Schluck Mate durch das Trinkrohr.

»Du glaubst es vielleicht nicht, Genosse Sandino, aber ich habe Verbindungen bis nach Europa. Willi Münzenberg in Berlin könnte die Bilder veröffentlichen oder die Agfa Papers in Prag. Die Solidarität ist international.«

Augusto schüttelt langsam den Kopf, Tina bemerkt eine graue Strähne in seinem Haar, dabei ist er doch erst Mitte dreißig. Er hat etwas Feminines, mit langen Haaren könnte er fast als Indiofrau durchgehen. Kaum zu glauben, dass das der Revolutionär ist, vor dem die Amerikaner zittern.

»Nein, du bist hier wichtig. In Mexiko ist die Revolution lahm geworden. Du kannst mit deinen Fotos in diesem Land mehr bewirken. Und wirklich, das Leben dort … wir leben in den Wäldern, wir sind nur Männer. Das wäre nichts für dich.«

Sie nickt und blickt ihm ins Gesicht.

»Dann erzähl mir von der neuen Art zu kämpfen, die du erwähnt hast.«

»Du interessierst dich tatsächlich dafür? Was bist du für eine Frau.«

Augusto nimmt einen Schluck Mate, dann erzählt er von versteckten Soldaten, kleinen Überfällen aus dem Hinterhalt, von gesprengten Brücken und gekappten Telegrafenleitungen. Die Amerikaner zermürben, wenn man schon nicht unmittelbar gegen sie kämpfen kann.

»Wir nennen es *guerilla*, Kriegchen. Du bist für den Feind unsichtbar. Vielleicht ist das auch die bessere Art, Revolution zu machen, ich weiß es nicht. Aber hören wir auf davon. Ich danke dir für deine Gastfreundschaft. Vielleicht komme ich auf deine Verbindungen zurück.«

Sócrates, der bisher kaum gesprochen hat, wendet sich an Concha: »Du hast doch deine Gitarre dabei, sing uns ein Lied. Dein Auftritt gestern war großartig. Die Leute beten dich an.«

Concha lacht. »Nur drei Lieder für die Kundgebung, das war ja kein Auftritt.«

Sie holt den Gitarrenkoffer, der am Eingang lehnt, packt das Instrument aus, stimmt eine Saite nach. Klimpert unschlüssig herum.

»Ein indigenes Lied vielleicht, aber das würdet ihr nicht verstehen.«

Sie schlägt einen Akkord an, diesmal entschlossen.

»Ich singe lieber von den Kindern der Revolution – *El niño proletario*. Die dritte Strophe hat übrigens Tina beigesteuert.«

Sie hebt an, und da ist diese Stimme, die ganz Mexiko bewundert. Die leichte, tänzerische Melodie wird durch den Text und Conchas einschneidende Stimme kontrastiert, zwei Dinge, die unvereinbar scheinen und die gerade den besonderen Reiz ihres Vortrags ausmachen.

Während des Liedes lässt Tina die Gedanken schweifen. Wieso lässt sie sich wieder von einem Mann sagen, was sie zu tun hat? Die Revolution kennt keinen Unterschied zwischen Mann und Frau, beide sind frei und gleichberechtigt. Und trotzdem hat sie klein beigegeben.

Aber vielleicht hat Augusto auch recht. So viel hat sie fotografiert in den letzten Monaten. So viel Elend gibt es in Mexiko, so viele Bereiche, in denen die Revolution noch nicht gegriffen hat. Wie viele Fotografien es wohl sein mögen? Hundert? Hundertfünfzig? Längst genug für eine Ausstellung. Aber unmöglich, daran zu denken. Noch immer sehen sie die Leute schief an, wenn sie ihnen auf der Straße begegnet: Das ist doch diese kommunistische Agentin, die in den Mordfall Mella verwickelt war. Zwar konnte man ihr nichts nachweisen, aber da stand ja so allerhand in der Zeitung. Der Vamp. Die Männerverschlingerin. Eine Frau ohne Moral. Eine Frau, die selbständig ist, die fotografiert.

Concha hebt mit der dritten Strophe an, die sie, Tina, geschrieben hat.

Sie muss etwas finden, womit sie sich endgültig reinwaschen kann. Etwas, womit sie zeigen kann, dass es allein die Revolution ist, der sie dient. Sie muss eine Ausstellung machen, mit all den Bildern, die dort hinten in den Mappen liegen. Und wenn sie dafür kämpfen muss.

***

»Wir werden das anfechten! Wir werden doch nicht gleich aufgeben, oder?«

»Ganz und gar nicht.«

Maries Vater streicht sich seinen Bart. Grinst er?

Sie ist irritiert. Wie kann er das Kündigungsschreiben einfach so wegstecken? »Ich verstehe dich nicht. Und meinst du nicht, dass da diese Nazis dahinterstecken?«

Wenn ihr Vater gegrinst hat, dann jetzt nicht mehr.

»Nein, Marie, es ist ihr gutes Recht. Und es laufen ja noch zwei Monate Kündigungsfrist. Aber hör doch einmal zu.«

Noch bevor Marie etwas sagen kann, legt ihr der Vater die Hand auf den Unterarm. »Hör zu: Ich habe heute den Bürgermeister getroffen. Im alten Bahnhof wird etwas frei.«

Marie denkt kurz nach. Am Ludwigsbahnhof, eigentlich an seinem Vorgängerbau, ist vor langer Zeit die erste deutsche Bahn angekommen, die von Nürnberg nach Fürth tuckerte. Als vor sieben Jahren die neue Eisenbahnstrecke und der Hauptbahnhof errichtet wurden, wurde der Bahnhof stillgelegt. Nach und nach sind Geschäfte eingezogen, sogar die kleine Halle ist unterteilt worden, sodass das Gebäude nunmehr aus lauter Läden besteht. Ein Bahnhof als Einkaufszentrum, mitten in der Stadt. Nicht die schlechteste Lage.

»Ja, da zieht die Modistin aus. Und du meinst, wir sollten uns dort einmieten?«

»Warum nicht? Es sind dahinter auch noch Räume frei. Das Ganze ist größer, als es von außen aussieht. Wir hätten um einiges mehr Platz als hier. Und weniger Ruß.«

Das stimmt. Bei ihnen sind die Fensterscheiben nach drei Tagen mit einem Film überzogen, der sich aus Ruß von den Lokomotiven des nahen Bahnhofs und Rauch der Fabrikschlote jenseits des Bahnhofs zusammensetzt, eine gelblich-schwarze Schmiere.

»Die Adresse klingt auch besser: Hindenburgstraße!«, sagt der Vater. »Wenn wir Handwerker kriegen, könnten wir schon den Dezember für die Adaptierungen nutzen.«

Die Augen des Vaters funkeln. Sie kann sich nicht erinnern, wann er zuletzt diese spitzbübische Freude gezeigt hat, vielleicht bei Geburtstagsüberraschungen, als sie noch ein Kind war.

»Den Platz könnten wir wirklich brauchen«, sagt Marie. Eine Regalwand für juristische Literatur. Eine eigene Ecke mit Kinderbüchern, von denen es jetzt so gute moderne gibt. Bequeme Fauteuils zum Schmökern. Sie sieht die Plüschmöbel schon vor sich. Der Vater hat etwas von Feiern gesagt.

»Marie, hörst du mir zu?«

»Ja … wir feiern. Du meinst das Geschäftsjubiläum?«

»Vier Sachen.«

Sie sieht ihn an. Was hat sie überhört? Aber wahrscheinlich nichts, er will sie nur neugierig machen und dazu bringen, dass sie nachfragt.

Also dann.

»Was denn noch?«

»Nummer eins: die Eröffnung des neuen Geschäfts. Zwei: das Jubiläum, über das wir schon gesprochen haben: vierzig Jahre Buchhandlung Rosenberg. Drittens klappt es vielleicht bis zu meinem Geburtstag.«

»Und die vierte Sache?«

»Dreimal darfst du raten: Du bekommst endlich die Prokura. Dann bist du die Chefin und ich dein Angestellter.«

Marie weiß nicht, ob sie sich darüber freuen soll. Sicher, es hat sich abgezeichnet, es war nur eine Frage von Jahren, eher Monaten, der logische, erwartete Schritt. Andererseits wird sie festgenagelt sein. Sie wird nie wieder etwas anderes sein als Buchhändlerin, die Prokura wäre der letzte Sargnagel für ihre Träume: studieren, in ein anderes Land gehen, andere Möglichkeiten haben, nicht das ganze Leben in dieser schmutzigen Stadt festsitzen.

Sie schluckt. Endlich bringt sie ein »Danke« hervor. Wenn der Vater wüsste, wie es in ihr aussieht. Aber welche Alternativen gibt es denn?

Eine neue Buchhandlung also. Belletristik, Musikalien, Juridica, Kinderbücher. Modern eingerichtet mit Leseecken und freundlichen Farben. Die neuesten Bücher auf eigenen Tischen schön präsentiert. Die Leute sollen wieder mehr zum Lesen gebracht werden. Deswegen weiß sie eines sicher: Fotografiebücher, wie sie in letzter Zeit in Mode kamen, wird sie sicher nicht anbieten, so künstlerisch sie auch sein mögen. Die Leute sollten wieder mehr zum Lesen gebracht werden und nicht nur ins Kino laufen.

***

»Dieses Foto hättest du ohnehin nicht nehmen können. Die Leute wollen so etwas nicht sehen.«

Enea Sormenti tippt auf die Fotografie, auf der eine alte Frau am Straßenrand neben ihrem Erbrochenen liegt.

Tina richtet sich kerzengerade auf, sie ist ein paar Zentimeter größer als er. »Meinst du? Du bist doch der große Kommunist, der Reden schwingt und sagt, man müsse der Wirklichkeit ins Auge blicken. Und dann findest du das zu drastisch? Drei Viertel der Leute hier können immer noch nicht lesen und haben zu wenig zum Beißen. Die Frau hat nach zwei Tagen wieder etwas Festes bekommen und sich dann erbrochen, damit du es weißt.«

Tina hält inne. Schon tut es ihr leid, dass sie wieder explodiert ist. Aber sie kann nicht anders. Ist sie denn die Einzige, die die Dringlichkeit der Revolution sieht? Enea bläst die Luft durch die Vorderzähne. Versteht er überhaupt, worum es geht?

Er nimmt seinen Hut, lässt ihn auf dem Zeigefinger kreisen.

»Sinnlos, mit dir zu diskutieren. Ich muss aber sowieso weiter. Du weißt, dass Romero und Mérida heute noch kommen, sie haben ja ein großes Geheimnis gemacht und mir nichts gesagt. Sie wollten nur mit dir reden.«

Er küsst sie auf die Wange, setzt seinen Hut auf und tänzelt in seiner typischen Art aus dem Raum.

Tina seufzt und wendet sich wieder den Fotos auf dem Tisch zu.

Enea. Mit diesem windigen Typen geht sie seit drei Wochen ins Bett. Er war auf einmal da, ein Politkommissar, angeblich von der Partei in New York geschickt, um die mexikanischen Kommunisten auf Moskau-Linie zu bringen. Die Genossen betrachteten ihn anfangs skeptisch. Jetzt liegen sie ihm zu Füßen. Er redet wie kein Zweiter, seine Argumente klatschen wie Ohrfeigen auf die zweifelnden Zuhörer und am Ende der

Diskussion ist jeder ganz benommen. Angeblich hat er gute direkte Verbindungen nach Moskau. Wer weiß, wie er wirklich heißt, Enea Sormenti ist sicher nicht sein richtiger Name, fast keiner der Kommunisten, die von außen kommen, trägt seinen Geburtsnamen.

Sie wirft einen Blick auf die Fotos, die sie auf dem Tapetentisch ausgebreitet hat: ein Arbeiter, der einen Kohlensack geschultert hat. Das Eisengestänge eines Erdölbohrturms. Zwei rissige Hände eines Grubenarbeiters in Texcoco. Julio Mella im Profil mit geschlossenen Augen. Ein Hammer und eine Sichel übereinandergelegt. José Clemente Orozco am Gerüst, wie er *La familia campesina* malt. Ein Junge mit Sombrero, die Augen kritisch zusammengekniffen. Ein Stillleben mit Sichel, Patronengurt und Maiskolben. Eine eindrucksvolle Zusammenstellung.

Aber es hat nicht sein sollen. Heute Abend wäre die Vernissage gewesen. Vor fünf Tagen hat Elsa abgesagt. Das Dach der Galerie leckt, die Trame sind morsch, Gefahr im Verzug. Die Arbeiter sind schon am Werk. Es tut ihr leid. Vor September ist sicher keine Ausstellung möglich. Wenn überhaupt.

Aber wenigstens aufbreiten will Tina die Bilder. Sich vorstellen, wie sie gehängt worden wären. Ihre private Vernissage auf Küchentisch und Sofa.

Hammer, Sichel, Mais. Dieses Bild ist Mexiko, denkt sie, als es an der Tür klingelt.

Die beiden Carlos, wie angekündigt. Carlos Orozco Romero und Carlos Mérida. Regierungsangestellte sind sie jetzt, als Maler! Sie wirken verlegen, als ob ihnen ihre Gegenwart peinlich wäre. Tina kostet es aus, sie weiß, dass sie ein schlechtes Gewissen haben. Der Staat füttert sie durch, eine Wandmalerei nach der anderen. Und Staatskünstler haben nicht mehr viel Zeit, um Revolution zu machen.

Sie bereitet den beiden Whisky mit Eis, sie setzen sich.

Ein seltsames Paar, Romero mit seinem schmalen Gesicht, den großen Augen und Segelohren, Mérida mit seinem Quadratschädel und dem Ausdruck eines englischen Gentlemans oder zumindest einer Karikatur davon.

»Schießt los. Gibt es ein neues Projekt? Ich sage euch gleich, ich habe die nächsten Wochen keine Zeit. Wo werdet ihr malen?«

»Kein Projekt«, sagt Mérida und hüstelt. »Du sollst ausstellen. Nicht im Nationalmuseum, aber immerhin in der Nationalbibliothek.«

»Wer ist noch dabei?«

»Niemand. Auch wir zwei sind nicht dabei«, sagt Romero. »Sie wollen dich. Allein. Fotoausstellung Tina Modotti. Du hast das ganze Foyer der Bibliothek, die riesige Vorhalle. Da kannst du alles ausstellen, was du bisher fotografiert hast.«

»Ihr macht einen Witz.«

Romero kneift die Augen zusammen.

»Nein, es ist ernst. Die Ausstellung soll am dritten Dezember eröffnet werden. Du hast also noch gut drei Monate Zeit.«

Die beiden verschaukeln sie.

»Es ist ein Scherz, oder?«

Romero übergibt Tina einen Umschlag, sie kennt das Briefpapier.

Mérida spreizt die Finger gegeneinander. »Direktor Ledesma persönlich hat es Vasconcelos vorgeschlagen. Und der war begeistert.«

»Tina, du weißt es vielleicht nicht, aber du bist eine wichtige Stimme der Revolution in Mexiko«, sagt Romero.

»Stimme ist vielleicht nicht das richtige Wort«, sagt Mérida und zupft am Stecktuch in der Brusttasche seiner Jacke. Immer korrigiert er die anderen, weiß alles besser.

»Die Bilder, die du … äh … machst, arrangierst, hervorbringst, was auch immer, sie reden in der Sprache des Volkes. Sie sprechen die einfachen Leute an. Jeder versteht sie und weiß, was gemeint ist.«

Sie kneift die Augen zusammen. Ist das eine Falle? Soll ein Skandal provoziert werden?

Mérida fährt fort: »Schau, Leute wie Sormenti arbeiten mit Worten. Worte, die die so lange geknechteten Menschen begierig aufsaugen, Worte, die ihnen sagen, wer sie sind, die ihnen Selbstbewusstsein vermitteln. Worte, die sie schließlich dazu bringen zu handeln, ihr Schicksal und die Waffen selbst in die Hand zu nehmen und die Revolution voranzubringen. Zumindest könnten die Worte sie dazu bringen.«

Er schnauft, seine rhetorische Eskapade scheint ihm selbst nicht geheuer zu sein. »Wie auch immer. Tina, was Sormenti und andere mit Worten tun, machst du mit Bildern. Du zeigst den Menschen, was sie sind, zeigst ganz realistisch und oft brutal und rücksichtslos, wie sie leben. Aber, und das ist für mich das Besondere: Du zeigst auch, was sie werden können. Dass sie in allem Elend ihre Würde haben. Du zeigst Menschen, die ihren Stolz nicht verloren haben. Du zeigst Alltagsgegenstände, als wären sie heilige Objekte.«

»Schon gut, es reicht«, sagt Romero. »Du bist hier nicht im Klub, du musst keine Rede halten.«

Mérida wirft ihm einen bösen Blick zu.

Romero blickt zu Tina und verdreht die Augen. »Wir würden uns jedenfalls freuen, wenn du dem nachkommst. Ohne viele Worte. Und da ist noch etwas.«

Tina lacht. »Noch etwas? Ich weiß: Jetzt kommt es: Das Ganze war doch ein Scherz.«

»Nein, sie wollen dir auch eine Arbeit im Museum anbieten.«

»Soll ich Vitrinen bewachen? Haha, nein danke!«

»Nein. Als Fotografin. Tina, denk doch, es wäre eine fixe Anstellung. Offizielle Fotografin des Nationalmuseums. Es gibt ja die neue Abteilung für Volkskunst. Es gibt so viel zu dokumentieren. Du könntest fotografieren, die Sachen, die du ohnehin fotografierst. Indigene Kunst. Die Menschen von der Straße. Es wäre Kunst für das Volk, nicht für die Elite, verstehst du? Und außerdem könntest du dann endlich ordentliche Papiere bekommen und mexikanische Staatsbürgerin werden.«

Sie veräppeln sie. Nun ist sie sich sicher. Mit der Staatsbürgerschaft ist für Tina der Spaß zu Ende.

»Genug jetzt. Weswegen seid ihr wirklich hier?«

Mérida räuspert sich. »Tina, es ist wirklich so. Lies den Brief. Ich denke, nicht nur die Politiker wünschen sich, dass du diese Bilder herzeigst. Es hat sich herumgesprochen, was du fotografierst.«

»Wer weiß, wie lange du in diesem Land überhaupt noch geduldet bist«, sagt Romero.

»Was meinst du damit?«, fragt Tina, doch sie weiß die Antwort schon, noch ehe sie den Satz vollendet hat. Vor einer Woche hat der Staat die Kommunistische Partei verboten. Polizisten in Zivil brachen die Tür der Redaktion von *El Machete* auf, schraubten die Druckerpresse vom Boden und brachten sie weg. Erst eine Woche zuvor war die Maschine eingetroffen, ein Geschenk der Genossen aus Deutschland.

»Ich dachte, du bist informiert. Du weißt ja, dass die Regierung jetzt wieder mehr auf die Großgrundbesitzer und die Kirche hört.«

Tina erinnert sich an die Diskussion in der Parteizentrale vorige Woche: Die Partei in Mexiko agiere zu selbständig, absolute Unterordnung unter Moskau sei erforderlich, einige Genossen seien nicht mehr tragbar, weil sie sich zu sehr mit dem Kapitalismus arrangiert oder zu eigenmächtig gehandelt hätten. Sogar Diegos Name war gefallen. Und das Zentralkomitee in Moskau stand dahinter! Russland vereint mit den Konservativen gegen die mexikanischen Kommunisten.

Die beiden warten auf eine Antwort.

Tina atmet durch. »Eine fixe Anstellung will ich nicht. Es würde mich abhängig machen. Außerdem bin und bleibe ich Kommunistin, ob verboten oder nicht. Wisst ihr, für mich ist es nicht vereinbar mit der Revolution, mich in eine staatliche Hierarchie einzuordnen. Die Revolution muss den Staat zerbrechen, sonst wird sich der Kommunismus nie durchsetzen. Habt ihr das nicht auch einmal vertreten?«

Die beiden blicken überallhin, nur nicht zu Tina.

»Aber die Ausstellung: Ja«, hört sie sich sagen.

Sie blickt Mérida ins Gesicht. »Ich bin es diesem Land schuldig. Und der Revolution, die nicht aufhören darf.«

***

»Ja, das ist wirklich eine Revolution. Wer weiß, was als Nächstes kommt. Aber schön, dass es dir gefallen hat. Vielleicht schauen wir uns den Film ja auch noch an. Obwohl, du weißt, dass Mutter aufregende Szenen nicht so gut verkraftet.«

Der Vater erhebt sich. »Du kannst wahrscheinlich ohnehin bald schließen, heute wird keiner mehr kommen. Ich gehe wieder rüber.«

Marie nickt, die Glocke bimmelt, der Vater ist weg.

Ob die Tapezierer drüben endlich fertig geworden sind? Morgen wird sie die neuen Geschäftsräume inspizieren, auch die Möbel sollten noch vor Silvester kommen.

Vater hat recht, der Film ist wirklich eine Revolution. Nein, sie lehnt das Kino nicht ab. Sie ist nur ziemlich sicher, dass die Leute, die oft ins Kino gehen, weniger lesen und daher weniger

Bücher kaufen. Die meisten Filme sind leicht durchschaubare Liebeskomödien, Abenteuergeschichten oder Gruselfilme, und sie kann sich für keines der drei Genres erwärmen.

Aber jetzt hat sie einfach gehen müssen. Der Titel verhieß zwar auch nichts Gutes – *Die Nacht gehört uns* –, doch man muss das einfach gesehen haben. Der erste deutsche Film, in dem durchgehend gesprochen wird! Wie ungewohnt, dass die Menschen im Kino auf einmal reden. Und wie sie reden! Nicht die Sprache, die man auf den Theaterbühnen hört, sondern so wie du und ich. Hans Albers spricht nicht wie auf der Bühne, sondern schnoddrig, wie ihm der Schnabel gewachsen ist. Es ist so eine Lockerheit da, wie sie sie nie in einem Theater erlebt hat. Und die Geräusche, die die Handlung begleiten! Wie seltsam, in einem Film das Knattern des Motors zu hören, wenn das Auto fährt, oder den Fabriklärm, wenn die Maschinen im Hintergrund laufen. Ob das nun bei allen Sprechfilmen so sein wird?

Schließlich hat sie doch mit dem Helden mitgezittert. Die aufregende Verfolgungsjagd am Schluss, wenn Albers alias Harry Bredow seiner Geliebten hinterherjagt, die sich mit dem Automobil in den Tod stürzen will, und es im letzten Moment verhindert. Entbehrlich fand sie die zuckersüßen Lieder, die einigen Damen im Saal die Tränen in die Augen trieben. Die Nacht gehört uns: Warst du mir treu? Himmel, ist das trivial!

Auf der anderen Straßenseite auf dem Trottoir gewahrt sie ein Paar, das vorüberzieht, die junge Frau gluckst.

Und wenn die Liebe so trivial ist? Kaum eine Altersgenossin, die nicht verheiratet ist. Wenn die Männer in diesem Kaff nur nicht so beschränkt wären! Immer noch muss sie an Isidor denken, der wenigstens aus Nürnberg kam. Anselm, dem sie vor acht Jahren einen Korb gegeben hat, ist inzwischen auch verheiratet und würde nicht mehr von Fürth weggehen.

Sie geht zum Tresen, räumt zusammen.

Bestellscheine, Rechnungen. Das Angebot vom Tischler, der letzte Woche Maß genommen hat. Mitte Januar will er schon kommen und die Regale einbauen, dann kann der Umzug beginnen. Den 30. Januar hat sich der Vater ausgesucht.

Die Einladungsliste sollte sie auch noch vor dem Jahreswechsel zusammenstellen. Bürgermeister Zorn, Amtmann Lippert, Oberbaurat Herrnberger, Rechtsanwälte, Professoren. Sie seufzt. Morgen.

Morgen muss sie auch mit dem Maler reden, den ihr Vater nicht erreicht hat. Die Wände sollen in Grüntönen gehalten sein, das wird gut zu den braunen Fauteuils passen. Es wird eine gemütliche Lesehöhle werden, in der sich die Leute wohlfühlen. Eine eigene Welt, weit weg von der Politik, weit weg von allen Revolutionen.

Sie nimmt einen Notizzettel und schreibt: Maler.

***

»Warum ist Diego noch nicht da?«

»Tina, du weißt nicht, was sich draußen abspielt. Hier drin sind schon gut dreihundert Leute, draußen sind es noch einmal so viele. An der Tür gibt es einen totalen Stau. Sogar Diego hängt in der Menge fest. Aber ihm wird nicht fad. Ich habe gehört, er macht den Clown und unterhält die Wartenden.«

Maria schneidet eine Grimasse, Tina muss lachen.

Sie ist ihr so dankbar. Seitdem Maria Romero sie jede Woche in ihrem Fotoatelier besucht, ist sie nicht nur eine Freundin, sondern eine unverzichtbare Assistentin für diese Ausstellung geworden.

»Danke, Maria! Kannst du schauen, wo Crespo de la Serna sich herumtreibt? Er hat mir einen Artikel versprochen.«

»Wird gemacht!«

Maria verschwindet in der Menge, das laute Sprechen der Menschen hat sich inzwischen zu einem ohrenbetäubenden Getöse gesteigert.

Tina wendet sich wieder der Runde zu, mit der sie gerade noch im Gespräch war. Alles Maler: Orozco, Mérida, Gabriel Fernández Ledesma, Federico Marin und Aurora Reyes, die einzige Muralistin, die in ihrem blauen Arbeitsoverall direkt vom Gerüst heruntergestiegen und zur Eröffnung der Ausstellung gekommen ist.

Aber Tina hat den Faden verloren, sie weiß nicht, warum sie auf einmal von Maiskolben reden. Sie wendet sich wieder ab, sieht Concha beim Eingang, winkt ihr zu. Sie soll später singen, hoffentlich ist bis dahin Ruhe eingekehrt. Lieder von der Unterdrückung der Bauern und Arbeiter. Lieder über die Befreiung der Frau. Lieder, die zu den Bildern passen, vor denen die Leute laut diskutieren.

Der Lärm scheint auf einmal wie ausgeblendet. Nein, das ist keine ruhige, elitäre Vernissage mit Menschen im Abendkleid und Cutaway, sondern eine politische Veranstaltung, eine Demonstration, ein Protest in Bildern, und alle Besucher verstehen intuitiv, worum es geht. Sie blickt wieder in die Runde. Direktor Ledesma trägt den roten Stern als Anstecknadel am Revers, obwohl die Partei verboten ist. Sicher gibt es einige Agenten der Regierung unter den Besuchern, aber Tina ist nichts aufgefallen. Gerade als Aurora wieder auftaucht und sie umarmt, gibt es am Eingang ein Geräusch aus vielen Kehlen, wie von Zuschauern eines Fußballspiels. Tina wendet sich um. Es ist Diego, der hereinwatschelt, an seinem Arm Frida, seine neue Frau, ein Reh neben einem Elefanten. Im August haben sie geheiratet, Tina hat beide seitdem nicht mehr gesehen. Tina erkennt an Fridas Haltung, dass sie noch immer ihr

Stahlkorsett trägt. Eine Woche vor der Hochzeit hat Tina sie noch mitgenommen in die Parteizentrale, unbedingt wollte das Mädchen Mitglied der Partei werden. Tina bereute nicht nur, dass sie Frida Diego vorgestellt hatte, sondern fühlte sich auch nicht wohl dabei, dass Frida ihr immer nacheiferte.

Diego bahnt sich den Weg durch die Menschen, mit seinen Armen schaufelt er die Leute links und rechts zur Seite. Er umarmt Tina mit seinen Pranken. Frida steht lächelnd daneben, die Vertraulichkeit scheint ihr peinlich zu sein.

»Schön, dass du auch gekommen bist, Frida.«

Sie sagt den Satz auf Deutsch, Frida hat einen deutschen Vater, wenigstens eine Sprache, die Diego nicht versteht.

»Ich finde das so großartig, was du machst!«, antwortet Frida auf Spanisch.

Nur Phrasen, denkt Tina, aber was soll's, sie ist zweiundzwanzig, hoffentlich saugt Diego sie nicht zu schnell aus und wirft sie dann weg.

»Mutig, Tina«, sagt Diego.

»Wieso? Was?«

»Nicht die Motive. Aber dass du mit der Regierung kooperierst. Du weißt, was das für Folgen haben kann.«

Sie weiß, worauf er anspielt: Er ist aus der KP ausgeschlossen worden. Die Dekoration des Nationalpalasts und des Gesundheitsministeriums bedeuteten zu viel Kooperation mit der kapitalistischen Regierung. Sie zuckt mit den Schultern.

»Und wenn schon.«

»Sie benutzen dich auch als Feigenblatt. Seht her, wie tolerant wir sind. Wir dulden einen Rivera, der Hämmer und Sicheln malt, und eine Modotti, die Bettler und Arbeiter fotografiert. In Wirklichkeit ist ihnen die Revolution egal und auf der anderen Seite bist du bei den Genossen unten durch. Also pass auf, dass du am Ende nicht von beiden aufs Abstellgleis gestellt wirst.«

»Diego, schon in Ordnung. Du hast deinen Spruch aufgesagt. Jetzt hol dir ein Glas Wein. Und eines für deine Frau.«

Die fleischigen Lippen verziehen sich zu einem Grinsen, er nickt, fasst mit seiner Pranke die junge Malerin und zieht sie mit sich fort. Ihr scheint es wehzutun.

Tina fröstelt. Abstoßend. Unvorstellbar, dass sie mit ihm ein paarmal im Bett gewesen ist. Dass sie mit Lupe und Edward gefeiert haben. Wie viele Nächte haben sie durchgemacht? Und er hat ihr im Prozess beigestanden. Als ob es vor hundert Jahren gewesen wäre.

Ein Raunen geht durch die Menge. Jemand ist zum Rednerpult gegangen, von dem aus Direktor Ledesma vor einer halben Stunde die Ausstellung eröffnet hat. Es ist David Alfaro Siqueiros, er klopft auf das Mikrofon, es pocht im Lautsprecher. Was soll das?

»Sehr geehrte Besucher! Genossen! Seit 1910 ist Mexiko ein Land der Revolution. Emiliano Zapata und Pancho Villa kämpften mit der Waffe in der Hand für die Rechte des Volkes und gegen Großgrundbesitzer und Kirche. Viele kamen nach ihnen, und viel hat sich getan in unserem Land.«

Tina erstarrt. Was soll das?

Siqueiros spricht weiter, er erwähnt die Maßnahmen zur Bildung, die neue Rolle der Frau, die liberalen Gesetze. Immer wieder applaudieren Leute dazwischen. Was soll das? Das ist doch keine Kundgebung!

Siqueiros ist inzwischen bei den Murales angelangt, die die Malerei auf eine neue Stufe gehoben hätten. Kunst des Volkes für das Volk. Doch es gebe noch etwas darüber. Diese Fotografien von Tina Modotti.

»Diese Ausstellung bringt das Leben, wie es ist, besser und wahrhaftiger zum Ausdruck als jede Malerei. Nehmen Sie nur dieses Bild des Bauern mit dem schweren Kartoffelsack auf den

Schultern: ein Sinnbild für die Ausbeutung des Proletariats, die entfremdete Arbeit, die einen Menschen versklavt. Und dort drüben – die rissigen Arbeiterhände, mit Erde überkrustet – kein Maler kann so etwas in dieser Qualität vor Augen führen. Das ist die Realität, wie sie eindringlicher nicht dargestellt werden kann.

Meine Damen und Herren! Mexiko ist das Land der Revolution. Aber was, frage ich, ist aus dieser Revolution geworden, die dem Volk nicht Krieg und Tod, sondern Lesen und Schreiben brachte? Die Künstler hervorbrachte, die dem Volk ihre Geschichte überlebensgroß auf Wände von Palästen malten? Die schließlich Fotografen wie Tina Modotti gebar, die mit den modernen Mitteln der Fotografie zeigt, wie viel noch zu tun ist?«

Es ist ganz still geworden, Tina ist jetzt richtig wütend. Das ist nicht der Ort für politische Reden. Natürlich ist sie seiner Meinung, aber das ist ihre Vernissage. Warum nimmt ihm niemand das Mikrofon weg?

Siqueiros spricht weiter, er nennt das Bild mit Hammer und Sichel, er spricht von den schwarzen Arbeiterhänden der Erdölarbeiter und immer wieder von der Revolution, die zur Diktatur des Proletariats führen werde. Jedes Bild, das hier ausgestellt sei, zeige dieses Proletariat, dessen Elend zum Himmel schreie und das nun für die Herrschaft bereit sei.

Die Leute murmeln, es wird lauter. Tina blickt in die Runde. Einige Männer machen sich Notizen. Sie ist sich sicher: Schon um Mitternacht werden die Worte auf dem Schreibtisch des Polizeichefs liegen. Verdammter Siqueiros. Er redet noch immer.

»Ich schließe mit einem Zitat aus Tina Modottis Manifest über die Fotografie, das Sie alle mit der Einladung erhalten haben:

Ich betrachte mich als Fotografin, mehr nicht, und wenn sich meine Fotografien von dem unterscheiden, was allgemein auf diesem Gebiet gemacht wird, so deshalb, weil ich eben gerade versuche, nicht Kunst zu produzieren, sondern ehrliche Fotografien ohne Tricks oder Manipulationen, während die Mehrheit der Fotografen noch immer nach ›künstlerischen Effekten‹ oder der Imitation anderer bildnerischer Darstellungsmittel suchen, woraus ein zwitterhaftes Produkt entsteht.

Genau das ist es, was wir brauchen. Es lebe die Revolution!«

Die Menschen applaudieren, wenden sich zu Tina. Sie möchte sich am liebsten verkriechen, da ist eine Säule, sie stellt sich dahinter, aber Diego und Frida sind gleich bei ihr.

»Was ist denn los? Freust du dich nicht? Du siehst aus, als hättest du ein Gespenst gesehen«, sagt er.

»Das Gespenst des Kommunismus?«

»Ich habe fast Lust bekommen, wieder in die Partei einzutreten.« Diego lacht ölig.

Frida lacht zuerst zaghaft mit, das Lachen geht in ein Husten über.

Tina denkt für eine Zehntelsekunde an das Stahlkorsett unter dem weißen Rüschenkleid.

»David ist ein Idiot. Er hätte ohnehin bei der Finissage reden sollen. Aber offenbar konnte er nicht warten.«

»Das ist typisch für ihn«, sagt Diego. »Aber er hat viel Wahres gesagt. Sage ich als Nicht-Parteimitglied.«

Fridas Husten hört nicht auf.

Diego blickt zu ihr, dann hinter sie. »Oh verdammt, dort ist Lupe. Hast du sie auch eingeladen? Dann gehe ich wohl besser.«

Er macht kehrt, Frida folgt ihm. Er watschelt und verlagert seinen Schwerpunkt bei jedem Schritt, sie schreitet zart und steif wie auf Zehenspitzen.

Lupe hat keinen guten Griff getan mit ihrem neuen Partner, wie ein Hund trottet Jorge Cuesta ihr nach. Mit seinen vollen Lippen und seiner hohen Stirn sieht er weibisch aus. Wenn er spricht, fällt er in einen schmeichelnden Singsang.

Jorge umarmt Tina affektiert. »Was für eine Rede! Herrlich hat er das gesagt. Politischer Sprengstoff sind deine Bilder. Ach Tina, ich freue mich für dich!«

Küsschen links und rechts.

Lupe steht hölzern daneben, die Begrüßung ist kühl. Sie hat zugenommen, wirkt älter. Sie wechseln ein paar Worte, dann plappert Cuesta über die Poesie der Revolution. Tina hört nicht zu. Am liebsten würde sie verschwinden, sich wegheben, weit weg nach Tehuantepec, wo sie wie im Rausch fotografiert hat, weit weg zu den Frauen, die am Tag voller Stolz die Körbe auf dem Kopf tragen, weit weg zu den Männern, deren Blicke so schamlos waren, dass sie oft Angst hatte, einer würde sie in eine dunkle Ecke zerren und über sie herfallen, weg zu den Eseln, die so erbarmungslos geschlagen wurden, wenn sie nicht schnell genug gingen. Dort hatte sie die Verbindung gespürt: Diese Menschen waren sie selbst, sie, Tina Modotti, war eine von ihnen, ein Proletarierkind, das seinen Stolz hatte und sich nicht unterkriegen lassen, sondern vielmehr an einer neuen Gesellschaft mitbauen würde. Dieser Lackaffe Cuesta, der inzwischen beim Surrealismus angelangt ist, hat keine Ahnung von diesem Elend. Er wird nie diese Solidarität spüren, ein verwöhnter Bürgersohn, freischaffender Schriftsteller, lebt vom Geld der Eltern, nein, ihm fehlt die Verbindung, die nur in der Kindheit grundgelegt werden kann.

Zehn Tage lang dauert die Ausstellung, zehn Tage betritt sie das Gebäude nicht, verkriecht sich mit Enea in ihrer Dachwohnung, liest keine Zeitung, will niemanden sehen.

Erst als sie die Ausstellung abbaut, erzählt ihr Orozco, dass die Menschen jeden Tag Schlange standen, um die Bilder zu sehen. Alle sind gekommen: Arbeiter und Bauern, Maler und Schriftsteller, Reporter und sogar Priester. Zeitungen in Berlin und Los Angeles haben über die Ausstellung berichtet.

In diesen zehn Tagen sind auch die Stimmen der Wahl vom November endgültig ausgezählt worden. Tina ist als Amerikanerin nicht hingegangen. Sie ist geschockt, als ihr Orozco erzählt, dass Ortiz Rubio gewonnen hat. Er soll ab Februar regieren. Schon am Tag nach der Wahl ist Vasconcelos ausgereist. Exil in den USA. Vorbei die Kulturrevolution, vorbei der Unterricht für die Armen, vorbei die Kunst für alle. Und das alles während dieser zehn Tage, in denen sie sich die Ohren zugehalten hat, wenn ihr Enea etwas erzählen wollte.

Als sie das letzte Foto aus dem Rahmen nimmt, weiß sie, dass sie ihr Manifest veröffentlichen wird. Und wenn alle Fotos verbrannt werden sollten und sie morgen aus Mexiko fliehen müsste, würde diese Schrift vielleicht überleben.

1930

»Frau Modotti!«

Sie spürt den Arm des Mannes auf ihrer Schulter. Sie muss auf dem Deckchair eingeschlafen sein. Sie öffnet die Augen, sieht das teilnahmslose Gesicht ihres Bewachers, der sie auf diesem Schiff nicht aus den Augen lässt.

»Was ist?«

»Ein Herr Hurwitz möchte Sie sprechen.«

»Ich kenne keinen Herrn Hurwitz. Außerdem darf ich ja als Gefangene wohl keine Menschen sprechen.«

»Wie Sie wissen, ist uns das egal. Also wollen Sie diesen Herrn Hurwitz treffen oder nicht? Ich bleibe auf Sichtweite.«

Klar, was sonst.

Der Matrose, dessen Namen sie nicht kennt, nickt und entfernt sich.

Tina reibt sich die Augen. Wie lange hat sie geschlafen? Es hat zumindest gereicht, das Bild der Löcher im Boden des Parteilokals wieder erstehen zu lassen. Die Löcher, in denen die Schrauben gesteckt hatten, mit denen die Druckerpresse angeschraubt war. Warum gerade dieses Bild immer wieder kam? Vielleicht weil es das Letzte war, das sie in Freiheit gesehen hatte.

Sie hätte fliehen sollen. Schon als die ersten Kommunisten verhaftet wurden, gleich nach dem Wahlsieg von Ortiz Rubio, während ihre Fotoausstellung noch lief. Einer nach dem anderen wurde jetzt verhaftet, verhört und verprügelt, einige verschwanden spurlos.

Schon bei der Angelobung des Präsidenten hatte es ein Attentat auf ihn gegeben. Am Tag danach, Ortiz Rubio hatte den Anschlag überlebt, standen die Polizisten vor Tinas Tür. Sicher, sie kannte den Attentäter, einen Genossen, aber er hatte eigenmächtig gehandelt, soviel sie wusste. Die Polizisten nahmen sie mit und steckten sie in eine Zelle. Kein Verhör. Dreizehn Tage und Nächte, jede Minute wurde zur Stunde.

Sie versucht, die Erinnerung abzuschütteln. Der kalte und harte Boden, auf dem sie schlafen musste. Kein Bett, kein Sessel. Einmal am Tag der Napf mit Brühe, in der Haare und Knochensplitter schwammen, dazu einen dünnen Maisfladen als Löffel. Wie sie in diesen Tagen auf Enea gehofft hat! Auf Diego! Er hätte sie sicher rausholen können, er kannte doch alle wichtigen Leute. Ihn konnten sie nicht verhaften, er war zu prominent. Aber wahrscheinlich war er schon ausgereist. Zu ihrer Überraschung tauchte Mary Dougherty auf, eine Schriftstellerin, die sie erst kürzlich kennengelernt hatte. Beim zweiten Besuch schaffte Tina es, ihr einen Kassiber zu übergeben, Mary sollte einen Anwalt auftreiben. Niemand kann einfach so festgehalten werden.

Nach dreizehn Tagen wankte sie aus dem Gefängnistor, sie brauchte Stunden, um sich wieder an das Licht zu gewöhnen. Sie hatten sie vor die Wahl gestellt: Nach Amerika zurück mit amerikanischem Pass, unter der Bedingung, dass sie sich nicht mehr politisch engagiert. Oder nach Italien mit italienischem Pass. Sie hat sich für die zweite Variante entschieden. Lieber als Untergrundkämpferin im Kampf gegen den Faschismus sterben, als in den Staaten ein unpolitisches Leben führen.

Das Parteilokal und ehemalige Redaktion von *El Machete* war leer, in der Mitte die Schraubenlöcher im Holzboden, keine Genossen weit und breit. Eine Nachbarin sagte ihr, dass sie diesen Maler mitgenommen hätten, Herrn Siqueiros. Erst ihr zweiter Weg führte zu ihrer Wohnung. Kaum hatte sie sich etwas zu essen bereitet, klopfte wieder ein Polizist an die Tür und reichte ihr ein Schreiben.

»Sie haben binnen achtundvierzig Stunden das Land zu verlassen. Ein Frachter, der auch Passagiere mitnimmt, läuft morgen von Veracruz aus. Ich hole Sie um fünf Uhr Früh ab. Als Italienerin werden Sie auf eigenen Wunsch nach Italien ausgewiesen.«

Immer wieder hat sie in den letzten Tagen den Zettel mit der Adresse betrachtet, die sie aufsuchen will und den seltsamen Namen, der dazugehörte: Chattopadhyaya. Friedrichstraße 24 IV. Berlin S.W. 48. Sie hat keine Ahnung, was diese Zahlen bedeuten und ob sie jemals dorthin gelangen wird. Sie muss es irgendwie schaffen, den Faschisten, die in Boulogne-sur-Mer auf sie warten werden, zu entkommen.

Ein Mann nähert sich ihr. Untersetzt, Hut, dunkle Brille, buschiger Schnurrbart. Das muss Hurwitz sein. Aber das ist doch … nein.

Er verbeugt sich, deutet auf den Deckchair daneben, sie nickt, will gleich explodieren, er macht eine beschwichtigende Geste: Vorsicht, der da drüben sieht zu. Wir kennen einander nicht.

Ihr Herz will zerspringen. Enea mit falschem Bart!

Gepresst stößt sie die Worte aus: Enea. Wie kommst du auf das Schiff? Verdammt noch mal, bist du die ganze Zeit schon an Bord? Inkognito? Sie weiß, dass er immer wieder Decknamen verwendet hat, aber so einen! Jacobo Hurwitz, jüdischer Geschäftsmann aus Amsterdam.

Sie will ihm alles erzählen, doch er macht ein Zeichen. Er weiß schon alles, weiß auch, was mit den anderen passiert ist. Er selbst sei am Tag nach Tinas Verhaftung sofort untergetaucht und habe sich neue Papiere besorgt. Er konnte sie nicht aus dem Gefängnis holen, da ihre Abschiebung schon beschlossen war und er sich selbst in Sicherheit bringen musste. Er sei dann in Tampico zugestiegen. Tina erzählt ihm, wie sie die Polizisten in Handschellen zum Schiff gebracht haben. Obwohl der Kapitän des rostigen Schiffes den Auftrag hatte, ihr die Handschellen nicht abzunehmen, tat er es glücklicherweise. Am Tag darf sie frei herumlaufen, in der Nacht sperrt sie der namenlose Matrose in ihre Kabine.

Aber natürlich weiß Enea auch das schon. Und er weiß, dass der Frachter gar nicht in Boulogne-sur-Mer anlegen wird, wie es im Fahrplan steht. Es gibt nämlich keine Fracht für diesen Hafen. Die italienischen Polizisten, die dort schon auf Tina warten, wissen das nicht. Der Frachter wird vielmehr bis zu seinem Ziel Rotterdam ohne Zwischenhalt durchfahren. Die Frage ist nur, wie schnell sie das mitkriegen und nach Rotterdam aufbrechen. Dort muss er sich erst etwas einfallen lassen.

Und dann, schwadroniert er weiter, gehen wir zuerst nach Deutschland. Nirgendwo in Europa gibt es so viele Kommunisten wie in Berlin. Und dann gehen wir nach Moskau.

Als Enea ausgesprochen hat, schwirrt ihr der Kopf. Dieser Mann ist ein Phänomen. Ein Chamäleon, ein Taktiker, der seinen Gegnern immer zwei Schritte voraus ist. Wie schafft er das? Hat er einen besonderen Instinkt? Sie hat gedacht, ihn zu kennen, sechs Monate ist sie mit ihm ins Bett gegangen, wenn er es vorzog, da zu sein. Ja, ein verdammt guter Liebhaber ist er auch noch.

»Da ist noch etwas, Tina.«

»Was?«

»Enea Sormenti ist nicht mein richtiger Name, genauso wenig wie Jacobo Hurwitz. Ich heiße Vittorio Vidali.«

***

Weglaufen, fliehen, auswandern, den Namen ändern, ein neues Leben in einem anderen Land beginnen. Von vorne anfangen. Das Abitur nachholen.

Lächerlich.

Jetzt, da sie die Geschäftsführung hat, kann sie den Gedanken endgültig begraben. Ihre ganze Jugend hindurch hat sie davon geträumt wegzugehen, und ein kleiner Funke glost noch immer unter der Asche. Ist der jetzt auch erloschen? Und – ist sie überhaupt dazu gemacht, wegzugehen? Oder ist das immer nur hypothetisch gewesen, weil sie insgeheim wusste, dass sie sich nie von dieser Stadt würde lösen können? Wahrscheinlich würde sie in einem anderen Land ohnehin nie glücklich sein können. Ihr würden die Buchhandlung, die Kunden, die vielen Bekannten fehlen, sie würde schnell Heimweh bekommen. Also weg mit diesen unsinnigen Gedanken.

Nein, sie wird die Buchhandlung nicht nur weiterführen, sondern zu einem Vorzeigebetrieb in Bayern machen. Hier ist ihr Platz, hier in dieser neuen und modernen Buchhandlung und nirgendwo sonst.

Marie atmet tief ein und wieder aus.

Überall noch Lackgeruch. Die Räume sind schön geworden, in den Tagen nach der Eröffnung sind jeden Tag alte und neue Kunden gekommen, um die Räume zu begutachten. Nein, Marie kann sich nicht beklagen. Das Geschäft läuft eindeutig besser als in der Gabelsberger Straße. Die Oberlichten, die sie und ihr Vater bei der Renovierung wieder öffnen ließen, lassen angenehmes Streulicht herein, das auf den grün-grau gestreiften Linoleumboden fällt. Regale und Sitzmöbel schimmern in mattem Grün, der Schaufensterrahmen in Dunkelrot. Die schlichten Kugellampen, die von der Decke hängen, geben dem Raum eine moderne Note.

Wenn ihre Geschwister das nur sehen könnten! Walter und

seine Frau wird sie nächsten Monat besuchen, das hat sie sich fest vorgenommen. Wann sie wohl Helene wiedersehen wird, die letztes Jahr geheiratet hat und mit ihrem Mann in Berlin lebt?

Sie nimmt die Verlagskataloge zur Hand. Sie geht die Listen durch, alles schon vorrätig, ihr ist nichts entgangen. Ein seltsames Jahr ist das. Es scheint, dass die runde Zahl 1930 besonders viele Autoren angeregt hat, Zukunftsromane zu schreiben. Solche Bücher verkaufen sich ja auch gut in diesen Zeiten.

Da: Von Hans Dominik soll wieder eine Erzählung erscheinen, *Dreißig Jahre später*, in der es um die Züchtung von Riesenpflanzen geht. Was hat dieser Autor nicht schon alles beschrieben! Den Ausbruch des Golfstroms durch den Panamakanal in den Pazifik, neue Eiszeiten und Klimakatastrophen, unerhörte Sprengstoffe und die verrücktesten Dinge, die Menschen unter Hypnose machten. Und im neuen Buch riesige Kürbisse und Maiskolben!

Der Nächste, Karl Ludwig Kossak, mit seinem neuen Titel *Katastrophe 1940*. Deutschland und Russland vereinigen sich in diesem Jahr zu einem Land und wenden sich gemeinsam gegen Polen! Verrückt, aber die Leute werden es sicher kaufen, da es um die Frage Danzig geht, die momentan die Zeitungen füllt.

Und da ist dieser Ri Tokko, das Buch wird aber erst im Herbst erscheinen. *Das Automatenzeitalter*. Er nennt es im Untertitel großspurig einen *prognostischen Roman*. Da erzeugen die Menschen Strom aus Sonne, steuern das Wetter und reisen zwischen den Städten in Raketen, die sich in Vakuumröhren bewegen wie die Rohrpost. Auch diesen Unsinn werden die Leute kaufen, da ist sie sich sicher.

Anna Seghers hat eine Erzählung geschrieben über die hingerichteten Arbeiterführer Sacco und Vanzetti, das werden die Sozis kaufen.

Der neue Feuchtwanger und Roth – wenigstens zwei Bücher, auf die sie sich freuen kann. Roth hat die Hiob-Geschichte in die Gegenwart verlegt. Das wird sicher eine fesselnde Lektüre werden.

Sie muss an ihre Begeisterung für das Judentum denken, die sie als Kind gehabt hat. Sie ist so schnell verflogen, wie sie gekommen ist. Nie mehr danach hat sie die Synagoge besucht. Was Betty wohl macht? Ob sie glücklich ist mit Mann und Kind? Sie sollte ihr wieder schreiben, falls die Adresse noch stimmt.

Ah, und von Hesse kommt auch etwas Neues, *Narziss und Goldmund*. Eigenartiger Titel. Sie wird auch gleich mehr bestellen, vor allem die Oberschüler lieben diesen Autor.

Sie blickt durch die Auslage, hinaus auf die Fürther Freiheit. Was für ein Name für einen Platz! Ein Mann fällt ihr auf, der sich draußen auf der Straße am Schaufenster vorbeidrückt. Zerrissene Kleidung, ein geflickter Rucksack, zerbeulter Hut, Schnapsnase. Ein Landstreicher, ein Vagabund?

Wenigstens kann er gehen, wohin er will.

***

Vittorio hört nicht auf zu erzählen. Nie hat er in Mexiko ein Wort über seine Vergangenheit verloren. Und jetzt quellen die Worte aus ihm heraus. Wie er sich als Kind in Muggia und Triest als Straßendieb durchschlug. Wie er durch halb Europa vagabundierte. Wie er in Polen, Frankreich, Deutschland und in den USA in Gefängnissen saß. Aber immer herauskam. Sich immer arrangierte. Abtauchte. Auftauchte. Wie er in jedem Land seinen Namen wechselte. Enea Sormenti, Jacobo Hurwitz, Jacobo Zender, Carlos Contreras und noch ein paar weitere.

Als er mit seiner Lebensbeichte fertig ist, schweigen beide.

Der Stewart steht noch immer abseits und beobachtet sie. Möwen kreischen.

»Und du willst nach Moskau?«, fragt Tina endlich.

»Wir. Wir gehen zuerst nach Berlin, dann nach Moskau.«

Sie überlegt. Was soll sie in Moskau? Sicher, sie könnte Xavier wiedersehen, aber andererseits ist sie mit Sormenti, nein, Vidali zusammen. Oder nicht? Und in Berlin sitzt auch Willi Münzenberg, der so viele Fotos von ihr veröffentlicht hat! Sie könnte dort für die *A-I-Z* arbeiten. Oder für *Union Bild*, bei Eugen Heilig, der kennt sie ja auch. Und Vittorio hat es ja vorher selbst gesagt, in Berlin gibt es genug Kommunisten, sie haben bei den letzten Wahlen fünfundzwanzig Prozent der Stimmen bekommen.

»Ich werde in Berlin bleiben.«

»Wie? Wir gehen gemeinsam nach Moskau!«

»Ich habe Kontakte dort. Ich kann dort fotografieren.«

»Wenn du länger bleiben willst, bitte. Aber ich rechne damit, dass du nachkommst. Du bist eine gute Kommunistin, und Leute wie du müssen nach Moskau. Ich gehe jetzt wieder, sonst ist unser Gespräch zu verdächtig. Falls dich jemand fragt, haben wir übers Wetter gesprochen und ein paar biografische Details ausgetauscht.«

Vittorio zieht den Hut, die höfliche Verabschiedung eines zufälligen Bekannten an Deck.

Sechs Tage später fahren sie in den Ärmelkanal ein. Dann vorbei an Boulogne-sur-Mer, vorbei an den Polizisten. In zehn Stunden werden sie in Rotterdam anlegen. Und wieder telegrafiert Vittorio, wie schon in den letzten Tagen.

Erschöpft erscheint er zwei Stunden vor dem Anlegen an Deck und lässt sich auf den Deckchair neben Tina fallen. Das Schiff passiert gerade die Scheldemündung, viele Kähne tummeln sich auf dem Wasser.

»Alles in Ordnung?«

Vittorio schnaubt. »Ich musste ziemlich umdisponieren. Du kannst annehmen, dass sich die Faschisten ganz schön geärgert haben, als das Schiff nicht in Boulogne angelegt hat. Das ist die gute Nachricht. Die schlechte: Die Italiener haben die holländische Polizei verständigt. Die wartet auf dich in Rotterdam und hat vor, dich festzuhalten, bis die Italiener da sind. Hätte nie gedacht, dass die mit den Faschisten kooperieren. Aber wahrscheinlich haben sie ihnen erzählt, du seist eine gefährliche Verbrecherin.«

»Und was jetzt?«

»Ich werde improvisieren, was sonst, vertrau mir!«

Improvisieren? Bei Vittorio klingt das so einfach. Aber was hat dieser Mann nicht alles zuwege gebracht! Aus allen verzwickten Situationen ist er immer rausgekommen, ja, sie hat den Eindruck, dass er in solchen Situationen überhaupt erst auflebt. Sie hat trotzdem Angst.

»Schau nicht so skeptisch, hör lieber zu. Mein Plan«, sagt er und neigt sich zu Tina, als ob jemand neben ihnen sie belauschte, obwohl sie doch allein an Deck sind.

»Also erstens: Die Rote Hilfe in Rotterdam weiß Bescheid. Jemand wird am Hafen sein. Ich werde mich bemühen, als einer der Ersten vom Schiff zu gehen. Ich werde mit denen Kontakt aufnehmen, so schnell ich kann. Sieh zu, dass du bei den Letzten bist, die das Schiff verlassen. Der Kapitän ist dir ja gewogen.«

Tina nickt, sagt nichts. Sie zieht sich nur die Decke über die Beine. Immer kälter wird es. Ja, hier ist Winter, kälter, als er es in Italien je gewesen ist. Vor drei Wochen war es noch mexikanischer Sommer. Sie möchte nicht daran denken, dass sie in den nächsten Jahren in einem kalten Land wird leben müssen. Wenn sie heil hier herauskommt.

»Danke, Vittorio.«

Sie drückt ihm die Hand, den Matrosen im Augenwinkel. In diesem Moment tutet das Schiff. Die Hafeneinfahrt hat begonnen. Jemand räuspert sich neben ihnen. Der junge Matrose.

»Frau Modotti, ich habe Order, Sie wieder in Ihre Kabine zu sperren.«

Tina schaut verwirrt zu Vittorio – daran hat er nicht gedacht: Sie wird sich nicht aussuchen können, wann sie vom Schiff geht. Sie wird eingesperrt sein, bis man sie holt! Aber Vittorio bleibt ruhig, lächelt, nickt. Der Matrose fasst Tina am Arm.

Nach einer qualvollen Stunde, in der Tina wie ein Tier im Käfig in der Kabine auf- und abgegangen ist, knackt wieder die Tür. Der Matrose deutet ihr mitzukommen.

Vittorio ist nirgendwo zu sehen. Der Matrose öffnet ihr die Tür zur Messe, wo sie ein paarmal Gast des Kapitäns gewesen ist. Auf diesem Schiff speisen alle gemeinsam, es gibt keine Klassenunterschiede.

Als sie in den Raum tritt, ist sie überrascht. Keine Polizei, aber ein älterer Mann mit weißem Bart und dreifärbiger Schärpe. Der italienische Konsul, flankiert von zwei Männern, offenbar ebenfalls Diplomaten. Neben ihnen der Kapitän und ein weiterer Passagier, den sie vom Sehen kennt.

Noch bevor der Konsul ein Wort sagen kann, klopft es an die Tür und zwei weitere Männer in Anzügen treten ein. Sie stellen sich als Anwälte vor und teilen dem Konsul mit, dass die zwei Ausgewiesenen Modotti und Rosenblum das Recht hätten, für achtundvierzig Stunden freizukommen, sie hätten sich aber alle zwölf Stunden zu melden. Sie würden sie gleich mitnehmen. Der Konsul, der bisher ruhig gewirkt hat, läuft rot an und beginnt herumzubrüllen. Was sich die Herren einbildeten! Diese beiden Subjekte seien Verbrecher, die sofort der italienischen Justiz zuzuführen seien!

Die Szene ist zu skurril, um nicht wahr zu sein. Anwälte, Konsul, Kapitän und Rosenblum reden durcheinander, niemand hat bisher mit Tina gesprochen.

»Ruhe!«

Das ist der Kapitän, er hat laut gebrüllt und es wirkt.

»Nach internationalem Seerecht bin ich als Befehlshaber die höchste juristische Instanz auf diesem Schiff!«

Die Männer sehen ihn an, als käme er vom Mond. Ja, er hat recht, man sieht ihnen an, dass die Erkenntnis langsam in ihre Gehirne sickert.

Tina kann ein Grinsen nicht unterdrücken. Wo verdammt ist Vittorio? Sicher hat er das eingefädelt. Schade, dass er das jetzt nicht sieht.

»In meiner Eigenschaft als Kapitän entscheide ich hiermit, dass die Passagiere Modotti und Rosenblum mit den Anwälten gehen können. Erstens sind wir auf dem Schiff und hier gilt noch Seerecht, zweitens gilt, sobald die beiden an Land sind, niederländisches Recht. Und die Niederlande sind ein freier Staat. Ihr Land kann dann gerne einen Auslieferungsantrag stellen, wenn eine Straftat vorliegt.«

Der Konsul hebt das Kinn, verengt die Augen, sagt aber nichts, wippt auf und ab.

Einer der Anwälte öffnet die Tür und macht ein Zeichen. Tina trippelt unsicher ein paar Schritte darauf zu, niemand spricht ein Wort, die Luft ist zum Schneiden. Am Ende des Ganges steht Vittorio, er winkt ihr zu: Komm! Schnell, bevor sie es sich anders überlegen!

Sie merkt, dass dieser Herr Rosenblum ihr folgt, dann die Anwälte. Eine Prozession der Freiheit, mit Vittorio an der Spitze, er hat schon ihren Koffer. Die Kolonne schreitet die Gangway hinunter, endlich Festland. Nach siebzehn Jahren wieder europäischer Boden.

Zwei Tage später sitzt sie im Büro der Liga gegen den Imperialismus in Berlin, Vittorio heißt nun Carlos Contreras und redet mit Virendranath Chattopadhyaya, den alle Chatto nennen, spanisch und französisch. Chatto ist eine beeindruckende Gestalt. Groß, breitschultrig, in seinen Fünfzigern, mit großen, tief liegenden Augen. Aus vornehmer indischer Familie stammend, hat er in London studiert und spricht neben mehreren indischen Sprachen und Dialekten die meisten europäischen Sprachen. Laut Vittorio ist er so etwas wie das Oberhaupt dieser Liga, obwohl Chatto selbst es gleich bei der Begrüßung abgestritten hat. Sie sitzen im Vereinslokal in der Friedrichstraße im Erdgeschoß. Draußen rattert und knattert der Verkehr vorbei: Fuhrwerke und Automobile.

»Sie hat einen italienischen Pass«, sagt Vittorio.

»Ihr braucht beide trotzdem eine Aufenthaltsgenehmigung«, sagt Chatto. »Wenn ihr hier etwas arbeiten wollt, noch zusätzlich eine Arbeitserlaubnis.«

»Tina, hast du gehört? Am besten wir fahren gleich weiter nach Moskau.«

Sie seufzt, schüttelt langsam den Kopf. »Ich habe schon gesagt, ich bleibe hier. Ich kann in Deutschland mit der Kamera vielleicht mehr zur Revolution beitragen als in Russland, wo sie schon begonnen hat.«

»Wir reden noch«, sagt Vittorio scharf und wendet sich wieder Chattopadhyaya zu.

»Ich kann Willi Münzenberg anrufen«, sagt Chatto auf einmal, »ich kenne ihn gut.«

Tina beobachtet, wie Vittorios Gesicht lang wird. Mit der unvermuteten Unterstützung durch Chatto hat er nicht gerechnet. Vittorio verwickelt ihn schnell wieder in ein Gespräch über die Lage in Berlin.

Als an einem anderen Tisch eine Diskussion auf Deutsch

lauter wird, dreht sich Tina um und lauscht. Sie hätte nicht gedacht, dass sie noch fast alles versteht. Alle sind überrascht, als sich Tina nach einer Weile Zuhören einmischt. »Genosse Robert hat recht. Der Kommunismus kann nur mithilfe der Sowjetunion siegen«, sagt sie auf Deutsch.

Einen Monat später steht sie hinter einer Litfaßsäule und drückt auf den Auslöser. Hoffentlich hat sie kein Polizist gesehen. Nein, die stürmen auf die Raufenden zu. Dreißig Kommunisten und etwa doppelt so viele Nazis. Offene Rangelei auf der Straße, Kinnhaken, Schwitzkästen, Faustschläge in Magengruben, Ohrfeigen. Drei-, viermal drückt sie ab. Dann schnell weg, den Film in Sicherheit bringen, bevor sie dem Getümmel zu nahe kommt und die Kamera beschädigt oder beschlagnahmt wird.

Die Kundgebung der Braunen im Sportpalast ist keine halbe Stunde vorbei, und schon gibt es in allen Stadtvierteln Schlägereien.

Gestern noch hat sie den Aufmarsch zum Ersten Mai fotografiert. Schon da versuchten die braunen Schläger mit Herumschreien den Ablauf zu stören, aber die Polizei hielt sie noch einigermaßen zurück. Und heute sind sie, wie aufgeputscht durch eine Droge, nach ihrer Kundgebung singend und untergehakt durch die Straßen gezogen und haben ihre Parolen gerufen.

Gut, dass sie die moderne Kamera von Lotte dabeihat. Mit ihrer vorsintflutlichen Graflex wären die Schnellschüsse nicht möglich gewesen. Ein, zwei Bilder werden sicher zu gebrauchen sein.

Sie ist Lotte so dankbar. Sie kann in ihrer Dunkelkammer entwickeln. Sie kann mit ihren Kameras fotografieren. Und im Sommer wird sie in ihrem Atelier arbeiten können, da Lotte im Ausland ist.

Tina beschleunigt ihren Schritt. Sie wird die Bilder gleich entwickeln. Im Hintergrund hört sie Rufe und die Pfiffe aus den Trillerpfeifen der Polizisten. Nur schnell weg.

Als sie um die nächste Ecke in die Tauentzienstraße biegt, übertönt das Rauschen der Autos und Straßenbahnen den Lärm. In der belebten Straße ist von dem Tumult nichts zu merken, als ob er in einer anderen Stadt passierte.

Berlin. Seit drei Wochen ist sie jetzt alleine hier, Vittorio ist bald nach der Ankunft weiter nach Moskau gereist. Und schon am ersten Tag ohne ihn fingen die Schwierigkeiten an.

Bei der Roten Hilfe ist sie mit Ratschlägen und Warnungen zugedeckt worden. Vorsicht vor den Italienern, es gibt gar nicht so wenige in Berlin, die meisten sind Faschisten oder Spitzel. Die italienischen Eisdielen sind unbedingt zu meiden. Ja, in dieser Stadt gibt es tatsächlich drei kommunistische Tageszeitungen und fünf Verlage, die KP hat ein Viertel der Sitze im Stadtrat. Aber die Nationalsozialisten werden immer stärker, es ist ein Jammer. Immer mehr Proletarier sehen in Hitler den Retter und nicht in der KP.

Die Genossen halfen ihr, ein Zimmer zu finden, aber für eine Fotografin hatte niemand Verwendung. Willi Münzenberg war verreist, Eugen Heilig von *Union Bild* lud sie zum Tee und lobte ihre Arbeiten, hatte aber auch keinen Job für sie. Für das Graflex-Format acht mal zehn gab es weder Fotopapier noch Kopierrahmen. In den Fotogeschäften bestaunte sie die neuesten Apparate, die sie sich nicht leisten konnte. Bei einer KP-Versammlung traf sie den Architekten Hannes Meyer, der in Dessau das Bauhaus leitet. Er bot ihr an, nach Dessau zu kommen und Häuser zu fotografieren, aber was soll sie in dieser Provinzstadt?

Sie litt unter den Temperaturen, der April war ungewöhnlich kalt, die Leute griesgrämig und unfreundlich. Alle hasteten, niemand hatte Zeit, es war, als ob alle mit einer Last auf den Schultern umherliefen. Die Häuser waren zwar moderner als in Mexiko, aber kalt und feucht. Überall roch es modrig, es gab einfach zu wenig Sonne. Wie sehnte sie sich in dieser Zeit nach Mexiko!

Zwei Wochen fotografierte sie wahllos Menschen, Tiere im Zoo, Wandschmierereien, kommunistische Denkmäler und entwickelte die Bilder auf selbst zurechtgeschnittenem Fotopapier. Endlich lieh ihr jemand von *Union Bild* eine Leica. Und dann lernte sie Lotte Jacobi kennen, die große Lotte Jacobi, die Brecht und Lenya, die Thomas Mann und Marc Chagall porträtiert hatte. Und mit einem Mal ging alles leicht. Münzenberg war wieder da und veröffentlichte in seiner *Arbeiter-Illustrierten-Zeitung* zwei Fotos von ihr auf der Titelseite.

Sie keucht und hält inne. Endlich ist sie bei ihrem Quartier angelangt. Die Rote Hilfe hat ihr die Pension Schulz vermittelt, sie braucht Fließwasser, wie soll sie sonst ihre Bilder entwickeln?

Als sie in den Flur tritt, schießt Frau Schulz aus der Tür ihrer Wohnung im Erdgeschoß.

»Ach, Frau Modotti, gut, dass ich Sie treffe. Da waren zwei Italiener, die zu Ihnen wollten. Sie sagten, sie seien von der Polizei. Sie haben doch nichts verbrochen?«

Tina steht wie vom Donner gerührt. Die Faschisten wissen, wo ich wohne. »Nein, das war sicher nur wegen der Aufenthaltsgenehmigung.«

Frau Schulze zieht eine Braue hoch und zuckt mit den Achseln. »Wollte es Ihnen nur ausrichten.«

»Ja, danke.«

Tina sperrt die Tür hinter sich zweimal zu und schiebt den kleinen Metallriegel vor, den sie noch nie betätigt hat.

Sie wissen, wo ich wohne.

***

Ein Doppeldeckerbus rattert vorbei, die Leute auf der Straße reden laut, es ist ihnen egal, wenn jemand mithört. Sie halten keine Distanz, ob auf der Straße oder in der U-Bahn, nein, nie könnte sie hier leben. Gott sei Dank wohnt Helene nicht im Zentrum der Stadt. Und Gott sei Dank kann sie während dieser Tage bei ihr wohnen und muss nicht in einem Hotel absteigen.

Sie passiert einige Vitrinen, aber die Auslagen sagen ihr nichts. Was soll sie mit den Hüten, die aussehen wie Blumentöpfe, mit den immer frecheren Kleidern. Sie ist dreißig, unverheiratet, Buchhändlerin in der Provinz, eine graue Landmaus. Sie gehört nicht hierher. Sie versteht nicht, wie ihre Schwester hier leben kann. Da ist sie lieber in Fürth, wo am Abend alle früh ins Bett gehen und höchstens im Grünen Baum noch Menschen munter sind. Ist sie etwa schon alt geworden? Mittlerweile sind es zwölf Jahre, dass sie hinter dem Tresen steht und Bücher und Musiknoten verkauft.

Sie weicht einem Zweispänner aus, der vorbeirast, als gäbe es ein Rennen zu gewinnen. Die Hufe klappern auf dem Kopfsteinpflaster, der Kutscher hält mit der Linken die Zügel, schwingt mit der Rechten die Gerte. Eine Erscheinung wie aus einer anderen Zeit inmitten der Automobile und Trams.

Sie geht schneller. Die Straße ist fürchterlich. Funkelnde Nobelhotels, teure Läden, dröhnende Bierwirtschaften, dubiose Etablissements, Weinlokale, Varietés.

Da, eine Buchhandlung! Sie taxiert das Schaufenster, das voll ist mit Neuerscheinungen. Abenteuer, Kriminalgeschichten, Liebesromane. Hier lesen die Leute noch mehr Schund als in Fürth. In einem zweiten, sehr schmalen Schaufenster wenigstens Remarque und Döblin, beide in der zweiten Auflage, und der neue Kästner. Bettys Mann Jakob hat Döblins Roman gelesen, ein Berlin-Roman, hat er gesagt. Als ob die Stadt einen Roman brauchte. Und natürlich stehen da die Zukunftsromane, die sie in Fürth auch verkauft.

Dass sie Betty wieder besucht hat, tut ihr gut. Sie haben Erinnerungen aufgewärmt. Die gemeinsamen Nachmittage in Fürth. Die Begeisterung fürs hebräische Alphabet. Betty hat sich in die Rolle der Ehefrau völlig eingelebt. Gott sei Dank hat sie Jakob geheiratet und nicht Gustav. Dieser Schickedanz hat ihr damals noch wochenlang den Hof gemacht, ehe er es aufgegeben und dann sehr schnell eine andere geheiratet hat, die ihm bald einen Sohn gebar. Letztes Jahr sind seine Frau und sein Sohn bei einem Verkehrsunfall gestorben. Aus seinem Kurzwarenhandel ist inzwischen ein Großhandel geworden, der Geschäfte und Endverbraucher mit Wollwaren beliefert. Es heißt, dass er wie die großen Department Stores in Amerika Kundenkarteien anlegt und an seine Kunden Kataloge aussendet. Er hat die Firma »Quelle« genannt, da er sich als Quelle für alle diese Waren sieht, mit denen er seine Kunden versorgt. Ein Größenwahnsinniger!

Betty hat zwar ihr Medizinstudium nicht abgeschlossen, aber Jakob ist ein angesehener Augenarzt und sie arbeitet als Assistentin in seiner Praxis, als hätte sie nie einen anderen Berufswunsch gehabt. Nachwuchs haben sie noch nicht, das Kinderzimmer steht seit zwei Jahren bereit.

Das nächste Geschäft. Electrola. Die Schaufenster reichen bis zum Boden. Auf Podesten stehen die neuesten Grammofone und Radioempfänger. Sie muss an das schmierige Elektrogeschäft in Fürth denken, das eher eine Werkstatt ist, in der es nach verbranntem Lötzinn riecht.

Sie betritt ein Café. Es ist angenehm dunkel, die Luft getrübt von Zigarettenrauch. Sie wählt ein Modejournal und lässt sich in die Kissen in einer Sitznische sinken. Bis zum Abendessen ist noch genügend Zeit. Was für ein Tag! Zuerst das Mittagessen und die Gespräche bei Betty, die vielen Erinnerungen, jetzt dieser ausgedehnte Bummel mit den vielen Eindrücken. Morgen noch zu Herrn Ullstein, um des Friedens mit dem Vater willen.

Du musst bei ihm vorbeischauen, hat er gesagt. Irgendeine Villa in Grunewald. Ullsteins Vater war ein gebürtiger Fürther. Sie hat den alten Mann nie kennengelernt, aber er muss eine interessante Figur gewesen sein. Man erzählt sich, dass er als junger Mann bei Nacht und Nebel aus Fürth abgehaut sei und in Berlin den Verlag gegründet habe. Nun ist sein Sohn Louis der alte Herr, Maries Vater korrespondiert hie und da mit ihm und feilscht um Konditionen. Sie wird nicht wissen, was sie mit ihm reden soll, und stumm herumsitzen. Aber den Auftrag des Vaters hätte sie erfüllt.

Als der Kellner kommt, bestellt sie einen Mokka. Das Café ist wenig belebt, Gott sei Dank.

Sie blättert im Journal. Die Zeichnungen zeigen unnatürlich schlanke Frauen mit sehr kurzen Haaren in Kleidern mit ausladenden Faltenwürfen. Wie ihre alten Mädchenkleider vor fünfzehn Jahren! Sie blättert weiter. Diese Flapperkleider, die zu Hause so angesagt sind, sind wohl endgültig unmodern geworden. Wenn das die Fürtherinnen wüssten! Aber bis die neue Mode in die Provinz kommt, dauert es sicher noch ein Jahr. Sie trägt so etwas ohnehin nicht. Lieber schlichte Kleidung. In der Buchhandlung langen Rock, weiße Bluse, manchmal einen Pullover. Die Tränen kommen ihr in die Augen. Nein, sie wird nie nach Berlin gehen. Oder sonst wohin. Sie wird in Fürth sitzen, Bücher verkaufen und lesen, gegen die Verzweiflung anlesen, sie weglesen, zwischen die Buchstaben fliehen und sich dahinter verstecken.

»Gestatten?«

Ein Mann fasst den Stuhl neben ihr an und rückt ihn nach hinten. Ein Mausgesicht, kleiner Kopf auf schlaksigem Körper, aber tadelloser Anzug, Gamaschen an den Schuhen.

Sie hat wohl keine Wahl, die Frage ist eher rhetorisch gemeint, er setzt sich schon nieder. Nicht schon wieder. In Fürth gehen Frauen fast nie allein ins Kaffeehaus, da gibt es das Problem nicht, dass einen fremde Männer ansprechen. Aber hier in Berlin ist sie in den letzten Tagen dreimal in Kaffeehäusern gewesen und hat sich hinter Zeitungen versteckt, und jedes Mal kam so ein verlorener Geck daher, der sich irgendwelche Chancen ausrechnete, aber schnell das Interesse verlor, als er erfuhr, dass sie aus der Provinz stammt.

Sie macht eine Geste zum leeren Platz hin.

»Bitte.«

***

»Frau Jacobi ist nicht hier?«

»Nein, ich benutze nur ihr Atelier. Modotti. Tina Modotti. Ich bin auch Fotografin. Aber bitte, Sie können gerne am Nachmittag wiederkommen, wenn Sie von ihr fotografiert werden wollen.«

Marie mustert die Frau, die ihr die Tür geöffnet hat. Sie ist etwa in ihrem Alter. Marie kennt den Typus, der so anders ist als sie, eine Frau, der die Männer gleich verfallen. Sie ist offenbar Italienerin, spricht aber Deutsch mit einem Akzent, der Marie an die Fürther Mundart erinnert. Sie trägt ein einfaches, durchscheinendes weißes Kleid ohne Unterrock, läuft in Sandalen, als ob sie an einem Strand wäre. Marie kommt sich gleich altmodisch vor mit ihrem langen Rock und dem Hut, vorzeitig gealtert, verschrumpelt zwischen Bücherregalen, dreißig Jahre alt und keinen Mann für so gut befunden, dass er neben den Büchern hätte bestehen können.

»Ich bin nicht so lange in Berlin, dass ich warten könnte. Ich denke, Porträts können Sie auch, oder?«

Die Frau nickt langsam und öffnet endlich die Tür, tritt zurück. »Bitte, treten Sie ein.«

Endlich in dem Atelier von Lotte Jacobi, der besten Fotografin von Berlin.

»Du wirst sehen, sie ist großartig«, hat Betty gesagt. Fremd ist sich Marie vorgekommen, als sie im Salon von Bettys Wohnung saß und Tee aus Meißner Tassen trank. Betty konnte nicht glauben, dass Marie noch nie ein Porträt von sich hat machen lassen. Immer nur Familienfotos mit den Eltern, obwohl sie schon dreißig ist. »Du kannst es ja dann deinem Liebsten schenken«, sagte sie, obwohl ihr Marie gerade zuvor erklärt hatte, dass die guten Partien in Fürth schon vergeben sind.

»Mit dreißig bist du heutzutage eine alte Jungfer, zumindest in der Provinz«, sagte Marie. »Sogar Vater sagt, dass ich kein einfacher Mensch bin.«

Betty lehnte sich zurück, nahm ein Stück Schokolade und steckte es in den Mund.

»Warum wirfst du nicht alles hin und kommst nach Berlin? Jakob könnte dir sicher eine Arbeit verschaffen, auch wenn es nicht leicht ist in diesen Tagen. Er kennt viele Leute. Du wirst noch ganz versauern da unten.«

Marie lehnte ab. Sie werde die Buchhandlung weiterführen. Sie werde übermorgen den Vormittagszug zurück nehmen. Ja, für ein Porträtfoto sei wirklich noch Zeit, warum nicht bei Frau Jacobi, wenn die schon so bekannt ist.

Und die ist jetzt nicht da.

Die Italienerin trippelt voran. Das Atelier gleicht einer Galerie, Foto an Foto. Eine Ausstellung. Grobe Menschen aus einem fernen Land, vielleicht Südamerika, Wüstenlandschaften, Riesenkakteen.

»Frau Jacobi ist viel unterwegs?«

»Das sind meine Bilder, Frau …?«

»Rosenberg. Marie Rosenberg. Verzeihen Sie, dass ich mich noch nicht vorgestellt habe.«

»Lotte, Frau Jacobi, war so nett, mir den Platz zur Verfügung zu stellen, um eine Ausstellung meiner Bilder zu machen. Ich habe noch kein eigenes Atelier. Ich komme aus Mexiko, die Bilder sind dort aufgenommen worden. Die Vernissage ist in zehn Tagen. Wenn Sie wollen, sind Sie herzlich eingeladen. Sie möchten also ein Porträt?«

Ein Porträt, ja, endlich einmal selbst abgebildet sein, allein, ohne Eltern und Geschwister. Vielleicht hat Betty recht, sie sollte sich endlich von ihren Eltern lösen. Aber wie? Sie kann sie ja nicht gut ausquartieren. Soll sie ausziehen und die Eltern allein lassen? Ebenso unmöglich.

»Wenn Sie bitte Platz nehmen wollen. Ich bin gleich so weit. Haben Sie einen bestimmten Wunsch für einen Hintergrund? Wir haben hier verschiedene bemalte Leinwände.«

Marie wirft einen Blick in den Katalog, den ihr die Fotografin reicht, Leinwände mit Kokospalmen und Meer, Pyramiden und Wüsten, Blumen und Wäldern. Geschmacklos.

»Nein, bitte, nur ein Porträt mit neutralem Hintergrund.«

Die Fotografin rollt ein Stativ in die Mitte des Raumes und montiert eine klobig aussehende Fotokamera darauf.

»Wenn Sie bitte Platz nehmen wollen. Ein Spiegel hängt da drüben.«

Sie mustert ihr Spiegelbild, streicht über Augenbrauen, zupft an der Bluse und richtet den Hut.

»Woher können Sie so gut Deutsch?«

»Sie schmeicheln. Ich mache viele Fehler. Ich habe es in der

Schule gelernt, aber viel vergessen. Meine Familie lebte einige Zeit in Österreich.«

»Ich dachte, Sie kommen aus Mexiko?«

»Das ist eine lange Geschichte. In diesen Zeiten sind viele Menschen in Bewegung.«

Das stimmt. Allein nach dem Großen Krieg haben sich in Deutschland Zehntausende Fremde angesiedelt. Und viele sind ausgewandert. In Berlin leben inzwischen fast mehr Ausländer als Einheimische.

Sie setzt sich auf den Stuhl, die Frau tritt hinter sie und zieht eine Leinwand herunter.

»Wir werden zwei Hintergründe probieren, Sie können dann auswählen. Das andere Foto müssen Sie nicht bezahlen.«

Sie geht zurück zur Kamera, federnden Schrittes und ein Hüftschwung, als ob sie tanzen würde. Das wirkt sicher auf Männer. Vielleicht, denkt Marie in diesem Augenblick, sollte sie sich auch einen anderen Gang zulegen, würde sie das für die Männer interessanter machen? Es hat sich schon lange keiner mehr ernsthaft um sie bemüht, zuerst war sie wohl zu frech und wählerisch und inzwischen sind alle Vernünftigen vergeben oder weggezogen.

Konzentriert dreht die Frau an den Objektivringen der Kamera herum. In diesem Moment blitzt ein kurzes Wiedererkennen auf. Marie scheint, als hätte sie die Frau schon gesehen, aber sie weiß nicht wo. Sie gräbt in ihrer Erinnerung, aber die Suchbewegungen greifen ins Leere.

Es blitzt ein paarmal taghell, die Italienerin bittet sie, die Augen nicht zuzukneifen. Es riecht verbrannt.

Schließlich tritt sie hinter dem Stativ hervor. »Ich brauche etwa eine halbe Stunde zum Entwickeln und Retuschieren. Wenn Sie noch Besorgungen haben …«, sagt Tina.

»Keine Sorge, ich bummle inzwischen ein wenig herum.«

Erst jetzt betrachtet Marie die Bilder an den Wänden genauer. Die Fotografien dieser seltsamen Frau zeigen exotische Gestalten und Landschaften, aber nicht dekorativ wie in Büchern oder Prospekten. Arme Leute. Elende Hütten. Gewehre, Patronen, bäuerliches Gerät. Hammer und Sichel. Ein Bild ist aus Berlin, ein dickes Paar im Zoo, man sieht, dass sie es sogar hier eilig haben. Marie lacht auf.

»Das haben Sie gut getroffen.«

»Danke. Ich muss in die Dunkelkammer. Wie gesagt.«

»Entschuldigen Sie, auf Wiedersehen!«

***

»Bitte! Ich muss zurück nach Italien!«

»Sei doch vernünftig. Wir haben dich davor bewahrt, dass du in die Fänge der Faschisten kommst und nun willst du genau dorthin?«

Tina atmet durch. Wieder sagt sie es ihnen: Ihre Mutter und ihre Schwester Mercedes sind zurück aus den USA. Sie haben dort weder Arbeit gefunden noch die Sprache lernen wollen. Sie leben mittlerweile in Triest. In der großen Stadt gibt es viele Möglichkeiten unterzutauchen, sie würde unter falschem Namen einreisen, Mussolinis Leute würden sie nicht aufspüren.

»Tina, es ist zwecklos. Wir wollen dich nicht verlieren«, sagt Moritz. Er ist seit zwei Wochen der stellvertretende Vorsitzende der Roten Hilfe, seine Worte klingen noch etwas unsicher.

»Außerdem ist die Arbeit im Untergrund gegen den Faschismus nicht so einfach, wie du dir das vorstellst. Die Genossen in Italien können derzeit nicht viel tun, sie schweben ständig in Gefahr, verhaftet oder erschossen zu werden.«

»Solche Feiglinge!«

»Tina, jetzt ist genug«, sagt Moritz' Begleiter, Ludo oder Ludwig. »Die Genossen versuchen zu überleben. Ihnen das vorzuwerfen ist Zynismus.«

»Bist du noch Kommunistin?«, fragt Moritz zögernd. Und dann, bestimmter: »Dann ist wohl klar, dass die Parteiräson gilt. Du bleibst hier oder fährst zu Vidali nach Moskau. Er hat auch bei uns schon angefragt, wann du kommst. Etwas anderes macht keinen Sinn.«

Sie nickt, natürlich, die Partei, wie konnte sie nur so eigensinnig sein und nur an sich denken. Sie muss sich bemühen, an die Partei zu denken, an das allgemeine Wohl, nicht nur an ihres. Sie will eine gute Kommunistin sein.

»Nun gut. Ich denke, ich werde mir eine Arbeit suchen müssen.«

»Aber du hast doch eine Arbeit. Du machst doch Fotoporträts. Und keine schlechten.«

»Danke. Aber davon kann ich nicht leben.«

Ohne sich zu verabschieden, steht sie auf, geht hinaus, die Tür fällt lauter ins Schloss als beabsichtigt.

Sie steigt die Treppen hinunter, bis sie wieder auf der Straße steht.

Die Genossen haben keine Ahnung, wie es um ihre Finanzen steht. Der Dollarvorrat ist weg, die paar Fotohonorare ebenfalls.

Sie kramt einen Zettel aus ihrer Manteltasche hervor: Die Namensliste. In den letzten Wochen hat sie so viele Leute aufgesucht. Niemand hatte Arbeit für sie. Münzenberg ist dauernd verreist, sie erwischte ihn immer nur zwischen Tür und Angel. George Grosz, der diese genialen Karikaturen in der KP-Zeitung zeichnet, hat schon dreimal abgesagt, angeblich ist er krank.

Als Nächstes wird sie Alfons Goldschmidt besuchen. Er hat vor fünf Jahren in Mexiko ihre Fotos bewundert, damals war er ein Reisejournalist und drehte gerade einen Dokumentarfilm über Mexiko. Mittlerweile ist er hier Vorsitzender der Internationalen Arbeiterhilfe und produziert kommunistische Dokumentarfilme.

Sie nimmt die Tram und legt sich die Worte zurecht, die sie ihm sagen will.

Als ihr im Vorzimmer der Weltfilm GmbH die Sekretärin sagt, dass Herr Goldschmidt leider zu einem dringenden Termin habe müssen, steht ihr die Enttäuschung ins Gesicht geschrieben. Die Vorzimmerdame legt ihre Hand auf Tinas und sagt, sie solle es übermorgen versuchen, da sei er sicher da.

Wieder auf der Straße fröstelt sie. Es ist Anfang September und es beginnt schon wieder kalt zu werden. Was für ein unfreundliches, strenges Land mit so einem kurzen Sommer.

Ich brauche Geld, sagt sie vor sich hin, während sie wieder Richtung Tauentzienstraße geht. Ich brauche Arbeit. Die paar Bilder, die ich bei der Ausstellung vielleicht verkaufen werde, retten mich vielleicht über zwei, drei Monate. Es muss etwas passieren.

Als sie ihr Zimmer betritt, geht sie gleich ans Fenster: So dunkel ist es draußen geworden. Sie schließt die Vorhänge, vielleicht halten sie ein wenig Kälte ab.

***

Marie wendet sich vom Fenster ab. Wie lange hat sie auf die Straße gestarrt und das schnelle Einbrechen der Dunkelheit verfolgt? Sie hat jedes Zeitgefühl verloren.

Sie setzt sich an den kleinen Schreibtisch des Gästezimmers ihrer Schwester. So lange hat sie sie nicht gesehen und jetzt tut Marie nichts anderes, als in der Stadt herumzulaufen. Helene weiß genauso wenig wie sie, was sie miteinander reden sollen.

Sie führt ein anderes Leben hier in der Hauptstadt, ist jetzt Ehefrau und hat weder mit Fürth noch mit Buchhandel etwas zu tun. So ist Marie in diesen Tagen fast nur auswärts gewesen.

Sie nimmt das Kuvert und betrachtet die Fotos noch einmal. Was für unglaubliche Porträts. Die Frau hat aus ihr etwas herausgeholt, das Marie nicht artikulieren könnte. Sie merkt, wie eine Träne ihre rechte Wange hinunterrinnt. Eine Frau, die so viele Möglichkeiten hatte, aber letztlich ihrem Vater gehorcht hat.

Sie nimmt die Einladung zur Eröffnung der Ausstellung. Sie wird sie nicht mehr besuchen können. Sie blickt auf die Uhr und erschrickt. Das Abendessen beginnt in zehn Minuten. Sie geht noch einmal zum Fenster. Draußen glimmen inzwischen die Laternen, ein Mann geht vorbei, er zieht mit der Hand einen Leiterwagen, so groß wie eine Pferdekutsche, über seine Schultern spannen Riemen. Sie kann nicht erkennen, was auf der Pritsche geladen ist. Was wohl so spät noch zugestellt wird?

Sie dreht sich um, geht am Bett vorbei und blickt in den Spiegel. Die Fältchen um ihre Augen. Eine alte Jungfer. Sie hätte mit dem Charmeur in dem Café mitgehen können. Er hat die üblichen Phrasen verwendet, seine Absicht war eindeutig. Was macht eine schöne Frau so allein, noch etwas vor heute Abend?, im Kino läuft *Anna Christie* mit der Garbo. Sie hat sich bedankt und den Kellner gerufen. Zahlen, danke, ich zahle selber. Und weg.

Und wenn sie mit ihm gegangen wäre? Ein, zwei Stunden, vielleicht auch länger, irgendeine Wohnung oder ein Hotel, niemand kennt sie hier, morgen Abend wäre sie wieder zu Hause und auch der Kavalier würde nicht lästig sein, hätte am nächsten Tag wieder eine andere.

Sie wirft ein paar Kleidungsstücke in ihren Koffer. Sie freut sich schon auf die Zugfahrt morgen, Zeit zum Lesen. Sie nimmt den Umschlag mit den Fotografien und wickelt ihn in ihr Nachthemd, damit ja nichts zerknittert. Ja, die Frau hat wirklich gezaubert! Vielleicht hat der Mann im Café sie auch so gesehen. Vielleicht ist sie ja schön.

Es klopft an der Tür. Sie wischt die Träne weg, die sich aus dem rechten Auge gedrängt hat.

Die Stimme ihres Schwagers klingt gedämpft durch die Tür. »Abendessen. Bist du fertig?«

***

Nie wieder ein Porträt. Nur noch Sachen, die der Revolution dienen. Wie dieses gerahmte Foto, vor dem sie steht. Sie denkt an den warmen Septembertag, als sie mit Lotte vor dem Denkmal stand. Ein Denkmal für die kommunistische Revolution.

Komm mit, hatte Lotte gesagt.

Wohin?

Zum Zentralfriedhof Friedrichsfelde. Du sollst das Denkmal für Rosa Luxemburg und Karl Liebknecht sehen.

Sie erwartete eine Ädikula, ein Tempelchen oder etwas Ähnliches. Stattdessen standen sie vor einem großen Klotz aus Backsteinen. Der Architekt des Denkmals, Mies van der Rohe, war eigentlich eine Notlösung, sagte Lotte, ursprünglich hätte Rodin das machen sollen. Eine Personifikation der Empörung, eine Frau. Jetzt haben wir halt diese Ziegelblöcke. Das ist Hartbrand, weißt du. Mit über tausend Grad gebrannt. Hart wie Stein. Ein Symbol der Arbeiterschaft. Und den großen fünfzackigen Stern brauche ich dir nicht zu erklären.

Sie hängt den Rahmen mit dem Foto des Grabmals ab, trägt ihn zum Tisch und überlegt. Soll sie jedes einzeln auslösen oder dann alle zusammen? Sie blickt in den Raum.

Wie viele Menschen bei der Vernissage waren! Lotte Jacobi

präsentiert in ihrem Atelier in der Joachimsthaler Straße die mexikanische Fotografin Tina Modotti.

Tina hat mit zehn, fünfzehn Leuten gerechnet, gekommen sind fast hundert, die sich in dem Studio zusammendrängten.

Dieser Kisch war da, der Reporter, er war ganz begeistert und versprach ihr eine zündende Rezension, wie er sagte. Anita Brenner kam überraschend, sie war auf Vortragsreise in Europa und zufällig in Berlin. Alfons Goldschmidt war auch da, aber sie hatte keine Gelegenheit, länger mit ihm zu sprechen. Willi Münzenberg war wieder unterwegs, auch ihn hätte sie gebraucht. Bert Brecht, der Lotte zugesagt hatte, ließ sich wegen dringender Theaterproben entschuldigen. George Grosz hat nicht einmal geantwortet.

Sie nimmt das zweite Bild von der Wand, trägt es zum Tisch und legt es verkehrt herum auf die Tischplatte. Sie wird doch eines nach dem anderen auslösen. Sie öffnet die Klammern, hebt die Hintergrundplatte heraus, nimmt das Foto und baut den Rahmen wieder zusammen. Und das noch einundsiebzigmal, tote Routine.

Aber das nächste Bild ist ein Porträt von Julio. Sie muss sich setzen, die Tränen tropfen auf die Kartonrückwand, als sie die Klammern löst. Schnell das nächste.

Eine Polizeipistole, Symbol der Unterdrückung. Dann ein Fischerboot mit zerrissenem Segel. Pistolen. Maiskolben. Patronengurte. Bergarbeiter. Frauen, die Schüsseln auf dem Kopf tragen. Es ist schon dunkel, als sie das letzte Bild aus dem Rahmen nimmt. Sie schlichtet die Fotos auf einen Stapel und verstaut sie in einer Mappe. Als sie einen Gummiring um die Mappe spannt, schreckt sie ein Geräusch auf.

Am Fenster war das, oder? Ein Vogel vielleicht.

Tack!

Schon wieder. Ein Steinchen?

Weggewischt die träumerische Erinnerung, sofort wieder die Raubtierpose. Wache Sinne. Ist das eine Warnung? Von wem?

Jemand klopft mit der Faust an die Tür.

Vielleicht ist es ja für Lotte Jacobi. Aber die ist nicht hier. Ganz sicher ist es für Lotte. Noch ein Kunde, vielleicht ein Arbeiter.

Sie geht zur Tür, hängt die Kette ein und öffnet.

»Buona sera, Tinissima! Ich bin früher gekommen.«

»Vittorio!«

Sie hakt die Kette aus, Vittorio stürzt herein.

Umarmung, Küsse. Fast drei Monate haben sie einander nicht gesehen.

Er fasst ihren Hintern, schiebt ihren Rock hoch.

1933

Wo kommen all diese Fahnen her? Haben so viele Fürther die roten Fahnen mit dem weißen Kreis und dem schwarzen Hakenkreuz zu Hause gehortet und nur darauf gewartet, sie aus dem Fenster hängen zu lassen? Und das in dieser Stadt, in der fast in jedem zweiten Haus eine jüdische Familie wohnt. Marie wundert sich auch über die vielen Kinder, jedes Kind auf der Straße hat an diesem 30. Januar auf einmal ein Papierfähnchen in der Hand. Nur weil dieser antisemitische Hitler Reichskanzler geworden ist.

Aber als Marie am nächsten Tag mit ihrem Vater zum Geschäft kommt, ist das Schaufenster beschmiert. Ein Davidstern. Und »Kauft nicht bei Juden!«. »Saujud«, steht beim Friseur nebenan, dazu eine Karikatur eines Mannes mit riesiger Hakennase.

»Dumme Bubenstreiche«, brummt der Vater. Marie sieht ihm zu, wie er die trockene Farbe mit einem Messer herunterschabt.

Ein paar Tage später hat sie das Gefühl, dass weniger Kunden kommen. Leute, die bisher freundlich gegrüßt haben, sehen weg, wenn sie vorübergeht, Leute, die sie früher, als Hockeykapitänin, noch auf der Straße angesprochen haben, wechseln die Straßenseite. Oder wird sie schon paranoid?

Im März liest sie in der Morgenzeitung, dass zwei Fürther Kommunisten von der SA verhaftet wurden. Rudolf Benario und Ernst Goldmann kennt sie vom Sehen, sie sind ein paar Jahre jünger als sie. Sie waren Kunden bei Fritz Oerters linker Buchhandlung und nicht bei Rosenbergs. Und sie waren nicht nur Juden, sondern auch unverbesserliche Kommunisten, die dauernd irgendwelche Flugblätter austeilten und zur Revolution aufriefen.

Am 31. März machen die Nazis eine Kundgebung am Dreikönigsplatz. Sie geht nicht hin, was soll sie dort? Ein Kunde erzählt ihr später, dass Stadtrat Schiedt persönlich »Auf in den Kampf!« rief und damit nicht etwa einen Krieg meinte, sondern den Kampf gegen die Juden, die aus der Wirtschaft gedrängt werden sollen.

Der *Fürther Anzeiger* schreibt am nächsten Tag, dass Schiedt Listen mit Instruktionen verteilen ließ, welche Läden, Ärzte und Rechtsanwälte ab sofort zu meiden seien.

Marie kann es nicht glauben. Sind die jetzt völlig verrückt geworden? Sogar auf der Titelseite der Zeitung steht in fetten Lettern »Deutsche Männer und Frauen von Fürth! Meidet jüdische Geschäfte, Warenhäuser und Einheitspreisläden!«.

Und dann rufen die Nazis auch noch zum Judenboykott auf: Ab dem 1. April soll niemand bei Juden einkaufen.

Am 1. April sperrt Marie das Geschäft auf wie immer. Kein Kunde in der ersten halben Stunde, aber das ist normal. Sie lauscht auf das Knacken der Regale. Sie späht nach draußen: Mehr Leute auf der Straße als sonst, viele stehen einfach nur herum. Wohl Schaulustige, die nur darauf warten: Wer traut sich, in ein jüdisches Geschäft zu gehen? Wer beschmiert als Erster am helllichten Tag ein jüdisches Schaufenster? Marie äugt minutenlang hinaus, nichts tut sich.

Als auf einmal vor ihrem Schaufenster Männer Aufstellung nehmen, erstarrt sie. Was passiert da? Drei sind es, sie verteilen sich, zwei vor den Schaufenstern, einer vor der Tür. Senfbraune Hemden, schwarze Hosen. Der mittlere trägt ein Kartonplakat auf der Vorderseite, Marie sieht nur die Schnur, die ihm um den Nacken geht. Sie will nicht wissen, welche Parolen auf der anderen Seite zu lesen sind.

War es das dann für heute? Werden die drei den ganzen Tag hier stehen und niemanden reinlassen? Oder werden sie in das Geschäft kommen und randalieren?

Als sie zurück am Tresen ist, klingelt hinter ihrem Rücken die Tür. Sie dreht sich um. Vier Arbeiter, der eine kauft öfters linke Literatur, er kommt sonst nur, wenn Vater auch da ist.

Und dann passiert etwas Eigenartiges: Sie stellen sich stumm vor die Regale und den Tisch, nehmen mal das eine, mal das andere Buch in die Hand und schmökern. Minuten vergehen.

Marie tritt zu einem hin: »Kann ich Ihnen helfen? Suchen Sie etwas Bestimmtes?«

Der Arbeiter, große Tränensäcke bei hagerem Gesicht, hebt den Kopf und sieht sie an, und da versteht sie. Sie sind gekommen, um sie zu schützen. Solange sie hier sind, wird niemand randalieren. Der Arbeiter widmet sich wieder dem Büchertisch. Draußen ertönen immer wieder Rufe, die Marie nicht versteht.

Nach zwei Stunden, mit der zweiten Schicht der SA-Leute vor dem Geschäft, kommt auch die zweite Schicht der Arbeiter. Wieder stehen sie verlegen herum, blättern in Büchern, spähen immer wieder hinaus. Marie kocht ihnen Tee, den sie dankbar schlürfen.

Sie kommen auch in den nächsten Tagen, als niemand mehr vor dem Geschäft steht und die Kunden abschreckt.

Nach vier Tagen scheint der Spuk vorbei. Es kommen auch wieder Kunden. Und Emil Kerner ist da, der Buchhandelsvertreter.

Marie muss sich setzen, als er von den Razzien in Nürnberg erzählt. Mit beamtischer Gründlichkeit haben die Nazis jedes Regal in den Buchhandlungen durchgesehen und alle verbotenen Bücher mitgenommen. In München haben sie einen jüdischen Buchhändler, der protestierte, mit der Zunge an den Ladentisch genagelt. Keine Zeitung hat darüber berichtet.

Als er weg ist, fragt sich Marie, wie sie sich die Solidarität der Roten verdient hat. Sicher, ihr Vater hat sich mit ihnen abgegeben, hat sich in den letzten Jahren immer mehr für die sozialistische Literatur interessiert und die wirrsten Schriften unter dem Tresen verkauft. Aber nicht sie. Mit der sozialistischen Revolution hat sie nichts am Hut. Und doch ist es dieser Gesinnung zu verdanken, dass sie vor dem Schlimmsten bewahrt worden ist.

Am 5. April legt ihr der Vater wortlos den Brief von der Stadt Fürth vor. Er hat die Post in Empfang genommen, wie er es in letzter Zeit immer tut.

Betreff: Kündigung des Bezugs von Zeitschriften.
Wir kündigen hiemit den Bezug folgender Zeitschriften:
Amtliche Nachrichten für Reichsversicherung
Arbeiter-Versorgung
Arbeitslosenversicherung
Beleg und Bilanz
Feuerpolizei
Freie Donau
Gemeinde und Arbeit
Reichsarbeitsblatt.
Die Kündigung erfolgt zu dem hiefür nächst zulässigem Termin.
Um Mitteilung der maßgebenden Daten und Rechnungsstellung für das 1. Quartal 1933 wird ersucht.

Unterschrieben hat der neue Oberbürgermeister Jakob persönlich. Früher war er noch Kunde, in den letzten Monaten hat er nichts mehr gekauft, auch seine Verwandten meiden die Buchhandlung Rosenberg.

»Sie wollen uns ärgern«, sagt der Vater. »Aber es war zu erwarten, jetzt, wo die an der Macht sind. Das ist eben Politik.«

»Und wenn die anderen auch etwas abbestellen?«

Der Vater schüttelt den Kopf. »Mehr als die Hälfte der Juristen hier sind Juden. Solange die noch bestellen, werden wir es schon schaffen.«

Am 7. April liest Marie im *Fürther Anzeiger*, dass mit sofortiger Wirkung alle jüdischen Beamten vom öffentlichen Dienst entfernt sind. Kein jüdischer Lehrer, kein jüdischer Richter darf mehr sein Amt ausüben. Sie weiß, was das für sie heißt: Diese beiden Berufsgruppen sind besonders gute Kunden.

Eine Woche später erzählt ihr der Briefträger, dass ein Redner bei der Kundgebung vor dem Rathaus gesagt habe, die verjudete und rote Stadt Fürth würde endlich wieder zur ehrlichen deutschen Stadt werden. Die Worte stehen am nächsten Tag in der Zeitung, schwarz auf weiß, sie beobachtet den Vater, als er die Seite liest, ohne eine Miene zu verziehen.

Der Umzug am Ersten Mai findet zum ersten Mal ohne Kommunisten und Sozialisten statt, aber alle Firmenbelegschaften mit ihren Chefs an der Spitze marschieren durch die Königstraße: Die Belegschaften der Spiegel- und Spielzeugfabriken, der Tabakfabrik, der Hosenträgerfabrik, alle sind sie da. Die Arbeiter sehen nicht besonders glücklich aus. Marie ist mit den Eltern da, aber als dem Vater klar wird, dass kein Linker mehr dabei ist, wendet er sich ab und geht mit Mutter nach Hause. Er sieht nicht mehr, wie sie alle aufmarschieren: Die Parteifunktionäre, die SA, der Stahlhelm, die Jungbayern und wie sie alle heißen. Alle Schützenvereine, Chöre, Turn- und Sportvereine sind dabei, insgesamt viel mehr andere Menschen als Fabriksarbeiter. Marie liest ein Schild, das sie nicht versteht: »Der deutsche Arbeiter ist kein Proletarier mehr«. Glauben diese Nazis, dass man den Arbeiter so einfach manipulieren kann?

Die Arbeiter werden doch ihr Klassenbewusstsein behalten, ob sie nun Kommunisten oder Nationalsozialisten sind! Man kann das Proletariat doch nicht einfach abschaffen, indem man sagt, es existiere nicht mehr!

Noch vor dem Ende des Zuges wendet sie sich zum Heimgehen. So etwas Verrücktes, ein nicht-sozialistischer Maiaufmarsch. Und die Tausenden Menschen. Es fröstelt sie, sie zieht ihr Schultertuch fester. Wo bleibt der Sommer? Wie schön wäre es jetzt in einem warmen Land, irgendwo am Meer.

***

»Ist das nicht Lew Kamenew?«

Tina deutet auf den altertümlich gekleideten Mann, der an dem Geländer lehnt, das die Strandpromenade vom Meer trennt. Es ist Mai, aber hier ist es so warm wie im Sommer.

Die Promenade von Jalta mit den weißen Bauten und grünen Hügeln im Hintergrund erinnert sie an Triest.

Vittorio bleibt stehen und kneift die Augen zusammen. Er schnauft, kann mit Tinas schnellem Tempo kaum mithalten.

»Du hast recht. Ich wusste gar nicht, dass er wieder zurück ist.«

»Ich auch nicht.«

Lew Kamenew, Weggefährte Lenins und Stalins, ist im Vorjahr wegen seiner scharfen Kritik zum zweiten Mal aus der Partei ausgeschlossen und nach Sibirien verbannt worden. Seitdem hat Tina nichts mehr über ihn gehört.

»Sollen wir ihn ansprechen?«, fragt sie. »Irgendwer sieht uns sicher.«

»Und wenn schon. Ich denke, er ist er begnadigt worden. Ob er immer noch Trotzkist ist?«

Noch ehe Tina ihn aufhalten kann, geht Vittorio auf den

Mann zu, der sich keinen Millimeter bewegt hat. Wie eine Statue sieht er aufs Meer hinaus.

»Genosse Kamenew?«

Tina sieht von fern, wie der Angesprochene zusammenzuckt. Seine Angst weicht Erstaunen, er kennt Vittorio nicht.

»Ja. Und wer sind Sie?«

Vittorio stellt sich vor und dann Tina, die inzwischen dazugetreten ist. Als er Kamenew erzählt, dass sie für die Rote Hilfe arbeiten, zieht er die Augenbrauen zusammen. Vittorio beruhigt ihn gleich: Sie seien zur Erholung hier, auf allerhöchsten Befehl, nachdem sie in den letzten zwei Jahren so viele Auslandseinsätze hatten.

»Ach so?«, sagt Kamenew. »Wo wart ihr, Genossen?«

Vittorio erzählt von seinen Reisen nach Madrid, Stockholm, Prag und Paris, Spenden sammeln, Spenden überbringen, Berlin, Barcelona, wieder Paris. Er redet und redet über seine Aktionen und erwähnt Tina mit keinem Wort, obwohl sie ihn bei einigen Reisen begleitet hat. Und wie viele Aufträge hat sie in den letzten Monaten ohne ihn durchgeführt!

Nachdem sie zwei Jahre lang im Büro der Roten Hilfe Broschüren übersetzt hat, durfte sie endlich Vittorio begleiten. Spenden zu den Genossen irgendwo in Europa bringen, Genossen nach Moskau holen. Wie viele Namen hat sie in diesen zwei Jahren getragen! In Prag ist sie als Greta Schulz auf dem Hradschin gestanden und hat auf die Dächer der Stadt geblickt, Zeichen einer vergangenen Zeit. In Stockholm debattierte sie mit Matrosen in einer Hafenkneipe über den Beginn der Revolution. Bald, nächstes Jahr vielleicht. In Riga sprach sie ein Kauderwelsch aus Russisch und Deutsch. Eines war aber deutlich zu verstehen: Auch hier würde es nicht so schnell losgehen.

Zwei Monate später wurde sie als Guatemaltekin María Ruiz Sánchez in Madrid verhaftet, als sie an die Tür des kommunistischen Parteilokals klopfte. Vittorio war plötzlich verschwunden, als ob er die Gefahr gerochen hätte. Nach zwei Tagen wurde sie entlassen, sie fluchte so perfekt auf Spanisch, dass sie nie und nimmer eine russische Agentin sein konnte. Auch von dort war sie enttäuscht zurückgekehrt, auch dort würde es bis zur Revolution noch dauern.

»Wie soll das funktionieren?«, fragt Vittorio Kamenew, der den Kopf hin und her wiegt.

Tina ist weggedriftet. Wovon sprechen sie?

»Die Todesstrafe«, sagt Kamenew, »ist und bleibt ein Vergehen gegen die Humanität. Sie ist und bleibt Mord.«

»Aber wenn die Ziele des Sozialismus nicht anders durchzusetzen sind. Und die Feinde des Bolschewismus nicht anders abgeschreckt werden können!«, sagt Vittorio.

»Dann muss es den Tod für die Verräter geben!«, sagt Tina.

Kamenew schüttelt langsam den Kopf.

***

Sechs Tage nach dem Maiaufmarsch hört das Herz des Buchhändlers Georg Rosenberg zu schlagen auf. Dass er es mit dem Herzen hatte, war kein Geheimnis. Marie ist also nicht überrascht, als ihr die Mutter gefasst mitteilt, dass Papa für immer eingeschlafen ist. Marie hätte erwartet, dass die Mutter heulen und klagen würde. Aber vielleicht ist sie auch schon zu versteinert.

Was Marie erstaunt: Dass mit dem Tod des Vaters auf einmal alle jüdischen Bräuche wieder auftauchen. Bräuche, die er zeit seines Lebens nur belächelt hatte. Marie hat immer gedacht, er sei aus der Gemeinde ausgetreten, aber offenbar hat er die Beiträge noch gezahlt.

Zuerst bedeckt die Mutter das Gesicht des Toten mit einem weißen Tuch und besteht auf eine traditionelle Aufbahrung zu Hause. Zu allem Überfluss kommt der Rabbi. Marie lässt ihn widerwillig ein. Sie hat doch mit dieser Religion nichts mehr zu tun! Am nächsten Tag klopfen angebliche Verwandte des Vaters, an deren Existenz sie sich dunkel erinnert, an die Tür. Mitglieder der jüdischen Gemeinde tröpfeln langsam herein, um Totenwache zu halten. Ihre Geschwister Walter und Helene kommen mit ihren Partnern aus Berlin. Es kommt ihr vor wie ein Theaterstück, das irrtümlich im Hause Rosenberg aufgeführt wird.

Am Friedhof geht es weiter. Chaim von der jüdischen Gemeinde gibt ihr ein Stück Stoff, im Verlauf der Zeremonie tritt einer der Sargträger zu ihr und zerreißt es. Drei Schaufeln Erde will der Brauch, drei Schaufeln. Als der Rabbi das Kaddisch intoniert, legt sich Marie ganz in die Melodie hinein.

Aber danach ist es noch nicht ausgestanden. Die Mutter besteht auf sieben Tage Schiwa-Sitzen, eine Art Totenwache ohne Toten. Sieben Tage bleiben alle Spiegel und Bilder verhängt, die Buchhandlung soll geschlossen bleiben.

Am dritten Tag der Schiwa liest sie in der Zeitung, dass in Berlin und München Bücher verbrannt worden sind, die den Nazis nicht in den Kram passen: Alfred Döblin, Heinrich Mann, Alfred Kerr, Stefan Zweig, Kurt Tucholsky. Alles, was sich in den letzten Jahren so gut verkauft hat! Was für ein Wahnsinn! Marie krampft es das Herz zusammen, als sie in der Zeitung die Worte von Goebbels liest: Der neue deutsche Mensch wird nicht mehr ein Mensch des Buches, sondern ein Mensch des Charakters sein.

Was sind das für Barbaren? Kein Mensch des Buches! Mit dem Antisemitismus könnte man vielleicht noch leben, das ist ja nichts Neues, aber mit einer Ideologie leben müssen, die Bücher hasst und verbrennt? In einem Staat, der Literatur, Weltliteratur der eigenen Sprache zerstört, Dokumente deutscher Kultur vernichtet? Was ist das für ein Wahnsinn?

Am nächsten Tag sperrt sie den Laden wieder auf, Schiwa hin oder her. Jetzt erst recht, diese verrückten Nazis werden schon noch sehen, wie weit sie kommen. Außerdem bedeutet jeder Schließtag einen Verlust.

Doch selbst in der Buchhandlung holt sie die Religion ein: Die Leute kondolieren Der Herr hat's gegeben, der Herr hat's genommen; der Name des Herrn sei gelobt. Sie weiß nicht, wie oft sie diese Worte des Hiob an den folgenden Tagen hört, entleert bis zu Sinnlosigkeit. Und noch andere Phrasen: der arme Rosenberg. Ist schwer für euch. Er hat ausgelitten. Wer weiß, was noch wird mit uns Juden. Er war ein wirklicher Humanist. Humanist und Sozialist.

Sie ist froh, als sie die Buchhandlung am Abend absperrt.

***

»Der Sozialismus ist der Gipfel des Humanismus«, sagt Kamenew. »Daher kann es keine Todesstrafe geben. Ich fürchte, der humanistische Aspekt ist ein wenig außer Blick geraten. Der Mensch ist kein wildes Tier. Oder wie verstehen Sie, Genossin Modotti, die klassenlose Gesellschaft? Als bellum omnium contra omnes? Oder vielmehr als Zustand, in dem es keinen Krieg mehr gibt, weil es keine Gründe mehr gibt, Krieg zu führen?«

»Natürlich so, aber der Weg dahin dauert im Augenblick zu lange. Der Weg zum Frieden muss gewaltsam sein, sonst geht ja nichts weiter!«

Kamenew sieht belustigt aus, Tina bringt das in Rage.

»Genossin Modotti, ich bin es müde, darüber zu diskutieren. Lesen Sie bei Marx nach. Begleiten Sie mich zum Teehaus?«

Vittorio bejaht für beide.

Sie gehen die Promenade entlang, eine Palmenallee, frisch gesetzt, am Fuße der Stämme die dunkle Erde. Tinas Empörung verraucht langsam. Wieso musste sie sich so hineinsteigern? Kamenew ist sie sowieso nicht gewachsen.

Sie sollte lieber die Umgebung genießen. Die Palmenallee! Wie anders ist Russland an diesem Ort! Wie unterscheidet es sich von dem grauen, kalten Moskau! Wie schön wäre es, hierzubleiben.

Sie erinnert sich an den Tag, als sie in dieser fürchterlichen Stadt angekommen ist. Sie hatte Berlin verlassen, nachdem die Nazis im September 1930 über sechs Millionen Stimmen bekommen hatten. Die Kommunisten hatten in Berlin nichts mehr zu sagen. Drei Tage nach der Wahl packte sie ihre Koffer.

Vittorio holte sie in Moskau vom Bahnhof ab, auf den Straßen lag grauer Schnee. Sie erinnert sich noch an den Schock, den sie bekam, als sie auf den großen Platz trat: keine kommunistische Pracht, sondern Armseligkeit, wohin sie blickte. Kutscher mit Turban warteten auf klapprigen Droschken, rostige Tramways bimmelten sich den Weg frei, und überall saßen, hockten, kauerten, standen Menschen in dicken Mänteln, viele davon sicher noch aus dem letzten Krieg. Gestalten, die in Deutschland als Bettler gegolten hätten. In der Stadt war es ein wenig besser, sie fuhren an den Palästen der Zarenzeit vorbei, überall waren Baustellen, ständig holperte das Taxi über Schlaglöcher.

Am nächsten Tag stellte Vittorio sie der Stassowa vor.

»Sieh dich vor, was du sagst, sie war Sekretärin bei Lenin und bei Stalin.«

Tina stammelte auf Französisch: Ich kann fotografieren. Ich kann Diktat aufnehmen in Französisch, Italienisch, Englisch, Spanisch und Deutsch. Und übersetzen.

Zuerst vielleicht bei der Roten Hilfe, meinte die Stassowa. Sie sprach nicht viel, Tina mit ihren paar Brocken Russisch verstand kein Wort. Nur so viel: Sie könne in drei Tagen anfangen.

Am nächsten Tag klopfte sie an die Tür von Guerrero, in der Kälte brannte die Erinnerung an die Nächte mit ihm in Mexiko nur noch heißer. Doch Xavier knallte ihr die Tür vor der Nase zu. »Du gehst mit Vidali ins Bett, was willst du von mir«, brüllte er. Sie verstand die Welt nicht mehr: Hatte er wirklich erwartet, sie hätte die letzten Jahre, seitdem er weggegangen war, enthaltsam gelebt, um sich für ihn aufzusparen? Was bildeten sich die Männer eigentlich ein?

Ein neues Leben begann. In der folgenden Nacht lief sie zur Moskwa und warf ihre Graflex in den schwarzen Strom. Nie wieder wollte sie fotografieren, nie wieder über ihre Vergangenheit reden in den Künstlerzirkeln von Los Angeles und Mexico City. Sie wollte an der Seite Vittorios für die neue Gesellschaft kämpfen.

Aber Vittorio gestand ihr am dritten Abend, dass er gleich nach seiner Ankunft eine Russin geschwängert hatte, die er sofort heiraten habe müssen. Ja, er sei verheiratet, aber der Frau, Paulina, reiche es, dass er ihr hin und wieder etwas Geld zusteckte.

Es tat Tina so weh, schon wieder von ihm hintergangen worden zu sein, aber was sollte es. Sie brauchte ihn, leistete keinen Widerstand, wenn er in der Nacht zu ihr kam.

Sie stapfte jeden Tag durch den Schnee in das schmucklose Haus der Roten Hilfe, in das schmucklose Büro. Ein Schreibtisch, ein Stuhl, ein Schrank mit Wörterbüchern und Aktenordnern, zwei große Fotos von Lenin und Stalin an der Wand, ein Garderobenhaken. Zuerst dachte sie: das hässlichste Büro für die Anfängerin. Am nächsten Tag merkte sie, dass alle Büros gleich aussahen, ja jeder Raum in diesem Haus hatte dieselbe triste Ausstattung. Sie verkaufte ihr letztes Kleid für eine Kochplatte und zog sich genauso einen grauen Kittel an wie die anderen Frauen.

Sie übersetzte Briefe, Broschüren, Spendenaufrufe, Hilfegesuche. Russisch in Spanisch. Französisch in Russisch. Russisch in Deutsch, tagaus, tagein. Beim Aufmarsch am 7. November umarmte sie Franzosen, Deutsche, Spanier, Polen, Chinesen und sogar Mongolen. Alle sind Brüder und Schwestern, nie war ihr das so klar wie an diesem Tag.

Sie arbeitete wie verrückt, sieben Tage die Woche, jede Woche zum Verhör, Rechenschaft ablegen. Die Leute, die sie besuchten, kamen ihr vor wie Jäger, die einen Bären aus dem Winterschlaf wecken wollen: Ada Wright war da, Pablo O'Higgins wollte sie mitnehmen und Lotte Jacobi war der Schrecken ins Gesicht geschrieben, als sie ihr gegenüberstand. Auch sie bot ihr an, nach Berlin zurückzukommen. Sie besuchte Clara Zetkin in ihrer kleinen Wohnung und weinte, als sie eine gebrechliche, fast blinde Frau vorfand.

Aber dann kamen die Auslandseinsätze. Endlich raus. Aber zu welchem Preis! Die Strapazen! Und die Frustration, dass die Revolution in Europa einfach nicht losgehen wollte.

Und nun spaziert sie mit Vittorio und Kamenew eine Palmenallee entlang, es ist warm wie in Italien. Parallel zur Allee rauschen moderne Autobusse auf dem Stalin-Prospekt vorbei, im Hintergrund erheben sich die palastartigen Hotels. Unwirklich kommt ihr diese Stadt vor mit ihren Hotels, Sanatorien und Datschen. Und immer unwohler fühlt sie sich in der Gesellschaft dieses Dissidenten, der im Gehen mit Vittorio debattiert.

Sie gelangen zum Teehaus, finden einen Tisch. Tina sieht sich um: Sicher werden sie beobachtet und werden bei der nächsten Selbstauskunft der Stassowa über das Treffen berichten müssen. Aber Kamenew ist doch rehabilitiert, sonst wäre er nicht hier? Sie weiß nicht, was sie denken soll. Vittorio plaudert mit etwas zu viel Freundlichkeit, er hat kein Problem, mit einem Regimekritiker zu sprechen. Aber er ist auch der, der seinen Kopf leichter aus der Schlinge zieht.

»Ja, im Rahmen einer demokratischen Konstitution«, sagt Kamenew.

»So wie sie es in Deutschland versucht haben? Sie sehen ja, was daraus geworden ist, Genosse«, sagt Vittorio. Seine Nasenflügel zucken. »Alle sind zu den Nationalsozialisten übergelaufen. Unsere Genossen sind gerade noch geduldet.«

»Aber mit einem gewaltsamen Umsturz wie hier wird es in Europa nicht funktionieren. Eine zweite Oktoberrevolution wird es dort nicht geben. Der Zeitpunkt ist vorbei. Der Sozialismus wird sich nur im Rahmen von demokratischen Verfassungen durchsetzen lassen, glauben Sie mir.«

Tina sagt nichts, hört Vittorios Antwort nicht.

Was ist, wenn Kamenew recht hat? Ist es nicht der Eindruck, den sie in Schweden und Deutschland, in Frankreich und Spanien bekommen hat? In den Ländern, die sie in den letzten Monaten besucht hat, gibt es mehr oder weniger funktionierende Demokratien, sogar in Spanien sind nach der Diktatur Riveras Wahlen ausgeschrieben worden. Keine Spur von sozialistischer Revolution.

Sie trinkt ihren Tee schnell, lässt Vittorio reden, drängt zum Aufbruch.

Sie verabschieden sich höflich von Kamenew, während des Rückwegs sprechen sie kein Wort.

Hat Kamenew Vittorio von seinen Ansichten überzeugt? Oder ahnt Vittorio, dass sie an der Moskauer Linie zweifelt. Und wird er sie, sobald sie in Moskau sind, verraten? Liebt Vittorio sie überhaupt? Nein, sie liebt ihn ja auch nicht. Es ist eine Zweckgemeinschaft, sie ergänzen einander beim Organisieren und fordern einander im Bett.

Im Hotel wartet ein Brief von der Stassowa: nächster Auslandseinsatz gleich nach der Urlaubswoche. Diesmal Paris. Aufbau der Roten Hilfe Frankreich.

Als sie eine Woche später ihren Pass abholt, heißt sie wieder María Sánchez. Sie wird angewiesen, den Zug Richtung Prag zu nehmen, dort gebe es dann weitere Instruktionen. Vittorio hat es irgendwie geschafft, für sich einen Platz in einem Flugzeug nach Paris zu organisieren. Für sich allein. Immer schafft er es, für sich Vorteile herauszuholen oder, was noch wichtiger ist, sich Gefahren zu entziehen, indem er einfach abtaucht, verschwindet oder von einem Moment zum anderen die Identität wechselt. Diesmal heißt er Julio Enrique. Treffpunkt in drei Tagen an der Gare du Nord.

***

Als ob er sich davongemacht hätte, abgetaucht wäre, noch bevor schlimmere Dinge passieren konnten. Als hätte er gesagt: Ich mache da nicht mehr mit. Nein, so etwas darf sie nicht denken.

Seit drei Tagen steht sie wieder in der Buchhandlung. Zum Missfallen der Mutter, die im Hause Rosenberg noch immer demonstrativ Schiwa sitzt. Sie, die nie etwas von Religion wissen wollte.

Es sind nur wenige Kunden, die sich noch in eine jüdische Buchhandlung trauen. Viel Zeit zum Grübeln.

Sicher haben dem Vater die Erniedrigungen und Verbote der letzten Zeit zugesetzt. Er, der eben noch hochgeehrte Buchhändler, wurde von langjährigen Stammkunden nicht einmal mehr gegrüßt. Zwar hat er sich nie etwas anmerken lassen und Marie immer wieder beruhigt. Aber offenbar sind ihm die Schikanen mehr zu Herzen gegangen, als es den Anschein machte.

Die Türglocke bimmelt, Helene schwebt herein, anders kann es Marie nicht beschreiben. Die große Schwester, die ihr so fremd geworden ist. Immer ist für sie alles leicht gewesen, selbstverständlich. Sie betritt die Buchhandlung, für die sie sich nie interessiert hat und auch nie zu interessieren brauchte, als ob sie die Chefin wäre.

»Genug von der Schiwa?«

»Marie, du weißt, dass ich das nur für Mutter mache.«

»Eine Tasse Tee?«

»Ach, ihr habt ja da ein richtiges kleines Kaffeehaus. Gerne.«

Marie geht ins Hinterzimmer und macht sich am Teekessel und an der Kochplatte zu schaffen.

»Ich wollte dir übrigens sagen, dass wir weggehen.«

Marie lugt aus dem Hinterzimmer.

»Weg?«

»Weg von Deutschland.«

»Ihr auch? Du hast gar nichts gesagt.«

Beim Totenmahl hat schon ihr Bruder Walter verkündet, dass er zu Onkel Hugo nach Italien gehen wird, um dort in der Buchhandlung mitzuarbeiten.

»Erwin hat Freunde in Schweden. Er könnte dort arbeiten.«

»Natürlich«, sagt Marie. Für einen Arzt gab es überall einen Arbeitsplatz. Warum kann sie nicht auch einfach gehen? Aber die Mutter ist da. Und die Buchhandlung.

Geht nur alle.

»Ich bleibe hier.«

»Natürlich.«

Zwei Wochen später, es ist Ende Mai, geht es wieder los mit den Schmierereien. Wieder stehen SA-Leute vor ihrem Geschäft, eine Stunde lang, manchmal zwei, es reicht jedenfalls, um Kunden für einen ganzen Tag abzuschrecken. Aber mit den Bedrohern kommen auch wieder die Beschützer, als hätten die Arbeiter einen sechsten Sinn. Elf Herumsteher sind heute in Summe da gewesen, dazu drei wirkliche Kunden, zwei Gewerkschafter und ein jüdischer Rechtsanwalt. Das »Kauft nicht bei Juden!« auf den Plakaten tut aber seine Wirkung. Wenn es so weitergeht, muss sie vielleicht zusperren.

Sie blickt aus dem Fenster, ein trüber Frühsommertag geht zu Ende, sie atmet tief durch. Dieser Geruch. Seitdem die Arbeiter stundenlang vor den Regalen stehen, riecht es seltsam in der Buchhandlung. Sie hofft, dass keiner von den Gerbern auf die Idee kommt, sich hier einzufinden. Zweimal hat der Lederzurichter Kohn, der seine Werkstatt in einem stinkenden Souterrain in der Innenstadt hat, bei ihr Akkordeonnoten gekauft und den ganzen Laden mit dem Geruch von Lohe markiert.

Zwei Arbeiter sind noch da. In zehn Minuten wird sie schließen. Sie geht zum Tresen. Da blitzt noch der Brief von gestern. Schulverwaltung der Stadt Fürth. Juden ist ab sofort der Verkauf sämtlicher Schulbücher verboten. Des Weiteren wird darauf hingewiesen, dass undeutsches Schrifttum nicht mehr verkauft werden darf und zu verbrennen ist. Undeutsches Schrifttum. Sie fragt sich, was das sein soll. Alfred Döblin undeutsch? Was sollte das Wort »undeutsch« überhaupt? Was erlaubten sich die Nationalsozialisten, indem sie Worte wie »deutsch« in ihren Besitz nehmen und einfach umdeuten zu »unserer Politik entsprechend«. Und niemand protestiert dagegen.

Die Türglocke.

Zwei Männer betreten die Buchhandlung. Es ist, als ob sie einen kalten Wind mitbrächten. Marie weiß sofort, dass sie von der Gestapo sind. Sie kann es nicht an einem konkreten Merkmal oder Abzeichen festmachen, aber niemand sonst betritt in diesen Tagen Geschäftslokale mit diesem Ausdruck, einer Kombination aus Verachtung und Akribie. Sie grüßen mit steinerner Miene, ziehen den Hut. Der eine hat einen kantigen Kopf, tiefe Nasolabialfalten und die Mundwinkel nach unten gezogen. Er strahlt eine frostige Ruhe aus. Der andere ist fahrig, scheint unsicher und blickt ständig nach allen Seiten, als ob er sich verfolgt fühlte.

Der Ruhige fixiert die zwei Arbeiter, bis diese die Köpfe heben und ihre Blicke sich mit dem seinem treffen. Dann macht er eine Kopfbewegung nach rechts. Die Arbeiter nicken Marie zu und gehen. Ende der Schutzwacht. Marie kann ihnen nichts vorwerfen.

Die Männer mustern Regal für Regal, Buch für Buch. Tok. Marie sieht nicht hin. Tok. Tok. Sie sieht auf. Die Männer legen auf bestimmte Bücher den rechten Zeigefinger, krümmen ihn und kippen sie vom Regalboden. Tok. Tok. Die Geräusche des Aufprallens der Bücher auf dem Boden fühlen sich an wie Hiebe. Sie fixiert den Kassenblock auf dem Tresen, fährt mit dem Finger den überstehenden Rand des Blaupapiers nach, auf und ab. Sie denkt an den Buchhändler, der in Nürnberg mit der Zunge an die Tischplatte genagelt wurde. Tok. Tok. Tok. Sie riskiert einen Blick. Freud, Kerr, Tucholsky, Foerster, Wolff, Remarque liegen auf dem Boden. Die Tür bimmelt. Zwei Männer mit Kisten kommen herein und schlichten die Bücher ein.

Der Kantige tritt zu ihr an den Tresen, er spricht sachlich, als wäre es eine normale Amtshandlung in einem zivilisierten Staat. Sie hört ihn wie durch einen Schleier. Lager selbst durchforsten, aussortieren, verbrennen. In einer Woche gibt es eine Kontrolle. Im Moment, als sie nickt, weiß sie, dass sie es nicht tun wird. Sie wird ein Versteck für die Bücher finden und den Männern, wenn sie wiederkommen, Asche von verbrannten Zeitungen zeigen.

Ist ja auch Papier.

***

Es ist nur ein Stück Papier, aber den Menschen gibt es eine neue Identität. So viele Genossen aus Ungarn und der Türkei sind da, alle bekommen falsche Pässe, damit sie weiterreisen können nach Amerika und Mexiko oder in welches Land auch immer, in dem Kommunisten nicht verfolgt werden. Die Fälscher arbeiten wie am Fließband, sie steht am Ende der Kette und drückt den Leuten das Papier in die Hand. Sie wundert sich, dass keine Polizei kontrolliert, aber der Secours Rouge hat einen guten Ruf, er sättigt die vielen hungrigen Münder der Arbeitslosen. An drei Tagen in der Woche steht sie in der Ausspeisung und schleppt Suppentöpfe. Es sind so viele, die sich anstellen, ganze Arbeiterfamilien mit Kindern, viele abgemagert und rachitisch. Aber egal ob sie Passempfänger oder Hungrige fragt: Keiner will etwas von Revolution hören. Später, jetzt müssen wir einmal sehen, dass wir nicht verhungern. Wir wandern aus.

Sie sieht die Leute im Café de la Paix, die Frauen mit Blumentopfhüten und den neuesten Kleidern, die Herren mit Canotier-Hüten und dicken Zigarren, eng sitzen sie beisammen, enger als in anderen Ländern. Sie nehmen das Elend der Massen nicht wahr, lesen ihre Zeitungen und trinken ihren Kaffee, diskutieren über Politik und Kunst. Aber ist sie nicht selbst Teil dieser Szene? Ist sie so weit weg davon?

Vittorio sieht sie nur am Abend. Einmal fragt er sie, warum sie nie schwanger wird, Männer hatte sie ja nicht wenig und auch jetzt sind sie fast jeden Tag im Bett.

Am nächsten Tag ist sie bei einem Gynäkologen. Ein untersetztes Männchen in weißem Mantel. Sein wirres Kopfhaar geht in einen zerzausten Bart über, das Gesicht darunter ist vermutlich rund, sein Händedruck ist speckig.

Während er sie untersucht, beißt sie die Zähne zusammen.

Als sie vom Stuhl steigt, begegnet sie seinem Blick.

»Ich muss Ihnen eine unangenehme Mitteilung machen.«

»Habe ich eine Krankheit? Krebs?«

Der Arzt druckst herum. »Nein, da kann ich Sie beruhigen. Sie sind völlig gesund.«

Er zögert. »Aber Ihre Gebärmutter … Ihre Gebärmutter ist nicht richtig entwickelt. Sie haben die Gebärmutter einer Zehnjährigen.«

»Was heißt das? Heißt das, dass ich …«

Sie stockt.

Der Arzt nickt stumm. »Sie können keine Kinder kriegen. Es sind die Hormone. Haben Sie ein vermindertes sexuelles Bedürfnis?«

Tina weiß nicht, ob sie weinen oder lachen soll. Fast jeden Tag ist sie mit Vittorio im Bett, sie denkt an die Nächte mit Robo, mit Edward, mit Xavier, mit Julio, mit Vittorio, unersättlich ist sie, wenn sie einen ebenbürtigen Mann findet.

Auf dem Heimweg schluckt sie die Tränen hinunter.

Keine Kinder, niemals. Als Frau gescheitert. Wie die Revolution, die es nie geben wird. Ihr Leben, ein einziger vergeblicher Versuch.

In den nächsten Wochen sucht sie sich neue Liebhaber, auch Vittorio hat sich längst umgesehen. Sie legt sich sogar zu dem ekligen Dandy André Malraux. Er behauptet tatsächlich, dass sowohl Revolution als auch Erotik nur Ersatzlösungen seien, mit denen der Mensch sich über seine traurige Existenz hinwegtröstet.

Dann stürzt sie sich wieder in die Arbeit. Suppentöpfe schleppen, Essen ausgeben. Sie versteht nicht, dass so viele hungern in Paris. Und dass die Arbeiter das einfach so hinnehmen. Verdammt, irgendwann müssen sie doch fühlen, dass es Zeit ist, aufzustehen gegen die ungerechten Verhältnisse. Die Armen werden immer ärmer. Aber niemand will etwas von Revolution wissen.

***

Sie schlägt das Rechnungsbuch auf. Die Zahlen sind schlimmer als befürchtet. Als Kunden kommen nur noch Juden. Die Rechtsanwälte, die die Buchhandlung früher in höchsten Tönen gelobt haben, haben in den letzten Wochen ihre Abonnements gekündigt. Kein Wunder, es kommen sowieso nur noch der *Deutsche Rechtspfleger*, die *Deutsche Richterzeitung* und das *Reichsverwaltungsblatt.* Die anderen Druckwerke werden an jüdische Buchhandlungen gar nicht mehr ausgeliefert.

Wenn das so weitergeht, muss sie das Geschäft zusperren. Vielleicht sollte sie die Musikalien wieder mehr bewerben. Dadurch, dass sie sich in den letzten Jahren auf juristische Literatur spezialisiert hat, sind die Noten ins Hintertreffen geraten. Auch die Bücher wird sie einfach besser bewerben. Soll es eben Schund sein, wenn die Leute es lesen wollen. Es ist ja nicht ausgeschlossen, dass Leute durch schlechte Literatur auf den Geschmack kommen und dann eines Tages bessere Literatur lesen. In der heutigen Zeit, wo die Menschen abends ins Kino und zu Tanzabenden laufen oder zu Hause vor den Radioapparaten hocken, muss man ja froh sein, wenn überhaupt gelesen wird.

Und wenn die Leute immer bessere Bücher lesen, dann wird sich auch die Gesellschaft verändern. Ja, Bücher müssen die neue Gesellschaft, den neuen Menschen hervorbringen, nicht ein kommunistischer oder deutschnationaler Umsturz. Die Herrenmenschen wären dann nicht die, die arisch, blond und blauäugig sind, sondern die, die viel gelesen haben.

Schließlich hat ein Vielleser noch nie einen Krieg angezettelt. Oder doch? Sie ist sich nicht sicher.

Sie muss aufhören zu fantasieren. Es ist längst Zeit, den Laden zu schließen und nach Hause zu gehen zur Mutter, mit der sie wieder schweigend zu Abend essen wird.

Die Mutter setzt keinen Fuß mehr vor die Tür, Marie macht inzwischen alle Einkäufe, erledigt die Besorgungen. Seit der Vater gestorben ist, sind ihnen die Worte ausgegangen. Sie koexistieren in der Wohnung, ohne einen Berührungspunkt zu haben.

***

»Wir leben nur noch nebeneinander her«, sagt Tina. Sie sitzt auf dem Bett, nimmt das Buch vom Nachttisch und starrt auf den Umschlag. Malraux, *Les Conquérants*. Um irgendwelche Aufstände in China soll es darin gehen, Malraux hat ihr eine Widmung hineingeschrieben.

»Wir sind hier, um zu arbeiten. Wir sind Kollegen. Und du hast ja auch deine Liebschaften. Und ich bin ein Mann. Das weißt du, seit du mit mir zusammen bist.«

»Ach so? Sind wir zusammen? Waren wir das je?«

Vittorio antwortet nicht, späht durch die Holzjalousien auf die Straße hinaus. Erster August, Affenhitze, die nassen Handtücher, die sie in ihrem Hotelzimmer aufgehängt haben, lindern die Hitze kaum. Sie schlägt das Buch auf.

»Ich habe Neuigkeiten«, sagt Vittorio, ohne sich zu Tina umzudrehen. »Du weißt, dass sie in Wien die KP verboten haben.«

»Ja, Dollfuß eifert Mussolini nach. Wenigstens haben sie auch die NSDAP verboten.«

Vittorio dreht sich um. »Die Genossen werden sich das nicht gefallen lassen. Sie bereiten etwas vor. Es kann sein, dass Wien unser nächster Einsatzort ist.«

»Wir sind noch nicht einmal in Moskau und die Stassowa will uns schon wieder wegschicken?«

»Nur, wenn dort Konflikte ausbrechen sollten und wir die Genossen unterstützen müssen.«

»Sollen wir etwa kämpfen?«

»Nein, aber es kann sein, dass wir Genossen über die Grenze bringen müssen. Die Stimmung heizt sich immer mehr auf. Hast du schon gepackt?«

»Wieso? Wir reisen doch erst am Freitag.«

Vittorio schaut konsterniert, dann zuckt er mit den Achseln.

»Hast du die Depesche nicht gelesen? Die Stassowa will uns sofort in Moskau haben. Wir können diesmal beide fliegen.«

»Nein, hast du nicht. Wieso so plötzlich?«

Vittorio lässt sich Zeit, zündet eine Zigarette an, bläst den Rauch Richtung Tina.

»Ich glaube, jetzt sind wir dran.«

»Was? Du meinst …?«

»Ja. Selbstkritik.«

Tina hat bisher nur Gerüchte darüber gehört. Dieses neue Instrument funktioniert wie ein Tribunal, vor dem man sich selbst anklagen und verteidigen muss.

»Ich dachte, sie vertraut uns.«

»Tina, du weißt, dass in Moskau inzwischen niemand niemandem mehr vertraut. Schau, was mit Kamenew, was mit Trotzki passiert ist.«

»Das sind doch Dissidenten.«

»Und jetzt geht es in der Hierarchie weiter nach unten. Jeder kommt einmal dran. Ach verzeih, es gibt ja keine Hierarchie.«

Sie klappt das Buch zusammen. »Deine Ironie kannst du dir sparen. Die Selbstkritik hat wenigstens den Zweck, die Feinde des Sozialismus aufzuspüren.«

Vittorio pafft Wolken in die Zimmermitte. »Vielleicht stellt sich ja heraus, dass wir die größten Feinde des Sozialismus sind.«

***

Am nächsten Morgen, gleich nach dem Aufsperren, betritt Emil Kerner die Buchhandlung Rosenberg. Der Buchhandelsvertreter hat etwas Spinnenhaftes. Kleine Augen, lange Nase, dünne Arme und Beine. Sein Anzug ist ihm zu groß, er ist abgewetzt an den Ellenbogen. Wenn er spricht, macht er weit ausladende Gesten, die Arme wie Windmühlflügel.

»Grüß Gott«, sagt er. Schon diese Worte klingen wie gesungen. Wenigstens kein »Heil Hitler«. Marie glaubt, dass er Wiener ist, sie hat ihn nie gefragt. Seit einem Jahr duzen sie sich, er hat ihr kurz Avancen gemacht, sie hat lachend abgewehrt.

»Die Frühjahrsprogramme schon da?«

»Ja, tatsächlich«, näselt Emil und senkt den Kopf. »Zumindest von den Verlagen, die als arisch gelten«, fügt er hinzu, während er Marie mit seitlich gesenktem Kopf von unten anblickt. Er spricht das »arisch« mit rollendem R aus, Marie muss lachen, gerade um der Angst Luft zu machen.

Er legt ihr drei Kataloge hin, mit viel zu ausladender Geste.

»Wie lange geruhst du noch weiterzumachen?«

Seine Stimme wie eine Kammer voller Spinnweben.

»Ich verstehe nicht.«

»Alle jüdischen Buchhändler, die ich besuche, sperren zu oder übergeben. Viele denken ans Auswandern.«

»So ein Unsinn. Das geht doch vorüber. Die toben sich nur ein wenig aus.«

»Ich würde darauf nicht meinen Hut verwetten.«

Er blickt sich um, nickt anerkennend. »Du bekommst noch alles geliefert?«

Marie muss lächeln. »Alles, was noch gedruckt werden darf, ja. Nur die juristischen Zeitschriften, du weißt ja.«

Sie macht eine Pause. »Von den verbotenen habe ich noch ein Depot.«

Emil nickt. »Respekt. Wer weiß, was morgen noch gedruckt werden darf. Es wird immer ärger.«

»Es geht vorbei, du wirst sehen. Was gibt's Neues?«

Diese Frage stößt sonst ein altes Spiel an, bei jedem Besuch wartet Emil nur auf diese Worte, dann packt er aus über die Intrigen in der Buchwelt, den nächsten Autor, der eine Millionenauflage erreichen wird, welche neue Gespielin sich der zugelegt, welches verruchte Fest der andere gefeiert hat und so weiter.

Aber diesmal ist es anders. Er macht eine Pause, blickt sich nach rechts und links um, obwohl sie alleine in der Buchhandlung sind.

»Marie, ich glaube, du verkennst die Lage. Vorgestern war ich in München. Den jüdischen Verlagen dort geht es an die Gurgel. Beck wird den Verlag Otto Liebmann schlucken, juristische Bücher und die *Deutsche Juristen-Zeitung* dürfen ja nicht von einem Juden herausgegeben werden.«

»Ich habe es schon gehört. Aber noch liefern sie.«

»Noch. Aber das Klima in München ist rau. Vorgestern haben sie Kilpper von der DVA verhaftet, hast du das überhaupt mitbekommen?«

»Nein, ich habe nur gehört, dass es bei Rowohlt irgendwas gab.«

»Etwas gab.« Er klingt höhnisch, verbittert. »Die Hälfte der Bücher haben sie beschlagnahmt und gleich ein großes Feuer damit gemacht, im Hof des Verlagshauses. Das halbe Lager einfach verbrannt! Die jüdischen Autoren dürfen sie auch nicht mehr nachdrucken.«

Marie atmet tief ein. »Die Gestapo war auch bei mir. Hat sich aufgespielt. Bücher beschlagnahmt. Aber du wirst sehen, das ist nicht von Dauer. Gott sei Dank habe ich noch ein paar Falladas und Tucholskys im Lager. Und die werden auch noch gekauft.«

»Ich rate dir: Sei vorsichtig. In München werden wahrscheinlich nur zwei Verlage überleben. Zwei!«

Will er sie auf den Arm nehmen? Zwei in der Großstadt München?

»Das glaube ich zwar nicht, aber lass mich raten. Dieser fürchterliche Bruckmann ist einer davon.«

Sie denkt an die auf glänzendem Papier gedruckten Kunstbände, die der Verlag herausgebracht hat, ehe er begann, rassistische Pamphlete zu veröffentlichen.

»Richtig.«

»Der zweite, hm … Langen Müller?«

»Und Langen Müller, genau. Die zwei Nazis der ersten Stunde.«

»Sei nicht so pessimistisch. Du glaubst doch selbst nicht, dass sie alle jüdischen Verlage schließen. Da bleibt ja nicht mehr viel übrig. Und schau, Samuel Fischer in Berlin ist doch nichts passiert?«

Emil hebt die Brauen, hebt die Hand.

»Ja, Fischer, den schonen sie noch. Sie haben ihn einmal zur Persona non grata erklärt. Immerhin ist er der Verleger von Mann und Hesse. Aber wer weiß, wie lange sie ihn noch in Ruhe lassen. Wenn es ihnen einfällt, kann er jeden Tag verhaftet werden.«

Sie gehen die Kataloge durch, Marie tätigt einige Bestellungen. Emil kramt in seiner Tasche und legt ihr noch einen Prospekt auf den Tresen. »Lass das bitte nicht offen herumliegen.«

Marie wirft einen Blick darauf. Ein verbotener Verlag?

»Lies es dir durch. Ich muss dann weiter.«

»Alles Gute! Es wird schon wieder. Es gibt immer mehr Leute, die gegen diese Nazis sind.«

Emil nimmt seinen Hut, klopft ihn aus.

»Wo denn? Alle sind wie in Trance. Ich sehe zumindest keinen Widerstand. Und ich weiß nicht, wie lange ich diese Arbeit noch machen kann.«

Er wendet sich zum Gehen, hält inne, dreht sich wieder um.

»Auf Wiedersehen, Marie!«

Sie blickt auf den Prospekt. Ein hektografiertes Verzeichnis von Titeln, die keinen Zweifel lassen: linke Literatur. Hier geht es um die kommunistische Weltrevolution. Sie zerreißt ihn und wirft ihn in den Papierkorb.

Am nächsten Tag liegen zwei dicke Briefe bei der Post. Von der Stadt Fürth und vom Gericht. Bestellungen? Sind sie zur Vernunft gekommen?

Als Marie die ersten Zeilen des einen Briefes liest, wird ihr schlecht.

Wir teilen Ihnen mit, dass mit 1. August 1933 der Mietvertrag mit Frau Maria und Walter Rosenberg, Georg Rosenberg Nfg., Hindenburgstraße 31, gekündigt wird.

Ja, Walter ist ja auf dem Papier noch Mitbesitzer. 1. August. Das ist in vierzehn Tagen. Geht das überhaupt? Gibt es da nicht eine längere Frist? Aber mit Juden geht jetzt scheinbar alles. Trotzdem, sie wird Protest einlegen. Das kann die Gemeinde nicht machen. Sie müssen ihr eine längere Frist geben. Schade um die Investitionen! Kaum drei Jahre an diesem Ort. Aber vielleicht findet sich ein besserer.

Sie öffnet den zweiten Brief, und das bisschen Optimismus, das sie sich eingeredet hat, löst sich auf wie Zucker im Kaffee.

Amtsgericht Fürth. Eröffnung des Konkursverfahrens über den Nachlass des verstorbenen Georg Rosenberg. Das kann doch auch nicht sein! Dass sie die Rechnungen nicht immer gleich gezahlt hat, war bisher noch nie ein Problem. Wer hat Forderungen ans Gericht gestellt? Das Ganze muss eine Intrige sein, vielleicht stecken Buchhändler aus Nürnberg dahinter.

Sie liest weiter und erstarrt, als sie den Namen des Konkursverwalters liest: *Dr. Theodor Paulus, Rechtsanwalt in Fürth.*

Der Doktor Paulus, der bis zur Machtergreifung Hitlers noch alle juristischen Zeitschriften über sie bezogen hat! Der immer voller Hochachtung für ihren Vater gewesen ist und mit ihr herumscherzte.

Sie liest den Brief noch einmal. Konkursmasse. Masseverwalter. Das stimmt doch hinten und vorne nicht! Die Lage ist kritisch, ja, aber ein Konkurs doch in weiter Ferne.

Sie muss mit ihm reden. Aber zuerst geht sie zum Stadtamt. Sie nimmt ihren Sonnenhut, es ist ein heißer Tag, und schließt das Geschäft ab, zwischen elf und zwölf an so einem Tag kommt ohnehin niemand.

Der Beamte am Liegenschaftsreferat erkennt sie, aber Marie hat seinen Namen vergessen. Schöll? Schell? Halbglatze, nicht unfreundlich. Er lehnt sich zurück, hebt die Brauen, schiebt die Unterlippe kurz vor.

»Was soll ich machen. Das ist das neue Gesetz. Keine Vermietung von öffentlichen Gebäuden mehr an Juden. Ich kann Ihnen leider nicht helfen, Fräulein Rosenberg. Auf Wiedersehen. Und grüßen Sie die Frau Mutter.«

Marie will ihn anschreien, ein Skandal sei das, vor drei Jahren waren alle noch da bei der Einweihung, der Bürgermeister hat eine Ansprache gehalten, die Stadträte den Sekt geschlürft. Sie schluckt, verabschiedet sich und muss sich beim Hinausgehen am Treppengeländer festhalten, um nicht umzukippen.

Bei Dr. Paulus wird sie im Vorzimmer von der Sekretärin abgefertigt, die mit ihr spricht, als ob sie einen üblen Geruch verbreiten würde. Wenn sie eine Eingabe machen wolle, dann bitte schriftlich. Und nein, Dr. Paulus sei nicht zu sprechen. Als sie geht, schließt sie die Tür hinter sich geräuschvoll. Diese gemeinen Bastarde!

Sie kann an diesem Tag nichts mehr essen, geht mit knurrendem Magen zu Bett.

Zwei Tage später ist ihr Bruder Walter aus Berlin wieder da. Von seiner Freundin hat er sich nach dem Begräbnis des Vaters getrennt. Jetzt ist er auf der Durchreise in den Süden, bei Onkel Hugo in Turin wird er arbeiten, wie er es beim Totenmahl vor zwei Monaten schon angekündigt hat.

Marie richtet ihm das Sofa im Wohnzimmer her. Walter sieht ihr zu, wie sie das Leintuch spannt und bläst Zigarettenrauch in die Luft. »Hast du noch nichts gefunden?«

Marie schlägt auf den Polster. »Ich werde auch nichts finden. Ich werde einfach alle Bücher hierherschaffen. Fertig. Ich hoffe, du kannst so schlafen.«

»Die ganze Buchhandlung? In die Wohnung?«

»Wohin denn sonst. Ich finde in ganz Fürth keinen Raum mehr. Niemand traut sich, Geschäftslokale an Juden zu vermieten. Aber die Wohnung können sie mir nicht nehmen. Am Flur und im Salon ist genug Platz. Wer braucht denn die Vitrinen mit dem Geschirr. Notfalls lagere ich die Bücher bei Mutter im Kabinett oder im Schlafzimmer.«

Sie legt zwei Handtücher auf das Bett. »Bitte sehr. Wie im Hotel.«

Walter zieht nervös an seiner Zigarette. »Und wer soll sich hierher in die Gabelsberger Straße verirren? Hindenburgstraße war wenigstens noch eine Adresse.«

»Warum nicht? Ich werde mich sowieso auf Antiquarisches spezialisieren müssen. Wir haben noch immer einen Namen. Den Gewerbeschein habe ich schon.«

»Und du hast wirklich keinen Raum gefunden?«

Sie schüttelt den Kopf. »Brauchst du sonst noch etwas?«

»Danke, nein. Marie?« Die Stimme des Bruders hat einen anderen Ton, eben war sie noch unterwürfig dankbar, jetzt fordernd und bestimmt.

»Was ist?«

Der große Bruder, der ewige Student mit der grauen Strähne. »Willst du nicht mitkommen? Du könntest auch eine Ausreisegenehmigung erhalten. Und die Buchhandlung Rosenberg und Sellier in Turin ist eine internationale Buchhandlung, wie du weißt.«

»Wo denkst du hin? Und Mutter alleinlassen? Nein, ich werde weiter hier Bücher verkaufen. Sei unbesorgt. Ich wickle den Konkurs noch ab. Doktor Paulus vermittelt die meisten Bücher, wahrscheinlich kauft sie Oberlehrer Zwanziger für seine Schulbibliothek. Ich werde weiter antiquarische Bücher und Noten verkaufen, keine Angst.«

Und außerdem kann ich nichts anderes, denkt sie. Und in Onkel Hugos Buchhandlung in Italien ist sicher kein Platz für zwei deutschsprachige Buchhändler. Was soll ich in Italien?

***

»Warum können wir nicht nach Italien? Palmiro schickt doch ständig Agenten hin. Wir könnten den Genossen so viel helfen.«

»Palmiro weiß, was er tut und wen er wohin schickt. Wir müssen uns in Bereitschaft für Wien halten, das weißt du doch.«

Tina steht auf, nimmt ihre Jacke und geht zur Tür. »Ich muss zum Komitee für den Frauenkongress. Bin schon spät dran.«

Vittorio nickt, er scheint geistesabwesend.

Auf der Straße das geschäftige Treiben, das so anders ist als in den Städten Europas. Die orientalischen Cliquen, die überall zusammenhocken, aber nicht in prächtigen, sondern in abgerissenen Gewändern. Die vielen alten, die noch vor jeder Kirche im Vorbeigehen ein Kreuz schlagen. Und überall Baustellen. Sie geht die Gorki-Straße hinunter, vorbei an der Lubjanka, am Hotel Metropol, Prachtbauten aus der Zarenzeit, jetzt baut man anders, klar und einfach, modern und in einem Eiltempo, wie es nur in einem kommunistischen Staat möglich ist.

Sie betritt das Gebäude, in dem die Sitzung stattfindet. Vierter Stock, der Lift funktioniert wieder nicht. Sabotage? Wie kann es nur so häufige Ausfälle geben? Sicher steckt ein Konterrevolutionär dahinter. Sie sind überall. Gut, dass es die Säuberungen gibt. Verdammt, sie wird zu spät kommen.

Sie eilt die Treppen hinauf. Sitzung des Komitees für den Frauenkongress. Hoffentlich dauert es nicht zu lange. Im zweiten Stock hält sie an und verschnauft. Verdammte Treppen. Verdammte Saboteure. Dieses Land wird immer gefährlicher.

Aber Vittorio hat sicher recht. Italien ist noch gefährlicher für sie. Die Faschisten suchen sie und wenn sie sie fänden, würden sie sie einsperren oder töten.

Endlich. Sie steht vor einer Tür. Keucht. Da ist ein Klingelknopf. Sie läutet.

***

Es läutet Sturm. Sie steht auf und wirft einen Blick aus dem Fenster. Erst Ende September und kaum noch Laub auf den Bäumen. Sie zieht das Wollcape fester um die Schultern und öffnet die Tür. Es ist ohnehin schon egal. Und wenn sie sie mitnehmen, dann soll es so sein.

Drei Herren in schwarzer Uniform, auf der Mütze ein weißer Adler mit dem Hakenkreuz. Der Mann ihr gegenüber hält einen Ausweis hoch. »Gestapo. Sie erlauben.«

Sie weicht zurück, doch anstatt Angst zu haben, kommt ihr zuerst der dumme Gedanke, wie unaufgeräumt es aussieht. Als ob das eine Rolle spielte. Die drei Herren treten ein. Noch bevor sie etwas anfassen, spürt Marie ihre Respektlosigkeit; sie verhalten sich, als ob es ihr Zuhause wäre. Die Mutter ruft etwas durch die geschlossene Tür aus dem Kabinett.

»Alles in Ordnung, Mama, Kunden«, ruft Marie.

Einer der Männer klopft auf eine der Buchsäulen auf dem Wohnzimmertisch, der Anführer lacht leise, als er die Bücherstapel auf der Anrichte und in der Kochnische sieht. Im Salon reiht sich Regal an Regal, Bücher liegen auf Fauteuils und auf dem Sofa.

»Das ist also die Buchhandlung Rosenberg.« Er mustert die Buchrücken im Küchenregal.

Erst jetzt fährt Marie die Angst ein, bloße Angst, kalt wie ein Eisbeutel, der sich auf Brust und Rücken legt und zugleich Schweiß hervorbringt.

Der Mann stellt sich vor sie, nimmt Haltung an. »Frau Rosenberg. Sie wissen schon, dass Juden die Inhaberschaft von Buchhandlungen nicht mehr erlaubt ist?«

Marie erinnert sich, dass sie es in der Zeitung gelesen hat. Gründung der Reichskulturkammer. Dazu gehört auch die Reichsschrifttumskammer, zu der automatisch alle arischen Autoren, Verleger und Buchhändler gehören. Alle arischen.

Aber so leicht gibt sie sich nicht geschlagen. »Das kann ich nicht glauben. Ich habe gerade heute mit der Buchhandlung Dormitzer in Nürnberg telefoniert. Die gibt es ja auch noch. Außerdem ist das keine Buchhandlung. Es ist ein Antiquariat. Die aktuellen Bücher musste ich ja wegen des Konkurses verkaufen.«

Der Beamte lächelt. »Fräulein Rosenberg, Sie sind wirklich drollig. Wir haben hier einen Auszug aus dem Handelsregister. Sie sind als Buchhandlung eingetragen, Antiquariat hin oder her. Und weil Sie Dormitzer erwähnen: Es gibt da eine Möglichkeit, und einige Buchhandlungen haben sich schon darauf eingelassen. Ist alles eine Frage der Konstruktion, verstehen Sie? Sie können natürlich weiter als Buchverkäuferin arbeiten. Aber nur unter einem arischen Besitzer.«

»Was heißt das?«

»Sie verkaufen die Buchhandlung, oder was immer das hier ist, offiziell. Der neue Inhaber stellt Sie an. Dann können Sie hier arbeiten. Wie Sie das mit dem Besitzer regeln, ist Ihre Sache. Auf dem Papier muss sie einem Arier gehören. Wir sind ja keine Unmenschen. Ich lasse Ihnen das da.«

Er deutet seinem linken Begleiter, der ihm einen Umschlag reicht. »Lesen Sie das durch. Ach ja: Bis auf Weiteres ist diese …« – er schürzt die Lippen – »… dieses Antiquariat geschlossen. Ich denke, Sie werden einen Käufer finden. Der kann dann ja auch wieder ein ordentliches Geschäftslokal mieten. Guten Abend! Heil Hitler!«

Als die Tür ins Schloss fällt, setzt sie sich. Es zieht ihr den Magen zusammen. Sie öffnet den Umschlag, überfliegt die Zeilen.

Ein offizielles Rundschreiben. Aber nichts Neues, dieselben Dinge wie in der Zeitung, diesmal amtlich an sie adressiert. *Reichskulturkammer*, bla bla, *Reichsschrifttumskammer*, bla bla, *Juden mit 22. September von allen Kultureinrichtungen ausgeschlossen … Börsenverein der Deutschen Buchhändler geht in der Reichskulturkammer auf … Arier … Arier.*

Sie schiebt die Blätter zur Seite. So schnell wird sie sich nicht geschlagen geben. Dann findet sie eben einen Käufer, noch gibt es genug arische Freunde, die ihr helfen würden. Es wäre ja nur auf dem Papier. Der Arierfreund müsste den Betrag, der auf dem Kaufvertrag steht, nie bezahlen, alles würde weiterlaufen. Nur ein Formalakt. Ein Schwindel, bis der Wahnsinn vorbei ist und auf den der Beamte selbst hingewiesen hat. Lange kann der Nazispuk ja nicht mehr dauern. Die Sozialisten und Kommunisten werden doch irgendwann aus dem Untergrund losschlagen, die werden sich das doch nicht ewig ansehen!

Sie blickt aus dem Fenster. Diesig, ein glimmender Hochnebel.

Egal welcher Wahnsinnige regiert, sie wird doch immer Bücher verkaufen. Wäre doch gelacht. Solange es noch einen Rest Kultur unter der Melasse der Barbarei gibt, werden Leute lesen, werden sie eintauchen in das Leben anderer Menschen, werden sie mit den Büchern die verrückte Gegenwart für ein paar Stunden vergessen.

Sie muss schnell jemanden finden. Oder sich erkundigen, welche Tricks es noch gibt. Vielleicht findet sie sogar einen Verleger, der ihr helfen könnte. Der der Reichsschrifttumskammer zum Beispiel bestätigt, dass sie Arierin sei oder etwas ähnlich Verrücktes. Sie weiß schon, wem sie schreiben wird: Ernst Reinhardt in München. Der ist für solche verrückten Sachen immer zu haben.

1936

»In Spanien geht es los. Spanien wird der nächste kommunistische Staat!« Vittorio knallt den Hörer auf die Gabel.

Er sitzt auf dem gepolsterten Arbeitssessel, vor sich einen Stapel Papier, sie hat auf dem harten Besuchersessel Platz genommen. Dabei verbringt sie mehr Stunden in diesem Büro als er.

Was fantasiert Vittorio da? Spanien hat gewählt, ja. Die Volksfront hat die Mehrheit der Stimmen. Heute Früh stand es in der Zeitung. Aber deswegen gleich der nächste kommunistische Staat?

Vittorio neigt in letzter Zeit immer öfter zu Übertreibungen. Wie hat sich das Verhältnis umgekehrt! Jetzt ist er der Radikale, der zu groß Denkende und sie die Skeptikerin.

Der Ofen knackt. Draußen hat es sicher minus zwanzig Grad.

»Vittorio, bis sich die Kommunisten, Sozialisten und Anarchisten und wer da sonst noch dabei ist, bis sich die geeinigt haben, vergehen noch Wochen, vielleicht Monate.«

Vittorio lehnt sich zurück und verschränkt die Hände über seinem Bauch. »Da wartet keiner mehr ab. Ich habe vorher auch noch mit Paris telefoniert. Deswegen habe ich dich hergeholt.«

Und dann erzählt er, was nicht in der Zeitung steht: Dass schon nach der Verkündigung der Wahlergebnisse die Bauern im ganzen Land ihre Mistgabeln und Dreschflegel geschultert und Grundherren von ihrem Hof vertrieben haben. Dass sie nicht mehr bereit sind, zwölf Stunden am Tag für einen Hungerlohn zu schuften. Dass sie die Besitzer, die sich geweigert haben, ihnen den Hof zu überlassen, einfach abgeschlachtet haben.

»Die Bauern in Spanien sind jetzt Herren ihres Bodens, den sie bisher als Tagelöhner bebaut haben. Herren über ihre eigenen Produktionsmittel, so wie Marx es gefordert hat!«

»Schön, Vittorio. Aber ich weiß nicht, ob die Bauern so weit denken. Momentan dürfte es eher eine Art Rache sein.«

Tina steht auf und geht ans Fenster. Durch die Eisblumen der Außenscheibe blickt sie auf den graubraunen Strom der Moskwa. Kaum Menschen auf der Straße, kein Wunder bei der Kälte. Wie warm es wohl in Spanien ist?

»Nein, Tina, jetzt geht es wirklich los. Sie haben sogar die Gefängnisse gestürmt und unsere Genossen befreit. Der Aufstand des Proletariats, wie hier 1917.«

»Wie oft hast du das in den letzten Jahren gesagt?«, spricht Tina in die Scheibe. »Wo waren wir nicht überall! Und immer wieder hat es geheißen: Die Zeit ist noch nicht reif dafür.«

Sie denkt an den Februar vor zwei Jahren in Wien: Sie ist allein dort gewesen und hat zwei Tage beim Karl-Marx-Hof auf den Kontaktmann gewartet, der nicht kam. Dann Berlin, Sevilla, Warschau, sie weiß gar nicht mehr alle Orte, an denen sie in den letzten zwei Jahren war: Spenden sammeln, Spenden überbringen. Aber nirgendwo wollte die Revolution beginnen, nirgendwo ein charismatischer Führer sich an die Spitze der Proletarier stellen. Die Arbeiter Europas haben ihre Chance verpasst, der Faschismus überrollt den Kontinent. Und nun wirklich Spanien? Das wäre zu schön, um wahr zu sein.

Sie haucht auf die Eisblumen und schmiert ein Guckloch frei. Der schmutzige Schnee auf der Straße ist derselbe wie am Tag ihrer Ankunft in Moskau.

Die kleinen Eisstücke gleiten langsam an der Scheibe herunter. Draußen quält sich ein Automobil durch den Schnee, es hat eine seltsame Kiste hinten. Ein Holzvergaser. Die wird es nicht mehr brauchen, Russland hat mittlerweile genug Öl.

Russland wird der Welt zeigen, wie Wohlstand für alle Menschen erreicht werden kann.

Vittorio redet noch immer über Spanien. In Madrid und Barcelona hätten die Arbeiter in den Fabriken die Chefs abgesetzt und selbst die Verwaltung übernommen. Die Genossen bräuchten Unterstützung.

»Und was hat die Stassowa vor?«

Vittorio tippt mit dem Finger auf das Telefon. »Die Stassowa meint, wir sollen uns auf den Weg machen.«

***

»Ich habe dich nicht verstanden. Was hast du gesagt?« Aus dem Hörer klingt ein Knacken, kurz zirpt es, dann hört sie wieder die Stimme der Schwester.

»Mach dich auf den Weg, solange du noch kannst. Hier ist es wirklich gut.«

»Ich schaue schon auf mich.«

Rauschen.

»Wie du willst. Ich muss jetzt aufhören.« Rauschen. »… teuer.«

Schon klar: Das Ferngespräch ist sonst zu teuer.

»Auf Wiederhören, Marie!«

»Auf Wiederhören!«

Sie legt den Hörer auf die Gabel, im Ohr rauscht es noch nach. Helene. Auf welche Gedanken die kommt! Nach Schweden auswandern. Erwins Praxis gehe gut, nach einem Jahr hätten sie sich bestens eingelebt. Sie solle kommen, in Uppsala gebe es eine Buchhandlung mit einer deutschen Abteilung. So eine Schnapsidee!

Zugegeben, es hat verlockend geklungen: kein Antisemitismus. Keine wahnhaften Nationalsozialisten, keine umstürzlerischen Kommunisten, der schwedische Ministerpräsident spricht vom Staat als Volksheim. Es gibt Arbeit für alle, gute Krankenhäuser und Schulen. Und vor allem so viele Süßigkeiten, hat Helene erzählt. Die Leute essen hier alle Arten von Zuckerwerk, sie selbst habe schon einige Pfund zugenommen.

Marie blickt um sich. Bücherstapel auf Tischen, Anrichten und Stühlen. Antiquariat Rosenberg. Wie lange noch?

Vielleicht sollte sie wirklich gehen. Zu Walter nach Turin, zu Helene nach Uppsala. Hier ist sie ein Mensch zweiter Klasse, seit einem Jahr sogar nach Gesetz. Gleich nachdem es im Vorjahr auf dem Reichsparteitag in Nürnberg beschlossen wurde, fuhren die Lastwagen vor und transportierten die Juden, die keiner festen Arbeit nachgingen, in die Lager.

In den letzten Wochen, bei der Vorbereitung der Olympischen Spiele, sind die judenfeindlichen Maßnahmen geringer geworden, hatte sie den Eindruck. Wenn die ganze Welt nach Deutschland blickt, kann Hitler sich so etwas nicht leisten. Außerdem schicken viele Länder auch jüdische Athleten, das kann Hitler nicht verhindern.

Vielleicht wird nach den Spielen alles besser werden und ein Umschwung kommen.

***

Am nächsten Tag breitet Vittorio eine Spanienkarte auf dem Tisch aus. Tina steht hinter ihm, in ihrer Hand glost eine Papirossa. Einige Städte sind rot markiert. Barcelona, Madrid, Valencia, Cartagena, Gijón, Albacete. In einigen dieser Städte ist sie in den letzten Jahren gewesen.

»Überall hier haben die Arbeiter in den letzten Tagen gestreikt. Hier. Und hier. Und dann haben sie die Chefs zum Teufel gejagt. Eine Firma nach der anderen ist in die Selbstverwaltung gekommen. Elektrizitätswerke, Maschinenfabriken, Spinnereien. Und sie funktionieren weiter, auch ohne Bosse. Und täglich werden es mehr. Tina, das ist wirklich der Anfang«, sagt Vittorio. Seine Stimme wird immer höher.

Sie blickt auf das Papier. »Und was ist mit dem Adel? Und der Kirche?«

»Die Kirchen und Klöster brennen«, sagt Vittorio, »niemand hat mehr Respekt vor der Kirche. Die Pfaffen können niemandem mehr Angst einjagen. Ihre Zeit ist vorbei.«

Sie geht auf die andere Seite des Tisches, Vittorio steht auf. Sie sehen einander in die Augen, lange haben sie sich nicht mehr so angesehen.

»Dann hoffen wir, dass es in Spanien endlich klappt«, sagt Tina schließlich. »Und wer weiß, wenn Spanien es schafft, die Diktatur des Proletariats zu errichten, kann die Revolution in Europa ja wirklich von hier ausgehen.«

Vittorio nickt, in Gedanken offenbar schon woanders.

Sie setzt sich auf den Stuhl ihm gegenüber, schlägt die Beine übereinander. »Was hat die Stassowa gesagt?«

Gestern hieß es zuerst Aufbruch, dann: Warten!

»Du hast ja gestern selbst erwähnt, dass verschiedene Gruppen beteiligt sind. Das Problem liegt darin: Es sind die Anarchisten, die die Revolution begonnen haben«, sagt Vittorio langsam. »Noch kämpfen unsere Genossen mit ihnen Seite an Seite. Sie haben ja auch die Wahl gemeinsam gewonnen. Aber die Komintern will, dass wir diese Chaoten zurückdrängen.«

Tina nickt. »Klar. Es soll, es muss eine rein kommunistische Revolution werden.«

»Genau. Nur dann wird Russland den Revolutionären Waffen liefern. Deshalb müssen die Anarchisten weg. Oder zumindest in den Hintergrund.«

Er nimmt ein Papier vom Tisch und schwenkt es vor Tinas

Augen. »Weil du gefragt hast: Ich reise morgen, du sollst in zwei bis drei Wochen nachkommen.«

Sie will nachfragen, warum später, warum sie immer die Zweite sein muss, aber sie unterdrückt es. Fragen hat hier keinen Sinn, wenn die Stassowa etwas anordnet.

Nach zwei endlosen Wochen darf sie endlich nach Spanien. Die Partei zahlt sogar einen Flug nach Paris. Verrückt, zuerst diese sinnlose Warterei und dann kann es nicht schnell genug gehen. Aber die Partei entscheidet, hinterfragen sinnlos. Bei der Passkontrolle hätte sie fast ihren Namen vergessen, Estella Arretche, Lehrerin, geboren in Buenos Aires. Aber schon am nächsten Tag bekommt sie von der Roten Hilfe in Paris einen neuen Namen. Rose Smith, Fotografin, geboren in Madison, Wisconsin. Sie nimmt den Zug nach Bordeaux, von dort nach Bayonne, wo ihr ein Genosse wieder einen neuen Pass in die Hand drückt und ihr ein Codewort einschärft. Am nächsten Tag reist Carmen Ruiz Sánchez, Lehrerin, geboren in Mexico City, in Spanien ein. Stundenlang sitzt sie im Bummelzug, Guéthary, Grenze, San Sebastián, dort ein Treffen mit einem Mittelsmann, der ihr ein neues Codewort und eine Fahrkarte nach Madrid gibt. Wenigstens keinen neuen Pass. Einmal den Namen behalten. Carmen.

Im Zug döst sie dahin. Wer ist sie heute, wer morgen? Welchen Namen wird sie in Madrid bekommen? Wozu das alles? Wird die Revolution nicht ebenfalls scheitern? Ist nicht alles vergeblich?

Draußen wird es dunkel, die spitzen Berge zeichnen sich vor dem graublauen Himmel ab wie warnende Finger.

Namen, was bedeuteten sie schon. Sie denkt daran, dass sie mit Vittorio in mindestens fünf Ländern geschlafen hat, und immer hieß er anders: Enea Sormenti, Vittorio Vidali, Jacobo

Hurwitz oder Julio Enrique. Nun wartet er als Carlos Contreras in Madrid auf sie.

Sie schläft ein und wacht erst wieder auf, als der Zug zum Stehen kommt. Sie hat sofort ein schlechtes Gewissen. Eine Agentin muss immer wachen. Sie steigt aus dem Waggon, noch etwas weich in den Knien. Da ist Vittorio auf dem Bahnsteig, Gott sei Dank.

Er umarmt sie lange, bevor er sie freigibt und ihr ins Gesicht blickt.

»Vittorio!«

Er schüttelt den Kopf.

»Carlos, meine Liebe. Diesmal Carlos.«

Carlos und Carmen, ein neues Paar.

Sie schüttelt den Kopf, versucht ein lautloses Lachen.

Sie durchqueren die belebte Halle, die bunten Farben und die Stimmen erinnern sie sofort an Mexiko. Ebenso schnell ist ihre Stimmung wieder gut, mit Vittorio kann nichts schiefgehen. Im Hinausgehen erzählt er vom neuen Auftrag, aber es ist nicht das, was Tina erwartet hat. Jedes Wort wischt etwas von ihrer Freude weg. Nur eine Nacht bleibt ihnen in Madrid. Schon morgen muss sie weiter, die Lehrerin Ruiz Sánchez muss nach Córdoba und Granada mit einer Ladung Schulbücher, Atlanten, sagt Vittorio und grinst. Er bleibt in Madrid. Die Nacht ist kurz.

In den zwei Koffern, die ihr Vittorio am nächsten Morgen zum Bahnhof trägt, stecken unter den Buchdeckeln der Atlanten vierhundert Flugblätter der Roten Hilfe.

Nachdem sie in Córdoba zwei Tage Flugblätter verteilt hat, kommt per Telegramm ein neuer Auftrag: Spenden sammeln für die Kampagne Ernst Thälmann. Der Spitzenmann der deutschen KP sitzt nun schon drei Jahre im Gefängnis, anlässlich seines fünfzigsten Geburtstags will man seine Freilassung erwirken. Wieder geht sie mit Genossen von Haus zu Haus, um Geld von Menschen zu sammeln, denen man ansieht, dass sie selbst Spenden nötig haben. Am Abend des dritten Tages ein versäumter Anruf von Vittorio. Ein Genosse sagt ihr, dass es Widerstand gegen die Republik gebe, vielleicht kommt wieder ein neuer Auftrag.

Auf der Straße kauft sie eine Abendzeitung. Tatsächlich, es gibt Widerstand gegen die Revolution: Drei Generäle haben sich in Spanisch-Marokko zusammengetan, Mola, Franco und Queipo de Llano. Die Namen sagen ihr nichts. Sie wollen die Revolution rückgängig machen, die Adeligen wieder in ihre Paläste setzen, die Fabrikdirektoren in ihre Büros, die Pfaffen in ihre Klöster. Sie haben in Afrika Truppen aufgestellt, sind losmarschiert und erschießen alle Republikaner, die sich ihnen entgegenstellen.

Im Büro der Roten Hilfe Ratlosigkeit. Das Telefon klingelt, es ist für sie. Vittorio.

»Die Generäle wollen über die Straße von Gibraltar übersetzen, in Madrid werden schon Regimenter aufgestellt, falls sie es weiter nach Norden schaffen sollten. Sieh zu, dass du schnell von da unten wegkommst! Ich brauche dich hier!«

Sie beruhigt ihn, glaubt, dass die Panik überzogen ist. Die paar Hundert Soldaten hätten doch keine Chance gegen Tausende Arbeiter und Bauern. Aber gut, sie geht auf ihr Zimmer, schläft wie tot und nimmt am nächsten Tag den Mittagszug. Jaén, Linares, Valdepeñas, Toledo, Madrid.

Vittorio erwartet sie in der Abenddämmerung auf dem Bahnsteig. Er ist blass.

»Während du unterwegs warst, haben sich Málaga, Almería und Córdoba den Generälen angeschlossen. Die Republikaner dort werden vertrieben oder erschossen.«

Ist das möglich? Ein paar Stunden später in den Zug gestiegen und sie wäre nicht mehr am Leben?

»Wo sind die Arbeiter und Bauern? Vittorio, sag, dass es nicht wahr ist!«

Er antwortet nicht, wortlos bringt er sie in ein Hotel, Einzelzimmer. Er verschwindet, er habe noch Sachen zu erledigen.

Tina ist verwirrt. Unmöglich, dass die Generäle es bis Madrid schaffen. Das Volk, die Bauern, die Arbeiter, sie sind doch viel, viel mehr. Die Revolution wird sich nicht aufhalten lassen! Wenn das ganze Volk für die Revolution ist, dann haben die paar Soldaten keine Chance. Die Soldaten können schließlich nicht das ganze Volk erschießen!

Sie kann nicht schlafen, bekämpft den aufkeimenden Zweifel immer wieder mit denselben Worten. Schließlich schaltet sie das Licht ein. Unmöglich zu schlafen, wenn der Zweifel nagt. Da liegt ein Buch am Nachttisch. Maxim Gorki. Sie schlägt das Buch auf.

***

Sie schlägt das Buch zu. Kein Zweifel: Sie selbst ist dieser Peter Kien, von dem in dem Roman die Rede ist.

Der Name des Autors ist ihr bekannt vorgekommen. Richtig. Elias Canetti ist doch dieser junge Übersetzer, der die Romane von Upton Sinclair aus dem Englischen übersetzt hat. Sie mag Sinclair nicht. Sicher, er spricht gesellschaftliche Missstände an und gilt als großer Aufdecker, aber muss man den vielen Schmutz zum Thema von Literatur machen? Muss man in allen Einzelheiten schildern, wie Arbeiter von ihren Aufsehern verprügelt werden? Lebt große Literatur nicht durch die Aussparung von ebendiesen Dingen?

Nun hat also dieser Übersetzer selbst einen Roman geschrieben, in dem es um Bücher geht. Der Protagonist ist ein Bibliomane namens Peter Kien, der sich mit fünfundzwanzigtausend

Büchern in seiner Wohnung verschanzt und nur noch in seiner Buchwelt lebt. Zusätzlich bildet er sich noch eine Kopfbibliothek ein, in der er nachschlägt. Völlig verrückt. Und andererseits doch vertraut. War sie nicht selbst dieser Kien, der sich in seine Bücher verkriecht und mehr in ihnen lebt als in der Außenwelt?

Sie muss nach der Mutter sehen. Bücher an den Wänden, im Flur, auf den Lehnstühlen. Als ob sich die Bücher in den letzten Wochen fortgepflanzt hätten, wie ein Rudel Kaninchen. Sie stapeln sich mittlerweile sogar auf dem Boden und im Waschraum. Sie muss einen Slalom absolvieren, wenn sie von einem Ende der Wohnung zum anderen geht. Wenn sich ein Kunde in diese obskure Buchhandlung verirrt, muss sie erst einen Sessel abräumen, damit er sich setzen und schmökern kann. Was nicht schwer ist, weil er nur den Arm auszustrecken und ein Buch von einem der Stapel zu nehmen braucht. In der letzten Zeit haben ihr einige Auswanderer ihre Wohnzimmerbibliotheken verkauft. Sie hat es nicht übers Herz gebracht, die goldgeprägten Gesamtausgaben abzulehnen.

Im Zimmer der Mutter brennt kein Licht mehr, sie sieht es an der Türunterseite. Wieder ist sie ohne Abendbrot zu Bett gegangen.

Marie geht zurück zu ihrem Buch. Seit einer Woche liest sie jeden Tag darin. Obwohl sie die Geschichte des verbohrten Büchermenschen in den Bann zieht, schafft sie jeden Tag nur ein paar Seiten und fragt sich dann, ob sie eines Tages auch verrückt werden würde. Wenn sie durch die Straßen Fürths geht, ist das nicht genau so, wie wenn Peter Kien durch Berlin irrt und kein Haus, keinen Laden, keine Menschen mehr erkennt?

Gestern ist sie über den Gänsberg gegangen, vorbei an der Altschul und den Häusern, in denen früher nur Juden lebten. Erinnerungen an die Zeit mit Betty kamen auf. Kein Mensch war auf der Straße, der Wind trieb Papierfetzen und Werg über die Pflastersteine. Von den zweitausend Juden Fürths sind angeblich schon tausend weg. Die Läden sind inzwischen alle arisiert. Sie ist vermutlich die letzte jüdische Gewerbetreibende, eingeschlossen in ihrer Wohnung in der halb geheimen Buchhandlung, und das auch nur, weil der Verleger Reinhardt für ihre arische Abkunft gebürgt hat. Wie lang der Trick wohl noch funktionieren wird?

Weg mit den Gedanken, lesen!

Für ein paar Minuten gelingt es ihr, in die Welt des Peter Kien zu versinken.

Als sie das Buch zuklappt, fragt sie sich, ob es nicht vernünftig ist, in die Welt der Bücher zu fliehen? Ist denn die Welt draußen wirklicher als die Welt der Bücher? Wertvoller? Erhaltenswerter? Ist die Welt der Bücher nicht eine notwendige, ja lebensrettende Zuflucht in diesen Zeiten? Ist es nicht unausweichlich, dass ein Geistesmensch in barbarischen Zeiten zur lächerlichen Figur wird? Was gibt es denn für Alternativen zu dieser inneren Emigration? Für den, der sich ein Auswandern nicht leisten kann, ist sie notwendig geworden, wenn sich draußen alles gegen die Kultur verschworen hat.

Sie sollte schlafen gehen, aber die Gedanken kreisen noch immer um das Leben da draußen. Was wird für die Juden noch kommen? Was planen sie noch? Sollte ich nicht doch auswandern? Oder wäre es besser, hinauszugehen und gegen die Barbarei der Nazis protestieren? Sicher, als Einzelner würde man sofort eingesperrt oder erschossen werden. Aber wenn viele aufstünden, gegen den Wahnsinn protestierten, könnten sie ja nicht alle umbringen. Alle zusammen könnten für eine bessere Gesellschaft kämpfen, wie die Linken das propagiert haben. Aber die schmoren jetzt in den Gefängnissen oder sind untergetaucht oder ausgewandert.

Sie verscheucht die Gedanken. Nein, sie wird weiter ausharren, bis der Wahnsinn vorbei ist. Sie wird ausharren, ewig kann die Herrschaft dieser Verrückten ja nicht dauern.

Ihr Blick fällt auf den Umschlag des Buches. *Die Blendung*. Sie weiß noch immer nicht, was der Titel mit dem Inhalt zu tun hat. Ist dieser Peter Kien ein Geblendeter? Nein, die Buchmenschen sind die Sehenden. Die Geblendeten ziehen da draußen laute Lieder singend durch die Straßen. Sie sind geblendet von den falschen Versprechungen Adolf Hitlers, zukünftiges Kanonenfutter im Krieg gegen England. Die Geblendeten sitzen im Olympiastadion in Berlin und strecken die rechte Hand von sich. Die Buchmenschen sind die Sehenden. Wenn Canetti meint, der Buchmensch sei geblendet, dann irrt er. Es ist genau umgekehrt, da ist sie sich sicher.

***

»Du brauchst einen neuen Namen. Wir treten jetzt in die Phase des Kampfes. Wie heißt du zurzeit?«

»Carmen Ruiz Sánchez.«

»Das ist zu lang.« Isidoro zieht die Augenbrauen zusammen. Mit seinen weißen buschigen Brauen und dem in zwei Bahnen hinunterhängenden Rauschebart sieht er aus wie ein Heiliger. »Und zu melodramatisch. María. María Sánchez ist einfacher. Vittorio wird sich um die Dokumente kümmern. Ich heiße ja übrigens auch nicht wirklich Acevedo. Nur Isidoro stimmt.«

Tina wundert sich nicht mehr, zu viele Namen hat sie selbst gehabt in den letzten Jahren. Täuschen und blenden ist ihr zur zweiten Natur geworden. María also. Nun gut. Und die nächste Zeit nur Spanisch reden. Die Sprache Julios und Xaviers.

Isidoro hat etwas gesagt, jetzt schweigt er auf einmal.

»Hast du verstanden?«

»Ja, natürlich.«

»Alle Kreuze runter. Es soll nichts mehr daran erinnern, dass das ein Nonnenkrankenhaus war. Du kannst gut organisieren, sagen alle. Nun los!«

Vittorio gibt ihr einen Wink, sie gehen hinaus. Überraschung – er hat ein Automobil aufgetrieben, er schafft es immer, Dinge aus dem Nichts hervorzuzaubern. Kennt alle, treibt alles auf, improvisiert, wo andere schon aufgegeben haben. Er hievt Tinas Koffer auf den Rücksitz und öffnet ihr die Tür, heute ganz Gentleman.

Das Krankenhaus ist leer, im Wohntrakt der Nonnen sind Möbel und Geschirr zertrümmert, Bücher liegen auf dem Boden. Die Türschlösser, alte Kastenschlösser, sind aufgebrochen, spiralförmige Metallbänder ragen heraus. Später erfährt sie, dass die Nonnen sich geweigert haben, ihr Krankenhaus für die Republikaner zu öffnen. Sie schlossen vor ihrer Flucht alle Türen ab und nahmen die Schlüssel mit. Die Genossen mussten jedes Schloss aufschießen. Tina versucht sich auszumalen, wie die Vertreibung der Nonnen abgelaufen ist. Besser, man weiß nicht zu viel.

In zwei Betten eines Schlafsaals findet sie Tote. Ehemalige Patienten vermutlich. Gemeinsam mit Matilde Landa hebt sie sie von den Betten, ihre Nachthemden sind mit Kot beschmiert. Neue Frauen treffen ein. Überall ist es dreckig, die Tage des Leerstands haben Staub und Ungeziefer gebracht.

Tina teilt die Aufgaben zu. Lappen, Kübel, Lauge, Salmiakgeist, einen ganzen Tag schrubben. Heißes Wasser aufstellen, Desinfektionsmittel besorgen. Vorher kommt kein Verwundeter hier rein.

Die Frauen kommen von überallher, einige sind kaum sechzehn, Bauernmädchen, die für die Revolution glühen und

Krankenschwestern sein wollen. In der klassenlosen Gesellschaft darf jeder alles werden, es gibt keine Privilegien mehr, so haben sie es gehört.

Zwei Tage später, die Frauen sind gerade mit der Putzarbeit fertig, tragen Sanitäter den ersten Verletzten herein. Er schreit beständig, Sepsis, sein Fuß muss ihm abgesägt werden. Der Arzt flucht, weil die Bauernmädchen seine Anweisungen nicht verstehen. Eine einzige gelernte Krankenschwester ist da, Tina verpflichtet sie, die anderen jeden Abend zu unterrichten. Nach drei Tagen ist das Krankenhaus voll und das anfängliche Grauen wird zum Alltag: Amputationen und Nähte ohne Narkose, mehr blutige Lappen als gewaschen werden können, Schreie am Tag, ein Chor des Stöhnens bei Nacht.

Nach einer Woche wird Tina in die Zentrale gerufen, es gibt neue Anweisungen.

Was die wieder wollen? Sie hofft, dass kein neuer Auftrag kommt. Sie hat das Krankenhaus gut im Griff, organisiert Essen, Material, Schichten, so gut es geht. Unbeholfen geht sie durch die Straßen, sie ist eine Woche nicht im Freien gewesen. Die frische Luft ist wie ein Aufputschmittel.

Sie hätte Nachrichten hören sollen. Sie erkennt die Straßen Madrids nicht wieder. Überall verlassene Häuser, eingeschlagene Fensterscheiben, verkohltes Holz, geplünderte Geschäfte, die Wände sind übersät mit Plakaten der Revolution. Manche Läden sind völlig unversehrt, ein Lebensmittelgeschäft hat offen, der Feinkostladen zwei Häuser weiter ist geplündert. Erst jetzt versteht sie: Nur die Geschäfte, in denen es Luxusgüter gab, wurden demoliert und ausgeraubt. Läden, in die kein Armer jemals einen Fuß setzte. Keine teuren Uhren und keine Gänseleber mehr für die Reichen, das Volk hat sich geholt, was allen zusteht. Später erfährt sie, dass auch die Pfandleihhäuser geplündert worden sind, aber dort nahm man nur die Dinge an sich, von denen man wusste, dass sie einem gehörten oder zumindest wusste, wem sie zu bringen waren.

Leute kommen ihr entgegen, sie scheinen betrunken zu sein und heben die Faust zum Gruß. Als sie am Palast der Grafen Rosa vorbeikommt, erschrickt sie vor den großen roten Lettern, mit denen EIGENTUM DER KP auf die Bossenwerkfassade des Untergeschoßes geschmiert ist. Eine Tram klingelt, fährt vorüber, auf der gelben Seitenwand prangen schwarz Hammer und Sichel. Vor vielen Adelspalästen – die Bewohner, das hat sie im Krankenhaus gehört, haben Reißaus genommen – stehen Arbeiterwachen mit nacktem Oberkörper und Gewehren. Genossen. Niemand soll hier plündern, sie wollen zeigen, dass es ihnen um Gerechtigkeit geht.

»Eine Zigarette, Genossin?«

Tina nimmt an. Die zwei Wächter wirken verlegen. Sie tragen ärmellose Unterhemden und vor Dreck starrende Hosen.

Sie erzählen ihr von der Eroberung der Paläste in den letzten Tagen. Die Wut der Männer, die zum ersten Mal die verspiegelten Prunkräume voller Gemälde, Tapisserien und kostbarer Möbel erblickten.

»Heute haben wir auch den Liria-Palast gestürmt. Stell dir vor, der Herzog von Alba musste fliehen.«

Alle duzen sich, das »Sie« ist über Nacht aus Spanien verschwunden. Compañero. Compañera. Nur noch »Salud« als Gruß.

Sie erzählen, dass alle E-Werke in der Hand der Arbeiter sind, ja und auch die große Brauerei. Bier und Strom für alle, jeder kann es sich jetzt leisten! Die Adeligen sind weg, die Bediensteten haben sich Kleider und Wertsachen geschnappt und sind getürmt.

»Und – ist es dir schon aufgefallen? Es gibt keine Bettler mehr in der Stadt.«

Sie nickt, bedankt sich für die Zigarette, entschuldigt sich und geht weiter. Sie biegt in eine Gasse ein, es werden immer mehr Menschen, ach ja, da ist der Markt, unverändert. Menschen gestikulieren hinter Ständen, Frauen lachen, Männer mit nacktem Oberkörper ballen die Faust zum Gruß. Ist das die neue Zeit? Hat sie schon begonnen? Tina weiß nicht, ob sie sich freuen oder skeptisch bleiben soll.

An den Marktständen reden die Leute laut. Ein Markttag wie jeder andere. Nein. Irgendetwas fehlt. Dann weiß sie es: keine Dienstmädchen mehr, die einkaufen. Sie waren auf den ersten Blick erkennbar mit ihren Kleidern und Körben und strahlten ein wenig Vornehmheit aus. Sie sind verschwunden, haben das Kleid der Unterdrückung abgelegt. Sie geht weiter, mitten auf der Straße, es gibt kaum Verkehr. Ja, auch hier hat sich etwas geändert, fällt ihr auf: keine schwarz glänzenden Kutschen der Adeligen mehr, die durch die Straßen rattern, sondern nur noch Pferdefuhrwerke und brummende Automobile. Sie verbietet sich den Gedanken, aber er drängt sich nach vorne: Das Vornehme ist weg. Ja, das Edle, das Kultivierte fehlt. Sicher, diese Gedanken sind unkommunistisch und konterrevolutionär. Aber ist sie nicht selbst Teil dieser elitären Welt gewesen? Hat sie nicht noch vor wenigen Jahren in der Boheme von Los Angeles über Nietzsche und Freud diskutiert, hat sie nicht in Hollywood gespielt und als Fotografin für internationale Zeitschriften gearbeitet? Ist sie als Ästhetin nicht eine Feindin des Rohen gewesen und auf diese Weise ein Teil der Oberschicht, der Arbeiterexistenz entflohen durch Bildung?

Sie verlässt den Markt, muss weiter.

Nein, sie hat ihre Ideale nie verraten. Sie war nie ein Teil der besseren Gesellschaft. Immer hat sie an das Ideal der klassenlosen Gesellschaft geglaubt. Diese Diskussionen drehten sich schließlich um die Revolution und waren kein Selbstzweck.

Schon bald wird die neue Gesellschaft in Europa Wirklichkeit sein.

***

Nur noch Schund in den Buchhandlungen. Ein Blick in das Schaufenster der Konkurrenzbuchhandlung hat genügt. Wobei: ehemalige Konkurrenz. Sie hat ja ein Antiquariat.

So sieht also die Literatur aus, die sich die Nazis vorstellen: historische Romane über die Bauernkriege und Hermann den Cherusker, Kriegsgeschichten aus dem Großen Krieg, Frauenromane über angepasste Hausfrauen. Ein halbes Schaufenster voll mit Büchern von Kuni Tremel-Eggert. Fürchterlich. Als ob die Entwicklung der Literatur nicht nur angehalten, sondern rückgängig gemacht worden wäre.

Sie geht schnell weiter, sie will nicht gesehen werden. Es ist früher Morgen, sie hat einfach rausmüssen, es ist noch angenehm kühl, zu Mittag ist die Hitze schon unerträglich. Ein heißer Juli.

Sie muss an die verbotenen Bücher denken, die sie im Kellerabteil hortet, Remarque, Tucholsky, Heinrich Mann. Sein Bruder Thomas ist ja noch erlaubt. Verrückte Welt.

Sie kommt am Schaukasten des Stadttheaters vorüber. Auch dort werden nur noch patriotische Stücke gegeben. In der Musik sind die neuen Komponisten verpönt und nur mehr die Klassiker erlaubt. Sie mag den Volksempfänger gar nicht mehr einschalten. Wenn gerade kein Politiker redet, plärrt irgendein Refrainsänger aus dem Lautsprecher.

Was wird noch aus der Kultur werden?

Sie biegt in die Gabelsberger Straße ein.

Ich denke zu viel, sagt sie sich. Ich bin nur eine Buchhändlerin und mache mir Sorgen um die Welt. Ich sollte lieber schauen, dass ich nicht auch mit dem Antiquariat in Konkurs gehe.

In der Wohnung dreht sie dann doch den Volksempfänger auf. Krieg in Spanien, sagt der Sprecher. Deutschland hilft dem edlen spanischen Volk unter General Franco. Wenn es doch einmal gute Nachrichten gäbe!

***

In der Zentrale gibt es schlechte Neuigkeiten. Vittorio ist da, mit ihm drei Männer, die Tina nicht kennt. Nach den Zigarettenstummeln im Aschenbecher zu urteilen, sitzen sie schon eine Weile da. Auch jetzt rauchen sie, Tina setzt sich zu ihnen und lässt sich Feuer geben.

Vittorio beginnt umständlich. Es gebe Schwierigkeiten, aber das Volk würde sie überwinden. Tina unterbricht ihn: »Sprich Klartext!«

»Also gut, hör zu. In deinem Krankenhaus hast du ja nichts mitgekriegt. Mola und Franco haben die gesamte Afrika-Armee mit den maurischen Söldnern rekrutiert, dazu noch die Falange und andere Truppen.«

»Ja, ich weiß, sie haben mithilfe der Deutschen aufs Festland übergesetzt. Das kam im Radio.«

»In den letzten Tagen sind sie im Affentempo die portugiesische Grenze entlanggezogen.«

»Die Verwundeten haben mir davon berichtet. Ich lebe nicht auf dem Mond.«

»Sie werden sich Richtung Madrid wenden.«

»Richtung Madrid? Woher weißt du das?«

»Ich weiß es eben. Sie haben Verstärkung von den Italienern und den Deutschen bekommen.«

Tina will fragen, warum das Volk sie nicht aufhält, aber Vittorio kommt ihr zuvor. »Wir haben ihren Waffen kaum etwas entgegenzusetzen. Aber es gibt Hoffnung. Kommunisten und Sozialisten aus der ganzen Welt wollen uns zu Hilfe kommen«, sagt Vittorio. »Sogar aus Kuba sind Schiffe angekündigt.«

Kuba. Julio. Sofort laufen in Tina wieder die Bilder ab: Julio tot auf der Straße. Julio vor ihrer Kamera im Profil. Julio nackt im Bett. Kuba. Das Land, in dem sie gemeinsam die kommunistische Revolution machen wollten und das noch immer auf diese Revolution wartet.

Vittorio spricht weiter, er berichtet von Menschen, die Franco täglich in einer Stierkampfarena zusammentreiben lässt, pro Tag werden tausend erschossen. In Granada haben sie Federico García Lorca, den Dichter, auf der Straße abgeknallt und gleich im Straßengraben verscharrt. In Badajoz haben die marokkanischen Truppen von Oberstleutnant Yagüe den gefangenen Frauen die Brüste, den Männern die Penisse abgeschnitten. Sogar Tote wurden noch kastriert.

Tina hört nicht mehr zu, als Vittorio weiterspricht, Tod dem Faschismus, denkt sie nur, Tod den Schlächtern. Sie schließt die Augen, sieht die blutigen Leiber. Und dann der Gedanke: Man darf die Revolution nicht den Amateuren überlassen, die Anarchisten sind chaotische Träumer, die den Kampf nie gewinnen werden. Je eher die Kommunisten die Kriegsführung übernehmen, desto besser.

Vittorio hat aufgehört zu sprechen.

»Und was tun wir jetzt?«, fragt sie, kaum bringt sie es heraus, ihre Kehle ist trocken.

»Wenn so viele Menschen aus dem Ausland kommen, braucht es eine straffe Führung. Unser Militärrat hat beschlossen, das in die Hand zu nehmen. Die Anarchisten werden das nicht schaffen.«

Genau das, was sie gedacht hat.

»Und für dich haben wir eine neue Aufgabe.«

Er macht eine Pause. Tina fällt wieder ein, dass die anderen Männer da sind, sie haben bisher kein Wort gesagt, sondern hängen an Vittorios Lippen.

»Du hast einerseits Erfahrung mit der Roten Hilfe, andererseits kannst du gut organisieren. Wie gesagt werden bald viele Genossen aus ganz Europa hierherkommen. Es braucht eine Anlaufstelle.«

»Und was stellst du dir vor? Soll ich einen Empfangsschalter aufbauen an der Grenze und Zollbeamter spielen?«

Einer der Männer dämpft seine Zigarette aus, er hat ein Gesicht wie aus Leder und tief liegende Augen.

»So ungefähr, Genossin María«, sagt er mit einem kehligen Bass. »Aber Frankreich wird die Grenzen bald dichtmachen. Genosse Carlos hat vergessen zu erwähnen, dass die Organisation schon weit gediehen ist. Es hat eine Sitzung der Komintern in Paris gegeben. Internationale Brigaden werden aufgestellt. Die Rekrutierungen laufen schon, zentrale Anlaufstelle ist Paris, die Genossen schicken sie dann weiter zu uns. Es sind natürlich nicht alles Soldaten, sondern einfach Freiwillige, eben Genossen aus allen möglichen Ländern.«

»Gehen wir wieder nach Paris?«, fragt Tina Vittorio. Sie kann es nicht glauben, dass sie die Leute hier im Stich lassen muss.

»Nein, Genossin María«, sagt der Mann, der gesprochen hat. »Anlaufstelle in Spanien wird Albacete sein, dort gibt es mehrere leere Kasernen. Ich komme gerade von dort. Wenn in den nächsten Wochen Tausende Freiwillige eintreffen, und wahrscheinlich auch viele Abenteurer, müssen alle erfasst und zugeteilt werden. Wir brauchen ja nicht nur Soldaten, sondern auch Köche, Mechaniker, Schreiber, Sanitäter und so weiter. Jeder kann nützlich sein.«

Er zündet sich eine neue Zigarette an.

Tina wartet, dass Vittorio etwas sagt. Doch er und die beiden anderen Männer schweigen.

»Die Leute müssen dorthin zugeteilt werden, wo sie nützlich sind«, sagt das Ledergesicht. »Ein Scharfschütze für Barcelona, ein Tischler für Almería, vereinfacht gesagt.«

»Und was soll ich tun?«

Vittorio räuspert sich. »Tina, wir drei, Vidal, Walter und ich bilden den Militärrat. Die Komintern schickt uns nach Albacete. Wir haben militärische Aufgaben. Aber wir brauchen jemanden, der gut organisieren kann, wenn die Massen kommen.«

»Ich soll da hin? Weg vom Krankenhaus? Wann soll das losgehen?«

»Am besten sofort. Morgen. Die Genossen in Albacete sind Fabriksarbeiter, sie haben von diesen Dingen keine Ahnung. Aber wenn das eine schafft, dann du. Wir drei werden genug damit zu tun haben, den Widerstand neu zu organisieren. Strategien, Waffen und Ausrüstung zu besorgen.«

Tina zuckt mit den Schultern. »Wenn die Partei es so will.« Sie denkt an die Aufträge der Stassowa in den letzten Jahren, sofort Koffer packen, oft mit dem Nachtzug noch weg. Warum sollte es hier anders sein. Wenn die Partei ruft, hat sie zu folgen. Aber sie will ja folgen. Es ist ihr Beitrag zur Revolution.

»Ich werte das als Zustimmung«, sagt Vittorio. Er steht auf und grinst schief. »Dann brauche ich den Befehl nicht auszusprechen, Genossin María.«

***

»Oberlehrer Zwanziger, was verschafft mir die Ehre?«

Marie entfernt die Türkette und lässt den hageren Mann

herein. Eine seltsame Mischung aus Abscheu und Dankbarkeit hegt sie gegen ihn: Er hat die Konkursmasse der Buchhandlung gekauft und sie so vor Schlimmerem bewahrt, zugleich hat er davon profitiert.

Sie führt ihn ins Wohnzimmer, räumt einen Sessel ab, fragt ihn, was er suche.

»Was haben Sie in letzter Zeit hereinbekommen?«

Marie zählt ihm die Neuwerbungen auf, viele sind es nicht.

Er nickt. »Darf ich mich ein wenig umsehen?«

»Bitte! Wollen Sie einen Tee?«

Er bejaht, Marie geht in die Küche und stellt Wasser zu. Hoffentlich verschwindet er bald wieder.

Als sie zurückkommt, wiegt Zwanziger einen ledergebundenen Folianten in seiner Hand. Tacitus, *Germania.*

»Geben Sie noch Privatunterricht?«

Zwanziger blickt auf. Müde sieht er aus, antriebslos, das Sanguinische ist verschwunden. »Wissen Sie es denn nicht? Sie haben uns auch die Nachhilfe verboten, nur unsereinem dürfen wir noch Stunden geben. Ich glaube, ich werde auch ein Antiquariat eröffnen.«

Marie schluckt. Das hat sie nicht gewusst. In den Schulen durften jüdische Lehrer schon seit 1934 nicht unterrichten, und nun nicht einmal mehr privat.

Soll sie Mitleid haben mit dem Mann? Als er die Konkursmasse gekauft hat, hat er unmissverständlich zum Ausdruck gebracht, dass er an Marie interessiert war. Marie schaudert bei dem Gedanken, sich von diesem schleimigen und besserwisserischen älteren Mann anfassen zu lassen. Kein Mitleid, nur schnell loswerden.

Zwanziger bewegt den Tacitus auf und ab. »Was soll der kosten?«

Marie nennt ihm einen niedrigen Preis.

Er nickt und zählt ihr akribisch Noten und Münzen auf den Wohnzimmertisch. »Auf Wiedersehen, Fräulein Rosenberg.«

Er reicht ihr die Hand, sie ist verschwitzt.

Als er die Treppe hinuntergeht, tritt sie ans Fenster. Er kommt aus dem Hauseingang, nimmt sein klappriges Fahrrad und fährt wackelnd davon.

Ja, einfach davonfahren, das wäre es jetzt. Treten, solange die Kräfte reichen.

Der Teekessel pfeift.

Sie hat völlig darauf vergessen.

***

»Wo kommt ihr her?«

»Radrennen Pyrenäen. Wir haben gehört, dass die Faschisten den Norden erobert haben. Wir wollen helfen.«

Tina mustert die zwei Radfahrer in kurzen Hosen, eben sind sie auf die Veranda der beschlagnahmten Villa getreten, die Tinas Amtsstube ist, und haben ihre Rennräder an die Balustrade gelehnt. Beide tragen lächerlich kleine Rucksäcke.

»Wir haben das Rennen abgebrochen. Wir mussten her. Sind zwar nur zu zweit, aber ihr könnt uns doch brauchen? Wir sind beide Kommunisten. Wir können kämpfen. Auch wenn der Kampf länger dauert.«

Tina versucht sich die beiden in Uniform vorzustellen. Sie sind tatsächlich von der französischen Grenze bis nach Albacete geradelt. Als sie den Leuten unterwegs erzählten, dass sie für die Republik kämpfen würden, bekamen sie Essen und ein Nachtquartier.

Sie merkt, dass sie sich schwertun mit Spanisch, sie wechselt zu Französisch. »Könnt ihr mit Gewehren umgehen?«

»Ja.«

»Namen?«

Sie nennen die Namen, Pablo, der Schreiber, den sie zugeteilt bekommen hat, klopft sie in die Schreibmaschine.

Tina überlegt kurz, nennt Pablo eine Ziffernkombination, schreibt etwas auf einen Zettel und gibt ihn den beiden. »Da meldet ihr euch. Freundschaft!«

Sie atmet tief durch. Wie anstrengend das ist! Mittlerweile kommen nicht nur die von der Komintern angeworbenen Kämpfer, sondern Hinz und Kunz, Dichter und Sportler, Schuster und Verkäufer, und alle, alle wollen sie gegen den Faschismus kämpfen, als wäre es ein internationales Sportfestival.

Die nächsten zwei stehen vor ihr, vermutlich Franzosen, aber bevor sie ein Wort mit ihnen sprechen kann, tippt ihr jemand von hinten auf die Schulter.

»Die Russen sind da.«

Sie steht auf, dreht sich um, langsam, sie sollte einmal ausschlafen.

Ein Helfer, dessen Namen sie nicht kennt, steht keuchend da. Vielleicht siebzehn oder achtzehn Jahre alt der Bursche, dünn und den Hauch eines Oberlippenbarts.

»Ah ja. Und?«

»Es sind viel mehr als gedacht, Genossin María. Genosse Carlos hat gemeint, es werden fast zweitausend sein. Was sollen wir machen?«

Genosse Carlos. Vittorio hat wieder einmal Wichtigeres zu tun. Aber das ist vom ersten Tag in Albacete so gewesen. Der Junge wirkt verzweifelt, keiner hier hat Erfahrung, wie man irgendetwas organisiert.

»Ganz ruhig, Genosse. Pablo gibt dir Listen. Hol dir einen Dolmetscher, irgendwer wird wohl Russisch können. Die Russen sollen Gruppen von fünfzig bilden, jede Gruppe soll einen Kapo ernennen, der die Listen schreibt. Dann geht das Interview schneller. Es reicht Name, Geburtsdatum, Beruf. Das andere machen wir.«

Sie gibt Pablo ein Zeichen. Er nimmt einen Packen Papier und gibt ihn dem zappelnden Jungen.

»Genossin María.«

»Was ist denn noch?«

»Wegen des Dolmetschers. Ich habe schon gefragt. Da draußen kann keiner Russisch. Und die Russen können kein Spanisch.«

Tina seufzt. »Ich komme.« Sie lächelt.

Die Russen horchen auf, als sie zuerst sieben Kapos auswählt, dann auf Russisch knappe Anweisungen gibt, bemüht, die Diktion und Terminologie aus Moskau zu benutzen, hart und klar, keinen Widerspruch duldend.

Die Russen, eine stinkende Truppe grau gekleideter Vollbärte, reagieren sofort. Sie geben die Waffen ab und gruppieren sich, wie Tina es ihnen gesagt hat.

Nach zehn Minuten ist sie wieder an ihrem Platz. Drei Franzosen.

»In Ordnung«, murmelt sie, als sie ihnen die Papiere über den Tisch schiebt. Sie lachen, nicken, verabschieden sich. Wie anders waren die Russen gerade eben! Nicht, dass sie keine Lebenslust hätten. Aber sie ist anders als die der Leute im Süden, nie hat sie den Kontrast so deutlich erlebt wie jetzt. Den Russen ist alles schwer und tragisch, bis unter Alkohol dann der Damm bricht und der Exzess unvermeidlich ist. In Mexiko und Spanien leben die Leute ihre Gefühle jeden Moment aus. Nein, sie möchte nicht mehr zurück nach Moskau. Das weiß sie.

Wieder zwei Franzosen, aus Lyon, sie können schießen, gut.

Ein polnischer Prinz mit einem Rucksack voller Dosen mit Gänseleberpastete. Tina unterdrückt ihre Wut. Glauben denn alle, der Krieg hier sei ein Abenteuer, an dem man ein bisschen teilnehmen kann, ohne auf seinen gewohnten Komfort zu verzichten?

Vier Polen mit Revolvern und Munition, für die es in Spanien keinen Nachschub gibt.

Dann ein farbiger Amerikaner, ein Koloss. James. Er war Sergeant in der U.S. Army. Hat quittiert, will nicht sagen warum.

»Du könntest einen Trupp mit Amerikanern leiten«, sagt Tina. »Ich werde es Comandante Carlos sagen.«

Die Miene des Zwei-Meter-Mannes friert ein. »Aber ich bin schwarz, ich kann nicht weiße Amerikaner anführen. Du weißt nicht, wie es in Amerika ist, wenn man schwarz ist.«

Tina wechselt ins Englische, sie versucht den Südstaatenakzent. »Genosse James, hier sind alle gleich. Wir sind Kommunisten. Rasse und Herkunft sind einerlei. Du wirst einen Trupp anführen und die Leute werden dir folgen.«

Auch die nächsten Freiwilligen wiederholen ständig dieselben Sätze, als ob sie sie eingeübt hätten. Ich will ein Gewehr. Ich will die Faschisten erschießen.

Gustav, einem Dreher aus Österreich, macht sie klar, dass Metallarbeiter in Madrid dringend gebraucht werden. Sebastián, dem kubanischen Koch, erklärt sie, dass auch Soldaten etwas zu essen brauchen und nicht jeder mit einer Flinte herumrennen kann. Hugo, einen Klavierlehrer aus Deutschland, der noch nie ein Gewehr in der Hand hatte, teilt sie zu den Sanitätern ein, da er schließlich zugibt, etwas von Erstversorgung zu verstehen.

Der Nächste ist ein englischer Journalist, der auch Romane schreibt. Er ist dünn und wirkt leicht überheblich, vielleicht will er nur dabei sein, um später darüber zu schreiben. Der wird kein Gewehr ruhig halten. Tina interviewt ihn kurz. Er kennt sich mit Funkgeräten aus. Funker werden auch gebraucht.

Die Nächste. »Ich habe bei Renault in Boulogne-Billancourt gearbeitet. Vorher bei Alsthom an der Metallpresse und am Ofen. Ich kann Maschinschreiben und Diktat auf Französisch und Deutsch. Ich bin Anarchistin.«

Eine zierliche Frau, Nickelbrille, Baskenmütze, traurige Augen. Tina glaubt ihr kein Wort. Die hat nie in einer Metallfabrik gearbeitet. Was soll sie mit ihr machen?

»Schreiber haben wir genug. Wir brauchen noch Köchinnen. Kannst du kochen?«

»Es geht. Für die Revolution tue ich alles.«

»Gut. Du kommst nach Madrid, melde dich bei Matilde Landa. In der Kolonne Durruti werden dringend Leute für die Verpflegung gebraucht. Als Anarchistin wirst du dich dort ja wohlfühlen. Name?«

Die Frau flüstert. »Simone Weil.«

***

Schon wieder ist Lehrer Zwanziger da. Marie merkt nach wenigen Worten, dass er nicht wegen eines bestimmten Buches gekommen ist.

Wie sie sehe, sei er nicht ausgewandert, die Passage sei einfach zu teuer, er lese jetzt noch mehr als früher. Er lebe vom Ersparten und müsse kürzertreten, aber an das gewöhne man sich.

Dann, ohne Übergang: »Führen Sie auch, wie soll ich sagen, verbotene Bücher?«

Marie zögert. Sicher, Zwanziger ist Jude, wenn er auch von der Religion nichts hält. Aber ist es vorstellbar, dass er sie denunziert? Unwahrscheinlich. Und wenn doch?

»Sie meinen … Bücher von Autoren, die dem Regime nicht gefallen oder die gar verboten sind?«

»Sie können mir trauen, das wissen Sie ja. Sie könnten mir noch viel mehr trauen.«

Jetzt beginnt das wieder, denkt sich Marie. »Suchen Sie etwas Bestimmtes? Neuerscheinungen habe ich ja keine mehr. Und die verbotenen Autoren, Sie wissen ja.«

Zwanziger nickt. »Kästner, *Die verschwundene Miniatur.*«

Marie kneift die Augen zusammen. »Das ist ohnehin nicht verboten. Warten Sie.«

Während sie in Richtung Speisekammer geht, denkt sie an Kästner. Das Buch war im Vorjahr in der Schweiz erschienen und seltsamerweise in Deutschland erlaubt. Sein Gedichtband hingegen, den er vor zwei Monaten ebenfalls dort herausgebracht hat, ist verboten. Da soll sich wer auskennen.

Sie fischt das Buch aus dem obersten Regal, neben den Kuchenformen.

»Und die wirklich verbotenen, haben Sie die auch?«, fragt Zwanziger.

Das ist ihr zu verdächtig. »Nein, natürlich nicht. Ich mache nur legale Geschäfte.«

Sie geleitet ihn hinaus.

Als sich die Tür schließt, erblickt sie ein Buch auf der Hutablage, zwischen den anderen leuchtet es hervor. Verdammt. Hoffentlich hat er es nicht gesehen.

Sie zieht es aus der Reihe. Eine Neuerscheinung, Joseph Roth, *Beichte eines Mörders, erzählt in einer Nacht.* In den Niederlanden herausgekommen. Im Deutschen Reich verboten und von ihr illegal erworben. Wie konnte sie so nachlässig sein! Sie muss es im Keller verstecken, im trockenen Fass. Ein fürchterliches Buch, sie hat es vor einigen Tagen gelesen. Eine grausame Szene ist ihr noch besonders in Erinnerung, der Protagonist prügelt seine Geliebte und seinen Halbbruder, die er im Bett erwischt, fast zu Tode, das ganze Bett ist blutig. Sie wird das Bild bis zum Einschlafen nicht wieder aus dem Kopf bekommen.

***

Das ganze Bett voll Blut.

»María, schnell!«

Doktor Planelles muss nicht mehr sagen, sie weiß schon, was gebraucht wird: Die Knochensäge. Der Doktor hat den Oberschenkel schon abgebunden, es führt kein Weg vorbei.

Sie kann noch immer nicht hinsehen, obwohl sie schon seit einer Woche wieder im Krankenhaus arbeitet. Nach zwei Wochen Rekrutierung wurde sie in Madrid gebraucht. Dolmetschen, hieß es. Doch als einen Tag später die deutschen Flugzeuge die ersten Bomben abwarfen, kehrte sie ins Krankenhaus zurück. Binnen weniger Stunden war das Hospital wieder voll.

Mittlerweile ist sie seit zwei Tagen und zwei Nächten wach. Gestern ist das Desinfektionsmittel ausgegangen. Die Ärzte waschen sich die Hände mit Schnaps und Seifenwasser. Die, denen Gliedmaßen amputiert werden müssen, beißen auf ein Stück Holz, da es keine Narkosemittel mehr gibt. Andere verbluten, da auch die Blutkonserven ausgegangen sind. So muss es im Mittelalter gewesen sein.

Die Faschisten zwingen das Volk, in die Barbarei zurückzufallen.

Sie hört den Kranken wimmern, sie wird jetzt nicht gebraucht, Doktor Planelles kommt für zwei Minuten allein zurecht. Drüben plagt sich Schwester Urquidi mit der Umbettung eines Verwundeten, sie wird ihr helfen. Schweigend tun beide die Handgriffe, ohne ein Wort, als machten sie das schon jahrelang.

Sie kehrt zu Planelles zurück, er ist fertig, weg mit dem Unterschenkel zu den anderen Körperteilen, immer wird ihr schlecht, wenn sie den Sack öffnet und wieder einen Fuß oder Arm hineinwirft. Dann die Routine, desinfizieren, kleines Skalpell, Desinfizieren, Kompresse, Mullbinden, Nadel, Faden, Schere, und immer wieder desinfizieren mit Schnaps, dessen Geruch sie nicht mehr wahrnimmt. Die Mischung der Gerüche von Blut, Exkrementen und Schweiß hat jeden Geruchssinn getötet.

Sie setzt sich auf einen Hocker, schließt die Augen. Alles dreht sich. Stimmen, Farben, Menschen, Töne. Gestern wurde La Pasionaria eingeliefert. Jeder begrüßte sie mit ihrer Parole »No pasarán«, auch wenn keiner mehr daran glaubt, dass die Truppen Francos aufgehalten werden können. Ein Patient hat ihr erzählt, dass die deutschen Flugzeuge sogar auf die Menschen geschossen hätten, die sich vor den Geschäften in langen Reihen um Brot anstellten.

Eine Hand legt sich auf ihre Schulter, sie schreckt auf.

»Komm«, sagt Schwester Urquidi. »Auch wenn dir der Appetit vergangen ist, du musst etwas essen, María! José hat vielleicht noch etwas vom Eintopf. Und dann leg dich endlich schlafen!«

Sie nickt.

Auch in der Bedienstetenkantine zieht es. Dass der Winter in Spanien so kalt sein kann! In Mexiko gab es höchstens in den Bergen solche Temperaturen. Ich darf mich nicht erkälten, ich darf nicht ausfallen. Wenigstens stinkt es hier nicht nach Blut und Fäkalien. Es ist gut, dass Urquidi mitgekommen ist, auch wenn sie schweigend essen.

Sie beobachtet José, den Koch, der sich wie in Zeitlupe bewegt, auch er macht einen übermüdeten Eindruck.

»Jetzt ist die zweite Küchenhelferin auch noch weg«, sagt Urquidi.

»Ach so?«

»Was glaubst du, warum wir immer Stangenbohnen im Blechnapf bekommen. Er ist alleine, er schafft nicht mehr.«

»Was ist mit ihr?«

»Sie haben sie eingesperrt. Hat wahrscheinlich für die Faschisten spioniert.«

»Was? Hier wird doch jede Einzelne gebraucht! Kann man es beweisen?«

»Keine Ahnung, frag deinen Carlos. Wird wohl nicht ohne Grund passiert sein.«

Als Tina am Abend Vittorio zur Rede stellt, antwortet er: »Dann geh doch du in die Küche, wenn du glaubst, dort fehlt jemand.«

»Das mache ich, darauf kannst du dich verlassen.«

In den nächsten Tagen schält sie Kartoffeln, putzt Bohnenschoten, wäscht Geschirr, rührt in riesigen Töpfen. Nach einer Woche merkt sie, wie ihr Körper vom Dampf aufgedunsen ist, die Beine sind angeschwollen.

Aus den Tagen in der Küche werden Wochen. Ein Brief von Benvenuto kommt, vor drei Monaten abgeschickt. Wie durch ein Wunder hat er den Weg zu ihr gefunden. Auch Yolanda hat unterschrieben. Beide sind in New York und verstehen nicht, dass Tina sich solchen Gefahren aussetzt.

Zwei Wochen später der nächste Brief, der sechs Wochen unterwegs war: Die Mutter, die seit Monaten wieder in New York bei ihren jüngsten Kindern gelebt hat, ist gestorben. Sechs Wochen, und sie wusste es nicht. Zwischen den spärlichen Zeilen Benvenutos liest sie die Vorwürfe: Warum bist du nicht bei uns? Komm heim aus diesem sinnlosen Krieg.

Der Schmerz, der sie mit großer Wucht erfasst, ist tiefer und dumpfer als die körperlichen Schmerzen der letzten Wochen.

Er zieht ihre Eingeweide zusammen, er quält sie durch die Vergeblichkeit, die ihm innewohnt. Sicher, sie hätte die Mutter nicht retten können, sie war fast achtzig und schwindsüchtig. Aber sie hätte bei ihr sein können, mit ihr noch letzte Worte sprechen können.

In den nächsten Tagen lässt sie sich nichts anmerken, abends weint sie und fragt sich, ob sie das Richtige tut. Weiß sie noch, was richtig ist? Ist ihr Platz nicht eher bei den Geschwistern im sicheren Amerika statt in der dunstigen Großküche eines Krankenhauses, in das die Leute zum Sterben kommen? Wenn diese Belagerung und die Bomben doch endlich ein Ende hätten!

1937

»Da drüben!«, sagt Urquidi.

Und dann, tonlos, wie eine Maschine: »Drei Verwundete, einem fehlt der Unterarm, der andere hat nur noch zwei Zehen, der Unterschenkel ist ganz blau, wahrscheinlich Blutvergiftung. Also zwei Amputationen. Der dritte wird's nicht mehr machen.«

Wieder dieser Gestank der Lazarettzelte. Blut, Exkremente, Alkohol.

Tina nickt, sie weiß, was zu tun ist. Chirurgenbesteck desinfizieren, Gott sei Dank nicht mehr mit Schnaps. Aber die Säge. Seit das Sägeblatt der Knochensäge gerissen ist, benutzt Doktor Aguyo eine Schreinersäge.

Hoffentlich verlieren sie nicht zu viel Blut, denkt sie. Momentan gibt es keine Konserven, sie müssen so durchkommen. Der Anästhesist, sie hat seinen Namen vergessen, misst den Äther ab und legt dem Patienten die Maske an. Wenig später hört sie das Geräusch der Säge. Hin-her-hin-her.

Die weiteren Arbeitsschritte gehen mechanisch, sie denkt an Mexiko, an die bunten Wandgemälde von Rivera und Orozco. Dann ist die Operation vorbei.

Als sie den Schwesternkittel ablegt, hört sie wieder Geschrei, Motorengeräusch, jemand hupt wie verrückt. Was ist denn nun los? Nie hupt jemand hier, ist am Ende jemand übergeschnappt? Und jetzt hupen auch noch andere Autos.

Als sie vor die Tür tritt, sieht sie, dass eine Art von Konvoi den Innenhof des Krankenhauses erreicht hat. Lebensmittel? Blutkonserven? Aber warum dieses Hupen?

Sie fasst Matilde, die an ihr vorbeihastet, am Ärmel. »Was ist da los? Sind die verrückt geworden?«

»Bethune!«

»Wie? Der Doktor?«

»Komm mit. Ja, der Doktor. Ach ja, du kennst ihn ja nicht.«

»Nur aus euren Heldenerzählungen.«

Sie erreichen die drei Lastwagen, die inzwischen zum Stehen gekommen sind. Als die Lichter der Autos erlöschen, merkt Tina erst, wie dunkel es schon geworden ist. In kurzer Zeit haben sich Dutzende Schwestern und einige Ärzte eingefunden, die die Wagen umringen. Mehrere Männer steigen aus, einer von ihnen sticht hervor, scharf geschnittenes Gesicht, hoher Haaransatz, flaumiger Oberlippenbart, er schwingt sich langsam vom Lastwagen hinunter, wie ein Offizier von seinem Pferd absitzt.

Das ist also der Doktor, von dem alle sprechen. In zwei Monaten hat er angeblich halb Europa abgeklappert, Vorträge gehalten und um Spenden und medizinische Geräte gebettelt. Tina hat nicht geglaubt, dass er zurückkommt, hat die Worte der anderen für Durchhalteparolen gehalten, einen Mythos, an den sie selbst nicht glaubten. Aber er hat es geschafft.

»Na, wenn da was drauf ist, hat er ganz schön viel mitgebracht«, sagt Matilde.

»Du meinst Blutkonserven?«

»Ja, aber auch anderes Zeug. Komm!«

Tina will nicht ins Gewühl, sie sieht, dass Vittorio schon dort ist und den Doktor begrüßt. Wen kennt Vittorio nicht? Wo gibt es eine Situation, die er nicht sofort dominiert?

Sie will das nicht mehr. In Mexiko und Los Angeles ist es ihr leichtgefallen, sich zum Mittelpunkt jeder Party zu machen, das war ein anderes Leben, dekadente, bourgeoise Verirrungen. Ein anderes Leben.

Sie dreht sich um und geht zurück zum Zelt. Wenn so viele Schwestern hier sind, wer ist dann bei den Verwundeten?

»María!«

Sie dreht sich mit einem Ruck um. Wer hat sie gerufen?

»María!«

***

»Marie!«

»Marie?«

»Entschuldigung, ich dachte gerade an den Krieg in Spanien.«

Sie nimmt einen Schluck Tee. Der Mann, der ihr gegenübersitzt, macht dasselbe. Wie das Echo einer Handlung.

»Ja, fürchterlich. Die Leute sagen, es ist eine Generalprobe für Hitler, bevor er den Krieg gegen Frankreich beginnt«, sagt der Mann.

»Hoffentlich nicht. Aber vielleicht würde ihn ein Krieg von uns Juden ablenken. Wer weiß, wenn er Soldaten braucht, sind die Rassengesetze bald wieder aufgehoben.«

»Du denkst sehr, wie soll ich sagen, pragmatisch. Ich weiß nicht, ob denen die Ideologie nicht wichtiger ist.«

»Wie auch immer. Was brauchst du?«

Sie blickt ihm ins Gesicht. Seltsam, aber inzwischen ist es Routine, mit Kunden in ihrer Wohnungsbuchhandlung Tee oder Kaffee zu trinken. Diesmal ist es Samuel, Rechtsanwaltsanwärter, gut zehn Jahre jünger als sie. Die Stirn ständig gerunzelt, einen Zwicker auf der Nase, sieht er wesentlich älter aus. Marie ist sicher, dass er es darauf anlegt, seriöser zu wirken. Sie haben sich von Anfang an geduzt, er ist das erste Mal in der Buchhandlung gewesen, als sie noch in der Hindenburgstraße war und schaute trotzdem noch alle drei Monate vorbei, um einige Quartalszeitschriften abzuholen, die sie gar nicht beziehen durfte. Sie kann ihn gut leiden. Wenn sie zehn Jahre jünger wäre …

Aber er ist nicht wegen ihr hier.

»Du kommst wegen der *Juristischen Blätter*, nicht?«

Sie geht zur Anrichte und öffnet eine Tür. Das ehemalige Fach für die Festtagssuppenteller.

»Bitte. Es könnte sein, dass es die Letzten sind.«

Samuel nickt. »Ich habe es schon gehört. Aber es wird mich ohnehin nicht mehr betreffen.«

Durch das Fenster fallen schräge Sonnenstrahlen, Staubflusen schweben darin.

»Du gehst auch?«

»Ja. Wir werden uns wahrscheinlich nicht wiedersehen.«

»Und wohin?«

»Vereinigte Staaten. Mein Onkel ist schon dort.«

Marie nickt.

»Weißt du, solange man noch raus kann. Wer weiß, was die noch vorhaben mit unsereins.«

»Ich habe es mir auch schon überlegt. Aber Hitler wird nicht ewig regieren. Und ich kann meine Bücher nicht alleinlassen. Und ob die Rassengesetze wirklich bleiben, wer weiß.«

Sie kann ihre eigenen Worte nicht mehr hören, so oft hat sie sie gesagt. Ich habe einfach nicht genug Geld, kann sie nicht sagen. Ich spare wie verrückt, aber es ist immer noch zu wenig. Und wohin mit der Mutter, die partout nicht wegwill?

Samuel spitzt die Lippen. »Bücher sind alles für dich, das ist ja schön. Aber mit Verlaub, Marie: Sind nicht Menschen wertvoller als Bücher? Was zählt eine Bibliothek gegen ein Menschenleben?«

Sie will ihm entgegenschleudern: Gib mir fünfhundert Reichsmark, dann bin ich morgen weg. Überrede meine Mutter, dann sitze ich morgen im Zug nach Schweden. Wie hat sich ihre Haltung in den letzten Wochen verändert! Wo ist ihr Idealismus geblieben? Täglich ein paar Scheiben weniger, wie bei einer Wurst.

»Ich werde es schon überstehen. Was sollte ich denn auch in London oder New York ohne meine Bücher. Wenn, dann ginge ich ohnehin zu meinen Geschwistern nach Schweden. Mein Bruder ist inzwischen auch dort, er hat schon Arbeit gefunden. Aber was mache ich in einem fremden Land, ohne Bücher um mich herum.«

Er nimmt das Buch, das vor Marie aufgeschlagen liegt, und dreht es um. »Canetti.«

»Noch ist er nicht verboten, aber es ist nur eine Frage der Zeit.«

»Von dem Autor habe ich noch nie was gehört. Den Verlag kenne ich auch nicht.«

»Er lebt in Wien. Der Verlag ist auch dort. Hier nimmt ja keiner mehr einen Juden. Ist aber regulär ausgeliefert worden. Ich bin aus den Regeln noch nicht schlau geworden.«

»Ist es gut?«

»Du solltest es lesen, bevor er verboten wird.«

»Mal sehen. Ich muss jetzt einmal ordentlich Englisch lernen.«

Er nimmt das Geld aus seinem Portemonnaie, zahlt.

Marie gibt ihm das Wechselgeld.

»Sag mir noch eins: Wie schaffst du es, die Buchhandlung überhaupt noch zu führen? Gibt es pro forma einen arischen Besitzer?«

»Das war meine erste Idee. Dir kann ich es ja sagen: Der Verleger Reinhardt hat es für mich hinbekommen, frage nicht wie: Für die da oben bin ich Arierin. Ich bin sogar Mitglied in der Reichsschrifttumskammer.«

Samuel sieht sie an, dann lacht er. Marie kann nicht anders und kichert.

»Auf Wiedersehen. Behalt dir deine Unverfrorenheit. Und alles Gute, Marie.«

***

»María?«

Es ist Matilde, die hinter ihr den Flur betritt.

»Warte. Ich muss ja auch zurück. Doktor Jiménez hat geschimpft, weil niemand bei den Kranken auf B3 ist.«

»Dann gehen wir gemeinsam. Und – hat sich der Auflauf ausgezahlt?«

»Stell dir vor, was er mitgebracht hat!«

»Na Blutkonserven. Und es werden noch immer zu wenig sein.«

»Nein, viel besser. Ein ganzes Labor zum Spenden und Konservieren von Blut. Und ein Lastwagen ist voll von dem gewöhnlichen Zeug, Verbände, Besteck, Äther und so weiter.«

»Und wo soll dieses Labor eingerichtet werden? Wir haben ja nirgendwo Platz.«

»Keine Ahnung«, sagt Matilde. »Aber dein Carlos findet sicher eine Lösung.«

Sicher. Carlos. Vittorio findet immer etwas.

Sie betreten den Saal, einige stöhnen wie üblich, aber Gott sei Dank weint niemand. Es ist auch niemand gestorben, soweit sie es feststellen kann.

Am nächsten Tag sitzt Tina mit Vittorio und Norman Bethune in einem Hispano-Suiza. Während Vittorio fährt, erzählt er, dass Isidoro Acevedo, der Leiter der Roten Hilfe, einen idealen Ort für das Labor gefunden hat. Tina und Norman staunen nicht schlecht, als der Suiza vor einer Villa auf einem Hügel neben der Avenida Príncipe de Vergara hält. Isidoro winkt ihnen von den Eingangsstufen entgegen.

Die Villa sieht aus, als ob sie von den Besitzern fluchtartig verlassen worden wäre. Die Schränke und Kästen in den Schlafzimmern sind leer, wahrscheinlich geplündert, die Wände zeigen helle Rechtecke, wo die Ölbilder hingen.

»Die Reichenviertel wird Franco sicher nicht bombardieren«, sagt Isidoro zu Doktor Bethune. Er gibt knappe Anweisungen: Norman, Tina und Vittorio sollen ab sofort in dieser Villa wohnen, das andere Personal kommt von außen. Tina soll die Blutspenden organisieren. Bethune nickt, fragt kurz nach, nickt. Ein rastloser Mann mit sehr rascher Auffassungsgabe, denkt Tina, ein Mann, der schnell Entscheidungen trifft. Sie hat Respekt, warm werden wird sie mit ihm wahrscheinlich nicht. Obwohl er überzeugter Kommunist ist und Unglaubliches geleistet hat, lässt sie irgendetwas an seiner Aufrichtigkeit zweifeln: Was wird er tun, wenn alles hier scheitert? Wenn der Faschismus siegt und alle Gegner erschossen oder eingesperrt werden? Er wird nach Kanada zurückkehren und ein ruhiges Leben führen. Wie so viele Abenteurer, die jetzt kämpfen oder zumindest so tun. Nein, für die klassenlose Gesellschaft geht ein hochdekorierter Arzt nicht ins Gefängnis, da ist er vorher über alle Berge.

Wieder geht alles sehr schnell. In einem Tag ist das Labor eingerichtet. Am Abend schreibt Tina einen Aufruf zum Blutspenden und bringt ihn sofort in die Redaktion der Tageszeitung – gerade noch vor dem Druck der Morgenausgabe. Dann geht sie zur Radiostation, es ist schon fast Mitternacht. Der Sprecher soll am nächsten Tag im Stundentakt zum Blutspenden aufrufen.

Als sie nach Mitternacht zur Villa zurückkehrt, steht da ein Ford-Lastwagen mit heller Holzbeplankung. Vittorio und Norman sind noch munter. Vittorio erklärt ihr, dass auf dem Wagen eine mobile Blutspendestation eingerichtet werden soll, wenn die Arbeit hier erledigt ist. Ach ja, und morgen sollen noch zwei Ärzte dazustoßen, ein Schwede und ein Italiener, dazu zwei spanische Krankenschwestern.

»Bin ja neugierig, wie viele Spender morgen kommen: fünf oder sechs?«, sagt Norman.

Als Tina am nächsten Tag um sieben Uhr Früh aus ihrem Schlafzimmerfenster späht, traut sie ihren Augen nicht. Die Menschenschlange zieht sich die ganze Straße entlang. Mehr als zwei Aufrufe im Radio können es noch nicht gewesen sein.

Während Bethune schlaftrunken die Anlage in Betrieb nimmt, schreitet sie draußen die Reihe ab und zählt. Bei Hundertzwanzig gibt sie auf. Es müssen an die zweitausend Menschen sein, die ihren Beitrag zum Freiheitskampf mit ihrem Blut leisten wollen. Sie überschlägt die Zeiten, die für die Blutabnahme gebraucht werden und stellt sich auf die Eingangsstufen. »Die ersten fünfzig kommen heute dran. Die anderen: Bitte kommt morgen wieder!«

Am Abend ist sie geschafft. Matilde Landa kommt in der Villa vorbei, bringt der erschöpften Truppe Verpflegung, viel mehr als Bohnengerichte gibt es in letzter Zeit nicht.

Auch Zeitungen hat sie mitgebracht, zwar einige Tage alt, aber besser als nichts. In der Villa gibt es kein Radio.

»María, schau mal!«, sagt Matilde. Sie trinken Tee zum Nachtisch, Melisse beruhigt die Nerven. Matilde hält ihr eine aufgeschlagene Zeitung hin.

»Schau: Dos Passos hat einen Artikel für uns geschrieben. Der Krieg in Spanien ist nicht nur ein Krieg für Spanien, sondern ein Krieg für die Demokratie.«

»Wer?«

»Dos Passos, dieser amerikanische Schriftsteller. Ich kann ihn dir vorlesen, wenn du zu müde bist.«

»Dos Passos«, murmelt Tina. Bilder steigen in ihr auf, verschwinden wieder. Ihr Haus in Mexiko. Dos Passos, der ihre Fotos bewundert.

Matilde setzt sich neben sie und schenkt sich noch eine Tasse Tee ein.

»Egal, wenn du ihn nicht kennst. Er hat vor ein paar Jahren

einen Roman geschrieben, der aus lauter Fragmenten besteht, der hat ihn berühmt gemacht. Robles hat ihn übrigens ins Spanische übersetzt, unser Robles.«

»Fragmente?«, sagt Tina schwach. »So wie Fotos, die irgendwo herumliegen, Momentaufnahmen, eine Collage?«

Matilde sieht sie prüfend an. »Ja, wenn du es so sehen willst. Eine Collage. *Manhattan Transfer* heißt er. Es ist ein großartiges Buch. Ein Buch über unsere Zeit. Die ist ja auch nicht einheitlich, sondern … zerrissen. Unser Leben ist fragmentarisch und besteht aus Szenen ohne Zusammenhang, wenn du verstehst, was ich sagen will.«

Tina nickt.

»Soll ich dir den Artikel vorlesen?«

Dos Passos. Mexiko. Edward. Wo ist diese Welt geblieben? Was zum Teufel macht sie hier zwischen den Sterbenden?

»Hast du was gesagt?«

»Nein. Lies ruhig.«

***

»Ja, Dos Passos. Der dritte Band der USA-Trilogie. *The Big Money* heißt das Original auf Englisch.«

»Tut mir leid, wir haben uns von diesem Autor getrennt.«

»Aber es war doch im Herbstprogramm angekündigt! Gab es Komplikationen? Kommt es im Frühjahr?«

»Fräulein Rosenberg, ich kann Ihnen dazu nichts sagen. Wir verlegen keine Werke dieses Autors mehr, und Sie kennen ja unsere jüngste Geschichte.«

Marie bedankt sich, legt den Hörer auf die Gabel und hält ihn eine Weile fest, ehe sie ihn loslässt. Was ist an Dos Passos so schlimm, dass er nicht mehr in Deutschland erscheint? Sicher, er beschreibt den Großen Krieg aus amerikanischer Sicht und die Arbeiteraufstände, die Sacco-und-Vanzetti-Geschichte, wahrscheinlich ist das in Zeiten wie diesen zu links.

Die ersten Bände der angekündigten Trilogie sind sofort ins Deutsche übersetzt worden und haben sich gut verkauft, der eine, *Der zweiundvierzigste Breitengrad*, im dreißiger Jahr, der andere, *Auf den Trümmern*, im zweiunddreißiger Jahr, im selben Jahr wie die englischen Originalfassungen. Samuel Fischer ist da wirklich sehr schnell gewesen mit dem Übersetzen. Der dritte Band ist letztes Jahr auf Englisch erschienen, gerade als der Verlag in Deutschland zerschlagen wurde. Bermann Fischer ist nach Wien gegangen und bringt jetzt Bücher heraus, die hier verboten sind, und dieser Peter Suhrkamp führt das, was von S. Fischer noch übrig ist, weiter, bringt aber nur noch regimekonforme Bücher heraus.

Schade, es haben in der letzten Zeit einige Kunden nach dem dritten Band gefragt. Einige Kunden. Drei sind es gewesen, muss sie zugeben. Sie selbst hätte es am meisten interessiert, was Dos Passos im dritten Band erzählt.

Sie überlegt, ob sie jemanden in der Schweiz kontaktieren sollte. Aber das wäre zu gefährlich. Viele Bücher erscheinen jetzt in der Schweiz, sie weiß es nur vom Hörensagen, von Andeutungen, die Leute am Telefon machen.

Es raschelt hinter ihr. Sie wendet sich um.

»Mutter, alles in Ordnung?«

»War jemand hier? Ich habe deine Stimme gehört.«

»Ich habe nur telefoniert. Es war niemand hier.«

Mutter sieht sie zweifelnd an. Die Frau altert nicht, denkt Marie, bei mir habe ich die ersten grauen Haare gefunden und diese Frau ist stehen geblieben, vielleicht bei Vaters Tod vor vier Jahren?

»Ich wollte nur sagen, ich habe mir ein Abendbrot gerichtet. Wenn du auch etwas magst.«

Immer dasselbe, die Mutter isst schon um fünf ihr Abendbrot, viel zu früh für Marie.

»Danke, ich esse später.«

Die Mutter rührt sich nicht, zögert. »Marie, ich weiß, dass viele jetzt weggehen. Und sicher sagen es dir viele, dass du auch weggehen sollst.«

»Du weißt, dass ich das nie tun würde.«

»Marie, du nimmst zu viel Rücksicht auf mich. Ich komme schon allein durch. Und du weißt, Helene hat auch mir angeboten, zu ihnen nach Schweden zu kommen.«

»Ich gehe nicht weg, Mutter. Was soll ich woanders? Und auch für dich ist das ja nichts.«

Die Mutter schüttelt den Kopf. »Ich wollte dir nur sagen, wenn du gehen willst, dann geh. Ich komme schon zurecht. Du bist jung. Dir steht die Welt offen. Wer weiß, was noch passiert. Sicher wird es bald Krieg mit England geben.«

Jung, so ein Hohn! Sie ist so alt wie das Jahrhundert. Mit siebenunddreißig wird sie außerdem keinen Mann mehr finden. Und wenn schon.

»Es wird schon vorbeigehen. Die Nazis werden nicht ewig regieren. Außerdem, wenn es Krieg gibt, ist England weit weg und ich muss ohnehin nicht einrücken. Ich bleibe da und verkaufe Bücher.«

Die Mutter hebt die Brauen, schattig ist ihr Blick. Sie nickt, dreht sich um und schlurft wieder in die Küche.

Einige Neuzugänge warten darauf, sortiert zu werden, immer mehr Emigranten lassen ihre Bücher da. Draußen brummt es, zunächst leise, dann immer kräftiger. Sie läuft zum Fenster, öffnet es und späht in die Dämmerung.

Am Himmel dröhnen Flugzeuge, nicht nur eines, ein ganzer Schwarm. Da stand doch etwas in der Zeitung. Sie geht zurück zum Wohnzimmertisch, blättert. Ja. Das müssen die Bomber für Spanien sein. Nachschub für die Legion Condor, Überstellung von fabrikneuen Heinkel 111-Bombern von Rostock nach Madrid, Zwischenlandung in Mailand, da steht es in der Zeitung. Hitler probt in Spanien für den Krieg mit England, das ist klar. Aber warum muss gerade dieses Land dran glauben?

***

Nach einer Woche in der Blutspendenvilla laden sie die wichtigsten Instrumente auf den Ford-Lastwagen.

Vittorios Suiza hält mit quietschenden Bremsen. Er springt heraus, ist ganz derangiert. »Du fährst nicht mit, Tina. Und ich auch nicht. Ich brauche dich in Málaga.«

»Was zum Teufel sollen wir in Málaga? Dort ist dieselbe Front wie hier. Und dieselben Bomben.«

»Neue Order. Franco bombt die ganze Stadt nieder, nicht nur die Industrie und die Bahnlinien. Haus für Haus. Die Leute sind dabei, die Stadt aufzugeben, es wird ein Treck entstehen.«

»Und lass mich raten. Sie brauchen Leute, die gut organisieren können.«

»Genau. Wir müssen uns von Norman verabschieden.«

Als sie zwölf Stunden später in Málaga ankommen, ist alles zu spät. Eine Kolonne von hundertfünfzigtausend Menschen wälzt sich ihnen entgegen. Der Autobus, den sie für die letzte Strecke genommen haben, kann nicht mehr weiter. Menschen, so weit das Auge reicht.

Vittorio will weiter in die Stadt, Kontakt zur Roten Hilfe herstellen, Tina schüttelt den Kopf. »Ich bleibe bei den Leuten hier. Ich gehe mit ihnen. Wir sehen uns in Almería.«

Sie überschlägt, dass es im schlechtesten Fall sechs Tagesmärsche sind, es ist Februar, die Nächte sind eiskalt.

Sie trennen sich, sie schließt sich den Gehenden an, nur wenige haben einen Pferde- oder Eselskarren, andere treiben Ziegen und Schafe mit, wieder andere transportieren ihre Hühner in Käfigen auf Leiterwagen.

Die erste Nacht ist fürchterlich, Tina macht kein Auge zu, am Morgen sind einige erfroren, aber es geht weiter.

Zu Mittag kommen die Bomber. Ihr Ziel ist keine Stadt. Sie öffnen die Bombenschächte genau über der Menschenschlange. Die Botschaft ist klar: Keine Kasernen wollen wir zerstören, keine Panzer und keine Eisenbahnen, keine Häuser und keine Fabriken: Euch Flüchtige wollen wir auslöschen, je mehr auf einmal sterben, desto besser, Bomben auf das nackte Leben auf freier Flur.

Alle springen von der Straße weg, aber neben der Küstenstraße ist alles flach, es gibt es keinen Unterstand. Es kracht, splittert, raucht, Menschen schreien. Als sich Flugzeuge und Rauch verziehen, setzt Weinen ein, hemmungsloses Weinen. Verzweiflung, aus der es keinen Ausweg gibt. Es ist die Schutzlosigkeit, denkt Tina, die Schutzlosigkeit, die sie verzweifeln lässt. Sie geht herum, tröstet, hilft Wunden zu verbinden, doch es muss weitergehen.

In der zweiten eiskalten Nacht schläft niemand.

Der Weg geht am nächsten Tag weiter die Küste entlang. Gegen Mittag tauchen zwei Schiffe auf. Ohne Vorwarnung blitzen und knallen die Kanonen. Wieder merken es die Menschen zu spät, die Gefechtstürme der Kriegsschiffe sind auf die Küste gerichtet. Aber sie zielen schlecht, die Granaten explodieren im Meer oder am Strand. Trotzdem bricht Panik aus, die Menschen laufen, stürzen, lassen Gepäck und Wagen zurück. Drei Stunden später sind die Bomber wieder da. Keine Zeit, die Toten zu begraben.

Tina weint. Sie hätte mit Vittorio gehen sollen. Sie kann hier nichts ausrichten, niemandem helfen, sie muss schauen, dass sie diesen Zug überlebt.

Die Bomber kommen auch am dritten Tag. Weiter, weiter.

Immer wieder kommt sie an zerfetzten Körpern vorbei. Sie stolpert mit den anderen weiter, weiter. Überleben zwischen Explosionen, spritzender Erde und schreienden Menschen.

Am dritten Tag stößt sie auf einen Lastwagen, der mitten in der Kolonne im Schritttempo unterwegs ist. Sie diskutiert mit dem Fahrer, der Möbel geladen hat. Er solle doch Frauen, Kinder und alte Leute aufsitzen lassen und diese zuerst nach Almería bringen, es sind nur noch fünfzig Kilometer. Sie bringt ihn dazu, die Kästen und Kommoden an den Straßenrand zu stellen und Frauen und Kinder aufsteigen zu lassen. Er schafft noch zwei Fahrten an diesem Tag.

Zu essen gibt es am vierten Tag nur noch alten, halb vergorenen Kartoffelbrei. Sie beginnt zu halluzinieren. Die Bilder der Partys in Los Angeles und Mexiko tauchen immer wieder auf, Gesprächsfetzen, Edward, Kichi, Anita Stewart. Phantasmen. Der Lastwagen schafft drei Fahrten, die Menschen nicht einmal zwanzig Kilometer.

Noch dreißig Kilometer, einen Tag, die wüstenähnliche Ebene zwischen Balanegra und Almería. Sie sieht Alte, die sich neben die Toten legen, lasst mich hier sterben, ich schaffe es ohnehin nicht mehr, geht weiter. Jetzt, am fünften Tag hat Tina keine Tränen mehr. Ihr Gesicht ist schwarz geworden, ihre Beine geschwollen, obwohl ihr Körper abgemagert ist. Wenn es die Hölle gibt, dann ist sie hier.

Als sie die weißen Häuser von Almería sieht, kommt es ihr vor wie ein Wunder.

Aber die Hafenstadt, die Tina so afrikanisch vorkommt, ist eine Geisterstadt ohne Wasser und Strom, die Geschäfte sind geplündert, die wenigen Menschen, die geblieben sind, haben sich in den Kellern verschanzt. Keiner der Tausenden Flüchtlinge kann sich mit sauberem Wasser waschen, das Wasser aus den verschlammten Brunnen lässt die Menschen erbrechen.

Die deutschen Bomber kommen am nächsten Tag in der Früh, die Keller von Almería sind zu klein für die hundertzwanzigtausend Menschen, die es bis hierher geschafft haben.

Aber die Rote Hilfe ist noch besetzt, Tina gibt sich zu erkennen. Dieser José erzählt ihr, dass Francos Männer inzwischen in Málaga einmarschiert sind, jeden Republikaner, den sie antreffen, erschießen sie auf der Stelle.

»Das ist kein Krieg mehr«, sagt José. »Das ist ein Abschlachten.«

Einen Tag später trifft Vittorio ein. Er trägt einen frischen Anzug, als käme er gerade aus einem Büro, und hat ein frisches Kleid für Tina dabei.

»Wir gehen wieder nach Madrid.«

»Wieder zurück ins Krankenhaus?«

»Ich weiß nicht, wo wir gebraucht werden. Madrid, Valencia, Barcelona. Die Rote Hilfe muss hier selbst sehen, wie sie zurechtkommt. In der Zentrale gibt es Probleme mit der Verteilung. Es ist Nachschub gekommen, Kleidung, Waffen und Konserven. Die schaffen das nicht ohne uns.«

Tina ist zu erschöpft, um zu widersprechen.

Vittorio scheint ausgeruht, als hätte er Stunden geschlafen.

»Wir können am Abend mit einem Lastwagen mit. Ab Murcía dann der Nachtzug. Aber zuerst musst du dich waschen.«

Es bleibt nicht bei Madrid. In diesem fürchterlichen Jahr peitscht sie der Krieg durchs ganze Land. Málaga, Almería, Madrid, Valencia, Barcelona. Die Städte verschmelzen zu einer einzigen, überall ist die Rote Hilfe, überall gilt es, inmitten von Bombenruinen Spenden, Kleidung, Nahrung und Waffen gerecht zu verteilen, den Leuten Mut zu machen und die Truppen auf Moskau-Linie zu bringen.

Sie spricht Spanisch, Italienisch, Deutsch, Russisch. In Barcelona hilft ihr eine junge Frau bei der Verteilung von Essenspaketen, sie stellt sich als Fotografin vor, eine Deutsche. Gerda Taro. Eigentlich hieße sie Gerta Pohorylle, aber das könne niemand richtig aussprechen. Tina fragt sie nicht, ob das ein Künstlername oder kommunistischer Deckname ist.

»Ich heiße nur María«, sagt Tina.

Gerda hat es gar nicht gehört, sie plappert während der Arbeit in einem fort. Eigentlich sei sie Fotografin und hierhergekommen, um den Krieg zu fotografieren und nicht um Pakete zu sortieren. Es gibt Tina einen Stich, aber sie lässt sich nichts anmerken. Gerda plappert und schimpft über ihren Partner, den sie schon seit einer Woche nicht gesehen hat. Endre Friedmann, ein Ungar. Er nennt sich Robert Capa, das klingt besser. Dieser Mistkerl setzt immer wieder seinen Namen unter ihre Fotos. Sie habe alles von ihm gelernt. »Wir sind ein Fotografenpaar, aber er betrachtet mich noch immer als seine Schülerin, verstehst du?«

Tina nickt.

Gerda sagt, wie wichtig es sei, die schlimmen Dinge festzuhalten für die Nachwelt. »Die Fotografie hat dabei eine Macht, die nicht zu unterschätzen ist. Sie kann Menschen bewegen, sie zum Handeln bringen. Sie kann das Unrecht, das hier passiert, in der ganzen Welt bekannt machen.«

In Tina steigen so viele Worte hoch, doch sie schweigt. Ablenken. »Die da drüben müssen auch noch registriert werden. Wir müssen sie abzählen, sonst reißt sich wieder einer ein Paket zu viel unter den Nagel.«

Gerda folgt ihr mit der Liste. »Hast du schon einmal fotografiert, María?«

Wieder ein Stich. »Ich habe es einmal versucht«, sagt Tina, sie bemüht sich, gleichgültig zu klingen. »Das ist lange her. Jetzt komm, schreib.«

Ein andermal hört sie, dass Trotzki, der Verräter der Revolution, in Mexiko ist. Und das Schlimmste: Angeblich wohnt er im blauen Haus von Frida und Diego. Sie kann es nicht glauben, will es nicht glauben. Verräter, alles Verräter! Nie wieder wird sie zu ihnen zurückkehren, nie wieder ein Wort mit ihnen reden.

Im Juni gibt es in Valencia einen internationalen Schriftstellerkongress im zerbombten Rathaus. Sie brauchen Dolmetscher und Menschen, die den Schreibern die Lage erklären. Aber zuvor soll sie einige Teilnehmer von Barcelona nach Valencia bringen.

Auf dem Kongress dann so viele prominente Schriftsteller. Sind das nur Katastrophentouristen? Oder sind sie wirklich alle solidarisch mit dem spanischen Volk? So viele Bekannte aus Mexiko, Paris und Moskau sind da, aber die meisten erkennen sie nicht mehr, und denen, die sie erkennen, ist das Erschrecken anzusehen: Diese abgehärmte, aufgedunsene, etwas verwahrloste Frau ist Tina, der Hollywood-Vamp, die gefeierte Fotografin, die in Mexiko alle Männer toll gemacht hat? Sie sieht ihnen an, wie peinlich die Begegnung ist, sieht den Blick des Bedauerns.

Sie gibt sich niemandem zu erkennen, der sie nicht erkennt, sondern stürzt sich in die Arbeit, dolmetscht von Spanisch auf Deutsch für Octavio Paz und umgekehrt für Anna Seghers, Russisch auf Spanisch für Neruda und Hemingway, dann wieder für irgendwelche Russen. In diesen Tagen ist sie wie ein Rohr, durch das die Sprachen fließen, eine Maschine, die auf Hochtouren arbeitet und nichts dabei denkt. Abends ist sie so ausgelaugt, dass sie wie tot ins Bett fällt.

Sie dolmetscht einen Vortrag für Neruda, in dem er über ein Buch spricht, das er für Spanien geschrieben hat. Sie stockt während der Übersetzungen, da die Geschichte so unglaublich ist: Als er mit dem Manuskript fertig war, gab es kein Papier, um es zu drucken. Soldaten an der Front von Girona sammelten Stoffreste aus zerfetzten feindlichen Fahnen und Feldröcken, fanden eine zerschossene Papiermühle und schöpften eine Woche lang Papier. In einer ebenfalls verlassenen Druckerei druckten sie dann das Buch auf dieses Papier, und das alles in Gefechtspausen. *Spanien im Herzen.* Ein Buch, gedruckt auf feindlichen Fasern. Die Geschichte beschäftigt sie einige Tage. Ob sie stimmt?

Egon Erwin Kisch ist auch da, der Reporter, der sie in Berlin besucht hat. Seine Miene friert ein, als er Tina mustert. Aber dann lacht er. Gerade als er sie umarmen will, heulen die Sirenen. Bombenalarm. Sie gehen gemeinsam in den Luftschutzkeller, ohne Eile.

Und Kisch führt im Luftschutzkeller Zauberkunststücke vor. Der Mann ist nicht unterzukriegen. Das ist der richtige Geist. Nicht aufgeben.

1938

Nahum Rosenberg. Gut.

Nathan Rosenberg. Gut.

Neil Rosenberg. Nein, den nicht. Er hat einen amerikanischen Vornamen. Der ist sicher schon mehr Amerikaner als Jude.

Marie gähnt, massiert sich mit den Zeigefingern die Schläfen. Nicht aufgeben! Die Augen schmerzen. Sicher, sie hat wenig geschlafen. Aber das Durchgehen des Telefonbuchs gibt ihr den Rest. Über dreißig Adressen hat sie schon auf die Umschläge gekritzelt. Namen. Straßennummern. East. West. Hausnummern. Viertel wie Brooklyn und Bronx, Williamsburg und Seagate.

Sie wirft einen Blick aus der Telefonzelle. In der großen Halle stehen einige Leute an Schaltern, niemand wartet vor ihrer Zelle. Sie wendet sich wieder dem dicken Telefonbuch zu. Zehn Umschläge noch. Sie nimmt nicht jeden Rosenberg.

Niles Rosenberg. Nein.

Norman Rosenberg, sr. Nein.

Norman Rosenberg, jr. Auch nicht.

Oscar Rosenberg. Warum nicht.

Sie ist erst zu Mittag in München angelangt, die Fahrt von Fürth hat länger gedauert als gedacht. Gott sei Dank ist die Hauptpost nicht so weit entfernt. Nur hier, in der Fernsprechhalle, gibt es das Telefonbuch von New York. In dem sicher viele Rosenbergs stehen. Und vielleicht ist sie mit einem davon verwandt.

Vierzig Umschläge mit Briefen darin hat sie mitgenommen. In der Einkaufstasche, die sie mit sich führt, fallen sie niemandem auf. Mittlerweile weiß sie, dass sie hundert hätte mitnehmen können und noch wären es nicht genug, so viele Rosenbergs gibt es in der amerikanischen Metropole. Vierzig Briefe wird sie heute abschicken und nur je zehn im selben Postamt aufgeben, damit es nicht auffällt.

Vierzigmal derselbe Brief. Sie hat ihn gestern abgetippt und heute im Papiergeschäft hektografieren lassen. Der Inhaber schaut nie auf die Texte, die er für die Kunden in seiner Nudelmaschine, wie er sagt, herunterspult.

Sie hat den Inhalt mehrmals handschriftlich formuliert, bevor er ihr passte. Zuerst eine kurze Vorstellung der engagierten jüdischen Buchhändlerin aus Franken. Habe zwar nicht studiert, verfüge aber über große Kenntnisse im Buch- und Verlagswesen. Kenne einige Verleger auch persönlich. Dann der heikelste Punkt: Hinweis auf eine mögliche Verwandtschaft. Ich schreibe Ihnen, weil ich gehört habe, ich sei mit Ihnen verwandt. Zur Erinnerung, der Ort heißt Fürth. Bei Nürnberg. Und dann: Bitte um ein Affidavit.

Irgendein Rosenberg wird antworten. Und wenn nicht, dann sind in einem Monat die nächsten vierzig dran.

Sie schließt kurz die Augen, presst die brennenden Lider zusammen. Nein, es geht einfach nicht mehr.

Seitdem Hitler in Fürth gewesen ist, sind die wenigen jüdischen Geschäfte, die es noch gibt, jeden Tag beschmiert. Wer weiß, wie lange sie als Buchhändlerin noch geduldet wird, wann der Schwindel mit der Reichsschrifttumskammer auffliegt. Ernst Reinhardt ist seit fast einem Jahr tot, sie hat keinen mehr, der sie deckt. Jeden Tag kann es zu Ende sein.

Für die Juden wird es sowieso immer enger. Seit einem Monat dürfen nicht einmal mehr jüdische Ärzte praktizieren. Dann kam die Sache mit den Reisepässen. Jeder jüdische Mann heißt jetzt auch Israel, jede Frau auch Sarah. Marie Sarah Rosenberg! Sie musste fast lachen, als sie die Papiere bekam. Der Führer schenkt mir einen neuen Namen, und das ist nicht etwa Grete oder Kriemhild, sondern Sarah, einen jüdischeren gibt es nicht.

Und vor zehn Tagen hat ihr Doktor Berger, einer der treuesten Kunden, zwischen Tür und Angel mitgeteilt, dass mit erstem Oktober auch keine jüdischen Rechtsanwälte mehr zugelassen sind. Auch er werde nach England gehen, dort habe er Verwandte. Wer soll bei ihr dann noch irgendetwas kaufen, wenn die letzten Kunden auswandern?

Odo Rosenberg. Nein.

Otto Rosenberg. Nein.

Paul Rosenberg. Ja.

Sie schreibt die Adresse auf den letzten Umschlag. Geschafft. Die ersten zehn wird sie gleich in diesem Postamt aufgeben.

Aber zuerst muss sie noch schnell ein Ferngespräch tätigen. In der Telefonzelle zu sitzen, ohne zu telefonieren, ist verdächtig genug. Sie holt einen Zettel aus ihrem Täschchen und wählt die Nummer der Vermittlung. Schweden. Stockholm. Sie gibt die Nummer durch. Hoffentlich ist Helene zu Hause. Es rauscht und knackt.

Zweimal ist sie schon knapp davor gewesen, ihren Geschwistern nachzuziehen. In Fürth sind schon fast alle Juden weg. Die Adlers. Die Goldmanns. Die Kissingers. Den beiden Kissinger-Buben Walter und Heinz hat sie zum Abschied noch je ein Buch geschenkt, ihr Vater Louis, der beliebte Lehrer, war immer ein guter Kunde. Und jüdische Schulbücher braucht niemand mehr.

Die Leitung knackt in regelmäßigen Abständen. Sie hört Pieptöne, lang gezogen und in verschiedenen Tonlagen, dann ein gleichmäßiges Rauschen und – nichts mehr. Sie wartet. Nichts. Keine Verbindung.

Zahlen muss sie trotzdem. Sie stellt sich am Schalter an und nennt die Nummer der Zelle. Als die Beamtin sie nach dem Telefonbuch fragt, erschrickt sie und läuft zurück, da liegt es noch, nicht auszudenken, wenn sie es hätte ersetzen müssen!

Aber alles ist gut. Das Telefonbuch liegt in der Zelle, sie schnappt es sich und muss sich wieder am Schalter anstellen, zwei Leute stehen vor ihr. Das Warten tut gut, sie beruhigt sich. Nachdem sie das Buch der Postbeamtin unter der Glasscheibe durchgeschoben hat, stellt sie sich an einem anderen Schalter an und gibt die ersten zehn Briefe auf. Dann wird sie das nächste Postamt suchen. Zwanzig in München, zehn in Nürnberg, zehn spart sie sich für ihre Heimatstadt auf, unter der Geschäftskorrespondenz werden sie nicht auffallen. Sie muss sich beeilen, um vier Uhr beginnt der Englischkurs in Nürnberg, in den sie sich letzte Woche eingeschrieben hat.

Im Zug muss sie wieder an Walter und Helene denken. Ihre fremden Geschwister, die immer ein anderes Leben geführt haben. Wie hinter Glas. Alles war so leicht für sie. Als der Antisemitismus in Italien immer ärger wurde, ist Walter einfach zu Helene nach Schweden gezogen. Sie bewegen sich mit einer Leichtigkeit durch Europa, während sie mit der Mutter wie angekettet in dem fränkischen Nest sitzt. Jeden Tag sagt ihr die alte Frau, dass sie gehen solle, sie komme schon zurecht. Bring wenigstens dich in Sicherheit, geh nach Schweden, dann seid ihr alle zusammen.

Bisher hat Marie immer gesagt: Nur wenn du mitkommst. Aber nun hat sie sich mit dem Gedanken abgefunden, dass sie alleine gehen wird. Fünf Jahre Wohnungsbuchhandlung sind genug.

Schweden ist ihr zu nahe. Wer weiß, ob Hitler nicht auch da oben seine Anhänger hat. Wenn schon, dann Amerika. Dort kann man als Jude in Frieden leben. Dort gibt es Häuser, die bis zum Himmel reichen. Dort kann jeder leben, wie es ihm gefällt, jeder kann dort reich werden.

Das Pfeifen der Lok reißt sie aus dem Sinnieren. Nürnberg Hauptbahnhof. Sie steigt aus, der Bahnsteig ist voller Soldaten, die einen Waggon besteigen. Irgendein Manöver, sagt ein Dienstmann, es wird ernst.

***

Sie weint, alle um sie herum weinen, Frauen, Männer, alle schwenken sie Taschentücher und winken und weinen. Auch die Soldaten, die durch die Ramblas vorbeiziehen, haben Tränen in den Augen. Da die zerlumpten Kämpfer des deutschen Bataillons Thälmann, das Überbleibsel des italienischen Bataillons Garibaldi, das amerikanische Bataillon Abraham Lincoln, die Reste des irischen Bataillons Mackenzie, alle winken sie mit zusammengebissenen Zähnen.

Fast hätte Tina keinen Platz mehr bekommen, ganz Barcelona ist heute hier, die Stadt, in der die Unruhen begonnen haben, verabschiedet sich von den Internationalen Brigaden.

Mehr als die Hälfte ist nicht mehr dabei, hat Tina vorher aufgeschnappt. Mehr als die Hälfte liegt draußen auf den Schlachtfeldern, es müssen Hunderttausende sein. Wie viele davon hat sie vor zwei Jahren in Albacete in Empfang genommen! Und jetzt müssen sie abziehen. Franco hat dem Völkerbund gesagt: Wenn die Interbrigaden Spanien verlassen, dann verzichte ich auf die Hilfe von Mussolini und Hitler. Keine internationalen Hilfen mehr auf beiden Seiten. Und Premierminister Negrín hat dem Druck des Völkerbundes nachgegeben. Tina kochte vor Wut, als sie es vor einer Woche hörte. Dieses Zugeständnis, nachdem die Deutschen alles zerbombt haben! Negrín und die Herren des Völkerbundes glaubten tatsächlich, dass Franco dann zum Frieden bereit wäre, der Mann, der Tausende Spanier zu Tode prügeln ließ, der Zivilisten in Stierkampfarenen zusammentrieb und zusah, wie sie mit Maschinengewehrgarben niedergemäht wurden. Gestern noch hat Tina die neuesten Geschichten gehört, sie waren zu bizarr, um sie nicht zu glauben. Hunderten Leichen haben Francos Ärzte die Schädel aufgeschnitten und auf allerhöchsten Befehl das Gehirn auf die Anomalie untersucht, die diese Menschen für den Kommunismus begeistert hat. Wo ist die kranke Gehirnwindung, in der die Vision einer klassenlosen Gesellschaft herumgeistert? Wo der entzündete Nerv, in dem die Wahnvorstellung von der Diktatur des Proletariats glüht?

Wissen das die Herren vom Völkerbund? Negrín weiß es sicher, aber er ist zu schwach, um Spanien in dieser Stunde zu führen. Und dabei haben ihn die Kommunisten durchgesetzt! Ein Fehler, wie sich herausgestellt hat.

Die Parade klingt aus, eine Musikkapelle bildet den Schluss, dahinter laufen einige Kinder, Tina wendet sich ab, fast alle Zuschauer bleiben noch stehen wie erstarrt.

Sie muss in die Zentrale, Rote Hilfe, es gibt viel zu tun.

Vittorio ist vor zwei Tagen nach Paris aufgebrochen, Nachschub organisieren. Es gibt keine Munition und keine Stiefel mehr. Von Lebensmitteln gar nicht zu reden.

Aber es gibt keine Neuigkeiten von Vittorio. Seltsam.

»Hoffentlich ist nichts dazwischengekommen«, sagt sie zu Juan, der die Niederlassung leitet.

»Er wird bestimmt bald anrufen oder telegrafieren.«

»Wir können auf jeden Fall schon Listen vorbereiten.«

Juan nickt, sein dicker, gezwirbelter Schnurrbart federt mit.

»Gibt es schon die neuesten Zahlen?«

»Nein«, sagt Juan. Wir haben keine Ahnung.«

»Das heißt, wir wissen nicht, wie viele Soldaten wir überhaupt noch haben?«

Juan schüttelt langsam den Kopf. »Ich fürchte, es sind weniger, als wir uns vorstellen.«

Tina atmet tief durch und macht sich dann schweigend an die Arbeit. Verteilungsstrukturen überlegen. Welche Wege, welche Bahnlinien sind noch intakt? Wo verläuft die Front überhaupt nach diesen zwei Tagen des Waffenstillstands, in dem angeblich auch die Deutschen und Italiener abgezogen sind?

Sie macht sich mehrere Listen, teilt Genossen für Erhebungen ein, telefoniert mit der Roten Hilfe in Madrid. Als sie den Hörer nach dem dritten Gespräch auflegt, klingelt es.

Juan hebt ab. »Für dich, Tina.«

Die Stimme.

»Vittorio! Endlich! Wie läuft es? Wann können die Sachen hier sein?«

»Tina.«

»Und wann kommst du zurück? Du hättest die Parade erleben sollen. Es war zum Weinen, und es haben alle geweint. Es ist ein Skandal.«

»Tina, ich habe eine schlechte Nachricht.«

Nein. Bitte nicht.

»Tina, es wird keinen Nachschub geben.«

»Was soll das heißen?«

»Es mag seltsam klingen, aber in Paris hat man einen besseren Überblick als in Spanien. Bei euch kommen nicht alle Informationen an. Die Amerikaner hier berichten sehr gut. Tina, es sieht nicht so aus, als ob wir noch eine Chance hätten.«

»Und was heißt das?« Ihre Stimme klingt wie Papier.

»In Paris planen wir schon die Evakuierung. Oder Flucht, wenn dir das lieber ist. Wir müssen so viele Menschen wie möglich aus Spanien herausbringen. Und es werden Massen sein.«

»Aber Negrín …«

»Tina, täusche dich nicht. Ich glaube, dass Negrín das schon erkannt hat. Er versucht jetzt Zeit zu gewinnen, und da fällt ihm alles Mögliche ein. Wir brauchen die Zeit dringend, es zählt jeder Tag. Jeder Tag bedeutet Menschenleben.«

»Das heißt«, sagt Tina stockend, »das heißt, der Krieg ist verloren?«

»Das heißt es wohl. Und du weißt, was das für die Verlierer bedeutet.«

Tina schluckt. Wenn es notwendig ist, erschieße ich halb Spanien, hat Franco gesagt. Sie zweifelt nicht an seinen Worten.

Vittorio weist sie an, sich Gedanken über die Evakuierung zu machen. »Es ist ja nicht unser erster Flüchtlingstreck. Und wer weiß, wie lange Madrid sich noch halten kann.«

Am nächsten Tag nimmt sie den Frühzug nach Madrid. Bomber summen über den Zug hinweg. Deutsche Flugzeuge! Das ist also Francos Abrüstung. Sie fliegen Richtung Barcelona, die Stadt, aus der sie kommt. Der Zug steht stundenlang auf offener Strecke. Gott sei Dank hat sie Proviant mitgenommen. Brot mit Bohnenaufstrich und eine Thermosflasche mit Tee, es ist ein kalter Oktobermorgen. Sie schlürft den Tee, blickt auf die rötlichen Sierras. Kurz ist sie wieder in Mexiko, dann verscheucht sie den Gedanken schnell.

***

»May I invite you to a cup of tea?«

»Oh, I … don't know. What's your name?«

»My name is Julius.«

»My name is Marie.«

»Aber das weiß ich doch schon!« Julius lacht.

Die ersten zwei Englischstunden sind überstanden, die Teilnehmer haben gelernt, sich vorzustellen. Marie hat sich gefragt, warum einige in dem Anfängerkurs sitzen, die bereits einigermaßen Englisch können. Wie Julius, der sie jetzt angesprochen hat.

Sie stehen an der Garderobe der Sprachschule, er hat ihr gerade in den Mantel geholfen, die anderen Sprachschüler drängen vorbei, sie sind zu fünfzehnt, vier Männer und elf Frauen, alle lernen die Sprache, die sie in der Emigration sprechen werden, die ihre neue Sprache sein wird.

»Viel mehr kann ich noch nicht«, sagt Marie und zieht eine Schnute. Der Kurs hat einen alten Übermut in ihr hervorgeholt, das einfache Vorstellen in der fremden Sprache eine Lockerheit erzeugt, die sie fast nicht mehr an sich gekannt hat.

Einen Tee. Sie überlegt kurz. Wann kommt sie schon hinaus aus ihrem Nest? Nürnberg ist zwar auch nicht die große Welt, aber immerhin kennt sie hier niemand.

»Wenn ich den späteren Zug nehme, könnte ich tatsächlich einen Tee mit Ihnen trinken. Aber nicht länger als eine Stunde.«

»Du. Wir waren doch schon beim Du. Im Englischen duzen sich doch alle.«

Er setzt sich den Hut auf und hält ihr die Schwingtür zum Flur auf. Er ist fast einen Kopf größer als sie und ungefähr gleich alt. Sein hoher Haaransatz lässt ihn älter aussehen. Ein spätes Mädchen und ein nicht mehr ganz taufrischer Hagestolz.

Er räuspert sich, seine Stimme klingt etwas brüchig. »Kann natürlich auch ein Kaffee sein. Aber zu Englisch passt Tee eben besser.«

Sie gehen die Treppe hinunter, die Luft draußen ist kühl.

»Wir können ja schon Richtung Bahnhof gehen, dann ist es nicht mehr so weit. Ich kenne da ein nettes Café.«

»Ich kenne mich hier leider nicht gut aus. Wie du weißt, I am from Fürth.« Sie lacht auf, weil der Satz so seltsam klingt. Und wahrscheinlich auch fürchterlich ausgesprochen.

»I am from Nuremberg«, sagt Julius. »Aber das habe ich ja auch schon im Kurs gesagt.«

Das Café hat schon bessere Zeiten gesehen. Der resedagrüne Anstrich der Vertäfelungen ist überall rissig, die Sesselbezüge aus braunem Plüsch sind abgewetzt. Trotzdem macht es einen heimeligen Eindruck.

Sie bestellen demonstrativ Tee, worauf Julius sofort anmerkt, dass der Fünfuhrtee eine Erfindung der Deutschen sei. Niemand in England trinke um Punkt fünf Uhr Tee.

»Warst du schon dort?«, fragt Marie.

Julius hebt die Schultern. »Nein, aber mein Vater hatte einen Geschäftsfreund in London. Er kam uns manchmal besuchen.«

»Dann wirst du nach England gehen?«

»Nein, Amerika. New York. Alle gehen da hin. In England werden wir noch als Spione eingesperrt.«

»Ich dachte, wegen des Geschäftspartners.«

»Wir haben keinen Kontakt mehr. In Amerika habe ich einige Verwandte.«

Er arbeite im Büro einer Textilfabrik, seine Eltern seien Textilhändler. Er hätte in die Firma einsteigen sollen, habe aber zuerst auswärts Erfahrungen sammeln wollen. Und jetzt sei die Firma arisiert worden, die Eltern hätten sie zu einem lächerlichen Preis verkaufen müssen. Dennoch wollten sie noch bleiben, sie redeten ihm zu, er solle auswandern.

Marie nickt. »Dasselbe bei mir. Einen alten Menschen zu verpflanzen ist schwer.«

Sie erzählt von ihrer Wohnungsbuchhandlung, zuerst schämt sie sich noch, aber dann erzählt sie freimütig, wie sich die Bücher neben ihrem Bett und auf dem Esstisch stapeln. Wie sie den Büchersäulen ausweichen muss, damit keine zusammenstürzt.

Julius lacht. »Und du willst drüben auch Bücher verkaufen?«

»Ich kann ja nichts anderes. Solange ich Bücher unter die Leute bringen kann, ist die Kultur nicht verloren. Weder hier noch in den Staaten.«

Eine Weile hängt jeder seinen Gedanken nach. Tassen schaben, Löffel klimpern.

Marie trinkt ihren Tee aus.

Julius kneift die Augen zusammen. »Warst du auf dem Platz, als der Führer in Fürth war?«

»Nein, was soll ich als Jüdin dort.«

»Ich habe gehört, dass sie sogar den alten Bahnhof abgerissen haben, damit für das Spektakel mehr Platz war.«

»Den Ludwigsbahnhof, ja. Da hatten wir unsere Buchhandlung bis vor drei Jahren. Zuletzt stand er aber leer. Sie haben auch andere Häuser abgerissen, das ist schade. Dafür haben wir jetzt auch einen Platz für die Aufmärsche der Braunen, fast wie ihr in Nürnberg.«

»Ja, verrückt. Hast du das Gelände gesehen?«

»Nein, wirklich nicht.«

»Die Synagoge haben sie im Sommer abgerissen, um noch mehr Platz für ihre Kundgebungen zu haben. Du wirst sehen, an dieser Gigantomanie wird das Reich noch zugrunde gehen. Es wird vielleicht noch ein wenig dauern, aber Bestand wird das nicht haben. Aber uns kann es ja gleichgültig sein. Wir sind ohnehin vorher weg. Wann fährst du?«

Sie erzählt ihm, dass sie auf ein Affidavit wartet. Dass sie an Unbekannte geschrieben hat, verschweigt sie.

»Und besser Englisch lernen muss ich auch noch.«

»Du wirst sehen, drüben wird alles besser. Es gibt so viele Deutsche dort, vielleicht wirst du gar kein Englisch brauchen. Es gibt deutsche Geschäfte, da kannst du sicher bald irgendwo anfangen. Mach dir nur keine Sorgen!«

Wieder eine Pause.

»Entschuldige, ich weiß, dass du im Kurs deinen Namen genannt hast. Aber ich habe ihn vergessen. Wie heißt du mit Familiennamen?«

»Rosenberg. Marie Rosenberg. Nein. Seit August Marie Sarah Rosenberg.«

Julius lacht, diesmal etwas bitter. »Das klingt doch schön. Ich heiße Laub, wie die Blätter, die herunterfallen.«

»Julius Israel Laub«, sagt Marie. »Ich habe es mir wohl gemerkt.«

»Bei mir klingt das ›Israel‹ wie ein Frosch im Hals«, sagt Julius.

Beide lachen.

Die Uhr, die über dem Eingang des Cafés hängt, zeigt zehn vor sechs. Julius ruft den Kellner herbei und zahlt etwas hektisch, ein paar Münzen fallen ihm auf den Tisch.

Er begleitet sie bis vor den Bahnhof, Marie will nicht, dass er auf dem Bahnsteig steht. Was müsste denn ein Fürther denken, der zum selben Zug eilt? Ganz Fürth würde tratschen.

Er deutet einen Handkuss an, Marie muss lachen.

»Bis nächste Woche. Und gut Vokabel lernen!« Er zwinkert überdeutlich mit dem rechten Auge.

»Wird gemacht. Auf Wiedersehen!«

Sie dreht sich schnell um und geht in die Bahnhofshalle. Die Stelle auf dem Handrücken, vor der seine Lippen zum Stillstand kamen, fühlt sich noch im Zug seltsam an. Draußen wird es schon dunkel. Lagerhäuser aus Backstein ziehen am Zugfenster vorbei.

Julius Laub. Ein höflicher Mann. Etwas verklemmt. Wie sie selbst, wie alle Alleinstehenden in dem Alter. Aber endlich hat sie wieder einmal gelacht. Ob er es ernst meint? Vielleicht treibt er aber auch nur einen Spaß mit ihr, und zu Hause wartet seine Frau. Es gibt genug solche Männer.

Nach einem weiteren Kurs und verkrampftem Tee danach fragt sie sich, ob sie verliebt ist. Er will sie unbedingt wiedersehen, hat er gesagt.

Beim dritten Kurstermin stehen die Teilnehmer vor einem Schild, das den Ausfall der Lehrerin wegen Krankheit verkündet.

Marie und Julius spazieren durch die Stadt, die Bäume ragen kahl in den klaren Oktoberhimmel, es ist früh kalt geworden in diesem Jahr.

Marie kennt die Gegend nicht, durch die Julius sie führt. Bisher waren sie in Kaffeehäusern. Ob es diesmal ein Restaurant sein wird? Sie passieren eine Ladenzeile. Auf einem Schaufenster ist noch zu sehen, wo »Kauft nicht bei Juden!« stand. Mit einem Mal bleibt Julius stehen, ein Hauseingang.

»Hier wohne ich. Darf ich dich zu einem Tee einladen?«

Sie zögert. Aber was hat sie zu verlieren? Julius ist vierzig, sie achtunddreißig, beide etwas über der Zeit, wie Äpfel, die die ersten Runzeln zeigen.

»Wenn es nicht zu lange dauert.«

Eine Junggesellenwohnung, wie man sie sich vorstellt. Zimmer, Küche, Kabinett, hinter dem Bett ein Teppich an die

Wand genagelt. Wie zufällig stehen schon zwei Teetassen und ein Teller mit Keksen auf dem Tisch.

Julius füllt eine Blechkanne mit Wasser und macht sich am Gasherd zu schaffen. »Du fragst dich sicher, warum ich so lebe. Ich bin ja nicht mehr der Jüngste.«

Er erzählt von einer Frau, die sich in einen anderen verliebte, als sie die Hochzeit planten. Von seiner Verzweiflung danach. Und von einer anderen, die ihn nicht mehr sehen wollte, weil er kein Arier ist. Seitdem hat er sich in die Arbeit gestürzt, viele Überstunden gemacht. Daheim wartet ohnehin niemand. Immerhin hat er ein wenig Geld gespart, das kann er für drüben brauchen.

»Das mit der Arbeit kenne ich. Das beste Heilmittel, um Sachen zu vergessen. Aber Ladenschluss gibt es bei mir keinen mehr. Seitdem ich die Bücher in der Wohnung habe, ist alles vermischt. Dafür komme ich mehr zum Lesen als früher. Und ich bin Tag und Nacht von den Büchern umgeben. Ich lebe mit ihnen zusammen wie mit Menschen und sie leben mit mir.«

Sie nimmt einen Keks, beißt ab. Er ist schon etwas weich.

»Ich kann mir gar nicht mehr vorstellen, einmal nicht von Büchern umgeben zu sein. Vielleicht sind sie für mich so etwas wie ein Haustier für andere Menschen. Aber ich rede Unsinn.«

»Aber nein. Das ist schön«, sagt er und nimmt ihre Hand, zieht sie von ihrem Stuhl hoch. Sie stehen einander gegenüber. Was wird das? Schnell schluckt sie den Keksbrei in ihrem Mund hinunter.

»Und du bist auch schön«, sagt er.

Sie hat keine Zeit, eine ironische Antwort zu geben. Sie küssen sich, zuerst vorsichtig, dann gierig, bis sie der Teekessel aus der Umarmung pfeift.

***

Das Pfeifen des Zuges weckt sie auf. Wieder eingeschlummert. Madrid, Puerta de Atocha, Endstation, alle aussteigen. Endlich. Den ganzen Tag hat der Zug gebraucht, jetzt dämmert schon der Abend. Das Abteil ist leer, das Paar, mit dem sie gereist ist, steht bereits auf dem Gang.

Sie liebt diesen Bahnhof mit dem großen Gewölbe aus Stahl und Glas, ein Palast. Auf dem Perron kauft sie eine Zeitung, Extrablatt: Bombenhagel auf Barcelona. Die Stadt, in der sie in den Zug gestiegen ist. Über tausend Tote, Tausende Verletzte. Aber die Stadt wird sich nie ergeben. Nie. No pasarán.

Bei der Roten Hilfe die nächste Neuigkeit: In zehn Tagen werde es hier in Madrid einen Kongress geben, über tausend Delegierte werden erwartet, Kommunisten, Anarchisten, vielleicht die letzte große Versammlung, es muss eine gemeinsame Strategie her, sie solle gleich mithelfen zu organisieren, Vittorio komme in drei Tagen aus Paris, er werde den Kongress eröffnen.

Vittorio wird da sein. Natürlich. Wenn es ums Reden und Eröffnen geht, wird er da sein. Falls nicht inzwischen alles zusammenbricht.

»Was soll das?«, fragt Tina die drei Genossen, die das Organisationskomitee bilden. »Über tausend Delegierte, während die Stadt belagert und draußen jeder Mann gebraucht wird?«

Da zeigt es sich wieder: Statt zu handeln, setzen sich die Männer, ja es sind immer die Männer, sie setzen sich zusammen und machen eine Sitzung, einen Kongress, wo jeder seine Rede abspulen kann und am Ende alles so bleibt, wie es ist. Und es ist schon längst verloren. Die Leute sollten doch evakuiert werden.

Der Genosse mit dem schwarzen Vollbart zuckt die Schultern. »Befehl von oben.«

»Wie soll das überhaupt gehen, wenn die Stadt belagert ist? Da wird doch niemand kommen.«

»Es sind noch zehn Tage. Das Ganze nennt sich Nationaler Solidaritätskongress. Es geht, glaube ich, von Negrín aus. Wir sollen uns wieder mit den Anarchisten zusammentun und gemeinsam kämpfen, so wie am Anfang. Was das Reinkommen betrifft, hast du es ja selbst gesehen: Die Wege und Zugverbindungen nach Osten sind noch offen.«

Zehn Tage. Der Kongress wird also am 1. November stattfinden, einen Tag vor dem Totenfest, ob das in tragischer Weise zusammenpassen wird? Es sind Unterkünfte zu organisieren. Essen für tausend Leute in einer Stadt, in der es fast nichts mehr zu essen gibt. Diese Idioten! Statt die letzten Vorräte aufzuessen und Zeit mit Reden zu vergeuden, sollte jeder dieser tausend Leute ein Gewehr in die Hand nehmen und gegen die Faschisten kämpfen! Oder bei der Evakuierung mithelfen! Zehn Tage! In zehn Tagen wird Franco die Stadt vielleicht schon erobert haben und alle potenziellen Kongressteilnehmer werden auf der Flucht oder schon tot sein.

»Es ist so sinnlos«, sagt sie zu dem Bärtigen. »Kann man diesen Kongress nicht absagen?«

Der Genosse zuckt die Achseln. »Das haben die da oben beschlossen. Befehl ist Befehl. Es ist wahrscheinlich ohnehin die letzte Sitzung.«

Sie besprechen die Einzelheiten. Die Telefonleitungen in der Stadt sind ausgefallen. Tina wird zu einigen Hotels in der Innenstadt hingehen und Zimmer reservieren.

Als sie Minuten später Richtung Puerta del Sol geht, fallen ihr die bis zum Dach vollgepackten Autos auf. Auch Fuhrwerke sind unterwegs, ganze Familien sitzen darauf, hinter ihnen Möbel und Hausrat.

Vertraute Bilder. So hat es in Málaga begonnen. Langsam

formiert sich der Treck. Noch ist es keine Menschenschlange, aber sie merkt die Aufbruchstimmung an allen Ecken und Enden, man sieht es den Autos und Gespannen an. Da ein Lastwagen mit Menschen darauf, dort eine Frau mit einem Handwagen. Mit einem Mal ist die Erinnerung an Málaga wieder da, die fünf Tage im Treck, das Frieren in der Nacht, die Bomben am Tag.

Sie schafft es, wenigstens hundertfünfzig Zimmer zu reservieren.

Als sie ins Hauptquartier zurückkehrt, der nächste Dämpfer. Franco hat eine Radioansprache gehalten: Wenn Madrid sich nicht endlich ergibt, wird die Stadt niedergebombt und dem Erdboden gleichgemacht.

Und tatsächlich, zehn Tage später, tausendzweihundert Delegierte sind gekommen, fallen die ersten Bomben, eine durchschlägt die Decke und explodiert in dem Raum, in dem der Ausschuss für den Frieden tagt. Die Detonation zerfetzt die Leiber der Delegierten. Tausende Tote sind es in der Stadt. Und Vittorio ist nach dem Bombardement wie vom Erdboden verschluckt.

Tina streift umher und sucht Vittorio in den Krankenhäusern der Stadt, von der nur noch Ruinen übrig sind. Die Deutschen, die angeblich abgezogen sind, haben ganze Arbeit geleistet. In den Spitälern liegen die Verwundeten auf den Gängen, manchmal sogar auf dem Boden. Ein Genosse, den sie kennt, spricht sie an und erzählt, dass die Schwestern in der Notaufnahme alle Patienten abweisen, die nicht lebensgefährlich verletzt sind.

Sie findet Vittorio nicht, sie war in fünf Krankenhäusern. Es ist Abend geworden, der Abend eines fürchterlichen Tages, sie muss zusehen, dass sie ein paar Stunden Schlaf bekommt. In der Dämmerung wirken die Bombenruinen noch bizarrer, wie

Felsen inmitten von Geröllhalden. An vielen Orten brennen noch Feuer, ob von den Bomben oder ob Leute sich daran wärmen, Tina hat keine Ahnung. Verbrannt riecht es überall. Viele Menschen sind in dieser Abendstunde auf der Straße, sie hocken auf Stufen und Trümmern, einige werfen Ziegel um Ziegel auf die Seite, in der Hoffnung, im Bombenschutt noch etwas zu finden. Und einige bauen Barrikaden aus Schränken und Stühlen, Vorbereitung für die Straßenschlacht, falls es noch eine gibt.

Auch am nächsten Tag klappert sie einige der improvisierten Lazarette ab. Nichts.

Am dritten Tag findet sie Vittorio in einem Lazarettzelt, er liegt im Anzug auf einem Bett, einen Arm in der Schlinge, die Hand verbunden. Arm gebrochen, linker Daumen ist weg, sagt er statt einer Begrüßung.

Tina umarmt ihn, er bleibt steif, richtet sich auf. »Gut, dass du endlich da bist«, sagt er. »Gehen wir.«

***

In der Nacht auf den 10. November schläft Marie unruhig. Immer wieder tönt Geschrei von der Straße herauf, Türen werden geknallt. Die Nazis hatten eine Totenfeier im Stadttheater, wahrscheinlich randalieren einige Betrunkene.

Um acht Uhr, die Mutter schläft noch, macht sie sich auf zum Bäcker. Ein eiskalter Morgen, aber etwas ist anders. Es riecht nach Holzfeuer. Hat es einen Brand gegeben in der Nacht? Das würde den Lärm erklären. Die Häuser der Altstadt sind überwiegend aus Fachwerk und demnach immer in Gefahr, in Brand zu geraten. Deshalb gibt es dieses monströse Feuerwehrgebäude, das für diese Stadt viel zu groß ist, und die zahlreichen Löschfahrzeuge.

Der Geruch ist beißend. Nur wenige Leute sind auf der Straße und die scheinen es eilig zu haben. Als sie zur Bäckerei kommt, traut sie ihren Augen nicht. Glassplitter liegen auf dem Gehsteig, es gibt keine Scheiben mehr, die Tür ist verschlossen. Hat es eine Aktion gegen jüdische Geschäfte gegeben?

Sie nimmt einen Schatten von links wahr. Ida Meyer, die eine Straße weiter wohnt.

»Ida, guten Morgen! Was ist denn hier passiert?«

»Hast du wirklich nicht mitgekriegt, was los war? Es ist aus, sie wollen uns vernichten.«

»Was denn, noch sind wir da«, sagt Marie. Sie versteht überhaupt nichts.

Ida erzählt stockend, bricht immer wieder ab, schweigt, erzählt weiter. Nach der Totenfeier saßen die Nazis im Café Fink zusammen. Um Mitternacht hat Oberbürgermeister Jakob, der bei dieser Runde dabei war, die Nachricht bekommen, dass Aktionen gegen Juden durchzuführen sind. Dann haben sie Leute zusammengetrommelt, mitten in der Nacht. Um zwei Uhr Früh standen dann hundertfünfzig SA-Männer vor dem Café und stürmten auf Anordnung von Jakob den Gänsberg. Sie haben die Eisentore zum Tempelbezirk aufgesprengt, die Eichentüren der Altschul aufgebrochen, die ganze Inneneinrichtung in der Synagoge auf einen Haufen geworfen und angezündet.

Erst um drei ist Kommandant Rachfahl mit seiner Feuerwehr aufgetaucht und hat die umliegenden Gebäude gewässert, damit sie nicht Feuer fangen. Die Synagoge ist komplett niedergebrannt.

Marie hält es nicht mehr aus, sie setzt sich auf die Brüstung unterhalb des Schaufensters der Bäckerei, sie braucht eine Stütze, egal ob da noch Scherben liegen. Brechreiz schnürt ihren Hals zusammen.

Ida setzt sich neben sie und erzählt weiter. Ihre Stimme ist monoton, als würde sie Zahlenkolonnen aufsagen. Nach der Aktion in der Synagoge hat die SA fast alle Juden aus den Betten geholt. Sogar die Kinder aus dem Waisenhaus Julienstraße, man stelle sich das vor. Bis sechs Uhr in der Früh mussten die Männer, Frauen und Kinder auf dem Schlageterplatz stehen. Einfach nur stehen. Mitten in der Nacht. Stunde um Stunde, bis alle Lippen blau waren und die Kinder vor lauter Zähneklappern mit dem Weinen aufgehört haben. Um sechs hieß es dann: Alle ins Volksbildungsheim. Dort musste jeder seinen Namen sagen, sie wurden in Listen eingetragen, dann durften sie wieder nach Hause. Etwa hundert Männer haben sie dortbehalten. Keiner weiß, was mit ihnen passiert. Angeblich werden sie in ein Lager gebracht.

»Und unser Viertel haben sie offensichtlich vergessen«, sagt Ida. »In unserem Haus sind wir die einzigen Juden, und du und deine Mutter seid ja auch die einzigen in eurem Haus. Das hat sich wohl nicht ausgezahlt.«

Marie nickt nur. Sie kann kaum sprechen. »Woher weißt du das alles?«

»Ich wollte um sieben schon Brötchen holen. Da treff ich die Wolff, die weiß immer alles. Ich frage mich, was das noch wird. Sie wollen uns nicht, entweder wir gehen oder wir sterben hier.«

Marie steht auf, verabschiedet sich. Wie im Schlaf geht sie nach Hause. Sie schließt die Tür, setzt sich auf die Bank unter der Garderobe, holt tief Luft. Sie steht auf und legt die Kette an die Tür.

Werden sie zu ihr kommen? Wenn ja, wann? Heute noch? Morgen?

Erst am Abend wagt sie sich hinaus und hört noch andere Sachen, die ihr so unwirklich, so weit weg erscheinen. Wie ein SA-Mann mit dem Vorschlaghammer den Wohnzimmerschrank bei der Familie Zehrer zertrümmerte und andere Männer die Polstermöbel und Bilder aufschlitzten. Wie Vater, Mutter und die zwei Jungen in Schlafanzügen danebenstanden und zusahen. Wie der Synagogendiener der Alten Schul mit dem Bart den Boden aufwischen musste. Wie SA-Männer die Bibliothek des Rabbi in den Hof trugen, aufhäuften und anzündeten. Und wie der Fotograf Wolkerstörfer aus der Flurstraße mit dem Mob mitgezogen ist und alles fotografiert hat.

In den nächsten Tagen hat sie keine Kundschaft. Sie verlässt die Wohnung nur, um Brot und Milch zu kaufen. In der Zeitung liest sie, dass es in allen Städten des Reiches so zugegangen ist. Von einem Tag auf den anderen gibt es keine Synagogen mehr in Deutschland. Es ist so unglaublich, sie kann es noch immer nicht fassen. Auch die Mutter weiß inzwischen Bescheid, sie hat Besuch von einer Nachbarin bekommen. Sie sagt ihr später, dass sie ihr Kabinett nicht mehr verlassen wird. Marie soll ihr das Essen hereinbringen. Marie stellt ihr auch Wasserkrug, Waschschüssel und Eimer hinein.

Zehn schlaflose Nächte später liegt ein Brief aus New York in der Post. Nahum Rosenberg, ein Antiquar in Williamsburg, ist bereit, seiner unbekannten Namensschwester Marie Rosenberg ein Affidavit zu geben. Er habe Verwandte in Nürnberg, also liege vielleicht wirklich eine Verwandtschaft vor. Er wünsche sich aber ein Empfehlungsschreiben von jemandem aus der Buchbranche.

Die Freude, die in Marie hochkommt, schmeckt zugleich bitter: Hat dieser Nahum Rosenberg eine Ahnung, wie sehr es den Juden hier an den Kragen geht? Die es sich leisten konnten, sind ausgewandert, die anderen sind in einem Lager oder man hat ihnen Vermögen und Beruf weggenommen und die vegetieren dahin so wie sie. Ruhig, sagt sie sich, rational überlegen. Es kann ja nicht schwierig sein, eine Empfehlung zu bekommen. Noch gibt es Verleger, die ihr so etwas ausstellen würden.

Sie sagt der Mutter, dass sie diesem Nahum schreiben werde, dass er ein zweites Affidavit schicken und auch für sie bürgen solle. Die Mutter schüttelt den Kopf. »Ich gehe nicht mehr fort von hier. Und wenn, dann höchstens zu Walter und Helene.«

Marie macht keinen weiteren Versuch, sie zu überreden. Auch ihr haben die Geschwister wieder angeboten, nach Schweden zu kommen. Nach wie vor ist es ihr aber zu unsicher. Angeblich hat Hitler da oben auch viele Anhänger.

Sie verabredet sich mit Julius. Er gesteht ihr, dass er schon seit einer Woche ein Affidavit hat, er wollte es ihr nicht sagen, um sie nicht zu betrüben, weil sie noch keines hatte.

»Ich weiß, das klingt unvernünftig, aber nachdem ich es einen Tag verschwiegen habe, wurde es mit dem nächsten Tag immer schwerer.«

Außerdem sei er nach diesem Pogrom wie gelähmt gewesen. Jedenfalls gelte es, so schnell wie möglich auszureisen.

Sie bezahlen und nehmen den nächsten Zug nach München. Marie zögert zuerst noch, sie sollte die Mutter verständigen, wenn sie länger ausbliebe.

»Es gibt keine Zeit zu verlieren«, sagt Julius und sie kann nichts dagegen sagen.

***

»Wir müssen wieder nach Barcelona. Es gibt keine Zeit zu verlieren.«

»Aber da war ich doch gerade. Das ist kaum sechs Wochen her. Hier gibt es doch auch genug zu tun.«

Sie sitzen im Büro der Roten Hilfe, Vittorio ist soeben hereingestürmt, Tina hat ihre Übersetzung aus dem Russischen beiseitegelegt. Im Aschenbecher qualmt ihre Zigarette.

»Madrid wird sich halten. Unsere Leute bleiben. Die kämpfen bis zum letzten Atemzug.« Vittorio setzt sich ihr gegenüber, fischt eine Zigarette aus seiner Tasche und entzündet sie an Tinas.

Worauf will er hinaus?

»Und in Barcelona tun sie das nicht?«

»Doch. Aber hör zu. Ich habe erfahren, dass Franco eine große Offensive plant. Nachdem Madrid nicht aufgibt, wird er mit allen Kräften gegen Katalonien vorgehen.«

»Dann musst du eben Truppen dorthin verlegen.«

»Es gibt keine Truppen mehr. In Madrid wird jeder Mann gebraucht.«

»Das heißt …« Tina vollendet den Satz nicht.

»Ja. Es wird zuerst in Barcelona eine Evakuierung geben. Wie damals in Málaga.«

»Aber auch hier sind einige Leute schon aufgebrochen.«

»Aber der große Exodus ist ausgeblieben. Jeder, der eine Waffe halten kann, ist geblieben.«

Es stimmt, in den letzten Tagen hat sie keine Fuhrwerke und Autos mit Familien mehr gesehen.

»Du meinst, es wird in Barcelona einen Treck geben?«

»Ja. Sie brauchen Leute, die da Erfahrung haben. Und wir waren schließlich dabei in Málaga.«

»Ich war dabei«, sagt Tina.

Vor Tinas Augen steigen wieder die Bilder auf. Die Toten am Straßenrand. Die Bomben auf die Menschenkolonne. Franco wird es wieder tun.

»Gibt es keine andere Möglichkeit?«

Vittorio schüttelt den Kopf. »Wenn Franco mit allen Divisionen auf Barcelona marschiert, ist die Stadt verloren. Wir haben keine Soldaten mehr, um sie zu verteidigen. Wir müssen zusehen, dass wir so viele retten wie möglich. Ich war ja in Paris. Die Franzosen werden Auffanglager errichten, Baracken, gleich hinter der Grenze. Haben sie zumindest zugesichert.«

»Was ist eigentlich mit den Waffen aus Russland?«

Vittorio bläst Rauch aus und schüttelt den Kopf. »Die müssten schon längst da sein. Ich fürchte, sie sind irgendwo in Italien hängen geblieben.«

»Wann sollen wir fahren?«

»Morgen. Wir fliegen und hoffen, dass wir nicht abgeschossen werden.«

Als sie am nächsten Tag vom Flughafen El Prat in die Stadt fahren, erkennt Tina die Straßen nicht wieder. Kaum ein Haus ohne Bombenschaden, ein Trümmerfeld, viel schlimmer als in Madrid. Und so viele Menschen auf der Straße.

»Ist überhaupt noch jemand in seiner Wohnung?«, fragt sie den Genossen, der den Wagen fährt.

»Es gibt fast keine Wohnungen mehr. Stell dir vor, zwei Millionen Menschen haben zurzeit kein Dach über dem Kopf. Zwei Millionen.«

Der Wagen rumpelt über Schlaglöcher.

»Sie suchen überall nach Essen. Sie kriechen in die Bombenkrater und plündern die Leichen aus, hier ein Stück Brot, dort eine Flasche mit sauberem Wasser. Ja, das gibt es auch nicht mehr. Ihr dürft euch nicht daran stoßen, aber hier wäscht sich seit Tagen niemand mehr.«

Im Büro der Roten Hilfe gibt es Essen. Eine Büchse Linsen. Was soll denn das nun?

Der Genosse, der sie hergebracht hat, errät ihren Gedanken. »Es gibt nur noch Linsenkonserven, wir essen das seit Tagen.

Kein Fleisch, kein Brot, kein sauberes Wasser. Es wird Zeit, dass wir von hier wegkommen.«

Die Lagebesprechung ergibt ein düsteres Bild: Die Schlacht am Ebro ist verloren, momentan ist es ruhig, aber Francos Truppen sammeln sich gegen Barcelona. Vielleicht ist er zu Weihnachten schon hier, in drei Wochen. Der Treck muss so schnell wie möglich auf den Weg gebracht werden.

***

Die Dame in der Reiseagentur hat blondiertes, hochgestecktes Haar und trägt ein kobaltblaues Kostüm. Sie sieht aus wie aus einem Modejournal und ist Marie sofort unsympathisch. Außerdem muss Marie gleich wieder an ihr eigenes graues Äußeres denken. Sie lässt Julius reden. Passage nach New York, europäischer Hafen egal.

Die Blonde erklärt ihnen mit trockener Stimme, dass im Dezember ab Hamburg und Bremen schon alle Passagen ausgebucht sind, ja selbst in den ersten Monaten von 1939 gebe es nur Schiffe ab Portsmouth oder Marseille. Sie schlägt verschiedene Tabellen und Listen auf, telefoniert mit einer anderen Agentur. Nein, in den nächsten Wochen gebe es nichts. Wenn sie zu einem späteren Termin fahren wollten, müssten sie in jedem Fall gleich anzahlen, sonst sei die Buchung nicht gültig. Sie könne außerdem nicht garantieren, dass zwei Plätze auf demselben Schiff verfügbar sind. Sie müsse erst Angebote einholen, in drei Tagen könne sie ein Angebot mit freien Daten schicken.

Marie hält still, aber am liebsten würde sie laut schreien: Wir müssen weg. Wir müssen, verstehen Sie das nicht.

Julius gibt seine Adresse an.

Am Abend schreibt Marie an Heinrich Ledig-Rowohlt und bittet ihn um eine Empfehlung.

Am nächsten Morgen trifft sie Ida in der Bäckerei, die wieder geöffnet hat. Sie erzählt ihr, dass die Juden, die am 10. November aus Fürth und anderen Städten in die Lager gebracht wurden, nur freigelassen werden, wenn die Angehörigen garantieren, dass sie ausreisen werden. »Sie wollen uns nicht mehr, ich hab's dir ja gesagt.«

Sie wollen uns nicht mehr. Sie wollen alle Juden loswerden. Alle sollen weggehen. Ja, sie hat das Richtige getan, als sie mit Julius ins Reisebüro gegangen ist, jetzt weiß sie es. Es gibt keinen anderen Weg. Auch Ida sagt, dass sie weggehen wird, nach England, vielleicht nach Palästina.

Die folgenden Tage bestärken Marie in ihrem Entschluss. Jeder Tag bringt ein neues Verbot. Juden ist es verboten, Theater, Kinos und Bibliotheken zu besuchen. Auf den Parkbänken blinken auf einmal Messingschilder »Nicht für Juden«. Bald sieht sie diese Schilder auch auf Türen von Kaffeehäusern und Gasthöfen. Es gibt eigene Bahnabteile für Juden, Juden ist der Besitz von Kraftfahrzeugen und der Erwerb von Fahrlizenzen verboten. Kein jüdisches Kind darf mehr an einer deutschen Schule unterrichtet werden.

Anfang Dezember gehen alle jüdischen Geschäfte per Gesetz in deutschen Besitz über. Jetzt werde ich auffliegen, schießt es Marie durch den Kopf. Aber unglaublicherweise hält ihre Tarnung, es schaut auch keine Polizei oder SA vorbei.

Mit Abscheu nimmt sie wahr, wie ehemals ehrbare Geschäftsleute sich an den jüdischen Betrieben bereichern. In Fürth ist Schickedanz der Mann der Stunde. Mit seiner Firma »Quelle« reißt er sich eine ganze Reihe von jüdischen Geschäften unter den Nagel. Mit blank polierten Schuhen stolziert er durch die Stadt. Mittlerweile ist er der größte

Unternehmer hier. Undenkbar, wenn Betty sich für ihn entschieden hätte.

Am Tag vor Weihnachten bekommt Julius Post von der Reiseagentur: Ab März gibt es freie Plätze, doch die Preise haben sich erhöht.

Nach den Weihnachtsfeiertagen fahren sie noch einmal nach München. Aber die Preise sind auch im Frühling und Sommer sehr hoch.

»Wenn Sie es wirklich billiger haben wollen, müssen Sie jetzt für Herbst buchen. September oder Oktober, da ist es noch günstiger«, sagt die Frau auf der anderen Seite des Schreibtisches. Sie trägt die blondierten Haare diesmal streng zurückgekämmt. Sie studiert Tabellen, tippt missmutig in ihre Rechenmaschine. »Frau Schulze«, steht auf dem Schild, das Marie das letzte Mal nicht bemerkt hat.

September, das sind noch neun Monate. Sie bespricht sich mit Julius. Hoffentlich sind wir da nicht schon in einem Lager.

Preise, Innenkabine, zweite Klasse, dritte Klasse. Marie rechnet im Kopf, wie viele Bücher sie noch verkaufen muss.

»Frau Schulze?«

»Ist der Herr zu einem Entschluss gekommen?«

»Wir buchen die Passage ab Southampton. 20. Oktober 1939.«

Die Frau nickt und füllt einige Formulare aus.

»Änderungen kann es jederzeit geben. Umbuchungen vorbehalten. Sie werden aber auf jeden Fall verständigt«, sagt sie.

In den nächsten Tagen reift in Marie ein verrückter Plan, der langsam fixe Formen annimmt: Sie wird früher von Deutschland weggehen. Im Juli, spätestens im August. Nein, wieso sollte sie in ihrem letzten Jahr nicht eine Bergtour machen, wie früher. Anselm von der alten Bergtruppe lebt schließlich in

Zürich. Sie könnte ihn in der Schweiz besuchen, vielleicht werden sie noch eine Wanderung gemeinsam machen. Sie könnte Abschied nehmen von den Bergen, wer weiß, ob sie sie wiedersehen wird. Sie denkt an die Touren, die sie gemeinsam in Österreich und in der Schweiz gemacht haben. Wie sehr hat sie diese Tage in der Höhenluft genossen! In New York wird es nur Häuser, Straßen und Wasser geben, aber keine Berge. Nein, darauf wird sie nicht verzichten, ein letztes Mal die Berge zu sehen. Das können die Nazis ihr nicht verbieten. Von der Schweiz ist es dann sicher einfacher, nach England weiterzureisen. Und wenn sie schon dort ist, kann sie Betty besuchen, die in der Nähe von London lebt. Sie erzählt der Mutter davon, diese redet ihr zu.

Sie nimmt sich vor, Betty gleich zu schreiben, vielleicht kann sie den September bei ihr in London verbringen, sie würde sogar auf dem Sofa übernachten, wenn Bettys Mann nichts dagegen hat. Nur nicht hier in diesem Land bleiben, in dem sogar Parkbänke für Juden verboten sind. Zehn Monate wird sie nicht mehr durchhalten, sie wird spätestens im Sommer gehen. Sie muss weg.

1939

»Nur die zwei?«

»Das wird schwer genug. Aber sie müssen unbedingt überleben. Die Leute schauen zu ihnen auf. Sie sind so etwas wie Helden.«

Vittorio erhebt sich, auch Tina steht auf.

Auch er ist alt geworden, denkt sie. Wahrscheinlich denkt er dasselbe über sie. Nur ein Schatten der früheren Frau ist sie noch, eine resignative Erinnerung. Das Gesicht zerfurcht von Anstrengung und Auszehrung, die Lust ausgelöscht durch das Mitansehen von so vielen Toden, die Eitelkeit niedergeknüppelt durch Parteidisziplin.

Es ist kalt in Barcelona, so kalt wie in Málaga vor zwei Jahren, und alles geht wieder von vorne los. Gestern hat der Sprecher im Radio gesagt, dass Franco die Kapitulation der Republikaner abgelehnt hat. Die einzige Bedingung, der er hätte zustimmen müssen, wäre eine Amnestie für die Besiegten gewesen. Angeblich hat Franco nur gelacht und gesagt, alle, alle würden dran glauben. Zweimal »alle«.

Seitdem herrscht Panik in der Stadt, in der die Vorbereitungen und die ersten Aufbrüche überraschend ruhig abgelaufen waren. Trotz der näherrückenden Front hatte es keine Eile gegeben, jeden Tag waren ein paar Hundert Leute aufgebrochen. Frankreich ist zweihundert Kilometer entfernt, bei normalen Bedingungen in fünf Tagen Fußmarsch zu schaffen. Aber es ist Januar und in den Pyrenäen liegt Schnee.

Sie muss zum Krankenhaus in der Via Díaz, die beiden, für die sie ab jetzt verantwortlich ist, liegen dort mit Verwundungen.

Die Straßen sind voll mit Menschen, die sich zum Aufbruch rüsten. Sie raffen zusammen, was sie tragen können, und türmen es auf Pferdewagen, Eselskarren, Handkarren und Bollerwagen. Sie sprechen nicht mehr gedämpft wie bisher, sondern laut und nervös. Ein Lastwagen fährt an Tina vorbei, die Pritsche ist voll mit Menschen und Kanistern.

Vor dem Krankenhaus eine Gruppe von Menschen, Tragegestelle mit Verwundeten und Kranken. Eine Frau von der Roten Hilfe spricht sie an, sie hat sie schon einmal gesehen. Bitte hilf, nur eine Stunde, du rettest vielleicht ein Leben.

Eine halbe Stunde wenigstens, sagt Tina.

Sie schleppt Matratzen aus einem Keller, säubert Wunden und desinfiziert sie mit Schnaps, verbindet sie, schient einen Bruch. Die Routinen sind noch da.

Dann reißt sie sich los, findet endlich eine Schwester, die weiß, wo ihre beiden Schützlinge liegen.

Isidoro Acevedo, zweiundsiebzig. Zwei Jahre hat sie ihn nicht mehr gesehen. Er sieht aus wie ein alter Moses, ungebrochen strenger Blick, buschiger weißer Vollbart. Vom anderen hat sie bisher nur gehört: Melchiorre Vanni, zwanzig Jahre jünger, Kommandant der Brigate Garibaldi. Er wirkt neben Acevedo wie ein Bauer aus Süditalien, schwarze Haare, speckiges Gesicht.

Melchiorre stöhnt, als sie ihm aufhilft.

»Entschuldige«, sagt Tina.

Er deutet auf seine Brust, Tina schiebt das offene Hemd auf, seine Brust ist verbunden, rechts prangt ein großer vertrockneter Blutfleck auf dem Verband.

»Es wird schon gehen«, sagt Melchiorre.

Als er auftritt, sackt er zusammen, schließt die Augen.

Tina stützt ihn, er legt seine Hand auf ihren Unterarm. »Es geht schon.«

»Wir haben nicht viel Zeit«, sagt Tina. »Ich habe Papiere

für euch mit. Ihr seid Vater und Sohn, Pepe und Maximinio Ricart. Wir können nicht mehr mit dem Zug fahren, sie haben die Bahnlinie bombardiert. Bis Girona müssen wir auf einem Ochsenkarren mitfahren. Von Girona bis Cerbère fährt hoffentlich der Zug.«

Sie treibt noch zwei dicke Mäntel für die beiden auf, es wird kalt in der Nacht.

Schritt für Schritt gehen sie durch den Gang des Krankenhauses. Tina in der Mitte, beide Männer auf sie gestützt. Alle paar Schritte muss sie stehen bleiben.

Auf der Straße ist es lauter als zuvor. Menschen laufen kreuz und quer und rufen einander Worte zu. Wirf die Sachen weg. Lass sie hier. Mama. Was glaubst du, mache ich. Schnell, weiter. Kinder weinen, alte Leute halten sich an einem Handwagen fest. Die Sonne ist gerade untergegangen.

»Wohin gehen wir?«, fragt Isidoro.

Offenbar hat er es vorher nicht gehört oder er wird langsam senil. Die Revolution vergreist.

»Zuerst nach Girona. Dann Cerbère. Und hoffen wir, dass Franco nicht vorher dort ist.«

***

Es kommt ihr vor wie im Altersheim. Nur noch Greise sitzen im Warteraum.

Als sie nach dem Konkurs das erste Mal bei der Jüdischen Wohlfahrtsstelle war, warteten noch Menschen aller Altersgruppen, Achtzigjährige mit Medikamentenrechnungen genauso wie Dreißigjährige, die durch Verletzungen arbeitsunfähig geworden waren. Jetzt gibt es nur noch Alte, die einen husten, die anderen murmeln unverständliches Zeug, andere wippen hin und her wie seinerzeit in der Altschul.

Endlich ist sie dran. Sie legt dem Diensthabenden das Blatt Papier hin.

Er schiebt es zurück, schüttelt den Kopf. »Einfache Arztrechnungen nehmen wir schon lange nicht mehr. Wann waren Sie denn das letzte Mal hier?«

»Es ist schon länger her«, sagt Marie, sie will nicht sagen, dass es schon vier Jahre sind.

»Was glauben Sie denn, wenn da jeder käme mit einer Arztrechnung. Wir müssen froh sein, wenn wir die dringenden Fälle ein wenig unterstützen können. Lungenentzündung, schwere Grippe, die chronisch Kranken. Ich wünsche Ihnen noch einen schönen Tag.«

Sie wird also auf den Arztkosten für die Mutter sitzen bleiben. Eine Frechheit. Nachdem es für Juden keine staatliche Krankenversicherung mehr gibt und alle medizinischen Leistungen sofort in bar bezahlt werden müssen, muss doch die Wohlfahrt einspringen!

»Ich dachte, Sie helfen Juden. Ist das nicht die Jüdische Wohlfahrt?«

»Sie haben, scheint mir, keine Ahnung. Glauben Sie, wir bekommen noch eine Mark vom Staat? Wir finanzieren uns nur noch privat. Und jetzt darf ich Sie bitten, zu gehen, es warten viele Menschen draußen.«

Marie macht kehrt und geht durch das Wartezimmer mit den hustenden Alten. Ida hat recht gehabt, alle Juden unter sechzig sind inzwischen weg. Höchste, allerhöchste Zeit zu verschwinden. Die Bücher noch abverkaufen und dann ab in die Schweiz. Nur weg.

***

Nur weg, weg.

Es erinnert sie an eine Stelle in der Bibel, der Auszug der Israeliten aus Ägypten, dem Land, in dem gerade die Seuche jeden Erstgeborenen bei Mensch und Tier getötet hat. Die Juden fliehen bei Nacht und Nebel. Flucht aus dem Land, in dem der Todesengel zugeschlagen hat. Aber hier ist es keine Sklaverei, aus der die Menschen aufbrechen, es ist die Freiheit, die sie zurücklassen. Eine Utopie, die nur wenige Monate leben durfte. Die Menschen, die Spanien verlassen, lassen den Traum von einer klassenlosen Gesellschaft zurück, in der es keine Herren und Sklaven mehr gibt.

Tina hält inne, sie weiß nicht, wie lange sie die beiden noch herumschleppen kann. Immer mehr Leute schwirren um sie herum, sammeln sich in den Straßen zum großen Zug. Sie sieht die Angst auf jedem Gesicht, einmal gut kaschiert, dann wieder offen und verzweifelt. Alle wissen, was in Málaga passiert ist, die Angst vor neuerlichem Beschuss liegt spürbar in der Luft, obwohl kaum jemand damals in Málaga dabei war. Aber die Flucht der Hundertfünfzigtausend ist zum Mythos geworden. Und diesmal sollen es fast zwei Millionen sein, die sich aufmachen, zu den Einwohnern Barcelonas kommen die Flüchtlinge dazu, die die Front vor sich her treibt.

Sie schleppt sich mit den beiden weiter. Nach weiteren fünfzig Schritten muss sie abermals rasten. Links und rechts klappert ein Gespann vorbei, dann wieder Familien mit Koffern und Bündeln. Eine alte Frau ganz in Schwarz sitzt mit einem Ballen aus Stoffflicken auf einem Handkarren, den ein Mann zieht, und schaut sie stumm an.

Endlich ist sie an der Via Ortiz, es ist schon dunkel. Der Bauer schaut missmutig und sagt kein Wort. Sie steigen auf das Ochsengespann, der Wagen hat massive Holzräder ohne Speichen. Vier Kinder und eine Frau sitzen schon neben Körben mit Hausrat. Der Bauer schwingt sich auf den Kutschbock. Es geht los.

Um Mitternacht sind sie erst hinter Mollet de Vallès. Ein kleines Wäldchen inmitten der plattebenen Landschaft, wie eine Oase in der Wüste. Sie übernachten unter dem Karren auf Strohsäcken. Die ganze Nacht hindurch rattern Wagen an ihnen vorüber. In der Früh sind die Decken kalt und nass. Alle klappern mit den Zähnen, Melchiorre hustet und spuckt Blut.

Tina weiß, dass es nur eine Frage der Zeit ist. Jeden Moment meint sie das Brummen der Bomber zu hören. Es werden mehr sein als damals in Málaga, und wieder werden sie die Bomben nicht auf Panzer und Soldaten werfen, sondern auf die Menschen, schnurgerade die Straße entlang. Aber sie müssen diesen Weg zur Grenze nehmen, es gibt keinen anderen zwischen den Bergen.

Sie fahren fünf Stunden ohne Unterbrechung und erreichen Girona am frühen Nachmittag. Endlich umsteigen in den Zug. Jedes Abteil ist voll, auf dem Gang stehen die Leute dicht an dicht. Sie sieht aus dem Fenster. Auf der Kuppe vor der Grenze liegt Schnee. Ihre beiden Schützlinge dösen. Sie rüttelt sie vorsichtig.

»Vergesst nicht, ihr seid Vater und Sohn. Und du, Melchiorre, hast Tuberkulose. Musst ins Krankenhaus von Argelès. Und du …«

Isidoro macht eine abwehrende Handbewegung. »Ich habe es nicht vergessen.«

Die Fahrt verläuft ruhig. In Figueras steigen so viele Menschen zu, dass auf dem Gang kein Durchkommen mehr ist.

Endlich die Grenze. Der Zug hält. Minutenlang ist es gespenstisch still, auch die Gespräche auf dem Gang sind verstummt. Tina wirft einen Blick aus dem Fenster. Portbou. Irgendwo bellen Hunde. Endlich rumort es, zwei Grenzbeamte gehen am Abteil vorbei, einer lugt durchs Abteilfenster, kneift die Augen zusammen, geht aber weiter.

»Die haben ja keine Ahnung, wie viele Menschen noch kommen werden«, murmelt sie, an niemand bestimmten gerichtet.

Isidoro brabbelt etwas Unverständliches.

Endlich fährt der Zug wieder an. Er schleicht im Schritttempo weiter. Die Grenze. Irgendwo hier muss sie sein. Dahinter liegt das Leben. Der Zug hält. Cerbère. Frankreich. Es ist schon später Nachmittag. Als sie aussteigen, schlägt ihnen kalte Salzluft entgegen.

Tinas Instinkt erwacht. Kontakt aufnehmen. Parole. Sie findet den Mittelsmann sofort, wie ein Hund einen versteckten Knochen erschnüffelt.

Sie tauschen die Parole aus. Der Mann von der Roten Hilfe heißt Yves. Er führt sie zu einem Krankenwagen, in den Isidoro und Melchiorre steigen.

Tina umarmt Isidoro, dann Melchiorre, der kaum noch bei Bewusstsein ist.

»Was wirst du jetzt machen?«, fragt Isidoro.

»Ich gehe zurück.«

»Bist du verrückt?« Der Alte reißt die Augen auf, richtet sich auf. »Es ist vorbei.«

Er sackt wieder in sich zusammen.

»Ich muss den Leuten helfen. Jedes Leben, das gerettet wird, ist ein Sieg gegen den Faschismus. Franco hat genug abgeschlachtet.«

Sie hebt die Faust zum Abschiedsgruß. Isidoro hat die Augen schon geschlossen und rührt sich nicht mehr.

Sie wechselt ein paar Worte mit den Genossen, Yves, der zweite heißt Gilles, den dritten Namen hat sie nicht verstanden, aber wozu nachfragen, wahrscheinlich sieht sie sie nie wieder.

»Es werden viele kommen, sehr viele.«

Die Männer sagen nichts.

»Die Lager gibt es ja noch, oder?«

Sie denkt an die Blitzaktion im Oktober. Die französischen Genossen hatten Barackenlager errichtet, als Durchgangsstation für die Internationalen Brigaden.

»Du bist nicht dort gewesen, oder?«, fragt Gilles. »Es ist da nicht alles nach Plan verlaufen. Oder glaubst du, die Deutschen oder Italiener, die in Spanien gekämpft haben, wollen so einfach zurück in ihre Heimat?«

Tina schluckt. Sie hat gedacht, die Lager sind leer.

»Wie viele sind noch da?«

»Ein paar Tausend«, sagt Yves. Er hustet. »Teils wollen sie nicht zurück, teils lässt die Regierung sie nicht weiter. Die Lager sind eigentlich noch ziemlich voll.«

»Wir können auch nicht zu ihnen«, sagt Gilles. Er wirkt betreten. »Sie sind eingesperrt.«

»Eingesperrt? Lager voll? Wisst ihr, was da hinter der Grenze auf euch zurollt?«

Yves zuckt die Achseln. »Wir haben versucht, es den Genossen zu erklären. Es wird zusätzliche Lager brauchen. Aber die müssen erst gebaut werden. Und es gibt ja ein großes Lager in Gurs.«

Tina sagt nichts. Gurs, das ist am anderen Ende der Pyrenäen, da können vielleicht Flüchtlinge aus Bilbao und Santander hin, aber nicht die Massen, die sich von Barcelona aus die Küste entlangwälzen.

Ohnmacht, Wut. Die Tränen wollen heraus. Da kommen Tausende Menschen, für die es keinen Platz gibt.

Gilles legt ihr eine Hand auf die Schulter. »Wir bemühen uns, aber die Regierung macht es uns nicht leicht. Wenn ich dir einen Rat geben darf: Sieh zu, dass du so schnell wie möglich nach Paris kommst, wenn du es schon bis hierher geschafft hast. Alles andere ist Wahnsinn.«

Sie richtet sich auf, schluckt die Vergeblichkeit hinunter, bedankt sich, verabschiedet sich, geht zurück zum Bahnhof.

Ein kalter Wind bläst durch die offenen Türen der Schalterhalle, es riecht nach Schnee.

Wahnsinn, sie haben recht, zurückgehen ist Wahnsinn.

Sie kauft eine Fahrkarte bis Girona. Der nächste Zug fährt in einer halben Stunde.

Gegen fünf Uhr abends rollt der Zug über die Grenze nach Spanien. Den Kopf an die Scheibe gelehnt, starrt sie auf die Straße, die über eine weite Strecke parallel zur Bahnlinie verläuft. Es dämmert zwar bereits, aber sie sieht genug. Gruppen von Flüchtenden, die sich Richtung Grenze schleppen, die meisten zu Fuß und mit Handkarren. Familien mit Kindern, Frauen, die Lasten auf dem Kopf tragen wie Afrikanerinnen. Wieder Männer mit Mantel, Hut und Koffer, die wie Reisende aussehen, die am Bahnhof schnell vom Zug bis zum Taxi gehen und nicht zweihundert Kilometer um ihr Leben laufen.

Je näher sie Girona kommt, desto dichter wird der Strom der Fliehenden, immer wieder blockieren Esel- und Ochsengespanne die Straße. Menschen liegen am Straßenrand, niemand achtet auf sie, vielleicht sind sie tot, wie in Málaga. Sie drückt das Zugfenster nach unten, will eine Durchhalteparole rufen, aber die Kälte verschlägt ihr die Stimme. Der Himmel ist wolkenverhangen, wieder vermeint sie, den Schnee zu riechen.

In Girona geht sie sofort zur Parteizentrale. Eine Nachricht von Vittorio ist für sie da. Er hat damit gerechnet, dass sie zurückkommt. Sie solle nicht auf ihn warten, er nehme heute an der letzten Sitzung des Parlaments in Figueras teil. Frankreich habe zugesagt, dass am Strand von Argelès genug Platz für alle Flüchtlinge sei.

Sie lacht spitz auf. Wenn er wüsste.

Knapp beschreibt er ihre nächste Aufgabe: Gerardo Machado, der so vielen Genossen mit seinen Versen Mut gemacht hat, ist unbedingt über die Grenze zu bringen. Sie solle ihn in Barcelona aufspüren. Wenn das erledigt sei, solle sie selbst in Perpignan auf ihn, Vittorio, warten. Sie zerknüllt den Zettel und fragt die Genossen, ob jemand nach Barcelona fährt.

Nach zwanzig Minuten sitzt sie in einem Molkereiwagen. Ihr Chauffeur ist ein Mann mit zerschlissener Uniform, über dem linken Auge eine Augenklappe.

Die Wohnung Machados in Barcelona ist leer. Das Chaos in der Stadt ist unbeschreiblich, die Menschen dicht gedrängt, aufgeregt. Auch bei der Roten Hilfe kein Machado.

Beim Essen, es sind wieder Linsen, sagt ein Genosse wie beiläufig, dass es schlechtes Wetter geben wird. Kalter Wind, weiterer Schnee auf den Bergen. Und dass die ersten Bomben gefallen sind. Auf dem Weg nach Figueras, genau dort, wo die Straße schnurgerade ist. Dort, wo seit ein paar Stunden die Pfützen auf den Wegen vereist sind, wo Esel, Pferde und Menschen ausrutschen und keine Chance haben zu fliehen.

»Auch du musst morgen gehen«, sagt er. »Wir gehen alle. Die Faschisten stehen vor der Stadt. Du kannst auf unserem Lastwagen mitfahren. Die Gleise sind zerbombt.«

Tina schläft bis zum Morgengrauen nicht ein.

Doch am nächsten Tag fährt kein Auto, und auch nicht am übernächsten.

Vier qualvolle Tage muss sie warten, vier Tage den Aufbrechenden zusehen, vier Tage die Meldungen über die Bombardements in den Zeitungen lesen. Die Rote Hilfe bleibt bis zum Schluss. Am fünften Tag steigen sie zu dritt auf einen Lastwagen, auf dem sich schon dreißig Leute aneinanderdrücken. Das Auto kann nur im Schritttempo fahren, es sind Tausende

Flüchtlinge, die die Straßen füllen, angeblich ist aktuell eine halbe Million Menschen auf dieser Strecke unterwegs, und fast alle zu Fuß. Erst am Abend sind sie in Girona.

In der Parteizentrale von Girona funktionieren noch Telefon und Telegraf. Der Befehl lautet, die Stellung so lange wie möglich zu halten, damit Informationen weitergegeben werden können. Tausende Menschen übernachten im Freien. Das Gerücht geht um, dass Barcelona gefallen ist.

Am nächsten Morgen wird Tina kurz vor sechs Uhr geweckt. Im Aufenthaltsraum der Pension, in der sie untergekommen sind, sitzen die Genossen um den Radioapparat. Sechs-Uhr-Nachrichten. Marschmusik ertönt. Der Sprecher verkündet mit pathetischem Unterton, dass Franco gestern in Barcelona im Triumphzug mit Blaskapelle einmarschiert ist. Die letzten Widerstandsnester der Unbelehrbaren werden ausgehoben. Jeder Republikaner wird sofort erschossen, egal ob er die weiße Fahne schwenkt oder die Hände hebt.

Tina schluckt. Einen Tag später und sie wäre tot. Und so viele, die zu spät waren. Barcelona voll mit Leichen. Aber so bitter es ist: Das Wüten Francos bedeutet zugleich einige Stunden Vorsprung für die Flüchtlinge in Girona.

Ein Genosse rüttelt Tina an der Schulter, wie in Hypnose sitzt sie vor dem Apparat, aus dem längst wieder Marschmusik klingt, sie will, sie kann nichts essen, sie schüttelt nur den Kopf.

»Wir müssen aufbrechen, Franco kann in zwei Tagen hier sein.«

Sie will noch sagen, ich wollte noch Vittorio suchen, er soll auch in Girona sein, aber dazu ist keine Zeit. Sie werden sich in Perpignan treffen, so viel weiß sie, ob morgen oder in einer Woche.

Die Fahrt geht weiter, es ist noch kälter als gestern. Die Pritsche des Lastwagens ist voller Menschen, Genossen mit ihren Familien, ein kleines Kind, vielleicht zwei Jahre alt.

Langsam wird es hell, erste Tropfen fallen, gefrierender Regen. Tina hüllt sich in eine Decke, die bald nass ist. In der Ferne donnern Geschütze. Der Lastwagen reiht sich ein in den Strom der Fliehenden. Sie gelangen auf die Straße außerhalb der Stadt. Wieder die Menschenkarawane im Schritttempo, ein Gewimmel, so weit das Auge reicht. Menschen, Karren, Tiere. Der Regen ist schwach, aber Tina klappert inzwischen mit den Zähnen. Einige Väter tragen ihre zusammengesunkenen Kinder auf den Schultern. Tina sieht eine Frau mit einer großen Korbflasche auf dem Kopf, ein einbeiniges Mädchen mit Krücke an der Hand ihres Vaters, einen Mann mit einer Holzkiste auf der Schulter. Ob sie es noch schaffen?

Es fällt ihr auf, dass heute links und rechts des Stromes Leute mit Gewehr in zerschlissenen Uniformen stehen, die gestern noch nicht da waren. Die letzten Divisionen. Noch im Rückzug schützen sie die Zivilisten. Solidarität bis zum Schluss. Alle sind ein Volk. Die Vision ist nicht gestorben.

Der Lastwagen rollt inzwischen etwas schneller, kommt aber immer wieder zum Stehen. Nach der schnurgeraden Straße durch die Ebene von Figueras beginnt der Anstieg auf den Montperdut. Die spitzen Regentropfen werden zu Schneeflocken.

In das Nageln des Dieselmotors mischt sich ein Brummen, lang gezogen, ein Dauerton, der immer lauter wird. Tina braucht einen Moment, bis sie versteht. Bomber. Erregte Rufe, die Menschen springen von den Wagen, laufen von der Straße weg, aber auf dem felsigen und schneeüberzuckerten Boden des Montperdut gedeihen nur Büsche, wenige Pinien und ein paar verwilderte Olivenbäume. Auch Tina springt von der Ladefläche und läuft weg von der Straße, das Brummen wird lauter, überall sind Menschen, Koffer plumpsen auf den

Boden, Kinder weinen, wie dumm, einen Busch zu suchen. Warum schon wieder, warum.

»Weit weg«, ruft sie, »geht möglichst weit weg! Vergesst die Büsche!«

Sie läuft mit anderen querfeldein, ein Karrenweg führt zur Seite, da vorne muss eine Schottergrube oder etwas Ähnliches sein. Sie passiert eine Hütte mit einem Schranken, als sie die ersten Explosionen hört. Die Flugzeuge sind noch etwas entfernt, dort, wo die Straße zwischen Figueras und dem Berganstieg mehrere Kilometer schnurgerade verläuft. Die Flugzeuge rauschen über sie hinweg, dann ist es lange still. Zurück zum Tross, in ihrem Abschnitt ist nichts passiert, es hat die Menschenkolonne im Tal getroffen, in der Ebene war sie ein leichtes Ziel.

Es ist fast Mitternacht, als sie die Grenze bei Portbou erreichen. Mittlerweile haben alle Passagiere der Ladefläche blaue Lippen. Sie erfährt, dass Franco inzwischen vor Girona steht, das noch bis zur letzten Patrone verteidigt wird.

Die französischen Grenzhäuschen sind zwar besetzt, aber unter zwei Stunden Wartezeit kommt keiner durch, sagt ihnen ein Mann, der schon länger hier ist. Vor der Grenzstation türmen sich mehrere Haufen von Gewehren und Pistolen. Zwei Soldaten brechen in Tränen aus, als sie ihre Gewehre auf den Haufen schleudern. Langsam geht es voran. Jeder Immigrant muss seinen Koffer oder Rucksack öffnen, den Inhalt auf den nassen Boden leeren, die Taschen umdrehen, alle werden nach Waffen abgetastet. Sie übernachten in Cerbère in einer Lagerhalle, Mensch an Mensch. Die feuchten Decken, unter denen Tina liegt, sind schwer wie Metall, der Boden hart und kalt.

In der Früh ziehen sie weiter, das Meer zu ihrer Rechten, das Brummen der Flugzeuge und das Explodieren der Bomben im Rücken. Es ist in einem anderen Land, sagt sie sich immer wieder, nach Frankreich kommen die Bomben nicht. Wie viele Flüchtlinge schon totgebombt sind? Tausend? Zweitausend?

Endlich Argelès. Wie die Genossen gesagt haben, gibt es kein Lager. Die Menschen hocken auf dem Sandstrand, in Decken gehüllt und trotzdem frierend unter dem Nieselregen. In der Niederlassung der Roten Hilfe findet Tina Gilles wieder, der zuckt nur mit den Schultern. »Drei- oder viertausend Flüchtlinge sind schon da«, sagt er.

»Zehnmal so viele kommen noch«, sagt Tina. Sie kehrt zu den anderen an den Strand zurück. Der Regen will nicht aufhören.

Am Abend tauchen Polizisten auf und verteilen sich am Strand, danach rollen mehrere Lastwagen heran. Bauarbeiter laden Zaunsteher und Stacheldrahtrollen ab und machen sich daran, die Pfähle einzuschlagen. Keine Bretter für Baracken oder wenigstens für Unterstände. Nichts. Nur Stacheldraht, der um die Herde gelegt wird. Das also ist das versprochene Lager.

Tina streift über den Strand, spricht mit den Leuten, protestiert bei den Polizisten, fordert die Bauarbeiter zu Solidarität auf, erfolglos.

Eine Stunde später ist sie wieder bei der Roten Hilfe. Mit ihrem Ausweis der Roten Hilfe kann sie das Lager verlassen, ja, sie müsste nicht einmal dort sein.

»Uns sind die Hände gebunden«, sagt Gilles. »Übrigens – Agentin María, gut, dass du hier bist. Eine Nachricht.«

Er reicht ihr ein Blatt Papier. Eine Nachricht von Vittorio! Versammlung der KP im Exil. Sie soll morgen um vierzehn Uhr in Perpignan sein.

Vittorio hat sie wieder überholt.

»Wie weit ist es bis Perpignan?«

»Fünfundzwanzig Kilometer, warum?«

»Ich muss da hin. Gibt es eine Möglichkeit?«

Gilles nickt. Seine Augen sind müde. Er hat sich seit Tagen nicht rasiert. Und er zittert, fällt Tina auf.

»Es fahren fast jede Stunde Transporte in diese Richtung. Sie versuchen ja, die Flüchtlinge zu verteilen. Wenigstens das funktioniert. Sie werden nach St. Cyprien und Perpignan und was weiß ich wohin gebracht, dort sollen Lager gebaut werden. Sollen.«

Keine Zeit für Nachfragen.

»Wann kann ich fahren?«

»Wann du willst. Sie fahren vom Marktplatz weg, links bei dem Messerschmied.«

Als sie an den Strand zurückkehrt, um ihren Koffer zu holen, den sie einer Frau anvertraut hat, glaubt sie, auf einer Weide zu sein. Stacheldraht spannt sich in langen Bahnen über den Strand. Die Abstände zwischen den Drähten sind aber so groß, dass man leicht durchkriechen kann. Was hat das für einen Sinn? Geht es nur um Demütigung? Wollen die Franzosen zeigen: Ihr seid Tiere?

An einem Eck der Umzäunung erhebt sich gerade eine Frau in schwarzer Tracht, sie dreht sich zu einem Loch, über dem sie gehockt ist, und verscharrt etwas.

»Was schaust du so! Wie soll man das sonst machen!«

Sie wendet den Blick ab, geht weiter, immer weiter, so viele Menschen sind da. Es gibt keinen einzigen Abort, keine Senkgrube, wo die Menschen ihre Notdurft verrichten können. Sie graben Löcher in den Sand, wer weiß, wie viele Exkremente schon unter dem Sand sind. Es gibt kein Zeitungspapier, um sich danach zu reinigen. Kein Wasser zum Waschen außer dem Meer. Auf den Fässern mit Trinkwasser, die verstreut herumstehen, steht ja mit Kreide »Nur zum Trinken«.

Als sie zum dritten Mal an diesem Tag in den Ort geht, diesmal mit ihrem Koffer, zeigt sie wieder den Ausweis her. María Ruiz Sánchez. Vielleicht zum letzten Mal. Schon in wenigen Tagen wird sie wieder anders heißen.

Und tatsächlich, zwei Tage später: eine andere Welt. Saubere Kleidung, ein ruhiger Speisesaal, Vittorio sitzt ihr gegenüber. Der Tisch ist mit Tischtuch und Serviette gedeckt. Livrierte Kellner gleiten lautlos durch das Lokal und fragen alle zehn Minuten, ob sie nachschenken dürfen. Das Grand Hotel in Perpignan kennt keinen Krieg, hier ist alles ruhig, diskret und höflich, während in Barcelona wahrscheinlich jedes Hotel zerbombt und geplündert ist. Jede Stunde, jede Minute werden dort Leute erschossen. Und in Argelès sitzen noch Tausende am Strand und frieren.

Es geht ihr nicht aus dem Kopf, als sie das glänzende Besteck und die Stoffservietten vor sich liegen sieht. Unwirklich kommt ihr das vor. Ein Tag Unterschied zwischen Leben auf dem Sand und Grand Hotel. Für Vittorio scheint das völlig normal zu sein. Er sitzt ihr gegenüber, im neuen Anzug – woher hat er den in dem Chaos? – und prostet ihr zu. Sein Arm liegt dezent in einer Schlinge, saubere Gaze. Noch vorgestern, im Treck der Flüchtlinge, ist sein Gips vom Regen so aufgeweicht gewesen, dass er ihn weggeworfen und den Unterarm selbst mit einem Stück Holz neu geschient hat. Er schlürft den Champagner, als ob er die letzten Monate nichts anderes gemacht hätte. Und er hat eine neue Order: Sie sollen beide nach Paris, Hilfe für diese armen Teufel organisieren. Aber woher? Wer hat noch Ressourcen? Frankreich hat zwar endlich die Grenzen aufgemacht, aber die Stimmung beginnt langsam umzuschlagen.

Draußen ein Blitz, Donner.

Sie zuckt zusammen.

»Es ist nur ein Gewitter«, sagt Vittorio.

»Und drüben. Das sind nur Bomben«, sagt Tina.

Sie weiß, dass sie auch diese Nacht nicht schlafen wird.

Ein Mann nähert sich, es ist ein deutscher Genosse, ein Journalist. Er flüstert Vittorio etwas ins Ohr, es dauert ungewöhnlich lang. Vittorio nickt, dann fällt ihm die Gabel aus der Hand. Der Genosse sieht zu Tina. Gustav Regler heißt er, fällt ihr ein.

»Was ist denn? Bin ich etwa keine Genossin?«, sagt Tina.

Regler sagt nichts, eilt wieder weg.

»Zwei Dinge«, sagt Vittorio. »Negrín hat vor ein paar Stunden die Grenze überschritten. Gott sei Dank lebt er noch.«

»Und was ist die schlimme Nachricht?«

Vittorio räuspert sich. »Es kam gerade übers Radio. Frankreich und England haben Franco anerkannt.«

Was? Das kann nicht sein! Was für Verräter! Ist ganz Europa faschistisch geworden?

Sie legt das Besteck ab. Vittorios Blick ist leer. »Es ist, wie es ist. Wir müssen trotzdem nach Paris. Es gibt noch die Rote Hilfe. Es gibt noch den Secours populaire. Wenn wir noch etwas tun können, dann dort. Und jetzt iss auf. Die Erbsen mit Honig sind köstlich.«

***

»Du liest ein englisches Buch?«

Julius nimmt den Band, der auf dem Esstisch liegt.

»Ja, einen Kriminalroman von Agatha Christie.«

»Ich dachte, das ist für dich Schund?«

»Ich weiß nicht, die Engländer schreiben das einfach so gut. Das bringen die deutschen Autoren nicht hin.«

»Blutrünstig?«

»Unglaublich«, sagt Marie. Sie stellt ihm einen Teller mit einem Käsebrot hin, umarmt im Stehen seinen Kopf und legt den ihren kurz auf seinen.

»Ist es wenigstens spannend?«

»Ja, und zugleich anspruchsvoll.«

Sie stellt ihren Teller mit dem Käsebrot auf den Tisch und setzt sich ihm gegenüber.

»Mahlzeit! Weißt du übrigens, dass in jedem zweiten Roman das Opfer vergiftet wird? Meistens beim Essen!«

Julius muss den Bissen im Mund zurückhalten, das Lachen drängt sich nach vorne.

Marie grinst. Julius würgt den Bissen hinunter, lacht ein wenig nach. »Dann hoffe ich, dass du dem Buch keine Anleitungen entnimmst.«

»Wer weiß«, sagt Marie.

»Vielleicht sollte ich mich ja auch vorbereiten«, sagt Julius, nachdem er durchgeatmet hat.

»Agatha Christie kannst du von mir haben.«

Eine unbequeme Stille.

»Wann fährst du jetzt?

»Am Dienstag«, sagt Marie ernst. Sie weiß, dass sie sich erst im Oktober sehen werden, in England. Julius wird bis zum Schluss arbeiten, er braucht jeden Pfennig.

»Ich weiß, Paris wäre schön zum Abschluss. Aber wir haben ja noch ein paar Tage in London. Für Paris kommt sicher die Gelegenheit, wenn die Sache mit Hitler vorbei ist.«

***

Sie schreckt auf. Eine Möwe ist an ihr vorbeigezogen. Sie blinzelt, schaut rechts und links. Wer allein reist, kann niemandem trauen. Der Mann, der vorher neben ihr im Deckchair lag, in eine weiß-blaue Decke gehüllt wie sie selbst, ist verschwunden.

Sie hat ein paar Worte auf Französisch mit ihm gewechselt, er hat von seinen Geschäften als Kautschukproduzent erzählt und schien froh zu sein, eine Zuhörerin gefunden zu haben. Für Tina war es ungewohnt, über alltägliche Dinge zu reden, sie hörte die Worte aus einer Welt, die ihr fremd war. Alltag, was war das? Mit dem Französischen hat sie sich leichtgetan. Kein Wunder, in dem Monat, den sie in Paris verbracht hat, hat sie fast nur Französisch gesprochen. Die Wiedersehensfreude mit denen, die es geschafft hatten, war nur kurz. Beim Secours populaire hatten sie genug mit den Flüchtlingen zu tun. Dann hieß es, Vittorio und sie würden gesucht. Flüchtlinge waren erwünscht, Kommunisten nicht. Sie versteckten sich getrennt, alle drei Tage wechselte sie das Zimmer. Jeden Tag Sitzungen, wohin mit den Flüchtlingen, Mexiko nimmt dreitausend Familien, auch Chile und die Staaten werden Schiffe schicken. Werden, werden.

Jetzt ist sie selbst auf einem Schiff. Sie rafft die Decke enger, es ist kalt geworden, aber sie ist zu faul, aufzustehen. Sie sollte unter Deck gehen, ihre Gesundheit ist nicht die beste, aber sie hält die Luft dort nicht aus. Oder sind es die luxuriösen Lounges, der getäfelte Speisesaal, die sie abstoßen und beklommen machen?

Die Order aus Moskau ist wie immer blitzartig gekommen. Die Stassowa stellte sie vor die Alternative: Entweder ihr kommt zurück nach Russland – oder ihr geht nach Amerika. Die USA nehmen dreihunderttausend spanische Flüchtlinge aus den französischen Lagern auf, die Genossen dort brauchen Unterstützung.

Die Wahl fiel nicht schwer.

Vittorio ist mit einer Woche Vorsprung losgefahren, er heißt wieder Jacobo Hurwitz, er wird in New York auf sie warten. Und auch Yole wird sie in Empfang nehmen! Sie hat ihrer Schwester geschrieben, die Adresse stimmt noch. Sie hat gestern sicherheitshalber noch vom Schiff aus telegrafiert: Queen Mary, Ankunft 1. April 1939, Pier 54. Wie lange haben sie sich nicht gesehen? Fünfzehn Jahre? Achtzehn?

Ihr Blick verschwimmt, eine Träne läuft die rechte Wange hinunter. Sie fragt sich zum wiederholten Male, warum sie schon wieder allein fahren muss. Warum durfte Vittorio eine Woche früher weg? Er ist inzwischen sicher bei dieser Rose Baron untergekommen und hat wahrscheinlich schon mit ihr geschlafen. Es sollte ihr gleichgültig sein. Sind sie denn überhaupt ein Paar? Der große Politkommissar, den es nirgends länger als drei Tage hält, der nie gegenwärtig wirkt, sondern immer so, als wäre er schon am nächsten Ort, beim nächsten Projekt. Der alles für sie organisiert und einrichtet, der aber jeder Frau den Hof macht.

Immer wieder sagt sie sich, dass Eifersucht sinnlos ist. Außerdem: Was zählt Sexualität noch nach all den Dingen, die sie mitgemacht hat? Musste sie in Paris nicht jedes Mal, wenn sie miteinander schliefen und Vittorio stöhnte, an die Laute der sterbenden Genossen im Lazarett denken?

Ein Mann setzt sich neben sie. »Gestatten?«

Sie macht ein Handzeichen. Er hat sich ohnehin schon gesetzt.

Er ist untersetzt, weißer Anzug, Adlernase, Pomade im zurückgekämmten Haar. Er streckt die Beine durch. Die Knie knacken. Er mustert sie ungeniert.

»Sie sehen nicht aus wie ein Flüchtling. Zurzeit sind ja alle Schiffe voll davon. Gott sei Dank ist es in Spanien vorbei. Aber wer weiß, wann es zwischen Deutschland und England losgeht. Gestatten. Schneider.« In seinem Englisch hört man den Deutschen durch.

»Carmen Sánchez. Ich interessiere mich nicht für Politik. Ich bin Lehrerin in Buenos Aires und habe meine Verwandten in Paris besucht.«

Der Deutsche macht ein paar Komplimente, will er ihr schmeicheln? Sie ist dreiundvierzig, eine alte Frau, graue Strähnen im ehemals pechschwarzen Haar. Vor zehn Jahren wäre sie ihm vielleicht in seine Kabine gefolgt. Außerdem könnte er ein Spion sein. Der italienische Geheimdienst weiß bestimmt, dass die Komintern-Agentin Modotti an Bord ist. Und wenn es die Italiener wissen, dann wissen es auch die Deutschen.

Moment, was hat der Mann eben gesagt?

»Der Krieg in Spanien ist vorbei?«

»Ja, haben Sie die Bordzeitung nicht gelesen?«

Tina ignoriert jeden Tag den Digest aus verschiedenen Zeitungen, Nachrichten, die über Funk ans Schiff übermittelt und in der Miniaturdruckerei an Bord auf dünnes Papier gedruckt werden.

Sie schüttelt den Kopf.

»Franco hat den Krieg für beendet erklärt, ein paar Kämpfe gibt es noch, aber die sind bald ausgefochten. Hoffentlich schlägt jetzt nicht Deutschland los.«

Tina nickt. Sie hat ein dumpfes Gefühl im Magen.

Der Mann ist sichtlich enttäuscht, er räuspert sich abschließend und bettet sich in den Deckchair, schlägt die Decke über die Beine und verschränkt die Hände über dem Bauch.

Der Krieg beendet. Ein paar Kämpfe gibt es noch. Sie denkt an die Genossen, die sich in den Ruinen Madrids und in den Dörfern ganz Spaniens verstecken, an die, die es nicht bis nach Frankreich geschafft haben. Sie sieht sie in ihren Verstecken, sieht, wie Francos Soldaten sie aufspüren, erschießen, in eine Grube zu den anderen werfen.

Jede Stunde, jede Minute, jede Sekunde, die sie auf diesem Schiff zubringt, eine Kugel in den Kopf eines Genossen. Jede

Sekunde ein Toter. Der Krieg beendet, was für ein Hohn, das Abschlachten geht weiter und Europa sieht noch immer zu, nein, es hat den Blick schon längst abgewendet und wartet wie dieser Deutsche hier, dass es zwischen Deutschland und England losgeht.

Sie steht auf, sie hält es nicht mehr aus neben diesen blasierten Menschen, eine Proletarierin unter Bourgeoisen, die hier aufgereiht in ihren Liegestühlen flätzen, eine Revolutionärin unter Reaktionären.

Im Gang muss sie sich an einem Paar vorbeidrängen, sie erkennt sie sofort, es sind Mexikaner, Freunde von Siqueiros, die Namen fallen ihr nicht ein. Klar, dieses Schiff fährt weiter nach Mexiko, die beiden sind ins Gespräch vertieft, sie senkt den Kopf und hastet vorbei. Die Revolution wird in der Neuen Welt losgehen müssen, in Mexiko müsste sie erneuert werden, in den USA stehen die starken Gewerkschaften bereit. Europa war fürs Erste verloren.

Endlich in der Kabine, sie sperrt die Tür hinter sich ab. Wie Jona im Bauch des Wals. Aber Jona sah wenigstens ein, dass es kein Davonlaufen vor dem Auftrag Gottes gab und predigte dann, wie Gott es ihm anfangs befohlen hatte. Und sie? Läuft bei ihr diese Geschichte rückwärts? Hat sie nicht zuerst so lange gepredigt, alle Befehle ausgeführt und sitzt nun im Bauch dieses Blechwals? Vielleicht sollte sie jetzt umdenken? Und am Ende davonlaufen, so wie Jona am Anfang der Geschichte?

Sie muss wieder an Deck, diese wirren Gedanken verscheuchen, aber sie ist bettschwer. Sie legt sich hin, schließt die Lider und hört auf das gleichmäßige Brummen der Maschinen.

Stimmen mengen sich in den Bordun. Bilder blitzen auf. María, hilf mir. Doktor Bethune, der um Skalpell und Tupfer bittet. Und Blut, überall Blut. Ein Soldat, der auf ein Stück Holz beißt. Eine Beinwunde, die stinkenden Eiter absondert.

Das wird nicht mehr. Bomben auf den Treck. Spritzende Steine. Die rote Schrift auf den Hauswänden »Eigentum des Volkes«. Ruinen. Plärrende Kinder. Dann das Sich-Wegducken, vorher, auf dem Gang, als sie die Bekannten sah.

Sie schlägt die Augen auf, fühlt Schweiß auf der Stirn, er ist kühl.

Wenn alles falsch war? Wenn sie es war, die auf dem falschen Weg war, nicht die Anarchisten, die sie in Spanien in den Hintergrund gedrängt haben? Wenn der Sowjetkommunismus in die falsche Richtung geht? Wenn sie mit ihrer Beharrlichkeit und ihrem Kadavergehorsam gegenüber der Komintern einen Fehler gemacht hat, den Fehler ihres Lebens?

Sie setzt sich auf, sucht die Flasche Whisky im Schrank, gießt sich ein Glas ein und trinkt langsam. Das Brennen tut gut.

Nein, Agentin Modotti wird nicht dem Kommunismus abschwören. Sie wird weiterkämpfen für die Revolution. Falls sie abweichende Ideen vertritt, so hat Vittorio es einmal gesagt, ist es immer noch besser, sich innerhalb der Partei zu irren, als außerhalb zu stehen.

Wenn das Schiff nur schon endlich da wäre. Aussteigen, amerikanischen Boden unter den Füßen spüren, endlich ankommen im Land der Freiheit. Sie sinkt zurück aufs Bett und schläft sofort ein.

***

»Aussteigen!«

Das gebrüllte Kommando fährt ihr durch Mark und Bein. Nach Stuttgart ist sie fast eingeschlafen, aber je näher es zur Grenze geht, umso wacher ist sie geworden.

Erst als die Abteilgefährten sich nicht rühren, merkt sie, dass die Aufforderung für die Leute gilt, die auf dem Gang stehen.

Sie sieht sie mit ihren Koffern aussteigen, Polizisten mit Schäferhunden kontrollieren ihre Papiere, einige müssen die Koffer auf den Boden legen und öffnen.

Jetzt sind auch im Waggon Stimmen von Polizisten zu hören, Marie glaubt sogar, das Hecheln der Hunde wahrzunehmen.

Warum brauchen die so lange? Sie lugt zu ihrem Koffer über ihrem Kopf, daneben stehen ihre Bergschuhe, die Schnürsenkel um den Koffergriff geknüpft.

Wieder ein Blick auf den Bahnsteig, wo die Kontrolle noch immer im Gange ist.

Ein Schild: Bietingen.

Endlich kommt ein Polizist ins voll besetzte Abteil. »Die Pässe und weiteren Papiere.«

Nur keinen Fehler machen.

Die Mitreisenden kramen herum und geben nacheinander die Papiere ab.

»Herr Löwith? Bitte mitkommen.«

Der ältere Herr mit weißem Rahmenbart und goldschimmernder Weste unter dem schwarzen Anzug, der in Stuttgart zugestiegen ist, erhebt sich, nimmt seinen Koffer und geht mit dem Polizisten mit.

Wieder eine Ewigkeit.

Der Polizist kommt ohne Löwith zurück.

Jetzt sie.

Sie reicht dem Polizisten das gesamte Bündel, das sie die letzten drei Monate zusammengesammelt hat:

Den Reisepass mit dem großen »J« vorne drauf. Die Bestätigung der Reichszentrale für jüdische Auswanderung, Berlin, die Bestätigung der Auswandererabgabe, Leermeldung, da Vermögen unter tausend Reichsmark, die Bestätigung des Zuschusses des Joint Distribution Comittees in der Höhe von hundert Reichsmark, ausbezahlt durch die Jüdische Wohlfahrt Fürth.

Wie lächerlich. Die Unbedenklichkeitsbescheinigung betreffend Miete. Die Unbedenklichkeitsbescheinigung betreffend Gebühren und Steuern. Das Durchreisevisum Schweiz. Das Durchreisevisum Frankreich, beide gültig bis 31. August 1939. Das Schiffsticket Southampton–New York für den 20. Oktober 1939. Das Affidavit von Nahum Rosenberg, New York.

Sie kennt die Daten auswendig, so oft hat sie das Bündel in den letzten Wochen durchgeblättert, umsortiert und wieder umsortiert.

Fast hätte sie zum Spaß den Mitgliedsschein der Reichsschrifttumskammer mitgenommen, die bis zum Schluss nicht hinter den Schwindel mit ihrer Lizenz gekommen ist. Aber das war ihr dann doch zu brenzlig.

Der Polizist mit glänzend glatt rasiertem Doppelkinn blättert die Seiten durch, er wirkt gelangweilt. Wortlos gibt er Marie die Blätter zurück. Er schiebt die Tür zu, geht weiter. Kein Gruß, kein Danke.

Die Erleichterung ist wie eine Wolke, sie verbindet die vier verbliebenen Reisenden, die bisher nur über das Wetter ein paar Sätze gewechselt haben, für einen kurzen Moment.

Langsam leert sich auch der Bahnsteig, die Gangsteher nehmen wieder ihre Plätze ein. Endlich fährt der Zug an. Wie lange sind sie gestanden? Stunden?

Als ob der Herr schräg gegenüber ihre Gedanken gelesen hätte, sagt er halblaut: »Vierzig Minuten.«

Als das Schild des ersten Grenzbahnhofs mit dem seltsamen Namen Thayngen vorüberzieht, atmet sie auf. Sie hat das Deutsche Reich verlassen.

Sie weiß nicht, ob es eine Rückkehr geben wird. Oder ob es endgültig ist.

***

»Warten Sie bitte da drüben.«

»Ist etwas nicht in Ordnung? Ich habe ein gültiges Visum!«

Sie blättert ihren Pass durch. Carmen Ruiz Sánchez, geboren in Buenos Aires, Lehrerin, Passnummer 23922, Visum ausgestellt vom amerikanischen Konsulat in Paris. Die Fälschung ist perfekt.

»Bitte, warten Sie dort drüben. Hier behindern Sie den Ausstieg.«

Der Zollbeamte – ist es ein Zollbeamter? – wirkt nervös. Sicher, er möchte den Ausstieg der Passagiere möglichst schnell hinter sich bringen. Es kann sich nur um eine Stichprobenkontrolle handeln, vielleicht picken sie jeden hundertsten Passagier heraus. Passagier um Passagier defiliert an ihr vorbei. Alle dürfen aussteigen, warum muss sie warten? Sie hört, dass nicht wenige Leute Spanisch sprechen. Ihr ist nicht aufgefallen, dass es so viele Spanier an Bord gab. Nach der Kleidung und ihrem Gehabe sind es keine Arbeiter. Es sind die, die etwas Geld haben retten können, die Herren in Anzügen, die Damen in altmodischen Kleidern.

Der Zollbeamte hakt jeden Namen auf einer Liste ab. Immer wieder sieht er zu Tina hinüber, die noch immer wartet. Zwischendurch kommt ein Kollege, flüstert ihm etwas zu, er nickt und macht weiter.

Als nach einer halben Stunde der letzte Passagier an ihm vorbei ist, bringt er sein Klemmbrett in Ordnung und wendet sich zum Gehen.

»Hallo, was ist mit mir? Kann ich jetzt aussteigen?«

Am liebsten würde sie diesem Beamten an die Gurgel springen. Er hebt die Brauen, mustert sie zerstreut. »Tut mir leid.«

Er holt sein Klemmbrett hervor, blättert, findet, was er sucht und nickt. »Carmen Ruiz Sánchez, nicht?«

»Ja!«

»Hören Sie, ich nehme an, das ist nicht Ihr richtiger Name. Ich weiß auch nicht, was die Ursache dafür ist, aber ich habe die Anweisung, Sie nicht von Bord zu lassen. Sie fahren weiter nach Veracruz, Mexiko. Gute Reise noch.«

Er salutiert, hängt eine Absperrkette vor und geht Richtung Gangway. Tina steht noch da, als die Schritte des Beamten nicht mehr zu hören sind.

Sie wissen also, dass sie an Bord ist. Aber wer sind sie? Der italienische Geheimdienst? Hat er das FBI gewarnt? Vorsicht, kommunistische Spionin an Bord. Keine Einreise in die USA. Von Vittorio weiß sie, dass er auf einer Liste des FBI steht, aber er ist als Jacobo Hurwitz gereist. Das war sicher der Grund, dass er ihr telegrafiert hat, dass er nicht am Pier in New York stehen und sie abholen würde, sondern in einer Kneipe am Hafen warten würde. Yolanda wird aber zum Schiff kommen. Yole, ihre Yole steht jetzt da unten, jetzt, in diesem Moment, und sie kann ihr nicht einmal zuwinken, die Gangway ist gesperrt.

Oder sind es die Genossen selbst, die den amerikanischen Behörden verraten haben, wer die Lehrerin Sánchez wirklich ist? Will die Komintern sie loswerden, weil sie in Spanien zu eigenmächtig gehandelt hat? Vittorio hat in Paris einmal die Bemerkung fallen lassen, wenn wir in die Sowjetunion zurückkehren, landen wir in einem Lager. Wir haben uns in Spanien nicht immer an das gehalten, was aus Moskau kam. Und die Stassowa allein kann uns nicht schützen. Sie hielt das damals für einen Scherz.

Sie stampft mit dem Fuß auf und lässt einen Laut aus, der ein Schrei hätte sein sollen. Die Türen nach draußen sind versperrt. So wenige Meter trennen sie von Yole, die draußen auf dem Pier wartet. Vergeblich. Sie steht eine Zeit lang allein vor der Treppe, links und rechts ein langer Gang. Ein Steward geht vorüber, beachtet sie nicht.

Kaum findet sie den Weg in ihre Kabine. Sie sperrt doppelt ab, legt sich aufs Bett und kauert sich in Embryonalstellung zusammen.

Zeit vergeht, Minuten, vielleicht eine Stunde oder mehr. Sicher hat Yole schon erfahren, dass Carmen Ruiz Sánchez nicht von Bord darf. Dann weiß es Vittorio auch schon. Ob er nach Mexiko aufbrechen wird, um ihr dort beizustehen?

Ausgerechnet Mexiko. Nie wieder wollte sie in dieses Land. Neun Jahre ist es her, dass sie als dubiose Geliebte des ermordeten Antonio Mella ausgewiesen wurde, zwar freigesprochen von der Mitwisserschaft an dem Attentat auf Präsident Rubio, aber nie reingewaschen von dem Schmutz, den die Gazetten über sie geleert haben. Der rote Vamp. Die Kommunistenhure. Die Mata Hari der Komintern.

Nein, nie wieder Mexiko, hat sie sich immer gesagt, weder als Tina noch als Carmen noch als sonst wer. Es gibt genug Leute, die sie auf der Straße erkennen und sie vielleicht anzeigen würden. Wem kann man schon trauen?

Obwohl … wieder blickt sie in den Spiegel. Täglich mehr weiße Strähnen. Das Gesicht aufgedunsen und zugleich zerfurcht. Sie ist eine andere Frau als die, die damals fortging. Wenn sie sich anders kleidet und ein Kopftuch aufsetzt wie eine alte Mexikanerin, wird sie vielleicht niemand erkennen.

Stunden später steht sie wieder an Deck. Sie lehnt an der Reling und blickt auf den Pier, auf dem niemand mehr wartet. Das Schiff legt ab, Schlepper ziehen es hinaus aufs offene Meer. Die Freiheitsstatue, wie zum Hohn. Sie hat sich erkundigt: Sechs Tage noch bis Miami, fünf weitere bis Veracruz. Sie wird sich einschließen und nur zu den Mahlzeiten an Deck gehen.

»Entschuldigen Sie.«

»Meinen Sie mich?«

»Ja, könnten Sie uns einen Gefallen tun?«

Ein junger Mann steht vor ihr, indianische Gesichtszüge, sorgfältig gezwirbelter Schnurrbart, beiger Anzug, Stehkragenhemd. Hinter ihm eine junge Frau, schwarze Locken, modisches Kleid, eine Imitation mexikanischer Tracht, beide vielleicht Mitte zwanzig.

»Ja … ich weiß nicht.«

Er hält ihr eine Kamera hin. Eine Leica, sieht sie sofort, ein neues Modell, ihre Graflex war Steinzeit dagegen.

»Könnten Sie ein Foto von uns beiden machen? Es ist ganz einfach. Ich kann es Ihnen zeigen.«

Sie starrt auf die ausgestreckte Hand. Der Mann hat die Augenbrauen hochgezogen, fragend, freundlich.

Sie schüttelt müde den Kopf. »Es tut mir leid. Ich kann das nicht.«

Als sie elf Tage später in Veracruz von Bord geht, ist sie so schwach, dass sie zwei Männer stützen müssen. Drei Tage hat sie kaum etwas gegessen, sich immer wieder erbrochen. Und es ist ungewohnt schwül.

Zwei Frauen sprechen sie an, sie sind von der Roten Hilfe. Es gibt ihr einen Stich, als sie sie mit »Genossin Modotti« ansprechen, zu lange hat sie diesen Namen nicht mehr gehört.

»Genosse Vidali kommt in den nächsten Tagen.«

Sie bringen sie zu einer Pension und geben ihr ein Ticket nach Mexico City, umsteigen in Buenavista. Sie isst eine Bohnensuppe und schläft sofort ein, als sie den Kopf auf das Kissen bettet. Um zwei Uhr Früh wacht sie auf und kann nicht mehr einschlafen, ist wie gelähmt. Sie hat vergessen, wie die Nächte in Mexiko sind: schwer, zäh und heiß wie flüssiges Metall, das einen lähmt und verbrennt. Wie hat sie die Nächte geliebt, als sie mit Edward nackt auf der Dachterrasse tanzte, wie oft haben sie sich in diesen pastösen Nächten unter freiem Himmel geliebt. Jetzt empfindet sie diese Hitze wie eine Last. Alte Frau, alte Frau. Wann ist das passiert?

Um elf Uhr am nächsten Tag sitzt sie im Zug nach Mexiko City. An jedem Bahnhof kommen Händler mit Maisgebäck, Bonbons und sogar Blumen zu den Zugfenstern. Sie zieht den Vorhang vor. Früher hat sie mit diesen Menschen gescherzt und gefeilscht, manchmal sogar etwas gekauft. Vorbei.

Vittorio wartet am Bahnsteig. Er ist dicker geworden und wirkt dadurch noch kleiner, pummeliger. Er umarmt sie so heftig, dass sie Angst hat, eine Rippe könnte brechen. Wie immer hat er alles für sie organisiert: Sie werden einstweilen bei einer Familie unterkommen.

Die Wohnung bei den De Cossios erschlägt Tina. Ein Stadtpalais mit großen Fenstern, eine Tafel mit Silberbesteck, ein Himmelbett mit duftender Bettwäsche. Die beiden sind katalanische Adelige, die ihr Vermögen rechtzeitig nach Mexiko gerettet haben und sich nun um die Flüchtlinge kümmern.

»Fünfzigtausend hat Präsident Cárdenas zugesagt aufzunehmen. Fünfzigtausend!«, sagt Vittorio. »Das gibt jede Menge Arbeit für uns.«

»Wie kommen die nach Mexiko?«

»Du ahnst nicht, wie viel Hilfsbereitschaft da ist. Mexiko, Chile und alle Länder, in denen spanische Auswanderer leben, sammeln Spenden und treiben Schiffe auf.«

»Und wir sollen das hier organisieren? Über die Rote Hilfe?«

»Ja, das ist wieder eine Aufgabe für uns.«

»Vittorio, ich kann das nicht mehr. Ich schaffe es nicht.«

Vittorio mustert sie.

»Ich sehe ein, dass du Erholung brauchst. Klar, entschuldige, dass ich das nicht bedacht habe. Ein, zwei Wochen, dann bist du wieder auf dem Damm.«

»Du hast vergessen, dass ich illegal hier bin. Die Ausweisung wurde nie zurückgenommen.«

»Du bist jetzt Carmen oder María, wie du willst. Tina Modotti ist nie eingereist. Dass du hier bist, wird niemandem auffallen. Du hast dich verändert in den letzten Jahren. Ich auch natürlich. Nimm dir zwei Wochen, dann brauche ich dich. Du musst ja nicht öffentlich auftreten.«

Nein, es ist etwas anderes, will sie sagen, ich will nichts mehr tun, will mich verkriechen, alles Eitelkeit, sogar die Flüchtlingshilfe, bei der Vittorio sich wieder hervortun wird.

»Die De Cossios sind übrigens Kommunisten, du glaubst es nicht«, sagt er unvermittelt.

Sie nickt.

Die folgenden Tage sind quälend. Sie gehört nicht hierher, sie spürt es jeden Tag. Die blitzsauberen Zimmer, die Marmorböden. Die De Cossios verlangen keine Miete. Vittorio ist ständig außer Haus, sie mag weder lesen noch spazieren gehen. Als sie eines Vormittags an der Küche vorbeigeht, kommt sie mit dem Hausmädchen ins Gespräch. Sie hilft ihr beim Kartoffelschälen. Am nächsten Tag schält sie Zwiebeln und trocknet das Geschirr ab. Als das Hausmädchen sie verrät, ist es den De Cossios peinlich. Sie soll sich doch erholen. Das ist doch keine Arbeit für sie. In Tina steigt Groll auf. Das sollen Kommunisten sein? Aber hatte nicht selbst Karl Marx ein Hausmädchen? Schließlich lässt sie es bleiben.

Sie verlässt ihr Zimmer nur zum Essen. Bloß keine Menschen treffen. Die Angst steigert sich von Tag zu Tag: Jeder, der sie erkennt, könnte sie verraten. Ein- oder zweimal in der Woche schläft sie mit Vittorio, aber sie empfindet nichts mehr. Wenn er vor Lust röchelt, hört sie das Röcheln der Verwundeten, die Blut spucken. Wenn er leckt, denkt sie an die herausgestreckten Zungen der Gehenkten, die an den Laternenmasten in Barcelona baumelten. Je mehr sie sich zwingt, die Bilder aus dem Krieg zu vergessen, desto hartnäckiger und böswilliger melden sie sich zurück.

Sie sitzt stundenlang vor dem Radio und liest die Zeitungen, die ihr jeden Tag mehr bestätigen, dass es gut ist, nicht hinauszugehen, sich nicht einzumischen, sich tot zu stellen. Flüchtlinge in Mexiko, Flüchtlinge, die noch immer in den französischen Lagern festsitzen, drohender Krieg in Europa.

In einem der Blätter liest sie, dass Palmiro Togliatti, mit dem sie noch vor einem Monat in Girona gesprochen hatte, inzwischen von Moskau aus die Kommunistische Partei in Italien organisiert. Wie gerne wäre sie in Italien, um mit den Genossen im Untergrund dem Faschismus Widerstand zu leisten.

Wie nützlich könnte sie in den USA sein, wo in diesen Tagen so viele Flüchtlinge aus Spanien ankommen, wo die Arbeiter vielleicht eine Revolution beginnen könnten. Wie viele Kommunisten es dort gibt in den Stahlwerken und Schlachthöfen, in den Konservenfabriken und Webereien! Sie könnte ihre Schwestern in San Francisco oder Benvenuto in New York wiedersehen.

Wie gut wäre es in Russland, wo zwar das ganze Jahr grauer Winter herrscht, aber wo der Kommunismus unglaubliche Dinge vollbringt, die sich niemand hat vorstellen können. Kein Privateigentum! Die Frauen gleichberechtigt! Bildung für alle! Keine Privilegien! Wenn die Zeitungsberichte stimmen.

Aber sie macht sich keine Illusionen: Überall würde sie wahrscheinlich festgenommen werden. In Russland wegen abweichenden Verhaltens verurteilt zu lebenslänglichem Arbeitslager. In den USA als Komintern-Agentin ohne Prozess eingesperrt. In Italien von den Faschisten des Hochverrats angeklagt und erschossen. In Mexiko ist sie lediglich eine Persona non grata, vor neun Jahren ausgewiesen. Sie will hier gar nicht sein, im einzigen Land, das sie per Gesetz nicht betreten darf. Wenn sie aufflöge, würde sie sofort ausgewiesen werden – nach Italien, den Faschisten in die Hände, in den Tod.

Vittorio bedrängt sie, ihm zu helfen oder ihn wenigstens zu den Versammlungen zu begleiten. Sie solle doch zumindest alte Freunde besuchen, sagt er. Aber wer weiß überhaupt, dass sie hier ist? Und sind es noch Freunde? Haben sie nicht alle die kommunistische Idee verraten? Anita Brenner hat Trotzki, den Verräter, nach Mexiko gebracht. Diego und Frida haben ihm das blaue Haus in Coyoacán zur Verfügung gestellt, in dem er jetzt wohnt. Unmöglich, mit diesen Menschen noch etwas gemeinsam zu haben. Alle zusammen haben sie den Klassenkampf vergessen, leben im Wohlstand und lassen sich mit Kapitalisten ein.

Am Ersten Mai geht sie außer Haus. Den Hut tief in die Stirn gezogen, sieht sie dem Aufmarsch zu. Tausende Arbeiter marschieren für die neue Zeit, aber sie kann sich nicht freuen, ständig hat sie Angst, erkannt zu werden.

»So geht das nicht weiter«, sagt Vittorio am Abend. »Kannst du nicht wieder für mich tippen?«

Seitdem ihm der Daumen amputiert worden ist, ärgert er sich mit der Schreibmaschine.

»Außerdem – die Allianz Garibaldi hätte einen Auftrag für eine Übersetzung. Italienisch–Spanisch und Russisch–Spanisch. Das schaffst du doch spielend.«

So setzt sie sich nach Jahren wieder an eine Schreibmaschine. Sie übersetzt Eugen Varga vom Spanischen ins Italienische, Lenin vom Italienischen ins Spanische, Parteitagsprotokolle aus Moskau vom Russischen ins Spanische.

Es tut gut, etwas Sinnvolles zu tun. Jeden Tag sitzt sie an der Schreibmaschine und tippt. Nur nicht an die Genossen denken, die jeden Tag in ihren Verstecken aufgespürt werden, die schreien, wenn die Folterknechte ihnen stundenlang Elektroschocks verabreichen, bis sie endgültig verstummen.

Im Juni wagt sie sich wieder auf die Straße, den breiten Sonnenhut tief ins Gesicht gezogen. Es zieht sie zu den Cafés, sie weiß, sie sollte die Sitzgärten meiden, aber sie kann nicht anders. Sie sieht Bekannte von früher: Miguel Covarrubias, Baltasar Dromundo, Juan de la Cabada, alle sind sie bei ihr zu Gast gewesen – sobald sie sie erblickt, dreht sie sich weg und geht schnell weiter.

Bei einem ihrer Ausflüge läuft ihr ein Mann nach. Als er sie mit »Tina« anspricht, läuft es ihr kalt über den Rücken. Es ist Traven Torsvan, der sich B. Traven nennt und ein paarmal bei ihr und Edward zu Gast gewesen ist. Wie er wirklich heißt, weiß niemand.

»Traven. Wie hast du mich erkannt?«

Er lacht. »Am Gang. Niemand hat so einen Hüftschwung wie du!«

»Ich bin nicht mehr die Jüngste.«

»Wir sind alle älter geworden. Aber den Hüftschwung hast du dir behalten. Seit wann bist du wieder in Mexiko?«

Sie sieht sich um. »Sag es niemandem, bitte, du hast mich nicht gesehen. Bitte, Traven.«

Er läuft ihr nach, als sie ihn schon brüsk verabschiedet hat. Er quatscht und plappert und schafft es tatsächlich, dass sie nach langer Zeit wieder lächeln muss. »Komm doch mit zu den De Cossios. Die freuen sich immer über Gäste.«

Es wird das lustigste Abendessen seit Langem. Traven erzählt eine Schnurre nach der anderen. Er hat eine Zeit lang unter Indianern in einer Hütte gelebt und dabei die verrücktesten Sachen erlebt. Er erzählt, dass alle Tränen lachen. Tina hat nicht mehr gewusst, dass sie so lachen kann.

***

Was für ein Ausblick!

»Das Herz der Schweiz«, sagt Kuoni.

Er ist wieder ernst geworden, beim Hinaufgehen ist er zuerst wortkarg gewesen wie die meisten Schweizer, die sie hier getroffen hat. Dann begann er, Geschichten zu erzählen, die unerfahrenen Wanderern passiert sind, und brachte damit Anselm und sie zum Lachen.

Sie blickt hinunter auf den Vierwaldstättersee, auf der anderen Seite blitzt die Fläche des Lauerzersees herauf, dahinter hängen noch Nebelbänke im Tal. Ein wunderbarer Maitag! Das Grün der Wiesen und Matten ist unwirklich hell, so ein Grün kennt sie von Deutschland nicht.

»Deswegen bin ich hierhergekommen«, sagt Marie. Sie atmet tief ein, schließt die Augen. Die Rigi. Obwohl sie schon früher in der Schweiz gewesen ist, hat sie immer gedacht, es heiße *der* Rigi, aber *die* Rigi ist weiblich. Kommt von Regina montium, Königin der Berge, sagte Kuoni. Und wenn's nicht stimmt, isch gut erfunden. Und wieder hat er gelacht und sie damit angesteckt.

Natürlich, es ist keine großartige Bergtour wie früher. Aber sie sind auch nicht mit der Zahnradbahn gefahren, das war unter ihrer Würde.

»Na, willst du wirklich nicht hierbleiben?« Anselm ist neben sie getreten, sie öffnet die Augen. Es ist die dritte Tour, die Kuoni, Anselm und sie unternehmen.

»Ich kenne hier doch niemanden. Außerdem habe ich das Affidavit.«

»Du kennst Zita und mich und unsere Kinder. Und Kuoni. Das sind mehr Leute, als du in Amerika kennst. Du könntest hierbleiben, um eine Aufenthaltsgenehmigung ansuchen.«

»Ich hab dir doch von Julius erzählt.«

»Der könnte doch auch hierbleiben. Hier spricht man wenigstens unsere Sprache. Na ja, fast«, sagt Anselm und lugt zu Kuoni, der gerade Wurst und Käse aus seinem Rucksack holt.

»Ich könnte für dich bürgen. Schweizer wird man sowieso nicht gleich.«

Sie lächelt ihm zu, dreht sich dann wieder zur Aussicht. Wie Vogeldreck sehen die Dörfer aus. Ein schöner Vogeldreck. Sie muss lachen.

»Wollt ihr nichts essen? Brotzeit!«, ruft Kuoni.

Sie meinen es gut mit ihr, sicher. Aber sie spürt auch, dass Anselm angespannt ist. Dass er mehr glauben will, was er ihr sagt, als dass er es wirklich glaubte. Sie hat gehört, wie er mit Zita einen kleinen Streit hatte, weil er schon wieder am Wochenende auf die Berge geht mit seinem Gast, anstatt für die kleine Familie da zu sein. Nein, sie wird nicht weiter für Unfrieden sorgen. Drei Wochen, wie vereinbart, dann wartet schon Betty in London auf sie. Wenn nur kein Krieg zwischen England und Deutschland ausbricht!

Sie essen und machen sich an den Abstieg. Hinunter geht jeder für sich, sie reden kaum. Als das Dorf Weggis schon in Sicht kommt, sagt Anselm unvermittelt: »Ich freue mich für dich, Marie. Ich will deinem Glück nicht im Wege stehen. Geh mit Julius nach Amerika.«

»Schon gut«, sagt sie und wundert sich, dass er meint, er müsse es ihr erst erlauben. Was bildete er sich ein? Ist es Glück, das sie mit Julius erwartet? Zwei Vierzigjährige, die sich gefunden haben, die einander sympathisch sind, die auch miteinander ins Bett gehen und in Amerika neu anfangen wollen. Ist das Glück? Oder nicht vielmehr eine Notlösung?

Zwei Tage später sitzt sie im Zug nach Paris. Sie versteht kein Wort der fremden Sprache. Sie sitzt in einem offenen

Waggon, es ist laut, eine Familie mit vier Kindern sitzt eine Nische weiter. Sie hält quengelnde Kinder nicht mehr aus. Auch das eine Alterserscheinung?

Sie wird keine mehr bekommen, das steht fest. Mit vierzig ist es zu spät, um damit anzufangen, noch dazu in einem fremden Land. Nein, das ist vorbei.

***

Es ist vorbei, sie kann und will sich nicht mehr engagieren.

Nach Travens Besuch plagen sie Schuldgefühle: Sie hätte ihn nicht einladen sollen. Wenn er weitererzählt, dass sie im Land ist, werden es früher oder später die Behörden erfahren.

Vittorio bedrängt sie, weitere Übersetzungen zu machen, er hat es aufgegeben nachzufragen, ob sie mithelfen könnte, Unterkünfte für die ständig ankommenden Spanier zu organisieren.

»Das können andere besser«, sagt sie nur. »Lass mich.«

Einmal kriegt er sie fast herum: Da sind vierhundert spanische Flüchtlingskinder angekommen, ohne Eltern. Das Jugendamt steckt sie in eine alte Kaserne und weiß nicht, was es mit ihnen anfangen soll. Es gibt weder Fließwasser noch Matratzen, weder Aufsichtspersonen noch Verpflegung. Drei Monate sind sie sich selbst überlassen. Sie bilden Banden, stehlen, die Großen terrorisieren die Kleinen, täglich gibt es Prügel für die Schwächsten. Ein Journalist deckt die Sache auf. In Spanien hätte sie keinen Moment gezögert, hätte im Namen der Roten Hilfe Betten und Erzieher organisiert, sich um Patenschaften und Spenden gekümmert, aber jetzt verlässt sie die Kraft schon, als sie an all die Maßnahmen denkt. Und sie kann, sie darf sich nicht aus der Deckung wagen. Tatenlos sieht sie zu, wie die Zeitungen in den nächsten Wochen die

Missstände auswalzen, wie die Sache nach einem Monat vergessen ist.

Im August kommt der nächste Dämpfer: Hitler und Stalin verbünden sich. Der Generalissimus, für den sie so viel geopfert hat, hat alles verraten und sich mit dem wahnsinnigen Nationalsozialisten verbündet.

»Sie spucken auf uns«, sagt Vittorio, »in ganz Mexiko-Stadt können wir uns nicht mehr blicken lassen.«

»Und die Anarchisten?«, fragt Tina.

»Die stehen jetzt gut da. Haben immer recht gehabt, sagen sie. Verdammt, ich weiß ja auch nicht, was ich davon halten soll.«

Anfang September bricht der Krieg in Europa aus, auf den alle gewartet haben. Deutschland greift Polen an, zwei Tage später erklären Frankreich und England Deutschland den Krieg. Wenn Franco die Hilfe, die ihm Hitler geleistet hat, erwidert und eine eigene Legion Condor gegen die Franzosen schickt, dann wird die Faschisten in Europa nichts mehr aufhalten. Und Moskau duldet das alles und sichert sich die andere Hälfte Polens. Es ist unerträglich. Europa wird ein faschistischer Kontinent mit der Duldung der kommunistischen Sowjetunion.

Sie ist sich immer sicherer: Die kommunistische Weltrevolution kann nur von den Vereinigten Staaten ausgehen. Hier in Mexiko ist sie im Sand verlaufen, in den USA werden die Arbeiter hingegen immer stärker.

Sie muss in die Staaten, das hier ist kein Leben. Jeden Tag kann sie auffliegen. Dort könnte sie unter ihrem richtigen Namen leben, frei atmen, sich frei bewegen, bei ihren Geschwistern sein, Sinnvolles tun. Und die Stassowa hat in den USA keinen Einfluss mehr. Dort machen die Gewerkschaften ihre eigene sozialistische Politik.

Eine, die jetzt öfter zu Besuch kommt, ist Mary Dougherty. Mary war die Einzige, die sie vor neun Jahren im Gefängnis besucht hat.

»Du kannst meinen Pass haben«, hat sie Tina schon im Mai gesagt. »Ich bin noch immer Amerikanerin. Das Foto ist so verblasst, und ein bisschen sehen wir uns ja ähnlich. Die Kopfform zumindest. Du könntest ja einmal für eine oder zwei Wochen hinfahren und sehen, ob du dort leben willst.«

Beim nächsten Besuch spricht sie Mary darauf an.

»Natürlich gilt das noch. Ich bringe ihn dir morgen«, sagt Mary.

Tina bedankt sich. Schon wieder ein neuer Name.

***

»Wie wirst du drüben heißen?«

»Mary Rose Mountain natürlich«, sagt sie und lacht.

Es tut so gut, mit Julius Hand in Hand durch diese Stadt zu gehen. Eine Woche London gemeinsam und dann aufs Schiff!

»Warte mal«, sagt Marie.

Julius gibt dem Zug der Hand nach, Marie steht vor einem Schaufenster.

»Ach, schon wieder Bücher. Hast du nicht in den letzten Wochen schon genug Zeit gehabt, alle Buchhandlungen der Stadt durchzustöbern?«

»Die kenne ich noch nicht«, sagt Marie und betritt die Buchhandlung.

Sie überfliegt die Titel auf den Buchrücken. Wie bei den letzten Buchhandlungen ist sie auch von dieser enttäuscht. Bis auf Agatha Christie, von der gleich zwei Neuerscheinungen im Fenster liegen, kennt sie keinen einzigen Autor.

Sie sieht Julius an und zieht eine Schnute.

»Du willst rein? Wenn es sein muss.«

Aber auch diese Buchhandlung ist eine Ernüchterung: so wenig Literatur, so viele Kriminalromane, Abenteuergeschichten und Romanzen und vor allem ein Riesenregal mit aufwendig gemachten Reiseführern. Und die Deutschen glaubten, ihr Baedeker sei das Nonplusultra!

Auf der Straße zieht Julius sie weiter. Er scheint nervös.

Wenig später betreten sie das Gebäude der Agentur, es ist die Partneragentur ihres Münchener Reisebüros.

Der Mann am Schalter, der weiße Ärmelschoner trägt, sieht ihre Voucher an, geht Listen durch und zieht seine Stirn kraus.

Seit der Kriegserklärung Englands sind alle Deutschen Feinde, auch wenn es Juden auf der Durchreise sind.

»I'm sorry«, beginnt er hölzern. Er gibt Julius zu verstehen, dass es Probleme gibt. Das Schiff ist überbucht. Es könne nur einer mit, der andere müsse umgebucht werden. Oder sie würden es beide verschieben, aber auch da gebe es keine Garantie, dass sie zugleich eine Passage bekämen. Es tue ihm leid, derjenige, der mitführe, müsse sich die Kabine mit einem Fremden, gleichen Geschlechts natürlich, teilen. Auf einem Schiff vier Tage später sei noch ein Platz frei, es wäre etwas schneller unterwegs, brauche nur acht statt zehn Tage, wenn das Wetter mitspielte. Der andere käme also nur um zwei Tage später an.

Marie beobachtet Julius. Er begehrt nicht auf, er ist hier Bittsteller. Er presst die Lippen aufeinander und schluckt. Sie bitten sich eine Beredezeit aus und stellen sich weg vom Schalter.

»Natürlich fährst du zuerst. Was soll ich als Frau allein in New York? Du kannst ja schon die Lage auskundschaften.«

»Und mich um eine Wohnung umsehen.«

Marie schweigt.

»Ich weiß nicht, ob wir schon zusammenziehen sollen«, sagt sie dann langsam. »Vielleicht ist es am Anfang besser, wenn jeder sein Reich hat.«

Julius' Miene verdüstert sich, sie hat es geahnt. »Wie du meinst«, sagt er knapp.

»Versteh mich nicht falsch.«

»Schon gut. Dann machen wir das so. Ich fahre zuerst und bahne uns den Weg. Einen Treffpunkt müssen wir noch vereinbaren«, sagt Julius und wendet sich wieder zum Mann am Schalter.

Zehn Minuten später verlassen sie mit Bordkarten für verschiedene Schiffe die Agentur. Der Himmel ist wolkenlos, noch immer ist es angenehm warm, obwohl es schon Mitte Oktober ist.

»Ich muss gleich Betty sagen, dass sie mich noch vier Tage länger aushalten muss.«

Sie denkt an den kleinen Wilhelm, den Betty jetzt William nennt und der besser Englisch als Deutsch spricht. Sie hat mit ihm in den letzten Tagen mit seinen Zinnsoldaten gespielt, er wird sich sicher freuen, wenn sie noch bleibt.

»Später. Ich muss dir ja noch mein Hotelzimmer zeigen.«

Sie lacht. »Ach ja, das ist sicher interessant.«

»Und danach lass uns richtig gut essen gehen. Wer weiß, was wir dann in Amerika vorgesetzt bekommen.«

***

Überall ist Amerika.

Einmal in der Woche verlässt sie das Haus, die Herbsttemperaturen sind angenehmer als die im Sommer, dennoch hat sie den Hut immer tief ins Gesicht gezogen.

Amerikanische Autos, amerikanische Kleidung, amerikanische Waren in den Geschäften.

Bisher ist es ihr nicht aufgefallen, aber je mehr sie darauf achtet, desto mehr wird ihr bewusst, dass nicht die Revolution von hier auf die USA übergesprungen ist, sondern vielmehr der Kapitalismus Mexiko in den letzten Jahren überrollt hat. Und mit den vielen Dingen haben sich auch die Menschen verändert. Sie hasten herum, wie sie es vor neun Jahren in Berlin erlebt hat. Keine Gelassenheit, kein unverbindliches Lachen mehr an den Marktständen.

An einem Tag kommt sie an Murales vorüber, Touristen stehen mit ihren Fotoapparaten davor. Die Malereien sind ein Appell zur Revolution, will sie den Leuten zurufen, keine Museumsstücke.

Sicher, sie muss zugeben, dass es den Leuten besser geht als damals. Die Frauen tragen die neueste Mode. Es gibt weniger Bettler und Zerlumpte, die einfach nur herumsitzen. Neue, saubere Wohnhäuser sind gebaut worden, die auch für weniger Reiche erschwinglich sind. Es gibt so viele neue Geschäfte, die voller Menschen sind, die sich die Sachen auch leisten können. Aber sie sieht keine Leute mehr, die auf der Straße Analphabeten unterrichten, keine Malerschulen, die unter freiem Himmel praktizieren. Die Atmosphäre des Aufbruchs ist weg.

Selbst die ehemaligen Genossen sind müde geworden. Diego und Frida, so erfährt sie, sind inzwischen hoch bezahlte Künstler, die auch für reiche Amerikaner malen, die sich die Bilder in ihre Villen hängen.

Und sie selbst? Lebt bei Adeligen in Untermiete, ohne dafür zu zahlen. Eine Bittstellerin. Vittorio kümmert das nicht, für ihn ist es selbstverständlich.

Es ist Mitte Oktober, als sie sich um eine Wohnung umsieht.

»Wozu denn?«, fragt Vittorio.

Sie hat es ihm nach dem Abendessen gesagt, sie stehen zu zweit auf der Terrasse der De Cossios. Es ist zwar nicht warm, aber die kalte Luft tut gut.

»Es kann dir ja egal sein. Du bist ohnehin nur jede zweite Nacht da. Ich möchte nicht wissen, wie viele Frauen du ins Unglück stürzt.«

»Nein, das möchtest du nicht«, sagt Vittorio. Statt betreten zu sein, wirkt er vergnügt. »Wir sind nicht verheiratet, Tina«, setzt er hinzu.

»Sicher nicht.«

»Und dass wir nicht häufiger miteinander ins Bett gehen, liegt nicht an mir.«

Sie bläst einen Luftstoß durch die Lippen. »Darüber beklage ich mich wirklich nicht. Wir sind alt geworden. Ich zumindest.«

Er nimmt sie in den Arm, sie lässt es geschehen.

»Wovon willst du leben?«

»Ich kann ja wieder Übersetzungen für dich machen. Sonst finde ich schon eine Arbeit. In der Wäscherei in der Calle Ibarra brauchen sie eine Büglerin.«

Er drückt sie an sich. Der Kuss ist kalt.

Die Einraumwohnung, die Tina findet, liegt in der Colonia Tabacalera in einem modernen, aber billig gebauten Wohnhaus, an dem schon die Bodenfeuchtigkeit Blasen aus der Farbe des Haussockels treibt. Das Haus ist rotbraun gefärbelt, ungewöhnlich für einen so großen Block. Die Wohnung im dritten Stock ist klein, aber sehr sauber, wie neu. Die Wände sind dünn, sie kann die Worte der Nachbarn verstehen.

In den kleinen Ofen legt sie jeden Abend ein dickes Buchenscheit und ein Schäufelchen Kohle, die Nächte werden immer kälter. Vittorio lässt sich tagelang nicht blicken.

Der Reisepass von Mary Dougherty liegt auf dem Esstisch, sie sieht ihn jeden Tag.

Aber erst nach dem Rummel zum Tag der Toten kauft sie eine Fahrkarte nach San Antonio, Texas. In der Nacht träumt sie von einer Lokomotive, deren Pfeifen wie Wehklagen klingt.

***

Die Fähre tutet zweistimmig. Wie zur Antwort erklingt ein brabbelnder Brummton von einem der großen Schiffe. Als ob ein Kind mit der Mutter spräche.

Das Fährboot entfernt sich schnell, als würde es sich vor den Menschen ekeln, die es gerade auf Ellis Island ausgespien hat. Als ob die Einwanderer, zu denen sie gehört, ein Versehen wären, irrtümlich auf dem großen Schiff mitgekommen und daher schnell mit der Fähre auf eine Insel in Sichtweite des Paradieses verfrachtet.

Das Schiff legte um acht Uhr morgens im Hafen von New York an. Schon bei der Einfahrt in die Upper Bay waren ein Arzt und ein Standesbeamter an Bord gekommen, sie untersuchten die Passagiere der ersten und der zweiten Klasse und befragten sie nach Protokoll. Für sie waren die Einreiseformalitäten damit erledigt. Nachdem das Schiff angelegt hatte, marschierten diese Passagiere die Gangway hinunter, ihre Koffer wurden von einer Kette von Hafenarbeitern weitergereicht und landeten auf Leiterwagen. Das Gepäck würde ihnen nachgebracht werden in ihre Hotels oder zu ihren Verwandten, sie müssten nichts selber schleppen.

Marie hingegen wurde mit den anderen Dritte-Klasse-Passagieren gleich auf das Fährboot getrieben, das nach Ellis Island ablegte. Wie Schafe. Schnell, schnell, es ist nur für dreißig Platz. Nächste Fähre in einer halben Stunde. Auf dem schwankenden Boot setzte sie sich auf ihren Pappkoffer. Die Freiheitsstatue zog vorüber, als würde sie sich verabschieden.

Der Platz vor den Baracken der Einwandererinsel ist voll mit Wartenden, die in allen möglichen Sprachen reden. Viele Immigranten sprechen Deutsch, sie hört auch Jiddisch.

»Pass nur auf, dass du die Treppe schaffst«, sagt ihr einer, der vor ihr steht. Breites Gesicht, Halbglatze, gepflegt. Wie man sich einen Buchmacher vorstellt, der mit der Unterwelt Geschäfte macht.

Treppe?

»Da drin ist so eine Treppe, die führt in den zweiten Stock. Da müssen alle rauf.«

»Na und?«, sagt Marie. Was will dieser Typ von ihr?

»Oben stehen die Doktoren und schauen runter. Ob jemand schwach ist. Ob jemand keucht. Ob jemand schief geht. Dann kriegst du ein Kreidezeichen.«

»Ein Kreidezeichen? Wovon sprechen Sie?«

»Das ist der erste Test, weißt du das nicht?«

»Verzeihen Sie, kennen wir uns?«

»Hier sind alle per Du, wir werden Englisch reden. Ich bin Harald, Harry.«

Sie schütteln einander die Hand. Er wirkt ein wenig sympathischer als auf den ersten Eindruck.

»Marie. Oder Mary. Was erzählst du da?«

»Da gibt's Lungenkranke unter uns Einwanderern. Und Blöde. Die sortieren sie aus. Die Treppe ist der erste Test. Verstehst du? Du darfst dort keine Schwäche zeigen.«

Marie merkt, dass auch andere Harry zuhören.

»Und dann?«

»Und dann, und dann. Quarantäne, was sonst. Manche schicken sie auch wieder zurück.«

Harry zuckt mit den Achseln. Marie wartet, dass er noch etwas sagt, aber er wendet sich ab. Die Aufmerksamkeit der Umstehenden zerstreut sich wieder.

Quarantäne. Manche schicken sie zurück. Na und, sie gehört sicher nicht dazu. Für sie gibt es kein Zurück. Wenn das mit der Treppe überhaupt stimmt. Hier gibt es bestimmt viele Spinner, die einem einen Bären aufbinden.

Die Treppe ist aus blankem Metall, wie eine Feuerstiege, Marie riskiert einen Blick nach oben. Tatsächlich werden die Leute nur einzeln durchgelassen, die Konstruktion scheppert bei jedem Schritt. Andere reden jetzt auch von dem verdeckten Test. Die schauen ganz genau. Du schaffst die Treppe doch, oder? Nur nicht husten.

Sie fragt sich, was passieren würde, wenn sie stolperte? Wenn sie außer Atem käme? Aber sie beruhigt sich wieder. Noch vor zwei Monaten ist sie mit Anselm über dem Vierwaldstättersee herumgeklettert. Aber keine Zeit für Gedanken, sie ist dran.

Sie tritt fest auf, die Metallstreben zittern. So ist sie auf den Berg marschiert, das kann sie doch. Blick nach oben. Tatsächlich, zwei junge Weißkittel blicken hinunter wie Raubvögel, die warten, dass die Beute ein Zeichen von Schwäche zeigt. Endlich ist sie oben. Sie geht an ihnen vorbei, ohne sie anzusehen. Ihr kriegt mich nicht.

Auch das mit der Kreide stimmt, sie hat es nicht geglaubt. Im Untersuchungszimmer malt ein Arzt der Frau vor ihr ein H auf die Mantelschulter, die Kreide bröselt an dem Lodenstoff. H für Heart, hat ihr Harry gesagt. Pg für Pregnancy, Schwangerschaft, B für Back, Rückenprobleme, das andere hat sie sich nicht gemerkt. Schon als jemand den Rücken erwähnte, fühlte sie ein Ziehen im Kreuz. Aber es ist alles in Ordnung.

Als sie der Einwanderungsbeamte nach ihrem Namen fragt,

sagt sie Marie Sarah und erschrickt, so sehr hat sich der zweite Name, den sie ein Jahr lang bei jeder Unterschrift hinzufügen musste, eingeprägt, dass er ihr inzwischen wie selbstverständlich über die Lippen kommt.

»Mary Sarah?«, fragt der Beamte. Er wirkt ungeduldig, Marie spürt die Spannung der vielen Wartenden hinter sich.

Mary. Natürlich. Hier gibt es keine Maries. Ein neues Leben, ein neuer Name. Bisher hat sie den Namen nur scherzhaft verwendet. Nun würde sie wirklich so heißen. Und Sarah? Ja. Das Sarah behält sie. Sie haben mir diesen Namen verpasst, aber sie haben mich nicht gekriegt. Er ist wie eine Narbe, die sagt: Ich bin verletzt worden, aber davongekommen. Die Wunde verheilt zwar, aber sie bleibt immer zu sehen.

»Schreiben Sie Mary S Punkt Rosenberg.«

»Mary S. Rosenberg«, knurrt der Beamte durch die zusammengebissenen Zähne. »Bitte weiter. Stellen Sie sich da hinten an zum Interview.«

Der Beamte betrachtet das Affidavit und schüttelt den Kopf. Die Unterschrift ist illegible, unleserlich. Was soll das für ein Name sein? Da sie keine Arbeitsgenehmigung hat, muss dieser Herr Rosenberg persönlich kommen und sie abholen. Nein, darauf kann man nicht verzichten. Wovon sie leben wolle? Bücher verkaufen? Leider, bis das Affidavit nicht bestätigt ist, gibt es keine Landing Card. Sie müssen hierbleiben. Das Amt kümmert sich darum.

Dann eine neue verwirrende Auskunft von einem anderen Beamten: Nein, Herr Rosenberg muss nicht persönlich kommen. Sie könne versuchen, ihn anzurufen, sie könne hier telefonieren, in der Stadt hat jeder einen Telefonanschluss. Wenn dieser Nahum Rosenberg nicht persönlich kommen kann, kann er eine neue Bestätigung mit leserlicher Unterschrift schicken, beglaubigt von einem Amt oder einem Anwalt.

Ein anderer Beamter gibt ihr einen Zettel mit der Nummer ihres Schlafplatzes in einer Baracke.

Sie stellt sich an einem Schalter an, an dem es Auskünfte auf Deutsch gibt. Das mit der Unterschrift komme öfter vor, sagt ihr der Mann hinter der Glasscheibe. Ist meistens in drei Tagen erledigt. Und wenn es nicht erledigt ist, lässt sich da auch etwas machen. Er reibt Daumen und Zeigefinger aneinander.

»Geld können Sie inzwischen ja schon wechseln. Mit Ihren Reichsmark fangen Sie hier nichts an. Falls Sie eine Zugfahrkarte brauchen, in Halle drei sind die Schalter der Railway Companies. Sie haben auch eigene Fähren. Kommt billiger, wenn man Fähre und Bahn kombiniert. Die Telefone sind da hinten.«

Sie muss Nahum Rosenberg erreichen. Adresse und Telefonnummer sind in ihrer Tasche.

Aber zuerst zum Postschalter. Julius hat versprochen, eine Nachricht zu hinterlegen. Ein Lebenszeichen, dass er angekommen ist. Ellis Island ist der einzige sichere Punkt, den beide passieren werden.

Tatsächlich, der Schalterbeamte händigt ihr einen Umschlag mit ihrem Namen aus, sie bleibt mitten in der Halle stehen, Koffer zwischen den Beinen, fummelt an dem Papier herum, bis sie eine Spange aus ihrem Haar nimmt und das Kuvert vorsichtig aufreißt, kein Buchstabe soll verloren gehen.

Sie blickt auf das Datum des Briefes, dann auf die große Kalendertafel an der Wand. 24. November. Julius ist am 22. angekommen, alles in Ordnung! Vielleicht ist er auch noch hier auf der Insel, sie könnte ihn gleich treffen. Sie liest weiter. Nein. Er schreibt, dass er Ellis Island sofort verlassen kann, Manhattan wartet. Küsse.

Sie freut und ärgert sich zugleich. So knapp haben sie einander verpasst. Aber gut für ihn, dass er gleich weitergekommen ist. In dem Brief stehen ein Name und eine Adresse. Adam Singer, wie Julius es ihr angekündigt hat. Ein Freund, den sie kontaktieren soll und der weiß, wo Julius zu finden ist.

Aber jetzt zum Telefon. Hoffentlich hebt Nahum Rosenberg ab.

***

»Reisepässe bitte.«

Sie reicht ihren Pass dem Zollbeamten. Ihr wird heiß.

Der Beamte wirft kaum einen Blick hinein. »Danke.«

Sie nimmt den Pass, steckt ihn wieder in ihre Tasche. Der Beamte schließt die Schiebetür.

Mary Dougherty. Sie flüstert den Namen dreimal, sieht die Freundin vor sich. Den Namen einer Freundin anzunehmen, ist so viel schwieriger, als mit irgendeiner erfundenen Identität herumzulaufen.

Warten. Ob sie schon jemanden aus dem Zug geworfen haben? Es ist totenstill draußen.

Sie liest den Namen des Grenzbahnhofs. Laredo. Vor kaum zehn Minuten hat der Zug die Brücke über den Río Grande passiert, der sich hier als kleiner schmutziger Fluss durch die zweigeteilte Stadt windet.

Sie hört Menschen reden. Die Grenzer gehen am Fenster vorüber.

Der Waggon ruckelt. Vielleicht wird eine andere Lokomotive angekoppelt. Es vergehen unendliche Minuten, bis der Zug wieder anfährt.

Sie ist in den Staaten. Nach sechs qualvollen Monaten in Mexiko endlich in den Staaten! Sie atmet tief durch. Obwohl sie gerade illegal eingereist ist, fühlt sie sich hier freier.

Wenn sie in diesem Land bleibt, wird sie kein Leben im

Schatten mehr führen, wird sie keine Angst haben, eingesperrt zu werden. Niemand kennt sie in New York, natürlich wird sie wieder einen anderen Namen annehmen müssen. Und wenn das FBI sie aufspürt, na und! Kommunist zu sein, ist in Amerika nicht verboten.

In Houston steigt sie in den Nachtzug um.

Earl Browder erwartet sie am Bahnhof. Sie hat ihn noch nie gesehen, erkennt ihn aber sofort an seinem breiten Schnurrbart. Was für eine Ehre, dass der Generalsekretär selbst gekommen ist. Sie ist etwas weich in den Beinen, muss langsam gehen. Er bietet ihr seinen Arm und nimmt ihr den Koffer ab, sie verlassen den Bahnhof wie ein altes Paar. Von der Stadt sieht sie nicht viel. Im Taxi geht es zu Martha Dodds Wohnung, zwei Tage sieht sie aus dem Fenster und schreibt Briefe an Yole, Edward, Vittorio.

Am dritten Tag sitzt sie endlich neben Earl Browder und William Z. Foster im Hinterzimmer des Café Éclair bei der Sitzung des Hilfskomitees für die spanischen Flüchtlinge.

Antrag Genossin Modotti und Genosse Vidali auf Mitwirkung in New York.

Der Vorstand zieht sich zurück und erscheint nach unendlichen Minuten wieder im Saal. »Nach reiflicher Überlegung hat der Vorstand beschlossen, von dem Ansinnen, die Genossen Modotti und Vidali nach New York einzuladen, Abstand zu nehmen. Da insbesondere Genosse Vidali einerseits vom FBI steckbrieflich gesucht wird und andererseits auch bei unseren russischen Freunden in Ungnade gefallen ist, würde sein Aufenthalt hier nicht nur für ihn, sondern auch für uns äußerst gefährlich sein. Nach Genossin Modotti gibt es zwar keine Fahndung, trotzdem sieht der Vorstand keine Möglichkeit der Mitwirkung, da ihr staatsbürgerlicher Status ungeklärt ist.«

Browder verliest noch andere Beschlüsse, dann ist der offizielle Teil zu Ende. Was ist aus dem Kommunismus geworden? Bürokratie in Bürokratensprache.

Nach der Sitzung setzt sich Earl zu ihr. Eine Distanz ist da, die vorher nicht da war, wie eine Wand aus Glas.

»Ich weiß nicht, wie ich es sagen soll, Tina, aber ihr geltet noch immer als Agenten der Komintern. Obwohl ihr bei denen in Ungnade gefallen seid. Die Genossen hier sind skeptisch. Denn was wir am wenigsten brauchen können, sind Komintern-Agenten, die hier herumschnüffeln. Es reicht schon der Verdacht, um Missstimmung zu erzeugen. Du weißt, wir werden uns Moskau nicht unterordnen. Niemals. Wir werden von unserer Volksfront-Linie nicht abweichen. Nicht einmal, wenn die USA in den Krieg eintreten sollten.«

So ist es also. Die KP der USA fürchtet allen Ernstes, von Vittorio und ihr bespitzelt zu werden. Wird sie den Geruch der Agentin niemals loswerden?

»Ich hoffe, du hast Verständnis dafür. Du kannst in Mexiko so viel bewirken. Und Vittorio auch.«

Sie möchte aufspringen, mit dem Fuß aufstampfen, ihn anschreien, dass sie von der Komintern schon ein halbes Jahr nichts mehr gehört hat, dass es ihr um die Flüchtlinge geht, um die Opfer des Faschismus, der mit allen Mitteln bekämpft gehört. Diese Menschen können alle für den Kommunismus gewonnen werden.

Und ja, auch wenn Stalin mit Hitler einen Pakt geschlossen habe, sei der Kommunismus doch nirgendwo so perfekt verwirklicht worden wie in Russland, das könne doch niemand leugnen.

All das hätte sie früher gemacht, in einem anderen Leben, jetzt sitzt sie nur da, den Kopf tief geneigt, damit niemand ihr Gesicht sieht.

Nach der Sitzung geht sie gleich zu ihrer Unterkunft. Martha Dodd war sofort bereit, sie aufzunehmen. Seit sie vor einem Jahr geheiratet hat, wohnt sie in den obersten Stockwerken eines Hauses, das ihrem Mann gehört. Alfred ist ein einfacher Musikverleger, der durch seine erste, früh verstorbene Frau zum Millionenerben wurde. Und nun residiert er mit Martha im Penthouse des eigenen Wolkenkratzers. Martha hat Tina gestern ein Exemplar ihres Buches geschenkt. Es erschien vor zwei Monaten und verkauft sich glänzend. Sie schrieb über Berlin, wo sie als Tochter des amerikanischen Botschafters Hitler, Göring, Himmler und all die anderen persönlich kennengelernt hat. Zurück in den Staaten, ist sie Kommunistin geworden.

»Wenn du in New York bleibst, könntest du in unserem Haus wohnen. Hier zieht ständig wer aus«, sagt Martha. »Über die Miete brauchen wir nicht zu reden.«

Sie trinken Kamillentee, er tut Tina gut. Ihr Herz sticht, sie hat sich aufs Kanapee gelegt, das von einer Weichheit ist, die sie nicht mehr kennt. Martha sitzt in einem Empire-Stuhl ihr gegenüber.

»Übrigens, diesen Kisch, den Reporter, kennst du doch, oder?«

Tina schreckt auf. Nicht noch eine Hiobsbotschaft. »Was ist mit ihm?«

»Er ist hier. Aber sie halten ihn noch in Ellis Island fest. Ist vor einer Woche angekommen, glaube ich.«

»Egon ist hier? Na Gott sei Dank hat er es geschafft. Woher weißt du das?«

»Ich war vor ein paar Tagen dort, eine Bekannte ist eingereist, es gab Probleme, ich habe sie persönlich abgeholt. Da habe ich es erfahren. Ich kenne Kisch ja nicht.«

Tina setzt sich auf. »Man kann die Leute dort abholen?«

»Ja, man kann sie sogar besuchen. Manche hängen dort ja wochenlang fest, keiner weiß warum, und da kommen Verwandte sie besuchen. Manche bürgen für sie, dann können sie gleich mit.«

»Dann weiß ich, was ich heute noch mache. Übermorgen um diese Zeit sitze ich ohnehin schon wieder im Zug.«

»Was willst du tun?«

»Ich besuche Egon.«

Martha lacht, es klingt gekünstelt. »Tina, die haben nicht immer Besuchszeit. Und du brauchst eine Fähre, um hinzukommen. Hin kommst du heute schon noch. Aber zurück … Wenn du es wirklich willst, dann versuch es morgen gleich in der Früh, dann hast du einen Zeitpolster. Ich an deiner Stelle würde aber vorsichtig sein. Eine Frau mit falschem Pass auf Ellis Island, da habe ich kein gutes Gefühl.«

»Ich mache es!«

***

»Sie kommen aus Deutschland?«

»Ich komme von nirgendwoher. Und Deutschland – kann man da überhaupt noch hinaus? Gestatten: Kisch.«

Er steht von der Bank auf, auf die er sich gerade neben sie gesetzt hatte. Er hat auf Englisch gefragt, ob er sich setzen dürfe, Mary hat mit fürchterlichem deutschem Akzent geantwortet. Darauf wechselte der Fremde zu Deutsch.

»Sind Sie nicht …?«

»Ja, der Kisch. Ich bin genauso auf der Flucht wie Sie wahrscheinlich auch.«

»Rosenberg. Aus Fürth. Es ist mir eine Ehre, Ihre Bekanntschaft zu machen.«

»Rosenberg. Mit diesem Namen hat man in Deutschland nichts mehr verloren. Ein Wunder, dass Sie überhaupt noch rausgekommen sind.«

»Verzeihen Sie, ich … ich kenne Sie gar nicht so sehr wegen ihrer Reportagen. Ich habe einige ihrer Bücher verkauft und natürlich auch gelesen. Gerade in den letzten Jahren … diese Kriminalgeschichten. Ich bin … war Buchhändlerin.«

Kisch hebt die Augenbrauen. »Dann mussten Sie auch den ganzen nationalen Schund verkaufen in den letzten Jahren?«

»Nein, ich habe mich mit antiquarischen Büchern über Wasser gehalten.«

Kisch nimmt sein Zigarrenetui, fischt sich eine Zigarre heraus und zündet sie an. »Unvorstellbar. Ein Deutschland, in dem ein Thomas Mann, ein Alfred Döblin verboten ist. Das ist kein Deutschland mehr.«

»Mister Kisch!«

Eine Stimme hinter ihnen. Ein dicker Wachbeamter kommt vom Hauptgebäude her.

Kisch dreht langsam den Kopf, hält ihn schief. Nichts scheint ihn aus der Ruhe zu bringen. Er wartet, bis der Beamte neben ihm steht. Er steht nicht auf, hält die Zigarre lässig in der Rechten.

»Was gibt es? Ist mein Visum endlich da?«

»Besuch«, keucht der Beamte. Mary würdigt er keines Blickes. »Ich habe Sie schon überall gesucht. Besuch.«

»Besuch?«

»Eine Frau Dougherty.«

»Kenne ich nicht.«

»Sie hat mir gesagt, dass Sie das sagen werden. Sie kennen sich von einer Zaubervorstellung in Valencia, wenn ich sie richtig verstanden habe.«

»Tina Modotti«, flüstert Kisch.

»Sie können mit ihr in der Halle sprechen, sie hat einen Besucherschein.«

Kisch erhebt sich.

»Sie entschuldigen. Aber das ist wirklich … überraschend. Ich muss mich entschuldigen. Ach!«

Er holt ein paar zusammengerollte Blätter aus seiner Manteltasche, die von einem Gummiring zusammengehalten werden.

»Würden Sie ein wenig auf diese Blätter achtgeben? Ich werde ja durchsucht, wenn Besuch kommt, und die vermuten sicher, dass das deutsche Spionagepapiere sind.«

Er drückt ihr die Papierrolle in die Hand.

»Ich bin in zehn Minuten wieder da. Sonst sehen wir uns sicher beim Abendessen! Ach ja …«

Er greift ihr ans Ohr, nein, hält kurz davor inne, es raschelt, er zieht die Hand wieder zurück, in der sich plötzlich eine Papierblume befindet.

»Als kleines Dankeschön!«, sagt er, wendet sich um und stampft davon, der Beamte mit ihm. Groß ist dieser Kisch, der jetzt dem Beamten im Gehen auf die Schulter klopft. Im Sitzen ist er ihr kleiner erschienen. Sicher ist er auch in Amerika berühmt und die Behörden hier wissen davon. Kein Wachebeamter würde einen x-beliebigen Einwanderer aufsuchen, wenn er Besuch bekäme. Und dann macht er noch den Zauberkünstler!

Modotti. Irgendwie kommt ihr der Name bekannt vor. Irgendwo hat sie ihn schon gehört.

Sie nimmt die Papierrolle, steht auf, geht in die Halle und sieht die beiden an einem Tisch in der Ecke sitzen. Eine ältere Frau, pechschwarzes Haar mit weißen Strähnen. Keine junge Verehrerin, die sie sich in Gedanken schon ausgemalt hat.

Sie geht wieder hinaus zur Bank. Irgendwo hinter dem Nebel ist Manhattan. Irgendwo dahinten ist Nahum Rosenberg.

Sie setzt sich wieder auf die Bank, sie ist kälter als vorher.

Es ist eigentlich viel zu kalt, um auf Bänken zu sitzen. Aber

Kisch hat gesagt, er kommt zurück. Aber ihr ist zu kalt. Sie nimmt die Papiere und geht hinein. Der Tisch an der Ecke ist leer.

Sie geht zu einem Schalter, an dem eine Rollmarkise halb heruntergelassen ist, und fragt nach Egon Kisch.

»Ihm gehören diese Papiere hier.«

»Sind Sie eine Verwandte? Bekannte?«

»Nein, ich habe ihn eben erst kennengelernt.«

Der Beamte kneift die Augen zusammen. »Tut mir leid, ich kann Ihnen keine Auskunft geben. Ich müsste alle Listen durchgehen und das würde etwas dauern. Wir schließen jetzt. Kommen Sie morgen in der Früh wieder. Vielleicht treffen Sie ihn im Speisesaal. Das Essen beginnt ja gleich.«

Das Essen. Sie hat die Zeit übersehen. Mein Gott, Kisch hatte es ja selbst gesagt, beim Essen.

Sie läuft in ihr Zimmer, fünf Stockbetten auf dreißig Quadratmetern, legt den Mantel ab, läuft in den Speisesaal, die Rolle in den Händen.

Sie läuft Schlangenlinien zwischen den Tischen hin zur Essensausgabe, aber Kisch ist nirgends zu sehen. Hat ihn diese Frau mitgenommen? Ist sie seine Bürgin? Modotti. Sie ist sich sicher, den Namen schon gehört zu haben. Es will ihr nicht einfallen. Es liegt hinter einer Tür, aber die Tür ist verschlossen.

Sie schlingt das Essen hinunter, Saucenfleisch mit Kartoffeln, tunkt die Sauce auf. Sie springt auf, trägt das Tablett zurück und sucht weiter nach Kisch.

Nichts.

Als die anderen im Zimmer noch lesen, Postkarten schreiben oder die Wand anstarren, rollt sie schließlich die Papiere auf.

Es ist ein Manuskript. Ein neues Buch?

Sie versucht, den Titel zu entziffern. *Die Geschichte des Postmeisters Jean-Baptiste Drouet. Nach den Memoiren der Duchesse de Tourzel.* Von Egon Erwin Kisch.

Sie tut sich anfangs schwer mit der Schrift, liest dann aber immer schneller. Die Geschichte handelt von der Flucht und Enttarnung der Familie Ludwigs XVI. Kisch schreibt so spannend, als ob es eine Spionagegeschichte im Berlin der Gegenwart wäre.

Um zehn Uhr wird das Licht gelöscht. Mary kann es kaum erwarten, am Morgen weiterzulesen. Und dann wird sie es Kisch zurückgeben. Wenn er nicht mit dieser Modotti mitgegangen ist.

***

Endlich legt die Fähre an. Nur weg von dieser Emigranteninsel, diesem Ort, wo keiner gerne länger bleibt.

Das Schiff schmiegt sich ans Ufer, ein Matrose schlingt das Tau um einen Poller. Ein gutes Dutzend Personen steigt aus, noch weniger steigen ein. Es ist wohl in den letzten Stunden kein Schiff angekommen.

Der Fahrtwind während der Überfahrt tut gut.

Egon ist von dem Treffen sicher ebenso enttäuscht wie sie. Er hat gehofft, dass sie ihm als alte Bekannte Hilfe brächte, dachte, sie wäre längst amerikanische Staatsbürgerin und würde ihn rausholen, von dem elenden Warten befreien. Als sie ihm klarmachte, dass sie unter falschem Namen in dieser Stadt war und nichts ausrichten könne, wirkte er verärgert.

Und sie? Was hat sie sich eigentlich erhofft? Dass er für sie ein gutes Wort einlegt, ein Wort, auf das er doch selbst wartet? Dass er seine Kontakte nützt, die ihm jetzt selbst nichts mehr nützen?

Ein Dampfer schiebt sich gemächlich aus Richtung Meer heran, bald wird er in Manhattan anlegen. Es hätte so einfach sein können vor acht Monaten. Sie wäre von Bord gegangen und hätte hier gelebt.

Carmen, María, Tina, Mary. Heute Abend wird sie noch kurz María Sánchez sein, sie wird Constancia de la Mora treffen, der die Flucht aus Spanien ebenfalls gelungen ist und die sie nur unter María kennt. Und morgen für die Reise wieder Mary Dougherty, fünf Tage wird sie in Zügen nach Mexiko unterwegs sein. Fünf Tage nur nicht auffallen, nicht aus Versehen den richtigen Namen sagen, wenn sie der Grenzer aus dem Schlaf reißt.

Möwen umkreisen die Fähre, den Transfer, wie sie hier sagen, sie schreien, wie sie immer schreien, dumme Tiere.

Ihr Magen knurrt, sie wird mit Constancia etwas essen gehen. Dann wird sie die letzte Nacht in dieser Stadt verbringen, in die sie nie mehr zurückkehren wird.

Die Fähre legt an. Irgendwo schlägt ein Matrose eine Handglocke. Tina fröstelt.

***

»Wir könnten doch zusammenziehen, die Miete ist billiger. Ach, Marie.« Julius legt seine rechte Hand auf ihre, sie zieht sie langsam weg.

Im Hintergrund klingelt eine Registrierkasse. Sie ist Mary am Eingang des Cafés gleich aufgefallen. Eine dicke Frau mit Knoten im Haar sitzt dahinter, unbeweglich wie eine Statue.

»Es ist zu früh. Außerdem heiße ich jetzt Mary.«

Sie mustert ihn. Makelloser Anzug, das Haar mit Brillantine nach hinten gekämmt, wodurch seine hohe Stirn endgültig zur Halbglatze wird. Fremd ist er geworden, umständlicher, älter. Geht das so schnell?

»Und mich nennen sie hier Dschulias. Und das klingt gar nicht mal so schlecht.« Er lacht. »Wir sind jetzt Amerikaner«, sagt er, wieder ernst. »Und hier leben viele zusammen, ohne verheiratet zu sein. Zumindest an der Westküste.«

»Gib mir ein bisschen Zeit. Ich bin doch gerade erst angekommen. Außerdem sind wir an der Ostküste.«

»Na ja, das mit dem Ankommen stimmt aber nicht ganz.«

Er hat recht. Siebzehn Tage hat sie auf der Einwandererinsel gewartet. Nahum Rosenberg ist nicht erschienen. Siebzehn Tage kamen Menschen an und gingen wieder. Scherengitter auf, Scherengitter zu. Jeden Tag neue Gesichter im Speisesaal, neue Sprachen. Sonderlinge hat sie kennengelernt, sogar ein Manuskript des Schriftstellers Egon Erwin Kisch erhalten, von dem sie nicht weiß, was sie damit anfangen soll. Und dann, in der dritten Woche die Erlösung: Sie kann mit der nächsten Fähre nach Manhattan übersetzen. Ein Mister Laub hat ihre Identität bestätigt.

»Ellis Island zählt nicht. Das reinste Gefängnis. Eine Art Vorhölle, ein Limbus, wo du nicht weißt, ob du in den Himmel kommst oder in einen tieferen Höllenkreis hinuntergestoßen wirst.«

»Oh, da hat jemand Dante gelesen«, sagt Julius. Er nimmt die Tasse hoch, schlürft den letzten Schluck.

»Das gehört wohl zu meinem Beruf.«

Julius lacht. »Klar. Aber was wirst du jetzt machen?«

»Ein anderes Zimmer oder eine kleine Wohnung suchen. Das Gelass bei Frau Smith kann es ja nicht sein. Da halte ich es keinen Monat aus.«

Er nimmt wieder ihre Hand, sie zieht sie nicht zurück.

»Ich weiß, hier ist alles fremd. Auch ich bin dir anscheinend fremd geworden. Aber ich denke, dass wir in diesem Land eine Zukunft haben, die wir in Deutschland nicht gehabt hätten.«

Zukunft. Wie oft hat sie diesen Gedanken während der Überfahrt gedacht, mit jedem Tag wurde er größer: Zwei nicht mehr junge Menschen, die sich aneinanderklammern. Liebe? Sind sie nicht zwei Übriggebliebene, die nun gemeinsame Sache machen und ein Zweckbündnis eingehen, ein wenig Aufregung inklusive. Aber Liebe? Mit zwanzig wäre es vielleicht möglich gewesen.

»Schau, ich habe dir ja gesagt, ich bin eine moderne Frau. Ich möchte mir zuerst selbst eine Existenz aufbauen, auf eigenen Beinen stehen. Wir können uns ja trotzdem oft sehen.«

»Das verstehe ich. Aber du hast mich vielleicht falsch verstanden. Es sind nicht die wirtschaftlichen Gründe, wenn ich so sagen darf.«

Er versucht das spitzbübische Lächeln, das sie an ihm so mag, diesmal wirkt es säuerlich. Wieder reicht er nach ihrer Hand. »Marie …«

»Mary, bitte sehr«, sagt sie und lacht.

»Ich kann mit meinem Chef reden. Vielleicht kannst du stundenweise für das Büro schreiben.«

Ein Kellner steht plötzlich neben ihnen und fragt mit starkem Akzent, ob sie noch etwas wünschen. Er sieht aus wie ein Pinguin.

»Gerne noch einen Kaffee«, sagt Julius.

»Wie spät ist es eigentlich? Ich könnte schon etwas zu essen vertragen«, sagt Mary in Richtung Julius.

»Gleich zwölf«, sagt der Kellner und weist auf die Uhr über der Eingangstür. Er greift nach den Speisekarten, die auf dem Nebentisch liegen und legt sie vor die beiden hin. »Heute ganz frische Blintzes, sehr zu empfehlen.«

Sie studiert die Karte, die Speisen sind eine seltsame Kombination von Osteuropa und Prärie, Kneydlekh neben Steak, Kreplekh neben Burger. Sie bestellt Gefilte Fish, dazu ein Soda mit Himbeere.

Julius verneint dankend.

»Ich habe noch keinen Hunger, aber iss nur, es ist gut hier.«

»Ein eigenartiges Lokal. Bei Café Royal denkt man an etwas

Französisches, und dann sitzt du unter lauter osteuropäischen Juden.«

»Du kannst auf Deutsch oder Jiddisch bestellen, ist das nicht witzig? In den deutschen Cafés gibt es gar nicht so wenige Hitler-Anhänger. Und hier treffen sich eben Juden aus allen Schichten.«

Er fühlt sich wohl bemüßigt, ihr alles zu erklären, da sie noch nie allein in einem New Yorker Café war.

»Sieh doch: Ich habe es in Fürth geschafft, mich selbst zu erhalten und auch sonst selbständig zu sein. Warum sollte es hier nicht funktionieren? Wir können uns ja jeden Tag sehen.«

Julius lehnt sich zurück, eine Falte zeigt sich zwischen seinen Augen. »Wenn du meinst.«

Sie zieht ihn zu sich und gibt ihm einen Kuss.

»Masel tow!«, sagt eine fremde Stimme.

Beide drehen sich zum Nebentisch, ein alter Jude mit grauem Rauschebart, dicken Nickelbrillen und speckigen Rockärmeln lacht ihnen zu.

***

»Das ist meine Wohnung. Übernachten kannst du schon, aber nicht, dass du auf die Idee kommst, hier einzuziehen.«

»Und warum nicht?«

»Stell dich nicht dumm. Glaubst du, ich weiß nicht, bei wem du am Tag liegst?«

Vittorio antwortet nicht. »Ich muss dann ohnehin wieder.« Er nimmt seinen Hut, umarmt Tina kurz und drückt ihr einen Kuss auf die Lippen.

Als er die Tür öffnet, weht ein kalter Luftzug herein. Ein Windspiel aus Bambusröhren, das Tina einem Indio abgekauft hat, schlägt an. Sie muss wieder ein Scheit im Ofen nachlegen, es wird jeden Tag kälter.

Die Einzimmerwohnung in der Avenida Ejido ist eigentlich eine Hütte, die man auf das Flachdach des vierstöckigen Wohnblocks gesetzt hat. Die Wände aus Holz und Blech sind schlecht zusammengefügt, ständig zieht es durch irgendeine Ritze.

Tina setzt sich an den Tisch und schlägt *El Popular* auf, sie will endlich sehen, wie der von ihr übersetzte Artikel gebracht wird. Doch der erste Blick bringt schon die Enttäuschung: Sie ist als Übersetzerin natürlich nicht genannt. Sie blättert auf die nächste Seite, als sie vor der Tür ein Geräusch hört. Sofort ist sie hellwach. Ein Einbrecher?

Die Tür fliegt auf.

»Was machst denn du schon wieder hier? Hast du etwas vergessen?«

»Sitzung verschoben. Stell dir vor«, sagt Vittorio, »jetzt geht es richtig los gegen Trotzki. Eine Zeitung nach der anderen springt auf. Wir schaffen es schon, dass er endlich ausgewiesen wird, glaub mir. Die Sitzung ist jetzt erst um sieben. Du sollst auch da sein.«

Tina holt Luft, atmet geräuschvoll aus. »Und was wird das nützen? Man müsste ihn mundtot machen. Er publiziert ja noch immer weiter. Kaum steht er irgendwo und predigt drauflos, gibt es Leute, die stehen bleiben und ihm zuhören, ich weiß nicht, wie er das macht.«

»Wir müssen die öffentliche Meinung dahin bekommen, dass sie Druck auf den Präsidenten macht. Damit er endlich ausgewiesen wird. Es sieht gut aus. Deswegen die Sitzung. Wir müssen strategisch vorgehen. Was wir welcher Zeitung erzählen und so.«

»Du mit deinen Sitzungen. Ach ja, sie brauchen uns alte

Moskauer Agenten, als Spezialisten für Verleumdungen. Aber wie ich schon gesagt habe, das ist sinnlos.«

»Sinnlos? Wieso?« Er setzt sich, zündet sich eine Zigarette an.

Tina stellt eine Flasche Tequila auf den Tisch und schenkt zwei Gläser ein. »Weil es ihn nicht davon abhalten wird, weiter zu publizieren. Wenn er ausgewiesen wird, publiziert er eben in Chile oder auf Kuba. Es wird nicht ruhig werden um diesen Verräter, bis er beseitigt ist.«

»Du meinst: Er sollte liquidiert werden?«, sagt Vittorio langsam.

»Wie immer du es nennst. Er muss weg, davor wird kein Frieden sein, weder in Mexiko noch in der gesamten kommunistischen Welt.«

»Aber er hat nicht mehr die Bedeutung wie früher. Glaubst du wirklich, dass er die Revolution aufhalten kann? Der pinkelt Stalin doch nur noch ans Bein.«

»Vittorio, er gehört weg. Beseitigt. Er ist eine Beleidigung für den Kommunismus. Es ist nicht tolerierbar, dass jemand den Generalissimus dauernd schlechtmacht.«

Vittorio wiegt den Kopf. »Trotzki wohnt wie in einer Festung. Fridas Haus in Coyoacán sieht inzwischen aus wie eine mittelalterliche Burg. Die haben eine Mauer herum gezogen und ein Tor aus dickem Eichenholz machen lassen. Du würdest das Anwesen nicht wiedererkennen.«

Tina zündet sich eine Zigarette an. Sie wird dieses bürgerliche Laster nicht los, nach der Rückkehr aus den USA hat sie wieder begonnen. »Sprich es wenigstens an in der Versammlung. Sonst mache ich es.«

»Wenn du unbedingt willst. Aber vielleicht sollten wir eine Nacht darüber schlafen.«

***

Eine Nacht verbringt sie noch in dem muffigen Zimmer, in dem sie fürs Erste untergekommen ist. Frau Smith, die Vermieterin, verlangt Wucherpreise, sicher bleibt jeder Immigrant, der ihr vermittelt wird, nur ein paar Tage.

Sie steht früh auf, kauft sich die Morgenzeitung und ringelt Annoncen ein. Zuerst East Harlem, hier ist es ein wenig billiger. Dann macht sie sich auf den Weg. Sie nimmt gleich das zweite Zimmer, das sie besichtigt. Frau Hirsch ist Witwe und spricht ein paar Worte Deutsch. Das Zimmer ist sauber und ruhig zu einem Innenhof hin gelegen. Wenn Mary das Fenster öffnet, schwappt ein seifiger Geruch von der Wäscherei im Erdgeschoß herein, aber es ist erträglicher als der Schimmelgeruch bei Frau Smith. In dem Viertel wohnen viele Italiener, in den Geschäften hört sie kaum ein englisches Wort.

Sie sucht Buchhandlungen auf, mustert Regal um Regal: alles auf Englisch. Was hat sie denn erwartet? In einer Leihbibliothek lässt sie sich einen Benutzerausweis ausstellen. Sie schreitet die Regale ab, durchwühlt den Zettelkatalog. Es ist wie in den Buchhandlungen: alles auf Englisch, kein einziges deutsches Buch. Sicher, sie kennt einige Namen und auch Titel, Jack London und Mark Twain hat sie auf Deutsch gelesen. Thomas Mann und Hermann Hesse stehen als englische Übersetzungen im Regal. Aber die meisten Autoren sind ihr unbekannt. Von Regal zu Regal, von Buchhandlung zu Buchhandlung wird ihr immer klarer, wie verschwindend wenige Bücher und Autoren sie kennt. Sie, die glaubte, den ganzen Bücherkosmos zu überblicken. Aber das war vor allem die deutschsprachige Literatur. Wie klein sie gedacht hat!

Einmal fasst sie sich ein Herz und spricht einen Buchhändler an: Ob er nicht eine Verkäuferin suche. Sie sei in Deutschland Buchhändlerin gewesen. Er betrachtet sie von oben bis unten und schüttelt den Kopf, als ob er ein Versehen seinerseits bedauern würde.

Am Samstag stellt Julius sie zur Rede. »Warum hast du kein Zimmer in einer deutschen Gegend genommen? Ich war gestern in Washington Heights. Dort wohnen fast nur Deutsche, vor allem Juden. Angeblich über fünfzigtausend, nur in diesem Stadtteil! Die meisten sind in den letzten Jahren gekommen. Sie nennen es schon Frankfurt-on-the-Hudson. Dort gibt es sicher Arbeit.«

»Ich weiß nicht.«

»Oder ich zeige dir die 86. Straße. Dort gibt es sicher eine deutsche Buchhandlung.«

Am nächsten Tag trifft sie Julius nach der Arbeit um fünf Uhr nachmittags. Sie gehen durch die 86. Straße. Mary staunt. Wieder eine Stadt in der Stadt. Sie wohnt bei den Italienern und hier sind die Deutschen! Fast jedes zweite Haus trägt eine deutsche Aufschrift. Wurstgeschäft Karl Enis, Restaurant Aschenbrödel, Café Geiger, Bavarian Brauhaus, Berlin Bar, Lorelei Dance Hall, Platzl Restaurant, Café Wienecke, Maxis Brauhaus, Kino »Deutsches Theatre«, es ist kaum zu glauben.

Sie betreten das Café Geiger. Mary ist irritiert von der Farbenmischung des Interieurs. Himmelblaue Wände, hellbraune Decke, schwere Lüster, schwarz-roter Parkettboden, schwarze Stühle und weiße Tischdecken mit grünen Deckservietten. Wie kann man so geschmacklos einrichten? Die Speisekarte ist auf Deutsch, vertraute Gerichte. Sie bestellt Zwiebelrostbraten mit Kartoffelpüree. Wie zu Hause.

»Und wo sollte ich hier deiner Meinung nach arbeiten?«, fragt sie Julius, nachdem sie die Bestellung aufgegeben haben. »Das sind ja fast nur Gasthäuser und Restaurants. Oder soll ich Theater spielen?«

Keine einzige deutsche Buchhandlung, keine Bibliothek, kein Ort für Literatur und Lesen, nur Essen und Unterhaltung. Wo sind die kulturbeflissenen Deutschen? Julius zuckt mit den Achseln. Das Essen kommt, es schmeckt herrlich. Vielleicht sollte sie ein Lokal aufmachen?

Am Montag blättert sie das Telefonbuch durch: Natürlich gibt es ein paar deutsche Buchhandlungen. Sie schreibt sich die Adressen heraus. Die größte ist Westermann, sie macht sich gleich auf den Weg. Eine halbe Stunde später sagt ihr der Verkäufer bei Westermann: Wir nehmen keine Juden. Dasselbe bei Stechert-Hafner: Wir sind ein arischer Betrieb. Verdammt, sind alle deutschen Buchhändler hier Nazis? Die anderen Buchhandlungen sind ebenfalls eine Enttäuschung: Sie verkaufen überwiegend englische Bücher und führen nur noch eine deutsche Abteilung. An Deutsch sprechendem Personal kein Bedarf.

Abends studiert sie wieder Annoncen und spricht am nächsten Tag bei einer deutschen Familie vor, die eine Erzieherin für ihre Kinder sucht. Zwei Mädchen, ein Junge, zwölf bis fünfzehn Jahre alt, sie müsste bei der Familie einziehen. Die Hausherrin erinnert sie an eine aus der Zeit gefallene ostpreußische Adelige. Als sie zugeben muss, weder selbst Kinder zu haben noch als Erzieherin gearbeitet zu haben, bekommt sie von der Frau nur ein mitleidiges Lächeln und ein »Schön, Sie kennengelernt zu haben«.

Nach einer Woche zählt sie, wie viel von dem Ersparten noch übrig ist. Einen Monat reicht das noch, mit Glück eineinhalb. Am nächsten Tag sieht sie in einem Café einen Anschlag für eine Wohnung, die etwas zu groß für sie, aber trotzdem sagenhaft günstig ist: Upper East Side, dreieinhalb Zimmer. Sie telefoniert von der nächsten Zelle und besichtigt die Wohnung zwei

Stunden später. In dieser Stadt geht alles schnell, die Geschäfte werden ohne Verzug getätigt, undenkbar in Deutschland, gar in Fürth. Die Wohnung ist herrlich, eines der Zimmer wird sie für Mutter frei halten, die zwar noch nicht auf ihren Brief geantwortet hat, aber klar, es ist schließlich Krieg.

Als sie Julius den schnellen Entschluss zur neuen Wohnung berichtet, verdüstert sich sein Gesicht und die Stirnfalte erscheint wieder.

»Ich habe doch gesagt, zieh zu mir. Ich verstehe dich nicht. Womit wirst du die Wohnung bezahlen?«

»Ich habe ja noch Erspartes. Und ich finde schon etwas. Ich muss nur die Sprache noch besser lernen.«

»Und dann glaubst du, dass du etwas findest?«

»Sicher leichter als mit meinem schlechten Englisch derzeit.«

»Du hast Nerven!«

Am nächsten Tag kauft sie sich Dickens' *David Copperfield* und ackert sich mit Wörterbuch durch die Seiten. Sie weint bei denselben Stellen, an denen sie schon bei der Lektüre der deutschen Übersetzung geweint hat: Als David geschlagen wird, als er in der Fabrik arbeiten muss, als er Dora heiratet, als sie stirbt. Mary überlegt, wie alt David sein muss, als er seine Liebe zu Agnes wiederentdeckt. Vielleicht in ihrem Alter. Und die Geschichte, die Dickens erzählt, ist sicher schon oft erzählt worden: Menschen entdecken nach vielen Entbehrungen unter den Trümmern ihres Lebens die verschüttete Liebe. Sicher hat diese banale Geschichte nicht jeder so meisterhaft erzählt wie Dickens. Aber wenn das in der Literatur funktioniert, warum sollte es nicht in der Wirklichkeit klappen? Liebt sie Julius? Oder muss sie es sich nur fest genug einbilden und dann wird es Wirklichkeit?

Vielleicht sollte sie nicht zu viel darüber nachgrübeln.

Zumindest lernt sie viele neue Vokabel.

1940

Sie stehen am Ufer des East River und betrachten die bunt regnenden Feuerwerke, die sich im Wasser spiegeln.

Ein neues Jahrzehnt.

»Hoffentlich nicht das Jahrzehnt der Deutschen«, sagt Julius auf Englisch zu ihr.

Sie spazieren noch durch die Straßen, Pulverdampf hängt in der Luft. Sie übernachtet bei Julius, verbringt Neujahr in seiner Wohnung. Vielleicht sollten sie doch zusammenziehen?

Aber schon am Abend fängt er wieder an: Du solltest irgendeine Arbeit annehmen. Kein falscher Dünkel in diesem Land! Er kann es nicht lassen. Sie weiß, was kommt.

»Sieh mal, ich mache jetzt Dinge, die in Nürnberg unsere Sekretärin gemacht hat. Ein Bekannter von mir, Fritz, du weißt, der Ingenieur, ist jetzt Schuhmacher. Nur wenige machen das, was sie in Europa gemacht haben. Künstler. Wissenschaftler. Aber nicht unsereins. Vielleicht solltest du eine einfache Arbeit annehmen.«

Sie schüttelt den Kopf. »Ich werde nie vor einem Fließband stehen oder vor einem dampfenden Wäschebottich. Ich will Bücher verkaufen. Und wenn das nicht geht, wenigstens eine Tätigkeit machen, bei der ich nicht abstumpfe. Kinder unterrichten. Deutsche Konversation betreiben.«

»Gott, bist du ein Dickschädel. Wie lange reicht dein Geld noch?«

»Julius, lass mich. Ich finde etwas. Wenn das Geld weg ist, muss ich ohnehin so etwas machen.«

Eine paar Tage später steht sie in einer Reihe von Menschen

vor der Methodistenkirche. Frauen schöpfen vor der neogotischen Fassade mit dampfenden Kellen Suppen in Näpfe. Ein wenig schämt sie sich, in einer Reihe mit Zerlumpten und Obdachlosen zu stehen, aber es hilft nichts. Gratis ist gratis. Sie wird Julius nichts davon erzählen. Nach der Suppe bummelt sie von der Upper East in Richtung East Harlem. Die Straßen sind voll mit Autos, Trams und Taxis, die Menschen haben Atemfahnen vor den Mündern. Sie weicht einem halb auf dem Gehsteig parkenden Lastwagen aus. »J. Kohn & Sons«, steht auf der Bordwand. Ein Mann steht daneben und raucht eine Zigarre, er scheint auf jemanden zu warten. Als er sich zur Seite dreht, sieht sie sein Profil.

»Herr Kohn, sind Sie das?«

Der Mann blickt auf. Dicker schwarzer Mantel, Kragen aus Kunstpelz. Er ist fülliger geworden, seine Wangen sind rot angelaufen.

»Ja wen haben wir denn da, das Fräulein Rosenberg! Die Welt ist ein Dorf.«

Er nimmt ihre Hand und drückt sie kräftig. Das Erste, was ihr auffällt, ist, dass der Mann nicht stinkt. Kohn ist in Fürth Lederzurichter gewesen, wenn man an seiner Werkstatt vorüberkam, roch es erbärmlich nach Gerberlohe oder Lebertran. An den Feierabenden spielte er Akkordeon, er hat mehrmals Noten bei Marie gekauft. Sie musste nach seinen Besuchen länger die Tür offen halten, bis sich sein Geruch verzogen hatte. Vor zwei Jahren ist er verschwunden. Mary erinnert sich, dass die Leute sagten: Der geht niemandem ab.

Er erzählt ihr, dass er ein Entrümpelungs- und Umzugsunternehmen hat und mit der Arbeit nicht mehr nachkommt.

»Hab Glück gehabt. War zuerst nur Kompagnon, und mein Partner war auf einmal weg. Hat irgendwelche krummen Sachen gemacht. Nö, und dann bin ich übrig geblieben.«

»Und ziehen die Leute viel um? Oder sterben so viele ohne Erben?«

Kohn lacht. »Immer neugierig, das Fräulein Rosenberg. Ja, von allem ein bisschen. Aber die meisten Möbel bringen die Emigranten mit.«

»Die Emigranten?«

»Ja, aber nicht solche Schlucker wie ich. Viele, die einwandern, waren in Europa reich. Die nehmen ihre Louis-seize-Möbel und ihr Tafelsilber mit. Kommen mit Schrankkoffern an. Sie glauben, sie können so weiterleben wie drüben.«

Er pafft eine Wolke.

»Und dann verkaufen sie das?«

»Dann merken sie, dass die Wohnungen hier kleiner sind. Die Ersparnisse schmelzen dahin. Sie müssen in Berufe gehen, für die sie sich drüben zu fein gewesen wären. Glauben Sie mir, ich kenne Lehrer, die sind jetzt Bäcker und Anwälte, die Sekretäre sind.«

Er nimmt einen tiefen Zug und bläst den Rauch lange aus.

»Wie auch immer, zuerst verkaufen sie die Möbel, dann das Besteck, zum Schluss die Musikinstrumente und Bücher. Und ich nehme ihnen das ab und verkaufe es weiter.«

»Bücher?«

»Ja, aber die sind fast wertlos. Wen interessieren hier deutsche und französische Bücher? Ein Buchhändler drüben in Newark nimmt sie mir um einen Pfundpreis ab. Arbeiten Sie hier auch in einer Buchhandlung?«

»Nein. Ich bin noch auf der Suche.«

Kohn nickt, blickt um sich, schaut auf die Uhr, pafft.

»Sollte längst da sein. Joe. Mein Gehilfe. Hat sich wieder verplaudert.«

Mary deutet auf den Lastwagen. »Haben Sie in dieser Fuhre auch Bücher?«

»Ja, aber nur ein paar englische Schauergeschichten, glaube ich. Sind Sie interessiert?«

»Ja, warum nicht? Einmal Bücher, immer Bücher.«

Hoch pokern, denkt sie.

»Dann fahren Sie doch mit zur nächsten Adresse. Da kommt Joe.«

Er deutet auf einen schlaksigen Schwarzen, der ohne Eile die Straße überquert.

»Ich weiß nicht …«

»Wir fahren uns die Wohnung nur ansehen. Ich habe heute keinen Platz mehr auf der Ladefläche. Eine ältere Dame ist gestorben, gebürtige Deutsche. Die Erben können kaum erwarten, dass die Wohnung leer wird. Ich hole die Sachen morgen, heute wie gesagt nur Besichtigung, Kostenvoranschlag und so weiter. Hallo Joe!«

Die Wohnung könnte in Fürth sein. Eine altdeutsche Anrichte steht im Wohnzimmer, Städteansichten von Tübingen und Stuttgart hängen an den Wänden, aber nur billige Drucke, erkennt Mary sofort, in der Küche hängen Dekorteller mit Motiven aus dem Schwarzwald und sogar eine Kuckucksuhr. Im Schlafzimmer jede Menge Stoffreste und Flicken und achtundzwanzig Bücher, alle auf Deutsch. Sechzehn Schauerromane überlässt sie Herrn Kohn, zwölf Bücher packt sie in einen Sack, den ihr Kohn gibt, darunter Franz Werfels *Vierzig Tage des Musa Dagh* und Thomas Manns *Zauberberg*.

Als sie Kohn fragt, was sie ihm schuldet, winkt er ab. Er hält ihr eine Visitenkarte hin.

»Sie können mich ja anrufen, wenn Sie interessiert sind. Ich bin von sieben bis neun im Büro. Aber immer kann ich sie Ihnen nicht schenken. Der Kilopreis wäre halt recht.«

»Schon in Ordnung. Mal sehen, was ich damit mache.«

»Übrigens, haben Sie schon eine Lizenz?«

»Nein, wie denn, ich habe ja auch keine Bücher.«

»Nu, jetzt haben Sie welche. Was ich sagen will: Mein Reader's-Digest-Abonnement läuft nächste Woche aus. Wenn Sie denen schreiben und sagen, dass sie Vertreterin werden wollen, dann beziehe ich das Abo über Sie.«

Das Reader's-Digest-System, ja, davon hatte sie schon öfter gehört und gelesen. In Deutschland sprach man nur verächtlich über diese Zeitschrift, die Buchzusammenfassungen anbot.

»Danke, aber kann ich dann auch Bücher verkaufen?«

»Klar, wir sind ja nicht in Deutschland. So etwas wie eine Gewerbeordnung gibt es hier nicht. Jeder kann hier fast alles machen, schauen Sie mich an. Aber Sie müssen anerkannt sein. Und als Reader's-Digest-Agentin haben Sie zumindest einen Vertrag, den Sie vorzeigen können.«

Am Abend kann sie nicht einschlafen. Ihr Blick fällt auf den kleinen Stapel Bücher neben dem Bett. Wie in Fürth. Buchhandlung in der Wohnung. Eine Keimzelle zumindest. Warum sollte es hier nicht möglich sein? Wenn es wirklich Zehntausende Deutsche in New York gibt, werden sich doch wenigstens einige für Bücher interessieren und nicht nur für Bierhäuser und Vergnügungsstätten.

Sie steht auf, schaltet das Licht ein. Sie blättert die letzte Ausgabe des *Aufbau* durch, den Anzeigenteil. Sie schreibt sich die Adresse auf. Darunter schreibt sie behutsam in Blockschrift: *Beste Literatur. Kauf und Verkauf. Buchhandlung und Antiquariat Mary Rosenberg.* Nein, das S muss dabei sein. *Mary S. Rosenberg, German books.*

Mögen die Amerikaner zurzeit nur an Hitler, Wagner, Blitzkrieg und Schäferhunde denken, wenn sie »German« hören – sie wird dazu beitragen, dass dieses Adjektiv wieder mit Kultur assoziiert wird. Und vielleicht wird es einmal eine neue Gesellschaft geben, die nicht durch Kommunisten und Faschisten, sondern durch Leser hervorgebracht werden wird. Das, da ist sie sich wieder sicher, muss auch hier ihre Mission sein, so vergeblich sie scheinen mag.

***

»Weißt du, Eladia, ich weiß nicht, ob ich noch eine Mission habe. Ich kann nichts tun. Offiziell bin ich gar nicht hier.«

Eladia nickt und nimmt einen Schluck von dem Tee, den ihr Tina hingestellt hat.

»Ich gebe jedenfalls nicht auf. Ich habe in Spanien gekämpft und ich werde auch in Mexiko kämpfen, damit die Revolution weitergeht.«

»Es ist schön, dass du mich als Erste besucht hast. Und wiedergekommen bist. Aber du hast keine Ahnung, wie Mexiko sich verändert hat.« Eladia hebt die Brauen und lächelt.

Die Frau ist überhaupt nicht gealtert, Eladia Lozano, die ewige Kämpferin. Nicht einmal das Lager hat sie verändert.

»Den Leuten scheint es zumindest besser zu gehen als früher – ist das nicht gut? Hast du nicht auch dafür gekämpft?«

Tina macht eine wegwerfende Handbewegung. Sie ist müde, obwohl es früher Nachmittag ist. »Das ist ja das Dilemma des Sozialismus. Je mehr er erreicht, desto mehr schafft er sich ab. Sicher, es gibt weniger Arme. Die Leute, die früher gehungert haben, fahren jetzt amerikanische Autos. Aber darin liegt auch das Problem. Sie geben sich zufrieden und erliegen dem Kapitalismus. Sie werden faul für die Revolution.«

»Du bist zu pessimistisch.«

»Ich bin noch zu wenig pessimistisch. Weißt du noch, wie hier alle von der Emanzipation der Frau geredet haben? Ich sehe auf der Straße nach wie vor die alten Machistas, die jedem

Rock hinterherpfeifen. Und die Frauen passen sich an, begehren nicht auf. Das macht mich so wütend.«

»Das hat dich schon früher wütend gemacht.«

»Aber jetzt behalte ich das alles für mich. Nur zu dir rede ich so. Weißt du, Eladia, in Russland und in Spanien, im Krieg, da sind, da waren wir geachtet. Gleichwertig. Und hier ist wieder alles wie im Mittelalter. Schau, damals, als die Murales geschaffen wurden, da waren Frauen Genossinnen. Es war selbstverständlich, dass eine Aurora Reyes oder eine Frida Kahlo malt, sie waren anerkannt, als Frauen und als Künstlerinnen. Wenn Frida nicht in den USA so viele Anhänger hätte und mit diesem deutschen Kunstsammler in Los Angeles ins Bett ginge, wäre sie hier längst in der Bedeutungslosigkeit verschwunden.«

»Dann müssen wir eben neu anfangen mit der Emanzipation.«

Es klingt nicht mehr so zuversichtlich.

Tina schlürft ihren Tee, bitteren Mate. Sie fühlt sich unsicher, weil jemand ihren Panzer durchbrochen hat, andererseits ist sie froh, dass Eladia, die sie in Spanien nur flüchtig gekannt hat, mit ihr nun schon zum zweiten Mal alte Erinnerungen aufwärmt. So oft sind sie an denselben Orten gewesen, ohne sich zu treffen. Das einzig Befremdliche ist, dass Eladia sie nach wie vor María nennt. Tina hat es verabsäumt, ihr ihren richtigen Namen zu sagen und nun ist der Zeitpunkt vorüber.

»Ich werde dann wieder gehen«, sagt Eladia.

***

Mary bahnt sich den Weg an den Büchern vorbei zur Küche. Das kalte Wasser tut gut, sie trinkt das Glas in einem Zug aus. Als sie es absetzt, fällt ihr Blick auf die Bücher, die sich auf der Anrichte aneinanderreihen. Die Sache mit Kohn ist zwei Wochen lang ganz gut gelaufen, der Beamte vorm Gewerberegister hat die Lizenz von Reader's Digest anstandslos akzeptiert. Und der Nachschub versiegt nicht. Aber da sie von zehn erworbenen Büchern vielleicht eines verkauft, stapeln sich die Bücher wie in Fürth zuerst im Wohnzimmer, dann auf dem Flur, schließlich auch in ihrem Schlafzimmer und in dem Kabinett, das noch immer auf die Mutter wartet. Mittlerweile sind auch Beistelltischchen und Lehnstühle belegt. Als letzten Raum haben die Bände nun die Küche erobert. Auch die Fensterbänke sind belegt, Gott sei Dank gibt es hier Schiebefenster. Die Wohnung riecht nach Leder und Papier, nach Leim und Druckerschwärze, die Gerüche kommen ihr intensiver vor als in Fürth.

Sie setzt sich an den kleinen Schreibtisch und wendet sich wieder der Schreibmaschine zu. Ein halbes Matrizenblatt ragt aus der Walze hervor. Dreieinhalb Seiten noch. Beim Tippen versteift sich ihre Nackenmuskulatur, aber sie muss die Seiten heute noch fertig bekommen. Sie kontrolliert das Tintenband, dreht die Spule bis zum nächsten Klick, um es zu spannen. Und wieder ein schwarzer Finger.

Die letzten Seiten tippt sie langsam, jede Letter kostet sie Anstrengung, nur keinen Fehler machen, die Matrizen sind teuer.

Nach einer halben Stunde ist sie mit der Schreibarbeit fertig. Sie reißt das hintere Blatt ab und legt die Matrize zu den anderen. Gott sei Dank ist kein Fehler passiert.

Sie füllt Spiritus in den Hektografen, nimmt die erste Matrize und klemmt sie in die Trommel. Sie legt den Papierstapel unten an und dreht vorsichtig die Kurbel. Sie prüft das erste Blatt, das Lila ist kräftig genug, sie kurbelt weiter, kurbelt, kurbelt.

Nächste Matrize. Es ist schon elf Uhr nachts. Nicht denken, einspannen, kurbeln, kurbeln. Nächste Matrize.

Während sie dreht, sagt sie sich die Abteilungen, in die sie ihre Kollektion geteilt hat, wie ein Mantra auf: Poesie. Belletristik. Mathematik. Naturwissenschaften. Juridica. Judaica. Sie muss sich das auswendig merken.

Nach zwanzig Minuten ist sie endlich fertig. Sie ordnet die Abzüge zu Stapeln und heftet sie zusammen.

Ihre rechte Schulter schmerzt. Sie blickt auf die Uhr. Gleich Mitternacht. Schluss für heute.

Am nächsten Morgen beschriftet sie vierzig Umschläge, wie damals in Fürth. Sie fragt sich, ob sie verrückt ist, ist sie auf diese Zahl fixiert?, auch diesmal hat sie vierzig Umschläge gekauft und vierzig Abzüge gemacht. Moses war vierzig Jahre in der Wüste. Die Christen fasten vierzig Tage. Vierzig Briefe hatte sie nach Amerika geschickt. Die Zahl der Vorbereitung auf ein großes Ereignis, hieß es im jüdischen Religionsunterricht. Nur welches wird diesmal ihr großes Ereignis sein?

Noch zwanzig Adressen. Konzentration, Mary. Nicht zittern.

Aber die Gedanken schweifen sofort wieder ab: Morgen wird das Schiff aus Marseille kommen mit deutschen Einwanderern, oder eigentlich Flüchtlingen. Wahrscheinlich eines der letzten. Nein, sie wird nicht hingehen mit ihren Visitenkarten. Es ist schon eigenartig: In Deutschland sammeln die Menschen Bücher, horten sie über Jahrzehnte und vererben sie schließlich oder nehmen sie, wie die Flüchtlinge, auf die Reise mit. In Amerika hortet außer den Reichen niemand etwas, alle Menschen trachten danach, die Dinge, die sie angeschafft haben, bald wieder loszuwerden.

Konzentration. Adresse. Fast hätte sie sich verschrieben. Ein Professor der Cornell University, der nach langem Herumstöbern einen Döblin kaufte, hat ihr den Tipp mit den Universitäten gegeben. Die Institute für German Studies seien ständig auf der Suche nach aktueller deutscher Literatur, die nirgends zu bekommen sei.

Fertig. Sie schaut die Umschläge noch einmal durch. Auf jedem steht German Studies und der Name einer Universität. Yale. Harvard. Cornell. Columbia. Princeton. Brown. Pennsylvania. Boston. Sie steckt die hektografierten Bücherlisten hinein und klebt die Umschläge zu.

Nachdem sie vom Postamt zurückgekehrt ist, stellt sie den Wecker und legt sich für eine halbe Stunde hin. Nach der kurzen Nacht braucht sie ein wenig Ruhe. Sie hat Glück, niemand klingelt an diesem Vormittag. Sie kann nicht schlafen, die Gedanken wandern. Noch immer keine Nachricht von der Mutter. Auch die Geschwister wissen nichts. Im Mutterzimmer wohnen einstweilen die Bücher. Schlimmer als in Fürth. Keine freie Wand, kein freier Sessel mehr. Und das alles im elften Stock. Sie kann sich nicht erinnern, dass es in Fürth so ein hohes Haus gäbe. Und dabei ist der elfte Stock hier gar nichts. Wie Fürth jetzt wohl aussieht? Ob alle Juden weg sind?

Sie steht auf, geht zum Sessel, auf dem sich die jüdischen Bücher türmen. Ob sie noch einmal Hebräisch lernen wird? Sie blickt auf die Goldprägung des zuoberst liegenden Buches. Ein *Sefer Jetzira*. Sie muss an Bettys Vater denken, der ihr erklärt hat, dass darin die Weltschöpfung aus den zweiundzwanzig Buchstaben des hebräischen Alphabets geschildert wird. Eine Welt aus Buchstaben, aus Sprache. Wie lange ist das her?

Sie setzt sich an den Schreibtisch, nimmt einen Abzug ihres Buchkatalogs zur Hand. Wenn keines der Institute ein Buch bestellt, wird sie ihr Antiquariat aufgeben und irgendwo als Sekretärin arbeiten müssen. Aber nicht in Julius' Firma. Sie wird selbst etwas finden. Sie ist schließlich eine emanzipierte Amerikanerin.

***

»Das ist mein Buch. Zwei grundlegende Antagonismen.« Concha Michel greift in ihre Tasche und hält Tina das in braunes Papier eingeschlagene Buch hin.

Sie nimmt es, wickelt es aus, schlägt es auf. »Ich wusste nicht, dass du auch Bücher schreibst.«

»Und es ist nicht mal mein erstes. Aber lies! Es steht alles über die Projekte drin.«

Tina liest, blättert, liest. Eine Weile füllt nur das Ticken der Uhr die Einraumwohnung. Ein Schweißtropfen fällt knapp neben dem Buch auf ihr Knie. Diese verdammte Dachwohnung, im Winter zugig, im Sommer nicht auszuhalten. Sie schlägt das Buch zu und legt es auf den Tisch neben die Biergläser.

»Ich kann mit diesem neuen Feminismus nichts anfangen. Immer wollen die Frauen die besseren Männer sein, was soll das? Das ist nicht das, wofür wir gekämpft haben. In der klassenlosen Gesellschaft werden wir das nicht brauchen.«

»Aber so etwas Ähnliches sage ich ja auch. Lies es dir nur genau durch. Ich habe eine eigene Theorie dazu entwickelt.«

Tina kann es nicht glauben. Als sie sich das letzte Mal sahen, war sie eine sozial engagierte Sängerin. Und jetzt? Was bildet sich Concha ein?

»Du hast Marx verbessert?«

»Präzisiert, würde ich sagen. Ich nenne es Dualität und Kooperation. Ich meine, dass Männer und Frauen verschieden sind, kann man ja nicht leugnen. Ich baue genau darauf auf. Aber, noch mal, lies selber, ich mag keinen Vortrag halten.«

Sie nimmt einen Schluck Bier.

»Nein, kein Problem, erklär's mir!«, sagt Tina.

Concha sieht sie an, ein wenig von dem alten Feuer im Blick und doch auch müde geworden. »Das ist schwer in ein paar Sätze zu fassen. Wie gesagt, dass Mann und Frau verschieden sind und unterschiedliche Bedürfnisse haben und so weiter, das ist ja klar. Das meine ich mit Dualität. Dualität klingt eben wissenschaftlicher. Und man will ja ernst genommen werden.«

Sie lacht, denkt kurz nach. »Du weißt ja, dass Goldman schon geschrieben hat, dass das Zusammenleben von Mann und Frau bisher nur dadurch funktioniert hat, dass die Frau unterdrückt worden ist. Und dass die volle Gleichberechtigung nur im Kommunismus funktionieren kann, wo alle gleich sind. Das glaube ich auch. Gleichberechtigung ist in keiner anderen Staatsform möglich, ob Monarchie oder Demokratie. Und im Faschismus schon gar nicht. Und du bist ja meiner Meinung. Aber der Punkt ist: Wenn Männer und Frauen in einem kommunistischen System gleichberechtigt zusammenleben, dann brauchen wir auch keinen Feminismus mehr. Er wird überflüssig.«

Concha lächelt verschwörerisch. Sie will mich auf ihre Seite ziehen, denkt Tina. So nicht.

»Und was ist das Neue daran? Wie du sagst, diese Sachen stehen schon bei Goldman oder Luxemburg, das haben wir schon vor fünfzehn Jahren diskutiert. Und in der Sowjetunion gibt es das alles schon. Frauen arbeiten in Männerberufen, sie haben dieselben Möglichkeiten. Du hast es ja selbst gesehen, hast du es schon vergessen? In Russland ist das alles schon Praxis.«

»Genau, die Praxis.«

Conchas Stimme hat einen ironischen Unterton bekommen. »Die wird in Russland ja kompromisslos durchgesetzt. Stalin lässt alle hinrichten, die nicht nach seiner Pfeife tanzen. Tina, das ist doch kein Kommunismus mehr, wenn man sein eigenes Volk abschlachtet. Sieh das doch endlich ein. Stalin ist ein Diktator, um nichts besser als Hitler. Ich habe hingegen hier wirklich versucht, praktisch zu arbeiten. Meine Projekte sind gelebter Kommunismus, ohne Straflager und Hinrichtungen. Die Produzenten bekommen wieder Macht über ihre Produktionsmittel, so wie Marx es gefordert hat.«

Concha verdreht die Augen. »Tina, liest du keine Zeitung, triffst du keine Genossen?«

Tina schweigt. Woran soll sie noch glauben? Wer hat recht? Stalin? Vittorio? Concha? Oder gar die Anarchisten?

»Erzähl mir davon«, sagt Tina schließlich.

Concha richtet sich auf. Sie nimmt den zusammengeklappten Fächer, der auf dem Tisch liegt, zwischen die Finger und wippt ihn auf und ab. »Wie lange haben wir uns nicht gesehen? Sechs Jahre? Ich bin ja früher aus Moskau weg, dreiunddreißig, falls du dich erinnerst, und dann gleich hierher. Während du pausenlos für Moskau in Europa unterwegs warst, war ich hier, die ganze Zeit über. Ich habe diese Projekte ins Leben gesetzt, um Frauen zu helfen. Wir haben Land gekauft. Die Frauen haben gelernt, ohne Männer und Väter die Felder zu bebauen.«

Tina lacht auf. »Und das hat geklappt?«

»Ja, warum nicht? Die Männer sind am Anfang daneben gestanden und haben gelacht so wie du jetzt. Was für ein Spektakel, als sie ihre Töchter und Frauen ackern sahen.«

»Die Frauen standen hinter den Ochsen am Pflug?«

»Traktoren, Tina. Wir haben inzwischen Traktoren. Und die Frauen fahren damit. Es macht sogar Spaß. Der Fortschritt ist nicht aufzuhalten.«

»Und die Männer haben sich das gefallen lassen? Hier, in Mexiko?«

»Wie gesagt, zuerst haben sie uns nicht ernst genommen. Aber einige Genossen haben dann mitgemacht. Ich habe versucht, das so zu organisieren, dass die Männer wirklich nur dort halfen, wo die Frauen etwas nicht machen konnten, zum Beispiel als wir beim Bau einer Scheune schwere Balken heben mussten. Immer nur subsidiär, verstehst du?«

Tina nickt. Vielleicht hat sie Concha unterschätzt. »Es klingt schön und ich bewundere dich dafür. Die Partei hat dich sicher gelobt.«

»Ausgeschlossen haben sie mich.«

»Was?«

»Das ist nicht auf Moskau-Linie. Aber brauchen wir die Partei für die Revolution? Ich nicht.«

Tina zögert. »Sie ist doch alles, was wir haben. Es kann nur eine Partei geben, sonst macht jeder, was er will. Wenn wir nicht alle an einem Strang ziehen, sind wir verloren. Ich habe das in Spanien erlebt.«

Concha wirft ihren Kopf in den Nacken. »Tina, du bist so starrköpfig geworden. Warum siehst du nicht, dass es Zeit ist, sich zu verändern? Vergiss Moskau endlich. Jeder kann seinen Kommunismus machen. Meine Training Centers haben von Tag zu Tag mehr Zulauf. Die Frauen lernen dort, selbständig zu sein. Sogar der Präsident hat mich unterstützt, und das sicher nur, weil ich nicht mehr in der Partei war. Glaub mir, die Revolution passiert nicht durch die Partei, die ist doch nur noch Bürokratie. Die Revolution passiert durch uns. Jede Frau, die auf eigenen Beinen steht, ist ein Beitrag. Du musst deinen Dickkopf aufgeben.«

Tina nimmt einen Schluck Bier. Es ist schon warm geworden, sie trinkt es aus.

Ist sie wirklich so verbohrt? Concha spricht, wie sie selbst vor Jahren gesprochen hat, und doch kommt es ihr so fremd vor. Wozu noch Aktion, wenn alles verloren ist? In Spanien lässt Franco in diesen Tagen die letzten verbliebenen Kommunisten erschießen. Hitler überrollt Frankreich und niemand gebietet ihm Einhalt. Mussolini bereitet die Invasion Ägyptens vor. Und Stalin, oberster Genosse und Träger der Weltrevolution, schaut alledem zu und schlachtet sein eigenes Volk ab.

Sie muss etwas sagen. »Vielleicht hast du recht.«

»Vielleicht? Ach Tina, natürlich habe ich recht und du weißt das.«

Concha klopft mit dem Fächer auf den Buchdeckel. Tina blickt auf den Umschlag, er ist rot, die Farbe der Revolution. Was hat sie damit noch zu schaffen?

»Lies es. Und vielleicht willst du ja mitmachen.« Sie beugt sich vor. »Natürlich muss es den Frauen hier jemand einbläuen: Wartet nicht drauf, dass eure Brüder, eure Väter oder Männer etwas für euch tun. Macht es selbst! Ackert! Produziert! Singt! Tanzt! Malt! Dieses Unterrichten, wäre das nicht eine Aufgabe für dich? Ich könnte es mir gut vorstellen.«

Tina schüttelt den Kopf. All diese Gespräche hat sie schon irgendwann geführt, vor fünfzehn Jahren, vielleicht in Los Angeles, in Mexiko oder in Moskau, vielleicht hat sie dieselben Worte schon gebraucht, vielleicht haben andere sie gesprochen, es ist gleich.

Sie lehnt sich zurück und schließt die Augen. »Weißt du, Concha, es ist ein anderes Mexiko, in das ich zurückgekehrt bin. Ich kann die Revolution nicht mehr finden. Vielleicht lebt sie ja nur noch in deinen Kooperativen weiter. Der Bevölkerung ist sie egal. Schau: Früher blieben alle an den Murales stehen. Die Leute, die nicht lesen und schreiben konnten, sahen in den Wandmalereien ihre Geschichte. Die Kunst war für alle da, nicht nur für Leute, die sich Bilder leisten konnten. Heute rasen die Menschen in Autos vorbei und würdigen die Malereien keines Blickes. Auf der Straße hat einen früher jeder gegrüßt, alle waren per Du. Alle waren Verbündete der Revolution, alle haben nach vorne geblickt. Heute grüßt niemand mehr. Die Menschen sind bequem und anonym geworden. Es ist schon wie in New York.«

»Natürlich haben wir andere Zeiten. Aber ich habe die Hoffnung nicht aufgegeben. Präsident Cárdenas steht hinter der

Revolution, aber es geht nur langsam. Steig doch ein bei unseren Projekten, du versauerst sonst noch ganz. Hast du dir schon eine neue Wohnung gesucht?«

»Wozu denn. Ich lebe hier ganz gut.«

Sie denkt an die Villen, in denen sie vor zwanzig Jahren die Nächte durchfeierte. Diese Einraumwohnung – tiefer kann sie nicht mehr sinken. Aber was braucht sie denn mehr? Alles andere ist doch bloß Eitelkeit.

Beide schweigen. Tina ist die Stille unangenehm. Es tut ihr leid für Concha. Sie hat sicher einen anderen Menschen erwartet, aber damit kann sie ihr nicht dienen.

»Also?«

»Nein, Concha. Ich bleibe hier, du findest sicher geeignetere Mitstreiterinnen.«

»Schade. Ich hatte mit dir gerechnet. Du bist starrköpfig geworden, weißt du das? Das Leben geht weiter, Tina. Du bist stehen geblieben, aber es ist nicht zu spät. Es liegt an dir, weiterzumachen. Ich werde jetzt gehen. Würde mich freuen, wenn du dir mal eine unserer Kooperativen ansiehst. Leb wohl!«

Die Umarmung ist für Tina wie ein ewiger Abschied, ja, sie weiß im selben Moment, dass ihre Wege sich nicht mehr kreuzen werden. Und Concha spürt es sicher auch.

Concha ist weg, aber etwas von ihr ist nach dem abrupten Aufbruch noch da. Nur langsam verklingt ihre Präsenz. Tina steht auf und geht auf das Flachdach, ihre Terrasse. Sie hat den Blick auf die Vulkane lieb gewonnen, es ist gut zu wissen, dass irgendwo noch viel Masse darauf wartet, auszubrechen, Masse, die sich nicht zufriedengibt mit der Enge. Sie hört die Geräusche der Straße, früher waren es Händler und Arbeiter mit Scherz- und Schimpfworten, jetzt hört man fast nur noch das Knattern der Autos.

Sie wendet sich um, betritt wieder die Wohnung. Sie legt sich auf das Sofa, ihr Bett. Es ist zuerst nur eine Träne, die ihr hinunterläuft, dann bricht das Schluchzen hervor und schüttelt sie.

Auf! Sie blickt auf die Uhr. Sie wischt sich das Gesicht ab, früher hätte sie sich geschminkt, macht sich die Haare zurecht. In einer halben Stunde beginnt die Sitzung in der KP-Zentrale. Sie blickt in den Spiegel und wischt sich die Tränen ab. Niemand soll merken, dass sie geweint hat.

Im Parteibüro gibt es ein paar neue Gesichter. Das ewige Thema der spanischen Flüchtlinge, die ins Land gekommen sind, wogt hin und her. Zwischendurch bemerkt ein Genosse, dass Hitler verrückt sein müsse, er greife sogar England an, London sei bombardiert worden. Tina erschrickt, sie hat davon nichts mitbekommen.

Ein anderer Genosse berichtet, es gebe erste Schätzungen zu dem Krieg in Spanien: eine Million Tote, eine Million Flüchtlinge. Niemand kommentiert diese Meldung, eine lange Minute schweigen alle.

Ein Chilene ist auch da, erst sechsunddreißig und schon neuer Generalkonsul Chiles in Mexiko. Er erzählt, wie er vor zwei Monaten zweitausend spanische Flüchtlinge mit einem amerikanischen Dampfer nach Chile gebracht hat. Er ist während des Krieges auch in Madrid gewesen, sogar auf dem Kongress, bei dem Tina gedolmetscht hat, danach in Paris, auch bei der Roten Hilfe. Tina hat ihn sofort erkannt.

Während der Sitzung spricht sie kein Wort, hört zu, ist in Gedanken in Barcelona und Alicante, denkt an die Genossen, die das Papier für sein Buch hergestellt haben und die inzwischen in den Gefängnissen sitzen oder vielleicht schon tot sind.

Nach der Sitzung hilft ihr der Chilene in die Jacke, ein Gentleman. »Ich weiß, wer Sie sind.«

Sie zuckt zusammen. »Eine Genossin, nichts weiter.«

»Sie waren … sie sind eine großartige Fotografin. Ich habe Ihre Bilder in Zeitschriften gesehen. Und in Spanien waren Sie María. Sie haben damals für mich gedolmetscht. Ich darf Ihnen meine Bewunderung ausdrücken.«

Tina wird heiß und kalt. Natürlich kennt sie ihn, aber er sie?

»Ich schreibe auch für Zeitschriften. Und manchmal ein Buch, aber das wissen Sie ja. Ich bringe Ihnen das nächste Mal eines mit, wenn es Sie interessiert.«

»Ja, danke, Herr Neruda.«

»Nenn mich Pablo. Wir sind doch Genossen.«

***

Der nächste Tag ist ein Sonntag, ein Frühsommertag wie auf einer kitschigen Postkarte: Sonne, blauer Himmel, alle Leute sind draußen. Sie sind eine Zeit lang auf einer Bank vor dem großen See im Central Park gesessen. Mary hat sich über den Namen gewundert: Ein See, der Reservoir heißt. Sie hat ihm erzählt, dass mit den Universitäten sicher der Durchbruch kommt, sie müssen doch bestellen. Julius hat nur genickt. Jetzt sitzen sie im Café Geiger in der 86. Straße. Rundum auf den Tischen hört sie nur Deutsch.

»Ich habe mit meinem Chef gesprochen. Du könntest morgen als Sekretärin bei uns anfangen«, sagt er endlich.

Die Stunde im Park war so harmonisch, ohne Trübung. Jetzt wieder die Leier. »Julius, bitte. Es wird schon. Die Universitäten werden bestellen.«

Sicher, es hat sich noch kein Institut gemeldet. Und von den spärlichen Verkäufen wird sie nicht leben können. Das weiß sie und er weiß es auch.

»Ich mag die vielen Bücher um mich. Du weißt, das war in Fürth auch so.«

Er nickt, schaut Richtung Straße. Aus einem der Häuser dringt Jazzmusik, gedämpfte Blechbläser. Der Kellner bringt die Getränke, ein Bier für Julius, ein Himbeersoda für Mary.

»Gib mir noch drei, vier Wochen Zeit. Wenn es bis zum Herbst nichts wird, muss ich mir ohnehin etwas suchen.«

»Du weißt, meine Wohnung steht bereit. Zur Not kannst du immer unterkommen. Bis wir dann eine größere gefunden haben. Mit einem weiteren Zimmer vielleicht.«

»Nicht so schnell, Julius.«

Er trinkt einen hastigen Schluck, stellt das Glas etwas zu fest ab. »Worauf wollen wir noch warten? Ich bin fünfundvierzig, du, ähm, einiges jünger – was ich sagen will: Ich glaube nicht, dass es zu spät ist für … ja, für eine Familie.«

»Julius.« Sie legt ihre Hand auf seine.

»Wir haben doch schon darüber geredet. Sag es ruhig: Ich bin vierzig. Und ich habe dir schon gesagt: Für Kinder ist es zu spät. Wenn ich schon welche hätte, würde ich vielleicht anders denken. Aber mit vierzig das erste Mal Mutter werden, ich weiß nicht. Ich lese auch medizinische Bücher, weißt du.«

Er nickt, seine Miene ist eingefroren.

»Und wegen der Wohnung: Gib mir noch Zeit. Ich weiß, ich bin etwas eigen. Wie gesagt, bis zum Sommer muss ich auf eigene Beine kommen mit dem Geschäft. Sonst suche ich mir eine Arbeit. Und dann können wir ja wirklich nach einer Wohnung Ausschau halten. Und ich vielleicht nach einem Geschäftslokal, falls es klappt. Aber nichts überstürzen.«

Das Essen kommt, sie reden über Filme, aber Mary mag nicht ins Kino, die Schauspieler reden zu schnell und sie versteht nur die Hälfte.

»Dann könnten wir doch dahin gehen.« Julius zeigt auf ein Plakat, das neben anderen an der Wand hängt.

Trude Berliner singt. Fritz Spielmann begleitet sie auf dem Klavier. Hans Kolischer konferiert. Im Lokal »Fiaker« in der Upper West Side. Neue Duette! Beste Unterhaltung!

Trude Berliner kennt sie, die anderen Namen sagen ihr nichts. Sind die alle emigriert? Wer ist dann überhaupt noch in Deutschland?

Sie sagt zu, will ihn nicht kränken.

Die Woche zieht sich wie ein Chewing Gum, den die Leute hier sogar auf der Straße kauen. Am Freitag liegen in der Post drei Umschläge mit dem Emblem von Universitäten. Sie reißt die Kuverts auf, das Blut schießt ihr in den Kopf. Doch die Freude verfliegt schnell, als sie die Posten durchsieht: Cornell bestellt drei Bücher von Jakob Wassermann, Columbia die *Buddenbrooks* von Thomas Mann, die sie in mehreren Ausgaben hat, die New York University fünf Bücher verschiedener Autoren.

Die Miete für einen Monat. Immerhin. Aber mager.

Wenn das schon alle Bestellungen als Antwort auf ihre vierzig Kataloge waren, kann sie den Buchhandel wirklich vergessen. Vielleicht hat sie sich da in etwas verrannt. Ein Antiquariat könnte sie aber auch nebenher betreiben, nach Feierabend als Sekretärin.

Sie bringt die Sendungen am Nachmittag zur Post, dann sucht sie Julius auf. Sie legen sich angezogen aufs Bett, er nimmt sie in den Arm. Beide sagen eine Zeit lang nichts. Dann spricht sie und erschrickt über ihre staubtrockene Stimme.

»Julius, vielleicht ist alles sinnlos. Das mit den Büchern.«

Er sagt nichts.

»Und mit uns. Ich muss dir herzlos vorkommen.«

»Nein, das tust du nicht.«

»Doch. Du meinst es gut mit mir und ich will nur meinen Kopf durchsetzen.«

»Die Bücher sind eben deine Leidenschaft.«

»Nicht nur die Bücher. Das, was du neulich wegen Kindern gesagt hast. Es tut mir leid, dass ich keine Kinder will. Ich denke nur an mich.«

Julius hält sie im Arm, streicht ihr über die Schulter, krault ihren Hinterkopf und brummt. »Schon gut.«

Sie hat einen Kloß im Hals, auch die Tränen steigen hoch.

Julius drückt sie fest, dann steht er auf. »Ich mache uns einen Tee.«

Sie lächelt, obwohl sich noch eine Träne aus dem Auge quetscht. Sie denkt sich: Er weiß genau, was dieses Teemachen bei ihr auslöst. Dass sie an Nürnberg denkt, an den ersten und dann die vielen Tees und sein warmes Bett in seiner gut geheizten Junggesellenbude, an die Küsse, als sie sich zum ersten Mal liebten.

***

Warum tut sie sich das noch an? Sie lässt Vittorio machen, er muss sich abreagieren, den Trieb abführen. Sie strengt sich an, etwas zu empfinden, aber da ist nichts.

»Liebst du mich noch?«, hört sie sich fragen.

»Tina, was soll die Frage. Wir werden am Ende doch nicht bürgerlich werden.«

Nein, natürlich nicht.

Morgen wird er wieder bei einer anderen sein, Tina wird es riechen, Vittorio wird nichts erzählen. Bürgerlichkeit. Nein, bürgerlich wird sie nie werden. Aber die neue Gesellschaft ist das auch nicht, in der die Männer nach wie vor tun, was sie wollen. Und die Frauen ab einem gewissen Alter nichts mehr gelten.

Vittorio hat seine Hose zugeknöpft und greift nach seinem

Hemd. »Weißt du das Neueste? Ich bekomme die Staatsbürgerschaft. Ich heiße dann wieder für alle Vittorio, nicht nur für dich. Carlos Contreras wird sterben.«

Tina schluckt, tastet nach ihrem Unterkleid. »Ach so?«

Die Teilnahmslosigkeit gelingt ihr nicht.

»Ja. So schlimm die Untersuchungshaft war, aber nun wissen die Behörden, dass ich sauber bin und in Mexiko keine Straftat begangen habe.«

Was untersteht er sich. Tina fühlt einen Kloß im Magen, ihr Kopf wird heiß. »Keine Straftat? Was für eine Chuzpe.«

Vittorio, der als Carlos Contreras schon in Spanien für seine Brutalität bekannt war. Vittorio, der jeden Tag illegale Dinge plant und organisiert. Sicher, er war bei den zwei Anschlägen auf Trotzki nicht dabei. Aber er hat beide vorbereitet und plant schon den dritten! Zwei Wochen haben sie ihn eben festgenommen und verhört und nichts herausbekommen. Und jetzt die Staatsbürgerschaft!

So ein verdammter Schuft.

»Und was ist mit mir?«

»Tina, ich habe dir schon gesagt, es dauert. Cárdenas hat die Aufhebung der Verbannung noch nicht unterschrieben. Aber es gibt das Papier.«

»Das hast du vor einem Monat schon gesagt.«

»Tina, wir müssen diplomatisch vorgehen. Auf den richtigen Moment warten.«

»Und deiner ist gekommen.«

»Versteh doch, nach den Verhören war es klar. Man muss den richtigen Zeitpunkt abwarten.«

Tina streift sich ihr Kleid über.

Vittorio blickt sie mit gesenktem Kopf an. »Du solltest dir endlich neue Kleider kaufen. Das sind ja immer noch die Fetzen aus Spanien. Vielleicht wirst du vorgeladen.«

»Dann werde ich durch die Kraft der Worte beeindrucken, nicht durch Kleider.«

Vittorio ist fertig angezogen, er sieht sich um, wie immer sucht er seinen Hut. »Tina, ich weiß nicht, was du willst. Du stehst dir selbst im Weg. Niemand sagt, dass du die ganze Zeit im Haus hocken musst. Draußen ist Sommer und in diesem Land ist Frieden.«

Ja, hier ist Frieden. In Spanien werden die letzten Republikaner zu Tode gefoltert, Hitler wird bald in Paris einmarschieren und der Kommunismus ist außerhalb Russlands tot.

»Ich muss dann wieder los«, sagt Vittorio, der endlich seinen Hut gefunden hat.

Tina nickt.

»Ich bemühe mich, versprochen«, sagt er. »Es weiß ohnehin schon jeder, dass du im Lande bist.«

Er küsst sie auf die Wange, schaut in den Spiegel und streicht sich über die Haare.

Jeder? Sicher hat es sich herumgesprochen. Was hat sie denn gedacht. Aber es von Vittorio ausgesprochen zu hören, macht ihr Angst.

»Wenn du willst, gehen wir heute Abend ins Varieté. Es ist höchste Zeit, dass du rauskommst. Cruz Monzón singt, glaube ich, drüben bei Héctor. Überlege es dir.«

Er stapft hinaus, zieht die Tür zu.

Varieté. Sorgen vergessen. Aber sie will nichts vergessen! Niemals will sie das Unrecht vergessen, das so vielen Menschen angetan wird! Immer wird sie gegen dieses Vergessen kämpfen. Das Varieté ist eine bourgeoise Vergnügung, die nichts zur Verbesserung der sozialen Lage beiträgt, ein Opium für das Volk wie die Religion.

***

Eine Woche später kommt Mary aus dem Lachen nicht heraus. Zuerst sind ihr die Chansons frivol vorgekommen, die Trude Berliner anstimmte, Zigarettenspitz in der Hand, kurzes Kleid. Dann lacht sie, woran sicher auch der Sekt schuld ist. Das Varieté erinnert sie an Berlin, aber das Publikum hier ist zurückhaltender und vielleicht auch prüder. Im gelborangen Scheinwerferlicht steigen Rauchschwaden auf, der Kellner, der sie bedient, hat einen Wiener Akzent.

Die Berliner ist älter geworden, aber ihre Stimme ist noch immer klar, etwas mehr Vibrato vielleicht. Mary hat sie in Deutschland in einigen Filmen gesehen, ein Typ Frau, den man nicht vergessen kann. Sie spielt immer emanzipierte und lebenslustige Typen, die sich nichts sagen lassen. Den Blick stets verwegen, aber auch ein wenig skeptisch. Eine Frau, der in den Filmen immer die Männer zu Füßen liegen und die sie alle hochherzig verschmäht.

Bei den Liedtexten sehen sich Julius und Mary immer wieder an, lachen, zwinkern sich zu.

Ich nehm' mir jeden, den ich nehmen kann
und lass mich auch von ihm küssen
doch wenn er mir von der Liebe fängt an
lach' ich und sage ihm dann:
Für die große Liebe hab' ich keine Zeit, …

Mary kann Julius' Blick nicht deuten. Sagt er: So abweisend bist du auch? Oder: So lebenslustig sollst du sein?

In einer Pause beugt sich ein Mann mit weißer Jacke zu Julius und klopft ihm auf die Schulter, er stellt sich Mary als Herr Schwartz vor, mit Teezett, ich kenne Ihren Mann geschäftlich. Er setzt sich zu ihnen. »Aber nicht lange, man will ja nicht stören«, sagt er. Er sieht aus wie ein Musiker eines Tanzorchesters, weiße Jacke, Haare mit Pomade nach hinten gekämmt, große Nase, schmierige Stimme. Mary kommt nicht dazu zu sagen, dass Julius nicht ihr Mann ist, der Ankömmling redet gleich drauflos. Er sei Immobilienmakler, obere Preisklasse. Die armen Schlucker interessierten ihn nicht. Hauptkundschaft seien reiche Immigranten. Mary horcht auf.

»Man muss wissen, wo man die Annoncen schaltet. Den *Aufbau* lesen ja nur wir Juden. Ich inseriere auch in der *New Yorker Staats-Zeitung*. Die lesen alle Deutschsprachigen.«

Er erzählt, dass er in beiden Zeitungen jede Woche die Spalte »Es trafen ein« studiert und jeden, der dort aufgeführt ist, kontaktiert. »Die Hungerleider sind dort nicht verzeichnet. Nur Leute mit Geld.« Er vermittle nicht nur Wohnungen, sondern auch die gesamte Einrichtung, vom Sessel bis zum Porzellangeschirr.

Mary trifft es wie ein Blitz: Das wäre doch eine Chance! Sie war nur auf die Leute fixiert, die die Bücher loswerden wollen. An Leute, die sich hier luxuriös einrichten und Bücher brauchen, hat sie gar nicht gedacht.

»Erlauben Sie eine Frage, Herr Schwartz.«

»Jede, die Sie wollen, meine Verehrteste.«

»Wäre es möglich, Sie zu begleiten, wenn Sie einen Kunden beraten? Ich rede jetzt von deutschen Kunden.«

Sie erklärt ihm in wenigen Sätzen ihren Buchhandel. Schwartz lacht und willigt ein. »Dann stellen wir Ihnen einen Wohnzimmerschrank voll mit Büchern hinein, das kommt bei einigen sicher gut an«, sagt er.

Julius scheint nicht begeistert, aber es ist abgemacht.

Applaus brandet auf, Trude Berliner verbeugt sich.

Das Klavier intoniert ein paar Stakkati und Berliner setzt ein: »Ein kleines bisschen Liebe«. Alle drei lauschen. In der zweiten Strophe wechselt sie unvermittelt ins Englische: »A little bit of love«.

Zwei Wochen später kennt sie drei Klubs, in denen ihre zukünftigen Kunden verkehren. Und tatsächlich, es gibt einige Deutsche hier, die reich sind und sich Wohnungen einrichten, die so groß sind, dass man in ihnen Rollschuh laufen könnte. Sie fragt sich, warum ihr das nicht früher eingefallen ist. Aber wie hätte sie auch Zugang finden können? Schwartz hat ihr in wenigen Tagen die Klubs und Hotels gezeigt, auf die es ankommt. Fast alle reichen Deutschen steigen zuerst im Hotel Bedford ab. So viele kommen aber jetzt nicht mehr an.

Immer mehr erfährt sie: Die Manns sind seit drei Jahren hier – die ganze Familie, das hat sie nicht gewusst! Sie trommeln zurzeit sogar ein Hilfskomitee zusammen, um die letzten jüdischen Intellektuellen aus Europa zu retten. Aber angeblich wollen sie bald weg aus der Stadt, nach Kalifornien. Auch Oskar Maria Graf wohnt irgendwo an der Upper East Side, Ferdinand Bruckner, Ernst Waldinger und Berthold Viertel sind hier und immer wieder in den Cafés zu finden. Und so viele unbekannte Autoren, Schauspieler, Regisseure, ja sogar Verleger sind hier und treffen noch täglich ein. Die einen verkaufen Mary ihre signierten Erstausgaben, um zu Geld zu kommen, andere richten sich Bibliotheken ein und bitten sie sogar, ihnen Bücher nach Kalifornien nachzusenden.

Mit einem Mal brummt das Geschäft. Ihre Wohnung, ein Durchhaus für Bücher. Lange hält sie ein Buch in der Hand, das an den Rändern versengt ist, Remarques *Der Weg zurück*. Ihre Finger tasten den schwarzen Rand ab. Der, der es ihr verkauft hat, hat es aus dem Feuer gezogen, das 1933 auch vor der Universität Göttingen brannte.

Es ist Ende Oktober, als es spätabends klingelt. Ein untersetzter, bulliger Mann, große Geheimratsecken, wulstige Lippen, steht vor ihrer Tür. Er tritt von einem Fuß auf den anderen, im

Treppenhaus gibt es keine Heizung. Er kaut an einer qualmenden Zigarre, die er nur zum Sprechen aus dem Mund nimmt.

»Bin nurr auf der Durchreise. Möchte mich in Kaliforrnien niederrlassen.«

Ist das ein österreichischer Akzent? Nein, so redete Herr Nevertal in Fürth, der aus Prag stammte.

»Wenn Sie mir nurr einen Katalog mitgeben, ich werde dann von dorrt bestellen. Ich muss mir eine neue Bibliothek zusammenstellen.«

»Wollen Sie nicht hereinkommen?«

»Keine Zeit.«

Der Mann zieht an der Zigarre, er blickt missmutig. Gesund sieht er auch nicht aus.

Mary sucht eines ihrer Verzeichnisse und kehrt an die Tür zurück.

Der Mann zieht die Augenbrauen hoch, als er die hektografierten Blätter sieht.

»Na ja, besser als nichts. Adresse … steht drauf. Ist gut. Haben Sie vielen Dank, Frau Rosenblatt.«

Er kratzt sich mit der Hand, die die Zigarre hält, am Kopf.

»Rosenberg, nicht Rosenblatt. Mary S. Rosenberg.«

»Ach ja. Werfel. Franz Werfel. Wahrscheinlich kennen Sie meine Bücher. Wissen Sie, dass Sie der einzige Buchladen in diesem gottverdammten Land sind, in dem es meine Bücher auf Deutsch gibt?«

1941

Sie breitet die Briefe aus. Legt sie nebeneinander. Einer ist handgeschrieben, zwei mit Schreibmaschine. Sie kann es nicht fassen. Ein Jahr ist vergangen, seit sie die Briefe an die Universitäten gesandt hat. Und jetzt das.

Ein Brief ist von Werfel, die anderen zwei von Thomas Mann und Alfred Döblin.

Sie blickt an den Regalen vorbei, durch das Schaufenster auf die Straße. Automobile rauschen vorbei, Menschen laufen, ein Rauchfangkehrer schilt seinen Gehilfen im Gehen. Sie liest die Spiegelschrift auf der Glasscheibe. *Rosenberg German Books.* Werfel müsste diese Buchhandlung sehen, mittlerweile ist es eine wirkliche Buchhandlung.

Vorsichtig schneidet sie die Umschläge auf. Mann schreibt ihr, er brauche dringend eine Ausgabe von Schillers Werken für seine Bibliothek in der Villa in Pacific Palisades. Der früher so große Alfred Döblin, der in Hollywood als Drehbuchautor in einer Einzimmerwohnung haust, sucht eine Ausgabe von Kracauers Aufsätzen, die den Essay *Ornament der Masse* enthält. Werfel schreibt an einem Theaterstück und braucht etwas zur Geschichte Frankreichs. Gestern hat Ferdinand Bruckner bei ihr bestellt und Bruno Walter, der Dirigent. Der Regisseur Berthold Viertel hat letzte Woche angefragt, ob sie nicht mit ihm einen Verlag gründen will. Sie hat abgelehnt, das ist ihr wirtschaftlich zu riskant.

Es ist unglaublich, was sich in diesem einen Jahr getan hat. Sogar der Nobelpreisträger Einstein hat bei ihr Violinnoten gekauft, sie hat viel mit ihm gelacht. Alfred Polgar hat in ihren Büchern herumgestöbert, aber nichts gekauft. Auch er schreibt jetzt Drehbücher für Hollywood und hat einen ziemlich unglücklichen Eindruck gemacht.

Und dann, vor drei Monaten, ist Franz Werfel noch einmal gekommen, er hat seine Frau Alma mitgebracht, die nicht geglaubt hat, dass es mitten in New York im elften Stock eines Wohnhauses eine so berühmte deutsche Buchhandlung gibt. Es war Mary unendlich peinlich, die beiden in ihrem Bücherchaos zu empfangen.

Nach diesem Besuch hat sie dann ein Geschäftslokal gesucht. Die ehemalige Grocery in der 108. Straße hatte genug Platz für die Bücher aus der Wohnung und noch mehr. Sie ließ sie ausmalen und kaufte Steckregale, die sie selbst mit Julius zusammenbaute – was es in Amerika nicht alles gab! Die Leere der bücherlosen Wohnung erschreckte sie in den ersten Tagen.

Sie steht auf und geht die Regale ab. Die Bücher hat sie sofort beisammen, sogar eine Geschichte Frankreichs für Werfel hat sie gefunden.

Als sie die Bücher in Kartons packt und die Leerräume mit Zeitungspapier ausstopft, fällt ihr Blick auf einen Artikel auf der Titelseite des *Aufbau*, den sie sich erst später zu lesen vorgenommen hat. *Deportation von Juden im Deutschen Reich.* Sie lässt die Schachtel Schachtel sein und beginnt zu lesen, blättert um. München. Nürnberg. Fürth. Am 27. November 1941 wurden die restlichen Juden weggebracht, vorwiegend nach Theresienstadt. Nürnberg und Fürth sind judenfrei. Judenfrei. Sie schluckt. Seit einem Jahr hat sie nichts mehr von ihrer Mutter gehört. Hat sie es nach Schweden geschafft? Lebt sie überhaupt noch? Ist sie in einem Lager?

Mary wird flau im Magen. Es ist ein diffuses Gefühl, nicht Trauer, nicht Schmerz, eher ein Weh, das nicht fassbar ist. Fürth judenfrei. Die Stadt, in der sie vierzig Jahre ihres Lebens verbracht hat, unwirklich, weit weg, auf der anderen Seite des

Ozeans, in einer anderen Welt, es ist nicht mehr ihre Stadt. Nie, nie mehr wird sie zurückkehren, das weiß sie jetzt. Auch wenn Hitler diesen Krieg verliert, nichts wird in Fürth mehr sein wie vorher. Ein Fürth ohne Juden ist unvorstellbar. Sie schluckt, macht sich wieder an die Arbeit.

Was nützt es, wenn sie Nobelpreisträger kennt, wenn sie nicht wissen kann, ob ihre Mutter noch lebt. Wenn sie weiß, dass es in Fürth keinen einzigen Juden mehr gibt.

Sie schreibt die Lieferscheine akribischer als sonst, steckt sie in die Pakete und verschnürt diese.

Bücher müssen diese Gesellschaft verändern, nur sie können es.

»Dann komme ich eben mit.«

Sie zieht sich das Kleid an, das ihr Vittorio zu Weihnachten geschenkt hat. Es flattert ab der Mitte, aber es ist ihr egal. Sie kann sein »Du musst mehr essen« nicht mehr hören. Wozu sich an solchen Dingen erfreuen, sich verweichlichen lassen durch aufwendige Speisen, wenn so viele Menschen hungern oder in Gefängnissen verschimmeltes Brot kauen. Außerdem wird sie heute ohnehin etwas mehr essen, er müsste nicht herummäkeln.

Ein bisschen Make-up wird heute auch angemessen sein, damit sie nicht aussieht wie eine Büßerin.

»Beeil dich«, sagt Vittorio.

Es ist eine stattliche Villa, mit mexikanisch-barocker Fassade, vor der Vittorio zwanzig Minuten später seinen Lincoln Zephyr abstellt. Die Fenster sind hell erleuchtet. Wieder ein Emigrant, der sich Kommunist nennt und in einer Villa residiert. Ist sie die Einzige, die noch die alten Ideale hochhält?

Wenigstens gibt es keine Diener, die sie begrüßen oder das Auto woanders abstellen, Hannes Meyer kommt selbst an die Tür.

Und Tina ist überrascht, als sie auf die Gesellschaft trifft. Gut zwanzig Leute hat Hannes eingeladen. Und sie kennt so viele, einige hat sie seit Jahren nicht gesehen. Neruda küsst ihr die Hand und lobt ihr Aussehen, sogar Kisch ist da, morgen bricht er schon wieder nach New York auf, er hakt sich gleich bei ihr unter und führt sie herum, als ob er hier zu Hause wäre. Als Anna Seghers sie erblickt, unterbricht sie ihr Gespräch mit zwei Männern, die Tina nicht kennt. Sie umarmen einander lange.

»Fünf Jahre ist es her«, sagt Tina, »und es kommt mir vor wie fünfzig.« In Valencia haben sie sich das letzte Mal gesehen, wie anders ist diese Zeit gewesen, voller Utopien und Hoffnungen. Kisch, der Tina weiterführt, flüstert durch die Zähne.

»Sie arbeitet wie eine Verrückte. Schreibt gerade zwei Romane gleichzeitig. Daneben hat sie ihren Heinrich-Heine-Klub.«

»Wer waren die zwei Männer?«

»Der eine heißt Feistmann, nennt sich aber Rudolf Fürth, nach seiner Heimatstadt. Fürth, das ist irgendwo in der Nähe von Nürnberg. Auch so ein Schreiber wie ich. Den anderen kenne ich nicht.«

Sie begrüßt Pablo O'Higgins, Leocadia Prestes ist auch da, und Traven Torsvan, der sie vor drei Jahren an ihrer Art zu gehen erkannt und sie einen Abend zum Lachen gebracht hat.

Ein paar junge Leute, die Tina nicht kennt, lesen Gedichte vor. Einer von ihnen, ein Jurastudent namens Paz, spricht sie danach an: Ob sie die María aus Spanien sei, von der er schon so viel gehört habe.

Sie will zu einer Erklärung ausholen, als die Tischglocke läutet. Essen.

Es kommt ein deutsches Essen, so unwirklich in Mexiko: Hühnersuppe, Eisbein mit Sauerkraut, dazu Rheinwein Jahrgang 38. Hannes stellt seine Köchin vor, natürlich eine Deutsche, und bringt einen Toast auf sie aus.

Nach dem Essen bilden sich Gruppen, Kognak, Zigarren, Tratsch, Politik.

Tina stellt sich zu Leocadia Prestes, die allein an der Terrassentür steht und hinaussieht.

»Wie geht es Luís?«

Leocadia lässt sich nicht anmerken, ob sie die Frage erleichtert oder betrübt hat. »Keine Veränderung. Sie lassen ihn nicht raus«, sagt sie tonlos.

Tina fragt nicht nach Olga. Zu schlimm ist die Geschichte. Beide, Luís und Olga, sind in Brasilien als Kommunisten eingesperrt worden, Luís vegetiert in einer Zelle in São Paulo vor sich hin, Olga wurde als Deutsche hochschwanger dem Deutschen Reich ausgeliefert und hat im Gestapo-Gefängnis in Berlin eine Tochter geboren. Nach der Stillzeit haben sie das Baby zur Großmutter Leocadia nach Mexiko geschickt. Ob sie noch lebt, weiß niemand.

»Die Revolution muss weitergehen«, sagt Leocadia auf einmal. »Luís und Olga sollen nicht vergeblich leiden. Es ist ein Auftrag an uns, dass wir weitermachen.«

Von der Nebenrunde, die sich um drei Ohrensessel schart, tönt Gelächter.

»Komm«, sagt Tina.

Sie stellen sich zur Gesellschaft, fünf Frauen, die Traven lauschen, der gerade eine seiner Gaunergeschichten zum Besten gibt. Auch Tina muss lachen, als er die Pointe mit der Uhr des Gouverneurs bringt, obwohl sie die Geschichte schon kennt. Sie muss endlich ein Buch von ihm lesen. Wenn er nur halb so unterhaltsam schreibt, wie er erzählt, muss es ein Genuss sein, diese Bücher zu lesen.

Sie schnappt ein paar Wortfetzen von der Nebenrunde auf, einige Männer, darunter Hannes Meyer und Vittorio, die am Fenster stehen und über Meyers Bauten reden. Sie lässt Leocadia bei Traven und gesellt sich zu den Männern. Sie reden Deutsch.

»Das ist doch Unsinn«, sagt Hannes. »Ah, Tina, gut, dass du da bist.«

»Worüber sprecht ihr?«

»Ich versuche die skeptischen Genossen gerade davon zu überzeugen, dass ich als Einziger die Tradition des Bauhauses weiterführe.«

»Das klingt nicht gerade bescheiden.«

»Ich weiß. Und doch ist es so. Ich habe Vittorio gerade zu erklären versucht, dass Gropius und Mies van der Rohe ihre eigenen Ideale verraten haben. Statt gute Architektur für jedermann zu machen, haben sie am Ende nur noch Villen für die Reichen gebaut.«

»Und du nicht?«

»Niemals. Bauhaus heißt bauen für alle, nicht für die Reichen. Aber deswegen musste ich ja gehen.«

Tina erinnert sich: Sie hatte Meyer zuerst in Berlin getroffen, dann in Moskau, er lehrte an irgendeiner Hochschule, nachdem er als Leiter des Bauhauses abgesetzt worden war.

In Mexiko, so fährt er fort, werde er Wohnungen für die Arbeiter errichten, so wie die Sozialisten es in Wien gemacht haben. Die Armen hätten ein Recht auf menschenwürdige Behausungen, auf die sie zudem noch stolz sein könnten. Für die Löcher, in denen sie jetzt wohnten, schämten sie sich doch nur.

Ich schäme mich nicht, denkt Tina, ich bin auch eine von ihnen. Die Männer reden weiter, sie hört Musikfetzen von einem Grammofon unter dem Geräuschteppich des Geredes, ist es Schostakowitsch?

Als sie wieder zuhört, geht es auf einmal um den Krieg. Die Russen haben neue Panzersperren, die die Deutschen nicht überwinden werden.

»Ja, die Russen. Wenn einer Hitler stoppen kann, dann sie«, sagt einer.

»So ist es. Der Einzige, der Hitler aufhalten kann, ist Stalin«, sagt Tina etwas zu laut. »Wo gibt es sonst eine nennenswerte Kraft gegen den Faschismus in Europa?«

Es hätte kämpferisch klingen sollen, aber sie merkt selbst, dass es eine Bemerkung ist, die wie aus der Zeit gefallen scheint. Einige schauen betreten, aber sie schämt sich nicht, es befeuert sie sogar. Dann bricht es aus ihr heraus, so vieles, das sie wieder hervorholt aus alten Kammern der Erinnerung. Sie spricht vom Kommunismus, der in der Sowjetunion in idealer Weise verwirklicht ist. Sicher hat Genosse Stalin hart im eigenen Volk durchgegriffen, aber was sind schon die paar Opfer, wenn die Diktatur des Proletariats nicht anders verwirklicht werden kann?

Tina fühlt, dass ihre Wangen glühen. Sie weiß, dass ihre Worte naiv klingen und nicht in diese Gesellschaft passen. Ein aufmüpfiger Ton, als wollte ein Kind sich gegenüber Erwachsenen behaupten. Es ist ihr egal. Mittlerweile haben sich andere zu der Runde gesellt und lauschen. Sie spricht über die gescheiterten Versuche, die Diktatur des Proletariats 1918 in München, Budapest und Turin zu errichten, dann 1936 in Spanien, was so blutig gescheitert ist, sie spricht davon, dass es gefährlich sei, einen eigenen Kommunismus zu machen wie die Amerikaner.

»Russland hat uns den Weg gezeigt, wie die Revolution geht, und nur so wird sie stattfinden können. Nicht durch die Sozialdemokraten, die den Sozialismus auf dem Wege der Demokratie durchsetzen wollen und daran scheitern. Aber auch nicht durch die Faschisten, ich erinnere euch daran, dass Mussolini als Sozialist begonnen hat. Nur Russland hat den richtigen Weg gefunden. Nur durch einen Umsturz kann die klassenlose Gesellschaft verwirklicht werden.«

Stille, sie spürt die roten Wangen, ist außer Atem.

Es ist ganz still im weitläufigen Salon. Hat sie am Ende so laut gesprochen? Haben so viele zugehört? Das Gerede setzt wieder ein, die Aufmerksamkeit der Gäste wendet sich wieder ihren Gesprächspartnern zu.

Die Männer in ihrer Runde nicken freundlich, aber sie merkt die betretene Stimmung. Den Menschen hier, obwohl alle links orientiert, ist es peinlich, so offen und einfach über die Revolution zu reden. Hat sie etwas falsch verstanden? Oder alles?

Die Männerrunde spricht wieder über den Krieg, sie zupft Hannes Meyer am Ärmel.

»Ich bin müde, kannst du mir ein Taxi rufen?«

Das Brummen des Motors beruhigt sie. Der Taxifahrer redet zuerst, aber als er merkt, dass sie müde ist, verstummt er. Der Motor brummt, es brummen die Propeller der Flugzeuge, sie kommen näher, es sind Bomber, Bomber, die gleich auf Menschen schießen und dann ihre Bomben abwerfen werden, es brummt immer lauter, sie kommen näher, sie sind auf freiem Feld, aber da ist auf einmal Platz zum Verstecken, es ist sicher, ja, es gibt Schutz, sicheren Schutz, hier kann keine Bombe treffen.

Der Fahrer erzählt später der Polizei, dass er nichts gemerkt hat. Die Frau hat müde ausgesehen und ist sicher eingeschlafen. So etwas erlebt er jede Nacht. Dass ihr Herz aussetzte, wie hätte er das merken sollen? Sie hat so friedlich gewirkt, so zufrieden und glücklich.

1949

Schon nach einer Stunde hat sie sich damals eingestehen müssen, dass sie für die Stadt nichts mehr empfand. Fürth war nicht mehr Fürth. Wie durch ein Wunder standen zwar noch alle Gebäude, während von Nürnberg nur noch Ruinen übrig waren, aber was hatte sie mit den Menschen, die diese Häuser bewohnten, noch zu schaffen? Alle Juden waren weg. Die Leute, die die Schaufenster beschmiert und eingeschlagen hatten, waren noch da. Als sie durch die Stadt ging, schien sie ihr wie ein Museum oder ein Reservat für ehemalige Nationalsozialisten. Niemand erkannte sie auf der Straße oder es wollte sie niemand erkennen. Nach diesem ersten Besuch heiratete sie Julius.

Wie gut, dass er jetzt, zwei Jahre später, mit ihr auf der Buchmesse ist, die zum ersten Mal in der Frankfurter Paulskirche stattfindet.

Hier in Frankfurt erkennen sie die Menschen. Und wie sie sie erkennen! Günther Ruprecht ist der Erste, der die Augen aufreißt. »Das Fräulein Rosenberg! Sie leben noch!« Sie lacht über das »Fräulein«. Ruprecht, ein aufrechter Mensch, der unter Hitler seine *Junge Kirche* so lange herausgab, bis er Morddrohungen erhielt. Er ging dann in Deckung und gab jahrelang nur Schul- und Wissenschaftsbücher heraus.

Der zweite, der auf sie zukommt, ist Carl Hanser, ein Jahr jünger als sie. Sie hatten sich immer wieder in München getroffen. Auch er hat die Zeit mit Fachbüchern übertaucht und komplett auf die Belletristik verzichtet. »Ich dachte, du wärst tot. Mensch, Marie, was freu ich mich! Ich hab im letzten Jahr von deiner Buchhandlung gehört. Die ist ja berühmt!«

Carl lädt sie und Julius zum Abendessen ein, bei dem er erzählt, dass er die Klassiker neu auflegen will: Gesamtausgaben von Goethe, Fontane und so weiter. »Die bestelle ich gleich mal vor«, sagt sie ihm. Sie weiß schon, in welche Regale sie die Ausgaben stellen wird, sieht die Bände schon vor sich. In den neuen Geschäftsräumen in der 72. Straße hat sie genau dafür freie Regale. Sie fragt Carl nach Gustav Kiepenheuer und ist ganz bestürzt, als er ihr erzählt, dass Gustav im April gestorben ist. Sie hätte ihm gern erzählt, dass sie bei seinem ehemaligen Hausautor Lion Feuchtwanger in Pacific Palisades zu Besuch war. Sie sollte begutachten, was in seiner Bibliothek noch fehlte! So viel könnte sie erzählen, aber sie lässt lieber Carl sprechen, es ist wichtiger, möglichst viele Neuigkeiten zu erfahren, als eigene Anekdoten zum Besten zu geben.

Am nächsten Messetag trifft sie Rudolf Ullstein, den sie fast nicht erkennt, schlohweiß ist er geworden. Er erzählt ihr, wie er darum gekämpft hat, den ehemals arisierten Verlag zurückzubekommen. »Wir Fürther lassen uns nicht unterkriegen«, sagt er zu ihr. Rudolf ist als Einziger von den Brüdern noch am Leben, er hat sich als Automechaniker in London durchgeschlagen. Louis und Hans sind noch vor dem Krieg gestorben. Hermann und Franz hat sie vor ein paar Jahren in New York getroffen.

»Sie leben auch nicht mehr«, sagt Rudolf. »Und wer weiß, wie lange ich es noch mache.«

Sie umarmt ihn zum Abschied, er verspricht, ihr die neuen Kataloge mit Luftpost zu schicken.

Um Heinrich Beck macht sie einen Bogen. C.H. Beck ist der erste Verlag gewesen, der ihr keine juristischen Werke mehr lieferte. Dieser Nazi-Verlag hat vier Jahre Publikationsverbot durch die Amerikaner hinter sich und prangt jetzt demonstrativ mit einem Stand gleich am Eingang.

Als sie wieder im Flugzeug sitzen, weiß sie: Nie wieder wird sie in dieses Land zurücksiedeln. Deutschland ist ein Trümmerhaufen, die alten Nazis sind noch immer da. Juden gibt es keine mehr. Und die wichtigsten deutschen Autoren leben ohnehin in den USA. Nur zur Buchmesse wird sie wiederkommen, jeweils eine Woche, länger wird sie es in diesem Land nicht mehr aushalten.

1981

»Stopp!« Lisa reagiert sofort. Sie dreht den Rollstuhl zum Messestand hin, auf dem ein rauchender Autor und ein Interviewer vor einem Couchtisch sitzen. Sie sprechen demonstrativ etwas lauter, damit einige Leute, die stehen geblieben sind und lauschen, sie verstehen. Zwei weichen zur Seite, um Platz für den Rollstuhl zu machen. Sie kann zwar kaum mehr gehen, aber den Spürsinn kann ihr keiner nehmen.

Sie fixiert die zwei Männer. Es geht um ein neues Buch, eine Art Flaneurliteratur. Botho Strauß heißt der Autor. Sie hört eine Zeit lang zu. Nein, sagt sie sich. Das konnte Walter Benjamin besser.

»Weiter!« Lisa löst die Bremse und schiebt an.

Sie hört bei anderen Ständen zu. Aber lange hält sie es bei keinem aus. Was ist das für eine Literatur geworden? Sie kann mit diesen jungen Autoren nichts anfangen. Die besten deutschen Bücher, die ihr in den Herbstprogrammen der Verlage untergekommen waren, sind Übersetzungen wie Gabriel García Márquez' *Chronik eines angekündigten Todes*, das sich in ihrer Buchhandlung in New York gut verkauft. Und hier in Deutschland wird offenbar nur noch Schund produziert, oder zumindest Epigonenliteratur. Vor einer Stunde ist sie an einer langen Reihe von Menschen vorbeigerollt, die alle darauf warteten, dass der große H.G. Konsalik ihnen sein neues Buch *Frauenbataillon* signierte.

»Weiter!«

Sie ist froh, dass Lisa mitgekommen ist. Nicht nur, weil sie jemanden braucht, der den Rollstuhl schiebt. Die junge Frau ist erst ein Jahr bei ihr in der Buchhandlung. Sie gibt manchmal freche Antworten, aber den Kunden gefällt es und Mary erinnert sie ein wenig an sich selbst. Lisa ist so etwas wie eine Ersatzenkelin geworden. Ihre Eltern stammen aus der Nähe von Stettin und sind zuerst nach Palästina, dann nach Amerika ausgewandert.

Wieder nur Kriminalromane.

»Weiter!«

In einem engen Gang zwischen den Ständen müssen sie warten, es gibt einen Stau. Ihr Blick fällt auf den Stand eines kleinen Verlags, dessen Namen sie noch nie gehört hat. Es ist der Umschlag eines Buches, der sie anspringt.

Eine Frau in Ganzkörperaufnahme, die eine riesige Fahne über der Schulter trägt. Sicher irgendwas mit Revolution.

Darunter ein Name: Modotti. Ein Fotobuch.

Fotobücher verkaufen sich gut, besonders die Klassiker aus der Zwischenkriegszeit, August Sander, Henri Cartier-Bresson, die Magnum-Fotografen. Sie muss über sich lachen, ihre alte Aversion gegen diese Bücher ist eine dünkelhafte Marotte gewesen.

Modotti. Irgendwo hat sie den Namen schon einmal gehört.

Sie sucht in ihrem Gedächtnis, kann den Zusammenhang nicht finden. Irgendwo ist es. Modotti. Sie weiß es sicher. Aber es will nicht an die Oberfläche.

Zu viele Namen, zu viele Bücher.

»Weiter!«

ANMERKUNGEN

Seite 249, Tina Modotti: Sobre la fotografía, zitiert nach: Christiane Barckhausen: *Tina Modotti, Wahrheit und Legende einer umstrittenen Frau.* Berlin 1989, S. 226f.

Seite 449, Das Manuskript von Egon Erwin Kisch *Die Geschichte des Postmeisters Jean-Baptiste Drouet. Nach den Memoiren der Duchesse de Tourzel* ging 1939, als Kisch auf Ellis Island festgehalten wurde, auf unbekannte Weise verloren.

DANKSAGUNG

Das Leben Tina Modottis ist von Legenden überwuchert, keine Biografie stimmt mit der anderen überein. Mir waren die Bücher von Patricia Albers (*Shadows, Fire, Snow. The Life of Tina Modotti.* New York 1999), Christiane Barckhausen (*Tina Modotti. Wahrheit und Legende einer umstrittenen Frau. Biografie.* Berlin 1989) und Elena Poniatowska (*Tina Modotti. Ein Lebensroman.* Frankfurt 1999) eine Orientierung.

Elfi Hartenstein verdanke ich wertvolle Impulse durch ihr Buch *Jüdische Frauen im New Yorker Exil. 10 Begegnungen.* Dortmund 1999, und durch persönliche Hinweise.

Erich Pacher und Karsten Krampitz danke ich für die Hinweise zu B. Traven.

Ein besonderer Dank gilt Daniela F. Eisenstein vom Jüdischen Museum Franken in Fürth.